BASTEI
LÜBBE

Von Theodor J. Reisdorf sind bei
Bastei Lübbe Taschenbücher erschienen:

13997 Deiche, Dünen, Friesenmorde
14226 Tod vor Borkum
14352 Friesischer Tod
14541 Mörderische Friesenhochzeit
14722 Inselmorde
14890 Letzter Törn nach Spiekeroog
14904 13 kleine Friesenmorde
15313 Der Tote im Maisfeld
15492 Friesische Todessinfonie
15661 Friesischer Tod/Mörd. Friesenhochzeit
19574 Tödliche Teestunde
19580 Die Tote vom Nordstrand
19600 Noch mehr Friesenmorde
19602 Mord im Fischerhafen

THEODOR J. REISDORF

13 KLEINE FRIESENMORDE

ROMAN

BASTEI LÜBBE

BASTEI-LÜBBE-TASCHENBUCH
Band 14 904

1. Auflage: Mai 2003
2. Auflage: Juli 2003
3. Auflage: November 2004
4. Auflage: Februar 2007

Vollständige Taschenbuchausgabe

Bastei Lübbe Taschenbücher in der Verlagsgruppe Lübbe

Originalausgabe

Umschlaggestaltung: Tanja Østlyngen
Titelbild: Bahr / Premium
Satz: KCS GmbH, Buchholz / Hamburg
Druck und Verarbeitung: Maury Imprimeur SA, Manchecourt
Printed in France
ISBN 978-3-404-14904-9

INHALT

1. Hundeliebe 7

2. Mann über Bord 21

3. Der Knüppelmord 39

4. Der Sportschütze 103

5. »Wir wollten ihn nicht totmachen« 171

6. Troubadour und der Dünenmord 212

7. Das Vermächtnis des Käptn van Loo 250

8. Der Wildgansmord 287

9. Tödlicher Vatertag 436

10. Stationen eines Mörders 469

11. Rolling home, rolling home across the sea ... 488

12. Das verflixte siebente Jahr 550

13. Zweimal lebenslänglich 591

Hundeliebe

In ihren Jungmädchenjahren legte Anja den Weg vom Luichthof über den einsamen Wurzeldeich nach Dosum fast täglich zurück. Der Frühling überraschte sie mit Wetterlaunen. Bei strahlender Sonne, wenn der Sommer die gelben Löwenzahnblüten in das satte Grün stickte und der Sommerwind das Gras kämmte, kam ihr die Strecke kürzer vor als im Herbst, wenn sie gegen den Sturm ankämpfen musste, der von der Insel als kalter Nordwest blies. Im Winter stapfte sie in eisiger Kälte durch den meist klebrigen Schnee und trat ihn mit Gummistiefeln zu Matsch. Der Luichthof war einer der größten Höfe im Benninga-Land, das sich auf der Ostfriesland-Karte mit einem halben Zirkelschlag um die Burg, deren Türmchen die Wahrzeichen der kleinen Stadt sind, schlagen lässt.

Nach der mittleren Reife absolvierte Anja eine Ausbildung als Apothekenhelferin und schloss sie mit dem Examen einer pharmazeutisch-technischen Assistentin ab. Anja lehnte enge Bindungen an Männer konsequent ab. Allerdings war sie wegen ihrer Großzügigkeit in der Liebe bei Tanzveranstaltungen von den jungen Männern dicht umlagert.

Die Frauen von Dosum stießen sich an Anjas schnippischer und arroganter Art. Sie pfefferte ihren Stolz listig mit modischen Extras, und wenn es nur ein buntes Tuch war, das sie auffällig in ihr halblanges blondes Haar eingeflochten trug.

Am Tresen der Burg-Apotheke schaute sie im weißen Kittel von oben herab, und ihre Schritte an die Regale, ihre Griffe nach Tuben und Packungen führte sie aus, als hätten die Kunden ihr die wirksame Heilkraft der Medikamente zu verdanken.

Als ihre Eltern kurz hintereinander starben, war Anja reich und einsam. Die jungen Männer, die früher bei ihr den Beischlaf gesucht hatten, waren in solide Ehebetten geschlüpft.

Anja entschloss sich, den Jagdschein zu erwerben, denn die Wiesen des Luichthofes reichten bis an den kleinen Leuchtturm, der den Fischern half, den Weg zwischen Küste und Insel zu finden, wenn sie vom Krabbenfang den Hafen Occersiel anpeilten.

Zu dieser Zeit fand Hero Gefallen an der Jagd. Er führte eine Teegroßhandlung mit Erfolg in hohe Gewinne und suchte die Flucht vor seiner Mutter und den drei unverheirateten Schwestern, die im benachbarten Nordstadt Mode aus Paris, Mailand und New York papageienhaft auf der Marktstraße vorführten und die Blicke der hastenden und bummelnden Menschen als Bewunderung auslegten. Dabei waren sie bemüht, im Vorbeischreiten ihre Spiegelbilder in den Glasscheiben der Geschäfte zu erhaschen.

Die Frauen um Hero hatten ihren Einfluss auf ihn nicht ohne Erfolg ausgeübt. Er trug den Mantel modisch kurz mit übertriebenem Karo. Anstelle der ortsüblichen Prinz-Heinrich-Mütze saß eine schreiend gestreifte Schirmmütze keck auf der angegrauten Halbglatze.

Hinter den Tischen des Waldlokals lauschten Anja und Hero, anfangs getrennt, den Worten des Försters, wenn er sachkundig, gewürzt mit gelegentlichen Kraftausdrücken, die Jagdgesetze interpretierte.

Als der Kreisjägermeister in dem kleinen Saal, in dem noch der Schmuck einer goldenen Hochzeit hing, mit Flinten hantierte, die Läufe großtuerisch abknickte und das Thema Waffenkunde breit abhandelte, saßen Anja und Hero bereits vereint hinter einem Bier und Corvit und drückten sich hin und wieder unter der Tischplatte die Hände und ließen ihre Augen abwandern von Bockbüchsen und Schrotflinten und vereinten blinzelnd ihre Blicke. Zu den späteren Schießübungen an der Rehwiese fuhren sie gemeinsam in Heros Sportwagen und reichten sich liebevoll die Gewehre. Sie jubelten sich zu, wenn es ihnen gelang, die fliegenden Tonscheiben in der Luft zu zertrümmern.

Im abgestellten Auto, auf dem Waldweg unter dem Dach blattreicher Buchen, zeigte Anja Hero die von den Rückschlägen der Büchse bunt verfärbten Hautflecken oberhalb der vollen Brust.

»Wir werden heiraten und bauen!«, sagte Hero entschlossen, als das Dienstmädchen den frischen Blumenstrauß auf den Frühstückstisch stellte.

Die Schwestern reichten sich den großen ovalen Handspiegel, ein antikes Stück aus Bremen, und mit den gekrümmten kleinen Fingern setzten sie zierlich die Schlussstriche unter die Nacht, um in langen Seidenkimonos Altsilbermesser an Hörnchen zu legen. Heros Nachricht war keine Sensation, eher eine bereits von den Damen genehmigte Aktion. Anja war ja vermögend.

Die Liebenden planten ihr Nest. Sie ließen bauen. Die

Fantasie des Paares trieb dem Architekten Schweißperlen auf die Stirn, da Vernunft am Bau völlig auf Eis lag und extra gewünschte Bogen und Nischen seine Planungen durcheinander brachten.

Die Liebe hatte das Haus entworfen. Das Glück zog ein. Die einfachen Nachbarn wurden allzu oft Zeugen, wenn das bereits ältere Paar morgens auf der nach historischem Muster ausgepflasterten Einfahrt Händchen haltend, sich drückend Abschied voneinander nahm, als zöge Hero mit einer Expedition in das ewige Eis. Dabei konnte er ohne großen Verkehrsfluss seine 120 Jahre alte Firma gemütlich im Sportwagen in fünf Minuten erreichen.

Die einfach gekleideten Frauen suchten den Blick aus den Fenstern, wenn Anja und Hero übereinstimmend in Grün eine Tanne versetzten, im burschikosen Bunt den neuen Straßenbesen führten oder im Pariser Look zum Spaziergang starteten.

Als der hinkende Rentner mit der Liste der Arbeiterwohlfahrt erschien, die Schiffsglocke der »Fortuna« zog, die vor 100 Jahren vor dem Cooperriff 20 Passagiere in die Wellen geworfen und sie dem nassen Tod übergeben hatte, blieb die Schnitztür ungeöffnet.

Ebenso sangen Kinder mit leuchtenden, bunten Laternen am Martinstag vor den Marmorstufen aus Carrara vergeblich.

Die erwartete Veränderung von Anja blieb aus. Sie wurde nicht schwanger. An Anjas Geburtstag fuhren dicke Autos vor. Mode gelangte zur Schau. In einem mit blauen Bändchen geschmückten Korb, liebevoll gehalten von Heros Mutter, blickte ein vom Hundefriseur gestutzter Pudel mit nervösen Kopfbewegungen aus schwarzen Perlaugen auf Anja und Hero.

»Ist der süß!« Überschwänglich, zu laut, drang ihre Stimme den Kindern entgegen, die ihre Diskoroller auslaufen ließen, um die in langen Kleidern erschienenen Damen zu bewundern. Auch sie fanden das kleine, verängstigte Hundegesicht niedlich. In die Villa zog junges Leben.

Es war in der Adventszeit, als Hero froh gelaunt vom Teehaus kam. Anja ließ Tarzan frei. Er bekam sein Küsschen.

»Unser Nachbar, der Polizist, war heute hier. Er verlangt, dass wir einen Zaun ziehen. Tarzan soll seine Wiese nicht betreten, wegen der Kinder.«

Hero sagte empört: »Typisch Bulle!«

»Hero, bald ist Weihnachten. Tarzan wünscht sich ein warmes Mäntelchen«, sagte Anja, wobei sie ihre Zigarette mit gespreizten Fingern von sich hielt. Auf ihrem Kopf saß die Seidenturbanhaube aus Düsseldorf, und mit eckigen Kopfbewegungen brachte Anja den kleinen Edelstein zum Leuchten. Sie schritt an die Eichenbar, um zur Abendbegrüßungsstunde die silbrige Corvitflasche hervorzuholen. Hero langte, wie an jedem Abend, nach den Kristallgläschen im Sideboard.

Die großen Fenster ihres Vorzimmers ließen den Blick offen. Während die Nachbarin gegenüber den Henkelmann ihres Mannes spülte, sah sie, wie Tarzan auf den Tisch hüpfte und Anja ihn mit Fleischklößchen fütterte.

Es wurde keine weiße Weihnacht. Die schweren Kirchenglocken läuteten das Fest ein. Aus den ovalen Backsteinfenstern von St. Ansgari drang im Zweiklang die Aufforderung zur Besinnung. Der Küstenort suchte den Frieden.

Als sich die Kirchenbesucher heimfanden, erstrahlten die Tannenbäume im Kerzenlicht. Die Kinder machten sich über Feuerwehrautos, Piratenschiffe und Eisenbahnen her. Sonja, die Tochter des Klempners, wurde das erste Mal mit »Mutti« von der schräg gehaltenen Puppe angeredet.

Tarzan, in seinem Zimmer eingesperrt, ließ vor Aufregung seine Tatzen schabend über die Holzfläche der Tür gleiten.

»Sei doch nicht so ungeduldig, Liebling!«, rief Anja, während sie den Gabentisch vorbereitete.

Anja zupfte aus einem Karton ein Hundemäntelchen mit eingewebtem »T«, während das Licht der elektrischen Kerzen die Zweige des Baumes bläulich färbte.

Geschenke für Hero versah sie mit Tannengrün. Die Bücher »Menüs, die Hunde lieben« und das von dem berühmten Fernsehprofessor verfasste Buch »Wie lernt mein Liebling mehr«, eine Intelligenzkunde für Hunde, schob sie an den Rand des Tisches.

Über die Pflasterauffahrt holperte der Sportwagen. Hero hatte das Geschenk für Anja in Eichhausen abgeholt. Anja stand in der Tür. »Hero, beeil dich! Tarzan ist so aufgeregt!«, forderte sie ihn auf und verschwand.

Hero schob den Karton seitlich und ließ die Autotür offen. Liebevoll griffen Anjas Hände über Weihnachtspapier und Tannengrün.

»Du kannst kommen!«, rief sie. In ihrer Stimme lag der hohe Klang der Freude.

Hero überflog mit strahlenden Augen den Gabentisch.

»Ist das herrlich, Anja!«, sagte er glücklich. »Die Kniebundhose und den Pullover habe ich mir immer schon gewünscht!«

Er drückte Anja an sich und bemerkte die restlichen Geschenke.

»Die Bücher! Dass du daran gedacht hast, das ist himmlisch!«, rief er frohlockend.

»So schön ist Weihnachten, wenn man sich lieb hat!«, sagte Anja.

»Tarzan, bitte noch etwas Geduld, zuerst wird Mami beschert!«, rief Hero in Richtung Korridor, aus dem das Jaulen zu ihnen drang.

»Anja, nicht hinsehen! Augen zu! Ab in das Kaminzimmer!«, befahl Hero.

Tarzans Aufregung brach Anja fast das Herz. Dann endlich vernahm sie die erlösende Stimme: »Anja, der Weihnachtsmann war da!«

Sie eilte drauflos. Ein brauner Karton, verschnürt, mit großen Löchern wie perforiert, stand auf dem Tisch. Aus dem Paket drang ängstliches Gezirpe.

Anja entknotete mit hastenden Händen die Kordel. Als sie den Deckel abhob, stieß sie freudig aus: »Oh, wie entzückend!«, und ihre Hände fassten zu und legten sich um den zittrigen Leib des schneeweißen Pudels, der ängstlich seine Ohren hochgerichtet hielt.

Anjas Finger fühlten den Herzschlag des verängstigten Tieres, als sie die kleine Hundeschnauze mehrmals an ihren Mund drückte. »Was bist du nur für ein niedliches Kerlchen!«, rief sie außer sich und bemerkte erst jetzt, dass der Pudel mit einem weiteren Geschenk das Paket verlassen hatte. Um dem schmalen Hals trug er ein massives Armband, das von einem Goldbarren zusammengehalten wurde, über den in Eile ein Sekundenzeiger glitt.

Anja war entzückt. »Hero, mein Liebling!«, jubelte sie und zog den Kopf ihres Mannes nach unten, um den Dreieckskuss mit kalter Hundeschnauze zu ermöglichen.

»Das ist Napoleon!«, sagte Hero stolz, und Anja seufzte glücklich: »Tarzan und Napoleon!«

Hero holte Tarzan, der so lange auf Weihnachten warten musste. Das Scharren drang ihm entgegen. Als er die Tür öffnete, schoss Tarzan an ihm vorbei. Er umsprang Anjas Beine, dann setzte er sich bettelnd auf die Hinterpfoten, und mit hochgestellten Ohren jaulte er Napoleon an, der unruhig andeutete, dass er auf den Boden wollte. Tarzan saß aufrecht. Napoleon umhüpfte ihn mit wedelndem Schwanz. Dann hob er die weiße rechte Pfote und tupfte, wie ein Boxer im Ring, mit seiner Tatze an das schwarze Pudelhaar.

Hero und Anja schauten fasziniert zu. Ihre Arme suchten die Umklammerung, und als die beiden Hunde sich rauften, ohne sich zu beißen, und ihre Körper über den Perserteppich wälzten, suchte das Ehepaar, überwältigt vom Glück, die Sitzgelegenheit auf der Nappacouch. Der teure Goldschmuck aus dem renommierten Hamburger Juwelierhaus kollerte Napoleon vom Hals. Anja hob ihn auf.

»Hero, du machst mich so glücklich!«, hauchte sie ihm ins Ohr, und ihre Hand glitt zärtlich über den Rest des angegrauten Haares.

Hero holte die flache Schachtel, die eingeschlagen in

buntem Glocken- und Tannenpapier unter Tischdecken versteckt lag. Anja öffnete sie für Tarzan.

»Nein, sind die süß!«, rief sie überschwänglich und hob die aus Zeder mit Naturfell hergestellten Hundeschuhe aus der Packung.

»Die muss Tarzan morgen tragen, wenn wir unseren Weihnachtsspaziergang machen«, sagte sie. Während sie die Hundeschuhe küsste, fragte sie: »Hero, was möchtest du zur frohen Stunde trinken?«

»Einen Black and White«, sagte Hero überglücklich.

Die Nachbarn hatten den neuen Akteur bereits bewundert. Als Anja ihren Hero in die Teefirma schickte, bekam er nicht nur von ihr den Kuss, sondern sie hob Napoleon und Tarzan in Fensterhöhe des Sportwagens und Hero suchte die Hundeschnauzen, bevor er vom Pflaster lenkte.

Im Teehaus, an seinem Schreibtisch, legte Hero kindlich Naives ab und beherrschte mit geschultem Blick und klugem Verstand das Handelshaus. Er war als sozialer Arbeitgeber bekannt. Seine Gratifikationen für lang gehegte Firmentreue fielen nie mickrig aus. Oft schoben die jungen Mütter voller Stolz die Kinderwagen in Richtung Teefirma, um vor dem Chef temperamentvolle Babys, die sich dann stimmgewaltig selbst vorstellten, aus den Kissen zu heben. Dabei kam es vor, dass Hero Tarzan und Napoleon hasste, für die Anja sonntags den Lieblingspudding kochte.

Hero, der mit Anja und den Pudeln zurückgezogen lebte, bemerkte, dass die Nachbarn ihm aus dem Wege gingen. Sie schluckten das Gekläffe ohne Hinweis an das Ordnungsamt.

Seine Kumpel des Jachtclubs stellten die Besuche ein. Er hatte seine »Rosa Frisiae« unter Preis verkauft, weil Anja die See scheute.

Ihre Unfruchtbarkeit setzte ihm plötzlich Zweifel. Der Frauenarzt betonte ihm gegenüber die hervorragende Gesundheit von Anja. Auch seine Mutter und die Schwestern ließen sich immer seltener von Tarzan und Napoleon anbellen.

Während in Hero die Zweifel aufstiegen, war es Anja, die die Abneigung der Nachbarschaft regelrecht herausforderte, wenn sie Tarzan und Napoleon in Hundemäntelchen und mit Hundeschuhen im geflochtenen Holzkorb über das Waldstück trug und die Kinder verjagte, wenn sie neugierig den Blick in Knopfaugen suchten.

Auch das Abschiedszeremoniell morgens auf der Einfahrt begann Hero zu verabscheuen, weil Anja übertrieb. Der Polizist grüßte nicht mehr, und die Kinder mieden sein Grundstück. Hero brachte es nicht fertig, mit Anja das Gespräch zu suchen. Er spielte weiter mit.

Es war an einem Freitag. Der Gärtner hatte den Park für den sprießenden Frühling zurechtgestutzt. Anja saß in Wartestellung im Vorzimmer.

»Schön ruhig, meine Lieblinge. Papi kommt gleich«, sagte sie zu Tarzan und Napoleon. Der Zeiger der alten friesischen Meerwievken-Uhr zeigte an, dass Hero den Sportwagen sogleich auf die Pflastersteine rollen lassen musste.

Der Zeiger zog weiter. In Anja stieg die Unruhe. Sie erzählte Tarzan und Napoleon eine Geschichte aus dem Buch, das Hero so viel Freude bereitet hatte. Unerbittlich drehte der Zeiger die Runden. In Anja stieg die Unruhe.

Endlich fuhr der Wagen auf das Pflaster. Hero befand sich in bester Stimmung. Er sprach von seinem Schulfreund Eberhard, der Professor in Berlin war und ihn aufgesucht hatte, weil er eine Arbeit über Ostfriesland vorbereitete und sich nach der Firmengeschichte erkundigt hatte.

Hero übersah an diesem Abend zum ersten Mal Tarzan und Napoleon und berichtete Anja von den Söhnen des Schulfreundes, als wären es seine eigenen.

In Anjas Gesicht zogen Schatten. »Aber Hero, du kannst uns doch nicht einfach hier sitzen lassen und mit einem Schulfreund Bier trinken, wenn Tarzan und Napoleon sich Sorgen machen! Das finde ich unerhört!«, sagte sie schnippisch und ließ Hero ohne den Begrüßungstrunk zurück.

Tarzan und Napoleon folgten ihr. Hero ließ sie ziehen. Er setzte sich geschafft in den Antiksessel.

»So ist sie mir noch nie gekommen!«, dachte er und verwarf den Gedanken, seine Mutter als Schlichterin zu sich zu bitten.

Hero nahm Buchen- und Birkenscheite, legte sie auf den Eisenrost und entflammte mit einem Anthrazitwürfel die Glut. Vor dem Kamin hockend, ließ er seine Gedanken kommen und gehen. Lange war es her, dass er mit Anja vor dem Feuer gesessen hatte. Tarzan und Napoleon jaulten, wenn die Flammen um die klobigen Scheite tanzten.

Er öffnete die Eichenbar und schob angewidert die Whisky-Flasche beiseite, die zum Zeichen von Güte und Qualität das Etikett mit den beiden Pudeln trug. Er langte zur silbrigen Corvitflasche und goss das Kristallgläschen randvoll. Hero schluckte mit Blick auf lodernde Flammen die Enttäuschung von seiner Seele. Er vergaß seinen Wunsch, den Abend mit seinem Kumpel Eberhard zu verbringen, den er mit Rücksicht auf Anja, unverzeihlich nach all den Jahren, nicht zu sich eingeladen hatte.

Hero schickte an diesem Abend, gelöst vom Alkohol, viele Gedanken in die Wölbung des Kamins und ließ sie mit dem Rauch durch den Schornstein in die Nacht ziehen.

Als die Scheite abgebrannt waren, erlosch auch in ihm das Feuer. Ihn trieb es in das Ehebett, wo alleine ein neuer Start genommen werden konnte. Aber die Tür zum gemeinsamen Schlafzimmer war verschlossen. Auf seinem Bett kuschelten sich Tarzan und Napoleon in Daunen. Sein Klopfen an die mit Schnitzereien verzierte weiße Tür blieb unbeantwortet.

Hero, Chef der historischen Teefirma, suchte Schlaf und Vergessen auf der Couch mit Nappa-Bezug, auf der er mit Anja Weihnachten den kleinen Napoleon bewundert hatte.

Am Morgen fuhr Hero ohne Hundeküsschen und Händchenhalten im Sportwagen seiner Firma entgegen.

Gegen 10 Uhr erschien Anja im grünlichen Alcantara-Kostüm. In ihr halblanges Haar hatte sie ein buntes Tuch geflochten. Tarzan und Napoleon umschlichen sie kläffend. Von oben herab fiel ihr Blick über die Einfachhäuser.

Am Abend befanden sich zur verspäteten Ankunft von Hero weder Anja, Tarzan noch Napoleon auf den

Marmorstufen. Hero hatte sich um eine Stunde verspätet, da er mit dem Teeimporteur aus Bremen um den Preis gepokert hatte. Zum Schluss hatten seine Nerven und sein Sachverstand die Firma um eine erkleckliche Summe bereichert. Hero drängte darauf, Anja den geschäftlichen Erfolg kundzutun. Er vermisste irritiert die gewohnte Begrüßung. Enttäuschung machte sich in ihm breit. Er durchlief die vielen Winkel, dann wies das Jaulen der Hunde ihm den Weg.

Anja befand sich mit Tarzan und Napoleon im Schlafzimmer.

Hero klopfte an die Tür. Vergeblich. Sie war und blieb verschlossen.

»Anja!«, rief er und dachte über diese harmlose Allüre seiner Frau nicht weiter nach. »Anja, sei vernünftig! Mach die Tür auf!«

Aus dem Schlafzimmer hörte er ihre Stimme. Sie klang hell, fast vibrierend. »Hero, du hast uns enttäuscht!«

»Öffne, Anja!«, befahl er in dem Ton, den seine Angestellten kannten. Er kam sich blöde vor und vernahm das Kläffen und Scharren der Hunde.

Hero spürte, wie tief aus seinem Inneren eine ungekannte Wut hochstieg. Seine Demütigung produzierte blitzschnell Hass, als er gegen die Tür trommelte und brüllte: »Lass die Scheißköter raus! Ich kann sie nicht mehr ausstehen! Eberhard hat Söhne, Söhne!«

Hero war außer sich. Schweiß tropfte von seinem Gesicht. Unaufhörlich hämmerten seine Fäuste auf das Holz. Er hatte das Segeln aufgegeben, auf Freunde verzichtet. Und jetzt dieses.

Die Tür sprang auf. Tarzan und Napoleon stürzten ihm entgegen. In wilder Wut trat Hero Tarzan in die

Flanke und haute dem hochspringenden Napoleon mit der Faust auf die kleine Hundeschnauze. Dann sah er im Nebel der Wut Anja, die vor ihm stand.

Heros Blick glitt über das Jagdkostüm. Anjas Gesicht war die Konzentration einer Riesenenttäuschung. In ihrer Hand lag die Jagdflinte.

Hero sah den Feuerblitz, dann sank er getroffen zu Boden. Seine Augen nahmen Ungläubigkeit und Überraschung mit auf die letzte Reise.

Der Polizist im Nachbarhaus horchte auf.

»Das war ein Schuss!«, rief er und stürzte los.

Tarzan und Napoleon umbellten ihn, als er Anja die Jagdflinte aus den kalten Händen nahm.

Mann über Bord

Die Schonerbrigg »Santana« wurde 1886/87 in Elsfleth von dem Schiffsbaumeister Johann Oldersen erbaut. Sie war 34,58 m lang, 7,69 m breit, 3,92 m tief und mit 266 BRT vermessen. Heimathafen war Brake.

Mit ihrer siebenköpfigen Besatzung segelte die Santana 1888 von Hamburg nach Archangelsk und 1889 von Brake nach Nieuw Nickerie, Surinam (Südamerika).

Bei der Rückreise Ende Januar geriet die Schonerbrigg in einen schweren Sturm. Der Matrose Johnny Barkhoff aus dem ostfriesischen Berum wurde von einer Welle erfasst, über Bord gespült und ertrank. Bei diesem Unwetter verlor die Santana zudem ihre Deckslast. Dabei wurden die Rettungsboote schwer beschädigt.

Der Kapitän der Santana war Folkmar Betten, geboren 1843, aus Neuharlingersiel. Er und seine Mannschaft erreichten, ohne weitere Schäden davonzutragen, den Hafen von »Grangemouth«. Nach beendeter Reparatur segelte die Santana nach Riga. Im Herbst desselben Jahres von Hamburg nach »Laguna de Términos«, am Golf von Mexiko gelegen.Von dort unternahm sie einen Törn nach Barbados, segelte anschließend weiter nach Tahiti und »Progresso«. 1890 holte die Schonerbrigg aus »Laguna de Términos« Mahagoni-Holz mit dem Zielhafen Hamburg. Von dort legte sie ab und segelte erneut nach »Términos«.

In den weiteren Jahren sind außer den bereits genannten Reisen folgende Häfen aufzulisten, die die Santana ansegelte. Die Namen rangieren in der chronologischen Reihenfolge: Maceió, Rio de Janeiro, Paranaguá (Brasilien), Magdalena (Kolumbien), Rio Grande, Jan José del Norte, Pelotas, Pernambuco, Rosario, Buenos Aires und Trinidad.

1896 verließ die Schonerbrigg Santana im Januar den Hafen von Rio de Janeiro und nahm Kurs auf Pernambuco. Während der Reise bei schönem Wetter und ruhiger See, der Wind blies flau aus nordwestlicher Richtung, segelte die Santana am 29. Januar mit Backbordhalsen hart am Wind.

Die Stimmung an Bord bezeichnete Kapitän Folkmar Betten im Logbuch mit ausgezeichnet. Sie hatten in Rio de Janeiro frischen Proviant aufgenommen und machten gute Fahrt. Die Männer waren ausgeruht. Der Koch hatte Rührei mit Speck zubereitet, frisches Brot geröstet, nahrhafte Tomaten in Scheiben geschnitten, eine bis dato in der Heimat unbekannte Gemüsefrucht, den indischen »Assam-Tee« aufgebrüht und die Männer in der Mannschaftsmesse bedient, die am fest verschraubten Holztisch das Frühstück einnahmen.

Orangen und Bananen türmten sich in einem Bastkorb. Die Männer frotzelten und witzelten über ihre Erlebnisse in der fremden Metropole.

Jan Toenjes, der 34-jährige Koch aus Nessmersiel, blickte überrascht auf die unbenutzte Teetasse.

»He, Jungs, was ist mit Pitt? Pennt er noch?«, fragte er.

Die Gespräche erstarben.

»Seine Koje war leer«, antwortete der Matrose Menke Diekster und erhob sich. »Der muss immer noch einen

Mordshunger haben, nach seinen Streifzügen durch Rio. Ich schaue mal nach.«

Er verließ die Messe, um nach Pitt Luttmann Ausschau zu halten. Minuten später kam er aufgeregt zurück. »Er ist weg! Nirgendwo zu finden«, sagte er.

Die Männer beendeten das Frühstück. »Ich halte den Tee warm. Er wird doch nicht …«, bemerkte der Koch besorgt.

»Halt deine Klappe! Du hättest uns mit deinem Fraß fast alle auf den Pott verdammt«, sagte ein Matrose spaßig.

Er und der Kapitän hatten sich nach dem Ablegen in Rio de Janeiro in Folge der Hitze unwohl gefühlt, über Appetitlosigkeit und Verstopfung geklagt. Doch das hatte sich behoben.

Der Kapitän und auch er fühlten sich wieder gesund und wohl.

Der Abort befand sich hinten auf dem Schiff. Kapitän Folkmar Betten hatte der Mannschaft den strengen Befehl erteilt, ihre Bedürfnisse nur dort zu verrichten, und es verboten, ihre Notdurft vom Bug aus zu verrichten.

Die Mannschaft schwärmte aus, durchsuchte das Schiff nach Pitt Luttmann. Die Männer betraten selbst die Ladeluken und riefen nach ihm. Ergebnislos. Sie fanden vor der Back seinen abgelegten Leibriemen und schlossen daraus folgerichtig, dass sich der Matrose Pitt gegen die Anordnung des Kapitäns in der Bugspitze entleert hatte und dabei über Bord gegangen war.

Kapitän Betten griff unverzüglich ein. Er gab die entsprechenden Segelkommandos. Der Steuermann nahm Kurs. Die Santana folgte dem Ruder, beschrieb einen Bogen und segelte in entgegengesetzter Richtung durch die spiegelklare See, ohne den Verunglückten zu entdecken. Sie vernahmen keine Hilferufe. Zur Bestätigung ihrer schrecklichen Vermutungen trieb auf den leichten Wellen aufgeweichtes, gekräuseltes Zeitungspapier. Ihr Fazit: Pitt Luttmann hatte seinen Tod selbst zu verantworten. Es gab an Bord keine Zeugen, denen er auf dem Weg zum Bug begegnet war.

Kapitän Folkmar Betten machte eine diesbezügliche Eintragung in das Logbuch. In Begleitung des Steuermannes räumte er die Habseligkeiten des jungen, tüchtigen Seemannes in den Seesack, ohne seine Intimsphäre mit Schnüffeleien zu verletzen. Ein trauriger Vorfall. Um die Hinterbliebenen kümmerte sich die Reederei.

Bei der Ankunft in Pernambuco suchte der Kapitän mit seinem Steuermann das Konsulat auf, gab den Vorfall zu Protokoll und bat um eine dienstliche Stellungnahme mit entsprechenden Besuchen an Bord der Santana. Die Seefahrtsbehörde verzichtete auf eine Befragung seiner Mannschaft, da es keine Zeugen gab und das treibende Papier an der Unglücksstelle den Vorfall in jeder Weise logisch erscheinen ließ.

Auch das zuständige Seeamt in Brake erhob keine Vorwürfe gegen den Kapitän, der seit mehr als zwanzig Jahren seine Schiffe und Mannschaften mit Können, Weit-, Um- und Vorsicht, oft auch mit Fortune, erfolgreich geführt hatte und dem nie eine Mitschuld am Tode eines Fahrensmannes zur Last gelegt werden konnte.

Zu bemerken ist an dieser Stelle, dass sich der Koch Jan Toenjes am frühen Morgen, und das an einem Sonntag, der auch an Bord der Schiffe geheiligt wurde, bei den Vorbereitungen des Frühstücks an einen leisen Ruf erinnerte. Er hatte geglaubt, dass er vom Steuermann kam.

Die Santana setzte ihre Reisen unter der bewährten Führung von Kapitän Folkmar Betten nach Südamerika und in die Karibik fort. Für die Statistik fiel der Tod des Matrosen Pitt Luttmann nicht sonderlich ins Gewicht, für seine Eltern, seine Geschwister und seine Geliebte hinterließ er eine Menge Leid, erst recht, als der Seesack vom Postboten angeliefert wurde.

1902 ging Kapitän Betten nach einem erfolgreichen und abenteuerlichen Seemannsleben von Bord der Santana. Im selben Jahr verstarb seine liebe Frau Antje. Er verkaufte das Kapitänshaus in Neuharlingersiel, zog zu seiner Tochter Minna nach Norderney und half mit dem Verkaufserlös ihr und dem Schwiegersohn beim Ausbau des Logierhauses »Patria«, am Damenpfad gelegen, in dem die preußischen Minister oft verweilten.

Die hohen Herren aus Berlin fanden Gefallen an seinen Berichten aus seiner Fahrenszeit. Das Haus »Patria« gehörte schon bald zur ersten Adresse im aufstrebenden Nordseebad Norderney.

Folkmar Betten nahm sich der Erziehung seines Enkels an und geriet durch einen Zufall, falls es ihn gab, er hielt erfahrungsgemäß mehr von Gottes weiser Fügung, mit seinem nach ihm benannten fünfjährigen Enkel in ein denkwürdiges Ereignis, das ihn an seine Fahrensjahre erinnern sollte.

Mit dem Enkel an der Hand spazierte er im Spätsommer über die Badestraße der Insel Norderney. Er blieb vor der Auslage des Trödlers Heye Fisser stehen, studierte die angebotenen Antiquitäten, die neben viel Tand und Kram, Uniformstücken und kaiserlichen Ehren- und Tapferkeitsorden, Marineraritäten und Schiffsmodellen auch Taschenuhren in vielen Preislagen feilbot. Der Enkel zerrte an seinem Arm, als eine Musikkapelle in Galauniformen mit Pickelhauben der kaiserlichen Marine mit dem »Marsch der langen Kerle« exakt formiert in Richtung Kurhaus marschierte, gefolgt von begeisterten Herren in Gehröcken und Damen in engen Miedern und langen, ausgestellten, den Boden berührenden Röcken.

Der sechzigjährige, bärtige Kapitän stierte unentwegt auf eine goldene Taschenuhr. Er beruhigte seinen Enkel Folkmar und versprach ihm, gleich mit ihm zum Kurkonzert zu gehen. Er betrat den Laden, hielt den Enkel an der Hand, der belustigt auf das Klingeln der Metallröhren reagierte.

»Kapitän, was verschafft mir die Ehre?«, fragte der schnauzbärtige, agile Heye Fisser.

»Eine Taschenuhr in der Auslage«, antwortete Betten.

Heye Fisser schob die Halteklammern hoch, öffnete die Schaufenstertür und blickte den Alten fragend an.

Betten zeigte auf das besagte Stück. Fisser nahm die Uhr aus der Dekoration und reichte sie dem Kapitän.

»Opi, die ist schön«, sagte Folkmar.

»Dem stimme ich zu«, antwortete der Alte und betrachtete nachdenklich die Taschenuhr.

»Echt Gold«, sagte Fisser. Den Dreh- und Aufziehknopf zierte eine stilisierte Ranke. Vorder- und Rückseite rundeten angedeutete Girlandenkränze ab. Die beiden Deckel trugen feinlinige, parallel verlaufende Rillen, ähnlich einer Wandvertäfelung, die in der Mitte ein fingerbreites Schachbrettmuster umfassten, das auf der Vorderseite in einem glatten Spatenblatt die Gravur »P.L.« trug. Kapitän Betten betätigte den mit dem Knopf versehenen Mechanismus. Die Klappe sprang auf. Er blickte auf das Zifferblatt und nickte. Zwischen den Zahlen 7 und 6 befand sich ein Sekundenzeiger.

»Handarbeit«, bemerkte Fisser.

»Der Preis?«, fragte Betten.

»Ein Sammlerstück, Odermatt, Helvetia, ich überlasse sie Ihnen für sechzig Mark«, antwortete der Trödler. »Eine einmalige Gelegenheit«, fügte er hinzu.

»Da stimme ich Ihnen zu. Ich kaufe sie. Können Sie mir noch verraten, wie Sie in den Besitz der kleinen Kostbarkeit gekommen sind?«, fragte der Kapitän, während Enkel Folkmar an seinem aus englischem Tuch gefertigten Gehrock zerrte.

»Ich habe sie von einen Seemann mittleren Alters. Er gehörte zur Brigg ›Jenny‹, die auf dem Wege von Sunderland mit Steinkohle beladen nach Hamburg in der Nähe des Tonnengatts mit zerrissenen Segeln auflief, sich nach abflauenden Winden aber selbst frei machen konnte. Das Schiff wurde auf Reede repariert. Der Seemann war klamm und verkaufte mir die Uhr. Unsere verwöhnten betuchten Gäste suchen oft nach exquisiten Raritäten, die sie bei ihren Konversationen zur Teestunde mit einer ausgefallenen Geschichte verbinden können«, trug Fisser vor, legte die Taschenuhr in einen mit gelber Watte versehenen Schmuckkarton und reichte sie dem Kapitän.

»Folkmar, du darfst sie für Opa tragen«, sagte Betten und reichte dem Enkel die Kostbarkeit.

Betten bezahlte.

»Und die Geschichte zur Uhr?«, fragte er interessiert und lächelte abfällig.

»Sie hat in der Tasche des Seemannes, ohne Schaden zu nehmen, einen Aufenthalt in der brodelnden See überstanden und ihm die Stunde angezeigt, die er schwimmend in der Nähe des Wracks seines Schiffes verbracht hatte, bevor er in ein Rettungsboot gestiegen war«, trug Fisser stolz vor.

»Hervorragend, dann soll sie auch mir Glück bringen«, sagte Kapitän Betten, verließ mit dem Enkel den Laden, begab sich zum Kurplatz und flanierte mit ihm durch die gepflegte Anlage, in der hoch angesehene Herrschaften unter den Klängen der kaiserlichen Marinekapelle Kurzweil fanden.

Kapitän Folkmar Betten erfreute sich einer ausgezeichneten Gesundheit. Er bewohnte im Haus der Tochter ein kleines gemütliches Zimmer mit Blick auf eine leicht ansteigende, mit Gras bewachsene Düne.

Er frühstückte während der Saison mit den zumeist dem Preußischen und Hannoveraner Adel zugehörigen Pensionsgästen und nahm auch hin und wieder, wenn ihm danach zumute war, mit ihnen die übrigen Mahlzeiten ein.

Seine Tochter und sein Schwiegersohn verwöhnten ihn in jeder Weise und freuten sich besonders über seine Zufrieden- und Bescheidenheit im Umgang mit ihnen und den Hausgästen. Sie achteten darauf, dass er in dem großen Haus, das zuweilen einem Bienenkorb glich, nicht zu kurz kam.

Es wimmelte nur so von Diplomaten und Legationsräten, und im Büro sorgten ankommende Telegramme und Depeschen für eine stete Hektik, die selbst manchmal bis in die späte Nacht hineinreichte.

Zu einer weiteren Ablenkung trug auch Enkel Folkmar bei. Er war ein aufgeschlossener und intelligenter Junge, der ihm sehr zugetan war.

Nach dem Abendessen hatte sich Kapitän Betten auf sein Zimmer zurückgezogen und ließ sich vom Dienstmädchen einen Krug Bier auf das Zimmer bringen. Er stopfte den Porzellankopf seiner Pfeife, zündete den Tabak an, nahm die bei Fisser erworbene Taschenuhr aus dem wattierten Kästchen, hielt sie nachdenklich in der Hand, drehte und wendete sie im Licht der Stehlampe. Mit der schweren Kette gehörte sie zur Ausgeh- und Feiertagskleidung des gebildeten Angehörigen der oberen Bürgerschicht. Er hatte sie impulsiv gekauft, weil sie ihm ins Auge gefallen war. Ein Seemann hatte sich von ihr getrennt. Vielleicht hatte es ihm an Geld gefehlt für Dinge, die ihm wichtiger erschienen als die zum Statussymbol zählende Taschenuhr.

Er entnahm dem Schrank den Karton mit den vielen Bildern und Andenken seiner weiten Reisen, paffte die Pfeife, zog an der Schnur, bestellte bei dem Dienstmädchen einen weiteren Krug Bier, durchstöberte die Fotos, eine Beschäftigung, die er sehr liebte und ihn in vergessene ferne Häfen zurückzurufen schien.

Dabei stieß er auf ein Foto der »Santana«, vor der er sich mit seiner Mannschaft im Hafen von Rio de Janeiro hatte ablichten lassen.

Er studierte die jungen Gesichter seiner Fahrensleute und erschrak, als er den Matrosen Pitt Luttmann erkannte. Er erinnerte sich an den Vorfall auf der Reise von Rio de Janeiro nach Pernambuco. Der Junge war über Bord gegangen, als er gegen seine Vorschrift vom Bug aus seine Notdurft ausgeführt hatte.

Pitt kam aus Pilsum, ein hübscher, lustiger Bengel, auf den die Mädchen flogen, fuhr es Betten durch den Kopf.

Er trank Bier, hob die lange Pfeife an, schabte den

Porzellankopf frei, stellte sie ab, griff nach einer kühlen Pfeife und stopfte sie.

Es hatte keine Zeugen an Bord gegeben. Doch wenn, dachte er und fühlte einen kalten Schauer, der ihm den Rücken runterlief.

Er blickte auf die Taschenuhr. »P.L.« Natürlich, auch Pitt Luttmann hatte eine Taschenuhr besessen, daran konnte er sich noch erinnern. Doch sie hatte sich nicht bei seinen Habseligkeiten befunden, die er mit dem Steuermann nach seinem tragischen Ende in den Seesack gepackt hatte.

»P.L.« für Pitt Luttmann, mein Gott, ein Zufall, den mathematisch zu bestimmen an Unmöglichkeit grenzte. Er besaß genügend edle Taschenuhren, mit Widmungen seiner Rederei, eine vom brasilianischen Konsul in Rio, um nur einige zu nennen. Er war auch von keiner Sammlerleidenschaft diesbezüglich motiviert gewesen, dennoch hatte ihn sonderbarer Weise irgendetwas zum Schaufenster geführt und zum Kauf bewogen.

Kapitän Betten war weder ein Frömmler noch Kirchgänger, doch er glaubte an ein Leben nach dem Tode und an eine schicksalhafte Fügung der menschlichen Existenz.

Wenn dem so war und die Seele des jungen Seemannes aus dem Jenseits nach Gerechtigkeit schrie, dann wolle er nicht fern stehen, dachte Folkmar Betten allen Ernstes und nahm sich vor, an die Eltern des Jungen zu schreiben, sich bei der Reederei zu erkundigen, wo seine Fahrensleute geblieben waren, denn, wenn das stimmte, was ihm durch den Kopf ging, dann war einer auf dem Foto vor der Santana in Rio ein Dieb, möglicherweise sogar ein Verbrecher.

Auch auf Norderney war die Zeit nicht stehen geblieben. Bereits seit 1872 verkehrte der Schraubendampfer »Stadt Norden« täglich und regelmäßig zwischen der Insel und Norddeich. Er beförderte Passagiere und die Post, während der gesamte Frachtverkehr den Segelschiffen überlassen blieb.

An einem schönen Sommertag nutzte Folkmar Betten die günstige Fährgelegenheit für den Besuch seines Vetters Hillrich Buck, der sich am Norder Ulrichs-Gymnasium als Kunsterzieher einen Namen gemacht hatte. Er war, wie auch der Kapitän, Witwer und Pensionär und lebte in Norden in der Westernstraße. Sie hatten sich seit Jahren aus den Augen verloren und wussten sich viel zu erzählen. Die alten Herren schwelgten in Erinnerungen, genossen den Tag, krönten ihn mit einem Café-Besuch in der Nähe von St. Ludgeri.

Der Anlass seines Besuches bei Hillrich Buck galt in erster Linie der Taschenuhr, die Folkmar Betten eine Stange Geld gekostet hatte. Er hegte keine Zweifel an dem Wert seiner Errungenschaft, bereute nicht den schnellen Kauf. Schlaflos machten ihn hingegen seine Gedanken, die nachts seine Träume in gespenstischer Weise zu beeinflussen schienen, seitdem sich das wertvolle Sammelobjekt in seinem Besitz befand.

Kapitän Folkmar Betten sah sich an Bord eines sinkenden Schiffes, dem haushohe Wellen entgegenstürzten. Aus dem brodelnden Meer erhob sich eine Hand, die ihm die Taschenuhr entgegenhielt. Er nahm sie entgegen, wurde von Bord geschleudert und landete in einem Rettungsboot, dessen Ruder ein junger Mann bediente, der unentwegt gegen den Sturm anschrie.

Solche Träume variierten nur um Nuancen. Schweißgebadet fuhr er danach aus dem Schlaf.

Betten bat seinen Vetter Hillrich, eine naturgetreue zeichnerische Darstellung der Taschenuhr aus mehreren Perspektiven anzufertigen, was dem Künstler wenig Mühe bereitete und ihm hervorragend gelang. Auch erklärte sich Hillrich auf Wunsch des Vetters bereit, die Taschenuhr vorerst an sich zu nehmen und aufzubewahren, weil Folkmar davon ausging, dass er damit den Albträumen entfliehen könnte.

Der Kapitän stieg nach einem angenehmen, abwechslungsreichen Tag am frühen Abend vor dem »Weinhaus« in den Eilwagen, den schnelle Pferde zum Anleger der Fähre nach Norddeich zur Mole beförderten.

Noch am Abend verfasste Kapitän Betten einen ausführlichen Brief, legte die Zeichnungen hinzu, adressierte ihn an die Witwe Katharina Luttmann, Neuser Weg 14, Arle, die Mutter des verunglückten Pitt Luttmann, von dem er wusste, dass sein Vater nicht mehr lebte.

Er bat »fürsorglichst und äußerst ergeben« um ihre Nachricht und Stellungnahme.

Bereits an den folgenden Tagen registrierte der Kapitän überrascht das Ausbleiben der quälenden Albträume. Das Sodbrennen stellte sich ein. Er fühlte sich von einer Pflicht erleichtert, die ihm niemand aufgebürdet hatte.

Angeregt durch die Unruhe, die der Erwerb der Taschenuhr bewirkt hatte, begann der Kapitän mit dem Ordnen der vielen Fotos, klebte sie in ein Album, versah sie mit hinweisenden Texten. Dabei fand er zurück in Jahre, die ihm lebenswerter erschienen, denen er nachtrauerte angesichts der modernen Errungenschaften, mit denen er sich schwer tat. Moderne Dampfschiffe verdrängten die Segelschiffe. Niemand hatte mehr Zeit. Die Zeiger der Uhr schienen sich schneller zu drehen als früher.

Mitte Juni, an einem verregneten Freitagnachmittag, erreichte Kapitän Folkmar Betten ein Brief der Witwe Katharina Luttmann aus Arle. Er nahm ihn aus der Hand des Postboten entgegen, reichte ihm 10 Groschen mit dem Hinweis auf das scheußliche Wetter. Er bestellte einen Tee mit Sahne und Rohrzucker und zog sich auf sein Zimmer zurück. Weder Tochter Minna noch der Schwiegersohn Ulfert – das nahm nicht Wunder, sie waren voll ausgelastet – wussten um seine Bemühungen, der Herkunft der teuren Schweizer Uhr auf die Spur zu kommen.

Der Kapitän setzte sich an seinen Schreibtisch und blickte durch das Fenster in den mit dunklen Wolken bezogenen Himmel. Es regnete. Er vernahm das Schreien der Möwen, die im Wind hingen.

Das Dienstmädchen brachte ihm den Tee, mit Stövchen, Sahne- und Zuckerbecher.

»Danke«, sagte er, schob auch ihr einen Groschen in die Hand. Das Mädchen im langen Rock mit weißer Schürze machte einen Knicks und verließ das Zimmer. Der Kapitän war für seine Großmut bekannt. Er bediente sich mit Tee, fügte Zucker und Sahne hinzu, griff zur Pfeife, stopfte Tabak in den Porzellankopf, zündete den Tabak an und rauchte, trank Tee, öffnete das Kuvert und las die in ungeübter Schrift verfassten Zeilen.

Arle, den 12. Juno 1902.

Sehr geehrter Herr Kapitän Betten!

Ich tat mich schwer beim Tode meines geliebten Mannes Afke, der bei einem Unglück auf dem Walfängerschiff »Goode Wind« um sein Leben kam. Doch viel schlimmer traf mich die Nachricht vom Tode meines Sohnes Pitt, der in einer fast peinlichen Situation an Bord Ihrer »Santana« in das Meer stürzte und ertrank. Pitt widersetzte sich als Kind bereits bei ihm auferlegten Maßregeln. Er war ein Dickkopf mit liebenswerten Eigenschaften.

Ich teile mein Leid mit meiner Tochter Gretchen, die mit einem Bauern verheiratet ist. Meine Enkel lenken mich ab. Marie, die Geliebte meines Sohnes, hat lange um Pitt getrauert und später den Kolonialwarenladenbesitzer in unserem bescheidenen Ort geheiratet. Mir geht es gut. Ich lebe in dem einfachen Haus mit Garten gegenüber von der Kirche, ohne Schulden, im christlichen Glauben. Die Bezüge der Seegenossenschaft halten existenzielle Sorgen von mir fern. Mein unvergesslicher Sohn Pitt besaß diese Uhr. Daran gibt es nichts zu zweifeln. Mein Vater, Pitts Großvater, gemeint ist Hidde Meemke, Kapitän auf der Schonerbrigg »Votan«, strandete 1863 auf Öland in Schweden. Er hinterließ Pitt die Uhr, auf die Pitt sehr stolz war. Hinzu kommt, dass sie ja wertvoll ist. Sehr geehrter Herr Kapitän, Ihr Brief rüttelte mich auf. Ich ging davon aus, dass Pitt die Uhr bei sich trug, als er von Bord ins Wasser stürzte und ertrank. In diesem Zusammenhang erinnerte ich mich an einen Viertel-Briefbogen, den ich in seinem Seemannspass fand. Es handelt sich um eine Art »Schuldschein«, dem ich entnehme, dass Pitt einem nur mit den Abkürzungen genannten »J.T.« fünfzig Mark ausgeliehen hat. Ich hielt es nicht vonnöten, ihn aufzubewahren. Mein Vater, mein Mann und auch mein Sohn Pitt ertranken und fanden den Seemanns-

tod. Ich bedanke mich für Ihre Zeilen und verbleibe ehrerbietigst
Ihre
Katharina Luttmann

Der Brief ging ihm zu Herzen. Seine Hände zitterten, während er ihn bedächtig faltete und in das Kuvert steckte.

Betten füllte Tee nach, gab Zucker und Sahne hinzu, nahm einen kräftigen Schluck zu sich, schabte mit dem Besteck die Asche aus dem Pfeifenkopf und hängte die Pfeife zu den anderen an den Haken des Haltebrettes, das seitlich die Wand zierte. Er erhob sich, trat ans Fenster und blickte auf den Dünenkamm. Der Wind strich über den Strandhafer. Regen fiel vom grau verwaschenen Himmel. Er vernahm die Schläge der Pendeluhr.

Der Kapitän erinnerte sich an den friedlichen Morgen an Bord der Santana auf der Reise von Rio de Janeiro nach Pernambuco. Pitt Luttmann wurde vermisst. Sein Leibriemen wurde auf der Back gefunden. Um dem Matrosen beizustehen, ihn aus höchster Seenot zu retten, hatte er dem Steuermann befohlen, das Schiff zu wenden und in entgegengesetzter Richtung zu segeln. Sie kamen zu spät, Pitt war bereits ertrunken. Nur das zerknüllte Zeitungspapier, das er für die Reinigung nach seiner Notdurft benutzt hatte, trieb auf sanften Wellen und markierte die ungefähre Unglücksstelle.

Ein scheußlicher Tod mit dem Blick auf das davonsegelnde Schiff, das ihm zur Heimat geworden war. Nur der Koch hatte den letzten verzweifelten Hilferuf des Unglücksraben vernommen. Er glaubte die Stimme des Steuermannes gehört zu haben.

Der Kapitän lachte verächtlich. Er dachte an den harten, befehlenden Ton in der Stimme seines Steuermannes, verließ das Fenster und holte aus dem Schrank den Karton. Er fand das Foto, das seine Mannschaft in Rio de Janeiro vor der Santana zeigte. Er steckte es in einen Umschlag, fügte den Brief der Witwe Luttmann hinzu, blies das Teelicht aus, zog im Korridor den langen Wettermantel über, setzte seine Prinz-Heinrich-Mütze auf, griff zum Schirm und verließ das Haus.

Habe ich versagt?, fragte er sich vorwurfsvoll. Mit ernstem Gesicht schritt er durch den Regen, den Blick gerichtet zur Badestraße, und betrat den Laden des Krämers Heye Fisser, der sich über den aufgeregten Kunden wunderte.

Fisser nahm den Schirm entgegen, stellte ihn in den Ständer und blickte in das von Zorn gerötete Gesicht des Seefahrers.

»Die Taschenuhr?«, fragte er, sich anbiedernd.

»Die auch!«, antwortete der Kapitän schnippisch.

Er entnahm dem festen Umschlag, der Regenspuren zeigte, das Foto und hielt es mit zitternder Hand Fisser entgegen.

»Schauen Sie genau hin! Meine Mannschaft vor meinem Schiff!«, forderte er den Krämer auf.

Fisser nahm das Foto in die Hand.

»Wegen der Uhr?«, fragte er beunruhigt, in der Befürchtung, Diebesgut an den Kapitän verkauft zu haben. Er trat hinter den Verkaufstresen, entnahm der Schublade eine Lupe, hielt sie über das Foto und betrachtete die Männer, die Troyer und Seemannshosen trugen. Ihm stockte der Atem. Er vergewisserte sich mit einem zweiten Blick durch die Lupe.

»Der Dritte von rechts mit dem glatt rasierten Gesicht und der stämmigen Figur«, sagte Fisser irritiert.

Kapitän Betten nickte.

»Von ihm kauften Sie die Taschenuhr?«, fragte er ernst.

»Ja, ich vertraute ihm, bitte bereiten Sie mir keine Scherereien«, antwortete der Händler und reichte dem Kapitän das Foto.

»Ihm vertrauten viele, auch ich. Keine Sorge, die Gerechtigkeit nimmt ihren Lauf«, antwortete der Kapitän und schob das Foto in den Umschlag.

»Von Bord der Jenny?«, fügte er hinzu.

»Ja«, sagte Fisser kleinlaut.

»Keine Sorge!« Der Kapitän nahm den Schirm aus dem Ständer, verließ das Geschäft, ging in Richtung Knyphauser Straße und suchte das kaiserliche Polizeirevier auf.

Der 45-jährige Polizeirat Malte Mannen empfing den abgemusterten Kapitän mit Hochachtung, bat ihn Platz zu nehmen und wies auf die Holzbank im nüchternen Dienstzimmer. Der Beamte trug eine schwarze Schleife im weißen, gestärkten Hemdenkragen, eine Weste und eine dunkle Tuchjacke mit ausgelegtem Kragen. Er hatte ein forsches Gesicht und trug sein dunkelblondes Haar, in dem Silberfäden schimmerten, nach hinten gekämmt.

»Kapitän, was führt Sie zu mir?«, fragte er und blickte den alten Mann skeptisch an.

Folkmar Betten berichtete. Er holte weit aus, schilderte den Besuch bei Heye Fisser, ließ nicht aus, dass er, abergläubisch, die Taschenuhr bei seinem Vetter in Norden hinterlegt hatte, unter Erwähnung seiner gesundheitlichen Störungen. Er weihte den Polizeirat ein in die Ereignisse an Bord der Santana und reichte ihm das Foto.

»Für Ihre Akten«, sagte er. »Hier ist der Brief der Mutter des Opfers«, fügte er hinzu und händigte dem Kommissar den Brief aus.

Malte Mannen las die Zeilen der leidenden Witwe und schaute auf.

»J. T.?«, fragte er.

»Jan Toenjes, der Koch. Er hatte angeblich am frühen Morgen einen Ruf gehört. Diese Aussage gehörte zu seinem Plan und sorgte erfolgreich für unsere Ablenkung«, trug der Kapitän vor.

Der Polizeirat Malte Mannen entnahm dem Schreibtisch einen Aktenbogen, tauchte die Feder in das Tintenfass und notierte die Aussagen des glaubwürdigen und angesehenen Seemannes.

»Das fassen wir zuerst einmal zu einer Anklageschrift zusammen«, sagte der Polizeirat anschließend.

Jan Toenjes, der als Koch zuletzt auf der Brigg »Jenny« fuhr, zu Hause in Nessmersiel, dem der Mord an dem Matrosen Pitt Luttmann und Raub zur Last gelegt wurde, befand sich zurzeit auf See, wie sich herausstellte. Er wurde im Herbst desselben Jahres nach der Rückkehr aus Malmö in Bremen festgenommen.

Im Jahre 1903 wurde er wegen des heimtückischen Mordes an dem Matrosen und Bordkameraden, wegen Raubes und Betruges zu lebenslänglicher Gefängnisstrafe verurteilt.

Der Knüppelmord

Jakoba Boomfalk hatte in Berumerfehn als Tochter des Gärtners Kuno und seiner Frau Amanda im Jahre 1935 das Licht der Welt erblickt. Ihr Bruder Alrich kam 1937 auf die Welt.

Ihr Elternhaus lag am Verlaadsweg mit der Schleusenmauer des Fehnkanals. Während ihrer Kindheit luden hier junge kräftige Männer, später waren es Kriegsgefangene gewesen, in großen Weidenkörben Torfscheite von den Kähnen, die sie mit langen Staken durch das träge Moorwasser bugsierten.

Auch sie hatte oft geholfen, als sie sechs geworden war, und die Scheite aufgelesen, die aus den Körben gefallen waren.

Ihr Papa befand sich damals als Marinemaat auf einem U-Boot, das von Brest im fernen Frankreich auslief und glücklicherweise Radarortung und Wasserbombenabwürfe überstanden hatte.

Zu der Zeit hatte Mama das große Gartengelände, in dem noch vor Jahren Blumen und Ziersträucher geblüht hatten, Gemüse und Kartoffeln angepflanzt.

Sie hatte viel geweint, wenn sich nach langem Warten die Feldpostbriefe mit gewaltigen Verspätungen einfanden und der Papa wortkarg von erfolgreichen Einsätzen berichtete und er Mama Mut zusprach und die Briefe mit »Sieg Heil« unterschrieben hatte.

Abgesehen von den ständigen Ängsten angesichts der schweren Bombenangriffe der Alliierten auf die

Stadt Emden blieb der Landkreis Norden vom direkten Kriegsgeschehen verschont.

Jakoba und ihr Bruder Alrich mussten nicht hungern. Sie besuchten die Volksschule, auf der sich die Sirene befand, die Alarm gab, wenn feindliche Bomberverbände, die sie bei klarem Wetter am Himmel sehen konnten, den Küstenstreifen von Wilhelmshaven bis Emden überflogen.

In der kleinen Dorfkirche betete Mama mit den vielen Nachbarinnen. Sie weinten, wenn sie aus dem Munde des alten Pastors die Namen der Soldaten erfuhren, die für »Volk und Vaterland« draußen an schwer aussprechbaren Frontabschnitten als Bürger des kleinen Feriendorfes ihr Leben gelassen hatten.

Die Anzahl der Witwen und Waisen stieg bedrohlich an. Lang ist die in Stein geschlagene Liste mit den Namen der Gefallenen der beiden Weltkriege, derer zu gedenken das Mahnmal an der Hauptstraße den Gast auffordert.

Doch da gab es auch Erinnerungen an fröhliche Ereignisse, an die sich Jakoba gern erinnerte. Dazu zählte die Herstellung von Karamellbonbons in der Pfanne auf dem Herd, wenn Mama Zucker und Milch abzweigen konnte; das Schnibbeln der Bohnen, die für die Vorratshaltung in Steinbottiche eingelegt wurden. Und erst recht die Spielchen mit den Nachbarskindern im Wald. Sie hatten Bunker gebaut, Verstecke gesucht, sie mit Reisig bedeckt und ausgelassen Onkel Doktor gespielt, harmlos in geflickter Wäsche.

Am Martinsabend zogen sie mit ausgehöhlten Rüben zu den Bauern, bekamen für ihre nicht mehr in die Zeit passenden Liedchen vom »Guten Mann« Wurstzipfel und Schmalzbrote.

Vater Kuno Boomfalk überlebte den Krieg, die Zeiten besserten und normalisierten sich. Jakoba besuchte nach dem Abschluss der Volksschule die Handelsschule in Norden. Zur Konfirmation bekam sie von den Eltern ein Fahrrad geschenkt, das sie unabhängig von der schlechten Busverbindung machte.

Nach dem erfolgreichen Abschluss der Handelsschule begann Jakoba am Kreiskrankenhaus in Norden eine Ausbildung zur Krankenschwester, machte ein gutes Examen und ging voll im erlernten Beruf auf.

Papa und Mama führten die Gärtnerei mit viel Elan zu steigenden Umsätzen mit entsprechenden körperlichen Anstrengungen.

Bruder Alrich zeigte keine Neigungen, den elterlichen Betrieb zu übernehmen, er besuchte in Oldenburg die Ingenieursschule mit Erfolg und, das sei bereits hier erwähnt, schied nach nur einem Jahr als Bauingenieur bei der Firma Gebrüder Neumann, Norden, aus und folgte seiner Freundin Pamela Anderson, einer Germanistikstudentin, nach Perth in Australien.

Um Jakoba Boomfalk buhlten einige Söhne der reichen Bauern, von denen die hübsche Krankenschwester nichts wissen wollte.

An einem Samstagabend Mitte Mai 1957 entschloss sich Jakoba Boomfalk zu einem Spaziergang in den Berumerfehner Wald, um ein wenig Abstand von ihrem Dienst, erst recht von der bedrückenden Stimmung im Elternhaus zu nehmen.

Eigentlich gab es einen Grund zum Feiern. Ihr Bruder Alrich hatte aus Perth, Australien, angerufen. Er war Vater geworden. Er und seine Frau wollten den Jungen auf den Namen des Großvaters taufen lassen. Doch die Freude hielt sich in Grenzen.

Jakobas Vater, der leidenschaftliche Kettenraucher, bereitete ihnen Sorgen. Er litt häufig unter Atemnot, hustete viel und spuckte unentwegt, lehnte den Besuch eines Arztes jedoch strikt ab. Bereits im Januar hatte er die Leitung seiner Gärtnerei seinem knapp 40-jährigen Meister Uwe Riemers anvertraut und spielte mit dem Gedanken, den Betrieb an ihn zu verkaufen. Immerhin beschäftigte Papa neben dem Meister noch fünf Gesellen und einen Lehrling.

Papa sprach von dem Erwerb einer geräumigen Eigentumswohnung in Norddeich, weil die frische, pollenfreie Seeluft ihm gut bekam.

Jakoba Boomfalk schritt tief in Gedanken über den Waldweg am Moorkanal entlang. Die Luft war nach einem sonnigen Tag mild. Die Bäume trugen keimendes Laub. Der aufgebriste Abendwind fuhr durch Baumkronen. Dabei näherte sie sich einer Ruhebank, auf der ein junger Mann saß. Er trug Jeans, ein buntes Oberhemd und eine rehbraune Wildlederjacke. Sein Haar war blond und lockig. Er hatte das rechte Bein angezogen, die Jeans bis zum Knie hochgeschoben, die Socke ausgezogen und sie in den Schuh gesteckt, der vor ihm auf den Boden stand.

Der junge Mann hatte ein gut geschnittenes schmales, sonnengebräuntes Gesicht und blickte Jakoba mit einem verlegenen Lächeln an.

»Sind Sie von hier, Fräulein?«, fragte er im rheinischen Tonfall.

»Ja«, antwortete sie distanziert, errötete leicht, als sich ihre Blicke kreuzten.

Auch sie trug ihre Jeans an diesem Abend und über ihrer weißen Bluse ein kragenloses Trachtenjäckchen.

»Gibt es hier Zecken?«, fragte der junge Mann und

zeigte auf eine gerötete Hautstelle oberhalb des Fußgelenks. »Vielleicht war es nur eine Mücke«, fügte er hinzu. Er fuhr mit dem Zeigefinger der rechten Hand über die leichte Schwellung.

»Unsere Zecken sind im Gegensatz zu ihren Geschwistern im süddeutschen Raum ungefährlich«, antwortete Jakoba, neigte sich vor und betrachtete die harmlos aussehende Verletzung.

»Wissen Sie, mein Nachbar Hännes, ich komme aus Korschenbroich, bei Mönchengladbach, mein Name ist Josef Pilchrat, ist während einer Kegeltour in Bad Neuenahr von einer Zecke gebissen worden. Er liegt nach drei Monaten immer noch im Koma«, sprudelte der Mann temperamentvoll drauflos.

Jakoba hatte gute Augen. Sie bemerkte die kleinen, fast parallel verlaufenden Bissstellen und die winzigen dunklen Punkte der giftigen Stacheln.

»Mit einer Lupe und einer Nadel könnte ich Ihnen helfen. Doch man kann nie wissen. Sie benötigen vorsorglich Penizillin«, sagte Jakoba fachmännisch.

Der junge Mann blickte sie erstaunt an.

»Fräulein, Sie sind schöner als ich mir meinen Schutzengel vorgestellt habe«, sagte er.

Jakoba winkte ab, nahm die Socke aus dem Schuh und schüttelte sie. Auf dem ausgetretenen, festen Boden vor der Bank lag die erbsengroße Zecke. Sie hatte die Farbe einer Wacholderbeere.

Jakoba drückte sie mit dem Finger platt. Blut befleckte den Boden.

»Sie gehören zu den Gästen des Kompanie-Hauses? Ich sah den Reisebus«, fragte sie.

»Ja, zu den erfolgreichen Kandidaten der Meisterprüfung der Handwerkskammer von Mönchengladbach.

Zur Belohnung unserer Büffeleien unternehmen wir eine Busreise durch Ostfriesland«, antwortete Josef Pilchrat, zog die Socke hoch, setzte seinen Fuß in den Schuh und richtete sich wieder her. Er fühlte sich hingezogen zu der hilfsbereiten jungen Frau.

»Spätdienst hat heute die Frisia-Apotheke in Großheide. Begleiten Sie mich nach Hause. Ich fahre Sie hin. Es ist nicht weit«, sagte Jakoba Boomfalk und errötete leicht, als Josef Pilchrat sie dankbar anschaute.

»Wenn Sie so nett sein wollen, wäre ich Ihnen sehr verpflichtet«, antwortete er.

Josef Pilchrat eröffnete in Korschenbroich mitten in der Neubausiedlung »Am Tömp« eine Schlachterei mit einem Versandhandel. Sein Spitzenprodukt, »Niederrheinischer Schinken«, erwies sich als ein Verkaufserfolg.

Der Zeckenbiss im Waldgelände seitlich des trüben Moorkanals in Berumerfehn hatte das gesunde Blut des frisch gebackenen Metzgermeisters dank der medizinischen Vorsorge seines »Engels« nicht vergiftet, dennoch schicksalhafte Folgen nach sich gezogen. Josef Pilchrat und Jakoba Boomfalk fanden zueinander.

Im selben Jahr, kurz vor Weihnachten, verstarb Kuno Boomfalk an Lungenkrebs. An seiner Beisetzung nahm auch Josef Pilchrat teil.

Alrich Boomfalk, der es als Bauingenieur in Perth zu Wohlstand gebracht hatte, nahm im Anschluss an die Beerdigung und der Erledigung der amtlichen und juristischen Formalitäten, was niemand im kleinen Feriendorf für möglich gehalten hätte, seine trauernde Mama, die, das sei vermerkt, sehr an ihrem Sohn hing und sich in die Nähe ihres Enkelkindes wünschte, mit nach Australien.

Die Boomfalks verkauften die Gärtnerei samt Wohnhaus, Treibhäusern und fruchtbarem Hinterland an den Gärtnermeister Uwe Riemers.

Jakoba Boomfalk reichte beim Kreiskrankenhaus ihre Kündigung ein, beteiligte sich mit einem Teil ihres Erbes an der Schlachterei in Korschenbroich und heiratete ihren Josef im März 1958.

Jakoba Pilchrat, geborene Boomfalk, die ehemalige Krankenschwester, verlebte an der Seite des tüchtigen Unternehmers glückliche Jahre, wurde ihrem Mann zu einer verlässlichen Stütze des expandierenden Betriebes, den sie bereits nach Rheydt verlagert hatten und auf dem Industriegelände unter der Firmierung »JOPI-Fleischwarenfabrik GmbH & Co. K.G.« in neu errichteten Hallen mit modernen Maschinen betrieben. Sie beschäftigten 1966, als ihr Sohn Georg geboren wurde, bereits 28 Mitarbeiter.

Die Pilchrats waren dafür bekannt, großzügig zu verfahren, wenn es um das Wohl ihrer Mitarbeiter ging oder, was zu ihrem Alltag geworden war, sie um Spenden für soziale und kulturelle Einrichtungen und Veranstaltungen zur Kasse gebeten wurden. Ansonsten lebten die Pilchrats bescheiden und traten nur selten in der Öffentlichkeit in Erscheinung.

1969 erblickte Tochter Maike das Licht der Welt. Jakoba widmete sich der Erziehung der Kinder. Von Beruf war sie Mutter, wie sie sich zu äußern pflegte. Eine Angestellte unterstützte sie bei der Haushaltsführung. Sie redete ihrem Mann nicht in die Geschäfte. Im Gegenteil, sie sorgte für Ablenkungen von seinem stressigen Management, kaufte Konzert-, Kino- und Theaterkarten und schleifte ihren Josef einfach mit.

Dank eines langjährigen Vertrages mit einer führenden rheinischen Lebensmittelkette erweiterte Josef Pilchrat 1981 die Fabrikationsanlagen und stellte weitere Mitarbeiter ein. Sohn Georg und Tochter Maike wuchsen zu ihrer Freude gesund und pflegeleicht heran.

Zur Beerdigung der Mama, Amanda Boomfalk war hochbetagt in Perth verstorben, flogen sie nach Australien.

Die Jahre flossen dahin, der Wohlstand mehrte sich, ohne die Bescheidenheit der Pilchrats zu berühren.

1988, an seinem 55. Geburtstag, ehrte die Stadt Rheydt Josef Pilchrat mit der Verleihung der »Kulturmedaille« für seine großzügigen, seit Jahren geleisteten Subventionen an das Stadttheater.

Sohn Georg, danach auch Tochter Maike, bestanden das Abitur und gaben sich dem Studium hin. Georg entschied sich für Volkswirtschaftslehre an der Universität in Köln, Maike studierte in Göttingen Tiermedizin.

Beide schafften die Examina mit guten Noten.

Josef Pilchrat und Jakoba näherten sich dem Rentenalter. Sie schauten stolz auf ihr Lebenswerk zurück. Ihre Kinder bescherten ihnen weiterhin viel Freude. Sohn Georg stieg zum Marketingleiter bei den niederländischen »Kaasje-Fabriken« in Edam auf und stand auf Abruf bereit, den elterlichen Betrieb zu übernehmen. Tochter Maike leitete das Veterinär-Amt der Stadt Velbert.

Jakoba, im großen Bungalow an der Parkstraße mit gepflegter Gartenanlage, litt unter Einsamkeit, wenn Josef – das hatte Tradition – jeden Tag in seine Firma ging und seine Stammkunden noch persönlich aufsuchte.

Jakoba sehnte sich mit fortschreitendem Alter zurück nach Ostfriesland.

1995, an ihrem sechzigsten Geburtstag, erfüllte Josef ihr ihren dringlichsten Wunsch. Er begleitete seine Jakoba nach Berumerfehn. Sie nahmen ein Zimmer im Kompanie-Haus, suchten bei schönem Wetter die Bank auf und erinnerten sich an den Zeckenbiss. Die elterliche Gärtnerei existierte nicht mehr. Auf dem Grundstück befand sich ein Mehrfamilienhaus.

Bei der Suche nach einem Domizil in Ostfriesland fanden sie zu einem reetgedeckten Haus im benachbarten Westermoordorf, das neu errichtet zum Verkauf stand.

Das im Stil einer Kate gebaute, rot geklinkerte Haus befand sich, von Fichten, Holunderbüschen und knochigen Birken umstanden, etwa 100 Meter von der Brückstraße entfernt.

Die Auffahrt war gepflastert. Sträucher und ein fester Drahtzaun trennten das Grundstück rundum von den landwirtschaftlich genutzten Weiden.

Wie der zuständige Makler bei einer Besichtigung zu berichten wusste, war der Bauherr, ein Frauenarzt aus Braunschweig, der Wert auf eine historische Architektur gelegt hatte, kurz nach der Fertigstellung an Herzversagen verstorben.

Die Witwe beabsichtigte, sich von dem Anwesen zu trennen. Der Preis, so der Makler, lag unter dem tatsächlichen Wert des Hauses. Da gab es kein Feilschen, da stimmte alles, wie Josef Pilchrat und seine Jakoba feststellten. Sie kauften das schmucke Haus, sparten nicht an der Inneneinrichtung und schufen sich in Westermoordorf ein gemütliches Refugium als Alterssitz, doch vorerst als Ferienstation für ihre Fahrradausflüge in Jakobas alter Heimat, wann immer es ihre Zeit erlaubte.

Sohn Georg stieg 1997 in die Firma ein, entlastete den Vater, der im Jahre darauf an den Folgen eines Schlaganfalls verstarb.

Jakoba Pilchrat, die 62-jährige rüstige Witwe, hatte ein gepflegtes Äußeres, kleidete sich elegant und jugendlich, ohne dabei den Blick in den Spiegel zu vernachlässigen. Sie hasste Weinerlichkeit und Selbstmitleid, fand auch in der Trauer um ihren Josef abgesteckte Grenzen. Sie blickte in Dankbarkeit zurück und mit Zuversicht nach vorne und glaubte an eine gute Zukunft für ihre Enkelkinder.

Während der tristen Schmuddeltage besuchte Jakoba ihre Tochter Maike in Velbert, die an der Seite ihres zuverlässigen Schwiegersohnes, Frank leitete die Zentrale der Stadtsparkasse, ihre beiden Töchter in der bewährten Familientradition großzog.

Ihre Besuche entsprachen ihrer inneren Einstellung und dauerten nie länger als eine Woche. Da half auch kein Zureden, wenn Sohn Georg und seine hübschen Buben auf sie einzureden begannen. Die Schwiegertochter, eine Diplomkauffrau, verfuhr mit der Betreuung der Enkel nicht immer in ihrem Sinn. Zugegeben, sie war tüchtig, doch für Jakobas Dafürhalten spielte sie zu oft Tennis und befand sich zu wenig in der Küche, wenn die Buben von der Schule nach Hause kamen.

Jakoba fühlte sich im Haus in Westermoordorf nie einsam. Sie hatte den teuren Mercedes ihres Mannes behalten, fuhr zu den Konzerten nach Emden, besuchte in

Berum die Sauna, feierte mit den Saunaschwestern Geburtstage und empfing alte Schulfreundinnen zum Tee, die wie sie die sechzig überschritten hatten.

Sie schaute oft Fernsehen, las sehr gerne und sprach oft mit Josef. Wenn sie an kalten Tagen vor dem Kamin saß, in die tanzenden Flammen schaute, glaubte sie ihren Josef in der Nähe zu spüren. Sie war fest davon überzeugt, dass seine unsterbliche Seele oft bei ihr weilte.

Bis auf Bertus Poppen, der ihren Garten liebevoll pflegte, verzichtete Jakoba auf helfende Angestellte.

Der gleichaltrige Rentner besaß ihr Mitgefühl. Sie hatten ihn in der Volksschule wegen seines Buckels nicht nur gehänselt, schikaniert, sondern auch von ihren Spielchen und Spielen ausgeschlossen.

Bertus, Sohn einer schlampigen und verwirrten Mutter, die als Kuhmagd beim Landwirt Abbinga im Scheunentrakt damals gewohnt hatte, war ohne Vater herangewachsen. Die Mutter war eine exzellente Melkerin und Käserin gewesen und verstorben. Ohne Schulabschluss hatte sich Bertus Poppen, der weder lesen noch schreiben gelernt hatte, als Knecht und Gelegenheitsarbeiter bis ins Rentenalter verdungen. Er lebte in der abgewohnten, sich im Gemeindeeigentum befindlichen Moorkate, im Volksmund »Schuppen« genannt, die sich hinter dem Berumerfehner Wald im Moorgelände befand.

Bertus Poppen war bisher niemandem zur Last gefallen. Er kam mit der knappen Rente klar, die auf sein Konto überwiesen wurde, um das sich die Gemeindeschwester kümmerte, die den alten Sonderling betreute und nach dem Rechten sah.

Bertus Poppen bot in keiner Weise einen Anlass, ihn in ein Heim zu stecken.

Wenn Bertus Poppen unrasiert mit ungepflegten Haaren in abgetragener Drillichhose, nach vorn gebeugt, mit der Shag-Pfeife zwischen den Zähnen, im verwaschenen Baumwollhemd, das sich über seinen Buckel spannte, den Rasen mähte oder in den Beeten das Unkraut jätete, steckte Jakoba Pilchrat einen Fünfzigmarkschein zwischen hergerichtete Käse-, Wurst-, und Mettschnitten, fügte einen Apfel, eine Birne, Banane oder Orange je nach Jahreszeit hinzu, legte zwei Flaschen Bier hinein und trug das gefüllte Strohkörbchen in die Garage zu dem kleinen Abstelltisch, unabhängig von der Arbeitszeit des verlässlichen Gärtners.

Bertus Poppen betrat nie das Haus von Jakoba Pilchrat. Selbst bei Wind und Wetter und im stürmischen Regen besprach sich Jakoba mit ihm vor dem Haus oder in der Garage. Er nannte Jakoba Pilchrat »Gnädige« und hatte, wie sie annahm, die Schmach vergessen, die sie ihm mit ihren Schulfreundinnen während seiner Kindheit angetan hatte.

In Anbetracht der ansteigenden Kriminalität empfahl Sohn Georg, der in dem gesunden mittelständischen Unternehmen zurzeit 250 Mitarbeiter beschäftigte, der Mama, sich einen Hund zuzulegen. Er hatte Beziehungen zu einem Hundezüchter im Westfälischen. »Hasso, ein Schäferhund, Rüde, mit Stammbaum, zugerichtet, an die Haustür geliefert«, lautete seine Offerte.

Jakoba hatte weder Angst im Haus noch mochte sie Hunde. Sie belächelte den fürsorglichen Vorschlag ihres Sohnes.

Ob ein abgerichteter Schäferhund an ihrer Seite zur Vermeidung der Ereignisse, die sich an einem dunklen Dezembertag, während Schneeflocken den Rasen bedeckten, der Himmel mit schwarzen Wolken die ostfriesische Küste bedeckte, beigetragen hätte, das ist im Nachhinein schwer zu beurteilen.

Jakoba Pilchrat saß an diesem späten Samstagabend vor dem Kamin. Sie hatte geduscht, trug über ihrer Wäsche den molligen Bademantel und blickte in die lodernden Flammen. Sie nippte am Weinglas, stellte es ab und griff zu ihrem Fotoalbum, es handelte sich um den Band III, den sie beschriftet und fertig gestellt hatte. Jakoba hatte die in Kartons und Teedosen herumfliegenden Fotografien gesammelt und geordnet. Sie liebte es, sich an die Jahre mit Josef zu erinnern.

Bertus Poppen blieb im Edeka-Markt keine Mark schuldig, wenn er sich mit Bier und Corvit eindeckte, die Einkaufstaschen links und rechts an den Lenker seines Fahrrades hängte und sich auf den beschwerlichen Rückweg machte.

Am Möhlenkamp endete der gefestigte Weg. Von dort schob er das Rad über den von Waldfahrzeugen zerfurchten und mit Pfützen übersäten Feldweg nach Hause.

Die Gemeinde hatte den alten Ölofen entfernt und die Räume mit einer Nachtspeicherheizung versehen und den »Schuppen« im Vorgriff auf spätere bauliche Maßnahmen an die Kanalisation des Möhlenkamps angeschlossen.

Dort hatte die Gemeinde einen Wohnblock für die Unterbringung der ihr zugewiesenen Asylanten und Russlanddeutschen errichten lassen.

Unterkunft in diesem Mehrfamilienhaus hatten auch zwei junge Männer gefunden, es handelte sich um Vettern, die gebürtig aus Berumerfehn und Westermoordorf stammten. Sie waren 32 und 34 Jahre alt.

Beide waren geschieden, wegen krimineller Machenschaften und Körperverletzung in mehreren Fällen vorbestraft und waren in den Maschen des sozialen Auffangnetzes gelandet. Sie waren von Hamburg übergesiedelt, zeigten sich arbeitswillig, fanden Einsatz bei der Pflege der Straßen und Gehwege und der gärtnerischen Betreuung der Grünanlagen. Dabei blieb es kein Geheimnis, dass sie, ohne irgendwo anzuecken, jede freie Mark in Alkohol umsetzten.

Es handelte sich um den gelernten Straßenpflasterer Carlo Melchert und den Friseur Felix Sievers. Ihre Vita war den Verantwortlichen im Rathaus bekannt, und keine Zeile aus den Akten fand den Weg in die Öffentlichkeit.

Die beiden Männer kleideten sich adrett, wirkten in keiner Weise auffällig, und es störte niemanden, wenn sie sich mit dem Taxi abends zum Saufen nach Emden fahren ließen, soweit es ihre Finanzen zuließen. Doch daran haperte es sehr häufig. Sie liebten es, bei gutem Wetter in der Nähe des Kiosks die Ruhebank mit dem Blick auf den Kanal zu belagern. Dabei wurden sie auf Bertus Poppen aufmerksam, der sich großzügig an den Samstag- und Sonntagabenden gegen Bares bedienen ließ.

Carlo Melchert und Felix Sievers gingen geschickt zu Werke, das Vertrauen des alten, buckeligen Mannes zu erlangen, der in den jungen Männern Schicksalsgenossen entdeckte, die wie er von der Gesellschaft verstoßen wurden. Er lud sie zu sich in den Schuppen ein.

Bertus Poppen, um den sich seit dem Tode der Mutter, und das lag eine kaum noch zu übersehende Zeit zurück, niemand gekümmert hatte, fand Gefallen an den flotten Sprüchen und der Hilfsbereitschaft und der Zuneigung seiner Freunde, zahlte gerne und fühlte sich wohl im Umgang mit seinen jungen Freunden, die sein tristes Leben bereicherten und ihn liebevoll »Opi« nannten.

Mit dem Einsetzen des Winters blieben die Zuwendungen der »Gnädigen« aus. Bertus Poppen schränkte notgedrungen seine großherzige Gastfreundschaft ein. Er teilte zwar, wenn die Jungs im Schuppen erschienen, mit ihnen seinen Vorrat, verwies sie allerdings auf das Frühjahr und damit auf bessere Zeiten.

Maike Rengsdorf blickte an diesem frostigen Dezembermorgen ihren Mann fragend an. Frank räumte den Frühstückstisch ab. Die Töchter hatten sich auf ihr Spielzimmer zurückgezogen, um weiter an ihren Bastelarbeiten an den Weihnachtsgeschenken zu arbeiten.

»Mama meldet sich nicht«, sagte Maike nervös.

»Heute ist der zweite Adventssonntag. Vielleicht besucht sie die Kirche«, meinte Frank und trug das Geschirr in die Küche.

Maike drückte die Taste, legte den Hörer des schnurlosen Telefons auf die Anrichte und folgte Frank in die Küche.

Sie erledigten den Abwasch und bereiteten das Mittagessen vor. Gegen 10.30 Uhr startete Maike einen weiteren Versuch. Ohne Erfolg!

Maike und Frank Rengsdorf zogen den Mädchen ihre Mäntel über für einen Spaziergang in den mit Raureif bedeckten Stadtpark.

Um 12 Uhr kamen sie zurück. Maike griff direkt zum

Telefon, bekam erneut keinen Anschluss. Sie war in Sorge und rief ihren Bruder in Rheydt an. Auch Georg hatte sich vergeblich bemüht, die Mama an die Strippe zu bekommen.

»Da wird doch nichts passiert sein?«, fragte Maike beunruhigt.

»Mama wollte keinen Hund. Ich habe Hasso für mich gekauft«, antwortete ihr Bruder.

»Schönen Advent! Grüß Dagmar und die Kinder. Ich versuche es nach dem Mittagessen noch einmal«, sagte Maike und drückte die Taste.

Frank bemühte sich um Ausreden und zerstreute Maikes Befürchtungen.

Ihnen allen mundete die Puterbrust mit Apfelmus, Heidelbeeren und Kroketten, doch nach dem Essen, während die Töchter im Fernsehzimmer das Kinderprogramm sahen und Frank sich der Spülarbeit hingab, blickte Maike im Arbeitszimmer durch das Fenster auf die Spitze des Rathauses und wartete vergeblich auf die Stimme der Mama.

Kommissar Hartmut Harms hatte sich im Personalraum einen Tee aufgebrüht, trug das Kännchen samt Geschirr an seinen Schreibtisch, zündete das Teelicht an und stellte die Kanne auf das Stövchen. Er versah an diesem kalten Dezembernachmittag mit dem Blick auf den Markt und die mit Kerzen versehenen Tannen vor der Ludgeri-Kirche den Dienst. Er trank den Tee mit Sahne und Kluntje und steckte sich eine Zigarette an.

Seine Frau Anja besuchte mit dem Sohn die Oma im Krankenhaus. Sie litt an einer Herzgeschichte, die nichts Gutes verhieß.

Das Telefon scheuchte ihn aus seinen Gedanken. Er nahm den Hörer ab.

»Polizeirevier Norden, Harms«, meldete er sich.

»Maike Rengsdorf, Velbert. Herr Harms, meine Mutter Jakoba Pilchrat wohnt in Westermoordorf, Brückstraße 74, alleine in ihrem Haus. Ich befürchte, dass ihr etwas zugestoßen ist. Sie meldet sich nicht«, vernahm Harms die Mitteilung der besorgten Frau aus dem Rheinland.

»Geben Sie mir Ihre Telefonnummer. Ich rufe zurück«, sagte der Kommissar und notierte die Teilnehmernummer.

»Bis dann«, sagte er und legte auf.

Harms drückte die Sprechfunktaste und nahm Verbindung mit seinen Kollegen auf, die sich mit ihrem Streifenwagen auf dem Wege von Hage nach Halbemond befanden.

Sie gingen dem Notruf aus Velbert nach.

Kommissar Volker Bents saß mit seiner Frau Insa im Wohnzimmer am Tisch. Sie studierten Ferienkataloge. Sie hatten in Hage im Edenhofgelände gebaut. Ihre monatliche Belastung hielt sich in Grenzen, und dank des Beitrages von Insa, sie arbeitete auf Stundenbasis im »Sebi-Markt«, konnten sie sich einen Urlaub auf Mallorca leisten.

Ihr 13-jähriger Sohn Max befand sich auf der Skaterbahn am Sportplatz. Am Adventskranz brannten die Kerzen. Sie tranken Tee und aßen vom »Aldi-Stollen«.

In die vorweihnachtliche Stimmung läutete das Handy. Volker Bents nahm es vom Tisch und meldete sich. Er vernahm die vertraute Stimme seines Kollegen Harms.

»Volker, dicke Kacke! In Westermoordorf, Brückstraße, wurde eine Jakoba Pilchrat überfallen und ermordet. Dr. Krekeler vom Kreiskrankenhaus und den Kurierfotografen habe ich benachrichtigt. Am Tatort befinden sich Löning und Buscher. Focken und Nestler sind mit dem Spurensicherungskoffer unterwegs.«

»Schrecklich! Benachrichtige den Bestatter!«, ordnete Bents an. Er schaltete das Gerät aus.

»Überfall und Mord in Westermoordorf, und das kurz vor Weihnachten«, sagte er verärgert, verließ das Wohnzimmer, holte aus dem Arbeitszimmer seine Diensttasche, steckte das Handy ein, zog die Wetterjacke über, verließ das Haus und ging zur Garage, wo er in den Golf stieg und zum Tatort fuhr. Die Straßen waren frei. Der Wind wehte kalt aus östlicher Richtung.

Der Kommissar lenkte den Golf auf die breite Auffahrt, parkte hinter den Polizeifahrzeugen seitlich der frostigen Rhododendronsträucher, die den großzügigen Rasen einfassten. Er verließ den Wagen und blickte auf das hübsche Klinkerhaus. Es wirkte idyllisch in der weiten, weißen Winterlandschaft.

Kollege Edo Focken kam ihm entgegen. Er trug Uniform. Das Gesicht des gesetzten Beamten mit dem kleinen Spitzbart war vom kalten Wind gerötet.

»Keine Spuren hier auf dem Grundstück«, sagte er.

Bents nickte. Er folgte Focken zur Haustür. Sie stand offen. Auf einem Perserteppich, der den mit roten Steinfliesen belegten Fußboden bedeckte, lag das Opfer auf dem Rücken mit angewinkelten Beinen, die Arme von sich gestreckt, mit geöffneten Handflächen. Um den Kopf der alten Frau hatte sich eine Blutlache gebildet. Das zur Seite geneigte Gesicht war verquollen und schwer verletzt.

Die Schöße ihres Bademantels ließen den Blick frei auf ihre Schenkel. Sie trug keine Strümpfe, nur ihre Wäsche. Vor der Garderobe lag ein mit Pelz gefütterter Pantoffel, der andere befand sich vor der massiven Holztreppe, die nach oben führte.

Die Wände des Korridors waren mit Fichtenholz getäfelt. Über der mit echten Delfter Kacheln belegten Heizungsverkleidung hing ein Spiegel. Eine Tür führte in die Küche, eine weitere in das Wohnzimmer. Die Korridorlampe war eingeschaltet. Über Bügel hingen an der Garderobe ein Tweedkostümjäckchen und ein Anorak. Auf der Ablage lagen gefütterte Lederhandschuhe und eine kesse, karierte Stoffmütze mit herabklappbaren Ohrenwärmern.

»Auf der Straße blockieren Neugierige den Verkehr. Ich muss für Ordnung sorgen«, sagte Focken und ging davon.

Kommissar Bents vernahm Stimmen. Löning und Buscher kamen über die Treppe nach unten.

»Wir haben uns oben gründlich umgeschaut. Schlafzimmer, Bad, Toilette, Kinderzimmer, keine Spuren«, sagte Löning.

»Im Wohnzimmer haben sie wie Vandalen gehaust«, warf Erwin Buscher ein.

Auch er trug wie sein Kollege Uniform. Volker Bents blickte auf das entstellte, blutige Gesicht.

»Unmenschen, die so etwas anrichten«, schimpfte er.

Der Kurierfotograf Manstroh betrat den Korridor.

»Ich komme von der Weihnachtsfeier der AWO«, sagte er und blickte angeekelt auf die Leiche.

»Der Dame war es nicht vergönnt, das Weihnachtsfest zu erleben«, sagte Volker Bents verbittert.

Der Fotograf machte Fotos von der toten Jakoba Pilchrat, die nicht weit entfernt vom Tatort ihre Kindheit erlebt hatte, während ihres Lebens manchen Gefahren entronnen war. Verbrecher hatten sie aus Habgier im eigenen Hause erschlagen.

»Immer noch besser, als an Speiseröhrenkrebs zu krepieren«, meinte der Kommissar.

»Gar nicht erst geboren zu werden, das wäre die Patentlösung«, sagte Manstroh ironisch und ging mit einem »Moin« davon.

Kollege Hanno Nestler trat an die Tür. »Keine Spuren hinter dem Haus. In der Garage stehen ein Mercedes, ein toller Schlitten, und ein Polo. Es gibt dort ebenfalls keine Spuren«, sagte er.

»Eine betuchte Dame«, meinte der Kommissar.

»Dafür spricht hier alles«, warf Löning ein.

In die kalte Luft mischte sich der Geruch von Blut, Urin und Kot.

Löning und Buscher begannen mit der Spurenaufnahme, setzten Fähnchen und markierten die Umrisse des Opfers auf dem Teppich.

Kommissar Bents betrat das Wohnzimmer, um sich umzuschauen. In der Tat hatte ein Einbrecher oder mehrere hier ihr Unwesen getrieben. Abgesehen von den herausgerissenen Schubladen und offenen Schranktüren überstieg die gediegene Einrichtung seine Vorstellungen vom »Schönen Wohnen«.

Sie bestand aus handgefertigten Eichenmöbeln mit geschmiedeten Scharnieren und Griffen. Der große Esstisch und die Eichenstühle erinnerten den Kommissar an Museumsbesuche. Die mit Raufaser tapezierten Wände zierten Ölgemälde flämischer Meister. Vor den Fenstern hatte das Opfer die Stores gezogen. Die Lampe mit der Ziehvorrichtung warf Licht auf den mit Perserteppichen belegten Parkettboden.

Vor dem Kamin, in dem die Scheite zu Asche abgebrannt waren, befanden sich bequeme Sitzmöbel und ein kleiner Tisch, auf dem eine halb leere Weinflasche neben einem aufgeschlagenen Fotoalbum stand.

Volker Bents verließ das Wohnzimmer.

Dr. Krekeler vom Norder Krankenhaus kniete vor der Leiche und führte seine Untersuchung durch. Vor ihm stand die geöffnete Medizinertasche. Er trug einen weißen Kittel und an den Händen Gummihandschuhe. Er säuberte mit Tupfern die Wunde.

»Erschlagen wie einen räudigen Hund«, sagte er und ging akribisch zu Werke.

Löning und Buscher suchten die Türklinken nach Spuren ab, Focken und Nestler befragten die Nachbarn nach irgendwelchen Vorkommnissen oder Beobachtungen in Bezug auf das Verbrechen an Frau Jakoba Pilchrat.

Dr. Krekeler, Oberarzt der Chirurgischen Abteilung, vertraut mit Verkehrsopfern, erhob sich, entsorgte die Handschuhe in eine Plastiktüte und steckte sie in seine Tasche.

»Herr Dr. Krekeler, Bents ist mein Name, ich leite hier die Ermittlungen«, stellte sich der Kommissar vor.

»Eine üble Sache. Die Dame, deren Personalien Sie besitzen, wurde, wie bereits gesagt, erschlagen. Als Tatwaffe kommt ein Eisenrohr, ein Kuhschwanz oder ein fester Knüppel in Frage.« Dr. Krekeler zog den Kittel aus und steckte ihn in seine Tasche. »Der Täter schlug zu, als sie ihm die Tür öffnete«, fügte er hinzu.

»Raubüberfall, dafür spricht die Unordnung im Wohnzimmer. Er suchte wahrscheinlich nach Geld«, sagte der Kommissar.

»Vielleicht Süchtige«, bemerkte Löning, der dabei war, die Wohnzimmertür mit Puder zu bestreichen.

»Selbst hier in den friedlichen Fehn-Orten wird gedealt«, meinte Buscher.

»Wo soll das noch hinführen?«, antwortete der Arzt.

Egbert Oltmann und sein Angestellter erschienen mit dem Sarg, stellten ihn im Korridor neben dem Opfer ab und legten den Deckel beiseite. Sie hoben kurz ihre Prinz-Heinrich-Mützen vom Kopf und blickten mit ernstem Gesichtsausdruck auf die tote alte Dame.

»Traurig, am zweiten Adventssonntag«, meinte der Bestatter.

Dr. Krekeler packte mit an. Sie legten das Opfer in den Sarg.

»Zum Kreiskrankenhaus«, sagte der Kommissar.

Dr. Krekeler nahm seine Tasche und folgte den Bestattern zum Wagen.

Am Montagmorgen berichteten die Zeitungen über das grausige, brutale Verbrechen im ländlichen, verträumten Westermoordorf. Bereits um 9 Uhr parkte Georg Pilchrat seinen BMW auf dem Platz vor dem »Alten Weinhaus« in Norden in der Nähe der Ludgeri-Kirche und suchte das Dienstzimmer des Kommissars auf. Der Fabrikant trug dem kalten, diesigen Wetter angepasst einen dunkelblauen Trenchcoat und um den Hals einen wolligen Schal. Er war hoch gewachsen, hatte leicht gewelltes, nach hinten gekämmtes dunkelblondes Haar. Sein Gesicht wirkte mit den hervorstehenden Backenknochen energisch, was der kurz gehaltene Lippenbart unterstrich. Er hatte einen offenen Blick und wirkte in jeder Weise offen und unkompliziert.

Kommissar Volker Bents reichte ihm die Hand zum Gruß, bat ihn, auf dem Stuhl Platz zu nehmen und sich seines Mantels zu entledigen. Er lehnte höflich ab, lockerte den Schal und setzte sich auf den Stuhl.

»Kommen wir direkt zur Sache«, sagte Georg Pilchrat. »Es bringt nichts, wenn wir uns über das Anwachsen der Kriminalität in eine Diskussion begeben. Die Gründe sind Ihnen und auch mir zur Genüge bekannt. Ich bin gestern nach Erledigung notwendiger Telefonate am späten Nachmittag in Rheydt abgefahren, habe im Kompanie-Haus ein Zimmer gebucht und am Abend das Haus durch die unversiegelte Hintertür aufgesucht. Ich bin zu dem Schluss gekommen, dass der oder die Täter es auf Geld und Schmuck abgesehen hatten. Mama mochte es nicht, für jeden Hunderter die Bank aufzusuchen und sich nach ihren Kontoständen zu erkundigen. Sie sorgte vor, hatte oft große Beträge im Hause, die sie an den unmöglichsten Stellen im Schrank deponierte. Ihren Schmuck, es handelt sich dabei nicht um Kaufhausartikel, im Gegenteil, Vater kaufte bei Kern in Düsseldorf auf der Königsallee für Mama handgefertigte Atelier-Ware, hinterlegte sie nicht in einem Banksafe, den wollte sie um sich haben, um ihn anzulegen, wann immer es ihr Spaß bereitete.«

»Herr Pilchrat, mit anderen Worten, die Räuber fanden zu den Verstecken?«, fragte der Kommissar.

Gregor Pilchrat nickte. »Mama machte es ihnen

leicht. Ich kann einen Zufall nicht ausschließen. Dennoch mache ich mir darüber meine Gedanken.«

»Hatte Ihre Frau Mutter eine Vertrauensperson? Eine Gehilfin? Eine Zugehfrau? Nachbarin?«, fragte Volker Bents, entnahm der Schreibtischschublade einen Stenoblock und blickte den Besucher fragend an.

»Die Nachbarn machten für Papa und Mama einen ›Bogen‹, als sie einzogen«, antwortete Georg Pilchrat. »Das hat hier Tradition. Darüber haben sie sich sehr gefreut und im Kompanie-Haus in Berumerfehn mit den ›Bogenmachern‹ die Abnahme des Bogens gefeiert. Mama hatte ein gutes Verhältnis zu den Nachbarn, allerdings ohne Rennereien. Sie liebte die Distanz und Zurückgezogenheit.«

»Dem entnehme ich, dass es da niemanden gab, der wusste, dass Ihre Mutter in ihrer Wohnung viel Bares und Wertvolles besaß, auf das es die Gangster abgesehen hatten.«

»Davon können wir ausgehen. Mama traf sich oft mit ihren Saunaschwestern. Es waren Damen aus dem Umkreis von Berum, die wie sie am Schwitzbad ihre Freude fanden und der bürgerlichen Schicht entstammten.«

»Ich bin selbst Saunafan, da wird viel gequatscht«, antwortete der Kommissar.

Der Sohn der Jakoba Pilchrat winkte ab. »Mama besaß genügend Mittel, den Park rund um das Haus von einer Gärtnerei pflegen zu lassen. Das tat sie nicht. Sie stieß bei ihren Spaziergängen durch den Berumerfehner Wald auf die Behausung eines längst vergessenen Mitschülers, den sie wegen seiner nur schwach entwickelten Intelligenz und seines Buckels damals gehänselt und gedemütigt hatten. Mama, rückblickend auf ihr erfolgreiches Leben, empfand Reue, sann nach Wegen, die nicht nur ihr anlastende miese Tour wieder gutzumachen. Es handelt sich um den gleichaltrigen Bertus Poppen, Knecht und Gelegenheitsarbeiter, der weder lesen noch schreiben gelernt hatte, der mit seiner knapp bemessenen Rente im Moorgelände vegetierte. Er erkannte Mama nicht wieder, nannte sie ›Gnädige‹ und verdingte sich als Mamas Gärtner – zu ihrer Zufriedenheit. Mama bezahlte seine Dienste großzügig, nicht nur mit Geld, servierte ihm nach getaner Arbeit Bier und Corvit und gab ihm geschmierte Brote und Obst mit auf den Weg. Er hat das Haus nie betreten und den Abstand gewahrt.«

»Bertus Poppen«, wiederholte der Kommissar nachdenklich und schrieb den Namen auf das Blatt seines Blockes. »Eine heiße Spur?«, fragte er.

Georg Pilchrat winkte ab. »Mama war seine Wohltäterin.«

»Ihre Mutter öffnete zur späten Stunde die Haustür«, antwortete der Kommissar. »Sie wurde von dem Täter erschlagen. Ich hatte bereits ein Gespräch mit dem Staatsanwalt. Die Leiche Ihrer Mutter wird im Norder Krankenhaus einer Obduktion unterzogen. Wir erwarten keine neuen Erkenntnisse. Ich gehe davon aus, dass Sie sie ohne zeitliche Verzögerungen nach Rheydt überführen können. Ich werde das Siegel auf der Haustür heute noch entfernen lassen.«

»Können Sie mir eine Reinigungsfirma empfehlen?«, fragte Georg Pilchrat.

Der Kommissar nickte. »Mir fällt da nur die Firma Multi-Reinigung in Aurich ein«, antwortete er.

Georg Pilchrat erhob sich. Er reichte dem Kommissar sein Visitenkärtchen. »Meine Handynummer«, sagte er.

»Ich halte Sie auf dem Laufenden«, sagte der Kommissar und begleitete den Fabrikanten zur Tür.

Gegen 11 Uhr meldete sich eine Frau Erna Schönning, Brückstraße 24. Sie hatte am Samstagabend einen Wagen mit einem niederländischen Kennzeichen beobachtet, der auf der Einfahrt der Witwe Pilchrat gewendet hatte.

Die Insassen, zwei Männer, wirkten südländisch. Es handelte sich um einen Opel Kadett älterer Bauart. Sicherlich ein erster Hinweis, den Kommissar Bents in einer Aktennotiz festhielt und seinem Bericht beifügte.

Um 12 Uhr fuhr Bents zum Kreiskrankenhaus. Vor dem Küchentrakt fand er einen Parkplatz. Die Luft war frostig. Die Sonne lugte durch den grauen Wolkenhimmel. Bents ging am Rondell vorbei, betrat das Krankenhaus und zeigte dem Pförtner seinen Dienstausweis.

»Dr. Krekeler«, sagte er.

»Station 12 A, hinter der Glastür, linker Trakt«, sagte der Angestellte, blickte nur kurz auf und wies mit der Hand die Richtung.

Bents fand zur Station. Es roch nach »Chemie« und Mittagessen. Schwestern in weißen Jeans und legeren Blusen eilten durch den breiten Gang an den Zimmern entlang. Seitlich stand ein fahrbares, weiß bezogenes Krankenbett. Ein junger Arzt im weißen Kittel kam ihm entgegen. Um seinen Hals hing der Bügel des Blutdruckmessgerätes. Er blickte den hoch gewachsenen Besucher fragend an.

»Kann ich Ihnen helfen?«, fragte er.

»Ich suche Dr. Krekeler«, antwortete Bents.

»Kommen Sie mit«, sagte der Arzt freundlich und begleitete den Kommissar zu einem kleinen offenen Wartezimmer.

»Nehmen Sie bitte Platz. Ich melde Sie an«, sagte er und blickte den Kommissar fragend an.

»Bents, Kripo«, antwortete der Beamte.

»Ich wünsche Ihnen viel Erfolg. Es stand im ›Kurier‹«, sagte er.

Bents setzte sich auf einen Stuhl. Auf dem kleinen Tisch lagen abgegrabschte Illustrierte. Die Wände zierten, wie aus einem medizinischen Lehrwerk entnommen, große, plakatartige Darstellungen des Verdauungstraktes und vermittelten dem Betrachter Einblicke in moderne, endoskopische Techniken, die dazu beitrugen, Krebsgeschwüren den Garaus zu machen unter dem Motto: »Früherkenntnis ist der erste Weg zum Überleben.«

Volker Bents schüttelte sich beim Anblick feuerroter Geschwülste und schaute erleichtert auf, als sich Dr. Krekeler zu ihm gesellte und neben ihm auf einem Stuhl Platz nahm. Er hielt einen Schnellhefter in der Hand.

»Herr Bents, ich habe mich der alten Dame angenommen. Sie besaß eine hervorragende Gesundheit. Die Todesursache wirft keine Fragen auf. Erinnern Sie sich an die Treppenstufen der Haustür?«

»Sie waren mit roten Steinplatten belegt. Es waren drei«, antwortete er.

»Richtig. Frau Jakoba Pilchrat war 1,73 Meter groß, geben wir zwei Zentimeter für ihre Pantoffeln hinzu, dann kommen wir auf 1,75 Meter. Sie öffnete gegen 22 Uhr die Tür, das entnahm ich dem Blutgerinnungswert. Die Stufenhöhe beträgt, das habe ich bei mir zu Hause und bei meinem Nachbarn überprüft, in der Regel 16 Zentimeter, das ergibt bei drei Stufen 48 Zentimeter. Die

Durchschnittsgröße eines Mannes liegt statistisch gesehen bei 1,75 Meter. Das führt zu der Annahme, dass sich der Täter auf der letzten Stufe befand, weit ausholte und auf die alte Dame einschlug. Sein Hieb traf nicht die Stirn, sondern die Schädeldecke. Das volle Haar des Opfers milderte zwar den Aufschlag, änderte allerdings nichts am Ergebnis. Jakoba Pilchrat war auf der Stelle tot.«

»Wertvolle Hinweise für unsere Arbeit«, antwortete der Kommissar. »Da bleibt die Frage, ob es sich um einen Täter oder mehrere gehandelt hat.«

»Mich irritiert die Lage ihres Kopfes. Ich wage aber nicht, daraus Schlüsse zu ziehen«, meinte der Arzt.

»Und die wären?«, fragte Bents.

»Sehr spekulativ«, antwortete der Arzt nachdenklich. »Jakoba Pilchrat sackte nach dem heftigen Hieb zusammen und verstarb. Sie lag auf dem Rücken mit seitlich geneigtem Kopf auf dem Korridorteppich. Es ist nicht auszuschließen, dass sie, als sie die Haustür öffnete, erschrocken reagierte, erst nach vorne blickte und danach instinktiv den Kopf seitlich auf den Mörder richtete.«

»Sie hatte die Außenleuchte angeschaltet«, antwortete der Kommissar. »Vor der Treppe stand ein Mann. Sie witterte die Gefahr, die ihr von der Seite drohte. Ein nachvollziehbarer Aspekt. Die Täter, das entnahm ich dem Gespräch mit dem Sohn, hatten es gezielt auf das Haus seiner wohlhabenden Mutter abgesehen, um sie zu berauben.«

Dr. Krekeler nickte. »Wie die Autopsie ergab, hatte Frau Pilchrat Alkohol zu sich genommen. Ihr Konsum hielt sich in Maßen, reichte aber aus für einen leichten Schwips, der sie leichtsinnig stimuliert haben mag, zur späten Stunde auf das Klingeln ohne nötige Schutzmaßnahmen zu reagierten. Doch mehr noch fällt ins Gewicht, dass die Tatwaffe weder ein Kuhfuß noch eine Eisenstange war, sondern ein Knüppel, wie sie Wanderer bei ihren Waldspaziergängen gerne mit sich führen. Unter dem Mikroskop entdeckte ich Abblätterungen abgestorbener Baumrinde. Vielleicht Rauschgiftsüchtige.«

»Dafür spricht das primitive Mordwerkzeug«, antwortete der Kommissar. »Wir beobachten in Emden und Norden besorgt eine anwachsende Szene. Aber hier in Berumerfehn und Westermoordorf, kaum zu denken …«

»Recherchieren Sie in dieser Richtung, Herr Bents, das war mein Beitrag«, sagte Dr. Krekeler. »Ich gebe den Bericht an das Sekretariat. Er wird Ihnen zugestellt.«

»Danke«, antwortete der Kommissar.

Der Arzt reichte ihm die Hand. »Viel Erfolg«, sagte er freundlich.

»Ihnen auch und eine angenehme Adventszeit«, sagte Volker Bents, verließ die Station und ging zum Parkplatz.

Staatsanwalt Dieke Dieling, 1942 in Jever geboren, ergraut im Dienst, seit einem Jahr Witwer, Vater von zwei erwachsenen Söhnen, die außerhalb von Ostfriesland wohnten, mehrfacher Großvater, sah seiner Pensionierung gelassen entgegen. Er hatte in Göttingen Jura studiert, seine Berufslaufbahn in Osnabrück begonnen – an diese Zeit dachte er besonders gerne zurück –, nach weiteren Dienstjahren in Hildesheim sich 1987 erfolgreich für eine Position am Amtsgericht in Aurich beworben, ohne es je bereut zu haben.

Dieke Dieling war schlank, dazu hatte seine liebe,

verstorbene Frau Elvira beigetragen, die als ausgebildete Diätköchin den Speiseplan für die Familie kaloriengerecht gestaltet und die Söhne zu sportlichen Aktivitäten stets angetrieben hatte.

Der Staatsanwalt trug das graue Haar, das sich auf dem Hinterkopf gelichtet hatte, im Stoppelschnitt. Er hatte ein knochiges Gesicht mit einer schlanken Nase und schmalen Lippen. Er war mittelgroß und trug den Kopf ein wenig vorgebeugt. Er war ein vortrefflicher Beamter. Seine Nachbarn schätzten an ihm seine Hilfsbereitschaft und mehr noch seine Bescheidenheit. Nie drängte er sich auf, wenn es um das »Bogenmachen« für neu hinzugezogene Nachbarn ging und es Gold- und Silberhochzeiten zu feiern galt.

Dabei legte er stets Wert auf angemessene Kleidung.

Der Mord an der fast gleichaltrigen Witwe Jakoba Pilchrat in Westermoordorf rief seine tiefe Abscheu hervor. Im Amtsgericht gab es keine Diskussion darüber, wer den Fall zu übernehmen hatte. Der leitende Oberstaatsanwalt legte Dieling am Montagmorgen kommentarlos das Fax der Kripo aus Norden auf den Schreibtisch.

»Dieke, viel Erfolg! Der letzte Fall, bevor du in Pension gehst«, sagte er.

»Mir bleibt Zeit bis Ostern. Ich habe schon gebucht, dann fliege ich nach Boatou in China, zu meinem Sohn und den Enkelkindern«, antwortete Dieling.

»Immer noch am Staudamm-Projekt?«, fragte der Vorgesetzte.

»Ja, Carsten hat sich für weitere drei Jahre verpflichtet«, antwortete Dieling.

»Auf deine Söhne kannst du stolz sein«, sagte der Oberstaatsanwalt und verließ das Dienstzimmer.

Dieke Dieling holte aus dem Ablageschrank die Generalstabskarte des ehemaligen Altkreises Norden hervor und faltete sie auf seinem Schreibtisch aus. Er betrachtete das ehemalige Moor-Abbau-Gebiet zwischen Kanal und Berumerfehner Wald mit der Lupe und fand zum benachbarten Westermoordorf. Er musste sich eingestehen, dass ihm nie in den Sinn gekommen war, die mit grünem Hintergrund als besonders »reizvoll« gekennzeichnete Gegend aufgesucht zu haben.

Er erhob sich vom Schreibtisch, trat an das Fenster, blickte auf die gefrorene Wiese und die Tannen vor dem ehemaligen Marschallgebäude des Schlosses, deren gefrorene Spitzen im Sonnenlicht glitzerten. In dem Anbau, in dem einst fürstliche Pferde versorgt und gepflegt wurden, befand sich das Untersuchungsgefängnis. Er nahm sich vor, nicht eher zu rasten und zu ruhen, bis er den Täter oder die Täter zu Strecke gebracht haben würde, die die ehrenwerte alte Dame brutal erschlagen hatten.

Der Staatsanwalt ordnete seinen Schreibtisch. Er trug eine graue Flanellhose, ein weißes Oberhemd, Krawatte und einen V-Ausschnitt-Pullover. Er zog sein modisches Pepitajackett über, setzte seine Elbsegler-Mütze auf das kurze Haar, griff zum dunkelblauen Trenchcoat und betrat das Vorzimmer.

»Frau Beenen, ich mache Mittag. Melden Sie mich bei der Kripo in Norden an. Sagen wir gegen 14.30 Uhr«, ordnete er an.

Frau Beenen griff zum Telefonhörer.

Dieling schlüpfte in den Trenchcoat und stand wartend vor der Tür.

Die Sekretärin legte auf. »All up Stee«, sagte sie.

»Mahlzeit«, sagte Dieke Dieling, verließ das Vorzimmer, ging durch den langen zugigen Flur und suchte den Parkplatz auf.

Der Staatsanwalt verabscheute Kantinenessen. Es bereitete ihm Spaß, bei hochgedrehter Radiotaste dem »Klassik-Programm« von N3 zu lauschen, während er in der gut ausgestatteten Küche für sich selbst kochte. Er hatte am Sonntag ostfriesischen Grünkohl, echt mit Pinkel, Kasseler und Grieben, zubereitet, war dabei großzügig verfahren und freute sich auf die Mahlzeit, die bekanntlich aufgewärmt in der Pfanne erst recht vorzüglich mundete.

Nach dem Abwasch verließ er um 13.30 Uhr das Haus in Tannenhausen und fuhr nach Norden, um sich mit dem federführenden Kommissar Volker Bents zu besprechen.

Kommissar Bents begrüßte den Staatsanwalt, rückte den Besucherstuhl in Schreibtischnähe und kam ohne Umschweife zur Sache, während der Staatsanwalt den Mantel an den Garderobenhaken hängte und auf dem Stuhl Platz nahm.

Der Kommissar berichtete knapp und sachlich und reichte dem Staatsanwalt die dürftige Neuakte an. Dieke Dieling las das Protokoll und die Aktennotiz und blickte auf.

»Ein Opel Kadett mit holländischem Kennzeichen«, sagte er und verzog den Mund zu einem leichten Grinsen. »Nichts für ungut. Der Zeugin gebührt unser Dank. Der Anblick südländisch aussehender junger Männer gehört zum Alltagsleben.«

»Dennoch habe ich bereits eine entsprechende Meldung an den Bundesgrenzschutz in Bunde weitergeleitet«, antwortete Volker Bents.

»Recht so, man kann nie wissen«, antwortete der Staatsanwalt. »Doch ob sich mögliche Täter südländischer Herkunft eines Knüppels mit blättriger Rinde bedient haben, stelle ich in Frage. Dagegen ist der Gedanke an Süchtige schon näher liegend.«

»Frau Jakoba Pilchrat prahlte nicht mit ihrem Wohlstand«, sagte Bents. »Doch allein schon das attraktive Anwesen und die Tatsache, dass sie sich neben ihrem teuren Mercedes einen Kleinwagens leistete, fiel aus dem Rahmen. Sie bewohnte das Haus alleine. Die Ausführung des Verbrechens lässt ebenfalls darauf schließen, dass ihr keine ausgeklügelte Taktik vorausging, sondern spontan erfolgte.«

»Dabei entspricht diese Lesart nicht dem Tatbestand unserer Beobachtung der Rauschgiftszene im Großheider Raum«, fügte er hinzu.

Dieke Dieling nickte. »Emden ist nicht weit entfernt. Auch in Aurich wird gedealt. Mich machen die Aussagen des Sohnes stutzig. Zwischen den Zeilen lese ich sein Misstrauen. Dieser Bertus Poppen, der seiner Mutter die Gartenarbeiten abnahm, findet keine lobenden Worte.

Seiner Beschreibung nach handelt es sich um einen fast schwachsinnigen, buckligen ehemaligen Schulkameraden seiner Mama. Hat dieser Poppen, aus welchen Gründen auch immer, an der Haustür geklingelt? Rächte er sich für erlittene Schmach? Handelte er aus Geldnot? Oder besaß er keine müde Mark mehr für seinen Alkoholgenuss?« Dieling legte den Aktenordner ab.

»Es fehlt an Zeugenaussagen«, antwortete der Kommissar. »Am Samstagabend fiel Schnee. Es war früh dunkel.«

»Auf Hinweise zu warten, ist zu wenig. Dem Verbrecher oder den Verbrechern ging es um Geld und leicht zu versilbernde Gegenstände. Wir benötigen von Georg Pilchrat eine Liste der entwendeten Schmuckstücke. Ich schlage vor, dass Sie dem alten Sonderling einen Besuch abstatten. Immerhin war Jakoba Pilchrat seine Arbeitgeberin. Mir ist nicht bekannt, ob es in Berumerfehn, Westermoordorf und Großheide Asylantenheime gibt, wenn ja, dann interessieren Sie sich für die Bewohner, diskret bitte. Nach unseren Erfahrungen können wir diese Maßnahme nicht außer Acht lassen. Ich denke zusätzlich an eine Befragung der Taxi-Unternehmer. Fertigen Sie einen diesbezüglichen Fragebogen an und schicken Sie ihn an die Innung. Es liegt nahe, falls es sich um Süchtige gehandelt haben sollte, dass sie sich nach der Tat nach Emden oder Aurich chauffieren ließen, um an Koks zu kommen.«

Volker Bents stimmte dem zu. Er machte sich Notizen und nahm sich vor, morgen entsprechende Anweisungen an seine Kollegen zu geben.

»Herr Dieling, was halten Sie davon, wenn wir nach Westermoordorf zum Tatort fahren. Sie können sich dort umsehen und mit Georg Pilchrat persönlich sprechen.«

»Eine gute Idee«, antwortete der Staatsanwalt.

Der Kommissar griff zum Telefon und wählte die Handynummer des Sohnes der Jakoba Pilchrat. Der Unternehmer erklärte sich bereit, sie zu empfangen, hatte er doch selbst eine Menge Fragen an den Staatsanwalt zu stellen.

Sie verließen das Dienstzimmer. Als Ortskundiger

bat Bents den Staatsanwalt, in seinen Golf einzusteigen. Sie fuhren über Hage, Halbemond nach Westermoordorf.

Am Mittwoch, dem 12. Dezember, überzog eine Schlechtwetterfront die ostfriesische Küste. Es war regnerisch. Der Wind kam aus westlicher Richtung und hatte die Stärke 5 bis 6. Das Thermometer zeigte 4 Grad an.

Polizeikommissar Hanno Nestler trug an diesem nasskalten Morgen Zivil. Er war hoch gewachsen und äußerst schlank, fast dürr. Der 40-jährige Beamte wohnte mit seiner Frau Tinni und zwei Kindern in Berumbur.

Gegen 10 Uhr betrat er das Dienstzimmer seines Kollegen Volker Bents von der Kripo.

»Moin«, grüßte er.

Bents erwiderte den Gruß. »Das Einwohnermeldeamt Großheide hat mir die Liste zugefaxt. Wir fahren gleich los«, sagte er, zog die feste Wetterjacke über und nahm seine Diensttasche vom Schreibtisch.

Er und Nestler verließen das Dienstzimmer, gingen über die verwinkelte Treppe zum Ausgang, suchten den Passat auf und stiegen ein.

»Scheißwetter«, schimpfte Bents und fuhr los.

Der böige Wind fuhr durch Weihnachtsbäume, spielte mit Kranzgirlanden und Lichterketten. Der Regen prasselte auf das Autodach und floss in Strömen über die Windschutzscheibe. Auf dem Marktplatz standen Pfützen. Der Taxistand war verwaist. Auf der Osterstraße klumpten sich Passanten vor den Geschäften, suchten Schutz, hielten ihre tropfenden Schirme in den Händen und schauten hoffnungsvoll in den sich aufklarenden Wolkenhimmel.

Bents lenkte den Passat am Kreiskrankenhaus vorbei und fuhr durch Lütetsburg, Hage, Berum nach Berumerfehn.

Das große Klinkerhaus Am Möhlenkamp mit den Hausnummern 18 und 19 wirkte trostlos an diesem Dezembermorgen. Daran änderte auch nichts die errichtete große Tanne mit ihren Lichterketten, die das Weihnachtsfest ankündigte. Eine Menge Fahrräder lehnte an der Klinkerfassade. Auf den mit Waschbetonplatten belegten Auffahrten standen Kleinwagen älterer Baujahre. Bents öffnete seine Diensttasche und entnahm ihr die Liste mit den Namen der Bewohner.

»Zwölf Mietparteien. Ich schlage vor, wir putzen nur die Klinken der Familien mit Söhnen im Alter von fünfzehn Jahren aufwärts«, sagte er und reichte sie Nestler. »Beginnen wir im Haus 18 mit der Familie Iwan Futzek. Wohnung 4, I. Etage. Zwei Söhne, 17 und 19 Jahre alt. Ganz locker, versteht sich.«

Sie verließen den Wagen, eilten durch den Regen zur Haustür, studierten die Namensschilder und klingelten.

»Boris Futzek! Wer ist da?«, drang es ihnen blechern entgegen.

»Polizei! Herr Futzek, wir suchen nach Zeugen und bitten Sie um ein Gespräch«, sprach Bents in die Sprechanlage.

»Ich komme nach unten«, antwortete er.

Boris Futzek, ein athletischer junger Mann mit schwarzem Haar, gekleidet in Jeans und einen marineblauen Bundeswehrpullover, blickte die Beamten fragend an.

»Herr Futzek, Sie kennen sich hier aus. In Westermoordorf wurde am Samstagabend eine alte Frau überfallen, beraubt und getötet. Hinweisen zufolge suchten die Täter zur späten Stunde in der Dunkelheit im Hause 18 oder 19 Unterschlupf.« Kommissar Bents trug dick auf.

Boris Futzek zog die Stirn kraus. »Mal wieder die Russlanddeutschen! Sie vergeuden Ihre Zeit! Zugegebenermaßen tragen auch hier in Ostfriesland kriminelle, asoziale Aussiedler zu unserem miesen Ansehen bei, stänkern überall herum und betätigen sich als Schläger. Gründe für mich und meinen Bruder genug, auf Diskobesuche zu verzichten. Doch weder im Haus 18 noch im Haus 19 werden Sie auf solche Typen stoßen.«

»Und Verwandte, die plötzlich in der Nacht klingelten? Einlass unter fadenscheinigen Argumenten begehrten?«, meinte Hanno Nestler mit dienstlichem Blick.

Boris Futzek hob fragend die Schulter. »Das halte ich für unwahrscheinlich. Mama und Papa hätten das erfahren. Wir bilden eine verschworene Hausgemeinschaft. Selbst Abdulla, seine Frau und die Kinder aus dem Iran, gehören dazu. In der Wohnung 11 in Haus 19 wohnen zwei Deutsche. Ihr Apartment befindet sich im Parterre in der Nähe der Haustür. Sie meiden arrogant unsere Teeabende und Festlichkeiten im Clubraum auf dem Dachboden.«

Bents, der an der Glaubwürdigkeit des jungen Mannes nicht zweifelte, blickte überrascht auf. Da knistert etwas im Gebälk, dachte er.

»Haben Sie etwas dagegen einzuwenden, wenn wir das Gespräch mit Ihnen zu Protokoll nehmen?«, fragte er.

»Keineswegs. Ich verbürge mich für meine Nachbarn«, sagte Boris Futzek überzeugend.

»Herr Futzek, recht herzlichen Dank, ein schönes Weihnachtsfest«, sagte Hanno Nestler.

»Ihnen auch. Kommen Sie wieder, wenn Sie Fragen haben, die unsere Hausgemeinschaft betreffen. Ich besuche das Ulrichs-Gymnasium in Norden und bereite mich auf das Abitur vor«, sagte er stolz.

»Viel Erfolg«, sagte Bents.

Die Beamten traten in den Regen, suchten den Passat auf, stiegen ein und studierten die Liste.

»Glaubwürdig«, sagte Hanno Nestler.

Bents nickte.

»Ersparen wir uns weitere Besuche der gestressten Russlanddeutschen«, sagte er.

»Der Junge hielt nicht viel von den Mitbewohnern Carlo Melchert und Felix Sievers«, sagte Nestler.

»Dafür wird er genügend Gründe haben. Auf zur Wohnung 11 in Haus 19! Ein Hörtest«, sagte Kommissar Bents und grinste verschlagen.

Hanno Nestler kurbelte die Autoscheibe nach unten und blickte auf die Fenster mit den abgewohnten Gardinen.

»Ich denke, dass sie um diese Zeit nicht zu Hause sind und ihrem Job nachgehen«, warf er ein, während er die Türscheibe hochkurbelte.

»Sorgen wir vor«, sagte Bents, entnahm seiner Tasche den Schreibblock, griff zum Kugelschreiber und notierte das Datum.

»Sehr geehrter Herr Carlo Melchert, sehr geehrter Herr Felix Sievers, Sie bewohnen das Apartment 11, das sich neben der Haustür befindet. Wir trafen Sie leider nicht an, was der unglücklichen Terminierung unseres unangekündigten Besuches zuzuschreiben ist. Zeugenaussagen zufolge suchten die mutmaßlichen Einbrecher,

Räuber und Mörder des Verbrechens in Westermoordorf nach vollzogener Tat Unterschlupf in Haus 19. Unsere Frage an Sie: Vernahmen Sie in der Nacht von Samstag auf Sonntag irgendwelche Geräusche an der Haustür, oder wurden Sie Zeuge von Fremden, die das Haus aufsuchten? Wir wenden uns an Sie mit der Bitte, eventuelle diesbezügliche Beachtungen mitzuteilen.«

Die beiden unterschrieben und fügten die Telefonnummer hinzu.

Bents und Nestler stiegen aus, gingen zur Haustür und drückten die Klingel. Wie erwartet waren die Herren nicht zu Hause.

Bents schob die Mitteilung in den Briefkasten.

»Warten wir ihre Stellungnahme ab«, sagte er.

Sie gingen zum Wagen, stiegen ein und fuhren zurück nach Norden.

Am Nachmittag ließ der Regen nach. Der Wind hatte gedreht. Er kam aus Nordost und drängte die Wolkenfelder in Richtung Nordsee ab. Ein Hochdruckkeil erreichte die Küste mit kalter Meeresluft. Das Thermometer fiel unter den Gefrierpunkt.

Kommissar Bents studierte die »provisorische« Liste der geraubten Wertgegenstände, die Georg Pilchrat am Morgen während seiner Abwesenheit für ihn hinterlegt hatte.

Jakoba Pilchrat, seine Mutter, hatte es sträflich versäumt, wie der Sohn im Begleitschreiben kundtat, ihren Schmuck und diverse Kostbarkeiten im Safe ihrer Bank zu deponieren, und nie im Leben daran gedacht, im schmucken Häuschen an versteckter Stelle einen Kleintresor installieren zu lassen.

Die aufgelistete Summe übertraf alle Vorstellungen eines Normalbürgers von »Reichtum und Wohlstand«. Sie übertraf bei weitem, wie der Kommissar annahm, den Kaufpreis des Hauses. Dabei dachte er an die bescheidenen Kettchen, Armreifen und Bernsteinmedaillons seiner Frau. Erst recht geriet er ins Staunen beim Lesen der Designer. Namen wie Kern Düsseldorf, Rüschenbeck Köln, Wempe Hamburg unter anderen. Zur Beute der Einbrecher gehörten auch wertvolle Sammlerstücke. So gehörte zum Beispiel eine goldene Taschenuhr mit eingravierter Seriennummer und 20-jähriger Garantie aus dem Jahre 1856 der Marke »Jacques Mathous, Zürich« mit dem Schätzpreis von 87.000 Mark noch nicht einmal zu den dicksten Brocken, die die Einbrecher hatten mitgehen lassen.

»Russlanddeutsche?«, fragte sich Bents, denn den als buckelig und fast schwachsinnig beschriebenen alten Gartengehilfen damit in Verbindung zu bringen, das grenzte seinerseits an Schwachsinn.

Der von Georg Pilchrat geschätzte Barbestand der alten Dame, verteilt hinter und im edlen Porzellan und sonst wo in Schächtelchen, betrug etwa 10.000 Mark. Eine Winzigkeit im Vergleich zu den übrigen zu beklagenden Verlusten.

Jemand klopfte an die Tür.

»Herein«, rief Bents und blickte überrascht auf den etwa 50-jährigen, gesetzten Mann. Er hatte ein freundliches, joviales Gesicht. Er trug Jeans, einen Troyer und auf dem Kopf eine Prinz-Heinrich-Mütze.

»Moin«, sagte er.

Der Kommissar erhob sich. »Mein Name ist Bents. Was kann ich für Sie tun?« Er wies auf den Besucherstuhl.

Der Gast nahm die Mütze vom grauen, nach hinten gekämmten Haar, setzte sich auf den Stuhl, ließ die Mütze über seine Hand kreisen und wartete, bis der Kommissar an seinem Schreibtisch Platz genommen hatte.

»Mein Name ist Harringa. Ich komme nicht aus den Socken. Erst der Regen, jetzt ist Glatteis angesagt. Zeit ist Geld. Meine Frau und ich betreiben in Großheide ein Taxiunternehmen.« Er blickte den Kommissar verkniffen an.

»Ein Hinweis?«, fragte Bents.

»Dem ist so. Wo soll das noch hinführen mit der Kriminalität. Erschlagen mit einem Knüppel! Ich hatte zur besagten Zeit Fahrgäste. Es mag gegen 23 Uhr gewesen sein. Ich holte sie vor dem Schloss in Großheide ab. Es waren Ausländer, Russlanddeutsche, zwei kräftige junge Männer. Mit Angst im Nacken fuhr ich sie nach Emden zum Bahnhof.«

»Gab es Probleme?«, fragte der Kommissar.

»Nein, sie zahlten. Schwierigkeiten bereitete mir der Tausender. Mir gelang es, ihn von Kollegen wechseln zu lassen. Sie gaben kein Trinkgeld und hinterließen den Eindruck, als wären sie auf jede Mark angewiesen.«

»Und Gepäck?«, fragte Bents nachdenklich.

»Sporttaschen! Keine vertrauenswürdigen Gesellen. Nun, es war dunkel. Der Mensch kann sich irren«, antwortete der Taxi-Unternehmer.

»Gibt es auch in Großheide ein Asylantenheim?«, fragte der Kommissar und dachte an ihren Besuch in Berumerfehn.

Harringa lächelte verschmitzt. »Mietwohnungen für Russlandheimkehrer«, antwortete er und erhob sich.

»Danke für Ihre Hinweise. Ich finde Ihre Anschrift im

Telefonbuch und protokolliere Ihren Hinweis«, sagte der Kommissar.

»All up Stee«, antwortete Harringa und setzte seine Mütze auf. »Viel Erfolg.«

»Danke, vielleicht verhelfen Sie uns auf die richtige Spur«, antwortete Bents. Harringa verließ das Dienstzimmer.

Bents rauchte eine Zigarette und hing seinen Gedanken nach.

Hatte sich in den Sporttaschen der »finsteren« Neubürger, die vermutlich in Großheide wohnten, zumindest dort vor dem Schloss in das Taxi gestiegen waren, das Diebesgut befunden? Eine Spur, die in der Tat in das Bild passte und der es nachzugehen galt. Falsche Pässe? Auf und davon mit einem auf »Nimmer-Wiedersehen«? Anlass genug, den geplanten Besuch bei Bertus Poppen im »Schuppen« aufzuschieben, vielleicht ganz zu vergessen.

Er griff zum Telefon der Gemeinde Großheide und zog Erkundigungen ein. Anschließend besprach er sich mit dem Kollegen Hanno Nestler.

Am Mittwochmorgen, kurz nach 10 Uhr, stellten der Straßenpflasterer Carlo Melchert und der Friseur Felix Sievers ihre Fahrräder vor dem Polizeirevier am Markt ab. Die Luft war klar, der Himmel unbedeckt, der Wind eisig. Es war kalt an diesem Morgen. Das Thermometer zeigte minus 3 Grad an. Ihre Gesichter waren gerötet. Sie rieben ihre klammen Hände. Sie trugen warme Henny-Hannsen-Jacken, gefütterte Unterhosen, warme Socken und festes Schuhwerk, die sie mit den Gutscheinen des Sozialamtes erworben hatten. Für die gebürtigen Ostfriesen gehörten die Prinz-Heinrich-Mützen zu ihrem Habitus.

Sie interessierten sich nicht für den belebten Wochenmarkt, warfen keinen Blick auf die Weihnachtstannen vor St. Ludgeri. Sie verstanden sich ohne Worte, betraten das alte Backsteinhaus, grüßten freundlich, suchten den Besuchertresen auf und blickten den Dienst tuenden Beamten gewinnend an, der einen warmen olivfarbenen Rollkragenpullover trug. Sie wirkten gepflegt mit glatt rasierten, roten Gesichtern.

Ihr ausströmender Atem enthielt einen Hauch von Pfefferminz- oder »Fisherman's Friend«-Pastillen. Der Kommissar blickte die Besucher fragend an.

»Moin«, grüßte er nur kurz.

»Mein Name ist Felix Sievers. Das hier ist mein Vetter Carlo Melchert. Wir fanden im Briefkasten eine Benachrichtigung«, sagte er, entnahm der Anoraktasche die Mitteilung der Kommissare Bents und Nestler und reichte sie dem Beamten.

»Unsere Aussagen können zur Aufklärung eines Verbrechens beitragen«, meldete sich Carlo Melchert zu Wort. Der Beamte las den handschriftlich verfassten Text.

»Wo haben Sie geparkt?«, fragte er.

Felix Sievers grinste.

»Wir sind mit dem Fahrrad gekommen«, antwortete er.

»Alle Achtung, ein weiter Weg«, antwortete der Beamte.

»Um diese Jahreszeit hat die Gemeinde keine Arbeit für uns. Zeit genug, um unseren bürgerlichen Pflichten nachzukommen«, warf Carlo Melchert ein.

»Kommissar Bents erreichen Sie im ›Alten Weinhaus‹. Überqueren Sie den Markt, seitlich von Ludgeri, erste Etage. Es sind nur knappe hundert Meter«, sagte der Beamte und reichte den Besuchern das Schreiben zurück.

»Danke«, sagte Felix Sievers.

Sie verließen das Revier und schoben ihre Räder zum »Alten Weinhaus«, in dem die Kripo residierte.

Kommissar Bents blickte auf. Jemand hatte geklopft. Vor ihm auf dem Schreibtisch lag die Akte »Mordfall Pilchrat«, die dabei war anzuwachsen. Er verließ den Schreibtisch, trat an die Tür und öffnete sie.

Zwei junge Männer mit geröteten Gesichtern blickten ihn fragend an. Sie nahmen ihre Prinz-Heinrich-Mützen vom Kopf. Sie wirkten adrett in ihren Anoraks und Jeans.

»Bents«, stellte er sich vor.

»Carlo Melchert, mein Vetter Felix Sievers. Sie hinterließen in unserem Briefkasten diese Mitteilung.« Carlo Melchert hielt das Schreiben in der Hand.

»Richtig. Wir suchen Zeugen. Bitte treten Sie ein«, sagte Bents. Er rückte den Besucherstuhl zurecht und schob den Schemel des Ablagetischchens in die Nähe.

Die Besucher nahmen Platz.

»Sie bewohnen das Eckapartment im Parterre neben der Eingangstür im Hause 19 Am Möhlenkamp in Berumerfehn«, sagte der Kommissar. »Ihnen ist bekannt, dass die Witwe Pilchrat am Abend vor dem zweiten Advent ermordet und beraubt wurde?«

Die Männer nickten.

»Wir erfuhren es aus der Zeitung. Wir kennen die Dame nicht«, antwortete Carlo Melchert.

»Zeugenaussagen zufolge suchten zwei verdächtigte Männer das Haus 19 auf. Dafür fanden wir bisher keine Beweise. Haben Sie kurz vor 22 Uhr oder später diesbezügliche Beobachtungen gemacht oder Geräusche vernommen?«

Felix Sievers nickte bedächtig und blickte seinen Vetter zustimmend an.

»Nicht zu Hause. Wir hatten den Fernseher abgeschaltet, noch einen Spaziergang gemacht, im Schnee herumgealbert und sind dann zum Kiosk gegangen. Dort haben wir ein paar Dosen Bier gekauft. Der Gedanke an unsere Kinder hatte uns wehmütig gestimmt. Wir sind geschieden. Auf dem Weg zurück begegneten uns zwei junge Männer. Sie waren mit dem Fahrrad unterwegs und hatten Taschen auf dem Gepäckträger. Es war dunkel. Wir sahen sie nur kurz, als sie im Licht der Straßenlampe an der Kreuzung vorbeifuhren. Sie sprachen Russisch, nehme ich an. Sie machten einen Bogen um uns. Sie kamen aus der Richtung Westermoordorf.«

»Wann war das?«, fragte der Kommissar. Er dachte an die Mitteilung des Taxiunternehmers.

»Wie gesagt, gegen 22 Uhr«, antwortete Felix Sievers.

»Ich kenne mich örtlich nicht aus. Ist es weit vom Kiosk bis zum Rathaus von Großheide?«

»Nein, mit dem Fahrrad knappe zehn Minuten«, meinte Carlo Melchert.

»Zu Fuß die doppelte Zeit«, fügte der Vetter hinzu.

»Können Sie die späten Radfahrer näher beschreiben?«, fragte der Kommissar.

Sie schauten sich an.

»Es hatte aufgehört zu schneien. Sie trugen irgendwelche dunklen Jacken«, sagte Felix Sievers.

»Sie waren kräftig«, bestätigte Carlo Melchert. »Wir

haben ihnen keine weitere Beachtung geschenkt. Sie gehörten nicht zu unseren Hausbewohnern, so weit reicht das, was wir gesehen haben.« Die beiden Vettern wirkten nervös und unruhig.

»Haben Sie recht herzlichen Dank für Ihre Aussagen und Ihr Erscheinen. Ich fertige über unser Gespräch ein Protokoll an und lege es zu den Akten«, sagte der Kommissar.

»Uns liegt viel an der Aufklärung des Verbrechens«, meinte Felix Sievers. »Wir sind zurzeit arbeitslos und müssen zusehen, wie die mit dem Geld aasen. Die kriegen es von vorne und hinten zugesteckt, während sich um uns niemand kümmert.«

»Meine Herren, das gehört nicht in das Protokoll. Ich wünsche Ihnen viel Erfolg bei Ihrer Arbeitssuche und melde mich wieder, falls wir weitere Fragen haben«, sagte der Kommissar.

Die jungen Männer erhoben sich. Bents begleitete sie zur Tür.

Volker Bents und sein Kollege Hanno Nestler begannen ihre Recherchen in Großheide auf dem Ziegelweg, der seitlich von der Ten-Doornkaat-Straße abzweigte.

In den einfachen, rot geklinkerten Zweifamilienhäusern mit Walmdächern und kleinen Vorgärtchen wohnten Rücksiedler, denen fast nahtlos ihre Eingliederung in die dörfliche Gemeinde gelungen war.

Mit einem Netz von ausgebauten Fahrradwegen, Waldbestand, weitem Weideland, mit Hochmoor und gepflegten Pensionen hatte sich Großheide zum anerkannten Luftkurort entwickelt, in dem sich die Neubürger wohl fühlten. Sie lebten in geordneten, wirtschaftlich gefestigten Verhältnissen. Die meisten arbeiteten bei VW in Emden.

Diese Tatsache nahmen Bents und sein Kollege Nestler zur Kenntnis. Sie fanden zu den Eltern der jungen Männer, die der Taxiunternehmer Harringa zur späten Stunde am besagten Abend nach Emden gefahren hatte.

Eugen Bolnow und seine Freund und Kollege Sascha Maurer gehörten, wie sich herausstellte, zum Personal der Emder See- und Küstenspedition. Die Taxikosten hatte die Firma übernommen, die die jungen Männer in Emden abholen ließ und zum »Verkehrshof« in der Nähe von Leer brachte, wo sie am frühen Morgen hinter das Steuer eines mit Frischfleisch beladenen Kühltransporters stiegen.

»Außer Spesen nichts gewesen«, war das Fazit der Polizeibeamten.

Die Suche nach den Radfahrern mit Taschen auf dem Gepäckträger führte trotz Einschaltung der Zeitungen zu keinen Ergebnissen.

Ein Besuch des Kiosks, der nach Schließung des letzten »Tante-Emma-Ladens« vor zwei Jahren rege Umsätze tätigte und das Personal stundenweise beschäftigte, brachte schließlich zutage, dass Carlo Melchert und Felix Sievers in der Tat zu der von ihnen angegebenen Zeit Bier, allerdings auch eine Flasche Corvit, was sie verschwiegen hatten, eingekauft hatten.

Wie die Polizeibeamten weiterhin erfuhren, waren die beiden Vettern gute Kunden, was den Umsatz an Alkoholischem betraf.

Es kam schon mal vor, dass sie »klamm« waren, auf »Pump« kauften, doch ihr Schuldenkonto war stets ausgeglichen. Zu den guten Kunden des Kiosks gehörte auch Bertus Poppen, der bucklige Gärtner der Frau Jakoba

Pilchrat, wie sie rein zufällig erfuhren. Doch das half alles nicht weiter. Mit einem Fahrrad und der Beute in einer Sporttasche auf dem Gepäckträger erreicht man vom Kiosk in 20 Minuten Hage, in 45 Minuten Norden und in 90 Minuten Norddeich. Wo waren sie hingefahren? Wo waren die Russen gelandet, die keinen weiteren Zeugen begegnet waren?

Am Freitag, dem 14. Dezember, begab sich die Gemeindeschwester Petra Peters, 46, auf den Weg. Sie radelte über den »Möhlenkamp« an den Blocks vorbei. Am Ende der Straße stieg sie vom Rad. Es hatte gefroren. Die Luft war sauber und klar. Der Wind strich ihr entgegen. Am Himmel trieben bauschige Wolken. Sie liebte diese Idylle und schob ihr Fahrrad über die Wege mit den eingefurchten, erstarrten Spuren der Waldfahrzeuge.

Im Korb auf dem Gepäckträger befanden sich Tee, Orangen, Äpfel, Spekulatius, Marzipan, Pril, Seife und ihr Handy. Bertus Poppen galt ihr Besuch. Der Alte freute sich über ihre Besuche, erzählte ihr von früher, wiederholte stets Geschichten aus seiner Schulzeit mit Jakoba Boomfalk, sprach über den Tod seiner Mutter und fand nie so recht zur Realität.

Er nannte die Witwe Pilchrat in einem Nebel von verschwommenen Kindheitserlebnissen »Gnädige«.

Petra Petersen hatte seinen Kontostand bei der Bank eingesehen und einige Hunderter abgehoben, um sie ihm auszuzahlen.

Sie näherte sich dem »Schuppen«, klingelte, um ihre Ankunft anzuzeigen, und schaute erwartungsvoll auf die Tür. Eine Eule erhob sich flügelschlagend vom Ast einer Fichte. Petra Peters erschrak, schob das Fahrrad zum Haus und lehnte es an die Wand. Sie nahm den Korb und ging zur Tür. Sie klopfte an. Es war still. Kein Geräusch drang an ihr Ohr. Sie griff zur Klinke und öffnete die Tür.

Petra Petersen erschrak zu Tode. Bertus Poppen lag auf dem Boden, die Arme von sich gestreckt. Sein Kopf lag in einer Blutlache, über seinen Buckel wölbte sich der Troyer. Bertus Poppen trug eine Drillichhose. Die Luft roch nach Alkohol, Kot, Pisse und Blut.

Die Gemeindeschwester Petra schrie auf, griff mit zitternden Händen zum Handy und wählte die Notrufnummer. Ihr Anruf sorgte für Wirbel.

Die Beamten vom Revier in Norden leiteten eine Rettungsaktion ein, mit Krankenwagen und Notarzt. Die Besatzung eines Streifenwagens bildete die Vorhut, und es kostete sie viel Mühe, den Schuppen zu erreichen.

Der Alte hatte sich, aus welchen Gründen auch immer, besoffen, das bezeugten die leere Corvitflasche und die Batterie geleerter Bierdosen. Er war verstorben an den Folgen eines Sturzes. Er war mit dem Kopf gegen die Steinwand geprallt, danach auf den Steinboden aufgeschlagen, wie der Notarzt testierte. Er schloss Fremdverschulden aus.

Bertus Poppen hatte – wie seine Gönnerin Jakoba Pilchrat – das Zeitliche gesegnet. Die Gemeinde beauftragte ein Bestattungsunternehmen mit seiner Beisetzung auf dem Berumerfehner Friedhof. Die Freiwillige Feuerwehr rückte an und sorgte für eine erste grobe Reinigung.

Volker Bents, der es aus nachvollziehbaren Gründen nicht geschafft hatte, den alten Kauz kennen zu lernen, reagierte nachdenklich, als er von dem Unglück und den Folgen erfuhr. Wieder tauchte die Frage auf, ob der schwachsinnige, bucklige ehemalige Schulgefährte der Jakoba Pilchrat benebelt und angetrunken für die ihm zugefügten Quälereien aus Rache zum Knüppel gegriffen hatte.

Bents besprach sich mit Nestler. Sie beschlossen, sich im »Schuppen« umzusehen, und fuhren los.

Sie erreichten das Haus, als der Notarzt und der Krankenwagen abfuhren. Gemeindeschwester Petra Petersen führte Bents und Nestler mit verheulten Augen durch die Räume. Sie hatte bereits die Fenster geöffnet und gelüftet.

»Der Doktor hat gedacht, Bertus habe nicht gelitten. Er war auf der Stelle tot. Er wollte nie ins Heim«, sagte sie mit belegter Stimme.

»Frau Petersen, wir interessieren uns für die Inhalte seiner Schubladen«, sagte Bents.

Die Schwester begleitete sie zum Schlafzimmer, trat an eine alte Kommode und zog die Schublade nach vorne.

»Ich weiß nicht, was Sie suchen, seine Papiere, sein Geld und das, was für ihn Wert besaß, pflegte er hier aufzubewahren«, sagte sie.

Bents öffnete eine alte Keksdose. Sie enthielt vergilbte Fotos und den ungenutzten Personalausweis. Er entnahm der Schublade einen Ordner.

»Seine Verträge und Dokumente«, sagte Petra Petersen.

Der Kommissar legte den Ordner zurück und brachte eine Zigarrenkiste zutage.

»Ein paar alte Münzen«, sagte die Gemeindeschwester.

Bents öffnete sie, griff erstaunt nach einer alten, goldenen Taschenuhr mit massiver Goldkette.

»Das darf doch wohl nicht wahr sein!«, sprach er überrascht vor sich hin.

Er hielt sie in der flachen Hand und drückte mit dem Daumen auf den mit Rosetten umgebenen Einstellknopf. Der Deckel sprang auf. Er blickte auf das vergoldete Zifferblatt, klappte den Deckel zurück und betrachte den auf dem goldenem Boden eingestanzten Namen »Jacques Mathous Zürich 1856« und auf der schützenden goldenen Rückwand »Garantie 20 Jahre«.

Hanno Nestler blickte ihn fragend an.

Der Kommissar nickte.

»Frau Petersen, auf Sie fällt die Rolle der Nachlassverwalterin. Ich nehme diese Uhr mit, um sie dem Staatsanwalt zu zeigen«, sagte Bents.

»Hat es was auf sich?«, fragte sie.

»Nein, ich denke nicht«, antwortete Bents. Seine Kollegen vom Streifendienst hatten das Haus bereits verlassen.

»Sie haben die Schlüssel des Hauses«, wandte sich Nestler an Frau Petersen, die mit dem Blick auf den toten Bertus Poppen erneut in Tränen ausbrach.

»Bitte bleiben Sie bei mir, bis der Bestatter hier war«, bat sie die Beamten.

»All up Stee!«, meinte Bents.

Der Gestank verzog sich. Durch die offene Tür und die geöffneten Fenster zog frische kühle Luft in die abgewohnten Räume.

Petra Petersen sorgte mit blassem Gesicht in der primitiven Küche mit dem bekleckerten Vierplattenherd für Ordnung und klapperte mit dem Geschirr. Ihr ging es mehr um Ablenkung.

Bents und Nestler sahen sich in der Wohnung um, in der Bertus Poppen friedlich auf dem Boden lag, als schliefe er seinen Rausch aus.

In der Ecke stand ein abgewetzter Sessel mit dem Blick auf den Fernseher. Im Zimmer befanden sich zwei Stühle und ein Tisch. Auf einem Regal stand ein leerer Aschenbecher. Daneben lagen eine Tabakdose der Marke »Rum and Maple« und ein Pfeifenetui.

»Tabak und Rum ...«, frotzelte Nestler und wies auf die leere Corvitflasche.

Sie vernahmen das Läuten der Berumerfehner Kirche. Es war 14 Uhr.

»Vielleicht eine Hochzeit«, meinte der Kommissar.

Der Bestatter betrat mit seinem Gehilfen das Wohnzimmer. Sie trugen einen Sarg und stellten ihn neben dem Toten ab.

»Moin«, grüßten die Männer, blickten auf die Leiche, nahmen für Sekunden ihre Mützen vom Kopf, wendeten den Alten und hoben ihn in den mit Plastik ausgelegten Sarg.

Petra Petersen bekreuzigte sich. Bents verließ das Wohnzimmer und ging um das Haus. Er richtete den Blick auf den Boden und fand zu einer Mülltonne. Er holte seine Tempotücher aus seiner Jackentasche. Damit griff er in den trockenen Müll.

Er sah die Gemeindeschwester, die eine Plastiktüte mit Müll und Bierdosen trug. Er ging ihr entgegen.

»Kommen Sie, das nehme ich Ihnen ab. Machen Sie

sich fertig, wir wollen gleich losfahren«, sagte der Kommissar.

Gegen 15 Uhr parkten sie den Wagen vor dem alten Weinhaus, stiegen aus und begaben sich zum Dienstzimmer des Kriminalkommissars.

Nestler bereitete im Personalraum einen Tee zu, während Kommissar Bents den Staatsanwalt über den sensationellen Fund der »Jacques-Mathous-Uhr«, deren Schätzwert der Sohn der Witwe Pilchrat mit über 80.000 Mark beziffert hatte, benachrichtigte.

»Vermutlich hat Bertus Poppen das übrige Diebesgut auf seinem Grundstück vergraben«, meinte der Staatsanwalt.

»Ich werde entsprechende Maßnahmen einleiten«, fügte Dieling hinzu, erfreut über den Erfolg der Beamten.

»Ich habe eine Bitte«, trug Bents vor.

»Und die wäre?«, fragte der Staatsanwalt.

»Keine Mitteilung an die Zeitungen. Das Kompanie-Haus könnte sich nicht retten vor Buchungen anstürmender Presseleute«, sagte Bents.

»All up Stee«, antwortete der Staatsanwalt und legte auf.

Volker Bents entnahm den Taschen seines Anoraks zwei leere Bierdosen und stellte sie auf den Tisch. Das war noch nicht alles. Hanno Nestler lachte laut auf, als Bents vorsichtig in Tempotücher eingeschlagene Aschenbecherreste zum Vorschein brachte.

»Im Schrank befindet sich der Spurensicherungskoffer«, sagte er ernst.

Nestler holte die Tasche, öffnete sie und entnahm ihr

Plastiktüten. Sie deponierten die mit Streichhölzern gespickte graue Asche in Plastikbeutel.

»Für das LKA«, sagte Bents und setzte sich in den Schreibtischsessel.

»Die Jungs aus Oldenburg sind geschult und pfiffig. Sie werden den Schatz schnell finden«, meinte Hanno Nestler.

»Oder auch nicht«, antwortete Volker Bents.

Am Dienstag, dem 18. Dezember, lag über der ostfriesischen Küste ein grauer Wolkenhimmel. Es kam nicht zu Niederschlägen. Es war kalt. Der Wind blies mit Stärke 5 aus östlicher Richtung. Er kämmte die Lebensbäume und Thujasträucher, spielte mit den Ästen der Trauerweiden, während sich etwas mehr als eine Hand voll Leute zur Teilnahme an der Beisetzung des im Leben zu kurz gekommenen Landarbeiters eingefunden hatten, der sich Gerüchten zufolge, dem Alkohol zugeneigt, für erlittene Schmach während seiner Kindheit an der Witwe Pilchrat gerächt haben sollte.

Zu ihnen zählte auch Kommissar Bents, der zuhörte, als der junge Pastor Gott den Allmächtigen bat, den »Bruder« in sein Reich aufzunehmen, denn zu richten, das lag nur in seinen Händen.

Kommissar Bents stand im Hintergrund, vor ihm vertrat der Gemeindedirektor mit ernstem Gesicht seine nicht anwesenden Bürger, die kurz vor Weihnachten alles andere zu tun hatten, als dem Buckligen mit Gebeten eine gute Reise ins Jenseits zu wünschen. Er beobachtete Carlo Melchert und Felix Sievers, die ergriffen schienen, als nähmen sie Abschied von einem Freund. Gemeindearbeiter hoben kurz ihre Prinz-Heinrich-

Mützen für Sekunden von den Köpfen, senkten dann den Sarg mit den Leinenbändern in das Grab.

Bents hielt sich zurück. Er folgte im gesicherten Abstand den Zeugen Melchert und Sievers, die bisher als Einzige die russischen Radfahrer zur besagten Zeit beobachtet hatten.

Bis dato hatten die Kollegen vom technischen Dienst aus Oldenburg auf dem Anwesen rund um den Schuppen den »Schatz« noch nicht entdeckt, allerdings den Knüppel, an dem sich Blutreste befanden, gefunden.

Melchert und Sievers bogen ab und gingen in Richtung Kiosk. Volker Bents blickte nachdenklich hinter ihnen her.

Am Donnerstag, dem 20.12., nach einem kräftigen Frühstück mit Brötchen und Rührei mit Speck, griff Carlo Melchert zum Handy und wählte die Nummer des Taxis, während Felix Sievers die am Vorabend aufgestellte Liste zusammenfaltete und sie mit Vorfreude in sein Portmonee schob.

Sie hatten mit Verachtung ihrer Frauen gedacht und fühlten sich von ihnen betrogen. Doch die Trennung von ihren Kindern, die fern von ihnen heranwuchsen, setzten ihnen vier Tage vor dem Heiligen Abend sehr zu. In Anbetracht des Schmuddelwetters und der geplanten Einkäufe ließen sie ihre Fahrräder im Schuppen. Sie zogen ihre Wetterjacken über, entschlossen sich, die Spüle nach ihrer Rückkehr zu erledigen, traten vor das Haus, stiegen in das Taxi und ließen sich nach Norden fahren.

Die dudelnde Weihnachtsmusik, der Lichterglanz und Tannenschmuck in den Straßen stimmten die beiden Vettern fröhlich, ließ sie etliches vergessen. Sie mischten sich unter die Passanten, tranken, aßen eine Bratwurst, tranken Glühwein, besuchten anschließend das Spielwarengeschäft und fanden dort alles, was sie aufgelistet hatten: »Das Piratenschiff« von Play-Mobil, die »Arizona Ranch«, die Puppe, die beim Wiegen die Augen schließt und vieles mehr. Sie zahlten in bar, inklusive der Versandkosten. Die Verkäuferin garantierte ihnen die pünktliche Ankunft der beiden Weihnachtspakete.

So, eingedenk der freudigen Überraschungen, die die Pakete verursachen würden, sahen sie dem Weihnachtsfest zufrieden entgegen.

Am Freitag, dem 21.12., kam der Wind aus nördlicher Richtung und erreichte in Sturmböen die Stärke 6 bis 7. Über die Küste trieben schwarze, geballte Schlechtwetterwolken. Hin und wieder kam es zu heftigen Schneeregen-Schauern bei Temperaturen um den Gefrierpunkt.

Staatsanwalt Dieke Dieling saß im Dienstzimmer am Schreibtisch und blätterte in den Akten. Er kam zu dem Ergebnis, dass Bertus Poppen die Witwe Jakoba Pilchrat in einem unkontrollierten geistigen Zustand erschlagen hatte. Dafür sprachen die zur Diebesmasse gehörende antike Taschenuhr, das Tatwerkzeug, ein primitiver Knüppel – an denen es in seiner waldreichen Umgebung nicht mangelte –, den er in einem Anfall von wilder Raserei ergriffen hatte. Hinzu kam, dass er sich, wie der Arzt vom Norder Krankenhaus in seinem Untersuchungsbericht festgestellt hatte, mit 3,5 Promille in einem benebelten Zustand auf den Weg zur Brückstraße in Westermoordorf begeben haben musste.

Ihn verbanden mit der »Gnädigen«, wie er das Opfer zu nennen pflegte, Kindheitserlebnisse, die dem schwachsinnigen Alten nach Beendigung der Gartenarbeit wegen des sich nahenden Winters ins Bewusstsein gestiegen waren. Er vermisste das Gespräch mit Jakoba Pilchrat, ihre Zuwendungen und sah sich erneut von ihr abgewiesen. Vielleicht hatte er sich des Knüppels als Gehhilfen bedient, rastete beim herzlosen Empfang vor der Haustür aus. Für diese Version sprach auch die Annahme, dass er sich im Hause des Opfers ein wenig auskannte.

Staatsanwalt Dieling zog den Wettermantel über, verließ sein Dienstzimmer, meldete sich bei seiner Sekretärin ab und fuhr nach Norden. Er hatte die Leiche des mutmaßlichen Mörders zur Bestattung freigegeben. Der Arzt hatte Fremdverschulden ausgeschlossen.

Dieling parkte den Wagen vor dem »Alten Weinhaus«, stieg aus und begab sich zum Dienstzimmer des Kommissars. Ihn wurmten die vielen Anrufe der Journalisten, die Auskunft über den Stand der Ermittlungsarbeiten im Fall Jakoba Pilchrat wünschten, zu Recht, wie er annahm. Er betrat das Dienstzimmer.

»Moin«, grüßte er. »Bleiben Sie sitzen«, fügte er hinzu, hängte den Trenchcoat an den Haken und legte seine Elbsegler-Mütze auf die Ablage.

Bents saß am Schreibtisch, vor ihm lag die angewachsene Akte.

Dieling schob den Stuhl in Schreibtischnähe. »Die können Sie schließen«, sagte er. »Der Fall ist aufgeklärt. Der Mörder fand im Suff ein bedauernswertes Ende.«

»Gestern wurde er zu Grabe getragen. Er war vier Tage älter als Jakoba Pilchrat und verstarb vier Tage später. Da hat der Zufall Regie geführt«, meinte Bents sarkastisch, während sich eine Wolke entlud und der Wind Schneeregen gegen das Fenster warf. Vom Glockenturm drangen die Schläge in das Dienstzimmer. Es war 11 Uhr.

»Herr Bents, erste Spaziergänger interessieren sich für das alte Gemäuer am Rand des Moores und belästigen Ihre Kollegen aus Oldenburg mit neugierigen Fragen. Das Telefon steht nicht still. Die Meute der Regenbogenpresse lässt nicht locker. Ein gesundes Fressen für sie. Fotos vom Moor und der abgewohnten Kate. Ferienidylle mit leichter Schneedecke und der bucklige Mörder, der sich nach mehr als fünfzig Jahren für erlittene Schmach an seiner Mitschülerin rächt.«

»Wenn es dann sein muss, bitte erst nach den Weihnachtstagen. Lassen Sie mir genügend Zeit, alles noch einmal zu überdenken«, sagte Bents, erhob sich, ging zum Schrank, entnahm ihm zwei leere Bierdosen der im benachbarten Jever ansässigen Brauerei, stellte sie auf den Schreibtisch und nahm wieder im Schreibtischsessel Platz.

Dieke Dieling blickte überrascht auf.

»Davon packte die Gemeindeschwester mehr als ein Dutzend in einen Plastikbeutel«, sagte Bents und lachte verschmitzt. »Ich nahm ihr die Entsorgung ab und trug sie zur Mülltonne. Zwei davon zweigte ich ab und untersuchte sie nach Fingerabdrücken.«

»Und?«, fragte der Staatsanwalt gespannt.

»Sie enthielten keine«, antwortete der Kommissar. »Nicht einmal die von Petra Petersen. Sie trug Gummihandschuhe bei Ihrer Entrümpelungsarbeit.«

»Was schließen Sie daraus?«, fragte Dieling, neigte sich vor und klopfte mit der linken Hand wie selbstvergessen auf die Schreibtischplatte.

»Es ist kaum anzunehmen, dass Bertus Poppen bei seinem Besäufnis Handschuhe wie Petra Petersen trug«, sagte der Kommissar. »Jemand hat wohlweislich die Fingerabdrücke entfernt. Bertus Poppen rauchte Pfeife. Seine Utensilien fanden wir auf dem Regal. Der Aschenbecher war geleert worden. Ich fand im Müll Tabakasche und Zigarettenkippen.«

»Ach, der Alte hatte Besuch? Und der sorgte für klar Schiff?«, meinte Dieling nachdenklich.

»Davon können wir ausgehen«, sagte Bents. »Der oder die Besucher rauchten Zigaretten. Wir fanden keine benutzen Gläser. Naiv, vielleicht selbst betrunken, entfernten sie ihre Spuren, erleichterten den Alten um seine Beute, deponierten die Taschenuhr in seiner Kommode und machten sich aus dem Staub, als sich Bertus Poppen nach dem Gelage zu Tode stürzte.«

Der Staatsanwalt zog die Stirn kraus.

»Eine Lesart, die mir nicht aus der Luft gegriffen scheint. Sein oder seine Saufkumpane nutzten die Gunst der Stunde.«

»Nestler und ich haben die Zigarettenkippen an das Labor versandt. Die Ergebnisse werden uns erst nach Weihnachten zur Verfügung stehen. Deshalb meine Bitte, Ihre Pressekonferenz in das neue Jahr zu verlegen. Es könnte noch Überraschungen geben.«

»Aasgeier, Parasiten!«, schimpfte der Staatsanwalt.

»Davon gibt es genug. Sagen wir lieber Schnorrer«, antwortete Bents.

»Ein Tipp der Gemeindeschwester über Besucher im Schuppen?«, fragte Dieling.

»Fehlanzeige. Petra Petersen hält sich für die einzige Kontaktperson des Sonderlings, abgesehen von der ›Gnädigen‹, die ihm im Schuppen keinen Besuch abstattete«, antwortete Bents. Er dachte an die Vettern Carlo Melchert und Felix Sievers, die ihn und Nestler, das war eine reine Vermutung, mit ihren Zeugenaussagen möglicherweise auf eine falsche Fährte gelockt hatten. Doch wenn, warum? »Bertus Poppen gehörte zu den Stammkunden des Kiosks. Dort kaufte er den Corvit und das Bier ein, wenn der Markt geschlossen hatte«, fügte Bents hinzu.

»Und der Zusammenhang?«, fragte der Staatsanwalt.

»Wir haben recht fragliche Aussagen von Zeugen, die ebenfalls zu den Stammkunden des Kiosks zählen«, antwortete der Kommissar.

»Hegen Sie in dieser Richtung einen Verdacht?«, fragte Dieling.

»Um mehrere Ecken gedacht schon. Lassen Sie mir Zeit. Ein vager Verdacht.«

»Einverstanden. Ist es recht, wenn ich den Termin der Pressekonferenz auf den vierten Januar lege?«, fragte Dieling.

Bents nickte. »All up Stee! Und ist es Ihnen recht, wenn ich einen Tee aufbrühe?«

»Ebenfalls einverstanden. Eine gute Idee«, antwortete der Staatsanwalt, griff in seine Jacketttasche und zog die Zigarettenschachtel hervor. »Meine erste heute«, sagte er und grinste.

Carlo Melchert und Felix Sievers kauften eine kleine Tanne. Sie waren beide schlank, mussten nicht auf herzhafte Mahlzeiten verzichten. Unter den geschmückten Weihnachtsbaum stellten sie die postkartengroßen Fotos ihrer Kinder in stabilen Rahmen. Felix Sievers würfelte für den neu angeschafften Fonduekessel Rinderfilet und schieres Schweinefleisch. Ihm gelang die Zubereitung von Mahlzeiten und Saucen genauso gut wie früher – und das lag eine Weile zurück – die Gestaltung von prächtigen Haarfrisuren.

Den Vettern fehlte es an nichts an diesem Heiligen Abend. Mit dem Picken der Gabeln in saftige Fleischbröckchen und würzigen Salaten bei eingeschaltetem Fernsehen vertrieben sie ihre Wehmut.

Auch am ersten und zweiten Weihnachtstag sorgten sie mit weiten Spaziergängen für ihre Verdauung, genossen den kalten Küstenkorn, tranken Bier und warteten nach den Feiertagen sehnlichst auf Post ihrer Kinder.

Sylvester feierten sie in Norddeich im Haus des Gastes im Kreise angereister Gäste, die sie in ihre lockeren Gespräche und Fröhlichkeit einbezogen. Ein Taxi brachte sie am frühen Morgen zurück nach Berumerfehn. Sie schliefen in den Tag hinein. Am Nachmittag studierten sie belustigt die eingesteckten Visitenkärtchen bürgerlicher Rheinländer, die ihnen bei der Stellensuche ihre Mithilfe zugesichert hatten.

Mit Bratheringen und Rollmöpsen bekämpften sie ihren Kater, um sich am Abend erneut mit Corvit und Bier der Realität zu entziehen, und verpassten, zum Unwillen des Gemeindekämmerers, ihren zugesagten Einsatz bei der Beseitigung der Rückstände der Sylvesterparty vor dem Kompanie-Haus. Die Rüge nahmen sie gelassen zur Kenntnis, hatte sich doch für sie das Blatt gewendet.

Am Morgen des 4. Januar trieb der kalte Ostwind Schauerwolken über die ostfriesische Küste. Es kam gelegentlich zu Schneeschauern. Die Straßen waren glatt. Streufahrzeuge waren im Einsatz.

Carlo Melchert saß vor dem Fernseher und trank Bier, während Felix Sievers in der Küche im großen Suppentopf ein Hähnchen kochte. Er dachte an seinen kleinen Sohn. Er hatte mit ungelenker Schrift: »Lieber Papa, danke für die schönen Sachen. Besuch mich mal!« auf eine Ansichtskarte mit dem »Michel« aus Hamburg geschrieben.

Das Läuten der Haustürklingel riss Felix aus seinen Gedanken.

»Carlo!«, rief er laut.

Sein Vetter stellte den Fernseher ab, verließ die Wohnung und öffnete die Tür. Er blickte überrascht auf.

»Wir kennen uns«, sagte Kommissar Bents. »Das hier sind mein Kollege Nestler, Kommissarin Christa Ailts und Herr Dieling, Staatsanwalt.«

Carlo Melchert erschrak. Seine Blicke huschten über die Gesichter der Besucher.

»Und was wollen Sie von mir?«, fragte er aufgeregt. Er zuckte zusammen, als Frau Ailts nach ihrem Gürtel griff und ihn ein wenig hochschob.

»Zuerst einmal begehren wir Einlass und wünschen, dass Ihr Vetter ebenfalls an unserer Unterhaltung teilnimmt«, sagte der Staatsanwalt ernst.

»Was soll das Theater?«, fragte Melchert und öffnete die Tür. Die Beamten betraten den Korridor. Wachtmeisterin Ailts schloss sich an und behielt Carlo Melchert im Auge, der nervös wirkte und ständig um sich blickte, als suche er nach einer Möglichkeit, abzuhauen.

Im Wohnzimmer lag der Essensduft. Felix Sievers schaute sprachlos mit blutleeren Lippen die Besucher an.

»Ich bin im Besitz eines vom Amtsrichter unterzeichneten Haftbefehls«, sagte der Staatsanwalt. »Ich bitte

Sie, eine Tasche mit den notwendigsten Dingen für einen längeren Aufenthalt im Untersuchungsgefängnis zu packen. Kommissar Nestler wird Ihnen dabei auf die Finger schauen.«

»Sie können uns nichts beweisen«, schrie Felix Sievers wütend.

»Wir werden es Ihnen beweisen«, sagte der Kommissar. »Die Russen, auf die Sie den Verdacht lenkten, radeln vielleicht immer noch in Richtung Küste. Deren Taschen waren leer. Die Beute aus dem Überfall auf Jakoba Pilchrat befindet sich vermutlich hier in Ihrer Wohnung. Wir werden uns auf Schatzsuche begeben, wenn Sie sich auf dem Wege zum Gefängnis befinden.«

»Wir waren es nicht!«, stieß Carlo Melchert erregt hervor. »Das war Bertus! Der Buckel hat es uns erzählt! Und da er verstorben ist, haben wir das Geld und den Schmuck an uns genommen. Er hat keine Erben ...«

»Sie haben auch den alten Mann auf dem Gewissen. Sie haben versucht, ihre Spuren abzuwischen, dem Alten die Uhr in die Kommode gelegt und den Stock auf seinem Gelände hinterlassen, um die Tat auf ihn zu wenden«, sagte der Staatsanwalt kalt.

»Das können Sie uns nicht anhängen!«, sagte Felix Sievers und verzog das Gesicht.

»Sie haben vergeblich Ihre Fingerabdrücke von den Bierdosen gewischt und den Aschenbecher geleert!«, sagte der Kommissar. »Sie besaßen die Frechheit, an der Beisetzung ihres Opfers teilzunehmen. Ihrem Trauerbesuch verdanke ich eine Zigarettenkippe für Ihren genetischen Fingerabdruck. Eine Kippe verloren Sie auch in der Nähe der Brückstraße. Ihr genetischer Fingerabdruck lässt keine Zweifel offen.«

»Ich halte es für nicht angebracht, hier zu debattieren«, sagte der Staatsanwalt. »Packen Sie Ihre Reisetaschen. Tragen Sie ihre Bedenken dem Amtsrichter vor. Über Ihre Rechtslage werden Sie im Gefängnis unterrichtet.«

»Und keine Mätzchen«, sagte Kommissar Nestler.

Der Sportschütze

Am Freitag, dem 4. Januar, endete um 13 Uhr die Frühschicht der Krankenschwester Greta van Thun. Die Tür des Stationszimmers stand wie immer weit offen. Greta besprach mit ihrer Kollegin die Anordnungen der Ärzte, wies auf die von ihr gewissenhaft geführten Listen und verließ danach die Station 10 A.

Über Norden lag ein schwarzer Wolkenhimmel. Schneeflocken wirbelten im aufgebristen Nordwestwind bei Temperaturen um den Gefrierpunkt.

Greta ging zum Parkplatz, öffnete die Tür ihres Golfs, griff zum kleinen Handbesen, entfernte den Schnee, stieg ein, steckte den Schlüssel in die Zündung, betätigte die Scheibenwischer und drückte die Taste des Radios. »N3«, ihr Lieblingssender, brachte den »Bolero« von Ravel. Sie ließ den Motor an, bediente die Kupplung, schaltete die Gänge, steuerte den Wagen auf die belebte, mit Schneematsch bedeckte Heerstraße, passierte die Brücke über das Tief, erreichte den »Kreisel« und fuhr in Richtung Hage.

Greta trug eng sitzende Jeans, einen warmen Zopfmuster-Pullover und darüber einen festen, schwarzen Anorak. Sie war schlank und hatte ein feines, spitzes Gesicht, grüne Augen, eine längliche Nase mit schmalen Lippen. Das blonde Haar hatte sie zu einem Pferdeschwanz gebunden.

Greta van Thun, geborene Roolfs, stammte aus Baltrum. Zurzeit waren ihre Eltern zu Besuch. Ihre Mama,

64, und ihr Papa, 67, führten immer noch die Pension »Seeschwalbe« mit Erfolg. Erst im vergangenen Herbst hatten sie umfangreiche Renovierungen ausführen lassen.

Aus dem Radio klang die ihr vertraute Stimme des Moderators. Er sagte die »Moldau« von Smetana an. Es spielte das NDR-Sinfonieorchester unter der Leitung von Günther Wand.

Greta schaute auf die Uhr. Ihr blieb noch Zeit, mit den Eltern das Mittagessen einzunehmen. Sie blickte verträumt auf das Lütetsburger Schloss, das in der weißen Pracht einem Wintermärchen entstiegen zu sein schien.

Um 14.30 Uhr legte die Fähre von Nessmersiel nach Baltrum ab. Mama und Papa hatten sich gut erholt und sehnten sich zur Insel zurück. Auch Greta war froh darüber, dass sie abreisten. Sie hatten zusammen Sylvester gefeiert. Claas, ihr Mann, war bereits am Mittwoch abgereist. Er war in jeder Weise pingelig, dazu ein wenig selbstsüchtig. Er neigte zur Eifersucht, wenn er nicht im Mittelpunkt stand und das Sagen hatte. Er war verärgert, wenn Papa das Fernsehprogramm bestimmte, die Mama eine »Schmutzdecke« unter seinen Pfeifenbeutel schob, das Fenster aufriss, wenn er eine paffte und ihn in jeder Weise gängelte, wenn er unbedarft den Tisch deckte oder nach dem Spaziergang die Schuhe anbehielt.

Hinzu gesellte sich die Besserwisserei, wenn sie politisierten und Claas als CDU-Mitglied den SPD-Kanzler runtermachte und sie mit seiner konservativen Gesinnung wortreich zu überzeugen versuchte. Claas, der sich nicht ohne Jackett an den Mittagstisch setzte, die Nase rümpfte, wenn die Mama beim Frühstück im Morgenmantel erschien, die Brötchen auf die Teller verteilte und streng darauf achtete, dass sie und »Vati« nicht zu kurz kamen.

Greta lächelte vor sich hin. Claas war als Einzelkind aufgewachsen. Sein Vater war Pfarrer in Wiesmoor gewesen. Henning van Thun und seine Gemahlin Franziska, geborene Wibbels, hatten ihn streng im christlichen Glauben erzogen.

Claas liebte die Tradition, praktizierte den Glauben. Dabei störte es ihn nicht, dass Greta ohne jede Bindung an eine Religion ihren beruflichen Verpflichtungen nachging.

Greta war ein Freigeist, lustig, jeder Abwechslung zugeneigt. Sie gingen selten aus. Sie scheute nicht davor zurück, wenn Claas beim Berumer Schützenfest steif auf dem Stuhl verharrte, es nicht einmal wagte, die Krawatte zu lockern, im Festzelt mit anderen Männern zu tanzen.

Claas, der als Bauingenieur eine Spitzenposition bei der Firma Gebr. Altmann, Aurich, einnahm, befand sich viel auf Reisen, betreute Bau-Projekte von Flensburg bis Aachen.

Zurzeit hielt er sich in Neuss auf. Er wohnte im Dammtor-Hotel, das ihn nach seiner Arbeit im Containerbüro mit den notwendigen Annehmlichkeiten, die er zu schätzen wusste, umgab. Für die nächsten Monate galt das bereits planierte Areal mit den Containerbüros als seine berufliche Heimat. Es ging um den Ausbau der dritten Autobahnspur mit einer Brückenerrichtung über die Erft bei Grimlinghausen.

Greta fuhr durch Hage, lenkte an der Baustoffhandlung mit den Märkten auf die Hagermarscher Straße und bog kurz hinter der Mühle auf das »Müllerstück« ein. Dort hatte sie mit Claas an der Waldseite ein respektables Einfamilienhaus gebaut, nur 13 Kilometer vom Fähranleger nach Baltrum in Nessmersiel entfernt.

Mama und Papa hatten ihnen unter die Arme gegriffen bei der Errichtung einer Einliegerwohnung, die es ihnen jederzeit ermöglichte, bei Festlandbesuchen bei ihnen abzusteigen. Wie der Volksmund sagt, ziehen sich Gegensätze an. Das konnte Greta nur bestätigen. Sie und Claas rauften sich zusammen. Zu ihren Schwiegereltern zog es Greta nur selten, die in Wiesmoor im Grünen in der Nähe des Golfplatzes einen Bungalow mit gepflegtem Garten bewohnten.

Während sich Claas als aktives Mitglied des Berumer Schützenvereins, dem Vorstand zugehörig, wann immer er Zeit fand, um das Training der Jugendriege im Sportschießen bemühte, hatte sich Greta für das schweißtreibende Jogging entschieden. Sie suchte regelmäßig die Sauna im Kurzentrum im Ferienpark »Ostfriesland« auf und hatte sich einer Basketballgruppe des SV Hage angeschlossen. Sie gehörte zu den ältesten Mitgliedern der Truppe der gut gewachsenen, sportlichen Damenmannschaft, die der Sportlehrer Kuno Swyters betreute. Der 37-jährige Gymnasiallehrer zollte ihr Respekt, denn sie hielt nicht nur mit, sondern sie wurde zur spielgestaltenden Regisseurin bei den Wettkämpfen.

Kuno Swyters war hoch gewachsen, hatte eine athletische Figur und ein markantes männliches Gesicht. Er trug sein blondes Haar kurz geschoren. Greta ergötzte sich himmlisch, wenn sich um seine schlanke Nase ernste Falten bildeten und er mit seinen blauen Augen die Spielerinnen zu mehr Einsatz während der Wettkämpfe aufforderte. Greta lächelte verträumt, lenkte den Golf auf die Einfahrt und stieg aus. Die Mama trat vor die Haustür.

»Da bist du endlich. Vati hat den Schnee gefegt und bereits den Tisch gedeckt. Es wird knapp, wenn wir spülen wollen«, sagte sie mit ernstem Gesicht. Die Mama wirkte alt mit dem weißen Haar, dem volllippigen Mund, den vielen Gesichtsfalten und der fleischigen Nase. Der Schnee wirbelte im Wind.

»Mutter, sachte«, sagte Greta und freute sich auf den Abend und das Training. Sie folgte der Mama in den Korridor und legte ihren Anorak ab. Papa gab ihr einen Kuss auf die Wange. Er wies auf die Koffer.

»Wie du siehst, sind wir so weit vorbereitet«, sagte er.

»Vati und ich haben Grünkohl mit Kasseler Pinkel vorbereitet. Das passt ja wohl zum Wetter«, warf die Mama ein.

»Das ist lieb«, antwortete Greta. Der Papa betrat die Küche und reichte Greta die Schüssel mit den dampfenden Kartoffeln. Der Papa hatte eine Stirnglatze und wie sie ein schmales Gesicht. Die Mama trug die Fleischplatte an den Tisch, Papa folgte mit dem Kohl. Sie setzten sich im Wohnzimmer an den Esstisch und genossen das hervorragende Essen.

Der von den Meteorologen angekündigte Hochdruckkeil erreichte am Nachmittag die ostfriesische Küste. Bei abflauenden Winden stieg das Thermometer auf den Gefrierpunkt. Die Straßenmeisterei setzte Streuwagen ein, um der Glatteisbildung auf den Straßen entgegenzuwirken.

In Berum, »Am Müllerstück«, schaffte das vertraute, eingespielte Team nach dem Grünkohlgenuss und einem eisgekühlten Corvit, der, auch das hatte Tradition auf der Insel Baltrum, half, das fette Essen zu verdauen, zeitlich den Abwasch des Geschirrs mit dem Blick auf die schneebedeckte Hecke und die glitzernden Hauben und Häubchen der vereisten Kiefer des Nachbargrundstückes, was die Mama in Entzücken geraten ließ, während Vati voll des Lobes auf die einmalige Lage des Grundstückes hinwies. Dennoch durchzogen sein Gesicht ein paar Sorgenfalten, die dem ihnen nicht ans Herz gewachsenen Schwiegersohn Claas galten. Er passte nicht zu der Dirn, fuhr es ihm durch den Kopf. Doch das ging ihn und die Mutti nichts an. Greta musste mit Claas klarkommen.

Hier setzte der im Umgang mit Menschen vertraute Greis seine Zweifel an. Er und seine Minna warteten vergeblich auf Enkelkinder. Greta und Claas fehlte es nicht an Geld. Beide suchten sie nach Erfüllung in ihren beruflichen Tätigkeiten. Zugegebenermaßen hatten sie es zu etwas gebracht.

»Vati!«, rief Minna und weckte ihn aus seinen Gedanken. Sie stand herausfordernd im Korridor im teuren Pelzmantel und wies auf das Gepäck.

Hajo Roolfs nahm den dunkelblauen Trenchcoat vom Bügel, zog ihn über und setzte die Prinz-Heinrich-Mütze auf den Kopf, während Greta den Golf bereits vom Schnee befreit hatte und wartend vor dem geöffneten Kofferraum stand.

Hajo Roolfs nahm die prall gepackten Lederkoffer vom Boden, trug sie zum Wagen, bugsierte sie in den Kofferraum, trat an die Seite der Beifahrertür, öffnete sie und half Minna beim Einsteigen. Er setzte sich auf die Rückbank. Greta verschloss die Haustür, setzte sich hinter das Steuer, zündete den Motor und legte den Rückwärtsgang ein. Sie warf noch einen Blick auf das schneebedeckte Haus, in dem sie sich oft einsam fühlte.

Sie lenkte den Golf auf die Hagermarscher Straße und drosch drauflos. Hinter dem Tierheim bog sie ab in Richtung Hagermarsch.

»Schade, dass Claas so oft unterwegs ist. Ich hätte ihn gerne noch gesehen«, flötete die Mama süßlich mit steiler Nasenfalte.

»Und ein Posten in Aurich, ohne Außendienst?«, fragte der Papa und blickte in die verzauberte Winterlandschaft, in der die kleinen, rot geklinkerten Häuschen ihn an seine Spieleisenbahn erinnerten, die ihm Onkel Martin, das war 1941, da war er sechs Jahre alt gewesen, aus Belgien mitgebracht hatte. Er hatte einen langen Militärmantel getragen mit Litzen und dem EKZ Erster Klasse, auf das Oma, Opa, Mama und Papa stolz gewesen waren. Onkel Martin war irgendwo an der Westfront gefallen und hatte nie mehr nach Baltrum zurückgefunden.

Zu der Zeit hatten sie andere Sorgen bedrückt.

»Claas betreut die Baustelle in Neuss. Er muss vor Ort mit dem Blick auf das Areal in der Nähe der Zulieferungsfirmen und Ämter mit seinen Mitarbeitern die Vorausplanungen treffen. Nächste Woche, Mama, wenn ihr wegen deines Arzttermins bei Dr. Neuhaus die Insel verlasst, wird Claas anwesend sein«, sagte Greta und lenkte den Wagen über die wässrige Dorfstraße von Nessmersiel am Fährhaus vorbei über den Vordeich dem Anleger entgegen.

»Ich liebe diesen entzückenden Blick«, sagte die Mama und schaute durch die Frontscheibe auf die weiten weißen Deichwiesen.

Es hatte aufgehört zu schneien. Durch die aufgelockerte Wolkendecke lugte für Sekunden die Sonne. Das weiße Fährschiff näherte sich dem Anleger. Baltrum mit dem verschneiten Vorland und roten Backsteinhäusern lag zum Greifen nahe.

»Vati, wie ich mich freue, wieder zu Hause zu sein«, sagte die Mama mit einem tiefen Seufzer, als hätte sie in der hübschen Einliegerwohnung »Am Müllerstück« gelitten. Greta und auch der Papa überhörten ihre Worte.

Auf dem Parkplatz vor der Böschung der Hafenbefestigung standen eine Hand voll Autos mit fremden Kennzeichen. Hinter den Fenstern des Strandcafés blickten Besucher in die prachtvolle weiße Küstenlandschaft und folgten dem Kurs des Schiffes, das sich der Fahrrinne näherte, im kleinen Radius wendete und von Möwen umschwärmt anlegte.

Greta hielt vor dem kleinen Containerbüro der Reederei, dachte kurz an Claas, den sie erst in dieser Woche zurückerwartete.

»Kind, es war schön bei dir«, sagte der Papa. Die Mama ordnete ihren Pelzmantel, setzte vorsichtig ihre Stiefel in den Schneematsch und presste ihre Handtasche an sich.

»Vati, pass auf, es ist glatt«, sagte sie, als Hajo ausstieg.

Greta öffnete die Heckklappe. Papa griff nach den Koffern und trug sie zu den Gepäckcontainern. Aus dem Windschatten des provisorischen Hafenbüros erschien der Hafenmeister, grüßte höflich, nahm Papa die Koffer ab und verstaute sie.

»Vater Roolfs, ein frohes, gesundes Neues Jahr«, sagte er.

Papa kam zurück, nahm Greta beiseite, legte seinen

Arm um ihre Schultern und blickte in ihr hübsches vom Wind gerötetes Gesicht.

»Kind, lass das! Kuno Swyters hat zwei Kinder. Er ist der Schwiegersohn von Wiechert Riekers, dem Eigentümer des ›Annahofs‹ in Hage. Ich habe mit ihm die Handelsschule in Norden besucht«, sagte er mit leiser Stimme, während seine innere Erregung ihm das Blut in das blasse Gesicht trieb.

Greta erschrak. »Aber Papa, nur der Sport, das Joggen, unsere Basketballmannschaft und gelegentlich einen Tee«, antwortete sie und machte eine wegwerfende Handbewegung.

Die wenigen Passagiere hatten die »Baltrum II« bereits verlassen.

»Vati, komm endlich!«, rief die Mama nervös und betrat die Gangway.

Papa schritt nachdenklich davon.

»Mama, bis nächste Woche!«, rief Greta der Mama zu.

Der Papa drehte sich noch einmal um. »Beherzige meine Worte«, sagte er und betrat das Schiff.

Er und Mama winkten ihr noch einmal zu. Sie suchten das Unterdeck auf, in dem es warm und mollig war.

Greta stand im kalten Wind und blickte auf das weiße Fährschiff. Die Fenster ragten über die Kaimauer. Der Schiffskran hob die wenigen Container an Bord. Über Baltrum legte sich bereits die frühe Dämmerung. Sie sah die Mama und den Papa, die ihr durch die Scheibe des letzten Fensters zulächelten. Greta winkte und erschrak, als Papa seinen erhobenen Zeigefinger über die Scheibe führte, als beseitige er für sie unsichtbare Flecken.

Was wusste er über ihre außerehelichen Beziehungen mit Kuno Swyters? War er hinter ihr hergeschlichen, wenn sie in ihrem Arbeitszimmer, es lag mit getäfelten, schrägen Wänden im Obergeschoss und bot ihr einen herrlichen Waldblick durch das Fenster der Gaube, mit Kuno telefoniert hatte und sie ihn, im Glauben, niemand höre ihr zu, »Geliebter« und »Liebster« genannt hatte?

Sie liebte ihn, und er liebte sie. Seine Frau war ein herzloser, unsportlicher Bauerntrampel. Er hatte sich mit ihr auf Anraten seiner Eltern liiert, dann verlobt und nach dem Studium, als sie schwanger war, geheiratet. Teda Swyters, geborene Riekers, und ihr Claas hätten besser zueinander gepasst, ging es ihr durch den Kopf.

Greta ging zum abgestellten Auto, öffnete die Tür und stieg ein. Papa war ein alter Fuchs. Sie und Kuno hatten sich in jeder Weise vorsichtig und umsichtig verhalten. Nicht einmal ihre Mitspielerinnen vom SV Hage hegten einen Verdacht. Sie trafen sich heimlich auf dem Parkplatz des verwaisten Schießstandes am Lütetsburger Forst, am »Roten Pfahl« in Norddeich mit dem Blick nach Norderney, in Arle unter hoch gewachsenen Kastanien hinter dem Jugendheim.

Greta zündete den Motor, atmete tief durch, legte den Gang ein und fuhr, ohne Freude an den winterlichen Deichweiden zu finden, Berum entgegen.

»Bald sollen es alle wissen«, schimpfte sie. »Schluss mit der Geheimniskrämerei«, sprach sie vor sich hin. Sie nahm sich vor, Kuno beim Wort zu halten, und war fest entschlossen, sich von ihrem missmutigen, steifen Kirchgänger zu trennen, der nicht einmal in der Lage war, Kinder zu zeugen, auf die Mama und Papa so sehnsüchtig warteten.

Greta vergaß den erhobenen Zeigefinger ihres Papas.

Heute fiel das Training aus. In der Sporthalle ging es

um den Super-Cup der Fußballer vom SV Hage. Ein Spaß mit Thekenmannschaften. Greta freute sich auf den Besuch des Geliebten im sturmfreien Haus. Für sie hing der Himmel voller Geigen. Später, so sinnierte Greta vor sich hin, konnte sie mit Kuno die Pension übernehmen, im Sommer klotzen, im Winter in der Karibik faulenzen.

Sie fuhr den Wagen auf die Einfahrt, betrat das Haus, zog ihre nassen Schuhe aus, hängte den Anorak an die Garderobe, lächelte optimistisch und entschlossen in den Spiegel, betrat die Küche und brühte sich einen Tee auf, den sie im Wohnzimmer zu sich nahm. Sie ordnete das Holz im Kamin und zündete einen Anthrazitwürfel an. Die Flammen schlugen um die trockenen Buchenscheite. Greta genoss die Wärme und wartete auf Kuno Swyters, der ihr versprochen hatte, sie nach einer langweiligen Lehrerkonferenz zu besuchen.

Am Freitag, dem 11. Januar, zeigte das Thermometer in Neuss vier Grad an. Die Ränder der Erft waren vereist. Eisschollen trieben der Flussmündung in Grimlinghausen entgegen. Es schneite unentwegt. Stellenweise kam der Verkehr zum Erliegen. Räumfahrzeuge waren im Einsatz. Auf der Autobahn Neuss-Aachen bildete sich ein Stau von mehr als 10 Kilometern Länge.

Diplom-Ingenieur Claas van Thun saß vor seinem Arbeitstisch und blickte aus dem Containerfenster in die wirbelnden dicken Schneeflocken. Die Gasheizung sorgte für eine angemessene Wärme. Er verließ den Arbeitstisch mit den Zeichnungen und Berechnungen, trat an den Spind, öffnete ihn, band den Wollschal unter dem Kinn zu einem Knoten, schlüpfte in den gefütterten navyblauen Wettermantel, zog den Reißverschluss bis zum Kragen hoch, knöpfte die Kragenhälften zusammen, setzte die Prinz-Heinrich-Mütze auf sein volles Haar, verließ das Büro und trat in die Kälte. Auf dem Gelände überzogen Schneewehen das Gerät.

Claas van Thun ging zu seinem BMW. Er stand hinter einem Bauwagen, an dem sich der eisige Nordwestwind brach und zügige Wirbel bildete. Die Schlösser des Wagens waren vereist. Eine Schneewehe bedeckte die Motorhaube samt Frontscheibe und Kotflügel. Eine Wetterbesserung war nicht in Sicht. Im Gegenteil, es schneite weiter.

Claas fühlte die eisige Kälte in seinem Gesicht. In seinen buschigen Augenbrauen hatten sich Eisklümpchen gebildet. Er hob fragend die Schultern. Er und seine beiden Mitarbeiter, die im benachbarten Containerbüro statistische Berechnungen erstellten, Arbeits- und Ablaufprozesse von den Rechnern optimieren ließen, bildeten die Vorhut für die im Frühjahr beginnenden Baumaßnahmen.

Entschlossen näherte sich van Thun seinem Containerbüro, öffnete die Tür und betrat das mollig warme Büro.

»Moin«, sagte er.

Die Ingenieure Rolf Schiefer und Addi Oerding blickten ihren Vorgesetzten fragend an.

»Chef, wir saufen ab im Schnee«, sagte Schiefer. »Am Abend bekommen wir die Wagen nicht mehr frei. «

»Wir müssen uns Skier besorgen«, frotzelte der rothaarige, schlanke Oerding verschmitzt.

»Sie müssen noch nach Nievenheim und Dormagen«, sagte Claas van Thun. »Machen wir für heute Schluss. Ich lasse meinen Wagen hier stehen und begebe mich bereits heute auf die Heimreise mit der Bahn.«

»Chef, ich fahre Sie zu Ihrem Hotel«, warf Schiefer ein.

»Danke«, sagte van Thun, verließ die Kollegen, stapfte durch den Schnee zu seinem Büro, ordnete den Schreibtisch, stellte den Gasofen ab, ließ die Jalousien über die Scheiben gleiten, packte seine Tasche, schloss die Tür hinter sich und half mit, die Autos seiner Mitarbeiter vom Schnee zu befreien und vom vereisten Areal auf die feste Fahrbahn zu schieben.

Claas van Thun packte seine Reisetasche, meldete sich an der Hotelrezeption ab, ging über die Drususallee zur Krefelder Straße zum Bahnhof, stieg in die S-Bahn und fuhr nach Düsseldorf zum Hauptbahnhof. Auf Gleis 18 erreichte er pünktlich den IC-Senator. In Münster hatte er sofort Anschluss. Der Zug war mehr als gut besetzt. Missmutig trug Claas van Thun seine Reisetasche durch die belebten Gänge und fand schließlich zu einem Abteil mit einem freien Sitzplatz. Er legte die Tasche auf die Gepäckablage und blickte überrascht in das lachende Gesicht seines ehemaligen Klassenkameraden und Mitabiturienten Menno Adinga.

»Kaum zu glauben«, sagte Claas van Thun und reichte Adinga die Hand. Er legte seine Prinz-Heinrich-Mütze ab, schälte sich aus dem Mantel, hängte ihn an den Haken, ordnete sein Jackett und nahm neben Menno Platz.

»Alter Junge«, sagte der Schulfreund. Menno hatte zugenommen, wie Kuno bemerkte. »Was treibst du so?«, fügte er mit einem breiten Lächeln hinzu.

Er trug einen olivgrünen Rollkragenpullover und schilfgrüne Cordjeans. Sein Haar hatte sich gelichtet. Mennos Vater hatte die »Ludgeri-Apotheke« in Norden an der Norddeicherstraße besessen, die, soweit er sich entsinnen konnte, nicht mehr existierte.

»Mein BMW steht eingeschneit auf der Baustelle in Neuss. Da bleibt nur die Bahn«, antwortete Claas in seiner ruhigen, behäbigen Art.

»TH Aachen?«, fragte Menno.

Claas nickte. »Bauingenieur bei Altmann in Aurich.«

»Und?«, fragte Menno belustigt nach.

»Oberes Management. Ich komme viel rum in der Republik, viele Stunden, versteht sich, verdiene dementsprechend. Und du?«, fragte Claas.

Menno machte eine wegwerfende Handbewegung.

»Der Doktor und das liebe Vieh«, antwortete er belustigt. »Tierarzt in Havixbeck. Pferde, Kühe, Rinder, Schweine und auch Kleinvieh macht so manche müde Mark«, fügte er hinzu.

»Und deine Eltern?«, fragte Claas.

»Beide verstorben. Ich besuche Maike. Das Haus steht zum Verkauf. Sie sucht den Ratschlag des älteren Bruders«, antwortete Menno.

»Was macht sie?«, fragte Claas.

Maike war hübsch, wie er sich erinnerte.

»Ihr Mann erlag dem Krebs. Sie ist kinderlos und arbeitet als Ärztin im Norder Krankenhaus«, antwortete Menno und blickte in die gelangweilten Gesichter der Mitreisenden, während der Interregio der Endstation Norddeich durch das Emsland entgegenraste.

»Ich bin verheiratet. Meine Frau zieht hauptberuflich unsere Söhne auf und hilft mir bei der Abrechnung. Uns geht es gut«, sagte Menno zufrieden und blickte seinen Schulfreund fragend an.

»Wir hatten noch keine Zeit für Kinder. Wir haben in Berum gebaut. Meine Frau arbeitet ebenfalls im Norder Krankenhaus«, sagte Claas gelangweilt.

Menno blickte überrascht auf. »Ich erinnere mich. Ich brachte es nicht auf die Reihe. Meine Schwester, sie neigt zum Tratschen, hält mich auf dem Laufenden. Dr. Veiser, unser Lateinlehrer, ist vor 14 Tagen verstorben, auch Ost Redenbach lebt nicht mehr«, sagte er.

»Ich bin viel unterwegs und lese nicht den Kurier«, antwortete Claas, während der Zug Papenburg verließ.

»Claas, einen Moment. Wie heißt deine Frau, ist sie vom Ulrichs-Gymnasium?«, fragte Menno.

»Greta ist einige Jahre jünger als ich. Sie kommt von Baltrum«,antwortete Claas.

»Ach, ist sie eine geborene Roolfs?«, fragte Menno nachdenklich.

Claas blickte ihn überrascht an und nickte.

»Station 12 A? Professor Huberts?«, fragte Menno.

»Richtig«, antwortete Claas. »So klein ist die Welt.«

»Sie soll sehr hübsch und beliebt sein. Eine Supersportlerin. Sie gewann den Norderney-Marathon und spielt Basketball«, sagte Menno, während sich der Interregio Emden näherte.

»Du bist als Tierarzt gut informiert, während ich nicht weiß, wo Havixbeck liegt«, meinte Claas und lachte verkniffen.

»Im Münsterland. Meine geschwätzige Schwester Maike hat deine Frau Greta ins Herz geschlossen. Nicht, was du vielleicht denkst. Maike ist keine Lesbe. Sie mag Greta sehr«, antwortete Menno.

Sie fanden zurück zu den Klassenkameraden.

Lothar Schipper hatte es zum angesehenen Professor am Max-Planck-Institut gebracht, Pit Noosten gehörte zum Präsidium der SPD. Elke Sandner war zur Staatssekretärin avanciert.

»Immer noch der Schießsport und Schützenverein Berum?«, fragte Menno.

»Dem ist so, und du?«, fragte Claas.

»Naturschutzvorträge an der Volkshochschule. Beiträge im Westfalenblatt über Tierhaltung«, antwortete Menno und schaute auf seine breite Armbanduhr.

»Meine liebe Schwester holt mich ab. Sie fährt dich gerne nach Berum. Oder holt Greta dich ab? Zwischen euch gibt es Probleme, wie ich erfuhr«, äußerte Menno locker.

Er erhob sich, griff zum Jägeranorak, setzte einen grünen Hut auf sein schütteres Haar und nahm seinen Koffer von der Ablage.

Claas blickte den Freund irritiert an.

»Das bitte ein wenig genauer«, sagte er und lächelte.

»Greta hat Bewunderer. Du bist selten zu Hause. Nichts für ungut. Das geht mich nichts an«, antwortete Menno.

Claas van Thun schlüpfte in den teuren Wettermantel, setzte seine steife Prinz-Heinrich-Mütze auf den Kopf und nahm seine Reisetasche von der Ablage.

»Danke, ich nehme ein Taxi. Alles Gute«, sagte er.

Der Zug hielt an. Sie stiegen aus. Claas van Thun reichte Menno die Hand und verabschiedete sich vom Schulfreund.

»Grüß Greta!«, rief Menno hinter Claas her.

»Das werde ich«, sagte er und ging zum Taxistand.

»Nach Berum. Zum Schützenhaus«, sagte er kalt zum Taxifahrer, reichte ihm die Reisetasche, nahm auf dem Beifahrersitz Platz und blickte wie abwesend durch die Frontscheibe in die kalte Winterlandschaft.

Am Freitagabend erreichten die Ausläufer eines Hochdrucksystems die ostfriesische Küste. Bei Winden um Stärke 5 bis 6 aus südwestlicher Richtung stieg das Thermometer auf plus 4 Grad an. Der Schnee schmolz dahin. Die alten, giebeligen Stadthäuser rund um den Marktplatz zierten noch die Lichterketten des verflossenen Weihnachtsfestes. St. Ludgeri lag im hellen Licht der am Fuße der Warf installierten Scheinwerfer. Auf dem Markt reihten die Taxis sich seitlich des Kiosks zu einer langen Warteschlange. Das einsetzende Tauwetter verdarb ihnen das erwartete Geschäft. Im historischen Klinkerbau mit der dreistufigen Betontreppe und der offen stehenden grünen Holztür residierte die Schutzpolizei.

In der Wachstube mit dem Rezeptionstresen versahen die Beamten Eilert Frerichs und Jan Odens den gemeinsamen Spätdienst. Die Streifenwagen waren wegen des Glatteises pausenlos im Einsatz. Der letzte Unfall hatte sich kurz nach 19 Uhr in Nadörst auf der ungeschützten, nur von Weiden und Äckern umgebenen Kreuzung der Bundesstraße ereignet.

Der Wetterumschwung bedeutete für die Beamten Entwarnung. Der Landkreis Aurich setzte den Streudienst aus, da auch für die Nacht kein Frost angesagt war.

Die Kommissare Frerich und Odens stellten sich auf einen ruhigen Abend ein und widmeten sich ihrer Verwaltungsarbeit.

Um 20.54 Uhr läutete das Telefon. Das flackernde rote Lämpchen kündigte einen Notruf an.

Eilert Frerichs bediente die Knöpfe der Telefonanlage. »Polizei!«, sprach er kurz angebunden in das Mikrofon.

»Kommen Sie – van Thun. Am Müllerstück 18 – schrecklich – einen Notarzt – helfen Sie.«

Die Anruferin hatte aufgelegt. Die aufgebrachte, verheulte Stimme der Frau unterstrich den Ernst der Situation.

Frerichs drückte die Tasten.

»Kreiskrankenhaus Norden«, vernahm er die verschlafene Stimme des Pförtners.

»Polizei, Frerichs. Einen Notrettungswagen nach Berum, Am Müllerstück 18«, sagte er und gab über die Sammeltaste »Streifenwagen« den Notruf an die Kollegen durch.

»Verstanden. Wagen drei, Behnen und Martens. Position Schlossstraße, Großheide«, klang es ihm entgegen.

»Menke Ihben hat Dienst. Telefon 7322«, sagte Jan Odens.

Frerichs gab die Nummer ein.

»Ihben, Upgant-Schott«, meldete sich der Kommissar.

»Menke, in Berum, am Müllerstück 18. Der Notarzt ist benachrichtigt. Behnen und Martens vom Wagen drei sind auf dem Wege. Kollege Odens bringt die Spurensicherungstasche zum Unfallort.«

»Verstanden«, sagte der Kommissar.

Frerichs wählte die Nummer des Kurierfotografen Manstroh, der sich zur späten Stunde bereit erklärte, für die obligatorische Filmdokumentation Sorge zu tragen.

Wachtmeister Jan Odens griff zum Schlüsselbund, hastete zum Fuhrpark, stieg in einen freien Passat und lenkte den Wagen über die Heringstraße an der Ludgeri-Kirche vorbei zum Parkplatz des »Alten Weinhauses«, in dem die Kripo residierte. Er stieg die Treppen nach oben, holte aus dem Dienstzimmer des Kollegen den Spurensicherungskoffer und jagte in Richtung Berum davon.

Behnen schaltete das Blaulicht an, bog am Wallgelände der Burg Berum auf die Allee, fuhr über die Hagermarscher Straße an der Mühle vorbei, nahm die zweite Abfahrt, bog links ab und drosselte das Tempo auf der mit Schneematsch bedeckten Straße.

Niemand befand sich auf dem Bürgersteig. Die Straße »Am Müllerstück« gehörte zu einer der schönsten Wohngegenden in Ostfriesland mit seinem Waldbestand. Links und rechts fiel Licht aus den Fenstern der eleganten Wohnhäuser.

Wachtmeister Martens griff zur Taschenlampe, verließ den Wagen und richtete den Lichtstrahl auf die Hausnummern. Er fand zur Nummer 18.

Behnen lenkte den Wagen an den Straßenrand. Das Fenster hinter einer Hecke lag im Dunkeln. Auf der Auffahrt stand ein Pajero mit Auricher Kennzeichen. Tannen grenzten den Bungalow vom Nachbargrundstück ab. Die Außenleuchte brannte. Sie näherten sich der Haustür. Sie ließ sich öffnen. Im Korridor brannte Licht. Eine seitliche Tür war angelehnt.

»Polizei!«, rief Wachtmeister Behnen in den seitlichen Flur und in Richtung Treppe. Es war unheimlich still in dem Haus. Es roch nach abziehendem Pulverdampf.

Durch den Spalt einer Tür fiel Licht. Zu ihnen drang ein monotones Wimmern.

Behnen stieß die Tür auf und legte seine Hand an die Pistolentasche. Martens nickte und ging in die Hocke, während Behnen das Zimmer betrat, sich umblickte und seinem Kollegen ein Zeichen gab. Auch Martens verschlug es den Atem. Im matten Licht lag nur wenige Meter vor ihnen ein Mann in einem navyblauen Trenchcoat auf einem Teppich. Sein Gesicht war seitlich gerichtet und lag in einer Blutlache.

Etwa in der Mitte des Zimmers befand sich ein umgeworfener Tisch. Vor einer Schrankwand, angestrahlt von einer Stehlampe, seitlich eines mit einem Store behangenen Fensters auf dem Parkettboden lag ein zweiter Mann mit angezogenen Beinen und abgewinkelten Armen in einer Blutlache. Er hatte den Kopf seitlich über die rechte Schulter geneigt. Aus einem offenen Feuer fiel das Licht zuckender Flammen.

Erst jetzt vernahmen sie das Jammern und bemerkten die junge Frau, die auf dem Kaminmäuerchen im Halbdunkel saß, ohne von ihnen Kenntnis zu nehmen.

Wachtmeister Martens zog den Rand seines Pullovers über die Hand, fand zum Lichtschalter und drückte ihn. Von der getäfelten Decke fiel helles Licht in das Chaos. Sein Blick fiel auf eine Pistole, die nur wenige Zentimeter vor der ausgestreckten Hand des Mannes im Trenchcoat lag.

Erst jetzt hob die junge Frau den Blick. Sie trug ein blaues Polohemd und Jeans. Ihre Füße steckten in Saunalatschen.

»Was ist passiert?«, fragte Behnen mit harter Stimme.

Die Frau zuckte zusammen und senkte den Blick. Das blonde Haar hing über ihre Schulter.

»Ich kann es nicht fassen …«, schluchzte sie und begann herzerweichend zu weinen.

»Wer hat den Vorfall gemeldet?«, fragte Behnen.

»Ich …«, antwortete sie wimmernd.

Behnen näherte sich dem umgeworfenen Tisch. Auf dem Teppich lag zerdeppertes Teegeschirr.

Ein alter Mann stürzte in das Zimmer. »Der Arzt! Er muss ihnen beistehen!«, schrie er hysterisch.

»Was geht hier vor?«, fragte Martens den Alten, der ihn mit leeren Augen ansah. Er zitterte am ganzen Körper. Das Aufheulen des Martinshorns ließ ihn aufschrecken.

»Unvorstellbar! Der Doktor«, sagte der Alte wie verwirrt.

»Bitte, beruhigen Sie sich. Er kann denen da nicht mehr helfen«, sagte Behnen beschwichtigend, ohne sich einen Reim auf das zu machen, was sich hier abgespielt hatte.

»Papa!«, rief die junge Dame, erhob sich und stürzte dem Alten in die Arme.

»Kind«, schluchzte er, weinte und drückte die junge Frau an sich.

Wachtmeister Martens eilte nach draußen. Er traf auf den Arzt und seine Begleiter.

»Kommen Sie«, sagte er und führte sie durch den Korridor in das Wohnzimmer.

Dr. Fischbeck vom Norder Krankenhaus blickte sich kurz um, stellte die Medizinertasche ab, kniete sich vor dem Opfer auf den Boden, öffnete den mit einem Pelzfutter versehenen Trenchcoat, entfernte die Krawatte, schob die Seiten des Jacketts auseinander, öffnete seine Arzttasche, zog Gummihandschuhe über, griff zum Stethoskop, setzte es auf die Brust des Opfers und horchte.

Das alles geschah in einer unvorstellbaren Geschwindigkeit. Er nahm eine kleine Stablampe in die Hand, schob mit Daumen und Zeigefinger die Augenlider des Opfers hoch und winkte ab. Er nahm die Tasche auf und hastete zum zweiten Opfer.

Durch einen Pullover quoll das Blut. Er öffnete die Knöpfe der blutbefleckten Jeans, entnahm der Tasche Wattebäusche und betrachtete die zertrümmerte Stirn des Opfers, tupfte sie frei, schob die durchtränkten Wattebäusche in eine Plastiktüte, hob den Kopf des Toten an und fuhr mit der Hand über den Hinterkopf des Opfers.

»Aussichtslos«, stellte er sachlich fest. »Kein Durchschuss«, fügte er hinzu, verließ das Opfer und widmete sich wieder dem Mann im blauen Trenchcoat. Die gleiche Prozedur. Er reinigte die Einschusswunde, tastete den Hinterkopf des Mannes ab und blickte auf.

»Ein glatter Durchschuss. Suchen Sie nach dem Projektil«, sagte er. Er erhob sich und winkte den Zivis zu, die mit der Trage in der Nähe der Zimmertür auf seine Anweisungen warteten.

»Ich komme zum Wagen«, sagte er.

Kommissar Ihben erreichte das Müllerstück, als die Sanitäter das Haus verließen und die leere Trage zurück in den Wagen schoben. Er bemerkte die aufgeregten Nachbarn, die es nicht wagten, Wachtmeister Odens Fragen zu stellen, der im Passat auf seine Ankunft gewartet hatte.

Auch die Sanitäter hüllten sich in Schweigen, setzten sich in das Führerhaus und blickten schweigend vor sich hin.

Ihben begleitete Odens ins Haus und nahm vom Wachtmeister den Spurensicherungskoffer entgegen. Er nickte Behnen und Martens zu. Erschrocken blickte er sich um. Er wandte sich an Dr. Fischbeck, der einen weißen Blouson mit der Aufschrift »Rettungsdienst« trug und gerade seinen Arztkoffer verschloss.

»Beide tot?«, fragte er.

Der Arzt nickte.

»Weiß der liebe Gott, was hier vor sich gegangen ist. An Treffsicherheit hat es hier nicht gemangelt«, sagte der Arzt und blickte auf Greta van Thun, die ihm bekannt vorkam.

»Der liebe Gott macht zurzeit Urlaub«, antwortete Ihben sarkastisch.

»Vermutlich eine Wildwestszene«, fügte er hinzu.

»Und Ihre Beiträge?«, fragte Ihben mit knallharter Stimme und blickte die junge verheulte Frau und den alten Mann herausfordernd an.

Der Alte hatte eine Stirnglatze. Er trug einen Troyer und beige Jeans. Seine blauen Augen im blassen Gesicht waren starr auf das Opfer gerichtet, in dessen Nähe die Pistole lag. Der Alte ließ für Sekunden sein Gebiss im offenen Mund hörbar klappern. Er löste die Arme von seiner Tochter, die wie abwesend vor sich hin flennte.

»Hajo Roolfs, Baltrum, meine Tochter Greta«, sagte er und wies mit zitternder Hand, an der ein breiter Ehering saß, auf das Opfer im blauen Trenchcoat. »Claas van Thun, mein Schwiegersohn«, sagte er mit blassen Lippen.

»Und der da drüben?«, fragte der Kommissar.

Greta von Thun heulte auf.

»Ein Bekannter meiner Tochter. Ihr Trainer vom Sport. Er besuchte sie wegen der Belegungstermine der

Turnhalle für die Rückrunde der Spiele«, stotterte der Greis.

Sie fuhren zusammen, als eine Alte mit bösem Blick, breiten Lippen und fleischiger Nase im welken Gesicht herausfordernd das Zimmer betrat. Sie trug unpassend einen Morgenmantel.

»Vati, was ist?«, fragte sie verwirrt, blickte auf den Toten und stand einer Ohnmacht nahe.

Wachtmeister Behnen griff nach ihrem Arm.

»Auch wir steigen noch nicht durch«, sagte er und bot ihr Halt.

»Und nun Klartext für das Protokoll«, forderte Ihben den Alten und die Tochter auf.

»Die Dirn ist unschuldig!«, schrie die Mama ohne Durchblick mit schriller Stimme, vom Mutterinstinkt inspiriert.

»Mutti, bitte«, äußerte sich Hajo Roolfs nervös, bemüht, Rede und Antwort zu stehen.

Die Alte schwieg. Sie blickte unentwegt auf die Leiche des verhassten Schwiegersohnes.

»Meine Frau und ich bewohnen oben ein Apartment. Wir sind am Nachmittag angereist, weil ... «

Die Alte unterbrach ihn. »Das jahrelange Schuften! Ich habe es im Kreuz. Morgen habe ich einen Termin beim Orthopäden! Und nun das!«, geiferte sie unpassend dazwischen mit irrem Blick.

»Herr Roolfs, weiter!«, forderte Ihben ihn kalt auf.

»Minna, meine Frau, hatte sich bereits schlafen gelegt. Ich sah den Tatort ›Mord hinterm Deich‹ und hörte Schüsse, die nicht in den Film passten. Ich bin nach unten. Claas, unser Schwiegersohn, muss durchgedreht sein. Er hatte ohne Ankündigung das Wohnzimmer betreten, in dem Greta mit ihrem Trainer am Kamin Tee trank. Claas hatte mehrere Schüsse auf den Trainer abgefeuert. Als ich das Zimmer betrat, bot sich mir ein schreckliches Bild. Ich schrie entsetzt auf und stürzte ihm entgegen. Claas hatte die Pistole auf Greta gerichtet, blickte mich mit stieren Augen an, hielt die Waffe an seine Stirn und drückte ab«, trug der Alte vor.

»Er hat sich selbst gerichtet«, warf die Alte ein, legte die Hand um die Schulter ihres Mannes und vergoss Tränen. Dann wandte sie sich an ihre Tochter. »Kind, er wollte dich umbringen«, sagte sie empört, trat an die Seite ihrer Tochter und nahm sie in den Arm.

»Eine Tragödie«, sagte Odens ernst.

»Herr Behnen, benachrichtigen Sie das Bestattungshaus Strupp! Zwei Särge!«, ordnete er an. Er setzte Markierungsnummern und zeichnete mit Kreide die Umrisse der Opfer.

Wachtmeister Behnen verließ das Zimmer. Der Kurierfotograf Manstroh betrat das Zimmer und schaute sich verwirrt um.

»Harter Tobak! Keine Bilder für das Familienalbum!«, sagte Ihben sarkastisch. Er wandte sich an die Alte, die in der Familie die Hosen anhatte.

»Herrschaften, gestatten – oder wollen Sie mit auf die Fotos?«

»Grobian«, zischte die Alte.

»Bei dem Job«, konterte der Kommissar.

Manstroh entnahm der Fototasche die Kamera, stellte sie ein und verknipste einen ganzen Film.

»Herr Ihben, ich stehe nur im Weg. Ich sehe mir die Opfer im Krankenhaus noch genauer an«, sagte Dr. Fischbeck. Er wandte sich an den alten Herrn. »Benötigen Sie oder Ihre Tochter meine Hilfe?«, fragte er höflich.

Der Alte winkte ab.

Der Arzt ging grußlos davon.

Greta blickte weinend hinter ihm her.

»Frau van Thun, schildern Sie der Reihe nach, was hier vorgefallen ist«, forderte der Kommissar die junge Frau auf.

Die weinende Witwe fuhr zusammen, nahm vom Papa ein Taschentuch entgegen, wischte sich die Tränen aus dem Gesicht und blickte den Kommissar leidend an.

»Kuno Swyters ...«, begann sie mit zaghafter Stimme, wobei sie den Blick auf den Toten mied, »... unser Trainer, besuchte mich – wegen der Turnhallenbelegung für die Saison. Wir tranken Tee – plötzlich wurde die Tür aufgerissen ...« Sie schluchzte wieder. »Claas stürzte herein. Er hielt eine Pistole in der Hand. Ich erschrak zu Tode – Kuno sprang erschrocken auf – warf den Tisch um – mein Mann schoss auf ihn – Claas war wie von Sinnen ...« Sie weinte, schnäuzte in das Taschentuch, gab sich einen Ruck. »Ich schrie auf! Sein Gesichtsausdruck war kalt und eisig – er zielte auf mich – da betrat Papa das Zimmer. Er rief etwas – ging ihm ein paar Schritte entgegen – mit erhobenen Händen. Claas wandte sich ab – zielte auf Papa. ›Nicht!‹, habe ich geschrien. Claas richtete die Pistole an seine Schläfe – entsetzlich – der Schuss und das Blut ...«

Greta van Thun war am Ende ihrer Kräfte. Der Alte nahm sie in den Arm. Er weinte. Seine Hände zitterten. Sein Gesicht war aschfahl. Schweißperlen bedeckten seine breite Stirn.

»Das war so«, sagte er. »Dürfen wir unsere Tochter nach oben begleiten?«, fragte er.

»Eine Frage noch«, antwortete der Kommissar. »Boten Sie Ihrem Mann Anlass zur Eifersucht?«, fragte Ihben.

Greta van Thun klinkte sich in die Arme der Mama und des Papa und setzte vorsichtig ihre Schritte. Sie wandte ihren Blick dem Kommissar zu.

»Für das Verbrechen – bot ich ihm – keinen Anlass«, hauchte sie mit verheulter Stimme.

»Unser Schwiegersohn betätigte sich als Sportschütze! Wie Sie sehen, sehr erfolgreich«, gab die Alte laut und vernehmlich von sich.

Der letzte Akt eines Dramas, dachte Martens und blickte hinter den leidenden Angehörigen des Amokschützen her.

Ein herzzerreißendes Bild, dachte Manstroh. Er packte die Kamera ein.

»Morgen Vormittag«, unterbrach er die Stille.

Der Kommissar nickte.

»Moin«, sagte er nur.

Kommissar Odens schritt suchend an der Fensterfront entlang.

Er tastete die Wände ab. Das Projektil musste in der Höhe von geschätzten 60 bis 170 Zentimeter in die Wand eingedrungen sein.

Kommissar Behnen hatte sich über den Esstisch gebeugt, der vor einem massiven Eichenbuffet stand, einen kleinen Perserteppich trug, wie er das von seinen Besuchen in den Niederlanden kannte. Er machte sich Notizen für den Bericht.

Kommissar Ihben kniete auf dem Boden. Er zog Gummihandschuhe über, nahm die Pistole vom Boden und blickte auf den Ladezustandsanzeiger. Noch drei Patronen waren im Magazin. Er steckte sie in eine Plastiktüte. Dann durchsuchte er die Taschen des Todesschützen. In der Seitentasche des teuren Mantels stieß er auf das obligatorische Handy.

Ihben fand ein Schlüsselbund mit Steckschlüsseln. Ein weiteres mit einem BMW-Autoschlüssel, dem Haustürschlüssel und einen vielfach gezackten kleinen Schlüssel, der vermutlich in das Schloss eines Safes passte.

In der Seitentasche seines eleganten Jacketts, Marke Bugatti, steckte die Rückfahrkarte der Bundesbahn »Neuss-Düsseldorf-Münster-Norden« und zurück.

Für die rechte Hand schnell erreichbar, steckte in der anderen Jacketttasche eine lederne Brieftasche. Sie enthielt den Führerschein, einen Reisepass, einen Blutspendeausweis, einen Firmenpass, der ihn als zeichnungsberechtigten Prokuristen der Bauunternehmung Gebr. Altmann auswies, und eine zerknitterte Fotografie seiner Frau Greta im eng anliegenden Badeanzug.

Ihben grinste verbittert. In der Gesäßtasche der »Boss«-Flanellhose steckte das Portmonee mit einer ansehnlichen Summe von Barem samt Scheckkarte, Kreditkarte, die Servicecard von BMW, die ADAC-Mitgliedscard.

Ihben legte das Portmonee zur Seite.

»Vom Opfer wissen wir nur wenig«, sagte Odens, zog Gummihandschuhe über, entnahm der Tasche eine Lupe und eine Schere, begab sich an die Wand und grub unterhalb eines Ölgemäldes, es zeigte einen Fischkutter mit ausgebreiteten Netzen zwischen Norderney und Baltrum, das Projektil aus der mit Raufaser tapezierten Wand. Er legte es in eine Plastiktüte und maß die Stelle aus.

»Auf der Auffahrt steht sein Pajero«, warf Behnen ein. Er und Martens warteten auf den Bestatter.

»Kuno Swyters? Der Name sagt mir nichts.«

»Sie sprach von ihrem Trainer«, stellte Ihben fest und erhob sich. Er hielt die Brieftasche, die Schlüssel und das Portmonee in der Hand.

»Der Tathergang hinterlässt keine Fragen. Motiv: Eifersucht«, sagte Odens.

»Der Mörder hat sich selbst gerichtet«, warf Behnen ein. Der Kommissar legte die Brieftasche und das Portmonee auf den Esstisch.

»Auch mit den Schlüsseln können wir wenig anfangen«, sagte er und legte sie dazu.

»Warten wir auf Strupp«, sagte Odens.

»Da bleibt uns noch die Pflicht, zur späten Stunde den Angehörigen des Kuno Swyters sein tragisches Ableben mitzuteilen«, stellte Martens mit belegter Stimme fest.

»Ich denke, wir kommen nicht daran vorbei, wenn nicht gerade mit der Witwe, dann mit dem Alten ein Gespräch zu suchen. Doch später …« Der Kommissar winkte ab und schritt Arnold Strupp entgegen, der sich dem Ereignis angemessen gekleidet hatte. Auch sein Gehilfe trug einen dunklen Mantel. Sie hoben die steifen Prinz-Heinrich-Mützen vom Kopf und verbeugten sich kurz mit einem Blick auf die Toten.

»Moin«, sagte Strupp. Er hatte ein volles, gerötetes Gesicht. Strupp war knapp über fünfzig, hatte eine gesetzte Figur und kam direkt zur Sache, nachdem er und sein Mitarbeiter den Sarg in der Nähe des Trainers abstellten.

»Einsargen, Transport zum Krankenhaus, ist recht so?«, fragte er.

Ihben nickte. »Alles Weitere geht die Angehörigen an«, antwortete er.

»Gespenstisch. Die Nachbarn haben Kerzen angezündet und sich verzogen«, sagte der schlanke Gehilfe und half seinem Chef, die Leiche in den Sarg zu bugsieren.

»Wir sind mit zwei Wagen gekommen. Zwei Leichen auf einmal sprengt die Norm«, sagte Strupp und trug mit seinem Gehilfen den ersten Sarg aus dem Zimmer, in dem es süßlich nach Blut und Rauch roch.

In die Stille drangen die Geräusche unruhiger Schritte gleichmäßig durch die getäfelte Zimmerdecke, als ginge der Alte oben im Apartment unentwegt hin und her.

Arnold Strupp und sein Gehilfe trugen den zweiten Sarg in das Zimmer, stellten ihn vor dem Mörder und Selbstmörder Claas van Thun ab, legten den Deckel beiseite, hoben den Hausherrn, Ehemann, Prokuristen, Bauingenieur und Sportschützen in den Sarg, schoben den Deckel auf die Sargschale, legten ihre Hände um die schmucklosen Griffe und trugen ihn nach draußen.

»Scheiße«, entfuhr es Martens, dem das makabre Schauspiel zusetzte. »Ich begebe mich nach oben. Der Alte muss ran. Wir können doch nicht einfach auf und davon. Es gibt doch irgendjemanden, der um diese Zeit auf die Rückkehr von Swyters wartet.«

Ihben nickte. Er zeigte auf die Zimmerdecke. »Der Alte findet keinen Schlaf. Hol ihn nach unten«, sagte er. Er verschloss seine Spurensicherungstasche.

Martens verließ das Zimmer, betrat den Korridor und stieg die Treppe nach oben. In dem kleinen Flur warf eine Leuchte mattes Licht.

»Hallo!«, rief er.

Er vernahm die Geräusche einer Spülung.

»Hallo!«, rief er erneut und blickte in den Flur. Eine Deckenleuchte blendete ihn.

Der Alte kam ihm entgegen.
»Die Dirn schläft«, sagte er mit müder Stimme.
»Wir sind dabei, das Haus zu verlassen. Kommen Sie bitte mit nach unten«, sagte der Kommissar.
Der Alte folgte ihm in das Wohnzimmer.
»Es tut uns Leid, aber wir benötigen von Ihnen noch eine Auskunft«, sagte der Kommissar. »Das bedauernswerte Opfer Ihres Schwiegersohnes hinterlässt Angehörige, die wir von dem Unglück in Kenntnis setzen müssen.«
Der Alte fuhr mit der Hand über seine Glatze und atmete schwer. Er rang nach Worten und schluckte heftig. »Kuno Swyters, er hinterlässt zwei Kinder. Seine Frau ist eine geborene Riekers vom ›Annahof‹ in Hagermarsch. Es ist nicht weit von hier«, sagte er schleppend mit Tränen in den Augen.
»All up Stee«, sagte Ihben und trat an den Tisch. »Hier liegen seine Schlüssel, die Brieftasche und sein Portmonee. Wir werden die Tür versiegeln und uns morgen bei Tageslicht hier im Zimmer noch einmal umsehen.«
Er ging zum Kamin und blickte in die weiße Asche.
»Das Feuer ist erloschen«, sagte er.
Sein Blick fiel auf einen flauschigen Haarreifen. Er lag auf den Steinfliesen vor dem Kamin.
»Wenn Sie noch irgendetwas benötigen, dann nehmen Sie es mit«, sagte Odens.
Der Kommissar bückte sich und schob den Haarreifen in seine Tasche.
Der Alte nickte. »Sie haben einen schweren Gang vor sich«, sagte er und weinte in ein Taschentuch.
Ihben nahm die Spurensicherungstasche vom Boden.
»Falls Sie oder Ihre Angehörigen während der Nacht

medizinische Hilfe benötigen sollten, dann rufen Sie das Krankenhaus an. Dr. Fischbeck hat Nachtdienst«, sagte er.

Sie verließen das Zimmer und löschten die Lichter. Odens klebte ein Siegel auf das Türschloss.

»Ein harter Schlag für uns alle«, sagte der Alte und ging zur Treppe.

Die Beamten warteten im Korridor, bis er die oberen Räume betreten hatte. Danach verließen sie das Haus, ließen die Haustür ins Schloss fallen und begaben sich zu ihren Fahrzeugen.

Die Nachbarn hatten sich zurückgezogen. Auf der seitlichen Terrasse lagen Blumen im harschigen Restschnee.

Hajo Roolfs fuhr aus dem Schlaf. Der aufgebriste Nordwest heulte um das Haus. Vor ihm auf dem Sesseltisch stand die Corvitflasche, das verklebte Bierglas, die Batterie der geleerten Pilsflaschen, der gefüllte Aschenbecher und das kleine Schnapsgläschen, in dem sich noch ein Rest befand.

Er fühlte eine Leere und bemühte sich um die Klarheit seiner Gedanken. Dumpf erinnerte er sich an die Vorfälle, die ihn erneut erschauern ließen. Er war auf dem Sessel eingeschlafen. Den schalen Geschmack im Mund, die aufkeimende Übelkeit im Magen, den schweren Kopf nahm er als Preis für die wenigen Stunden Schlaf ohne Reue in Kauf. Er erhob sich, blickte durch das Veluxfenster auf die sich im Sturm windenden Tannen und in die aufsteigende Morgenröte. Schlagartig stiegen die Bilder des schrecklichen Geschehens vor seinem geistigen Auge auf. Er fühlte auf seiner Haut ein kaltes Kribbeln. »Mein Gott!«, dachte er.

Seine Frau war eingeschlafen. Er verließ das Wohnzimmer, betrat die Küche, trank ein Glas Sprudel und schaute auf die Uhr. Es war kurz nach acht.

Die Polizei! Der tote Trainer! Er schüttelte den Kopf. »Claas, du verdammtes Schwein! Frömmler! Scheinheiliger!«, schimpfte er, schob die Hände wie zum Gebet zusammen und schloss die Augen. »Gott, wenn es dich gibt, dann danke ich dir! Greta lebt!«, stieß er hervor und weinte. Ihm fuhr ein Stich durch das Herz, als er an den Pfarrer Henning van Thun und seine Frau Franziska dachte. Ehrsame Leute, rechtschaffen in jeder Weise, mit denen er und Minna nur den Telefonkontakt zu Weihnachten und an den Geburtstagen aufrecht erhielten.

Henning van Thun, emeritierter Pfarrer in Wiesmoor, hatte sich mit historischen Beiträgen in der »Ostfriesischen Tageszeitung« einen Namen gemacht.

»Sein Sohn Claas!«, stöhnte er auf und fuhr erschrocken zusammen, als seine Frau mit bleichem Gesicht die Küche betrat. Sie trug ihren Bademantel.

»Wo ist Greta?«, fragte sie hysterisch und blickte sich um. Sie hatte sich vorgebeugt, hielt mit ihren Händen den Kragen des Bademantels zusammen und rang nach Luft, als müsse sie ersticken.

»In ihrem Arbeitszimmer. Sie schläft«, sagte er beruhigend.

»Vati, ich will hier weg! Nehmen wir die Dirn mit zur Insel. Ich will dieses Haus nie mehr betreten!«, zischte sie außer sich.

»Gut, zieh dich an und pack die Koffer. Auch ich will hier weg! Doch was wird aus unserem Schwiegersohn? Greta ist seine Frau!«

»Er wollte sie umbringen. Für seine Beerdigung zahlen wir keine Mark!«, gab sie mit verzogenem, hasserfülltem Gesicht von sich.

»Henning und Franziska! Schrecklich! Sie wissen noch nichts!«, sagte der Alte, schnäuzte sich die Nase frei, klapperte mit seinem Gebiss, strich mit der Hand über seine Glatze, gab sich einen Ruck, verließ die kleine Apartmentküche und stieg über die Treppe nach unten.

Das Telefon befand sich neben der Garderobe auf einer Eichentruhe. Seitlich stand ein alter Gebetsstuhl, ein Geschenk der van Thuns.

Hajo Roolfs atmete tief durch und blickte auf das Siegel des Wohnzimmers. Die Blutlachen! Wir können nicht einfach auf und davon, schoss es ihm durch den Kopf.

Entschlossen nahm er den Hörer von der Gabel und wählte die Nummer, die ihm im Gedächtnis saß.

»Franziska van Thun«, vernahm er.

Ihm stockte der Atem.

»Hallo, wer ist da?«, fragte sie.

Hajo schluckte, nahm sich zusammen.

»Hajo«, sprach er in den Hörer.

»Ach, das nenne ich eine Überraschung. Henning und ich haben gestern Abend noch über euch gesprochen. Ist Greta schwanger?«, fragte Franziska van Thun aufgemuntert.

»Claas – er ist tot«, stotterte der Alte. Er vernahm ihren Aufschrei, legte nicht auf, wartete für Sekunden, wusste nicht, woher er die Kraft nahm, das alles durchzustehen. Er vernahm ihren hastigen Atem.

»Was ist passiert …?«, fragte sie.

»Claas drehte durch. Er erschoss – den – Trainer von

Greta im Wohnzimmer und richtete sich dann selbst«, berichtete Hajo Roolfs stockend mit Tränen in den Augen.

»Claas ist tot?«, fragte sie. Ihre Stimme erstarb.

»Ja, er erschoss sich«, sagte der Alte.

Er vernahm scheppernde Geräusche.

»Henning van Thun«, meldete sich der Pfarrer und Schwiegervater seiner Tochter.

»Claas hat hier wild um sich geschossen! Er – wollte – Greta und auch mich umbringen. Näheres erfährst du bei – der Kripo Norden ...«, gab der Alte stockend durch.

»Hajo – warum?«, vernahm Roolfs die für ihn sinnlose Frage.

»Wir möchten an seiner Beisetzung nicht teilnehmen«, sagte Hajo Roolfs mit vorwurfsvoller Stimme.

»Claas hat sich erschossen?«, fragte der Pfarrer mit durchdringender Stimme, der von Dienst wegen vielen trauernden Menschen Trost zugesprochen hatte.

»Claas gehört nicht mehr zu uns ...«, sprach Roolfs in den Hörer und legte auf.

Er vernahm die Stimme seiner Frau. Auf der Treppe stand Minna. Sie trug die dunkelblaue Hose, über einer weißen Bluse den schwarzen Strickpullover.

»Vati, komm, die Dirn hat einen Tee aufgebrüht«, sagte sie besorgt.

Hajo Roolfs folgte ihr nach oben, suchte das Schlafzimmer auf und zog sich um.

Sie nahmen den Tee in der kleinen Küche des Apartments ein, übernächtigt, entschlossen, um 14.30 Uhr die Fähre von Nessmersiel nach Baltrum zu nehmen.

Greta trug Jeans und einen navyblauen Rollkragenpullover. Wie verängstigte Verschwörer sprachen sie leise, mühten sich um Fassung und suchten nach Wegen, alles so schnell wie möglich zu vergessen und hinter sich zu bringen.

Ihren Gesprächen fehlte oft die Logik. Ihre Gefühle gingen mit ihnen durch. Ihr Ziel war Baltrum.

Auch für Greta stand fest, dass sie in diesem Unglückshaus keine weitere Nacht verbringen wollte.

Verkaufen, das war das Fazit. Doch noch bedeckten Blutlachen die echten Perser, füllten Claas' Wäsche, Anzüge, Jacken, Mäntel und Hosen den Kleiderschrank, lagen in den Schubladen des Eichenschranks in seinem Arbeitszimmer seine Patronen und Pistolen. An einem Wandhaken hing der Jagdmantel, seitlich standen seine abgeknickten Flinten.

Greta erwog, einen Auktionator einzuschalten und sich an ein Reinigungsunternehmen zu wenden. Später, nach der Beerdigung von Claas, der sie ins Unglück gerissen hatte, wollte sie mit Henning und Franziska van Thun das Gespräch suchen, denn, auch das stand bereits fest, Greta van Thun galt als Alleinerbin, denn nie und nimmer hatten sie und ihr Mann je daran gedacht, in einem Testament ihre letztwilligen Verfügungen kundzutun.

Sie verspürten keinen Hunger, besiegten die Müdigkeit und warteten auf Kommissar Ihben und seine Kollegen, die sich für eine weitere Inaugenscheinnahme des Wohnzimmers angesagt hatten. Von den Beamten erwarteten sie weitere sachkundige Hinweise. Auf die hilfreichen Nachbarn war Verlass, ihnen konnten sie die Hausschlüssel überlassen.

Sowohl für Hajo und Minna Roolfs als auch für Greta van Thun stand wie das Amen in der Kirche fest, dass sie nichts davon abhalten konnte, das Schiff um 14.30 Uhr zur Insel zu nehmen.

Am Samstagmorgen, nach einer schrecklichen, einsamen, nie enden wollenden Nacht ohne Schlaf, bereitete sich Teda Swyters verheult und um Jahre gealtert mit ihren Kindern, die nach ihrem Papa fragten, auf die Abreise vor. Sie hatte mit der resoluten, vergrämten Mama die Koffer und Taschen mit dem Notwendigsten für einen längeren Aufenthalt auf dem einsam gelegenen Marschhof gepackt.

Bereits am frühen Morgen, nach einer Tasse Tee, hatte die Mama mit dem Finanzbeamten Swyters und seiner Frau telefoniert, ihnen Zeit gelassen, die schreckliche Nachricht als eine Schicksalsfügung für ihr Leben hinzunehmen, mit ihrem Mann Klartext gesprochen und sich um Teda bemüht, die nicht nur ihren Mann betrauerte, sondern einsehen musste, dass Kuno sie betrogen hatte.

Während der Opa tränenreich mit belegter Stimme den Enkelkindern vom lieben Gott erzählte, von Engeln berichtete, ein Jenseits aufbaute, in dem sich der Papa jetzt nach einem Unfall befand und glücklich von oben zuschaute und sie bat, ihrer Mama liebevoll und artig zu helfen, mit ihrer Traurigkeit fertig zu werden.

Doch nicht genug. Stine Riekers sorgte noch vor dem Umzug für klare Verhältnisse. Sie wählte erneut die Telefonnummer der Swyters, setzte sich mit ihrer herben Stimme gegen das ihr verständliche Gejammer der Schwiegereltern ihrer Tochter durch. In Anbetracht der Untreue ihres Sohnes Kuno lehnte Stine eine Beteiligung an der Beisetzung ab.

Kuno, Studienrat für Sport und Englisch am Ulrichs-Gymnasium in Norden, Opfer des durchgedrehten Ingenieurs, Schwiegersohn der Riekers, so das Fazit der getroffenen Absprachen, sollte im kleinen Kreis mit einer stillen Andacht in der Kirche mit dem Störtebeker-Turm in Marienhafe verabschiedet werden und auf dem Friedhof im Familiengrab der Swyters zur letzten Ruhe beigesetzt werden.

Das war der stämmigen Landwirtsfrau, die mit ihrem Mann ohne Fremdhilfe den »Annahof« bewirtschaftete, 60 Kühe besaß, mit Raps und Kartoffeln erfolgreich ihren Wohlstand steigerte nach der Nase. Auf dem Hof gab es Platz für Teda und die Enkelkinder.

Stine Riekers hatte den gut aussehenden Lehrer und Schwiegersohn Kuno nicht sonderlich gemocht. Es war ihr zu viel gewesen, wenn er an seine schlanke Nase gegriffen hatte, spöttisch auf den Mistberg geblickt hatte und es nie unterlassen hatte, auf sie und ihren Mann von oben herabzuschauen, wenn ihnen nach der Stallarbeit beim Tee der Dunggeruch aus ihrer Wäsche und ihren Haaren entstiegen war.

Kuno war bei seinen Schülern beliebt, und erst recht mochten ihn die Mädchen.

Tochter Teda hatte blauäugig an seine Treue geglaubt und musste sich eingestehen, dass Kuno eine Mitschuld am Drama trug.

Der Schwiegersohn hinterließ eine Menge Schulden in der Form von langfristigen Hypotheken, wie Stine Riekers während der vielen Stunden der Nacht den Ordnern im Arbeitszimmer des dahingerafften Schwiegersohnes entnommen hatte, die zu tilgen ihr und ihrem Mann nicht schwer fallen würden. Teda hatte Anspruch auf eine vielleicht bescheidene Pension. Sie geriet nicht in Not. Den Bungalow an der Uferstraße in Norddeich beabsichtigten sie und ihr Mann zu übernehmen, den geringen Beitrag, den Kuno Swyters bei der Abzahlung geleistet hatte, zahlten sie gerne an den fuchsigen Finanzbeamten aus Marienhafe aus. Da konnten Juristen den endgültigen Schlussstrich ziehen.

Auf der anderen Seite der schnell gezogenen Bilanz, die sie bereits aufgestellt hatte, während die Tochter noch im Leid zu ersticken drohte, stand die Tatsache, dass Kuno zwei hübsche intelligente Enkelkinder hinterlassen hatte, die sie liebten und für die sie bereit waren, ihre Plackereien trotz ihres Alters weiterhin auf sich zu nehmen.

Stine Riekers, die 62-jährige tatkräftige Landfrau, trug ihr graues Haar im Pagenschnitt. Sie hatte eine helle Haut, feine Gesichtszüge, die im Gegensatz zu ihrer kräftigen Statur standen. Ihr Mund war schmal. Sie hatte buschige Augenbrauen, die ins Rötliche gingen. Stine trug selten Röcke und wirkte in Jeans und Herrenoberhemden burschikos sympathisch und vertrauensvoll. Sie war Mitglied der »Singgemeinschaft Hage«.

Ihr Mann Wiechert war 65. Er hatte volles graues Haar, war hoch gewachsen und äußerst vital. Sein Gesicht zierte eine längliche Nase mit hervortretenden Wangenknochen und herben Gesichtsfalten. Er führte den Hof mit unternehmerischen Fähigkeiten und gehörte seit Jahren zum Aufsichtsrat der Raiffeisenbank in Hage. Fernab von den Gedanken, die seine Frau beschäftigten, gab er sich den Plänen hin, für seine Enkel bauliche Maßnahmen auf dem »Annahof« in die Wege zu leiten. Tochter Teda konnte sich in den Betrieb einarbeiten. Ihm den Bürokram abnehmen, während er die

Vaterrolle der Kleinen zu übernehmen gedachte. Den Bungalow in Norddeich konnten sie verkaufen.

»Ferien auf dem Bauernhof«, sagte er mit aufheiternder Stimme, als die Enkelkinder mit der Mama auf der hinteren Sitzbank des Mercedes Kombi Platz nahmen, Stine die Haustür des Bungalows verschloss und zu ihm in den Wagen stieg.

»Mama, hör auf zu weinen. Wir sind gerne bei Omi und Opi«, sagte der Enkel.

Wiechert lenkte den Mercedes auf die Tunnelstraße und fuhr der Ostermarsch entgegen.

Am Montag, dem 14. Januar, wehte ein kalter Nordwestwind mit der Stärke 5 bis 6 bei einem aufgelockerten Himmel mit sonnigen Abschnitten. Das Thermometer zeigte plus 3 Grad. Um 10 Uhr parkte der Kurier-Fotograf seinen Firmenpassat vor dem »Alten Weinhaus«, in dem die Kripo residierte.

Er stieg aus und betrat durch das breite Portal den Korridor, den Fahndungsplakate zierten. Über die alte Holztreppe stieg er nach oben, orientierte sich an den Hinweistafeln und betrat einen schmalen Gang, in den das Licht eines Fensters fiel. Es lag dem Markt zugeneigt, wie er sah. Er fand zum Zimmer 213, klopfte an und öffnete die Tür.

»Moin«, sagte er.

Kommissar Ihben saß hinter seinem Schreibtisch und erhob sich.

»Moin«, erwiderte er den Gruß, schob einen Stuhl zurecht.

»Nehmen Sie Platz, Herr Manstroh«, sagte er.

Der Bildreporter setzte sich auf den Stuhl. Er hatte

welliges Haar, ein frisches, gut geschnittenes Gesicht. Er trug Jeans und einen Anorak.

»Kaum zu glauben«, sagte Manstroh und reichte dem Kommissar die Versandtasche. »Claas van Thun, ein tüchtiger, angesehener, ruhiger und bedächtiger Mitbürger, schießt plötzlich um sich. Pfingsten beim Schützenfest in Berum habe ich ihn fotografiert beim Königsschießen für den Beitrag in der Heimatseite.«

»Er hinterlässt eine Menge unglücklicher Menschen«, sagte der Kommissar. »Er war mächtig durchgeknallt und zog die richtige Konsequenz nach dem Mord an diesem Lehrer. Kuno Swyters hinterlässt zwei Kinder, um die sich die Großeltern kümmern.«

Er öffnete den Umschlag, entnahm ihm die Fotos und studierte sie.

»Gestochen scharf«, kommentierte er. »Die BILD-Zeitung würde sie Ihnen aus den Händen reißen«, fügte er sarkastisch hinzu, entnahm der Schreibtischschublade eine Lupe und betrachtete nachdenklich die Großaufnahme der Schusswaffe.

»Greta van Thun hat sich, wie ich erfahren habe, bereits krank gemeldet, vor Scham, und ist zu ihren Eltern nach Baltrum abgereist«, sagte Manstroh. »Auch Teda Swyters hat auf dem Annahof bei ihren Eltern mit den Kindern Zuflucht gesucht. Sie heulen sich die Augen aus.«

Kommissar Ihben steckte die Fotos in das Kuvert zurück.

»Einen Tee?«, fragte er, erhob sich, trat an das Fenster und blickte auf den belebten Wochenmarkt.

»Ich habe keine Zeit für einen Klönschnack. Redaktionssitzung. Der neue Bildband ›Vom Fischereihafen zum Nordseebad‹, Sie verstehen«, sagte Manstroh, verließ den Stuhl und reichte dem Kommissar die Hand.

»All up Stee«, sagte Ihben. »Viel Erfolg.«

»Ihnen auch«, sagte der Fotograf und verließ das Zimmer.

Ihben ging zurück zum Schreibtisch und widmete sich den Fotos. Sie hatten die Pistole an das Labor des LKA versandt. Vermutlich hatte van Thun einen Waffenschein. Er griff zum Telefon und wählte die Nummer des Krankenhauses.

»Kripo Norden, Ihben. Bitte Herrn Dr. Fischbeck«, sprach er in den Hörer.

Der Pförtner meldete sich. »Ich stelle durch«, sagte er.

»Stationsschwester Ute Lindner«, vernahm er.

»Kripo, Ihben. Können Sie mich mit Dr. Fischbeck verbinden?«, fragte er.

»Er befindet sich noch nicht im Hause. Er wird Sie anrufen, wenn er kommt«, sagte sie.

Ihben legte auf. Er erledigte die Verwaltungsarbeit, die der Fall mit sich brachte. Er fertigte ein Gedächtnisprotokoll an, trat an die Garderobe, zog die feste Wetterjacke über, verließ das Dienstzimmer, stieg über die Treppe nach unten, überquerte den Markt mit den Ständen und Buden und suchte das Revier der Schutzpolizei auf. Dort ließ er sich die Berichte der Kollegen aushändigen und ging zurück zum »Alten Weinhaus«.

Eigentlich war alles klar. Mord mit anschließendem Selbstmord. Motiv: Eifersucht. Dieses Fazit hatten auch die Kollegen gezogen.

Ihben holte die Schreibmaschine aus dem Schrank, tippte den Bericht, nahm Bezug auf die Aufzeichnungen der Kollegen Behnen, Martens und Odens, suchte das Schreibzimmer auf und faxte den Bericht an die

Staatsanwaltschaft in Aurich. Er hatte am frühen Morgen bereits Staatsanwalt Brooken von den Ereignissen in Berum telefonisch in Kenntnis gesetzt. Brooken hatte seinen Besuch für 16 Uhr angekündigt, um mit ihm den Fall zu besprechen.

Über die Norddeicher Straße rollte der Verkehr. Lastwagen fuhren zur Mole. Das sonnige Wetter nach dem reichlichen Schneefall und den frostigen Tagen nutzten vor allem die Handwerker auf Norderney aus.

Ihben heftete die Unterlagen in die frisch angelegte Akte, die er mit dem provisorischen Namen »Mord und Selbstmord Müllerstück 18« versah.

Das Telefon riss ihn aus seinen Gedanken. Er nahm den Hörer ab.

»Kripo, Ihben«, meldete er sich.

»Fischbeck. Moin«, sagte der Arzt. »Ich trete gerade meinen Dienst an. Wenn es Ihnen passt, dann fahren Sie gleich los. Ich erwarte Sie im Café, gegenüber der Pförtnerloge, mir bleibt noch Zeit, mich mit Ihnen zu unterhalten.«

»All up Stee«, sagte der Kommissar, legte auf, zog seine Jacke über, steckte das Kuvert mit den Fotos in seine Diensttasche und verließ das Dienstzimmer.

Dr. Arno Fischbeck trug den weißen Arztkittel und weiße Jeans. In seiner Kitteltasche steckte der Pieper. Er saß zwischen klatschenden Besuchern und Patienten, die wortreich ihre Tortenstücke zu sich nahmen, an einem kleinen Fenstertisch und blickte auf den Kreisel der Zufahrt. Taxis kamen, hielten kurz an, Besucher stiegen aus und andere stiegen ein. Auf den Bänken des mit flach wachsenden Pflanzen begrünten und roten

Steinplatten belegten Rondells saßen vermummte Patienten und hielten ihre blassen Gesichter in die Sonne.

Fischbeck war schlank, 43 Jahre alt. Er hatte ein knochiges Gesicht mit einer länglichen Nase und eine breiten Stirn. Er trug sein dunkelblondes Haar ohne Scheitel nach hinten gekämmt. Um seine schmalen Lippen zogen sich von der Nase bis hin zum Kinn markante Falten, die zu bestätigen schienen, was seine Mitarbeiter und Patienten an ihm zu schätzen wussten. Er galt als zuverlässig und mitfühlend. Dr. Fischbeck gehörte zu der Gruppe von Menschen, die als »angenehme Zeitgenossen« bescheiden zuhören konnten.

Vor ihm auf dem Tisch lag der große Umschlag mit dem gewissenhaft angefertigten Untersuchungsbericht und eine etwa streichholzschachtelgroße Medikamentendose. Fischbeck genoss die bewundernden Blicke der Cafébesucher, die dazu beitrugen, den Stress, dem er sich im gnadenlosen Einsatz manchmal bis zur Erschöpfung ausgesetzt sah, abzubauen. Er griff zum Kaffeekännchen, das die Bedienung an seinen Tisch trug.

Er arbeitete mit dem Blick auf eine Dozentur an der medizinischen Hochschule Hannover an seiner Habilitationsschrift. Professor Hallemann, sein Mentor, hatte den Untersuchungsbericht gegengezeichnet.

Er sah den kleinen, stämmigen Beamten, der sich eilig dem Portal näherte. Sein Gesicht war von der Kälte gerötet. Auf seinem Kopf saß die Elbseglermütze. In der Hand hielt er eine Tasche.

Kommissar Ihben betrat das Café, blickte sich um, ging am Kuchentresen vorbei, sah den Arzt, der sich erhob und ihm zuwinkte. Ihben hängte seine Jacke an die Garderobe, legte seine Mütze ab und trat an den kleinen Tisch.

»Der kalte Wind«, sagte er, reichte Dr. Fischbeck die Hand und nahm am Tisch Platz.

»In der Dose befinden sich die Geschosse. Drei Projektile«, sagte Arzt.

Ihben nickte. »Das Vierte saß in der Wand«, sagte er und steckte die Dose mit der fremden, verwirrenden Aufschrift in seine Tasche.

»In dem Kuvert befindet sich der Bericht«, sagte der Arzt und reichte ihm den Umschlag. »Lektüre für den Nachmittag. Ich muss gleich auf Station.« Fischbeck winkte die Bedienung an den Tisch. Er zahlte.

Der Kommissar bestellte ein Kännchen Kaffee.

»Der Staatsanwalt hat seinen Besuch angekündigt«, sagte Ihben und blickte den Arzt an. Er entnahm seiner Tasche den Umschlag mit den Fotos.

»Studieren Sie erst die Ergebnisse der Untersuchung. Ich stehe Ihnen später für Fragen gern zur Verfügung«, antwortete Dr. Fischbeck mit einem Blick auf seine Armbanduhr.

»Herr Doktor, noch eine Sekunde. Werfen Sie einen Blick auf die Fotos«, bat ihn der Kommissar.

Die Bedienung brachte den Kaffee an den Tisch.

Dr. Fischbeck entnahm dem Kuvert die scharf geschossen Fotos des Kurierfotografen. Er betrachtete sie aufmerksam, während Ihben den Kaffee in die Tasse goss, Zucker und Milch hinzugab und ein paar Schlucke zu sich nahm.

Dr. Fischbeck steckte die Fotos zurück in den Umschlag.

»Was stimmt Sie nachdenklich?«, fragte er.

»Irgendetwas. Die Lage des Mörders. Die Höhe des

Projektils in der Wand. Ich weiß es nicht«, antwortete Ihben nachdenklich und steckte sich eine Zigarette an.

»Sie finden Hinweise dazu im Bericht«, antwortete Dr. Fischbeck. Er erhob sich und reichte dem Kommissar die Hand. Zur Bestätigung seiner Eile erklang der Piepton aus seiner Kitteltasche. Der Arzt nickte Ihben zu, verließ das Café und eilte zur Station, für die er die Verantwortung trug.

Ubbo Brooken, der 56-jährige Staatsanwalt, entstammte einer alteingesessenen Kaufmannsfamilie aus Leer. Seine Frau Okka kam aus dem ostfriesischen Rysum, einem verwinkelten Dorf in der Krummhörn, mit Tradition, alter Mühle, Backsteinkirche, historischer Arp-Schnitger-Orgel und prächtigen Herrenhäusern ehemaliger Großbauern.

Die Brooken hatten in Aurich Haxtum gebaut und es nicht bereut. Ubbo Brooken hatte nach erfolgreichen Dienstjahren in Goslar, Wolfenbüttel und Peine zurückgefunden in seine ostfriesische Heimat. Ihr ältester Sohn arbeitete als Doktor der Chemie bei den Bayerwerken in Dormagen, ihr zweiter Sohn studierte in Aachen Zahnmedizin und stand kurz vor dem Examen.

Okka Brooken arbeitete auf Stundenbasis in einer Auricher Buchhandlung.

Die Brookens lebten bescheiden in einer angenehmen Nachbarschaft, ohne den Drang in sich zu verspüren, sich politisch oder gesellschaftlich zu profilieren. Sie freuten sich über die Erfolge der Söhne und waren rundum zufrieden. Den einzigen Luxus, den sie sich gönnten, war ihr BMW.

Ubbo Brooken hatte eine stämmige Figur. Er trug sein

meliertes Haar im Fassonschnitt. Sein Gesicht zwar pausbackig und wirkte mit den forschen Augen lehrerhaft streng. Er liebte die Gartenarbeit und hatte sich im Keller eine gut bestückte Werkstatt eingerichtet. Nur selten kam es vor, dass sie Handwerker für notwendige Reparaturen in Anspruch nahmen.

Ubbo Brooken lenkte den BMW an diesem Nachmittag am Silbersee mit dem neu erstandenen Erholungsgebiet entlang in Richtung Westerholt. Das sonnige Wetter hatte auf den Äckern und Weiden riesige Wasserpfützen hinterlassen.

Er dachte an sein Dienstgeschäft, als sein Blick auf das Ortsschild »Berum« fiel. Die verabscheuungswürdige Bluttat störte seine Freude an dem idyllischen Ort mit Wasserschloss und Waldallee. Claas van Thun hatte im Blutrausch um sich geschossen und für viel Unheil gesorgt. Die Tragödie im schmucken Bungalow in bevorzugter Lage hatte sich unter Menschen ereignet, die auf der Sonnenseite des Lebens standen.

Ubbo Brooken lenkte den BMW durch das verkehrsreiche Hage, am Lütetsburger Schloss entlang in Richtung Norden und erreichte schließlich das Kommissariat.

Menke Ihben stammte aus Esens. Nach seiner Ausbildung in Hannoversch-Münden versah er für sieben Jahre seinen Dienst bei der Schutzpolizei in Hildesheim, besuchte Lehrgänge, arbeitete sich hoch und startete danach eine Laufbahn bei der Kripo mit Stationen in Goslar und Oldenburg. 1996 ließ er sich nach Norden versetzten.

Ihben war 43 Jahre alt. Er hatte eine kräftige Statur

und war mittelgroß. Er trug sein welliges Haar im Scheitel. Sein gut geschnittenes Gesicht mit einer abgeflachten Nase zierte ein schmaler Lippenbart. Er hatte ein breites Kinn mit einem Grübchen.

Ihben und seine Frau Tina hatten in Upgant-Schott gebaut und zogen die 14-jährige Tochter Antjen groß, eine Aufgabe, die ihnen nicht immer leicht fiel.

Tina Ihben arbeitete vormittags als Verkäuferin in der Bäckerei Lorenz. Ansonsten widmete sie sich der Betreuung der Tochter und achtete dabei besonders auf schulische Pflichterfüllung, nicht immer im Sinne von Antjen.

Kommissar Ihben saß am Schreibtisch. Vor ihm lagen die Fotos und der Untersuchungsbericht des Arztes, der klar, abgesehen von medizinischen Termini, verständlich die Verletzungen der beiden Opfer dokumentierte. Dr. Fischbeck hatte den Bericht mit Zeichnungen und Hinweisen versehen und zum Teil Schlussfolgerungen gezogen. Doch da passte nicht alles in das Bild, das sich Ihben vom Ablauf der Ereignisse im Wohnzimmer der van Thuns gemacht hatte.

Ihben blickte auf, als jemand an die Tür klopfte. Er erhob sich.

»Herein!«, rief er.

Staatsanwalt Brooken betrat das Dienstzimmer.

»Moin«, sagte er.

Ihben ging ihm entgegen und reichte ihm die Hand.

»Moin, das Puzzle liegt auf meinem Schreibtisch«, sagte er und rückte den Besucherstuhl zurecht.

Der Staatsanwalt nahm die Elbsegler-Mütze vom Kopf, legte sie auf die Garderobe und setzte sich auf den Stuhl.

Er trug über einem weißen Oberhemd einen dunkelblauen V-Ausschnitt-Pullover, eine Krawatte und graue Cordjeans.

»Entschuldigen Sie, Herr Ihben, Sie sprechen von einem Puzzle?«, fragte er und blickte auf die ausgebreiteten Fotos und den seitlich gelegenen Bericht. »Was gibt es da zu rätseln?«, fügte er hinzu.

Ihben nahm den Untersuchungsbericht vom Schreibtisch und reichte ihn dem Staatsanwalt.

»Dieser Claas van Thun erschoss den Lehrer, seinen mutmaßlichen Nebenbuhler, und richtete sich selbst. Ich hegte keinen Verdacht und habe die Leichen zur Bestattung freigegeben«, sagte Brooken überrascht mit strengem Blick. Auch Ihben war von dieser Version ausgegangen.

»Da gibt es einiges, was mich nachdenklich stimmt«, sagte der Kommissar. »Einen Tee?«, fragte er.

Der Staatsanwalt nickte.

»Gerne«, antwortete er und vertiefte sich in den Bericht des Arztes, während Ihben das Zimmer verließ, den Personalraum aufsuchte und einen Tee aufbrühte. Er nahm sich Zeit, gab den Tee in eine vorgewärmte Kanne, goss das kochende Wasser auf die Teeblätter, schaute auf die Uhr, ließ den Tee fünf Minuten auf dem Stövchen ziehen, nahm die ebenfalls aufgewärmte zweite Teekanne, siebte die Blätter ab, stellte Kluntjebecher und Sahnetopf auf das Tablett, fügte Tassen und Unterteller hinzu, belud das Tablett zusätzlich mit Teekanne und Stövchen und bugsierte geübt das Tablett zu seinem nicht weit entfernten Dienstzimmer. Dort stellte er es auf dem kleinen Schreibmaschinentisch ab. Ihben schaffte Platz und teilte die Gedecke aus. Sie nahmen vom Kluntje.

Ihben schenkte den Tee aus. Sie bedienten sich mit

Sahne. Der Staatsanwalt griff in seine Tasche, zog die Zigarettenschachtel heraus und bot sie dem Kommissar feil. Ihben entnahm ihr eine, auch Brooken bediente sich. Ihben reichte Feuer. Sie rauchten und nippten an den Tassen.

»Sie haben Recht. Ihr Misstrauen scheint mir nicht ganz unbegründet«, sagte der Staatsanwalt.

»Dr. Fischbeck deutete bereits einige Ungereimtheiten an«, antwortete Ihben. »Dem Protokoll entnahm ich, dass Claas van Thun den Lauf der Pistole auf seine Schläfe richtete. Die Kugel drang allerdings oberhalb der Augenhöhle ein«, antwortete Brooken nachdenklich.

»Demnach hatte er die Waffe nicht waagerecht gehalten, sondern im schrägen Winkel«, resümierte Ihben und blies den Rauch von sich.

Die Sonne stand bereits tief. Ihr Licht fiel in das Zimmer. Der Rauch verflüchtigte sich zu Fäden.

»Die Haare oberhalb des Wangenknochens sind nur schwach versengt und rechts ist die Haut nur leicht gerötet«, murmelte Brooken. »Fischbeck zog daraus keine Folgerungen, bis auf das Fragezeichen auf seiner Zeichnung.« Er trank Tee und zog danach an seiner Zigarette.

»Er überlässt es uns, die Frage zu beantworten«, sagte der Kommissar.

»Und die Antwort?«, fragte Brooken und drückte die Kippe in den Ascher.

»Die Kugel, die dem Leben des bis dato unauffälligen, tüchtigen Ingenieurs und Sportschützen ein Ende setzte, wurde aus einer gewissen Entfernung abgefeuert«, stellte der Kommissar fest.

»Mord statt Selbstmord?«, fragte der Staatsanwalt und griff zur Teetasse.

Ihben hob fragend die Schultern an. Er hatte schon im Vorfeld an den Aussagen des Baltrumer Pensionsbesitzers gezweifelt. Ihben reichte dem Staatsanwalt die Fotos.

»Da gibt es weitere Ungereimtheiten«, sagte er.

Ubbo Brooken studierte nachdenklich die scharf geschossenen Aufnahmen des Reporters.

Ihben erhob sich, trat an die Garderobe, entnahm ihr einen leeren Bügel, stellte sich im Zimmer in Position, hielt ihn wie eine Waffe in der Hand und setzte ihn an seine Stirn.

»Wenn ich jetzt abdrücke, falle ich dann nach vorne und lande mit ausgestreckten Armen auf dem Bauch?«, fragte er. »Oder sacke ich in einer Drehung zusammen?«

»Eher das Letztere, nehme ich an«, sagte der Staatsanwalt.

»Und wenn sich jemand verzweifelt und mutig auf den Mordschützen warf, ihn zu Bodens riss? Ich denke an Greta van Thun«, folgerte der Kommissar, brachte den Bügel zurück zur Garderobe, schenkte Tee nach, entnahm der Box eine Zigarette und rauchte hastig.

»Die eigene Bedrohung, die Verzweiflung nach den Schüssen auf ihren heimlichen Geliebten, die auf sie gerichtete Waffe. Der Schock! Eine entsetzliche Situation«, antwortete Brooken.

»Greta van Thun besaß einen Schutzengel. Nach der Version des Protokolls betrat ihr Vater das Zimmer. Claas van Thun bewegte nicht den Abzugsbügel. Er richtete die Waffe auf den alten Herrn, noch drei Kugeln befanden sich im Magazin. Wider Erwarten erschießt er nicht seine untreue Frau. Erst recht nicht seinen Schwiegervater. Das passt nicht in das Bild eines Amokschützen, der sich in seinem Wahn vorgenommen hatte, Tabula rasa zu machen«, sagte der Kommissar.

Der Staatsanwalt schlug die Hände über dem Kopf zusammen.

»Ihben, um Gottes willen! Vielleicht begriff Claas van Thun beim Anblick des zu Tode erschrockenen, hilflosen Schwiegervaters, dass er Scheiße gebaut hatte, setzte sich die Pistole an die Schläfe und drückte ab. Schluss und Ende«, folgerte der Staatsanwalt.

Der Kommissar spielte mit dem Feuerzeug.

»Dabei verpasste er die Schläfe um wenige Zentimeter. Dem Untersuchungsbericht ist zu entnehmen, dass der Schuss aus einer nicht näher angegebenen Distanz abgefeuert wurde«, sagte der Kommissar.

»Claas van Thun hatte die Nerven verloren. Er hatte nicht wie im Schützenhäuschen in Berum auf Pappscheiben mit Ringen gefeuert«, antwortete der Staatsanwalt.

»Das sehe ich anders. Ein erfahrener Schütze wie er trifft ins Schwarze, erst recht, wenn ihn nur ein geschätzter halber Meter vom Ziel trennt«, sagte Ihben. Er blickte den Staatsanwalt herausfordernd an.

»Einverstanden, ich teile Ihre Zweifel«, sagte Brooken. »Was hat es auf sich mit dem Projektil?«

Der Kommissar lächelte schmal.

»Es saß in der Wand in Kopfhöhe«, antwortete er.

»Auch das gibt zu denken. Es durchschlug seine Nasenhöhle und den Wangenknochen. Daraus schließe ich, dass der Schuss in niedriger Höhe von unten nach oben abgefeuert wurde. Im Magazin saßen, wie gesagt, noch drei Kugeln. In seinem Eifersuchtswahn geht die Mathematik auf. Eine für seine untreue Greta, eine für den verhassten Schwiegervater und die letzte für sich.

Doch er erschoss weder Greta noch den verhassten Alten und verfehlte selbst seine Schläfe«, sagte der Kommissar, entnahm dem Schreibtisch das scharf geschossene Foto der Pistole und reichte es dem Staatsanwalt.

»Der Bericht des LKA steht noch aus«, sagte er. Er griff in die Schreibtischschublade, entnahm ihr die Lupe und hielt sie dem Staatsanwalt entgegen.

»Eine bedenkliche Spur, die ich übersah«, fügte er hinzu.

Brooken griff zur Lupe und betrachtete das Foto. »Ein langes Haar«, antwortete er überrascht.

»Von Greta van Thun«, antwortete Ihben. »Sie trägt ihr Haar zu einem Pferdeschwanz gebunden. Ich fand vor dem Kamin einen Haarring.«

Er griff in die Schublade und reichte den von Plüsch umgebenen Gummiring dem Staatsanwalt.

Brooken stülpte ihn über seinen Daumen, Zeige- und Mittelfinger.

»Weder meine Frau noch die Schwiegertochter benutzen so ein Ding«, sagte er.

»Das Ding bändigte Gretas Haar. Claas van Thun hatte die Rechnung ohne Greta gemacht. Sie ist nicht nur schön, gertenschlank, sondern auch couragiert und sportlich durchtrainiert. Sie wimmerte nicht um ihr Leben, wie anzunehmen ist, sondern reagierte kalt. Voller Hass warf sie sich ihrem Mann entgegen, entrang ihm die Pistole und rettete mit einem Schuss aus schrägem Winkel ihr Leben«, sagte der Kommissar.

»Ihben, nun mal sachte. Ihrer fantasievollen Gedankenakrobatik kann ich nicht folgen«, antwortete der Staatsanwalt. »Mord?«, fragte er verunsichert.

»Ja, ein weiterer aus Notwehr«, antwortete der Kommissar, griff nach den Fotos.

»Hier, wie bereits mit dem Kleiderbügel durchgespielt, liegt Claas von Thun wie in einem Wildwestfilm mit geöffneter Hand auf dem Bauch. Seine Fingerspitzen berühren fast die tödliche Waffe, an der das lange blonde Haar der Todesschützin klebt. Der Haarring! Hegen Sie da noch Zweifel?«

»Entsetzlich, die neue Version. Da steht den Baltrumern Ungemach ins Haus«, antwortete der Staatsanwalt.

Der Kommissar erhob sich, trat an den Eisenschrank, holte die frisch angelegte Akte hervor und legte den Ordner auf den Schreibtisch.

»Der Ihnen zugefaxte Bericht«, sagte Ihben. »Die Kollegen Behnen und Martens betraten das Wohnzimmer. Greta van Thun saß verheult auf dem Kaminmäuerchen. Sie hatte den Notruf durchgegeben und damit auf das Geschehen folgerichtig reagiert. Ihr Papa, der Pensionsbesitzer, trat erst später in Erscheinung und berichtete über die Tragödie. Nach seinen Aussagen hatte Claas van Thun die Pistole auf seine Tochter gerichtet, sie dann auf ihn angelegt. Nach seinem mutigen Einschreiten richtete der Schwiegersohn die Waffe an seine Schläfe und drückte ab.«

»Und wie wir wissen, war dem nicht so. Der Fall wird zum Fall. Sie haben mich überzeugt«, sagte der Staatsanwalt.

»Ich denke, wir machen der Witwe später einen Besuch«, sagte der Kommissar. »Greta van Thun ist mit ihren Eltern nach Baltrum gefahren. Zur Zeit feiert sie krank.«

»Und die Beisetzung ihres Mannes?«, fragte der Staatsanwalt.

»Ich habe mit den Eltern des Ingenieurs telefoniert.

Greta, ihre Mama und ihr Papa haben klare Linien gezogen. Wie nach einer Scheidung. Die Beisetzung überlassen sie den Eltern des Mordschützen. Sie besuchen nicht die angesetzte Trauerfeier. Da wird kein Kranz mit Trauerschleifen der Familie Roolfs und erst recht nicht der Witwe das Grab in Wiesmoor zieren.«

»Das kann ich nachvollziehen«, sagte Brooken, trat an die Garderobe, zog den Trenchcoat über und griff nach der Elbseglermütze.

»Wenn etwas durchsickern sollte, bitte keine Kommentare«, sagte er. »Das wäre ein Fressen für die Reporter. Gönnen wir den Angehörigen eine angemessene Trauerzeit.« Er reichte dem Kommissar die Hand und verließ das Dienstzimmer.

Am Freitag, dem 8. Januar, fuhr Tina Ihben ihren Mann um 7.30 Uhr zum Revier. Sie hatte in Norden einen Zahnarzttermin. Ihre junge Kollegin war für sie eingesprungen. Tina übernahm zum Ausgleich den Nachmittagsdienst in der Bäckerei.

Tochter Antjen besuchte das Ulrichs-Gymnasium. Sie hatte nach der vierten Stunde frei. Das war eine günstige Gelegenheit kurz vor dem Winterschlussverkauf, sich im »Intersport-Geschäft« nach herabgesetzten Markenartikeln umzuschauen, denn Antjen hatte ihre eigenen Vorstellungen und Wünsche.

Tina Ihben hielt vor dem Kommissariat.

Menke Ihben griff nach seiner Tasche und gab Tina einen Kuss. »Halt die Finger auf das Portmonee«, sagte er spaßig und stieg aus.

Auf dem Markt bauten die Händler ihre Stände auf.

Der Wind kam frostig aus nordöstlicher Richtung. Der Himmel war leicht bewölkt.

Menke Ihben betrat das »Alte Weinhaus«, stieg die Treppe hoch und ging zu seinem Dienstzimmer. Er stellte die Tasche an den Schreibtisch, drehte die Heizung hoch, schloss den Eisenschrank auf, entnahm ihm den Aktenordner mit der Beschriftung »Randale Norddeich« und trug ihn zu seinem Schreibtisch.

Vor der Kurklinik war es bereits mehrmals zu Sachbeschädigungen gekommen, die das Haus in Verruf zu bringen drohten. Abgesehen von der Jagd auf Mercedes-Sterne hatten Rabauken Autoreifen aufgeschlitzt, willkürlich Pflanzen aus den Kübeln gerissen und Außenleuchten demoliert. Ihre Vermutungen tendierten in Richtung Schiffsanleger. Sie hatten den »Molenheizern« das Handwerk gelegt. Es waren zumeist Jugendliche der Berufsschule, die sich auf dem Parkplatz vor der Bahnstation Norddeich Mole mit ihren aufgemotzten Kleinwagen mit gewagten Spurts und viel Getöse Rennen lieferten. Das Fahrverbot für die Zeit von 20 bis 6 Uhr mit strengen Kontrollen hatte die kleinen »Schumis« verärgert.

Ihben versenkte sich in die Akte. Er blickte auf, als Amanda Frerichs das Zimmer betrat, muffelig »Moin« von sich gab, ihm die Post anreichte und das Zimmer wieder verließ. Der Kommissar wusste, dass ihr Mann sie betrog.

Er öffnete die Kuverts der Reihe nach, las die Schreiben und legte sie in den Ablagekorb zwecks anschließender Bearbeitung. Der letzte Umschlag enthielt den Untersuchungsbericht des LKA. Ihben studierte konzentriert Zeile für Zeile. Er fühlte eine aufkeimende Nervosität und las:

Bei der eingesandten Feuerwaffe handelt es sich um eine »Steyr S 9« mit 10-Schuss-Magazin, Lauflänge 87,5 mm.

Im Magazin befanden sich zwei Patronen. Die Pistole wurde zeitlich gesehen ohne große Abstände benutzt. Sie befand sich in einem gepflegten Zustand.

Auf dem Lauf befanden sich Fingerabdrücke, die nicht vom Opfer stammen. Der Knauf und Abzugsbügel wurden mit einem Papiertuch einer Reinigung unterzogen. Am unteren Rand, siehe Abbildung, blieben schwache Abdrücke zurück, die vom Opfer stammen. Es ist anzunehmen, dass jemand im Nachhinein die Waffe mit den Fingern des Opfers in Berührung brachte.

Am Griff der Pistole klebte ein Frauenhaar. Wir haben es unter dem oben genannten Aktenzeichen hinterlegt. Fordern Sie, falls es Ihren Recherchen dienlich erscheint, eine entsprechende DNA-Analyse bei uns an.

Mit kollegialem Gruß

Das Telefon riss Ihben aus seinen Betrachtungen. Er nahm den Hörer ab.

»Updiek, Jesko Updiek, Hage, Architekt. Ich gehöre dem Vorstand des Schützenvereins an und bedaure den schrecklichen Vorfall. Claas van Thun besaß unser volles Vertrauen. Seine für uns nicht nachvollziehbare Bluttat nehmen wir schicksalhaft zur Kenntnis. Ich melde mich zu Wort, weil ich erst jetzt erfahren habe, dass er am besagten Freitagabend das geschlossene Schützenhaus betreten hatte. Er besaß einen Schlüssel und hat sich dort, wie es scheint, eingeschossen.«

»Das entspricht den Ergebnissen unserer Untersuchung. Er schoss zweimal auf den Lehrer, eine Kugel landete in seinem Kopf. Drei Patronen befanden sich noch im Magazin«, antwortete der Kommissar.

»Die Rechnung geht auf. Ich habe mich selbst überzeugt. Viermal traf er das Schwarze«, sagte Jesko Updiek.

»Aus einer ›Steyr S 9‹«, antwortete Ihben.

»Das mag so gewesen sein. Wir benutzen andere Pistolen bei unserem Sportschießen. Eine Waffe aus seinem Privatbesitz«, meinte der Architekt.

»Herr Updiek, ich danke für Ihren Anruf, da passt alles zusammen. Wenn nötig, schauen wir uns in Ihrem Schützenhaus um«, sagte Ihben.

»Claas van Thun bringt uns mächtig in Verruf«, sagte der Vorsitzende, »und er hinterlässt eine Menge unglücklicher Menschen.«

Das stimmte. Dem gab es nichts hinzuzufügen. Der Pastor und seine Frau in Wiesmoor, Teda und die Kinder, die alten Riekers auf dem Annahof, Vati und Mutti Roolfs mit der zur Witwe gewordenen Tochter Greta.

Er notierte den Anruf, fertigte eine Aktennotiz an, legte sie in die Akte und gab sich konzentriert dem Studium des Berichtes des LKA hin. Da gab es eine Menge von Informationen, die dazu beitrugen, das Puzzle zu lösen.

»Düwel!«, entfuhr es Ihben. Er entnahm der Schreibtischschublade die Lupe und studierte die vergrößert wiedergegeben Fingerabdrücke der reproduzierten Abbildungen.

»Also doch«, sprach er vor sich hin. »Mord, kein Selbstmord.«

Er empfand keine Freude über diese Erkenntnis. Die in das Drama verwickelten Angehörigen der Opfer taten sich schwer, angesichts der Tragödie, die sich in ihrer friedlichen Welt ereignet hatte.

Ihben erhob sich, nahm den Bericht vom Schreibtisch, suchte das Schreibzimmer auf und faxte Seite für Seite an die Staatsanwaltschaft in Aurich.

Er schaute auf die Uhr und wählte dann die Nummer des Krankenhauses. Er bat den Pförtner, ihn mit Schwester Greta van Thun, Station 12 A, zu verbinden.

»Schwester Barbara«, meldete sich eine Frauenstimme.

»Ihben, Kripo. Ich hätte gern Ihre Kollegin van Thun gesprochen«, sagte er und blickte nachdenklich auf die Wandkarte des Landkreises Aurich, die seine Bürowand zierte. Er fand Baltrum zwischen Norderney und Langeoog.

»Frau van Thun befindet sich zurzeit nicht auf Station. Sie hat ihren Jahresurlaub angetreten«, sagte die Schwester.

»Danke, schönen Tag noch«, sagte Ihben und legte auf.

Das Telefon läutete. Er nahm den Hörer ab. »Kripo Norden, Ihben«, meldete er sich.

»Moin, Brooken. Herr Ihben, jetzt wird es ernst. Vergessen wir vorerst unser Mitgefühl. Es geht um das Prinzip. Melden Sie unseren Besuch auf Baltrum an.«

Ihben öffnete die Schublade und griff zum bereitgelegten Schiffsfahrplan.

»Am Dienstag ist die Tide günstig«, sagte der Kommissar. »Die Fähre legt um 12.30 Uhr von Nessmersiel ab. Uns würde viel Zeit bleiben. Um 19.15 Uhr legt das Schiff in Baltrum ab. Ich melde uns bei den Roolfs an und rufe zurück.«

»Der Termin passt mir. Irgendwo zu Mittag essen, eine Teestunde in einem Café. Ein Rundgang am Strand entlang in die Dünen nach dem Dienstgeschäft. Packen Sie Ihre Saunatasche, falls das Wetter nicht mitspielt«, sagte der Staatsanwalt.

»All up Stee«, sagte der Kommissar und nahm das Telefonbuch zur Hand.

Baltrum, Seite 158-160.

Er fand die Nummer der Pension »Seeschwalbe«.

Über Baltrum spannte sich der aufgelockerte Wolkenhimmel. Es regnete nicht mehr. Der Wind war böig und kalt. Ein paar Insulaner warteten mit ihren Fahrrädern und angekoppelten Anhängern auf Gäste, während der Schiffskran erste Gepäckcontainer von Bord hievte. Pferdefuhrwerke standen auf der Frachtpier. Die Kutscher saßen vermummt auf den Böcken und warteten auf die Frachtcontainer, die Baumaterialien, Lebensmittel und Getränke enthielten.

Ihben und Brooken passierten das kleine Backsteingebäude der Kurverwaltung, mit Zimmervermittlung und Schiffsmeldestelle. Seitlich lagen die verregneten Deichwiesen. Am öden Nationalparkhaus gingen sie an der Post entlang über die ansteigende Straße zum Dorfzentrum, am Wahrzeichen der Insel, einem Holzgerüst mit historischer Kirchenglocke, vorbei und sahen sich dort fragend um.

Auf Baltrum gibt es keine Straßenbezeichnungen. Die Häuser tragen Nummern, die wie willkürlich vergeben worden sein mussten. Auf einer bewachsenen Düne lag das Haus Sylvia, mit vielen Fenstern und Balkonen. Eine Treppe führte zu der Buchhandlung »Lesewurm« mit breiten Schaufenstern. Die Straßen waren wie leer gefegt. Sie bogen bei »Charly« ab, passierten das Haus des »Polizeiposten«, sahen keine Veranlassung, sich dort um eine Auskunft zu bemühen, und fanden zum Haus »Seeschwalbe«.

Das imposante Backsteingebäude mit drei Etagen, Südbalkonen und vorgelagerter Liegewiese lag nur knapp 100 Meter von der Strandpromenade entfernt. Sie hörten das Rauschen der Brecher.

»Wir sind am Ziel«, sagte Ihben.

»Aber nicht zur angemessenen Zeit. Trinken wir bei ›Charly‹ Tee«, schlug der Staatsanwalt vor.

Sie gingen die Straße zurück und betraten das Café. Ihnen schlug die mollige Wärme entgegen. Nur wenige Tische waren besetzt. Es waren zumeist ältere Gäste. Der Wirt stand hinter dem Tresen und schaute ihnen fragend entgegen.

»Moin, ich habe noch freie Zimmer«, sagte er geschäftstüchtig und wies auf die Sporttaschen der Beamten.

»Ich gehe davon aus, dass um diese Jahreszeit daran kein Mangel besteht«, antwortete der Staatsanwalt und folgte Ihben zu einem Tisch in der Ecke des gemütlichen Lokals, der den Blick auf das Fenster und den Tresen freiließ. Sie hängten Mantel und Jacke an die Garderobe, legten die Mützen auf die Ablage und stellten ihre Taschen in die Nische.

»Zweimal Tee ostfriesisch!«, bestellte der Staatsanwalt.

Gegen 14.30 Uhr bezahlten sie, ließen sich eine Quittung aushändigen, verließen das gemütliche Café und begaben sich zur Pension »Seeschwalbe«.

Frau Minna Roolfs öffnete ihnen die Tür, empfing sie muffelig und kalt. In ihrem faltenreichen Altengesicht mit der fleischigen Nase und den vollen Lippen lag ein abweisender Zug, als Ihben den Staatsanwalt vorstellte. Sie blickte befremdet auf die Sporttaschen.

»Meine Tochter und mein Mann erwarten Sie im Kamin- und Lesezimmer. Zur Zeit vermieten wir nicht«, sagte sie mit schleppender Stimme. Sie trug eine weiße Bluse, darüber eine dunkelblaue Strickjacke und eine ebenfalls dunkelblaue Stoffhose. Das aschgraue Haar hatte sie zu einem Dutt zusammengesteckt. Sie ging ein wenig nach vorne gebeugt und zog das rechte Bein nach. Sie zeigte auf die Garderobe.

Die Beamten stellten die Taschen ab, hängten ihre Mützen über einen Haken und Jacke und Mantel über einen Bügel. Seitlich befand sich eine Sitzecke. Gegenüber führte eine Steintreppe nach oben.

Die Alte öffnete eine weiß lackierte Tür mit Glaseinsatz.

»Bitte«, sagte sie mit kalter Stimme, »am Ende des Flurs befindet sich die Bibliothek. Nehmen Sie Rücksicht auf meine Tochter. Sie ist noch nicht über den Berg.«

Der Boden war mit Bruchsteinplatten belegt, die Wände zwischen nummerierten Apartmenttüren zierten Ölgemälde mit Inselmotiven. Wandleuchten warfen Licht in den fensterlosen Flur.

»Zumindest vier Sterne«, meinte Ihben, während sie sich der Tür des Lese- und Kaminzimmers näherten.

Der Staatsanwalt klopfte an und öffnete die Tür. Der Alte und seine Tochter erhoben sich aus den Sesseln. Ihben zog die Tür hinter sich ins Schloss.

»Moin«, sagte er. »Darf ich vorstellen? Herr Brooken, Staatsanwalt.«

»Hajo Roolfs, meine Tochter Greta«, sagte der Alte freundlich.

Seine blauen Augen taxierten den Besucher. Er näherte sich dem Staatsanwalt und reichte ihm die kalte Hand entgegen. Auch Greta van Thun begrüßte den Staatsanwalt und den Kommissar.

»Bitte, nehmen Sie Platz«, sagte der Alte und wies auf die Sessel. Im Kamin loderte ein Feuer. Es war angenehm warm. Die Beamten setzten sich in die Sessel. Der Alte trug einen dunkelblauen Troyer und Jeans. Greta van Thun wirkte lässig im Trainingsanzug und ihren Laufschuhen. Ihr Gesicht zeigte keine Spuren tränenreicher Nachtstunden. Im Gegenteil, sie sah gesund und erholt aus. Sie fuhr mit der Hand über ihren Pferdeschwanz.

Die Wände zierten Regale mit Buchrücken. Seitlich des Kamins stand der Fernseher auf einer alten Truhe. Aus einem Bogenfenster fiel Licht.

»Einen Tee?«, fragte Greta van Thun und lächelte gewinnend.

»Danke, Sie müssen sich nicht bemühen, Ihre Mama bot uns bereits Tee an«, sagte der Staatsanwalt. »Wir haben einige Fragen an Sie zu richten.«

Er wandte sich dem Alten zu und machte deutlich, dass er ihn mit einbezog bei seinen Bemühungen, sich über die tatsächlichen Abläufe der Ereignisse in Berum Klarheit zu verschaffen.

»Es geht um die Schließung der Akte«, sagte er.

»Bitte«, stöhnte Greta van Thun auf, »mein Mann, der uns in das Unglück gestürzt hat, fand in Wiesmoor seine letzte Ruhe. Er hinterließ außer Kummer und Ärger eine Menge Laufereien. Behördenbürokratie! Aktenberge! Die Suche nach Belegen in ungeordneten Dokumentenmappen.«

»Es tut uns Leid, Sie mit weiterem Ungemach konfrontieren zu müssen«, sagte der Staatsanwalt mit ernstem Gesicht. »Wir hegen Zweifel an Ihrer Darstellung der schicksalhaften Ereignisse im Wohnzimmer Ihres Hauses in Berum am Müllerstück. Um diese zu beseitigen, benötigen wir von Ihnen und auch von Ihnen, Herr Roolfs, Fingerabdrücke.«

Er griff in seine Jacketttasche, entnahm ihr das kleine Stempelkissen samt eines halben postkartengroßen Kartonstreifens und reichte beides dem Kommissar. Ihben öffnete es und schob es auf den Tisch.

Greta van Thun erschrak.

»Was soll das?«, fragte der Alte erbost. Zwischen seinen schmalen, erblassten Lippen geriet für Sekunden sein Gebiss in Unordnung und klapperte vernehmlich.

»Wir haben ernst zu nehmende Argumente, die darauf schließen lassen, dass es nach den tödlichen Schüssen auf Kuno Swyters zu einem Gerangel kam«, sagte der Staatsanwalt. »Frau van Thun, bitte gestehen Sie! Sie haben geistesgegenwärtig reagiert und aus verständlichen Gründen Ihren Mann erschossen.«

Im Lese- und Kaminzimmer lag die Stille einer unbesuchten Kirche. Selbst das Knistern der brennenden Holzscheite im Kamin blieb für Sekunden ungehört.

Der Alte atmete schwer. »Das ist glatter Unfug«, sagte er erregt.

Greta van Thun blickte die Beamten mit verzerrtem Gesichtsausdruck an. »Claas ist tot! Er hat sich selbst gerichtet! Warum stören Sie meinen Frieden?«

»Ich habe gesehen, wie Claas die Pistole an seine Schläfe führte und mich das Gruseln lehrte! Es war furchtbar«, warf der Alte stotternd ein.

»Herr Roolfs, bitte, ich mache Sie darauf aufmerksam, dass wir Sie wegen Falschaussagen belangen werden«, sagte der Kommissar einlenkend.

»Claas wollte mich erschießen, und auch Papa«, gab Greta van Thun schluchzend von sich.

»So war es wirklich!«, sagte der Alte mit zittriger

Stimme. »Er zielte auf mich! Ich schrie auf. Claas blickte mich mit irren Augen an und drückte ab.«

»Ihr Schwiegersohn setzte die Waffe nicht an seine Stirn! Er wurde erschossen!«, stellte Brooken fest.

Greta van Thun weinte. Der Alte rang nach Luft. Er öffnete den Reißverschluss seines Troyers. Sein Gesicht war grau wie die Asche der im Kamin abbrennenden Scheite.

»Sie oder Ihre Tochter entfernten mit einem Tempotuch die Fingerabdrücke, allerdings nicht exakt genug«, sagte Ihben. »Am Lauf der Waffe und seitlich des Griffs hinterließen Sie oder Ihre Tochter Spuren. Ein langes Haar belastet Sie, Frau van Thun, zusätzlich. Es befand sich am Pistolengriff.« Er schob das Stempelkissen in ihre Nähe.

»Bitte«, sagte er. »Der Rest ist Routine.«

Greta van Thun erlag einem Tränensturz. Der Alte fuhr mit der rechten Hand über seine Glatze. Noch gab er sich nicht geschlagen. Er grinste hinterlistig, als gäbe es da noch etwas, was ihn von den Vorwürfen befreien könnte.

»Frau van Thun, Ihr Haar am Pistolengriff, die Fingerspuren, da war noch ihr Haarring. Ich fand ihn in der Nähe des kleinen Kaminsockels, auf dem Sie saßen und uns Ihre Unbeteiligtheit am Geschehen als Opfer glaubwürdig werden ließen«, sagte der Kommissar. »Geben Sie auf. Sie warfen sich Ihrem Mann entgegen, nachdem er Ihren Geliebten erschossen hatte. Ihr herbeigeeilter Vater nahm die Waffe auf, die Sie in seine Reichweite gerückt hatten. Er erschoss den ungeliebten Schwiegersohn.«

Greta van Thun heulte auf und schnäuzte in ihr Taschentuch.

»Papa!«, rief sie entsetzt.

Der Alte griff nach einer Zigarette, steckte sie mit zitternden Händen zwischen seine Lippen, zündete sie an, machte ein paar hastige Züge, und so als schmecke sie ihm nicht, drückte er sie in den Aschenbecher.

»Das war so«, gab er von sich, schob die Hände über seine Jeans, als wolle er sie von irgendetwas befreien.

Der Staatsanwalt schaute ihn ernst an. »Bitte, jetzt im Klartext«, sagte er.

»Ich nahm die Pistole vom Boden, während Greta mit meinem Schwiegersohn rang. Ich gehöre zur Kriegsgeneration! Ich kenne mich aus mit Waffen. Ich schoss auf das Ungeheuer«, sagte er trotzig.

Greta von Thun schrie hysterisch auf.

»Frau van Thun, bitte, reißen Sie sich zusammen, wir erwarten Ihren Beitrag zum Protokoll!«, sagte Ihben.

Greta erhob sich aus dem Sessel, ging zum Papa und legte ihre Arme um seine Schulter. Sie lachte wie irr auf, strich dem Alten liebevoll über die Glatze.

»Claas hatte Kuno niedergeschossen. Danach hielt er die Pistole auf mich gerichtet«, gab Greta van Thun stockend und schluchzend von sich. »Nie in meinem Leben werde ich seinen hasserfüllten Blick vergessen. Ich stürzte mich verzweifelt auf ihn. Das hatte er nicht erwartet. Ich zwang ihn zu Boden, trat gegen seine Beine. Er würgte mich, ich rang nach Luft, fand zum Griff der Pistole und drückte den Abzug. Papa betrat entsetzt das Zimmer. Er wischte mit einem Tempotuch meine Fingerabdrücke ab und schob die Pistole in die Hand meines toten Mannes.«

Der Alte nickte.

Greta van Thun ging zum Sessel und ließ sich geschafft nieder.

Ihben reichte dem Staatsanwalt das Stempelkissen.

»Wir werden Ihre Aussagen zu Protokoll nehmen«, sagte der Amtsrichter.

Der Alte nickte. »Greta handelte aus Notwehr«, sagte er müde.

»Und Sie aus Sorge um Ihre Tochter. Das letzte Wort hat der Amtsrichter«, sagte Ihben.

Die Alte betrat das Zimmer und schaute sich verwirrt um.

»Was ist, Hajo?«, fragte sie und verzog ihr Gesicht. Sie blickte die Beamten mit Abscheu an, als wolle sie ihnen Schuldvorwürfe machen.

»Mama, ich habe gestanden. Ich habe Claas in Notwehr erschossen«, sagte die Tochter mit verheulter Stimme.

»Claas hat uns nur Unheil gebracht«, stellte sie fest. »Kind, er hätte dich und Papa getötet, wenn du dich nicht zur Wehr gesetzt hättest.« Sie blickte den Staatsanwalt böse an. »Reicht Ihnen das?«, zischte sie.

Die Beamten erhoben sich.

»Frau van Thun, vertrauen Sie sich einem Strafverteidiger an«, sagte der Staatsanwalt.

Der Alte verließ den Sessel.

»Ich fühle mich unschuldig schuldig«, sagte er und wischte sich die Schweißperlen von der Stirn. »Ich stehe zu dem, was ich angerichtet habe«, sagte er mit gequälter Stimme. Wie um Jahre gealtert ging er zur Tür und öffnete sie.

»Danke«, sagte der Kommissar.

»Claas war ein Sadist, und unser Kind ist keine Mörderin! Schreiben Sie das in Ihr Protokoll!«, rief die Alte empört.

Die Beamten folgten dem Alten durch den Flur zur

Diele. Sie zogen Mantel und Anorak über, setzten ihre Mützen auf und nahmen ihre Taschen vom Boden.

»Die Roolfs wohnen seit Generationen auf Baltrum. Claas van Thun wollen wir so schnell wie möglich vergessen«, sagte der Alte.

»Sie und Ihre Tochter sind mit dem Leben davongekommen. Die Frau des Lehrers steht mit zwei Kindern vor größeren Problemen«, antwortete der Kommissar und dachte an die keifende unsympathische Frau des Alten, die ihren Schwiegersohn mit Sicherheit nicht in ihr Herz geschlossen hatte. Und der Teufel mochte es wissen, wie viel Schuld Greta an der Tragödie trug, die ihre eheliche Treue letztlich großzügig ausgelegt hatte.

»Halten Sie sich mit Ihrer Tochter für bevorstehende Verhöre zur Verfügung«, sagte der Staatsanwalt.

Der Alte reichte ihnen seine knochige Hand.

Die Beamten verließen die Pension, gingen zur Strandpromenade, spazierten mit dem Blick auf die heranrollenden Wellen bis zum Sanitärgebäude mit der Mehrzweckhalle und studierten die Wanderkarte. Der Wind war stürmisch und eisig. Am Himmel trieben bauschige Wattewolken.

»Wir wollten ihn nicht totmachen«

An einem Samstagmorgen Ende März betraten Werner Urding und Inge Winkler das »Neusser Reisebüro« auf der Krefelder Straße. Ihre Gesichter waren gerötet vom kalten Nieselregen, den ein böiger Wind durch die Straßen trieb. Am Verkaufstresen bediente eine Angestellte ein älteres Ehepaar. Es buchte eine Reise nach Mallorca, um der nassen Kälte zu entfliehen. Ihre Kollegin schaute die Besucher freundlich an. Die junge Frau sah gut aus. Sie befand sich in Begleitung eines sportlich wirkenden jungen, kräftigen Mannes, der ihr mit einem Tempotuch behutsam Regenspuren aus dem Gesicht tupfte. Sie trugen teure, über die Knie reichende dunkelblaue Trenchcoats und näherten sich dem Tresen.

»Bitte schön, was kann ich für Sie tun?«, fragte sie.

Hinter ihr in einem Regal befanden sich die Kataloge der großen Reiseanbieter. Vor ihr auf dem Arbeitstisch stand der Computer. Ein aufgestelltes Kärtchen verriet ihren Namen. Sie hatte ein volles Gesicht. Ihr Haar war gewellt und blondiert. Unter einem Blazer trug sie eine weiße Bluse mit einem offenen Kragen, den ein bunter Seidenschal zierte.

»Mein Name ist Urding, meine Freundin Frau Winkler und ich befinden uns in der glücklichen Lage, Ende Mai, Anfang Juni über einen Resturlaub zu verfügen. Ich komme gerade erst von einer Geschäftsreise aus San Francisco zurück. Der nächste Termin steht mir ins

Haus. Mitte April fliege ich für vier Wochen nach Singapur«, trug der Kunde weltmännisch vor.

»Sie sehnen sich nach südländischer Wärme. Ich habe preiswerte Angebote nach Mallorca und in die Türkei«, sagte die Angestellte und lächelte freundlich.

»Ich arbeite in der Quirinus-Apotheke«, sagte Frau Winkler. »Mein Freund gehört dem Team der Exportabteilung der Traktorenfabrik an. Er möchte einmal in heimatlichen Gefilden entspannen.« Sie blickte ihren Freund stolz an.

»Ich denke an die Nordsee«, warf Urding ein.

Die Angestellte nickte und betätigte den Computer. »Wie wäre es mit Borkum?«, fragte sie.

»Nicht schlecht, Werner, was meinst du?«, fragte sie ihren Freund. Sie hatte ein hübsches, schmales Gesicht mit steiler Nase und üppigen Lippen.

»Warum nicht«, antwortete Urding.

»Hotel ›Buchana‹, vier Sterne, Vollpension, an der Bürgermeister-Kieviet-Promenade mit Seeblick. Dazu drei Massagen pro Woche und Sauna gratis«, trug die Angestellte mit freundlichem Charme vor.

»Das klingt verlockend. Inge, da sagen wir nicht nein«, meinte Urding.

»Und der Preis?«, fragte Frau Winkler und blickte ihren Freund spitzbübisch an.

»130 Mark pro Person und Tag in einem Apartment«, antwortete die Angestellte. »Eine Menge Freizeitangebote. Kurkonzerte, Lesungen, ein Gastspiel des ›Millowitsch-Theaters‹. Borkum hat ein Meerwasser-Wellenbad und ein weit verzweigtes Netz von Wander- und Fahrradwegen«, fügte sie hinzu.

Herr Urding und Frau Winkler lachten herzhaft auf.

»Das Letztere ist für uns das Tüpfelchen auf dem ›i‹«, sagte Inge Winkler.

»Buchen Sie für uns! Anreisetag ist der 31.05.2002 und Abreisetag der 14.06.2002«, sagte Urding.

Die Angestellte widmete sich dem Computer.

»Wir zahlen sofort«, sagte Werner Urding, entnahm seinem Portmonee die Mastercard und reichte sie der Angestellten.

»Danke«, sagte sie, legte sie auf den Tresen. »Reisen Sie mit der Bahn an? Oder mit Ihrem Wagen?«

»Wir freuen uns auf das unbekannte Ostfriesland und nehmen den Wagen«, antwortete Werner Urding.

»Nehmen Sie das Auto mit auf die Insel?«, fragte sie.

Urding nickte.

»Dann buche ich für Sie auch die Überfahrt. Sie haben die Wahl. Um 11.10 Uhr legt die ›Westfalen‹ und um 16.30 Uhr die ›Ostfriesland‹ am Borkumkai in Emden ab«, fügte sie hinzu.

»Wir nehmen die Nachmittagsfähre«, sagte die junge Frau.

Die Angestellte ließ die Tickets ausdrucken. Sie reichte den Kunden die Reiseunterlagen.

Werner Urding bestätigte mit seiner Unterschrift die gebuchten Unterlagen, setzte seinen Namen unter den Kassenbon der Kartenzahlung und verstaute Fahrkarten und Belege in der Seitentasche seines Trenchcoats.

»Ich wünsche Ihnen eine gute Reise und vor allem sonniges Wetter«, sagte die Angestellte.

»Danke«, sagte Inge Winkler.

Sie verließen das Reisebüro, traten in den Nieselregen und gingen über die mit dicht gedrängten Menschen angefüllte Krefelder Straße zum »Büchel«, suchten das »Stadtcafé« auf, nahmen an einem Tisch mit

Blick auf den Markt und den Querinus-Münster-Platz und bestellten bei der Bedienung zwei Kännchen Kaffee und zwei Reistörtchen. Sie galten als die Spezialität des Hauses. Inge und Werner freuten sich auf ihren ersten gemeinsamen Urlaub.

Inge Winkler, 30, und Werner Urding, 35, hatten sich an einem schönen, sonnigen, späten Samstagnachmittag Ende September 2001 auf den Rheinwiesen zwischen Grimlinghausen und Uedesheim kennen gelernt.

Werner Urding, Diplom-Ingenieur, Abteilungsleiter des Ressorts Kundenbetreuung und Beratung Ausland der Traktorenfabrik Neuss, kreuzte schicksalhaft den Weg der Apothekerin Inge Winkler. Er befand sich mit seinem exzellent ausgerüsteten Fahrrad auf dem Weg in die »Kemp«. In den hohen Pappeln rauschte der Wind. Der Rhein floss träge dahin. Schiffe fuhren zu Berg und Tal.

Werner Urding strampelte sich mit dem Blick auf die Weidensträucher, »Wiehe« im Volksmund genannt, und die mit Löwenzahn, verblühter Schafgarbe, Brennnesseln und Wetten bewachsenen Rheinwiese den beruflichen Stress vom Leibe. Bedingt durch seine vielen Auslandsaufenthalte und seinen Ehrgeiz auf dem Wege nach oben lebte er nach oft nur kurzfristigen und enttäuschten Liebschaften in seinem Apartment in der Nähe des Jacht- und Ruderhafens mit dem Blick auf die Erftmündung alleine.

Er radelte mit Rückenwind, bediente die Gänge, sah sich plötzlich zwei Radlerinnen gegenüber, die unaufmerksam mit ihren Lenkern aneinander stießen, ins Schlingern gerieten und ihn zwangen, seine Rennmaschine vom Wege ab in das holprige, mit verwildertem Gras bewachsene Wiesengelände zu lenken.

Die Frauen schrien auf, als er stürzte und für Sekunden wie benommen mit abgeneigtem Kopf im verdörrten Pflanzenwuchs mit ausgestreckten Armen und Beinen auf dem Bauch lag, ohne sich zu rühren.

Werner Urding trug den schmalen Sturzhelm, der Schlimmeres verhindert hatte. Unter seiner Radlermontur zeichnete sich sein athletischer Körper ab.

Inge Winkler und ihre Kollegin Britta griffen, von panischer Angst getrieben, dem Opfer unter die Arme und legten den hoch gewachsenen Mann auf den Rücken. In seinem Gesicht entdeckten sie eine Schürfwunde.

Sekunden später hob Werner Urding seinen Oberkörper an, blickte verwirrt um sich, stand auf, reckte sich, trat auf der Stelle und fuhr mit den Händen über seine in der Radlerhose eng sitzenden Beine. Er rang nach Luft und schaute in die entsetzten Gesichter der beiden Frauen.

»Das hätte schlimm ausgehen können«, sagte er vorwurfsvoll.

Die Damen schauten ihn schuldbewusst an.

»Wir kommen für den Schaden auf«, sagte eine der Radlerinnen. Sie sah hübsch aus.

»Mein Name ist Inge Winkler. Meine Freundin Britta. Wir sind Apothekerinnen«, fügte sie hinzu.

Ihr fiel ein Stein vom Herzen, als der gut aussehende Mann sie anlächelte, das Rennrad vom Boden hob, das Vorderrad zwischen seine kräftigen Schenkel klemmte und den Lenker richtete.

»Und in Ihrer Tasche befindet sich eine Salbe, mit der ich meine Prellungen behandeln muss«, sagte er spöttisch.

»Bitte, bitte, entschuldigen Sie unsere Unaufmerksamkeit«, sagte die gesetzte junge Frau, die Britta hieß.

Inge Winkler ging zu ihrem Fahrrad, entnahm ihrer Tasche das Portmonee, öffnete es und reichte dem geschädigten jungen Mann einen 100-Markschein und ihr Visitenkärtchen.

Werner Urding lächelte versöhnlich. Die junge Dame wirkte zauberhaft in ihren Jeans und dem navyblauen laschen Pulloverhemd. Ihr Gesicht trug eine leichte sportliche Sonnenbräune. Sie hatte graue Augen.

Werner Urding blickte auf das Kärtchen. »Inge Winkler, Sie wohnen in Neuss. Einverstanden. Ich nehme das Kärtchen und auch das Geld an mich. Ich fliege am Mittwoch für meine Firma für vier Wochen nach Singapur. Ich melde mich Mitte Oktober bei Ihnen und lade Sie und ihre Kollegin zu einem Essen im ›Marienbildchen‹ ein, falls es niemanden gibt, der etwas dagegen einzuwenden hat. Die 100 Mark bilden Ihren Beitrag, den Rest zahle ich«, sagte er und lächelte verschmitzt.

Inge Winkler schlug das Herz bis zum Halse. Ihre Kollegin Britta atmete erleichtert auf.

Diplom-Ingenieur Werner Urding reichte den jungen Frauen die Hand, blickte in die grauen Augen der Inge Winkler, die in der Querinus-Apotheke in Neuss arbeitete. Dabei fühlte er ein aufsteigendes Kribbeln, das ihm über den Rücken lief.

»Ciao«, sagte er, stieg auf sein Fahrrad und setzte seine Tour, ohne sich umzublicken, fort.

Dem Autor sei an dieser Stelle die Bemerkung gestattet, dass Amor im Rheinknick zwischen Grimlinghausen und Uedesheim seine Pfeile treffsicher abgeschossen hatte. Inge Winkler und Werner Urding fanden zusammen. Zwei gut aussehende junge Leute, erfolgreich im Beruf, verliebt und füreinander geschaffen, besaßen berechtigte Aussichten auf eine glückliche gemeinsame Zukunft. Doch das stand noch in den Sternen.

Das Hotel »Buchana« erfüllte alle Erwartungen der Urlauber. Die Verpflegung war vorzüglich und auch der Service ließ nichts zu wünschen übrig. Das Wetter spielte mit. Bei mäßig starken Winden gab es reichliche sonnige Abschnitte, die den Aufenthalt im Strandkorb zum Vergnügen machten.

Werner und Inge badeten in der Brandung bei Temperaturen um die 17 bis 18 Grad. Werner las täglich das »Handelsblatt«, vertiefte sich in den »Spiegel« und »Focus«, während Inge endlich Zeit fand, die Bestseller zu lesen, von denen ihre Saunafreundinnen so angetan waren. An bedeckten Tagen radelten sie am Nordstrand entlang bis zu den Sternklippdünen und zum Koge Hörn. Oder sie folgten den kleinen Wanderzielen bis zur Reede und zum Jachthafen.

Sie erholten sich prächtig, gingen behutsam miteinander um und zogen, wie Werner es schelmisch auf einen Punkt brachte, ihre Flitterwochen ihren weiteren Entscheidungen vor.

Doch am Mittwoch, dem 12. Juni, zwei Tage vor der geplanten Abreise, sorgte ein vom Postamt Neuss an Werner nachgesandter Brief für unvorhersehbare Folgen. Ob der Zufall oder eine schicksalhafte Fügung dabei im Spiele war, das unterliegt subjektiver Spekulation.

Nach einem gemeinsamen Bummel bei schönem Wetter über die Promenade, einer kleinen Rast im

Strandcafé unter den Klängen des Kurorchesters vor der Konzertmuschel, eilte Werner zum Hotel, um seinen Massagetermin wahrzunehmen, während Inge einen Kaffee trank, eine Zigarette rauchte und die Sonne und den Seeblick genoss.

Um 12.30 Uhr verließ Inge Winkler das Café. Um 13 Uhr wurde das Mittagessen serviert. Sie betrat das Hotel. Frau Bruns, die den Rezeptionsdienst versah, winkte ihr zu.

»Nehmen Sie die Post für Ihren Lebensgefährten mit«, sagte sie höflich.

Inge nahm den Brief entgegen, ging zum Aufzug, fuhr nach oben und betrat das Apartment. Werner war noch nicht zurück.

Inge blickte auf die Nordsee. Die Strahlen der Sonne spiegelten sich auf der Wasserfläche. Ein Frachter passierte die Seestraße.

Inge setzte sich in den Sessel der Sitzecke und betrachtete das Kuvert. Absender war eine Lizy Kim, Bukit Timah Road 47 c aus Singapur. Sie hatte mit zarten Tintenlinien den Brief beschriftet. Inge Winkler spürte eine aufsteigende Eifersucht. Entschlossen öffnete sie das Kuvert. Sie las mit trockenen Lippen und heftig gehendem Atem die in Englisch abgefassten Zeilen. Sie hatte beim Abitur Englisch als Hauptfach gewählt, in Manchester ein Praktikum bei der »Chemical-Health Corporation« absolviert und benötigte keine Übersetzungshilfen. Da gab es keine Zweifel, wie ein beigefügtes Foto dokumentierte. Diese Lizy Kim war hübsch, klein und zierlich. Sie trug ihr schwarzes dichtes Haar im Pagenschnitt. Die weiße Bluse mit Stehkragen, die dunkle, breit geschnittene Hose unterstrichen ihre gute Figur. Sie erinnerte ihren Freund an die unvergesslichen Stunden am Santiosa-Strand. Erwähnte die Einkäufe auf der Orchard Road mit den Besuchen des »French-Cafés«. Da war die Rede von Bars und Hotels, die den Gedanken an Intimitäten offen legten.

Inge Winkler war geschockt. Sie legte den Brief auf den kleinen runden Tisch, betrat das Schlafzimmer und packte mit Tränen in den Augen ihre Reisetasche. Sie verließ das Apartmenthotel, ging zum Inselbahnhof und buchte bei der Reederei die Überfahrt mit dem Katamaran. Sie stieg in die Inselbahn, um alles zu vergessen. Ihre Eifersucht kannte keine Grenzen. Ein schicksalhafter Entschluss, wie sich später herausstellen sollte.

Werner Urding hatte seinen nackten Rücken auf die heiße Fangomasse gelegt. Die junge Therapeutin senkte ihn in das warme Meerwasser der Wanne ab, stellte den Wecker, machte ihm ein Schwitztuch und überließ ihn seinen Träumen.

Werner genoss diese moderne Methode, Verkrampfungen entgegenzutreten. Er freute sich auf den Abend. Sie hatten Karten für den Film »Die zauberhafte Welt der Amelie«, der im Inselkino lief, vorbestellt. Nach dem Mittagessen und einer angemessenen Ruhepause beabsichtigten sie, die Sauna im Meerwasserhallenbad zu besuchen. Sie hatten keine Probleme mit ihrer Nacktheit unter fremden Gleichgesinnten.

Das Klingeln der Uhr riss ihn aus seinen traumhaften Gedanken. Die robuste Therapeutin bediente den Knopf des Wasserbettes, half ihm vorsorglich beim Verlassen der Wanne, bat ihn in die Duschecke, spritzte ihm mit lauwarmem Wasser den Schweiß ab und reichte ihm ein Frottiertuch.

»Erinnern Sie Ihre reizende Lebensgefährtin an den Termin. Morgen um 10.30 Uhr«, sagte sie freundlich. Werner nickte. Er trocknete sich mit dem Badelaken ab, zog den Bademantel über, griff in die Tasche und gab der Therapeutin den eingesteckten 10-Mark-Schein.

»Danke«, sagte sie und ließ das Wasser der Wanne ab.

Werner verließ den Medizinischen Trakt, der sich im Souterrain befand, betrat den Aufzug, bediente die Taste, stieg aus und suchte das Apartment auf. Er rief nach Inge. Sie war nicht anwesend. Er hatte es eilig, denn ihm blieb gerade genügend Zeit, sich für das Mittagsessen umzukleiden.

Er ging zum Schlafzimmer und bemerkte die Unordnung. Die Schranktüren standen offen. Er stellte beim Blick auf den geleerten Schrank fest, dass Inge ihn verlassen hatte. Schweiß nässte seine Stirn. Er schüttelte irritiert den Kopf und suchte nach einer Erklärung. Sie hatten auf der Insel in Harmonie ihren Urlaub verlebt und dabei über einen Verlobungstermin nachgedacht.

Werner Urding stieg in seine Cordjeans, zog das blaue Oberhemd über, entschied sich für den gelben V-Ausschnittpullover und verzichtete auf eine Krawatte. Hilflos schaute er sich um, betrat das gemütliche Wohnzimmer und erschrak, als er das Kuvert und den Brief auf dem Tisch der Sesselgruppe erblickte. Inga hatte den an ihn gerichteten Brief seiner kleinen chinesischen Freundin, die in Singapur als Angestellte ihrer Exportniederlassung arbeitete, geöffnet.

»Scheiße«, entfuhr es ihm entsetzt. Er hatte Lizy Kim vergessen, ihr keine Versprechungen gemacht. Sie liebte ihn und sehnte sich danach, ihm nach Europa zu folgen. Bei seinem letzten Besuch in der asiatischen Metropole hatte er Lizy davon zu überzeugen versucht, dass sie in der hektischen Großstadt in Anbetracht seiner vielen Geschäftsreisen wie ein Primelchen eingehen würde. Hinzu kam die Überflutung mit Asylanten aus allen Ländern der Welt. Dabei bestand wenig Hoffnung auf eine akzeptierte Rolle an seiner Seite und erst recht keine Möglichkeit, für sie in der Industriestadt einen Arbeitsplatz zu finden.

Werner Urding hatte halbherzig Lizas Briefe beantwortet. Nie hatte er auch nur mit dem Gedanken gespielt, sie zu heiraten. Den Schlussstrich unter diese Affäre hatte Inge Winkler gezogen. Er hatte sich in sie mit Haut und Haaren verliebt.

Und nun das.

Werner verließ das Apartment, erkundigte sich an der Rezeption. Inge hatte sich nicht abgemeldet. Wie ein Detektiv folgte er ihren Spuren. Mit einem Foto in der Hand erfuhr er vom Reedereiangestellten, dass sie den Katamaran gebucht hatte, und am Schalter der Bundesbahn bestätigte der Beamte, dass Inge eine Fahrkarte nach Neuss gelöst hatte.

Werner Urding verspürte keinen Hunger. Er spazierte lustlos und niedergeschlagen an den Cafés und Geschäften entlang, die von aufgeräumten Urlaubern belebt waren. Warum hatte Inge ihn nicht zur Rede gestellt? Er empfand es als idiotisch, einfach die Koffer zu packen und hinter ihr herzureisen, um sie in Neuss um eine Aussprache zu bitten. Er nahm sich vor, Inge am Abend anzurufen. So in Gedanken suchte er erneut die Bahnauskunft auf und ließ sich die Zugverbindungen ausdrucken. Er ging zum Strandcafé am Südstrand. Er bestellte einen Tee, rauchte ein paar Zigaretten, blickte auf die Nordsee und hing seinen tristen Gedanken nach.

Er dachte an den Brief aus Singapur. In ihm regte sich Ärger. Er liebte Inge Winkler und nicht die kleine hübsche Asiatin. Ein Mann wie er, erfolgreich an der hart umkämpften Front des Außenmarktes, im besten Alter, mit Aufstiegschancen im Management, war nicht der »Mann von nebenan«. Er fand Bewunderung beim weiblichen Geschlecht und lebte schließlich nicht im Zölibat verkniffener Geistlicher. Inge hatte ihn wie einen dummen Schulbuben auf die Schaukel gesetzt und damit seinen Stolz verletzt.

Unvergessen blieben ihre gemeinsamen sexuellen Liebesbezeugungen, denen sie sich im Hinblick auf eine Verlobung in intimer Vertrautheit hingegeben hatten.

Werner Urding bezahlte bei der Bedienung, verließ das Café und ging zum Hotel. Er meldete sich vom Abendessen ab. Vergeblich fragte er nach einer Nachricht seiner Lebensgefährtin. Er betrat sein Zimmer, zog die Wildlederjacke über, ging zur Kurpromenade und setzte sich auf eine Bank.

»C'est la vie«, sprach er laut vor sich hin, reagierte trotzig und sehnte sich nach seiner kleinen Lizy Kim im fernen Singapur. Er rauchte und blickte in Gedanken auf die sich am Horizont vorbeischiebenden Frachter, die einem Ziel in der aufkeimenden Dämmerung entgegenfuhren.

Das Schicksal meinte es nicht gut mit dem Diplom-Ingenieur. Während Inge Winkler in Neuss reuevoll ihre Reisetasche und den Koffer leerte und vergeblich auf einen Anruf von Werner wartete, fasste Werner Urding einen folgenschweren Entschluss.

Am Donnerstagmorgen vermisste niemand, bedingt durch die bereits früh angesetzten Behandlungen in der Kurabteilung, das junge, gut aussehende Paar aus dem Rheinland im Speisesaal beim Frühstücksbüfett.

Während sich draußen der Seenebel auflöste, die Sonne sich breit machte und den Urlaubern einen schönen Frühsommertag bescherte, Eltern die Kleinen im Bollerwagen, umgeben von Plastikautos, Baggern und Badetaschen, zum Strand zogen, erste Gäste an den Tischen der Straßencafés in den Sesseln Platz nahmen, Tee, Kaffee, Kuchen oder Erfrischungen bestellten, Radfahrer zur Inselrundfahrt starteten, nahm Frau Hilka Bruns den Telefonhörer von der Gabel und blickte überrascht auf, als sich Frau Inge Winkler aus Neuss meldete. Von ihrer Abreise war sie nicht unterrichtet worden. Sie griff zur Belegungsliste.

»Frau Bruns, mein Lebensgefährte hat sein Handy abgeschaltet, auch unter der Nummer unseres Apartments erreiche ich ihn nicht«, sagte sie erregt, wie die Angestellte ihrer Stimme entnahm.

»Frau Winkler, geben Sie mir Ihre Telefonnummer durch, ich rufe zurück«, sagte sie. Sie notierte die Nummer und legte auf. Dann wählte sie die Nummer des Hausmeisters und informierte ihn.

Der grauhaarige, gestandene Ufke Wieben begab sich zum Aufzug, traf auf dem Korridor die Zimmerdamen an, die ihr mit Bettwäsche, Müllbehältern und Putzutensilien beladenes Gefährt vor sich herschoben.

»Was ist mit Zimmer 313?«, fragte er die Mitarbeiterinnen.

»Gäste nicht benutzt«, antwortete eine pummelige, ältere Deutschrussin, griff zum Schlüssel, begleitete den Hausmeister und öffnete die Tür.

Ufke Wieben betrat das Apartment, überzeugte sich, zog daraus jedoch keine voreiligen Schlüsse. Er war 62 Jahre alt, hatte eine Tochter und einen Sohn großgezogen und wunderte sich über nichts mehr, was Moral und Anstand betraf.

Er schüttelte den Kopf, ging zum Aufzug, fuhr nach unten, suchte die Rezeption auf und beriet sich mit Frau Bruns. Weitere Erkundungen ergaben, dass Werner Urding auch das Frühstück nicht im Hause eingenommen hatte.

Frau Hilka Bruns nahm den Hörer auf und wählte die Nummer der Lebensgefährtin des Vermissten.

»Winkler«, vernahm sie.

»Hotel Buchana, Bruns«, sagte sie. »Frau Winkler, ihr Lebensgefährte, Herr Urding, hat weder in seinem Apartment die Nacht verbracht noch das Frühstück im Hause eingenommen. Er hat uns auch keine Nachricht hinterlassen. Soweit ich den Unterlagen entnehme, ist morgen sein Abreisetag.«

Inge Winkler schrie auf. »Er wird doch nicht – wir hatten – ich bin abgereist, ohne – ich bin in Sorge ...«, berichtete sie schluchzend, während der Hausmeister Frau Bruns »Polizei« zuflüsterte.

»Wenn sich Herr Urding zum Mittagessen nicht einfindet, wenden wir uns an die Polizei«, sagte sie.

»Mein Gott, ich mache mir Sorgen«, antwortete Inge Winkler verängstigt im rheinischen Tonfall.

»Vielleicht traf er einen Bekannten, einen alten Freund oder einen Segler? Es muss doch nicht gleich was Schlimmes passiert sein«, beruhigte Frau Bruns die junge Frau.

»Danke. Ich rufe später zurück«, hauchte Inge Winkler in den Hörer und legte auf.

»Chefsache!«, meinte der alte Wieben und ging davon.

Hoteldirektor Jan Freesenburg überzeugte sich an der Seite seines verlässlichen Hausmeisters nach dem Mittagessen von der Tatsache, dass Diplom-Ingenieur Werner Urding nicht in sein Apartment zurückgefunden hatte. Seine Wäsche, Hosen, Jacken, Pullover und Oberhemden füllten den Kleiderschrank. Zeitungen und Magazine lagen auf der Ablage des kleinen Tischchens. Im Bad auf der Spiegelborte befand sich sein Rasierzeug. Da gab es nichts zu deuteln. Der Vorfall bot Anlass genug, die Initiative zu ergreifen.

Um 15 Uhr betrat Hoteldirektor Freesenburg das Polizeikommissariat auf der Strandstraße. Er trug dem jungen Beamten, der hinter der Glastür im seitlich gelegenen Wachraum am Tresen den Dienst versah, seine Bedenken vor.

»Sie können bei mir eine Vermisstenanzeige aufgeben«, sagte der Beamte, wies auf die Glastür und die Treppe. »Ich halte es allerdings für ratsam, sich vorher mit Kriminalkommissar Feen zu besprechen«, fügte er hinzu.

»Danke«, antwortete Freesenburg, verließ das Vorzimmer und begab sich über die Treppe zum Dienstzimmer des Kommissars Arjes Feen.

Jan Freesenburg gab zu Protokoll, was für eine erste Suche von Wichtigkeit war. Dazu zählten die Telefonanrufe seiner Lebensgefährtin, die vermutlich nach einem Disput abgereist war, und eine genaue Personenbeschreibung des Gastes. Freesenburg händigte dem Kommissar Kopien der Anmeldeunterlagen aus, die die Geburtstage und Anschriften enthielten.

»Ein Foto wäre hilfreich«, sagte der etwa 45-jährige Beamte.

»Ich habe nicht das Recht, in seinen Unterlagen herumzuwühlen«, antwortete der Hoteldirektor. »Wenn Sie sich auf längerfristige Recherchen einstellen, dann wenden Sie sich bitte an Frau Winkler. Nach den Aussagen meiner Angestellten verließ Urding gegen 16 Uhr das Hotel. Er trug eine Wildlederjacke und Cordjeans.«

»Recht seltsam«, antwortete Arjes Feen. »Ein breites Spektrum von Möglichkeiten. Er hat mutmaßlich unsere Insel nicht verlassen. Gestern war um 16 Uhr Flut. Ein Bad bei Ebbe am unbewachten Strand? Gesundheitliche Probleme? Herzinfarkt? Er war Manager. Sturz mit dem Fahrrad? Weiß der Deibel, was auch immer.«

»Ich habe nach ihm im Hause suchen lassen. Ergebnislos«, antwortete Jan Freesenburg. »Morgen ist sein Abreisetag. Wenn er sich nicht meldet, muss ich seine Habschaft zusammenpacken und sie im Keller deponieren. Um 13 Uhr reisen Gäste an.«

»All up Stee. Ich wende mich an die ›Borkumer Zeitung‹ und gebe eine Suchmeldung auf. Er kann sich ja nicht in Luft aufgelöst haben«, sagte der Kommissar.

Der Hoteldirektor nickte. »Verbleiben wir so. Noch ist nicht aller Tage Abend. Sie glauben nicht, was man als Hotelmanager so alles erlebt.« Er grinste spöttisch.

Er reichte dem Kommissar die Hand, verließ das Polizeigebäude, schritt hoffnungsvoll an dem Denkmal mit dem Knaben vorbei und begab sich zum Hotel.

Die »Borkumer Zeitung« veröffentlichte in ihrer Ausgabe vom 14. Juni die Suchmeldung der Polizei. Sie bat Zeugen, die über den Verbleib des Urlaubers Hinweise geben konnten, sich an die Polizei zu wenden. Es handelte sich um Diplom-Ingenieur Werner Urding aus Neuss, der am Mittwoch, dem 12.06.2002, gegen 16 Uhr das »Hotel Buchana« verlassen hatte und sich seit dieser Zeit nicht zurückgemeldet und auch keine Nachricht hinterlassen hatte.

Der Bericht enthielt eine ausführliche Personenbeschreibung. Die Polizei schloss einen Badeunfall nicht aus.

Im Kommissariat an der Strandstraße nahmen sich Arjes Feen und zwei Kollegen von der Schutzpolizei des Falles an. Bereits am frühen Morgen richteten sie sich im kleinen Konferenzzimmer auf die Entgegennahme von telefonischen Hinweisen und Zeugenbesuchen ein. Hierzu zählte auch die Einsatzbereitschaft der Kollegen im Streifendienst, die ihre Fahrzeuge nach einem ausgearbeiteten Plan über die Straßen der Insel lenkten, der es ermöglichte, dass sie jederzeit irgendwelchen Hinweisen sofort nachgehen konnten.

An diesem Morgen stand das Telefon nicht still. Anhand der Karte von Borkum verfolgten die Beamten die Meldungen, brachten sie in eine zeitliche Reihenfolge. Um 16.30 Uhr ließ sich das Puzzle entwirren. Vom Cafébesuch bis zu einem kurzen Strandkorbaufenthalt und anschließendem Promenadenbummel folgten sie der Spur des Vermissten, der mit einem Besuch der »Piraten- und Pilsstube« endete. Um 23 Uhr hatte nach Aussagen des Wirtes Meint Buss der Gast sein Lokal verlassen. Weitere Zeugen, die ebenfalls auf der Insel ihren Urlaub verbrachten, bestätigten den Aufenthalt des Ingenieurs in der Pinte, die sich in der Nähe des Kurhauses befand. Der gut gekleidete Gast hatte mit ironischen, witzigen Bemerkungen zur hervorragenden

Stimmung beigetragen und mit seinem rheinischen Dialekt die Lacher auf seiner Seite gehabt. Er hatte sich spendabel gezeigt, für seine ihn unbekannten Mitzecher einige Runden von dem rheinischen Alt geworfen. Diplom-Ingenieur Werner Urding hatte mehr als angeheitert, aber nicht betrunken, gegen 23 Uhr das Lokal verlassen.

Hier endete die von den vielen Zeugen bestätigte Spur.

Die Beamten berieten sich. Um diese Zeit hatte die Ebbe eingesetzt. Sie folgten dem Verdacht, dass sich Werner Urding nach seinem reichlichen Alkoholgenuss zu einem Bad in der Nordsee entschlossen haben könnte. Nach Rückfrage in Neuss wies Inge Winkler die Möglichkeit eines beabsichtigten Selbstmordes weit von sich. Bei ihrem Lebensgefährten handelte es sich nach ihren Aussagen um einen vitalen, weltgereisten, sportlich durchtrainierten lebenswilligen Typ, dem etwas zugestoßen sein musste. Ihre Tränen unterstrichen ihre Ansicht.

Die Beamten fanden zu einer weiteren Lesart. Sicherlich konnte Urding, falls er, was nicht auszuschließen war, samt Kleidung am Strand in die Wellen geraten war, nach einem Schwächeanfall ertrunken sein. Selbst einen Sekundentod schlossen die Beamten nicht aus.

Kommissar Feen hatte den Staatsanwalt in Aurich unterrichtet. Er hatte ihn gebeten, schnell zu reagieren, da ein Verbrechen nicht auszuschließen war. Die Beamten zogen das Fazit ihrer Beratung und kamen zu dem Schluss, am morgigen Tag eine Suchaktion mithilfe der Feuerwehr zu starten.

Es war bereits kurz vor 18 Uhr, als das Telefon läutete. Kommissar Feen nahm den Hörer ab und meldete sich.

Der Kollege vom Dienst kündigte einen Besucher an, der am späten Abend eine Beobachtung gemacht hatte.

Die Beamten hatten sich bereits auf den Feierabend eingestimmt.

Sie waren ununterbrochen seit nun fast 12 Stunden im Dienst.

»Ja, bitte«, rief Arjes Feen, als der Besucher anklopfte. Er erhob sich. Die Tür öffnete sich. Er ging dem jungen Mann entgegen, der sich höflich umschaute und, wie hier zu Lande üblich, die Beamten mit »Moin« begrüßte. Er hatte eine gesetzte Figur, ein freundliches, offenes Gesicht und lächelte verlegen. Er trug Jeans, ein buntes, gestreiftes Sommerhemd, das über seine Taille fiel. Sein dunkelblondes Haar endete in blondierten Spitzen. Eine Tatsache, die der Kommissar, ohne es sich anmerken zu lassen, abstoßend fand. Im Ohrläppchen des Besuchers saß ein goldener Sticker, der ebenfalls poppig wirkte.

»Mein Name ist Jens Haffinger. Ich arbeite als Geselle in der Bäckerei Bösewiter«, stellte er sich vor.

»Feen, meine Kollegen Herr Büscher und Herr Grüther. Nehmen Sie bitte Platz«, sagte der Kommissar.

Grüther schob einen Stuhl zurecht.

Haffinger setzte sich auf den Stuhl.

»Sie haben eine Beobachtung gemacht, die uns vielleicht weiterhelfen kann?«, fragte Büscher.

»Dem ist so. Mein Freund Tilo Pechstein, auch er kommt wie ich aus Emden, arbeitet als Metzgergeselle in der Schlachterei ›Nickedy‹. Er hat noch Dienst. Tilo und ich haben eine Altbauwohnung im Dachgeschoss auf der Moormelander Straße gemietet. Sie ist preiswert. Am Mittwoch hatte ich Geburtstag. Ich habe Tilo zum Abendessen in das ›Rialto‹ eingeladen. Wir sind danach kurz vor 23 Uhr nach dem Verlassen des Italieners über die Promenade nach Hause gegangen. Als Bäcker muss ich früh raus.«

»Das ist nachvollziehbar«, meinte Grüther und blickte fragend auf.

»Ich gebe zu, dass Tilo und auch ich ein wenig über den Durst getrunken hatten und der leere Strand, die Dunkelheit und das Rauschen des Wassers uns zu schaffen machten«, sagte Haffinger und suchte nach Zustimmung.

»Wie meinen Sie das?«, fragte Kommissar Büscher.

»Wir hatten keine Angst, doch irgendwie wirkte alles um uns unheimlich«, antwortete Haffinger. Er entnahm seinen Jeans ein Tempotuch und wischte sich den Schweiß von der Stirn.

»Gut, und nun zu Ihrem Beitrag«, forderte Kommissar Feen den jungen Mann auf.

»Wir beobachteten einen Mann, auf den die Beschreibung Ihrer Suchmeldung passt. Er war nicht alleine. Eine Frau und ein Mann hatten ihn zwischen sich genommen, ihre Arme in seine verhakt, wie es uns schien. Sie trugen so komische schwarze Mäntel und Klamotten«, sagte er. »Wie Satanisten«, fügte er hinzu und schüttelte sich angewidert.

»Wo war das?«, fragte Kommissar Feen.

»Am Ende der Promenade, Ecke Süderstraße«, antwortete Jens Haffinger.

»In welche Richtung gingen sie?«, fragte Büscher und blickte auf die ausgebreitete Generalstabskarte.

»Sie betraten den Krischan-Wollen-Pad«, sagte Haffinger.

»Hervorragend. Sie und Ihr Freund Tilo Pechstein sahen den Vermissten als Letzte lebend«, meinte Kommissar Feen nachdenklich. »Wir werden entsprechende Recherchen in die Wege leiten.«

»Haben Sie dem noch etwas hinzuzufügen?«, fragte Kommissar Grüther. »Unterhielt sich der Ingenieur vielleicht mit seinen Begleitern?«

»Ich hatte Eindruck, dass sie auf ihn einredeten«, antwortete der nette, junge Bäckergeselle.

»Herr Haffinger, von dieser Stelle herzlichen Glückwunsch zu Ihrem Geburtstag«, sagte Kommissar Feen. »Alles Gute! Wir bedanken uns für Ihre Unterstützung bei der Aufklärung eines möglichen Verbrechens.«

»Ich habe mir Notizen gemacht und erstelle ein Protokoll«, warf Büscher ein.

»Sie und Ihr Freund Tilo Pechstein wohnen in der Moormelander Straße?«, fragte er.

»Nr. 17«, antwortete Haffinger.

»Und Ihr Geburtstag ist der 13. Juni?«

»Ja, 1982 in Emden«, sagte der Bäckergeselle.

»Ihr Freund Tilo Pechstein begleitete Sie. Wir werden ihm morgen einen Besuch abstatten. Er kann dann das Protokoll bestätigen«, sagte Kommissar Büscher und erhob sich.

»Morgen fährt Tilo nach Emden, um seine Eltern zu besuchen. Doch das geht in Ordnung«, antwortete er.

Büscher verließ den Konferenzraum und suchte das Schreibzimmer auf.

»Herr Haffinger, warten Sie noch einige Minuten«, sagte Feen höflich.

»Gerne«, antwortete der Bäcker gelassen.

»Wir bedanken uns bei Ihnen, wie bereits gesagt«, meinte Grüther.

Jens Haffinger errötete. »Nichts zu danken. Ich hasse diese Idioten, die Friedhofsschänder!«

Kommissar Feen nickte. »Sie sind bisher kaum auf Borkum in Erscheinung getreten, abgesehen von den Grabschändungen, doch das liegt Jahre zurück«, warf er ein.

Büscher betrat das Konferenzzimmer. Er legte dem netten sympathischen Bäckergesellen das Protokoll vor.

»All up Stee«, sagte Haffinger und unterschrieb.

»Danke, grüßen Sie Ihren Freund. Sie hören von uns, wenn wir weitere Fragen haben. Alles Gute und ein schönes Wochenende.«

»Wir Bäcker sind Frühaufsteher. Auch morgen und am Sonntag wünschen die Gäste Frühstücksbrötchen«, erwiderte Haffinger.

Kommissar Feen begleitete den jungen Mann zur Tür und reichte ihm die Hand.

»Auf der Insel wird viel getratscht. Wenn Ihnen weitere Informationen zu Ohren kommen, suchen Sie uns bitte wieder auf«, sagte er.

»Das werde ich«, sagte Haffinger und trat in den Flur.

»Das Fazit?«, fragte der Kommissar, als er die Tür hinter sich in das Schloss zog.

»Glaubwürdig, dennoch recht seltsam. Satanisten an der Seite des erfolgreichen Managers, der als weltgewandter Akademiker mit Sicherheit nicht in diese Richtung tendierte«, meinte Grüther.

»Und Penner, die es auf seine Geldbörse abgesehen hatten? Frau Winkler wies darauf hin, dass er eine teure Rolex-Uhr besaß«, sagte Feen.

»Das alles spricht gegen einen Tod in den Wellen«, meinte Kommissar Büscher. »Feierabend, Fragen über Fragen. Ich fahre noch zu Menke Detering. Er soll seine Wehrleute morgen für eine Suchaktion zusammentrommeln«, fügte er hinzu.

Am Samstagmorgen blies der Wind mit Stärke 6 aus nordwestlicher Richtung. Der Himmel war leicht bewölkt.

Heinrich Roitzheim, 65, pensionierter Lehrer, und seine Frau Marga, 62, aus Aachen wohnten im Hause »Huberta« am Geusenweg. Sie hatten für vier Wochen gebucht, waren am Mittwoch angereist und fühlten sich wohl in der gutbürgerlichen Pension.

Seit Jahren verbrachten sie im Frühsommer ihren Urlaub auf einer der sieben ostfriesischen Inseln. Borkum war für die Roitzheims Neuland und enttäuschte sie in keiner Weise. Sie liebten das Baden in der Brandung, das Sonnen und Dösen im Strandkorb. Ihre blassen Stadtgesichter zeigten bereits erste Sonnenbräune.

Die Meteorologen hatten eine Wetterbesserung mit Wolkenauflockerungen und größeren Sonnenabschnitten vorausgesagt.

Nach einem reichhaltigen Frühstück verließen die Roitzheims die Pension, stiegen auf ihre Räder, radelten über die Bakkerstraße, überquerten die Boedinghausstraße und folgten am Ostkap dem Rad- und Wanderweg. Sie fuhren mit Rückenwind über die Bürgermeister-Kieviet-Promenade, hielten an einer Ruhebank an, atmeten die frische Seeluft ein und genossen den Blick auf die Schifffahrtstraße. Marga Roitzheim schoss ein paar Fotos für die Kinder, denn zurzeit befanden sich beide Söhne im Ausland.

Anschließend setzten sie ihren Ausflug fort, radelten am Aquarium entlang über den Krischan-Wolters-Pad, bogen in die Randzelstraße ein und gelangten in die »Greune Stee«. Am Blockweg hielt Heinrich Roitzheim für seine Frau unerwartet an und stellte sein Fahrrad auf den Ständer.

Der pensionierte Oberstudienrat war gesetzt und hatte eine kräftige Figur und ein volles Gesicht. Er trug Jeans und ein Pulloverhemd. Sein Haar war voll und grau.

Auch Marga Roitzheim wirkte für ihre Jahre sportlich. Sie hatte ihr Haar nachblondiert und mit einem Band nach hinten abgebunden. Sie trug beige Jeans und wie ihr Mann ein dunkelblaues Pulloverhemd mit dem Markenzeichen von Lacoste.

»Was ist?«, fragte sie irritiert und stieg vom Fahrrad. Sie blickte ihren Mann fragend an.

»Der O-Saft nach dem Frühstück«, antwortete Heinrich Roitzheim und verzog sein Gesicht.

»Das weißt du doch. Das war schon zu deiner Schulzeit so!«, sagte seine Frau vorwurfsvoll und blickte hinter ihrem Mann her, der sich einen Weg durch die mit Gräsern, Brennnesseln und Sträuchern dichte Vegetation zu den Woldedünen bahnte.

Vögel zwitscherten im benachbarten Waldgelände. Marga schaute auf die Uhr. Es war 10.10 Uhr. Ihr Ziel war das Jachthafen-Café. Dort beabsichtigten sie, gegen Mittag eine Kutterscholle mit Salat und Petersilienkartoffeln zu essen, ein Tipp ihrer Wirtin.

Doch dazu sollte es an diesem Samstagmorgen des 15. Juni 2002 nicht kommen.

Marga Roitzheim fuhr zusammen, als sie den Aufschrei Ihres Mannes vernahm. Für Sekunden verharrte sie wie angewurzelt auf der Stelle. Es schien, als hätte für den Bruchteil von Sekunden die Welt den Atem angehalten. Ihr Herz klopfte. Sie ängstigte sich, doch dann sah sie ihren Mann, der durch den dichten, grünen Dünenvorgürtel auf die Straße hastete. Heinrich Roitzheim drehte sich wie gehetzt noch einmal um, als säße ihm der Teufel im Nacken.

Der pensionierte Oberstudienrat für Französisch und Latein atmete hastig. Sein Gesicht war kreidebleich.

»Was war?«, fragte Marga verängstigt.

Heinrich Roitzheim antwortete nicht. Er trat an sein Fahrrad, öffnete den kleinen Rucksack, den er auf dem Gepäckträger mit sich führte, nahm das Handy heraus, tippte die Vorwahl von Borkum und die Rufnummer 110 ein und horchte mit gehendem Atem, während ihm der Schweiß auf die Stirn stieg.

Brandmeister Menke Detering besprach sich im kleinen Leiterzimmer des Feuerwehrhauses auf der »Von-Free-se-Straße« mit Kommissar Feen und seinen Kollegen Büscher und Grüther. Vor ihnen auf dem Tisch lag die Generalstabskarte der Insel.

»Die Zeugen Haffinger und Pechstein haben den vermissten Diplom-Ingenieur am Ende der Promenade, Ecke Süderstraße in Begleitung fragwürdiger Gestalten, die der Zeuge Haffinger ›Satanisten‹ nannte, gesehen. Sie gingen in Richtung Krischan-Wolters-Pad«, trug Kommissar Feen vor.

»Angenommen, was nicht auszuschließen ist, die Satanisten brachten den Diplom-Ingenieur um – über das Motiv können wir später nachdenken –, dann liegt es nahe, unser Augenmerk auf die Süddünen und die Woldedünen zu richten«, meinte der gesetzte Feuerwehrchef. Er trug seine Uniform. Der 58-jährige Getränkehändler, Sponsor vieler musikalischer Veranstaltungen, Vater eines Sohnes, der es bei den Berliner Sinfonikern als Hornist zu internationalem Ansehen gebracht hatte, lächelte ironisch. »Ein Pakt mit dem Teufel!« Er schüttelte den Kopf.

»Ich habe mich an die Kirchenleute gewandt«, sagte Kommissar Grüther. »Sowohl der katholische als auch der evangelische Seelsorger halten satanistische Vorkommnisse auf Borkum für absoluten Blödsinn.«

»Und angereiste Spinner?«, fragte sein Kollege Büscher.

»Nicht auszuschließen, dennoch nicht sonderlich ernst zu nehmen«, meinte Grüther.

»Ich habe meine Wehrleute, so weit sie abkömmlich sind, aufgefordert, um 11 Uhr hier für eine Suchaktion zu erscheinen«, sagte Menke Detering. »Ich schlage vor, wir bilden einen Kessel vom Störtebekerweg über die Greune Stee am Südstrand entlang um die Woldedünen.«

Die Beamten nickten. Das Läuten des Telefons riss sie aus den Überlegungen.

Der Feuerwehrchef nahm den Hörer von der Gabel. Büscher schaute auf die große Wanduhr. Es war 20 nach 10 Uhr. Detering meldete sich und blickte auf.

»Herr Feen, Ihre Dienststelle«, sagte er und reichte dem Kommissar den Hörer.

Durch das Oberlicht drang das Brutgeschrei wachsamer Austernfischer in das Dienstleiterzimmer. Sonnenlicht flutete durch das mit einem Eisengitter gesicherte Fenster.

Der Kommissar meldete sich.

»Ich bin es, Eilt Visser. Arjes, über Notruf gab ein Urlauber mit Namen Roitzheim einen Leichenfund durch. Kein Spinner! Ich habe seine Anschrift notiert. Er und seine Frau warten auf euch am Blockweg.«

»Benachrichtige Franz Wiefel von der ›Borkumer Zeitung‹, ruf im Krankenhaus an, trommle dort einen Arzt zur Fundstelle, den Rest erledigen wir«, ordnete Feen an und legte auf. Er steckte sich mit nervösen Fingern eine Zigarette an.

»Das Opfer ist gefunden. Näheres erfahren wir am Fundort«, sagte er und zeigte mit dem Finger auf die Karte. »Blockweg!«

»Den können wir über die Kiebitzdelle-Dünen gut erreichen«, sagte Kommissar Büscher und erhob sich.

»Keine Hektik! Herr Detering, blasen Sie Ihren Großalarm ab. Kommen Sie danach mit dem Unimog zum Fundort, treiben Sie einen Sarg und ein paar Decken auf«, ordnete Feen an. »Wir warten auf Sie und eine Hand voll Leute.«

Er verließ mit seinen Kollegen das Feuerwehrhaus. Sie stiegen in den Passat und fuhren über die Reedestraße bis Ecke Commandeurstraße und bogen in den Blockweg ein.

Eilt Visser hatte vom Kommissariat aus die Besatzung des Streifenwagens benachrichtigt. Die Beamten befanden sich bereits in der näheren Umgebung und schützten den blassen Lehrer und seine geschockte Ehefrau Marga vor Fragen neugieriger Fahrradfahrer und Spaziergänger.

Dennoch lief die Nachricht vom Leichenfund in Windeseile von Mund zu Mund.

Die Gerüchteküche kochte bereits auf Hochtouren, als sich Kommissar Feen mit seinen Kollegen dem Fahrradweg am Ende des Blockweges näherte. Büscher trug den Spurensicherungskoffer. In der Luft lag der süßliche Duft der Heckenrosensträucher. Die Sonne schien durch nebelzarte Schleierwolken.

Marga Roitzheim weinte. Ihr Mann verschaffte sich Luft. Mit seiner trainierten Lehrerstimme gab er den Beamten Hinweise. Dabei stützte er sich auf dem Lenker des Fahrrades und lehnte es ab, den Beamten noch einmal in die Dünen zu folgen.

Er schämte sich nicht, als er den Grund seines Aufenthaltes im grünen Dickicht und des Dünenrandes nannte. Er und seine Frau warteten geduldig mit ihren Rädern. Sie sahen den Arzt, der in weißen Jeans, weißem Blouson und mit gepackter Arzttasche ihren Weg kreuzte. Es folgte ein Mann mit umgehängter Kamera. Auch er begab sich über die mittlerweile platt getretenen Pflanzen zu der Leiche, die im Blickfeld des Lehrers gelegen hatte, als er seine Notdurft verrichtet hatte.

Marga Roitzheim zuckte leicht zusammen, als Feuerwehrleute in Uniform einen Sarg über den zum Pfad gewordenen Zugang der Dünen trugen.

Heinrich Roitzheim redete beruhigend auf seine Frau ein, die unentwegt den Wunsch äußerte, dem schrecklichen Geschehen den Rücken zu kehren. Doch das taten die Roitzheims nicht.

Heinrich Roitzheim hatte sich sein Leben lang in jeder Weise als zuverlässig erwiesen. Er sah mit Geduld den Fragen der Beamten entgegen, während sich der Arzt am Fuß der hohen Woldedünen um die schrecklich zugerichtete Leiche kümmerte.

Es gab keine Zweifel. Bei dem Opfer handelte es sich um den vermissten Diplom-Ingenieur Werner Urding aus Neuss, den seine Lebensgefährtin aus Eifersucht verlassen hatte.

Bis auf einen blutbefleckten blauen Slip lag die Leiche nackt am Dünenfuß. Dr. Henk Molzen vom Borkumer Krankenhaus, ein 45-jähriger gesetzter Chirurg, stellte

Rippenbrüche, starke Kopfverletzungen und auffällige Blutergüsse im Genitalbereich fest, die von Tritten herrührten. Er säuberte die mit Sand und Blut verkrusteten Wunden. Auf dem Rücken des Opfers befand sich ein mit einem Messer auf den Kopf gestelltes eingeritztes Kreuz.

Die Feuerwehrleute suchten mit den Kommissaren Büscher und Grüther vergeblich das Dünengelände nach der Kleidung des Toten ab.

»Eine Hinrichtung«, stellte Feuerwehrchef Detering angewidert fest.

»Traktiert mit Hieben und Tritten«, vermerkte Dr. Molzen. »Die Schnittwunden auf dem Rücken erfolgten nach dem Ableben des bedauernswerten Mannes. Dabei ist auffällig, dass der Täter gekonnt mit einem scharfen Messer umzugehen verstand.«

Die Feuerwehrmänner hielten eine Decke bereit. Dr. Molzen half ihnen, die Leiche in den Sarg zu hieven.

»Bevor Sie ihn zwecks gerichtsmedizinischer Untersuchungen nach Oldenburg bringen, findet er bei uns im Leichenkeller seinen Platz«, sagte der Arzt. »Ich stelle den Totenschein aus, fertige einen Bericht an und stehe Ihnen weiterhin zur Verfügung.«

Kommissar Feen nickte.

Frank Wiefel, Mitarbeiter der Inselzeitung, hatte einen vollen Film verknipst. Er verließ als Erster die Düne.

Auf dem Fahrradweg hielten abfahrbereit Marga und Heinrich Roitzheim ihre Räder mit bleichen Gesichtern. Da waren sie in etwas hineingeraten, was sie schmerzlich berührte. Sie schauten weg, als die Feuerwehrleute mit dem Sarg den grünen Dünengürtel verließen, ihren Weg kreuzten und ihn über den Blockweg zum Unimog trugen. Sie fuhren erschrocken zusammen, als Kommissar Feen zu ihnen trat und sich vorstellte.

»Das übertrifft selbst das Fassungsvermögen hart gesottener Großstadtkollegen«, sagte er.

»Dem stimme ich zu, ohne weitere Details erfahren zu haben«, gab der gestandene Pädagoge angewidert von sich. »Ich habe 35 Jahre vor Schulklassen gestanden. Es ist schockierend. Die Verrohung der Jugend nimmt bedrohliche Formen an. Amerikanische Horrorfilme! Die Saat der Gewalt.«

»Frau Roitzheim, Herr Roitzheim, wir wollen hier nicht polemisieren«, sagte Feen. »Ich bedanke mich für Ihre Ausdauer. Der Zufall hat es so gewollt.«

»Bitte, mein Mann verträgt nach dem Frühstück keine eisgekühlten Getränke. Er musste mal. Er fand den Toten. Machen Sie es kurz – wir wollen weg von hier«, sagte Marga Roitzheim mit verweinter Stimme.

»Dem steht nichts im Wege. Sie haben Ihre Adresse hinterlassen. Wegen des Protokolls benötige ich Ihre Inselanschrift«, sagte der Kommissar.

»Pension Huberta, Geusenweg«, antwortete Marga Roitzheim ungeduldig.

»Danke, versuchen Sie zu vergessen, nutzen Sie das schöne Wetter«, sagte der Kommissar, reichte ihnen die Hand und ging davon.

Die Roitzheims stiegen auf ihre Räder und radelten davon.

Um diese Zeit legte die »Ostfriesland« im Inselhafen mit dem Kurs auf Emden ab. Rückreisende Urlauber belebten das Sonnendeck. Im Salon und in der Cafeteria gab es keine freien Plätze mehr. Im Mitteldeck stapelten sich die Koffer und Reisetaschen der Passagiere und ließen nur eine schmale Gasse frei für Besucher, die sich vom Salon mit Getränken oder kleinen Speisen in der Cafeteria versorgen wollten oder das Unterdeck aufzusuchen beabsichtigten, um eine Tasse Kaffee zu trinken und eine Zigarette oder Zigarre zu rauchen, was besonders die älteren Herrschaften während der zweieinhalbstündigen Überfahrt schätzten.

Das Deckpersonal hatte alle Hände voll zu tun. Der Maat Erwin Carls beobachtete bei seinem obligatorischen Rundgang einen alten Mann, der, wie es den Vorschriften entsprach, seinen Boxer im Zwischendeck an der kurzen Leine hielt und sich bemühte, den sabbernden Hund von einem Gepäckstück fernzuhalten. Der Alte schimpfte mit »Gordon«, der anschlug. Er schaute den Maat entschuldigend an, verließ mit dem Hund den Gang und zerrte ihn davon.

Der Maat scheuchte eine Gruppe Schüler in das Unterdeck, die mit Bierdosen in den Händen Zigaretten rauchten und den Gang verstopften, und setzte seinen Kontrollgang fort.

Eine halbe Stunde später beobachtete er einen Schäferhund, der mit gespitzten Ohren an der Leine zerrte, die sein junges Frauchen krampfhaft in den Händen hielt, während der Hund bellte und mit den Läufen scharrte. Irgendwo auf dem Gang bellte ein Dackel.

»Entschuldigung«, sagte die üppige Blondine, tätschelte den Hund und verließ mit ihm den Gang.

Erwin Carls nahm die Reisetasche vom Boden. Er war hoch gewachsen. Es gelang ihm, sie ins obere Ablageregal zwischen Koffer zu bugsieren. Er schaffte Platz, schob das Gepäck zusammen.

Rentner belagerten die in der Nähe stehenden Bänke

und sahen ihm zu. Ein junger Mann, er trug Jeans und einen Anorak, dessen gelb und blaue große Streifen das Markenzeichen »H&M« trugen. Er lehnte an der Wand und rauchte. Sein Haar trug er im Stoppelschnitt. Er wandte sich ab, als der Maat an ihm vorbeiging, und drückte die Kippe in einem leeren Kaffeebecher aus.

Kurz bevor die »Ostfriesland« in Emden anlegte, betrat Maat Erwin Carls erneut den Gang. Er sorgte für Ordnung und Ruhe, während sich die Passagiere hier einfanden, nach ihren Gepäckstücken griffen und sich dabei gegenseitig im Wege standen. Mit seiner kräftigen Statur und seiner sonoren Stimme verschaffte er sich Respekt, wenn es zu Rangeleien im Nadelöhr kam, wozu die Schüler ihren Beitrag lieferten. Das gehörte zu seinem Alltag.

Auch an diesem Sonntagnachmittag schritt er ein, nachdem der Matrose die Bordtür in die Verankerung geschoben hatte und die Gangway eingerastet war.

Während im Salon und der Cafeteria die Putzkolonne unterwegs war, die Tische säuberte, den Müll einsammelte, strömten die Passagiere von Bord. In einer halben Stunde legte die Fähre zur Überfahrt nach Borkum erneut ab.

Maat Carls begab sich auf einen Kontrollgang und blickte überrascht auf die Reisetasche im oberen Regal. Hatte ein Passagier sie vergessen? Reiseunternehmer karrten um diese Jahreszeit Tausende von Rentnern auf die Insel.

Erwin Carls schüttelte nachdenklich den Kopf. Traf ihn eine Mitschuld, weil er die Tasche, die den Spürsinn der Hunde herausgefordert hatte, oben auf dem obersten Bord abgestellt hatte? Für Rentner sicherlich zum Ergreifen zu hoch. Er nahm die Reisetasche vom Bord.

Sie war nicht schwer. Sie trug den Werbedruck des Herstellers. »Flying Dutchman« las er. Es fiel nicht in seine Kompetenz, den Reißverschluss zu betätigen und den Inhalt zu inspizieren. Im Unterdeck gab es einen fensterlosen Raum, mehr ein Kabuff, in dem sie Schirme, Mützen, Hüte, Schals vergesslicher Passagiere deponierten.

Maat Carls nahm die Tasche mit zur Messe, die sich im Vorschiff befand. Der Kapitän und der Steuermann hatten bereits einen Imbiss zu sich genommen. Die Bordbedienung servierte den Tee, zu dem er und der Chef sich pünktlich einfanden. Der Kapitän und der Steuermann blickten auf, als er mit der auffälligen Reisetasche mit dem gelb-blauen Streifenmuster die Messe betrat.

»Sie blieb an Bord«, sagte der Maat, stellte die Tasche ab, setzte sich an den Tisch, griff zum Kluntjebecher und bediente sich aus der Kanne mit Tee.

»Ja, und? Auf dem Kai oder auf dem Bahnsteig steht ein Opa und versucht sich zu erinnern«, warf der Steuermann belustigt ein.

»Das mag ja wohl so sein«, sagte der Maat und trank Tee. »Kapitän, die Sache hat allerdings einen Haken. Sie mögen keine Hunde. Mein Schwiegervater ist Jagdpächter in der Krummhörn. Er züchtet Hunde und richtet sie ab.«

»Das ändert nichts an meiner Einstellung«, antwortete der Kapitän und schenkte sich Tee ein.

»Und in der Tasche befindet sich ein toter Hund, den das Herrchen unter Tränen an Bord ließ?«, warf der Steuermann belustigt ein.

Der Kapitän und der Chief waren gut drauf. Vor ihnen lagen ein dienstfreier Sonntag und Montag.

»Spaß beiseite. Mich irritierte die Tatsache, dass ein Boxer mit Namen ›Gordon‹ und ein Schäferhund die Tasche nicht nur beschnüffelten, sondern sie zu aggressivem Bellen veranlasste. Danach habe ich sie vom Boden genommen und auf dem obersten Bord abgestellt«, sagte Maat Erwin Carls.

»Und sie wurde nicht abgeholt?«, fragte der Chief.

»Kapitän, gestatten Sie, darf ich die Reisetasche öffnen?«, fragte Carls.

»Wenn Sie mir garantieren, dass sie keine Bombe enthält«, antwortete der Kapitän und grinste ironisch.

»Hunde haben eine Spürnase«, antwortete der Maat, erhob sich, nahm die Tasche vom Boden, stellte sie auf die Bank, zog den Reißverschluss auf und schüttelte verwirrt den Kopf.

»Was ist?«, fragte der Kapitän.

Erwin Carls brachte eine Lederjacke zum Vorschein. Sie war mit Blutflecken übersät. Kaninchenköttel fielen auf den Boden.

Die Sensation war perfekt. In der Tasche befanden sich Jeans, blutbefleckte Wäsche und, was alle am meisten schockierte, ein Messer mit breitem Griff und scharfer Schneide.

Es war bereits nach 12 Uhr, als die Beamten das Kommissariat betraten. Grüther händigte dem Dienst tuenden Kollegen die Autoschlüssel und Papiere aus, Büscher trug den Spurensicherungskoffer.

»Wie war's?«, fragte Eilt Visser.

»Zum Kotzen!«, meinte Arjes Feen kurz angebunden.

»Es ist Urding, man hat ihn bestialisch zugerichtet«, antwortete Büscher und zeigte seine Abscheu.

Sie stiegen über die Treppe nach oben.

»Wir treffen uns nach einer Pause im Konferenzzimmer«, sagte Kommissar Feen. »Ich sende noch ein Fax an die Staatsanwaltschaft und bereite ein Kurzprotokoll vor.«

»Und ich bereite einen Tee zu«, warf Grüther ein und ging zum Personalraum, füllte den Wasserkocher, stellte Tassen, Unterteller, den Kluntjebecher und Sahnetopf auf ein Servierbrett und trug es zum Konferenzzimmer.

»Und das auf unserer Insel!«, entrüstete sich Büscher. Er steckte sich eine Zigarette an.

»Da fällt eine Menge Schreibkram an«, meinte Grüther, stellte das Tablett auf den Tisch und reichte Büscher das Geschirr.

»Da hat der Düwel seine Hände im Spiel. Wie ich Arjes kenne, wird er uns am Nachmittag mit den Wehrleuten in die Dünen schicken und nicht eher Ruhe geben, bis die Klamotten des Urlaubers irgendwo auftauchen«, meinte Büscher müde, schob das Geschirr zurecht und bugsierte Sahnetopf und Kluntjebecher in die Mitte des Tisches, ohne die Zigarette aus dem Mundwinkel zu nehmen.

Grüther hob die Schulter und ging mit dem Tablett davon. Er brühte im Personalraum den Tee auf.

Büscher drückte die Kippe in den Ascher, erhob sich und trat an das Fenster. Er blickte in den schönen Sommerhimmel. Gegenüber saßen Urlauber an den Tischen und erfrischten sich im kühlenden Wind. Ihre Fahrräder lehnten an der Wand.

Grüther brachte den Tee und stellte das Stövchen auf den Tisch. Büscher reichte ihm das Feuerzeug. Der Kollege zündete das Teelicht an.

»Der Chef kommt gleich«, sagte er.

Büscher setzte sich zu ihm an den Tisch.

Arjes Feen betrat das Konferenzzimmer. Er trug einen Schnellhefter und nahm am Tisch Platz. Grüther schenkte den Tee aus.

»Den großen Papierkrieg erledigen wir am Montag«, sagte er und entnahm dem Hefter das Kurzprotokoll. »Eure Unterschrift!«, fügte er hinzu, langte zur Teetasse, bediente sich mit Kluntje und Sahne und nahm einen kräftigen Schluck zu sich.

Die Kollegen nahmen den Kugelschreiber und unterschrieben.

»Chef, nachher startet die große Suche?«, fragte Büscher und trank Tee.

Arjes Feen winkte ab. »Menke Detering bespricht sich vorher noch mit dem Kurdirektor. Er will keinen Wirbel. Wenn, dann erst nach 18 Uhr.«

»Eine korrekte Maßnahme. Die Urlauber stören nur bei der Suche. Sie haben es an sich, zu allem ihren Senf dazuzugeben«, meinte Grüther und schenkte Tee nach. »Ich habe Frau Winkler angerufen. Schrecklich!«

»Und, gab sie Hinweise?«, fragte Grüther. »Hatte sich ihr lieber Werner mit Satanisten angelegt? Oder sich Feinde in seiner rheinischen Heimat geschaffen.«

Sie tranken Tee.

»Weder noch. Diplom-Ingenieur Urding pflegte keine Bierlokale aufzusuchen. Er bevorzugte Cafés«, antwortete er.

»Dann machte er eine verhängnisvolle Ausnahme und geriet dabei in Teufelshände«, meinte Büscher.

»Das wird wohl so gewesen sein«, antwortete Kommissar Feen nachdenklich. »Dennoch bargen wir seine Leiche nach nur wenigen Tagen. Dabei bleibe ich skeptisch, was die Gehilfen des Satans betrifft. Erfahrungsgemäß greifen heute junge Leute öfter als je zuvor zu Kampfmessern, um Dispute auszutragen. Dafür gibt es im ostfriesischen Raum genügend traurige Beispiele. Urding war ein hochqualifizierter Manager, der in der Welt herumkam und mehrere Sprachen beherrschte. Der Ton pöbelnder Jugendlicher war ihm mit Sicherheit nicht vertraut.«

»War das die Richtung?«, fragte sich Kommissar Grüther.

Das Telefon läutete. Kommissar Feen nahm den Hörer ab, drückte die Lautsprechertaste und meldete sich.

»Arjes, ein Gespräch für dich, ich stelle durch«, sagte Eilt Visser.

»Kommissariat Borkum, Feen«, sprach er in den Hörer.

»Gemünder, Kapitän des Fährschiffes ›Ostfriesland‹«, ertönte eine sonore Stimme. »Wir haben in Emden abgelegt und nehmen Kurs auf Borkum. An Bord blieb eine Reisetasche zurück, die von Hunden beschnüffelt wurde. Mein Maat Erwin Carls bugsierte sie danach auf das obere Ablagefach und behielt sie bei der Ankunft in Emden im Auge. Kraft meines Amtes an Bord veranlasste ich die Öffnung der Reisetasche. Sie trägt den Markennamen ›Flying Dutchman‹. Sie enthielt eine blutbeschmutzte Wildlederjacke, mit Blutflecken versehene Wäsche und ein scharfes Messer mit breitem Plastikgriff. Wir legen gegen 15.30 Uhr auf Borkum an. Ich bitte Sie, die Tasche bei mir in Empfang zu nehmen.«

»All up Stee! Herr Gemünder, da passt eines zum anderen. Wir bargen heute die Leiche eines vermissten Urlaubers«, antwortete der Kommissar.

»Ich muss noch hinzufügen, dass eine Menge Kaninchenköttel bei der Inaugenscheinnahme des Tascheninhaltes zum Vorschein kamen«, sagte der Kapitän. »Bis dann.« Er legte auf.

Die Beamten tranken Tee.

»Der oder die Mörder befanden sich an Bord«, zog Kommissar Feen das Fazit. »Er oder sie fühlten sich durch den Maat beobachtet und ließen die Tasche stehen, um nicht in Verdacht zu geraten.«

»Die Tasche wird zum Bumerang. Sie enthält mit Sicherheit die Fingerspuren ihres Besitzers, der sie an Bord getragen hat«, stellte Büscher fest.

»Das Messer wird uns zu weiteren Erkenntnissen führen«, gab Grüther zu bedenken und räumte den Tisch ab. Er trug das Geschirr in den Personalraum.

»Ein Schlachtermesser?«, fragte Büscher nachdenklich.

»Nicht auszuschließen. Das Werkzeug von Satanisten. Eine Lesart, die mir nicht gefällt«, sagte Kommissar Feen ironisch.

»Ich denke, wir bleiben am Ball«, fügte er hinzu, griff zum Telefonhörer, wählte die Nummer des Feuerwehrchefs und informierte ihn.

Die Beamten reichten die Reisetasche an das Labor des Rechtsmedizinischen Institutes der Uni Oldenburg weiter.

Am Freitag, dem 28. Juni 2002, studierte Kommissar Feen gegen 9 Uhr den Untersuchungsbericht. Während draußen ein Regenschauer vom Himmel prasselte, der Sommer sich nach einer Schönwetterphase vorerst zu verabschieden schien, kam zutage, was er bereits vermutet hatte. Keine angereisten Satanisten hatten den Ingenieur ermordet. Der Ritualmord war vorgetäuscht. Dafür sprachen neben Fingerabdrücken und Schweißspuren der Täter zusätzlich ein Kassenbon des kleinen Edeka-Ladens auf der Bismarckstraße. Er belegte den Kauf von 10 Dosen Becks-Bier. Der Bon hatte die Uhrzeit vermerkt. Das war um 19.55 Uhr gewesen.

Übereinstimmend mit seinen Vermutungen handelte es sich bei der Tatwaffe um ein Schlachtermesser Marke Zwilling, das nach langjährigem Gebrauch in eine abgeschliffene Klingenspitze auslief. Jens Haffinger und Tilo Pechstein hatten sich zu falschen Zeugenaussagen hinreißen lassen, um die Polizei auf eine falsche Spur zu führen.

Kommissar Feen benachrichtigte den Staatsanwalt. Am 29. Juni 2002 begleitete er die Kommissare Feen, Grüther und Büscher zur Moormelander Straße. Der alte Hauseigentümer öffnete ihnen die Tür der Dachwohnung. Bei der anschließenden Wohnungsdurchsuchung fanden sie neben der teuren »Rolex« des Managers auch die Springerstiefel, mit denen sie das unglückliche Opfer malträtiert hatten. An den Schuhen ließen sich noch Blutspuren nachweisen.

Jens Haffinger und Tilo Pechstein stammten aus so genannten ordentlichen Familien. Sie befanden sich beide im ersten Gesellenjahr. Ihre Berufsschullehrer bestätigten ihnen nicht nur einen regelmäßigen Schulbesuch, sondern auch gute Leistungen. Sie hatten die Gesellenprüfung mit guten Noten bestanden. Sie kleideten sich adrett, fielen nie sonderlich auf, hatten gute Manieren. Ihre Arbeitgeber bestätigten ihre Einsatzwilligkeit und ihre Tüchtigkeit. Da gab es nichts Negatives, was im

Nachhinein anhängig wurde. Sie waren geständig. Der Tathergang war für die Beamten, den Staatsanwalt und auch für den Richter nur schwer nachvollziehbar.

Tilo Pechstein und sein Freund hatten sich nach dem Besuch beim Italiener, alkoholisiert vom Wein, mit Bier eingedeckt, sich an den Strand begeben, dort in einem Strandkorb Dose für Dose geleert. Nach 23 Uhr hatte sich Tilo Pechstein daran erinnert, dass er seiner Freundin Katja versprochen hatte, sie anzurufen. Er lallte, war nicht von dem Vorhaben abzubringen.

Er und Jens verließen den Strandkorb, betraten die Promenade, suchten schwankend die Telefonzelle auf, fanden jedoch in ihren Portmonees keine Münzen. Sie waren dun und von der Idee besessen, Katja anzurufen. Ihnen näherte sich ein Mann, der laut wie mit sich selbst zu reden schien.

»He, Mister, eine Mark für einen dringenden Anruf«, sprach Jens Haffinger den Mann lallend an.

»Ich bin blank! Geh mir aus dem Weg, Penner!«, sagte der Fremde.

»Das sag nicht noch mal!«, empörte sich Jens Haffinger.

Er griff den Fremden an. Tilo kam ihm zu Hilfe. Sie schlugen den Mann nieder, durchsuchten ihn und fanden ein prall gefülltes Portmonee.

»Arsch! Nicht mit uns!«, sagte Jens wie von Sinnen, trat mit dem Fuß nach dem Mann. Sie nahmen ihn in die Arme und schleppten ihn in die Dünen.

Die geständigen Täter beschönigten nichts vor dem Amtsrichter. Zu den psychologischen Hintergründen der schweren Bluttat konnten sie aber auch nicht viel beisteuern. Sie bereuten ihre Tat zutiefst. Sie verstanden sich selbst nicht.

»Kann sein, dass wir wegen der verweigerten Mark beim Blick auf seine teure Uhr rot sahen und, als er uns Penner titulierte, ausgerastet sind. Wir wollten ihn nicht totmachen!«, beteuerte Jens Haffinger unter Tränen.

Ihr Verteidiger sah in der Beschimpfung mit der Titulierung »Penner« und dem übermäßigen Alkoholkonsum die Begründung. Seine Mandanten hatten am Abend der Bluttat ihre Standfestigkeit nach einem anstrengenden Arbeitstag bei weitem überschätzt. Nach dem Geburtstagsessen, Strandkorbbesuch mit der Batterie der Bierdosen in der Tasche, hatten sie den Tod des Managers nicht ins Kalkül gezogen. Das bestätigte auch die Aussage des Metzgergesellen Tilo Pechstein.

»Ich war an diesem Abend seit längerer Zeit erstmals richtig besoffen.«

Die Wirkung des Alkohols und die Tatsache, dass die Angeklagten bis dato niemals mit dem Gesetz in Konflikt geraten waren, bewegte den Richter zu einer milden Strafe. Er verurteilte die Täter wegen Totschlags zu je acht Jahren Gefängnis, die sie zurzeit in Hameln abbüßen.

Troubadour und der Dünenmord

Am Nachmittag des 16.05.99 trug Willi Offermann, der ehemalige Marineoffizier, die Koffer aus dem Apartment des »kleinen Hochhauses« zum Porsche, verstaute sie, während sich Alwine Fränzel in der Wohnung noch einmal umsah.

Alwine Fränzel, die ehemalige Schreibdame des pensionierten Kapitänleutnants zur See, reichte dem älteren Mann kühl die Hand, stieg in den Wagen, zündete den Motor und lenkte den Wagen vom Parkplatz dem Fähranleger entgegen. Der Porsche trug das Kennzeichen NE für die Stadt und den Landkreis Neuss.

Sie besaß weder Skrupel noch empfand sie Wehmut. Ihr Inselaufenthalt gehörte seit Jahren zu einer episodenhaften Abwechslung vom Alltagsleben mit den vielen Anforderungen, die ihr 16-jähriger schulpflichtiger Sohn, das Geschäft und ihr Mann an sie stellten.

Alwine Fränzel fuhr den Porsche auf die Frisia III, folgte den Anweisungen des Deckoffiziers und stellte ihn auf Stoßstangennähe ab. Sie griff zum Handy. Ihr Sohn Lucas meldete sich. Sie teilte ihm mit, dass sie sich auf der Heimreise von Norderney befand, und fügte Grüße an den Papa hinzu.

Am Dienstag, den 18.05.99 brühte Willi Offermann nach der Mittagspause einen Tee auf, setzte sich an das Fenster, blickte von der zehnten Etage des Hochhauses auf das Meer, knabberte Blätterteigplätzchen zum Tee, stopfte eine Pfeife, zündete den Tabak an und rauchte mit Genuss.

Sein Blick reichte bis nach Norddeich. Das weiße Fährschiff näherte sich der Insel. Keine Wolke trübte den blauen Himmel. Ein starker Ostwind kämmte die See mit Stärke sechs und trieb weiße Schaumköpfe vor sich her.

Die Vorsaison hatte begonnen. Die Kurkapelle spielte vor besetzten Stühlen im Kurpark. Die Zuhörer waren älteren Jahrganges. Dort zog es Offermann nur an regnerischen Tagen hin.

Er schabte die Asche aus dem Pfeifenkopf, spülte das Geschirr, zog im Korridor seinen Anorak über, griff zum Fotoapparat, verließ das Apartment, stieg in den Aufzug, fuhr nach unten und trat in den steifen Ostwind.

Er ging über die Winterstraße zur Jann-Berghaus-Straße und stieg dort in den Bus, der nur halb besetzt war.

Der Bundeswehrpensionär liebte den weiten Strand, die Einsamkeit in den Dünen und beobachtete mit Vorliebe die vielfältigen Vogelarten, die um diese Jahreszeit brüteten. Stets führte er den Fotoapparat mit sich. Bei seinen Wanderungen war er schon häufiger zu bewunderungswürdigen Schnappschüssen gelangt.

Der Bus hielt. Offermann warf einen Blick auf den Leuchtturm, der auf einer bewachsenen Düne in den wolkenlosen Himmel ragte.

Er stieg aus, folgte dem Wanderweg am alten Reiterhof entlang in die weiten Deichweiden, auf denen Pferde und Buntvieh grasten, zum Ostheller. Er folgte dem befestigten Weg an den Stranddünen entlang und näherte sich dem breiten, menschenleeren Strand, hörte das Brausen der Brecher und schritt am aufgewühlten Wassersaum entlang dem Ostende der Insel entgegen.

Der Wind traf ihn hart von vorn und blähte seinen Anorak auf.

Offermann stapfte durch den Sand an den anstürzenden Wellen vorbei mit dem Blick auf den endlosen Horizont und die verschwommenen Konturen der Insel Baltrum.

Nach anderthalb Stunden erreichte er die Inselspitze mit dem alten Schiffswrack, dessen verrostete Aufbauten aus dem Treibsand hervorlugten.

Auf der Sandbank zwischen Baltrum und Norderney lagen Seehunde in der Sonne.

Offermann folgte dem holprigen Wanderweg an der Schutzhütte vorbei durch die Dünen zurück in Richtung Ostheller. Vögel zwitscherten über ihren Brutplätzen. Sperber und Bussarde kreisten im starken Ostwind. Der Hahnenfuß bedeckte weite Flächen zwischen den Dünen.

Willi Offermann hatte den Wind im Rücken. Er fühlte die Sonnenstrahlen auf seinem Gesicht und schmeckte das Salz auf seinen Lippen.

Kaninchen hoppelten über den Weg. Fasanenhähne schwirrten mit ihren Hennen aufgeschreckt davon.

Willi Offermann blieb überrascht stehen. Vor ihm, nur knappe hundert Meter entfernt, lag ein Hund am Fuße einer mit Strandhafer und Sanddornsträuchern bewachsenen Düne. Das Tier erhob sich und blickte in seine Richtung. Offermann erschrak. Er mochte keine Hunde. Er hatte, wenn überhaupt, nur böse Erfahrungen mit ihnen gemacht. Als Seemann war er im Umgang mit Tieren nicht vertraut und begann sich zu ängstigen.

Er blickte sich um und suchte vergeblich nach einem Stock oder Stein. Er nahm den Riemen des Fotoapparates von der Schulter, öffnete die Kameratasche, nahm den Fotoapparat in die Hand und setzte ein paar Schritte rückwärts mit dem Blick auf den Hund.

Das Vieh hob den Kopf. Offermann vernahm das bedrohliche Anschlagen des Hundes. Ihm fuhr die Angst in die Glieder.

»Ruhig!«, rief er, hob die Kamera an das Auge, blickte durch den Sucher. Der Hund setzte zum Sturmlauf an und hastete ihm entgegen. Offermann drückte auf den Auslöser.

»Ein Kampfhund!«, schoss es ihm durch den Kopf. Er warf die Kamera in die Dünen, lief in Richtung Schutzhütte davon. Für den Bruchteil einer Sekunde blickte er sich um. Die Bestie näherte sich ihm mit fletschenden Zähnen.

Willi Offermann, Kapitänleutnant zur See, rannte um sein Leben.

Petra Offermann schaltete den PC ab, räumte den Schreibtisch auf und blickte auf die Uhr. Willi hatte sich noch nicht gemeldet. Das beunruhigte sie nicht sonderlich. Sie und ihr Mann waren Golfer. Da trifft man mal hier und dort Bekannte, dachte sie und verließ ihr Büro.

Sie holte aus dem Keller eine Flasche »Oppenheimer Krötenbrunnen«, entnahm dem Büffet einen Römer, setzte sich in den Sessel, öffnete die Flasche und genoss den trockenen Wein in kleinen Schlucken.

Sie liebte ihre Arbeit, die ihr zugestandenermaßen oft ein wenig zu viel wurde. Ihre Tochter aus erster Ehe war mit einem Rechtsanwalt verheiratet, betreute die Kinder und unterrichtete mit halber Stundenzahl an der Realschule in Weener.

Petra Offermann dachte an Georg. Er hatte mit ihr die Apotheke geführt und war dem Krebs erlegen. Willi hatte seine Frau ebenfalls an Krebs verloren. Sie kannten sich seit Jahren vom Golfen in Oldenburg, Wiesmoor, Wilhelmshaven und Papenburg. Sie waren zusammengezogen und hatten geheiratet.

Willi war ein gutmütiger Ehemann, der sie nie bedrängte, ihr bei der Führung der Apotheke zur Hand ging. Sie gönnte Willi den jährlichen Seeaufenthalt auf Norderney, der ihm zur Tradition geworden war.

Aber warum rief er nicht an? Petra Offermann kannte keine Eifersucht. Zwischen ihr und Willi stimmte alles. Sie glichen erloschenen Kratern, in denen es hin und wieder feurig blubberte.

In der Nachbarschaft schlug ein Hund an. Artgenossen antworteten mit hellem Bellen.

Petra stand auf und verschloss das Fenster. Sie mochte keine Hunde. Ihr Kläffen ging ihr auf den Geist. Auch Willi machte einen großen Bogen um jeden Köter.

Petra nippte am Wein und rauchte eine Zigarette. Sie dachte über den Vorschlag von Willi nach, die Apotheke samt Wohnung zu verkaufen, auf Norderney und Mallorca eine Eigentumswohnung zu erwerben und sich in den elitären Kreisen ganz dem Golfsport zu widmen.

Petra erhob sich, griff nach dem Handy und wählte die Telefonnummer des Apartments auf Norderney. Sie ließ durchklingeln. Willi meldete sich nicht.

Sie war beunruhigt und schaute auf die Uhr. Ihm wird doch nicht etwas zugestoßen sein?, fragte sie sich besorgt und drückte die Kippe in den Ascher.

Sie füllte das Weinglas, nahm kleine Schlucke zu sich und ließ Zeit verstreichen. In Abständen betätigte sie das Handy. Vergeblich, Willi meldete sich nicht.

Petra drückte die Nummer der Auskunft und wählte das Polizeirevier auf Norderney an.

Wachtmeister Renke Ostdorp legte ermüdet die Einsatzstatistik beiseite, gähnte, erhob sich, verließ die Wachstube und brühte sich im Personalraum einen Tee auf. Er stellte Tasse, Stövchen, Teekanne Kluntjetopf und Sahnebecher auf ein Tablett und trug es an seinen Schreibtisch. Er goss Tee in die Tasse, trank ihn mit Sahne und Kluntje, rauchte und nippte hin und wieder an der Tasse.

Das Läuten des Telefons riss ihn aus seinen Gedanken. Er nahm den Hörer ab.

»Polizeistation Norderney, Ostdorp«, meldete er sich.

»Petra Offermann, Oldenburg«, sagte die aufgeregte Stimme einer älteren Frau. »Ich mache mir Sorgen! Mein Mann, Willi Offermann, verbringt seine Ferien auf Norderney. Er wohnt Kaiserstraße 18 in einem Apartment. Er hat sich gegen unsere Absprache nicht gemeldet. Mir gelingt es nicht, ihn telefonisch zu erreichen.«

Renke Ostdorp schaute auf die Uhr. Es war sinnlos, dic besorgte Anruferin mit irgendwelchen nahe liegenden Argumenten zu trösten.

»Geben Sie mir Ihre Telefonnummer durch«, sagte der Wachtmeister. Er notierte die Anschlussnummer. »Ihr Mann heißt?«, fragte er.

»Willi Offermann«, antwortete die Anruferin.

»Alter?«

»Sechsundfünfzig. Er ist groß und stattlich. Er hat

graues, volles Haar. Er ist pensioniert und war Kapitänleutnant zur See«, trug die Alte vor.

»Ich werde der Sache nachgehen und rufe später zurück«, sagte Ostdorp und legte den Hörer nachdenklich auf die Gabel.

Er drückte die Taste des Streifenwagens.

»Ocken«, meldete sich der Kollege.

»Ostdorp. Wo seid ihr?«, fragte er.

»Camping-Platz Um Ost«, antwortete der Beamte.

»Mir liegt eine Suchmeldung vor. Eine Frau Offermann wartet auf eine Nachricht ihres Mannes Willi. Er bewohnt als Feriengast ein Apartment im Hochhaus, Kaiserstraße 18. Sucht den Hausmeister auf. Ende!«

»Verstanden!«, antwortete Ocken.

Hanno Raß saß neben seiner Frau auf der Couch im Wohnzimmer. Er nippte am Bierglas. Elvira häkelte ein Deckchen für ihre Tochter. Vor ihr auf dem Tisch stand ein gefülltes Weinglas.

Elvira hatte ein volles, schönes Gesicht. Sie trug ihr Haar schulterlang und hatte es kastanienbraun eingefärbt. Sie war vollschlank. Hanno Raß, der 64-jährige Hausmeister, war schlank. Er hatte schütteres, graues Haar und eine gesunde Gesichtsbräune. Im Fernseher lief der Spätfilm. Sie blickten sich überrascht an, als die Türglocke erklang.

»Doch nicht wieder dieser Nörgler«, sagte Elvira mit bösem Unterton.

Hanno Raß erhob sich.

»Ich sehe nach«, sagte er und verließ das Zimmer, betrat den Korridor, öffnete die Tür und schaute überrascht in die Gesichter der Polizeibeamten.

»Ocken, mein Kollege Dirks. Eine Frau Offermann hat eine Suchmeldung aufgegeben. Sie wartet vergeblich auf ein Lebenszeichen ihres Mannes. Ein ehemaliger Kapitänleutnant«, sagte der Beamte.

»Ach!«, antwortete Hanno Raß überrascht. »Ich kenne den rüstigen Pensionär. Er kommt seit Jahren für zehn Tage im Mai. Er wohnt in Haus A.«

»Die Sorgen seiner Frau bieten Anlass, nachzuschauen, ob er sich in der Wohnung aufhält«, sagte Dirks.

Raß nickte. Er trug eine Cordhose. Über seinem Oberhemd lagen Hosenträger.

»Warten Sie, ich komme gleich mit«, sagte er, betrat den Korridor, nahm vom Haken der Garderobe seinen Kittel, setzte seine Prinz-Heinrich-Mütze auf den Kopf und entnahm der Schublade des kleinen Ablagetischchens das Schlüsselbund.

Elvira öffnete die Wohnzimmertür. »Was ist, Hanno?«, fragte sie böse.

»Polizei, Willi Offermann wird vermisst«, antwortete Raß und wandte sich zur Tür.

Elvira lachte hämisch. »Vielleicht ist er auf und davon mit seiner Dusie«, sagte sie.

»Das mag schon sein«, antwortete Hanno und verließ die Wohnung.

»Das Apartment befindet sich im Hochhaus«, sagte er und begleitete die Beamten zur Haustür.

Sie stemmten sich gegen den Sog, den der aufgebriste starke Ostwind zwischen den beiden Apartmenthäusern bildete, und suchten das Haus A auf.

Die Beamten folgten Raß zum Aufzug.

»Zurzeit stehen viele Wohnungen leer. Erst Ende Juni beginnt für uns die Saison«, sagte er.

Sie betraten den Aufzug. Raß drückte die Taste.

»War der ehemalige Seelord kränklich?«, fragte Wachtmeister Dirks.

Raß lachte. »In Topform. Er ist etliche Jahre jünger als ich. Aber man kann nie wissen«, sagte er und zeigte mit der rechten Hand auf seine Herzgegend.

»Das hat schon Jüngere umgehauen«, meinte Ocken.

Sie verließen den Aufzug. Der Hausmeister drückte den Lichtschalter. Er schritt voraus, öffnete die Korridortür, führte die Beamten zum Apartment und betätigte die Türklingel. Sie standen vor der Tür und schauten sich fragend an. Raß hob die Schultern. Er klopfte mit der Hand gegen die Tür. Er dachte für Sekunden an die hübsche Dusie und spürte ein nervöses Kribbeln. Entschlossen griff er zum Universalschlüssel und öffnete die Tür.

Ein süßlicher Tabakgeruch strömte ihnen entgegen. Raß drückte den Lichtschalter. Die Wand gegenüber bedeckte ein gefülltes Bücherregal mit Sitzbank und Schreibpult. Rechts befand sich ein bis zur Decke reichender Hochschrank. Seitlich hingen eine Regenjacke und ein Bademantel an der Garderobe. Eine Tür führte zur Toilette mit Wanne und Duschbad.

»Hallo!«, rief Ocken. Er bekam keine Antwort.

Raß öffnete die Tür, fand den Lichtschalter.

Sie betraten das hübsch eingerichtete Wohnzimmer und schauten sich um. Die Küchenzeile wirkte aufgeräumt. Der Kühlschrank enthielt Butter, Aufschnitt und eine Tüte Milch. Auf dem Wohnzimmertisch lag ein Lederetui. Es enthielt vier Tabakpfeifen, eine Dose »Rum and Maple«, Filter und Pfeifenreiniger. Vor dem Fensterelement stand ein kleiner Holztisch mit einer Couch und zwei Sesseln.

In der Ecke stand ein halbhoher Regaltisch mit dem

Fernseher. An den Wänden hingen Ölgemälde einer ostfriesischen Künstlerin.

Raß öffnete die seitliche Tür und drückte den Lichtschalter.

»Das Schlafzimmer«, sagte er.

Das breite Doppelbett war unbenutzt und lieblos hergerichtet. Ein Eckschrank enthielt die Wäsche und Garderobe des Vermissten. Auf dem Schrank lagen zwei Koffer.

»Das reicht«, sagte Wachtmeister Ocken.

»Da bleibt noch der Balkon«, sagte der Hausmeister, trat an das Fensterelement, öffnete die Tür und betrat mit den Beamten den Balkon. Sie näherten sich der Brüstung und blickten in die Dunkelheit. Am wolkenlosen Himmel blinkten Sterne. Sie sahen die Positionslichter der Kutter und am Horizont das Licht eines vorbeigleitenden Schiffes. Über Norddeich lag ein heller Schein.

»Willi Offermann hat die Wohnung verlassen und ist nicht zurückgekehrt«, sagte Raß.

Ocken schaute auf seine Armbanduhr. »Und wenn er versumpft ist?«, fragte er nachdenklich.

»Unwahrscheinlich, dann hätte er seinen Tabakkram mitgenommen«, antwortete der Hausmeister.

»Eine Suchaktion um diese Zeit einzuleiten ist zwecklos. Wir werden einen Bericht abfassen«, sagte Dirks.

Sie verließen das Apartment. Der Hausmeister löschte die Lichter. Die Beamten folgten ihm zum Aufzug.

»Rätselhaft«, sagte Raß und verabschiedete sich von den Beamten.

Renke Ostdorp blickte die Kollegen fragend an.

»Der Seelord ist nicht in das Apartment zurückgekehrt«, sagte Wachtmeister Ocken. »Sein Kühlschrank ist gefüllt. Der Hausmeister schließt aus, dass er sich irgendwo in einer Kneipe oder sonst wo zum Vergnügen aufhält, weil sein Pfeifen- und Tabakbeutel auf den Tisch lag.«

»Wir fertigen den Bericht an«, sagte Kollege Dirks. Die Beamten verließen die Wachstube.

»All up Stee«, sagte Ostdorp, nahm den Hörer ab, blickte auf den Notizblock und wählte die Nummer der Frau des vermissten Feriengastes.

Den Nachtdienst versah Kommissarin Wibke Meesters vom Revier Norden. Sie wohnte während ihres dreimonatigen Einsatzes auf der Insel in der landeseigenen Wohnung im Gebäude der Stadtsparkasse. Sie war verheiratet mit einem Bauingenieur. Ihre Tochter befand sich mit guten Aussichten im Abitur.

Wibke Meesters schaltete um 23 Uhr den Fernseher ab und rief, wie an jeden Abend um diese Zeit, ihren Mann an. Sie tauschten ihre Gedanken aus. Ihre Ehe verlief harmonisch. Tochter Tomma bereitete ihnen in keiner Weise Sorgen. Das Gespräch mit ihrem Mann endete wie immer mit einem in den Hörer gehauchten »Gute-Nacht-Kuss«.

Wibke liebte den Inseldienst. Zechprellereien, Diebstahl, Einbrüche und Vandalismus brachten zwar stets einen Wust an Verwaltungsarbeit mit sich, doch es blieb ihr hin und wieder Zeit zu ausgedehnten Spaziergängen am Nordstrand entlang zur Weißen Düne, zur Oase und zum Leuchtturm.

Wibke Meesters war eine tatkräftige Frau. Sie war 45 Jahre alt, schlank und sportlich. Sie hatte ein spitzes

Gesicht mit lebhaften Augen und aufgeworfenen Lippen und wirkte sympathisch.

Wibke lag im Bett des einfach ausgestatteten Apartments und döste sich in den Schlaf, als das Telefon läutete.

Sie erhob sich, hastete an den kleinen Schreibtisch, nahm den Hörer auf und meldete sich.

»Ostdorp, Wibke. Eine Suchmeldung. Ein ehemaliger Marineoffizier mit Namen Offermann wird von seiner Frau vermisst. Die Kollegen Ocken und Dirks haben sich mit dem Hausmeister in seiner Ferienwohnung umgesehen. Ich bin der Meinung, dass ihm etwas zugestoßen ist.«

Wibke atmete tief durch. »Du besitzt nähere Angaben über ihn?«, fragte sie.

»Der Mann ist sechsundfünfzig Jahre alt. Nach den Aussagen seiner Frau groß und stattlich«, antwortete Ostdorp.

»Ruf die Feuerwehr an. Sie soll morgen früh eine Suchaktion starten, falls er nicht während der Nacht noch aufkreuzt«, ordnete Wibke an.

»All up Stee! Dirks und Ocken fahren gleich los, um sich an späte Passanten zu wenden«, sagte der Wachtmeister.

»Bis morgen«, sagte Wibke und legte auf.

Wibke Meesters verließ bereits um sieben Uhr nach einem bescheidenen Frühstück ihr Apartment und suchte die Dienststelle auf. Ostdorp beendete seinen Nachtdienst.

»Keine Neuigkeiten. Die Feuerwehr startet um neun Uhr eine Suchaktion. Die Kollegen Klüver und Luitjens befinden sich bereits auf dem Weg zur Sammelstelle. Unsere berittene Einsatzstaffel nimmt ebenfalls an der Suche teil. Kurdirektor Schuler hat einige Angestellte zur Mithilfe abgeordnet«, sagte Ostdorp.

»Ich gehe davon aus, dass Brandmeister Tammen die Suche leitet«, sagte die Kommissarin nervös.

»Einen Moment«, sagte der Wachtmeister und drückte die Tasten des Telefons.

»Tammen«, meldete sich der Feuerwehrchef.

»Ostdorp, ich gebe weiter an Kommissarin Meesters«, sagte er und reichte Wibke den Hörer.

»Meesters. Herr Tammen, Sie kennen das Inselgelände. Ich überlasse Ihnen die Koordination. Sie erreichen mich hier im Revier«, sagte Wibke.

»All up Stee!«, antwortete der Feuerwehrchef und legte auf.

»Der Seeoffizier kann sich ja nicht in Luft aufgelöst haben«, sagte Ostdorp und reichte Wibke die Hand.

»Viel Erfolg«, sagte er und begrüßte den Kollegen Menke Willers, der ihn ablöste.

Kommissarin Meesters verließ das Polizeirevier. Die Sonne schien. Der aufgebriste Wind strich aus östlicher Richtung über die Bepflanzung des Onno-Visser-Platzes. Sie ging über die belebte Winterstraße zum Hochhaus auf der Kaiserstraße.

Der Hausmeister schob einen Müllcontainer an die Straße. Die Kommissarin näherte sich ihm, blickte in das Gesicht des alten Mannes.

»Entschuldigen Sie, Sie sind Herr Raß?«, fragte sie und hielt das Messingkettchen mit der Dienstnummer in der Hand.

Der Hausmeister blickte sie ernst an. »Gestern am späten Abend waren Ihre Kollegen hier. Sie hatten Fragen, die Herrn Offermann betreffen«, sagte er.

»Sie kennen den Vermissten?«, fragte Wibke Meesters.

»Seit etlichen Jahren wohnt er im Mai für zehn Tage in dem Apartment eines Arztes aus Rheine«, antwortete Raß.

»Gab es irgendwelche Besonderheiten? Bekam er Besuch? Fiel Ihnen irgendetwas auf? Wirkte er bedrückt? Gab es Unregelmäßigkeiten in seinem Tagesablauf?«

»Eine Menge Fragen! Ich beobachte die Gäste nicht. Ich betreue mit meinen Mitarbeitern und Mitarbeiterinnen 152 Wohnungen. Zu einigen Dauergästen bekommt man im Laufe der Jahre Kontakt«, sagte der Hausmeister gelassen und verließ den Container.

»Zu diesen gehört auch der pensionierte Marineoffizier?«, fragte Wibke Meesters.

Der Hausmeister nickte. »Irgendetwas stimmt da nicht«, sagte er besorgt, hob die Prinz-Heinrich-Mütze vom lichten Haar und setzte sie wieder auf.

»Seine Frau rief uns auf den Plan«, sagte die Kommissarin.

Raß nickte. »Die haben wir nie zu Gesicht bekommen«, antwortete er.

»Mit ›wir‹ meinen Sie sich selbst und Ihr Personal?«, fragte Wibke.

Raß nickte. »Seine Ferien verbrachte er Jahr für Jahr mit Dusie«, sagte er.

»Und Dusie? Wohnt sie noch hier?«, fragte Frau Meesters. Sie schritten am geschorenen Rasen vorbei und näherten sich dem Haus B.

Raß blieb stehen. »Sie ist am Sonntag abgereist. Ich war Zeuge, als Offermann ihre Koffer zum Porsche trug«, sagte er.

»Und wer ist diese Dusie?«, fragte Wibke.

»Eine wohlhabende Frau. Es wird gemunkelt, sie sei seine frühere Sekretärin beim Bund gewesen. Sie ist etliche Jahre jünger. Dusie buchte immer ein anderes Apartment, in Haus B«, antwortete der Hausmeister.

»Und ›Dusie‹ ist ihr Familienname?«, fragte die Kommissarin.

Der Hausmeister lachte verschmitzt. »Wir nennen sie ›Dusie‹! Wenn sie und Offermann sich mit uns unterhielten oder sich in unserer Nähe befanden, dann siezte sie den Pensionär, waren sie alleine, dann duzte sie ihn.«

»Und sie wohnten korrekt getrennt?«, fragte Wibke.

»Zumindest hatte es den Anschein«, sagte Raß.

»Kennen Sie den Vermieter des Apartments, in dem sie gewohnt hat?«, fragte Wibke.

Der Hausmeister nickte. »Ein pensionierter Lehrer vom Festland. Er heißt Hubertus Jander und wohnt in Arle. Sie finden seine Telefonnummer unter Großheide.«

»Ist Herr Offermann mit dem Auto angereist?«, fragte die Kommissarin.

Raß wies auf den Parkplatz, der sich seitlich von Haus B befand. »Sein BMW trägt das Kennzeichen OL-WO 1234«, sagte er.

»Wir wissen zurzeit nicht, ob er noch lebt. Ich werde Sie aufsuchen, wenn wir uns in seinem Apartment umsehen müssen«, sagte die Kommissarin und ging zur Dienststelle.

Tamme Tammen, der 60-jährige Bauunternehmer und Feuerwehrchef, besprach sich mit den Beamten der berittenen Polizei. Ihre Aufgabe bestand darin, dem Reiterweg von der Schutzhütte auf der Richthofenstraße zur Walter-Großmann-Düne zu folgen, einen Bogen um die Peilbake zu schlagen, zur Möwen-Düne vorzudringen und bis zur Ostbake das Terrain zu inspizieren.

Der Besatzung des Unimogs vom städtischen Bauhof fiel die Aufgabe zu, am Nordstrand entlang bis zur Inselspitze nach dem Vermissten Ausschau zu halten.

Tammen teilte die Feuerwehrleute und städtischen Bediensteten in Suchtrupps auf, reichte an die als Gruppenführer fungierenden Männer Walkie-Talkie-Geräte aus und verteilte Geländekarten.

Ein Trupp der Helfer bekam die Anweisung, vom Zuckerpad aus das Dünengelände bis zum Leuchtturm abzusuchen, während die restlichen Männer in den Mannschaftswagen der Feuerwehr stiegen, um vom Ostheller die Suche zu starten. Dabei ließ er die Salzwiesen außer Acht. Es war unwahrscheinlich, dass sich der vermisste Marineoffizier dort im unwegsamen Gelände aufgehalten hatte.

Die Helfer strömten aus und durchkämmten wie bei einer winterlichen Treibjagd mit Funkkontakt das hügelige Dünengelände.

Die aufgeschreckten Vögel fürchteten um ihre Brut. Sie hingen im Wind, stießen Drohschreie aus, setzten zu Tiefflügen an. Kaninchen stoben köttelnd davon.

Es war Henning Henninga, der 24-jährige Angestellte der Kurverwaltung, der sich, den Blick auf die verschwommenen Konturen der Insel Baltrum vom Kamm der Rattendüne gerichtet, einer aufgewühlten Sandstelle näherte, die im Windschatten der Düne lag.

Er stutzte, sah sich um und entdeckte die festen Würste eines Hundehaufens.

Aufmerksam folgte er dem holprigen, mit Gras und Moos vernarbten Weg und blieb entsetzt stehen. Seitlich lag ein Mann. Sand bedeckte seinen zerrissenen Anorak. Er hatte die Arme von sich gestreckt. Henninga näherte sich der Leiche. Das Gesicht war mehr oder weniger nur eine blutige, schleimige, verkrustete Masse. Die Hände des Toten bedeckte blutdurchtränkter Sand.

Henning Henninga schrie laut auf. Er schaute sich hilflos um. Darauf war er nicht gefasst gewesen. Ihm wurde übel. Er kotzte sich auf im Wind bewegenden Strandhafer aus und sah, wie sich ihm ein Feuerwehrmann näherte.

Kommissarin Meesters saß am Schreibtisch. Ihr Dienstzimmer befand sich im ersten Stock. Sie heftete die Aktennotiz ihres Kollegen Ostdorp, den Bericht der Wachtmeister Ocken und Dirks und das von ihr abgefasste Protokoll über das Gespräch mit dem Hausmeister ab.

Das Fenster stand offen. Von draußen drang der Lärm der Passanten vom belebten Onno-Visser-Platz in das Dienstzimmer.

Das Telefon läutete. Sie nahm den Hörer ab.

»Für Sie«, sagte Wachtmeister Willers.

»Kripo Norderney, Meesters«, meldete sie sich.

»Tammen. Der vermisste Urlauber ist tot«, sagte der Feuerwehrchef mit seiner tiefen Bassstimme. »Jemand hat ihn schrecklich zugerichtet. Das sieht nach einem Verbrechen aus.«

Wibke erschrak. »Lassen Sie das Opfer dort liegen, wo Sie es gefunden haben. Ich bemühe mich um einen Fotografen, Arzt und einen Sarg.«

»Wachtmeister Luitjens befindet sich mit dem Frontera auf dem Weg zu Ihnen. Er holt Sie ab«, sagte Tammen.

»Wo befindet sich der Tote?«, fragte sie.

»In den Rattendünen«, antwortete Tammen.

Wibke schluckte. »Mein Gott, wo ist das denn?«, fragte sie und fühlte eine Flaute in ihrer Magengegend.

»Nicht weit entfernt vom Wrack. Ich schicke den Unimog. Er holt den Sarg ab«, sagte Tammen.

»All up Stee«, sagte Wibke und legte den Hörer auf.

Sie langte nach dem Telefonbuch. »Dr.-von-Harlem-Krankenhaus«, las sie laut, »8970.« Sie nahm den Hörer ab und tippte die Zahlen ein.

»Krankenhaus der Stadt Norderney«, hörte sie.

»Kripo, Meesters. Verbinden Sie mich mit einem Dienst tuenden Arzt«, sagte sie aufgeregt.

»Einen Moment, ich stelle durch.«

»Dr. Bontjes«, vernahm sie.

»Kripo, Meesters. Wir benötigen Ihre Hilfe. In den Rattendünen hat die Feuerwehr einen vermissten Feriengast gefunden. Er wurde mutmaßlich das Opfer eines Verbrechens«, trug Wibke vor.

»Sicherlich ist Eile angesagt. Doch um Gottes willen, wo befinden sich die Rattendünen?«, fragte der Arzt.

»Oberhalb der Inselspitze, nicht weit vom Wrack«, sagte Wibke.

»Ich stehe Ihnen zur Verfügung«, antwortete der Arzt.

»Kommen Sie bitte zum Revier, Knyphauser Straße.

Unser Frontera bringt uns zum Tatort. Bis dann«, sagte Wibke und legte auf.

Sie schlug das Telefonbuch auf.

»Insel- und Bäderzeitung!« Sie wählte die Nummer.

»Redaktion, Bruns«, vernahm sie.

Wibke trug ihr Anliegen vor.

»Ich bin gleich zur Stelle«, sagte Bruns.

»Einen Sarg?«, fragte sich Wibke und drückte die Zahlen der Wachstube.

»Willers, Sie sind Insulaner. Wir benötigen einen Bestatter mit einem Sarg, der hier auf den Unimog warten muss. Der tote Marineoffizier befindet sich im unwegsamen Gelände der Rattendünen«, sagte sie.

»All up Stee!«, sagte Menke Willers.

Der Opel Frontera hielt vor der Polizeistation. Wachtmeister Luitjens stieg aus und öffnete die Türen.

»Bitte«, sagte er knapp angebunden, wartete, bis die Fahrgäste Platz genommen hatten, setzte sich hinter das Steuer und startete den Motor.

Er fuhr über die Straße, bog an der Georgshöhe ab und lenkte den Wagen am Januskopf und am Surf-Café entlang auf den Nordstrand.

Das Wasser trug Schaumköpfe. Möwen schossen davon. Die Strandkörbe standen verwaist im harten Ostwind, der mit Stärke 6 den Sand in Fußhöhe vor sich herwehte.

»Hier kommt man selten hin«, unterbrach Dr. Bontjes die Stille.

Er war knapp unter vierzig, schlank und hatte gelichtetes Haar.

»Ich bin zwar gut zu Fuß, doch so weit habe ich mich

noch nicht vorgewagt«, antwortete Wibke. Sie blickte auf den weiten Horizont, an dem ein Schiff vorbeizog.

»Ich war das letzte Mal hier, als der Wal strandete«, trug Bruns zur knappen Unterhaltung bei. Er trug Jeans, war um die dreißig und hatte eine Künstlermähne. Über seiner Schulter lag der Riemen der Reportertasche.

Der Weg wurde holprig.

»Die Seehundsbänke«, sagte der Fahrer.

Beltrum lag zum Greifen nahe. Die Insassen blickten auf die Herde, die sich auf der Sandbank sonnte. Der Frontera schaukelte. Sie näherten sich dem Wrack.

»Die Helfer befinden sich bereits auf dem Heimweg«, sagte Luitjens. Er lenkte den Wagen an der Schutzhütte vorbei einer Dünenkette entgegen.

»Drüben liegt der Tote.« Er zeigte nach vorne. Wenig später hielt er vor einem mit Moos, Gras und Disteln bewachsenen Dünenfuß. Er stieg aus und öffnete die Türen.

»Jetzt wird es ernst«, sagte er.

Tamme Tammen trug seine Feuerwehruniform. Der Wind fuhr durch sein graues Haar. Er kam ihnen entgegen.

»Dr. Bontjes, Herrn Bruns kennen Sie«, sagte Kommissarin Meesters.

Der Alte führte sie um den Fuß der Düne. »Wachtmeister Klüver und Henning Henninga von der Kurverwaltung. Er fand die Leiche. Die beiden halten die Totenwache und verscheuchen die Möwen, die wie Aasgeier hier herumschwirren.«

Die Kommissarin fuhr erschrocken zusammen, als ihr Blick auf den Toten fiel.

Bruns öffnete seine Reportertasche, entnahm ihr die

Kamera, näherte sich dem Toten und schoss ohne innere Regungen, wie es schien, Fotos. Sand wehte vom Dünenkamm.

Dr. Bontjes entledigte sich seines Anoraks, legte ihn auf im Wind tanzende Strandhaferhalme, öffnete seine Medizinertasche, zog Gummihandschuhe über, beugte sich über den Toten, fuhr mit der Hand über den Hinterkopf des Opfers und schloss seine Augenlider. Er entnahm seiner Tasche Wattetupfer, reinigte die zur Sonne gewendete Gesichtshälfte vom schleimigen, blutigen Sand, den er in eine Plastiktüte schob. Er hob die Schulter des Toten hoch und betrachtete die klaffende Halswunde und studierte die Handverletzungen.

»Der Mann wurde von einem Hund angefallen. Er hat sich vergeblich gewehrt«, sagte er, entnahm der Tasche eine Schere, setzte sie an und schnitt den Anorak, V-Ausschnittpullover samt Oberhemd und Wäsche auf.

»Eine Bestie hat ihm die Kehle durchgebissen«, sagte er, senkte den Oberkörper des Opfers ab und erhob sich. Er streifte die Gummihandschuhe ab, steckte sie in einen Plastikbeutel.

»Entsetzlich!«, sagte Wibke Meesters.

Tamme Tammen blickte sich um. »Ich bin Jäger. Hier im Naturschutzgebiet gibt es keine Bestien«, sagte er angewidert.

»Ausgebüxt, ein leichtsinniger Hundehalter«, warf Wachtmeister Klüver ein.

»Das ist Scheiße mit den Hunden auf der Insel! Es wird Zeit, dass die Kurverwaltung eingreift«, meinte Luitjens.

»Nach dem Gerinnungsprozess des Blutes verstarb der Mann gestern gegen 18 Uhr. Ich lege Wert darauf, dass das Opfer von einem erfahrenen Chirurgen untersucht wird«, sagte Dr. Bontjes.

»Er muss nach Oldenburg zum Gerichtsmedizinischen Institut«, sagte Wibke Meesters.

Henning Henninga stand seitlich. Er sah blass aus.

»Sie haben den Toten gefunden?«, fragte die Kommissarin.

»Ja, rein zufällig. Ich habe nichts hinzuzufügen. Ich bin hier geblieben wegen des Protokolls«, antwortete er.

»Darauf kommen wir noch zurück«, sagte Wibke Meesters und blickte den Feuerwehrchef an. »Es liegt nahe, dass wir uns hier im Terrain umsehen müssen.«

Tammen setzte sich müde in den Sand. Er wandte sich an die Polizeibeamten. »Suchen Sie noch einmal das Umfeld ab«, sagte er.

Klüver und Luitjens betraten das Dünengelände. Henninga schloss sich ihnen an. Frau Meesters unterhielt sich mit dem Arzt.

»Nein, da gibt es keine Zweifel«, sagte Dr. Bontjes. »Eine Bestie, vermutlich ein Kampfhund, fiel das Opfer an. Ein Schäferhund hat große Zähne mit weiten Abständen.«

Wibke nickte. Ihr war übel.

»Warten Sie mit uns noch auf den Sarg«, sagte Wibke. Der Arzt nickte.

Klüver, Luitjens und Henninga schwitzten. Das Waten durch den trockenen Sand hatte an ihren Kräften gezehrt. Sie näherten sich und freuten sich ausgelassen, was fremd anmutete angesichts des Toten.

»Wir fanden einen Fotoapparat«, sagte Klüver, näherte sich Bruns und reichte ihn ihm.

»Eine Leica! Nicht billig«, sagte der Reporter der

Insel- und Bäderzeitung. Er entfernte den Sand und betrachtete fachmännisch den Fotoapparat.

»Ein Dia-Film mit vierundzwanzig verknipsten Bildern«, sagte er.

»Entwickeln Sie den Film und suchen Sie mich auf, falls Sie irgendeinen Anlass finden, der zur Aufklärung des Verbrechens beitragen könnte«, sagte Wibke Meesters.

Der Unimog näherte sich, schaukelte dem Tatort entgegen und hielt neben dem Frontera.

Den Fahrer begleitete ein etwa vierzigjähriger Mann. Er trug Jeans, einen Troyer und auf dem Kopf eine Prinz-Heinrich-Mütze. Sie näherten sich mit dem Sarg und trugen ihn zu dem Toten. Der Begleiter des Fahrers hob beim Blick auf das Opfer kurz seine Mütze vom welligen Haar.

»Scheußlich«, sagte er und reichte Tammen die Hand.

»Kommissarin Meesters, Dr. Bontjes vom Krankenhaus, die übrigen Herren kennst du«, sagte der Feuerwehrchef.

»Herr Arjes ist Schreinermeister. Er besitzt ein Sargmagazin. Auf Norderney gibt es keinen Bestatter«, sagte der Feuerwehrchef.

Möwen hingen im Wind und kreischten.

Wibke nickte.

»Doktor, helfen Sie mir«, sagte Ubbo Arjes jovial.

Wibke beobachtete, wie der Arzt und Arjes den Toten in die Sargschale legten.

»Bringen Sie den Sarg für den Weitertransport zu unserem Krankenhaus. Er gehört in die Kühlkammer«, sagte Dr. Bontjes.

Wibke Meesters sah zu, als der Schreinermeister den Deckel, von dem Sand rieselte, auf den Sarg legte. Ein gespenstisches Bild, dachte sie, als die Männer den Sarg zum Unimog trugen.

Das Ergebnis der Untersuchung des Toten im Rechtsmedizinischen Institut in Oldenburg ließ keine Zweifel offen. Die tödlichen Bisswunden stammten von einen Bullterrier. Das bestätigte auch der entwickelte Film der in Tatortnähe aufgefundenen Kamera. Der ehemalige Seeoffizier hatte in Panik die heranstürzende Bestie fotografiert. War der Kampfhund irgendwo ausgebüxt? Oder hatte ein Mörder das Tier auf den Kapitänleutnant zur See gehetzt?

Der Staatsanwalt ging der zweiten Version nach. Er gab ein Foto frei, reichte es bei der Pressekonferenz an die Journalisten, während die Polizeibeamten unter der Regie von Kommissarin Meesters auf Norderney eine Befragung der Insulaner und Urlauber durchführten. Allerdings ohne Erfolg.

Der Tod des Marineoffiziers sorgte für Schlagzeilen. Die Diskussion um das Halten von Kampfhunden entbrannte erneut.

Die bundesweite Fahndung nach dem Halter des Hundes brachte keine Hinweise.

Wibke Meesters fuhr nach Oldenburg. Es war ein Tag ohne Regen, mit sonnigen Abschnitten und stürmischen Winden. Sie betrat kurz vor 12 Uhr die Löwenapotheke in der Graf-Theodor-Straße. Frau Offermann fiel ihr auf. Sie befand sich in einer sie umgebenden Schar von Gehilfinnen und Helferinnen. Wibke nahm das Messingkettchen in die Hand, hielt sich seitlich vom Verkaufstresen auf und machte auf sich aufmerksam.

»Kripo Norderney«, sprach sie leise.

Petra Offermann hatte ihr Haar blond gefärbt und trug einen weißen Kittel. Sie hatte ein breites Gesicht mit blassen Lippen. In ihrem Kittel wirkte sie schlank.

»Ich habe sehr gelitten!«, seufzte sie auf. »Folgen Sie mir bitte.«

Wibke trat hinter den Tresen und begleitete die Apothekerin durch den Korridor zu einer Seitentür in ein Büro. Die Wand bedeckte ein Regal mit Aktenordnern. Mitten im Raum befand sich ein protziger Schreibtisch mit PC. Seitlich stand ein kleiner Tisch mit zwei Ledersesseln.

»Nehmen Sie bitte Platz«, sagte Petra Offermann.

Wibke setzte sich in einen Sessel.

»Möchten Sie einen Tee? Sie kommen aus Ostfriesland?«, fragte die Apothekerin.

Wibke nickte.

Die Apothekerin verließ das Büro.

Wibke blickte durch das große Fenster in den Garten. Hohe Birken warfen Schatten. Rhododendron blühten.

An der Wand hingen alte Stiche des ehemaligen Großherzogtums Oldenburg.

Eine Angestellte betrat das Zimmer, legte Gedecke auf, stellte Sahnebecher, Kluntjetopf und das Stövchen ab und zündete das Teelicht an. Sie lachte freundlich. »Die Chefin kommt gleich«, sagte sie und verließ das Büro.

Die Apothekerin betrat das Zimmer und stellte die Teekanne auf das Stövchen. »Bitte nehmen Sie vom Kluntje«, sagte sie, schenkte den Tee aus und setzte sich zu der Kommissarin an den kleinen Tisch. »Rauchen Sie?«

»Danke«, antwortete Wibke und fuhr erschrocken zusammen, als ein Hund anschlug.

»Der Staatsanwalt ist der Ansicht, dass jemand seinen Kampfhund auf Ihren Mann angesetzt hat«, sagte Wibke und trank Tee.

Auch Petra Offermann nippte an der Tasse.

»Weder Willi noch ich mochten Hunde. Wir dulden rücksichtsvoll das Gekläffe der Köter unseres Nachbarn«, sagte sie.

»Ich gehe davon aus, dass auf Ihren Nachbarn kein Verdacht fällt«, sagte Wibke.

»Nein, keineswegs. Mein Mann hatte keine Feinde. Unser gemeinsames Leben hier in Oldenburg verlief in jeder Weise harmonisch. Er half mir bei den Abrechnungen und ich golfte mit ihm, wenn ich dazu Zeit fand.«

»Und Sie fanden keine Zeit, ihn nach Norderney zu begleiten?«, fragte Wibke und griff zur Teetasse.

»Sein Inselaufenthalt hat Tradition. Er war Seeoffizier und traf sich dort mit seinen ehemaligen Bundeswehrkameraden«, sagte sie und trank Tee.

»Und eine alte Feindschaft aus vergessenen Bundeswehrtagen?«, fragte Wibke.

»Das schließe ich aus. Ich gehe davon aus, dass ein Hundehalter das Tier hat ausbüxen lassen und Schuld an dem Tode meines Mannes trägt«, sagte sie traurig.

»In Ihrem Bekanntenkreis kennen Sie keinen, der einen Kampfhund besitzt?«, fragte Wibke und entschloss sich, ihr die distanzierte Liaison ihres Mannes mit »Dusie« vorzuenthalten.

»Nein«, sagte sie.

»Und Sie haben während des Inselaufenthaltes Ihres Mannes Tag für Tag in Ihrer Apotheke gestanden?«, fragte Wibke.

Petra Offermann blickte irritiert auf, griff zur Teekanne und schenkte Tee nach.

»Aber selbstverständlich«, sagte sie.

Wibke ließ sich Tee reichen, fügte Sahne hinzu und nahm einen Schluck Tee zu sich.

»Ihr Mann bekam, wie ich annehme, eine gute Pension. Sie besitzen die Apotheke. Und Erbaussichten?«, fragte Wibke.

»Weit gefehlt«, sagte die und winkte ab. »Willis Sohn aus erster Ehe ist Physiker und lebt in San José, Kalifornien«, antwortete sie.

Wibke griff zur Teetasse, leerte sie und erhob sich.

»Frau Offermann, das war es. Ich protokolliere unser Gespräch.«

Petra Offermann reichte Wibke die Hand.

»Willi ist tot«, sagte sie. »Ich muss mit meiner Einsamkeit fertig werden. Ziehen Sie den Halter zur Verantwortung, wenn Sie ihn finden.«

Sie begleitete die Kommissarin zur Ausgangstür.

Staatsanwalt van Loog verließ im Strom der Passagiere die Frisia IV, überquerte die Mole und ging am Ufer entlang dem Weststrand entgegen.

Die Sonne schien vom blauen Himmel. Der Wind blies mit Stärke 4 aus südwestlicher Richtung. Vor Juist lagen Segelschiffe im Wind. Möwen flatterten um das Heck eines Fischkutters. Am Weststrand badeten Feriengäste im auflaufenden Wasser.

Er verließ am Café »Alte Teestube« die Promenade,

schritt durch die belebte Strandstraße, bog in die Poststraße ein und suchte das Polizeirevier in der Knyphauser Straße auf.

Kommissarin Meesters saß am Schreibtisch. Durch das offene Fenster drang der Lärm des belebten Onno-Visser-Platzes. Jemand klopfte an die Tür. Wibke blickte auf ihre Armbanduhr.

Der Staatsanwalt!, schoss es ihr durch den Kopf.

»Herein!«, rief sie und erhob sich.

Van Loog trat ein. Er trug Jeans, Oberhemd, Krawatte und eine rehbraune Wildlederjacke. Der etwa vierzigjährige Staatsanwalt hatte volles, gewelltes Haar und ein breites Gesicht. Er trug einen buschigen Schnauzbart.

»Moin«, sagte Wibke.

Der Staatsanwalt kam ihr entgegen und reichte ihr die Hand.

»Nett, Sie kennen zu lernen.«

»Nehmen Sie bitte Platz«, sagte Wibke und zeigte auf den Besucherstuhl. »Darf ich Ihnen einen Tee anbieten?«

Van Loog setzte sich auf den Stuhl und legte seine Tasche auf den kleinen Beitisch. »Danke, ich habe auf dem Schiff Kaffee getrunken«, sagte er, öffnete die Tasche und entnahm ihr die Akte.

Wibke setzte sich an den Schreibtisch.

»Der Marineoffizier wurde von einem Bullterrier angefallen«, sagte van Loog. »Die Gerichtsmediziner fanden unter den Fingernägeln des Opfers winzige Hautfetzen und Haarwurzeln der Bestie. Wenn es uns gelingt, den Kadaver des Vieches irgendwo aufzuspüren, dann können wir den Halter überführen.«

Wibke schaute überrascht auf.

»Kadaver?«, fragte sie irritiert.

Der Staatsanwalt nickte. »Der Hundehalter wird sich aus Angst vor der Entdeckung von seinem Tier getrennt haben«, sagte er.

»Meines Erachtens führt keine Spur nach Oldenburg«, sagte Wibke.

»Offensichtlich nicht«, antwortete der Staatsanwalt.

»Der Mann hatte keine Feinde. Petra Offermann schloss seine Bundeswehrzeit mit ein«, sagte Wibke.

»Ich hatte Einsicht in seine Personalakte. Keine Neider, Anerkennung und eine korrekte Karriere.«

»Sie denken an eine Recherche in Richtung ›Dusie‹?«, fragte Wibke.

Der Staatsanwalt lachte. »Ein treffender, pfiffiger Spitzname für eine Dame, die Jahr für Jahr anreist, um mit ihrem ehemaligen Chef auszugehen und zu golfen.«

»Dusie ist Alwine Fränzel«, sagte die Kommissarin. »Sie wohnt in Dormagen. Ich habe ihre Anschrift. Sie ist vermögend.«

»Frau Offermann glaubt naiv, dass sich ihr Mann auf Norderney all die Jahre mit Bundeswehrkameraden getroffen hat?«, fragte van Loog.

Wibke nickte. »Ich habe sie in dem Glauben gelassen«, antwortete sie.

»Ich denke, dass Sie zuerst einmal am Freitag nach Dormagen fahren, sich im Umfeld von Dusie umsehen, bevor wir der Apothekerin einen weiteren Besuch abstatten«, sagte der Staatsanwalt.

Wibke nickte und schaute auf ihren Terminkalender.

»Sie übernachten in Dormagen im Hotel ›Zum Höttchen‹«, sagte van Loog. »Ich habe mit meinem Kollegen in Neuss Rücksprache gehalten. Wenn es Probleme gibt, wenden Sie sich an die Staatsanwaltschaft in Neuss.«

Er erhob sich und steckte die Akte in seine Tasche.

»Viel Erfolg, Frau Meesters«, sagte er, reichte der Kommissarin die Hand und verließ das Dienstzimmer.

»Hotel zum Höttchen«, sagte der Taxifahrer.

Wibke zahlte großzügig mit Trinkgeld. Sie nahm ihre Reisetasche entgegen und blickte sich um. Das Hotel befand sich zwischen schmucken Geschäften und kleinen Läden im Zentrum der quirligen rheinischen Industriestadt. Sie betrat die Vorhalle und näherte sich der Rezeption.

»Für mich ist ein Zimmer reserviert. Wibke Meesters, Norderney«, sagte sie.

Die junge Frau nickte. Sie sah nett aus, trug ein taubenblaues Sommerkostüm, war schlank, hatte einen südländischen Teint und trug ihr schwarzes Haar im Pagenschnitt.

Sie griff zum Schlüsselhaken. »Ich zeige Ihnen das Zimmer«, sagte sie, nahm Wibkes Reisetasche und führte die Kommissarin zum Aufzug. »Dritte Etage.«

Sie verließen den Aufzug und schritten über einen gepflegten Korridor. Die Angestellte öffnete die Tür. Das von der Staatsanwaltschaft für sie gebuchte Zimmer übertraf ihre Erwartungen.

»Eine Frage«, sagte Wibke. »Die Horremer Straße? Eine Frau Fränzel?«

Die Angestellte nickte. »Café Fränzel. Eine gute Adresse für Gäste mit hohen Ansprüchen«, sagte sie.

»Ich bin mit der Bahn angereist. Ist es weit von hier?«, fragte die Kommissarin.

»Ein reizender Spaziergang von zwanzig Minuten durch den Bayer-Park, bei dem schönen Wetter«, antwortete die Angestellte.

»Kennen Sie die Familie?«, fragte Wibke und stellte die Reisetasche ab.

»Dormagen ist eine Kleinstadt. Jupp Fränzel, der Konditormeister, ist Vorsitzender des Regionalvereins ›Bayer Dormagen‹. Er besitzt eine Ranch und züchtet Pferde«, sagte die Angestellte freundlich.

»Danke«, sagte Wibke.

»Wenn Sie Fragen haben, ich bediene die Rezeption bis zwanzig Uhr«, sagte sie und ging zum Aufzug.

Wibke Meesters verließ den Bayer-Park und folgte der Horremer Straße. Ihr strömte der Duft frischer Backwaren entgegen. Neben dem Verkaufsraum standen Lieferwagen mit dem Logo des Café Fränzel und ein geländegängiger Wagen.

Seitlich führte ein mit Bruchsteinen belegter Weg zu den Räumen des Cafés. Hoch gewachsene Pappeln, durch die der Wind fuhr, grenzten eine Terrasse ein. Rote Wachstücher bedeckten die Tische. Die Stühle trugen grüne Polsterkissen. Die Gäste stachen mit eleganter Kleidung vom Massenpublikum der Innenstadt ab. Wibke nahm an einem freien Tisch Platz, der ihr die Sicht auf blühende Rhododendren und auf die Tür des Kuchentresens ließ.

Eine hübsche Serviererin trat an ihren Tisch. »Bitte schön?«, fragte sie freundlich.

»Ein Kännchen Kaffee und ein Stück Torte«, sagte Wibke.

»Erdbeertorte?«, fragte die junge Frau.

Wibke nickte.

»Mit Sahne?«, fragte die Bedienung.

»Mit Sahne«, antwortete Wibke, öffnete ihre Handtasche und entnahm ihr ein Kärtchen. »Befindet sich Frau Fränzel im Hause?«

Das Fräulein nickte.

»Überreichen Sie ihr das Kärtchen«, sagte Wibke.

Vögel zwitscherten, ein Springbrunnen plätscherte.

Die Kellnerin trat an ihren Tisch, stellte den Kuchenteller ab und servierte ihr den Kaffee.

»Die Chefin kommt gleich«, sagte sie freundlich.

Wibke verzehrte mit Heißhunger den Kuchen. Der heiße Kaffee tat ihr gut.

Sie bemerkte die attraktive blonde Frau, die sich ihrem Tisch näherte. Sie trug eng anliegende Lederjeans, eine weiße Bluse und eine ärmellose Lederweste. Sie hatte ein schmales, hübsches Gesicht. Sie mochte um die vierzig sein. In der Hand hielt sie ein Tablett.

Das ist Dusie, schoss es Wibke durch den Kopf.

Alwine Fränzel blickte Wibke Meesters fragend an, entnahm dem Tablett das Kärtchen und hielt es in der Hand. Ringe, Reifen und Kettchen blinkten für Sekunden im Licht der Sonne.

»Sie kommen von Norderney, Frau Meesters? Ihr Kärtchen enthält keine Berufsangabe«, sagte sie misstrauisch.

»Setzen Sie sich bitte für einige Minuten zu mir an den Tisch«, bat Wibke höflich.

»Mir bleibt wenig Zeit. Das schöne Wetter«, sagte Alwine Fränzel und nahm auf einem Stuhl am Tisch Platz.

Wibke entnahm ihrer Handtasche den Dienstausweis. »Kripo Norderney. Ich recherchiere im Mordfall Offermann«, sagte sie.

Alwine Fränzel erschrak. Sie blickte die Kommissarin fassungslos an.

»Willi Offermann? Kapitänleutnant ...?«, fragte sie.

»Ja, wohnhaft in Oldenburg, verheiratet mit der Apothekerin Petra Offermann«, antwortete die Kommissarin.

Alwine Fränzel starrte für Sekunden in die rauschenden Pappeln, blickte danach die Kommissarin irritiert an.

»Ermordet?«, fragte sie und kämpfte mit den Tränen.

Wibke nickte. »Lesen Sie keine Zeitung? Selbst BILD hat darüber berichtet«, sagte die Kommissarin.

»Wir bekommen die WAZ. Für Dormagen ist Norderney weit weg«, antwortete sie.

»Für Sie weniger. Sie verbrachten auf der Insel im Apartment des Lehrers Jander Ihren Urlaub und wurden mehr als häufig an der Seite des Opfers gesehen«, sagte Kommissarin Meesters kalt.

Alwine Fränzel schluchzte. »Herr Offermann war für viele Jahre mein Vorgesetzter«, sagte sie mit dünner Stimme.

»Sie hatten es sich zur Gewohnheit werden lassen, ihn im Mai auf Norderney zu treffen. Seine Frau weiß nichts von der Liaison«, sagte Wibke.

Alwine Fränzel erhob sich und griff zum Arm der Kommissarin. »Es ist schrecklich! Begleiten Sie mich in unser Büro«, flüsterte sie gefasst, blickte freundlich in die Gesichter der Gäste und führte Wibke Meesters am Kuchentresen vorbei in das Büro.

Das große Fenster lag zur verkehrsreichen Horremer Straße. Die Wände bedeckten Aktenregale. Mitten im

Büro standen zwei zusammengerückte Schreibtische mit PCs. An der gegenüberliegenden Wand stand eine Eichenbank unter dem mit Glas gerahmten Meisterbrief des Konditormeisters Jupp Fränzel. Auf der Bank lagen Kissen mit dem Emblem des Fußballvereins »Bayer Dormagen«. Neben der Bank lag ein marokkanisches Sitzkissen mit einer schottisch gemusterten Wolldecke.

»Nehmen Sie bitte Platz«, bat Frau Fränzel und setzte sich an den Schreibtisch, stützte ihre Ellbogen auf und blickte die Kommissarin leidend an. »Wie war das mit Willi?«

»Nach Zeugenaussagen fuhr Herr Offermann mit dem Bus zum Leuchtturm, suchte den Ostheller auf und trat dort einen weiten Spaziergang zur Inselspitze an. Er führte seine Kamera mit sich ...«

»Bitte, sagen Sie es mir ...«, unterbrach Alwine Fränzel Wibkes Redefluss.

»In den Rattendünen fiel ihn ein Kampfhund an«, sagte Wibke Meesters. »Die Bestie biss Herrn Offermann die Kehle durch. Er hat geistesgegenwärtig das Untier fotografiert. Wir fanden die Kamera. Wir haben ein Foto an die Zeitungen gegeben und blieben ohne Resonanz.«

Alwine Fränzel schrie auf. »Das ist entsetzlich! Willi war Seemann!«

Sie entnahm der Schublade des Schreibtisches ein Tempotuch und wischte sich die Tränen ab.

»Seine Frau ist im Gegensatz zum Staatsanwalt der Meinung, dass die Bestie ausgebüxt ist«, trug Wibke ruhig vor.

Alwine Fränzel hob den Blick. »So wird es gewesen sein«, sagte sie voreilig und fuhr fort: »Nur um mir das mitzuteilen, sind Sie von Norderney angereist?«

»Nein, keineswegs«, winkte Wibke ab.

Die Tür wurde geöffnet. Ein Bullterrier stürzte in das Büro, jaulte, wackelte mit dem Schwanzstummel, legte seine Pfoten auf den Schreibtischstuhl und ließ sich von Alwine Fränzel kraulen.

Wibke fuhr erschrocken hoch.

»Ist was?«, fragte ein bulliger, hoch gewachsener Mann. Er trug Jeans, grüne Gummistiefel und ein Jägerhemd.

Er hatte ein breites, gerötetes Gesicht. Sein volles Haar zeigte einen fuchsigen Ton.

»Junge Frau, Senta will nur spielen«, sagte er beruhigend und reichte Wibke Meesters seine große Hand zum Gruß.

»Jupp Fränzel«, sagte er.

»Bring Senta nach draußen, sie stört«, sagte Alwine Fränzel.

Der joviale Mitvierziger griff zum Halsband, blickte Wibke freundlich an und verließ mit dem Hund das Büro.

»Der Hund ist noch jung«, sagte Alwine Fränzel. Sie griff nach ihrem Terminkalender. »Herr Offermann wurde bereits beerdigt?« Sie blickte wie abwesend auf das Fenster.

Wibke nickte. »Eine Urnenbestattung. Seit wann gehört Senta zu Ihnen?«

Alwine Fränzel lachte verlegen. »Mein Mann liebt Hunde. Noch nicht lange.«

»Und vor Senta?«, fragte Wibke.

»Eine schreckliche Geschichte«, sagte Alwine Fränzel. »Unseren ›Troubadour‹, einen Rüden, ein lieber Kerl, fanden wir auf der Ranch vergiftet vor. Mein Mann ist Tierliebhaber. Er züchtet Pferde.«

»Und Sie haben Ihren Hund auf dem Gelände der Ranch vergraben? Blumen abgelegt, ein Holzkreuz in den Boden gesteckt?«, fragte die Kommissarin.

»Mein Mann und mein Sohn hegten diese Absicht. Dr. Boese bestand allerdings darauf, dass Troubadour zur Kadaverbeseitigung zum Schlachthof gebracht wurde«, antwortete Alwine Fränzel gefasst.

»Und Sie besitzen nichts mehr, was Sie an ihn erinnert?«, fragte die Kommissarin.

»Doch, einige Fotos. Und hier das marokkanische Sitzkissen mit der kleinen Decke. Troubadour liebte es, darauf zu liegen, wenn mein Mann die Büroarbeiten erledigte. Senta meidet diesen Platz«, antwortete Alwine Fränzel und blickte die Kommissarin freundlich an.

Die Tür wurde heftig aufgestoßen. Jupp Fränzel betrat forsch das Büro. Er trug ein weißes Baumwollhemd mit halbem Arm und eine Bäckerhose.

»Entschuldigung«, sagte er und trat an den Schreibtisch.

»Alwine, bitte, da läuft einiges quer! Der ›Zonser Hof‹ wartet auf die bestellten Torten«, sagte er.

Wibke entnahm ihrer Handtasche ein Tempotuch, drückte es zusammen, rieb damit über die Decke und ließ dabei ihren kleinen Finger über den Stoff gleiten.

»Herr Fränzel, Sie besitzen einen Range Rover. Ein Zeuge beobachtete auf der Fähre ein solches Fahrzeug, das ein Neusser Kennzeichen trug. Waren Sie auf Norderney, als der Bekannte Ihrer Frau in den Rattendünen von einer Bestie angefallen wurde? Hat Ihr Troubadour dem pensionierten Seeoffizier die Kehle durchgebissen?« Die Kommissarin bluffte forsch und hielt das Messingkettchen in der geöffneten Hand.

Alwine Fränzel stieß einen Schrei aus. Der Konditormeister erschrak. Aus seinem jovialen Gesicht wich das Blut. Er schaute die Kommissarin böse an und verzog angewidert sein Gesicht.

»Was sollen diese Unterstellungen? Ich war in Daun und Manderscheidt und habe mich dort mit Troubadour beim Wandern erholt«, sagte er empört.

»Das stimmt!«, sagte seine Frau und erhob sich. »Frau Meesters, hier sind Sie an der falschen Adresse.«

»Oder auch nicht«, antwortete Wibke und legte den Riemen ihrer Handtasche über ihre Schulter.

»Werden Sie nicht unverschämt! Nur weil ich einen Range Rover fahre und einen Bullterrier besaß«, schimpfte Fränzel wütend und griff nach der Hand seiner Frau.

Alwine Fränzel war bleich und blickte ihren Mann mit blassen Lippen an.

»Herr Fränzel, ich habe von Amts wegen Fragen an Sie gerichtet«, sagte Wibke. »Ich werde ein Protokoll anfertigen und es an den Staatsanwalt weiterleiten. Herr Offermann hat in seiner Verzweiflung die Bestie nicht nur fotografiert, sondern sich zur Wehr gesetzt. Das Labor des LKA fand Haare und Hautreste unter seinen Fingernägeln. Es gibt auch für Tiere so etwas wie einen genetischen Fingerabdruck.«

Sie verließ das Büro, betrat die Terrasse, zahlte bei der Kellnerin und suchte aufgeregt das Hotel auf.

Vom Zimmer aus rief sie die Staatsanwaltschaft in Aurich an, sprach auf das Band des eingeschalteten Anrufbeantworters ihren Kurzbericht, betrat das Bad, nahm ihren Nagelreiniger, führte ihn unter den Nagel des kleinen Fingers, zog ihn über einen Wattebausch und steckte ihn samt Tempotuch in ihre Tasche.

Dann zog sie sich um, suchte die Rezeption auf, bat

die freundliche Angestellte, ihre Handtasche im Safe zu deponieren, betrat das gemütliche Restaurant des Hotels, bestellte Rheinischen Sauerbraten mit Rotkohl und trank dazu das süffige Altbier.

Troubadour, der liebe Kerl der Familie Fränzel, war die Bestie. Ein Mitglied des Kegelclubs »Alle Neune« aus Dormagen hatte Alwine zufällig beobachtet, als sie einen forschen, hoch gewachsenen, älteren Mann im Korridor des Hochhauses auf Norderney heiß und innig geküsst hatte. Er hatte seinem Kumpel einen Wink gegeben.

Die Staatsanwaltschaft schlug zu. Der erfolgreiche Konditormeister, Pferdezüchter und Clubpräsident befindet sich in Untersuchungshaft.

Alwine Fränzel führt das Café und ist bemüht, einen Käufer in den Reihen der expandierenden Hotelketten für den angesehenen Betrieb zu finden.

Das Vermächtnis des Käptn van Loo

Herbst 1992
Am Sonntag, dem 25. September, zog eine Tiefwetterfront über die Norddeutsche Küste. Der Sturm erreichte in Böen die Windstärke 10 bis 11 und peitschte den Regen durch die Straßen von Wilhelmshaven.

Im Altenheim »Heppens« begaben sich die Heimbewohner bereits kurz nach dem Frühstück durch die eleganten, geschmackvollen Korridore, die gerahmte Bilder mit Motiven der See- und Hafenstadt zierten, zu den Sitzgruppen mit den Sesseln und den langen Tischen.

Das mistige Wetter hielt die Alten vom gewohnten Spaziergang in die gepflegte Parkanlage mit den Herbstblumen und den Bäumen, die bereits buntes Laub trugen, ab. Sie waren zumeist ältere, rüstige Damen bürgerlicher Herkunft, die es gerne sahen, wenn sich die wenigen im Heim wohnenden Senioren zu ihnen gesellten, während sie von »alten Zeiten« sprachen, in Erinnerungen schwelgten, oder, auch das gehörte zu ihrem Plausch, ihren politischen Unmut in harter Kritik an dem, was heute war, übten.

Das Heim war nicht billig, bot aber eine Menge Annehmlichkeiten wie Lesesaal, Leihbibliothek, Wäsche- und Zimmerservice und eine perfekte medizinische Betreuung und Versorgung. Das Essen war hervorragend. Hin und wieder gab es »Dichterlesungen«, sorgten Chöre für Unterbrechungen des Alltagstrotts, was besonders die Gehbehinderten begrüßten.

An diesem Morgen blickte die 78-jährige Studiendirektorin Mimke Goselar auf den verwaisten Sessel vis-a-vis, den, das war zur Gewohnheit geworden, der alte Kapitän Edo van Loo einnahm. Der geistreiche Seefahrer, Alt-Wilhelmshavener und charmanter Erzähler, trug wesentlich zur Unterhaltung bei. Er brachte sie alle mit seinen witzigen Beiträgen oft zum Lachen und verstand es hervorragend, mit seinen humorvollen Lästereien dem Leben im Heim die Spitzen zu nehmen.

Zugegebenermaßen hatte sich Mimke Goselar nie für Männer interessiert, erst recht nicht für ihre Kollegen am Humboldt-Gymnasium, als sie jung, gut gewachsen und hübsch ihre sexuellen Fantasien erregt hatte.

Wegen der damaligen »Prüderie« hatte sie sich auch im Umgang mit schönen Geschlechtsgenossinnen schwer getan, erst recht, wenn sie ihrer Oberprima angehört hatten.

Umso erstaunlicher hatte sie auf ihre Gefühle reagiert, wenn Edo van Loo, der gestandene Mann mit seinem schlohweißen vollen Haar, dem buschigen grauen Schnauzbart, den eingekerbten Gesichtszügen, die vielen Stürmen getrotzt hatten, und seinen blass-blauen Augen, hoch aufgerichtet im Troyer und in Jeans, die Runde mit seiner Anwesenheit bereichert hatte.

Edo van Loo hatte 1925 die Kapitänsprüfung an der Seefahrtsschule in Leer bestanden und das Patent für »Große Fahrt« erhalten. 1926 fuhr er als II. Offizier auf der »Teutonia«, avancierte 1928 zum I. Offizier auf dem Hapag-Lloyd-Dampfer »Loreley«, der im Ostindienverkehr seinen Einsatz fand. 1930 übernahm er als Kapitän die »Burchana«, ebenfalls ein Hapag-Lloyd-Schiff. Im selben Jahr heiratete er seine Jugendgeliebte Elske de la Motte, die bereits 1976 verstarb. Edo van Loo hatte zwei Töchter und einen Sohn, die alle außerhalb von Wilhelmshaven wohnten. Er bekam nur selten Besuch.

Der charmante, weltgereiste Greis hatte ihre Zuneigung, die fernab jeder sexuellen Begierde lag, erwidert, sinnierte Mimke Goselar, während der Wind um das Heim heulte. Bei gemeinsamen Spaziergängen in die Stadt, Café-Besuchen mit Rumflockentorte, die er gerne aß, hatten sie sich viel zu erzählen, erst recht, wenn sie vor der »Dritten Einfahrt« ihren Spaziergang zur Kaiser-Wilhelm-Brücke fortsetzten. Sie fanden zurück in die Jahre, als Wilhelmshaven ganz anders war.

Gelegentlich setzten sie im Apartment des Kapitäns die Gespräche bei einem Tee fort und wurden vertraut miteinander.

Das hatte dazu geführt, dass Mimke Goselar Edo van Loo in fast regelmäßigen Abständen an vereinbarten Nachmittagen oder abends, wenn in den Apartments der übrigen Heimbewohner der Fernseher lief, besuchte. Sie gaben sich bedacht wegen der Eifersüchteleien der übrigen Damen, die sich gerne in der Nähe des rüstigen Seefahrers aufhielten.

Dabei verstand es van Loo nicht nur, spannend aus seinem Leben zu erzählen, sondern er hörte auch gerne zu, wenn Mimke Goselar von ihrer Kindheit berichtete. Sie war 1914 in Oliwa bei Danzig geboren, hatte dort das »Marien-Gymnasium« besucht und in Danzig studiert. Dann kam der »Treck« in den Westen.

Edo van Loo hatte im Frühjahr 1903 in Horumersiel das Licht der Welt erblickt. Sein Vater war wie er Kapitän gewesen. Er hatte auf einem Windjammer die Weltmeere befahren und war 1902 während eines Sturmes in der Ostsee, noch bevor sein Sohn Edo geboren wurde, ertrunken. Seine Mama hatte nach dem Tode des Papas die Gaststätte »Kumm wieder« in Horumersiel recht und schlecht geführt. Seine Großeltern hatten sich um seine Erziehung bemüht.

Seine Mama hatte 1910 einen Marineoffizier geheiratet, der im Ersten Weltkrieg gefallen war. Seine Halbbrüder Friedrich und Georg, beide hatten sich freiwillig zur Marine gemeldet, waren nicht zurückgekommen. Friedrich gehörte zur Mannschaft eines versenkten U-Bootes, und Georg erwischte es bei einem Tieffliegerangriff an Bord eines Minensuchschiffes vor der bretonischen Küste.

Edo hatte als Fregattenkapitän den Krieg überlebt. Wie durch ein Wunder, und nun kannten sich sie bereits mehr als 13 Jahre, erinnerte sich Mimke Goselar. Sie saß zurückgelehnt im Sessel. Sie schrieb ihre Müdigkeit den Tabletten zu, die ihr der Arzt zur Stabilisation ihres Kreislaufes verordnet hatte.

Sie fand zurück zum Hier und Jetzt, als Alma Sandomir, die 72-jährige Schauspielerin vom Stadttheater, die vielen Wilhelmshavenern unvergesslich blieb, ihren Arm berührte und »Wo bleibt Edo?«, fragte. Es war bereits 11.30 Uhr. In einer Stunde gab es das Mittagessen im Speisesaal. Der Sturm wütete unentwegt. Die Fenster waren blind vom triefenden Regen.

Die Damen schwiegen und blickten Mimke Goselar fragend an.

»Besuch«, sagte sie ein wenig gereizt. Schließlich erhob sie sich und sagte entschlossen: »Ich schaue nach.«

»Die hat es nötig«, warf die 74-jährige Trude Ellers, die Witwe eines Zahnarztes, giftig ein.

»Mann kann nie wissen«, meinte Hanna Finken, ehemalige Eigentümerin des »Preußischen Hofes«, auf dessen Gelände sich jetzt der »Aldi« befand. Sie war mit ihren 86 Jahren die älteste der Damen. Bewegte unentwegt ihre Fingerkuppen aufeinander, während das vom Schlaganfall gelähmte rechte Auge tropfte.

Mimke Goselar eilte besorgt durch den langen Flur zum Apartment 13, klopfte an die Tür, öffnete sie, schob sie auf und fuhr erschrocken zusammen.

Kapitän van Loo, ihr Freund, saß im Sessel. Er trug seinen Troyer, seine Jeans, auf seinen Knien lag die Sonntagszeitung. Er schien zu schlafen.

»Edo!«, rief Mimke.

Der Alte rührte sich nicht.

Sie trat näher an den Sessel, blickte in das blasse Gesicht und schrie auf. Sie drückte die Nottaste, die sich unterhalb des Lichtschalters befand.

Edo van Loo war friedlich eingeschlafen nach einem erfüllten Leben.

Nur wenige Tage vor seinem Tod hatte Edo van Loo seine graue Flanellhose angezogen, sich für ein weißes Oberhemd entschieden, die Krawatte mit dem Emblem der Reederei umgebunden, den dunkelblauen V-Ausschnittpullover übergezogen, die Füße in die schwarzen Sonntagschuhe gesteckt, den marineblauen Blazer mit der Kleiderbürste bearbeitet, die goldierten Ankerknöpfe zum Blinken gebracht und den Blazer mit sentimentalen Erinnerungen übergezogen, der für seinen abgemagerten Oberkörper im Laufe der Jahre zu weit geworden war, wie er vor dem Spiegel festgestellt hatte.

Edo van Loo war in den navyblauen Trenchcoat geschlüpft, hatte seine Prinz-Heinrich-Mütze auf sein schlohweißes Haar gesetzt, wie Mimke Goselar später den Angehörigen zu berichten wusste.

»Mimke, den Gang mache ich alleine. Ich habe prächtige Kinder und Enkelkinder mit intakten Familien. Sie zeigen mir ihre Dankbarkeit und Anerkennung, auch wenn sie mir nicht gerade das Steuerhaus einrennen. Ich musste sie oft allein lassen, wenn ich auf See war. Erst recht im Krieg«, hatte er gesagt.

Das war am 19. September gewesen, eine knappe Woche vor seinem Tod. Am Morgen nach dem Frühstück verließ Edo van Loo mit seiner unmodernen, flachen Ledertasche das Altenheim. Die aufgehende Sonne kündigte einen schönen, milden Herbsttag an. Er suchte hoch aufgerichtet ohne körperliche Beschwerden die Kanzlei des Rechtsanwaltes und Notars Peter Jacoby in der Gökerstraße auf, mit dessen Vater ihn weit zurückliegende Segeltörns nach Helgoland verbanden. Der Weg zum Notar schien ihm angebracht. Es galt, klar Schiff zu machen. Der Sensenmann hatte sich in einem Traum recht friedlich gezeigt und ihm seinen bevorstehenden Tod angekündigt. Das war kein Thema für die Gespräche am »langen Tisch« gewesen, erst recht wollte er Mimke nicht erschrecken.

Edo van Loo hinterließ keine Reichtümer, dennoch eine respektable Summe in Form von Aktien jeder Schattierung, um die er sich seit vielen Jahren nicht mehr gekümmert hatte. Dazu zählten auch Anteilscheine an der Reederei, auf deren Schiffen er mehr als zwanzig Jahre in Verantwortung die Meere durchpflügt hatte, zuletzt auf dem Autotransporter »World-Car«.

Sein Sohn Jesko, geboren 1930, fuhr als Kapitän auf dem Polizeikreuzer »Schleswig«. Er wohnte in Kiel. Sein Enkel arbeitete auf der Werft als Bootsbauer. Tochter Nanna war 1935 zur Welt gekommen. Sie war mit einem Arzt verheiratet, der in Neuss eine gut gehende Praxis besaß. Deren Tochter und Sohn studierten. Tochter Wilma hatte 1937 in Heidmühle/Jever das Licht der Welt erblickt. Sie war in Bielefeld mit einem Studiendirektor verheiratet. Sie hatten zwei Söhne, die ebenfalls studierten.

Zufrieden mit dem, was aus allen geworden war, um die er sich gesorgt hatte, lag es in seiner Absicht, das Erbe seinen Enkelkindern in gleichen Teilen zu hinterlassen, falls, und davon ging er aus, die Töchter und der Sohn von ihrem Pflichterbe absahen. Eine weitere Bedingung, die er von Jacoby testamentarisch aufnehmen ließ, war, dass seine Kinder dafür Sorge trugen, sich von ihm mit einer Seebestattung zu verabschieden. In Anbetracht des engen Jadebusens entschied er sich für die Gewässer vor Norderney und traf entsprechende finanzielle Vorsorge.

Sein nächster Besuch galt dem Friedhofsamt. Seine geliebte, treue Frau Elske ruhte seit 16 Jahren im von ihm gepflegten Grab auf dem Friedhof »Aldenburg«. Er gab das Grab frei, ließ sich von der freundlichen Angestellten ein Taxi bestellen, verließ das Rathaus und stieg kurz danach in das Taxi. Sein Ziel war die Friedhofsgärtnerei Schluppenkotten.

Edo van Loo verließ das Taxi, das mit eingeschaltetem Leerlauf auf ihn wartete, kaufte einen großen Strauß Herbstastern und stieg wieder zu dem Taxifahrer in den Wagen. Sie fuhren zum nur 200 Meter entfernten Parkplatz des Friedhofs. Er stieg aus.

»Bitte, warten Sie hier auf mich«, sagte er zu dem Fahrer.

Er betrat durch die geöffnete Eisengittertür der Pforte den Friedhof, ging an den hoch gewachsenen Trauerweiden vorbei zu den Grabanlagen. Ein vertrauter Weg, den er tausendfach zurückgelegt hatte. Er passierte den Ehrenfriedhof, schritt über den breiten roten Ascheweg mit dem Blick auf Thuja-Hecken und Lebensbäume, an gepflegten Grabparzellen vorbei und fand zum Grab. Er legte den Strauß ab, schaute mit Tränen in den Augen auf den Grabstein, der mit seiner Inschrift an Elske van Loo, geborene de la Motte erinnerte. Er fand zu Jahren zurück, in denen sie glücklich gewesen waren, und ließ Ereignisse vor seinem geistigen Auge Revue passieren. Der erste Kuss. Verlobung, Hochzeit, die Geburt der Kinder. Die harten Kriegsjahre.

»Hier will ich nicht ruhen! Liebe Elske, uns verband so vieles. Auch du befindest dich nicht hier unter der braunen mit Erika und Rosenranken bewachsenen Erde. Mein Vater Galt van Loo, meine Brüder Friedrich und Georg wurden Opfer des ›blanken Hans'‹, mich zieht es zu ihnen!«, sprach er laut vor sich hin. Er bekreuzigte sich. Edo van Loo war kein Kirchgänger. Er glaubte an ein Leben nach dem Tod. »In Kürze sehen wir uns wieder«, fügte er hinzu.

Er trat hinter den Grabstein, langte nach einer Grabvase, ging zum Wasserbecken, füllte die Vase, trug sie zum Grab, stellte die Blumen in die Vase und drückte sie in die Erde vor dem Grabstein. Er entfernte ein paar Zweige, die der frühe Herbststurm hinterlassen hatte, und ging gesetzten Schrittes über den parkähnlichen Friedhof an dem Wassergraben entlang, auf dem Enten paddelten. Er warf kurz einen Blick auf den Grabstein eines Kollegen, der nach Großer Fahrt als Lotse die Tanker an die Ölpier gesteuert hatte und bereits seit sieben Jahren hier ruhte.

Edo van Loo passierte tief bewegt die Friedhofskapelle, in der er vor vielen Jahren Abschied von seiner Elske genommen hatte, suchte den Parkplatz auf und stieg in das Taxi.

»Zum Altenheim«, sagte er mit trockener Zunge.

Die im Volksmund dem Freitag, wenn er auf den Dreizehnten eines Monats fiel, oft anhängig gemachten unangenehmen Ereignisse trafen nicht auf die Angehörigen des verstorbenen Kapitäns van Loo zu. Im Gegenteil. Am Freitag, dem dreizehnten Oktober, erreichte ein Hoch die norddeutsche Küste. Jesko van Loo, 61, gesetzt, hoch gewachsen, mit ergrautem Haar, lenkte nach einer störungsfreien Autofahrt von Kiel gegen 15.30 Uhr in Norddeich seinen BMW auf den Parkplatz des »Fährhauses«. Er befand sich in Begleitung seiner Frau Petra.

Sie verließen den Wagen, blickten über die Mole auf die Nordsee und die Skyline der Insel Norderney, über die sich der blaue Himmel stülpte. Am heutigen Freitag, dem letzten Ferientag der Besucher aus Nordrhein-Westfalen, zeigte das Thermometer stolze 20 Grad. Auf der Terrasse des Hotels saßen Gäste im Freien, genossen den herrlichen Blick, die Sonnenstrahlen und tranken Tee.

Jesko van Loo trug einen dunkelblauen Trenchcoat. Er hatte, wie sein verstorbener Vater, ein energisches, schlankes Gesicht.

Petra, seine Frau, wirkte elegant mit hochhackigen Schuhen, schwarzer Gabardinehose, weißer Bluse und dunklem Pelzjäckchen. Sie trug ihr graues Haar im Stoppelschnitt. Ihr strenges Gesicht zeigte Spuren verwelkter Schönheit.

Sie und ihr Mann hatten sich auf Empfehlung von

Freunden für das traditionelle Haus mit Molen-, See- und Inselblick entschieden, und, wie es schien, zu Recht. Ein Hoteldiener begrüßte sie und nahm ihr Gepäck in Empfang.

Sie betraten die gediegene Vorhalle. Eine hübsche junge Dame bediente die Rezeption.

»Van Loo, meine Gattin«, sagte van Loo.

»Herzlich willkommen«, antwortete sie und betätigte den Computer.

»Zwei Nächte! Zimmer 22«, sagte sie, lächelte charmant. »Familie van Loo. Sie haben zwei weitere Zimmer gebucht. Wir haben für die Herrschaften die Zimmer 24 und 25 vorgesehen«, fügte sie hinzu und langte nach dem Zimmerschlüssel.

»Hervorragend«, antwortete van Loo. Er blickte auf seine Armbanduhr.

»Sie werden in Kürze eintreffen.«

»Ich begleite Sie«, sagte die junge Dame. Sie trug über einer weißen Bluse eine Nappalederweste.

»Danke«, warf Petra van Loo ein. »Wir finden den Weg.«

»Rechts gelangen Sie zum Aufzug. Zweite Etage. Unser Mitarbeiter erwartet Sie mit Ihrem Gepäck«, sagte die Angestellte und reichte ihr den Schlüssel.

Nur eine halbe Stunde später betrat Nanna Schöllhorn, 56, dezent und elegant gekleidet, mit ihrem zwei Jahre älteren Mann Ludwig die Rezeption. Dr. Schöllhorn hatte schütteres Haar und war mittelgroß. Sein breites Gesicht zierte ein Vollbart. Er überließ seiner Frau das Sagen.

»Die Familie van Loo ist bereits angereist«, sagte die Angestellte. Frau Schöllhorn trug ihr blond getöntes Haar im Pagenschnitt. Sie hatte eine kräftige Figur.

»Zimmer 24, ich begleite Sie«, sagte die Angestellte.

»Danke«, sagte Dr. Schöllhorn und nahm den Schlüssel entgegen. Er trug eine dunkelblaue Wetterjacke und Jeans.

»Seitlich finden Sie zum Aufzug«, sagte die Angestellte.

Wilma Roggendorf, 54, geborene van Loo, und ihr Mann Theodor, 56, Studiendirektor am Bielefelder Severing-Gymnasium, hatten sich kurz vor Leer verfahren und waren über Bunde verspätet angereist. Wilma Roggendorf, eine attraktive Erscheinung mit dunklen Augen, hohen Wangenknochen, mit langem, angegrautem Haar, das sie zu einen Zopf geflochten trug, war schlank. Sie trug eine tiefblaue Wetterjacke mit herabhängender Kapuze, eine dunkelblaue Hose und flache, mattschwarze Lederschuhe. Ihr Mann Theodor war ebenfalls schlank. Sein Gesicht zierte ein breiter Schnauzbart. Er wirkte jovial mit seinem kurzen Haarschnitt und der breiten, aufgeworfenen Nase. Er trug eine Wildlederjacke.

»Wir werden erwartet«, sagte Wilma Roggendorf. »Mein Bruder hat für uns gebucht.«

»Zimmer 25. Es liegt in der Nachbarschaft Ihrer Verwandten. Soll ich Ihre Ankunft ankündigen?«, fragte sie.

»Nicht nötig«, antwortete Roggendorf und nahm den Schlüssel in Empfang. »Wir machen uns ein wenig für die Teetafel frisch.« Er nahm das Gepäck auf.

Der Angestellte erschien. »Darf ich Ihnen das Gepäck abnehmen? Ich begleite Sie zu Ihrem Zimmer«, sagte er.

»Wir haben bereits eingedeckt. Das Lotsenzimmer befindet sich auf der ersten Etage am Ende des Flurs«, sagte die Angestellte.

Der Hoteldiener führte die Gäste zum Aufzug.

Am späten Nachmittag, nach der Teetafel, unternahmen die Angehörigen des Kapitäns van Loo einen ausgedehnten Spaziergang über den Deich, am Café »Ut-Kiek« vorbei zum Haus des Gastes, sahen sich dort in den großzügigen Räumen um und suchten den Strand auf. Der aufgebriste Wind blies aus südwestlicher Richtung. Juist lag wie eine eingebröckelte Mauerkante vor dem Horizont im Licht der untergehenden Sonne. An den Strand plätscherten die kleinen Wellen des auflaufenden Wassers. Auf der Liegewiese ließen Urlauber ihre Drachen steigen, die surrend im Wind hingen. Die van Loos, Roggendorfs und Schöllhorns spazierten über den Molenkamm, am Jachthafen vorbei. An den Stegen lagen noch einige Jachten kurz vor der Winterpause.

Die Männer gingen vorweg mit dem Blick auf die Silhouette der Insel Norderney. Ihre Haare waren ergraut. Sie hatten es zu bürgerlichem Wohlstand gebracht und die besten Jahre hinter sich. Sie redeten sich frei vom beruflichen Stress, sprachen von ihrer Zukunft, über ihre wohl durchdachte Altersabsicherung, über Politik, Bundesliga und Autos.

Die Frauen folgten ihnen. Ihre Unterhaltung verlief weniger gelöst. Ihre Sorgen galten den Töchtern und Söhnen. Da war die Rede von Klausuren und Prüfungen. So, als fänden sie es »niedlich«, flossen die Namen von Freundinnen und Freunden ihrer umsorgten Kinder über ihre Lippen, die fernab von zu Hause ihre ersten Liebeserfahrungen, nicht immer reibungslos, machten.

»Ludwig und ich haben uns entschlossen, Silvester auf Norderney zu verbringen. Papas Tod hat uns dazu animiert«, flötete Nanna Schöllhorn.

»Eine gute Idee. Wie wäre es, wenn wir uns anschließen würden?«, antwortete Wilma Roggendorf.

»Falls Jesko keinen Dienst hat, machen wir mit«, meinte die Schwägerin. Sie waren entzückt von der Idee und trugen sie ihren Männern vor.

»Gebongt«, sagte Jesko und erklärte sich bereit, entsprechende Schritte in die Wege zu leiten. Sie traten den Rückweg an. Die Sonne versank am Horizont und hinterließ einen herrlichen Abendhimmel. Der Wind frischte auf.

Das Hotel »Fährhaus« empfing sie mit molliger Wärme.

Jesko van Loo trat an den Tresen der Rezeption.

Die hübsche Angestellte blickte ihn fragend an. »Herr van Loo? Was kann ich für Sie tun?«, fragte sie.

»Besteht die Möglichkeit, anlässlich unserer Familienfeier in Ihrem Haus, den Tag gegen 20 Uhr im ›Lotsenzimmer‹ abklingen zu lassen? Ich denke an die Getränkekarte und an einen Imbiss zur späten Stunde«, trug er vor. Er wirkte weltmännisch im Mantel und seinem grauen Haar.

»Dem steht nichts im Wege. Ich werde den Ober benachrichtigen«, sagte sie und lächelte höflich.

»All up Stee«, sagte Nanna Schöllhorn, nahm ihren Mann in den Arm.

»Um 20 Uhr im Lotsenzimmer«, bestätigte Petra van Loo.

»Da bleibt Zeit, eine Klassenarbeit zu korrigieren«, frotzelte Roggendorf.

»Theodor, ich bitte dich«, sagte Wilma entsetzt.

»Schwager, wenn du möchtest, dann schreibe ich dich für eine Woche krank«, warf Dr. Schöllhorn belustigt ein.

Sie verließen die Halle und gingen auf ihre Zimmer.

Am Samstagmorgen gegen 9 Uhr nach dem Frühstück zogen sie ihre Jacken und Mäntel über, verließen das Fährhaus und begaben sich mit ernsten Gesichtern in den Fischereihafen, in dem die »Pax«, ein ehemaliger umgebauter Zollkreuzer, wie Jesko van Loo fachmännisch kommentierte, am Kai vertäut lag.

Ein Fischkutter kam vom Fang zurück. Möwen schossen durch den kühlen Morgenwind. Die Luft war frisch und würzig. Der Bestatter und Eigner der Pax stand vor der Gangway am Kai. Er trug ein khakifarbenes Leinenjackett mit blinkenden Knöpfen über einem weißen Oberhemd mit schwarzer Krawatte, Jeans und festes Schuhwerk. Ärmelstreifen und Schulterstücke unterstrichen seine seemännische Funktion und berufliche Herkunft. Er war in ihrem Alter, hatte ein volles, rosiges Gesicht. Er nahm für Sekunden seine Prinz-Heinrich Mütze vom gelichteten, grauen Haar. In seinem Blick lag die mitfühlende Trauer.

»Gretus Detinga, Kapitän der Pax und Inhaber des Bestattungsunternehmens«, stellte er sich vor.

Jesko van Loo nahm ebenfalls seine Elbsegler-Mütze vom Kopf.

»Wir haben miteinander telefoniert. Ich bin der Sohn des Verstorbenen. Meine Schwestern, meine Frau und meine Schwäger«, sagte er.

Detinga begrüßte die Gäste.

»Herr van Loo, meine Damen und Herren«, er wies auf einen jungen Mann, der vor dem Poller stand.

»Mein Mitarbeiter, Matrose und Gehilfe, trägt verständlicherweise nicht die angemessene Kleidung«, sagte er entschuldigend.

Der junge Mann grüßte höflich.

»Bitte kommen Sie an Bord«, bat Detinga.

Sie folgten ihm über den Niedergang zum Unterdeck. Seitlich befand sich die Pantry. Sie betraten den kleinen Salon. Durch zwei Bullaugen fiel Licht auf die mit Sitzkissen belegten Bänke. Mitten im Raum befand sich der fest verankerte Tisch.

»Ich serviere Ihnen gerne einen Kaffee«, sagte er.

»Danke«, antwortete Jesko van Loo.

»Wir haben eben erst gefrühstückt«, warf seine Frau Petra ein.

»Die Toilette befindet sich steuerbords«, sagte der Kapitän und wies die Richtung. Er zeigte auf die Salontür. »Wenn Sie unsere kleine Seereise in der frischen Luft genießen möchten, wir haben zurzeit ideale Wetterbedingungen, dann suchen Sie das Heck des Schiffes auf. Die Urne mit der Asche Ihres geliebten Verstorbenen befindet sich im Steuerhaus. Den Blumenstrauß, es sind frische Herbstastern, habe ich in der Frühe besorgt. Wenn Sie keine Einwendungen haben, dann legen wir gleich ab.«

»Einverstanden«, antwortete Jesko van Loo.

Der Kapitän verließ den Salon. Kurz danach heulte der Dieselmotor auf. Sie saßen auf den Bänken in ihrer Trauerkleidung und blickten durch die Bullaugen. Die Pax steuerte der Fahrrinne entgegen. Theodor Roggendorf griff zur Kamera und fotografierte. Das Geräusch des Dieselmotors drang monoton in den Salon.

»Ein MAN, 6.000 PS, Baureihe 18, nicht totzukriegen«, warf Jesko van Loo ein.

»Davon verstehe ich nichts«, antwortete Dr. Schöllhorn.

»Unser Motor der Baureihe 22 hat eine höhere Drehzahl bei einer Brennstoffeinsparung von gut 30 Prozent«, antwortete van Loo.

Das Gespräch erstarb. Die Frauen schwiegen. Roggendorf verließ den Salon und betrat das Heck. Er fotografierte.

Sie blickten durch die Bullaugen auf die lang gestreckten Dünenausläufer von Juist. Fernab lag die Skyline der Insel Norderney.

Roggendorf kam zurück. Er nahm wieder auf der Bank Platz.

»Bin ich froh darüber, dass es nicht stürmt und regnet«, sagte seine Frau Wilma.

»Vaters Asche füllt nicht einmal die blumenvasengroße Urne«, meinte Dr. Schöllhorn sarkastisch und blickte in die ernsten Gesichter seiner Verwandten.

»Bitte, Ludwig, Papa hat sich die Seebestattung gewünscht«, murmelte seine Frau Nanna. Sie griff zum Taschentuch und weinte.

»Die Urne löst sich im Wasser auf, die Asche treibt davon«, stellte Jesko van Loo fest.

»Keine Würmer bohren sich in Vaters Leiche. Keine Maden und Käfer erledigen den Entsorgungsprozess«, warf Dr. Schöllhorn ein.

Petra van Loo schüttelte sich.

»Vater hat Mutters Grab auf dem Friedhof ›Aldenburg‹ aufgegeben. Eine konsequente Entscheidung. Wer von uns sollte sich um das Grab kümmern? Das erspart uns die Kosten des Friedhofsgärtners«, sagte Jesko van Loo.

Er saß mit geöffnetem Trenchcoat auf der Bank, hatte die Beine von sich gestreckt und ließ seine Elbseglermütze über seine Hand rollen.

»Keine Kränze und Gebinde, keine Gaffer vor dem Grab, kein Blabla von Ehrenrednern, keine Schippe Erde auf den Sarg und nicht das Gerede von Staub zu

Staub des Pastors!«, sagte Ludwig Schöllhorn. »Ein ›Ahoi‹ für einen redlichen Mann, der sich mehr an Bord von Schiffen als zu Hause aufgehalten hat.«

Kurz danach erstarb das monotone Dieseln des Motors der Pax. Der Gehilfe des Bestatters betrat den Salon.

»Wir sind am Ziel. Betreten Sie bitte das Heck«, sagte er.

»Es wird ernst«, stellte Jesko van Loo fest.

Sie verließen den Salon und stiegen durch die Tür auf das Heck. Der Wind griff nach ihren Mänteln und Jacken. Die Pax krängte leicht im Tidestrom.

Der Kapitän gesellte sich über die Brückentreppe zu ihnen. Er gab Jesko van Loo den Blumenstrauß. Der Gehilfe brachte die Urne und reichte sie dem Bestatter.

Am Heck flatterte die Fahne im Wind. Die Sonne schien. Ihre Strahlen spiegelten sich in der leichten Dünung.

Jesko van Loo entfernte das Papier des Blumenstraußes, verteilte die bunten Herbstastern an seine Frau und an seine Schwestern.

Sie standen im zügigen Wind an die Reling gelehnt, blickten mit feuchten Augen auf den Kapitän, der seine Mütze kurz vom Haar nahm.

Roggendorf schoss Fotos.

»Kapitän Edo van Loo, als junger Kollege erfülle ich die mir von deinen Angehörigen übertragene ehrenvolle Aufgabe und versenke die Urne mit deiner Asche im Meer, das dein Leben erfüllt hat. Wir werden deiner gedenken«, sprach er, verbeugte sich, blickte vom schaukelnden Schiff auf die kleinen Wellenkämme, neigte sich über die Reling des Hecks und warf die Urne auf das Wasser.

Die Frauen weinten, ihre Gesichter waren von den Tränen und dem kalten Wind gerötet. Sie warfen die Blumen auf das Wasser, sahen hinter ihnen her und verfolgten mit ihren Blicken ihren Weg in die sie umschlingenden Wogen.

Roggendorf betätigte noch einmal den Auslöser seiner Kamera.

»Meine Damen und Herren, mein Mitarbeiter bietet Ihnen im Salon zum Aufwärmen Kaffee oder Tee und Corvit an«, sagte der Kapitän. »Die Getränke gehen zu Lasten meines Hauses. Wir nehmen jetzt Kurs zum Festland. Herr van Loo, begleiten Sie mich bitte zum Steuerhaus. Ich habe die Unterlagen für das Standesamt und Altenheim in Wilhelmshaven vorbereitet und auf der Seekarte die Position der Urnenversenkung eingetragen.«

Die Pax nahm Fahrt auf.

Nach einer Weile betrat Jesko van Loo den Salon und legte eine Versandtasche auf den Tisch.

»Wir alle erhalten eine Kopie der Seekarte mit der markierten Position der Urnenversenkung«, sagte er. »Wir werden gegen 15 Uhr in Norddeich anlegen und sofort nach Wilhelmshaven fahren. Die Heimleiterin erwartet uns um 17 Uhr.«

Der Mietvertrag des verstorbenen Kapitäns Edo van Loo lief am 31. Oktober aus. Bis zu diesem Zeitpunkt galt es, das Apartment zu entrümpeln und es so wieder herzurichten, wie Edo van Loo es vor vielen Jahren bezogen hatte.

Weder Jesko van Loo noch seine Schwestern Nanna und Wilma hegten ein Interesse an dem Mobiliar. Sie spielten auch nicht mit Gedanken, einen Trödler einzuschalten, um ein paar Mark herauszuschinden. Sie beabsichtigten, eine Entrümpelungsfirma einzuschalten. Doch vorher mussten sie mit der Heimleiterin Rücksprache nehmen.

Sie hatten Vaters Akten, Dokumente, Fotoalben und was sonst noch für die Familienchronik verwertbar schien, bereits bei ihrem Besuch nach seinem Tod an sich genommen.

Kurz nach 15 Uhr legte die Pax in Norddeich an. Sie verließen das Schiff, verabschiedeten sich vom Kapitän und seinem Mitarbeiter, suchten das Hotel auf, trennten sich von der Trauerkleidung, zogen sich um und begaben sich zum Parkplatz.

Jesko van Loo und seine Petra stiegen in ihren BMW. Sie waren ortskundig.

Dr. Schöllhorn und seine Frau Nanna baten Wilma und Theodor Roggendorf, auf dem Rücksitz ihres bequemen Mercedes Platz zu nehmen. Sie folgten dem BMW im angemessenen Abstand.

Sie erreichten kurz nach 17 Uhr das Altenheim und stellten ihre Wagen auf dem Besucherparkplatz ab.

Über der Stadt lag bereits die frühe Abenddämmerung. Im Park des Altenheimes warfen die Laternen ihr Licht auf die Spazierwege und Ruhebänke. Die Fenster des Wohnheimes waren erleuchtet. Einige Alte waren unterwegs, schoben ihr Stützwägelchen vor sich her. Der kalte Wind fuhr durch die Bäume und fegte die welken Blätter über den Rasen.

Wilma Roggendorf zeigte auf ein Fenster. »Dort stand Papa und blickte uns entgegen, wenn wir ankamen«, sagte sie.

Sie betraten durch das Hauptportal das Altenheim.

Sie kannten sich aus, gingen am Speisesaal vorbei zum Nebentrakt, in dem sich das Büro der Heimleiterin befand.

Jesko van Loo klopfte an die Tür. Sie traten ein. Frau Gesine Eller nahm die Brille ab, erhob sich, verließ den Schreibtisch und begrüßte die Angehörigen des verstorbenen Heimbewohners Edo van Loo.

»Wir bitten unsere Verspätung zu entschuldigen. Wir kommen von Norddeich. Der Wochenendverkehr. Wir haben die Urne mit der Asche unseres Vaters vor Norderney den Wellen anvertraut.« Jesko van Loo trat vor, entnahm seiner Manteltasche die vom Kapitän der Pax ausgestellten Bescheinigungen und reichte sie der Heimleiterin.

»Danke, den Weg zum Standesamt kann ich Ihnen abnehmen«, sagte sie und legte die Bescheinigungen auf ihren Schreibtisch.

»Das war keine Spazierfahrt«, sagte sie und blickte die Töchter des Verstorbenen mitfühlend an.

»Wir haben Ihnen zu danken. Papa hat sich in Ihrem Hause wohl gefühlt und sich noch kurz vor seinem Tod lobend über Sie geäußert«, antwortete Wilma Roggendorf.

»Danke, Ihr Vater war ein herrlicher Mensch. Er ist friedlich eingeschlafen, was nur wenigen Heimbewohnern widerfährt. Sie haben sich Gedanken über den Verbleib seiner Möbel gemacht? Suchen wir gemeinsam sein Apartment auf.«

Sie öffnete den Büroschrank und entnahm ihm die Schlüssel.

»Gehen wir!«, sagte sie. »Mein Mann wird heute 60, wir erwarten Gäste.«

Sie folgten der Heimleiterin durch die weiten Korridore, an den Sitzecken entlang, in denen an Tischen Alte in Sesseln saßen und auf das Abendbrot warteten.

Sie erreichten über eine breite Treppe das Obergeschoss und fanden zum Apartment 213.

»Die Alten nehmen den Aufzug«, sagte Frau Eller, steckte den Schlüssel in das Schloss, öffnete die Tür und drückte den Lichtschalter. Noch immer rochen die ihnen vertrauten Räume nach dem rumgetränkten Tabak, den ihr Papa mit Vorliebe rauchte.

Sie blickten noch einmal wehmütig in den kleinen Korridor mit der Tür, die zur Toilette und zum Bad führte, und betraten das Wohnzimmer.

Jesko drückte den Lichtschalter.

»Wir haben seine Dokumente, Fotoalben und einige Bücher bereits beim vorigen Besuch an uns genommen«, sagte er. »Seine Wäsche, seine Garderobe und das Bettzeug befinden sich noch in den Schränken und Schubladen. Uns liegt nichts an einer Verwertung seiner weiteren Hinterlassenschaft.«

»Die notwendigen Renovierungskosten gehen zu unseren Lasten«, sagte Dr. Schöllhorn und blickte auf den abgetretenen Boden, der besonders vor dem Ohrensessel sichtbaren Schaden genommen hatte.

»Ich unterbreite Ihnen einen angemessenen Vorschlag«, sagte Gesine Eller. »Die Renovierungskosten gehen zu Lasten des Hauses. Im Gegenzug überlassen Sie mir, in der Funktion der Hausleitung, das gesamte Inventar in Bausch und Bogen, wie es heißt. Ich verfasse eine entsprechende Abtrittserklärung und schicke sie Ihnen zu. Einverstanden, Herr van Loo? Sie sind der Sohn des Verstorbenen und damit mein Ansprechpartner.«

»Abgemacht«, antwortete Jesko van Loo und blickte

fragend in die Gesichter seiner Schwestern und Schwäger, die erleichtert ihre Zustimmung gaben. Er kramte in den Manteltaschen, fand den Schlüsselbund seines Vaters und reichte ihn Frau Eller.

»Ich hätte Sie gerne noch zu einer Tasse Tee in das Clubzimmer eingeladen. Doch, wie bereits erwähnt, stehe ich wegen der Geburtstagsfeier meines Mannes unter Zeitdruck«, sagte sie. »Bleiben Sie in Wilhelmshaven? Das gute Wetter?«

»Wir fahren nach Norddeich. Eine kleine Nachbesinnung im Hotel. Morgen ist Abreise«, antwortete Petra van Loo.

Nanna und Wilma schauten sich noch einmal im Apartment um, in das der Papa eingezogen war, als ihre Kinder zur Schule gingen.

Sie folgten der Heimleiterin zum Flur.

Gesine Eller verschloss die Tür. »Sie finden nach draußen?«, fragte sie.

»Selbst im Dunkeln«, antwortete Roggendorf spaßig.

Sie reichten der Heimleiterin die Hand.

»Gute Fahrt und alles Gute«, sagte sie und ging eilig davon.

Petra van Loo atmete tief durch und griff nach dem Arm ihres Mannes, während sie sich der Treppe des Abschnittes »A« näherten. Sie wies auf die seitlich gelegene, verwaiste Sitzecke mit dem großen Tisch, den Sesseln und Blumenkübeln.

»Hier verbrachte Opa im Kreise seiner Vertrauten viele Stunden«, sagte sie und blickte sich nach Nanna und Wilma um.

»Auch sie vermissen ihn«, meinte Nanna nicht ohne Stolz.

Sie erschraken, als eine Alte, als hätte sie sich versteckt, hinter den Blumenkübeln hervortrat und sich ihnen näherte.

»Frau Goselar!«, entfuhr es Jesko van Loo.

»Ja, ich bin es. Ich habe an der Tür gelauscht. Leider konnte ich an der Seebestattung nicht teilnehmen. Edo van Loo fehlt mir sehr! Bitte, begleiten Sie mich zu meinem Apartment. Auch Sie, Nanna, Wilma und die Herren Schwiegersöhne meines verstorbenen Freundes! Ich bereite einen Tee zu.«

Die Überraschung war komplett.

»Frau Goselar, das ist sehr lieb. Wir haben Abschied genommen von Papas Bleibe«, antwortete Jesko van Loo und blickte in das faltige Gesicht der pensionierten Studiendirektorin.

»Bitte, ich bin es Edo schuldig! Sie müssen mitkommen!«, sagte sie erregt. Sie trug Jeans und zupfte mit der linken Hand an dem Troyer.

»Ihr Vater schenkte mir den Pullover, von dem ich mich nicht trennen kann«, sagte sie nervös.

»Frau Goselar, wir befinden uns auf dem Weg nach Norddeich«, warf Nanna Schöllhorn gefasst ein. »Wir wünschen Ihnen alles Gute. Sie müssen wie wir Papa vergessen.«

»Das fällt mir schwer – und die alten Dokumente!«, antwortete sie aufgebracht.

»Frau Goselar, bitte genauer«, antwortete Jesko van Loo höflich.

Die Alte machte einen verwirrten Eindruck.

»Sie laden uns zu einem Tee ein? Befindet sich Ihr Apartment in der Nähe?«, fragte Dr. Schöllhorn und blickte in das abgelebte Gesicht der ehemaligen Studiendirektorin, in dem er keinen Hinweis für Altersschwachsinn oder Senilität entdeckte.

»Nein, es ist nicht weit. Ich wohne in Trakt ›B‹«, antwortete sie verärgert.

Wilma und Nanna war die Alte suspekt. Warum mischte sie sich ein? Sie waren nicht interessiert an weiteren Erinnerungen, die Papas Heimleben betrafen.

»Was hat es auf sich mit den Dokumenten?«, fragte Jesko van Loo.

»Sie sind Edos Sohn! Sie müssen sie an sich nehmen, bevor sie verloren gehen. Kommen Sie mit«, forderte sie im forschen Ton.

»Gnädige Frau, handelt es sich um alte Seekarten, die uns zu vergrabenen Schätzen auf einer einsamen Südsee-Insel führen?«, fragte Roggendorf ironisch.

»Junger Mann, ich bin nicht zum Scherzen aufgelegt und erwarte von Ihnen den notwendigen Respekt. Soviel ich weiß, sind Sie ein Kollege«, wies sie Roggendorf zurecht.

»Frau Goselar, einverstanden, wir nehmen Ihre Einladung an«, sagte Jesko van Loo und bot der Alten seinen Arm an. Sie hakte sich ein, lächelte zufrieden und führte die Angehörigen des einzigen Mannes, den sie in ihrem langen Leben geliebt hatte, zu ihrem Apartment, löste sich vom Arm ihres Begleiters und öffnete die Tür.

»Bitte«, sagte sie. »Treten Sie ein.«

Im kleinen Korridor brannte das Licht. Seitlich neben der Tür zum Bad befand sich die Garderobe mit einem Spiegel. Die Wand zierte ein Ölgemälde. Es zeigte eine Szene aus dem alten Danzig. Die Tür zum Wohnzimmer stand offen.

»Bitte, wenn Sie ablegen möchten«, sagte die Alte.

»Danke, uns bleibt wenig Zeit, wir müssen nach Norddeich«, warf Petra van Loo ein.

Sie betraten das Wohnzimmer. Frau Goselar hatte

den Tisch gedeckt, das Geschirr trug das Dekor der Ostfriesischen Rose. Sie wies auf eine Couch und seitliche Sessel und rückte für sich einen Stuhl zurecht.

»Nehmen Sie bitte Platz«, sagte sie fahrig. »Ich bereite den Tee zu.«

»Frau Goselar, Sie sind ein Schlitzohr«, warf Dr. Schöllhorn ein.

»Sie werden den Besuch bei mir nicht bereuen!«, antwortete die Alte, fuhr mit der Hand durch ihr graues Haar und ging zur Küchenzeile.

Petra van Loo grinste belustigt, während Hanna und Wilma schwiegen.

»Frau Goselar, sind wir Ihre Geburtstagsgäste?«, fragte Dr. Schöllhorn ironisch.

»Nein, aber heute haben Sie Edos Asche der See anvertraut. Ein Ereignis, dem ich eine Seite in meinem Tagebuch widmen werde«, gab sie zurück. Sie trat aus der Küchenzeile und stellte eine Platte mit Butterkuchen auf den Tisch.

»Der Tee kommt gleich«, sagte sie.

»Aber …«, entfuhr es Wilma, die an ihre früh verstorbene Mama dachte.

»Kein Aber, ich bin es Edo schuldig!«

»Leider habe ich meine Kamera nicht mit«, bedauerte Roggendorf.

Die Alte trat an den Tisch. Sie hielt die Teekanne in der Hand.

Dr. Schöllhorn griff zum Feuerzeug und zündete das Teelicht an. Die Alte stellte die Kanne auf das Stövchen.

»Bitte nehmen Sie vom Kluntje«, sagte sie.

Sie bedienten sich. Die Alte schenkte den Tee aus. Sie wies auf den Sahnetopf.

»Bitte, den Butterkuchen habe ich im Café Heise

gekauft. Er ist ganz frisch«, sagte sie und lächelte glücklich. Ihre Gäste nahmen vom Kuchen und verzehrten ihn mit Genuss, wie sie sah.

An der gegenüberliegenden Wand unterbrach eine Tür die mit Büchern voll gestopften Eichenregale. Das Apartment hatte den Zuschnitt wie Vaters Wohnung, wie Jesko van Loo feststellte. Auch Frau Goselar hatte den Fernseher auf einer Truhe seitlich vom Fenster positioniert. Die Couchwand zierten zwei Ölgemälde, die Jesko dem Wilhelmshavener Künstler Sommerfeld zuschrieb, der während seiner Pennälerzeit sein Zeichenlehrer gewesen war.

»Ach, ich werde vergesslich«, sagte Frau Goselar spaßig, ging zur Bücherwand, entnahm einer Schublade eine Kamera, bediente sie versiert, wie Theodor Roggendorf beobachtete, trat an den Tisch und schoss Fotos.

»Für mein letztes Album«, meinte sie, lächelte und reichte sie Roggendorf.

»Bitte, gnädige Frau, nehmen Sie in meinem Sessel Platz«, sagte er und fand sich schnell zurecht mit der historischen Leica. Er schoss Fotos, und Hanna und Wilma reagierten reserviert.

Petra van Loo stupste mit ihrem Ellbogen ihren Mann an. Er verstand den Hinweis.

Dr. Schöllhorn gefiel die schrullige Alte.

»Frau Goselar, der Kuchen schmeckte hervorragend, Ihr Tee ist ein Genuss nach einem langen Tag«, warf er lobend ein. Die Alte griff zur Kanne und schenkte Tee nach.

»Ihr Schwiegervater nahm ihn gerne bei mir ein. Das hat Tradition in Friesland und Ostfriesland«, antwortete sie.

»Frau Goselar, bevor wir nach Zigaretten greifen und

Ihnen die Bude voll qualmen, bitte ich Sie, sich an die alten Dokumente zu erinnern, die schließlich den Anlass unseres gemütlichen Zusammenseins boten«, sagte Jesko van Loo höflich.

In das alte, faltige Gesicht fiel ein verschmitztes Lächeln.

»Herr van Loo, nach einem langen Leben stellt man fest, dass es mit den Zufällen so seine Tücken hat. Edo van Loo, verzeihen Sie, wenn ich es wage zu behaupten, dass er mir genauso nahe war wie Ihnen. Er verstarb hier im Heim am 25. September. Heute schreiben wir den 14. Oktober 1992.« Sie verließ den Stuhl, trat an den Bücherschrank, zog eine Schublade hervor, entnahm ihr eine kleine Ledermappe mit einem veralteten Messingschloss und trug sie an den Tisch.

»Der Inhalt wird Sie überraschen. Edo van Loo deponierte die Mappe bei mir. Ich war Lehrerin am Humboldt-Gymnasium und ging als Studiendirektorin in Pension. Abgesehen von Danzig galt mein geschichtliches Interesse unserer See- und Hafenstadt. Für die Beilage der Wilhelmshavener Zeitung ›Wir erinnern uns …‹ verfasse ich gelegentlich Beiträge aus vergangenen Zeiten. Edo van Loo vertraute mir die Mappe kurz vor seinem Tode an, deren Inhalt ich meinen Lesern nicht vorenthalten möchte.«

In die erwartungsvolle Stille tickte die Meerwievken-Uhr. Sie zierte die mit Raufaser tapezierte Wand zwischen Fenster und Fernseher.

Die Gäste der Studiendirektorin Mimke Goselar blickten gebannt auf die buchgroße, abgegriffene Ledermappe.

»Sie spannen uns ganz schön auf die Folter«, durchbrach Dr. Schöllhorn die Stille.

»Nur zu!«, forderte die Alte Jesko van Loo auf. Ihr Gesicht war gerötet.

»Nun mach schon«, sagte Petra van Loo.

Jesko van Loo griff entschlossen nach der Mappe, betrachtete das kleine Messingschloss, betätigte den Druckknopf, legte die brüchige Lederkappe nach hinten und griff vorsichtig in die Tasche. Im Zimmer lag die Stille eines unbesetzten Beichtstuhles.

Die Alte genoss mit hochrotem Kopf die gespannten Blicke ihrer Gäste, die wie gebannt zusahen, wie Jesko van Loo der Tasche Dokumente und einen Zeitungsartikel entnahm, der bis auf einige vergilbte Stellen an den Rändern keine weiteren Beschädigungen aufwies. Jesko van Loo schob den Zeitungsartikel beiseite und entfaltete die Dokumente. Sie glichen mit schwarzer Tinte handschriftlich geführten Seiten eines Logbuches. Jesko van Loo schwitzte. Er blickte kurz auf und las laut:

»Das Schiff, die 725 BRT große Bark ›Jade-Adler‹, in Hamburg auf der ›Jensen-Schiffswerft‹ 1890 erbaut, 56,72 Meter lang, 9,70 Meter breit und 5,50 Meter tief, machte folgende Fahrten:

1892 Liverpool (16.10.) nach Bremen.

1893 Bremen – Falmouth (14.02.) – Belfast – Liverpool – Bremen (14.8.) – Bremen – Honolulu.

1894 Honolulu (1.3.) – Honolulu – San Francisco (12.03).

1895 Liverpool (4.1.) – Port Natal (3.4) – Apia – Samoa (10.8.) – Punta Delgada – Hamburg (2.1.1896).

Auf dieser Reise fiel am 14.02. der Matrose Fredo Brunken aus Berum von der Fockrah auf das Deck. Er erlag seinen Verletzungen am nächsten Tag.«

Van Loo blickte auf. Seine Schwestern und Schwäger hingen wie gebannt an seinen Lippen.

»Ich überspringe einige unleserlich gewordene Eintragungen«, sagte er. »Die ›Jade-Adler‹ hat die Weltmeere durchpflügt«, fügte er hinzu.

Allen Anwesenden war klar geworden, dass Garn van Loo, der Vater von Edo van Loo, der Großvater von Jesko, Anna und Wilma auf der Bark »Jade-Adler« als Kapitän das Sagen gehabt und die Dokumente selbst abgefasst hatte.

Sie fühlten eine tiefe Betroffenheit und einen aufkeimenden Stolz.

Jesko van Loo nutzte die kleine eingetretene Pause, um sich aus seinem Trenchcoat zu schälen, atmete tief durch und las vom Dokument:

1899 Manzanillo – Navidad (1.3.) – Hamburg.

Auf dieser Reise starb Koch Renke Wilkens aus Marienhafe an einer unerkannten Krankheit.

1900 Hamburg – Paranaguá – Rosario – Buenos Aires – Falmouth – Antwerpen – Hamburg.

Auf dieser Reise wurde der Leichtmatrose Ewe Ennen aus Neuharlingersiel beim Brassen über Bord gespült.«

Jesko van Loo legte die Seite ab, griff zur nächsten.

»Eine Darstellung vom Seeamt Emden«, sagte er und las:

»Am 14.10.1902 lag die Bark ›Jade-Adler‹ in Nachbarschaft mit dem Vollschiff ›Magnus‹ und der Bark ›Josefa‹ auf der Reede von Oslo vor Anker. In der Nacht kamen orkanartige Böen auf, die mit einem außergewöhnlichen Seegang die vor Anker liegenden Schiffe ins Treiben brachten. An diesem verhängnisvollen Abend strandeten in den Ostseehäfen fünfzehn große und fünf kleinere Schiffe. Unter ihnen befand sich auch die von Hamburg bereederte Bark ›Jade-Adler‹ unter der Führung von Kapitän Garn van Loo, dem nach durchgeführten Untersuchungen am Untergang seines Schiffes kein Fehlverhalten vorzuwerfen ist. Das trifft auch auf seine Steuermänner und auf die gesamte Mannschaft zu. Für den Reeder ist der Versicherungsfall gegeben.«

Jesko van Loo blickte auf.

»Hier enden die Eintragungen«, sagte er und wischte sich den Schweiß von der Stirn.

»Darf ich?«, fragte er. Er schaute Mimke Goselar müde an und entnahm seiner Hosentasche die Zigarettenpackung.

»Bitte, Ihr Vater rauchte Pfeife«, antwortete sie, erhob sich, holte vom Fernsehuntersatz einen Aschenbecher und trug ihn an den Tisch.

»Auch ich fröne dem Laster«, fügte sie hinzu und nahm von Jesko van Loo eine Zigarette entgegen.

Roggendorf und Dr. Schöllhorn bedienten sich. Sie rauchten.

»Unvorstellbar! Zu der Zeit gab es keinen Wetterfunk, kein Radar, keine Motoren, die gegensteuern halfen«, sagte Schöllhorn.

Mimke Goselar blickte spöttisch auf. »Sie wollten mich abwimmeln. Wir Alten passen nicht in Ihre Computerwelt und sind dazu verdammt, ungehört, wenn wir von früher reden, in Altenheimen auf den Tod zu warten«, warf sie ein.

»Unser Vater besaß wahrscheinlich genügend Gründe, uns diese Dokumente vorzuenthalten«, sagte Wilma Roggendorf beeindruckt.

»Das Schicksal seines Vaters hat Edo trotzig hingenommen«, meinte die Studiendirektorin mit Stolz auf ihre Rolle als Begleiterin seiner letzten Lebensjahre.

»Vater hat Jesko nach seinen Reisen auf einem Ausbildungsfrachter stark beeinflusst und dazu beigetragen, dass er sich nach seinem Abschluss an der Seefahrtsschule in Leer für die Laufbahn bei der Wasser- und Schifffahrtspolizei entschied«, warf Petra van Loo ein. Sie reichte ihrem Mann ein Tempotuch.

»Eine gute Entscheidung«, meinte die Alte und grinste.

»Die Zeiten haben sich geändert. Das Risiko eines Busfahrers ist statistisch gesehen größer als das eines Kapitäns. Erst recht gehen Piloten ein größeres Wagnis ein«, trug Roggendorf sachkundig vor.

»Mehr noch sind wir alle im Straßenverkehr irgendwie gefährdet«, meinte Nanna Schöllhorn.

Ihr Mann schloss sich dieser Version an. »Die Zahlen der Verkehrstoten übersteigen bei weitem die Opfer der Seefahrt, und wenn wir, was ich nicht beweisen kann, die Opfer von Pferdeunfällen vergessener Zeiten auflisten könnten, gäbe es meines Erachtens dort größere Zahlen.«

Jesko van Loo drückte die Kippen in den Aschenbecher, entfaltete den Zeitungsartikel und blickte um sich.

»Es geht weiter«, sagte er.

Das Gespräch erstarb.

»Der ›Friesen-Courier‹ berichtet unter dem Datum des 18. Oktober 1902 ausführlich«, sagte er. »Die Bark ›Jade-Adler‹ unter der Führung des Kapitäns auf Großer Fahrt Garn van Loo war mit einer Ladung von 900 Sack Weizen in Oslo angekommen und hatte die Fracht gelöscht. Sie lag vor zwei Ankern mit je 110 Faden Ketten versehen auf Reede und hatte 150 Sack Sand als Ballast an Bord genommen. Die Oberbram- und Bramrahen hatte die Mannschaft heruntergenommen, um der Bark mehr Stabilität gegen die anstürmenden Wellen zu geben.

Kurz vor Mitternacht erreichte der orkanartige Sturm die Stärke 12 und fegte mit einer Geschwindigkeit von mehr als 150 km/h über die Reede und peitschte das Wasser zu riesigen Wellenbrechern auf. Die Situation für Schiff und Mannschaft nahm bedrohliche Formen an. Kapitän van Loo ließ den dritten Anker setzen, zur Stärkung der unentwegt gegen die Gewalten ankämpfenden Mannschaft ließ er wärmenden Grog ausschenken und gab den Befehl, die Korkwesten anzulegen.

Bei gespenstisch treibenden Wolkenfetzen, durch die hin und wieder der Mond auftauchte, brach kurz nach 4 Uhr die Ankertrosse. Kapitän van Loo ließ den Warpanker über Bord werfen, der zu ihrer Erleichterung Grund fasste und sich als Rettungsanker zu bewähren schien. Doch die Freude über die gelungene Verankerung des sich wild aufbäumenden Schiffs war mehr als trügerisch. Zum Entsetzen des Kapitäns und der gesamten sich an Bord befindenden Mannschaft brach gegen 5.30 Uhr die Backbordkette. Das Geschick der ›Jade-Adler‹ hing sozusagen an einem seidenen Faden. Gegen 6 Uhr verlor der Warpanker seinen Halt, die ›Jade-Adler‹ begann zu treiben, geriet in die Brandung und näherte sich dem ›Alten Wrack‹, von dem nur das Heck aus dem umtobten Wasser ragte. Es lag knappe 300 Meter vom Land entfernt.

Die Mannschaft, bis auf Kapitän van Loo und den Leichtmatrosen Tomko Busse, die sich am Besammast festklammerten, befand sich auf dem Achterdeck und suchte Schutz und Halt an der Reling. Ihre entsetzen Schreie gingen unter im Getöse der kochenden Wogen und im Heulen des Sturms. Das Unheil nahm seinen

Lauf. Die ›Jade-Adler‹ rammte krachend das Wrack, bäumte sich auf, schlug erneut gegen das Wrack, nahm Wasser auf, sackte steuerbords ab und tauchte mit dem Bug in Sekundenschnelle unter.

Kapitän van Loo und der Leichtmatrose Busse wurden von den Brechern weggerissen. Sie kamen sich kurz in die Quere. Es hatte den Anschein, als habe Busse den Kapitän in höchster Not von sich gestoßen. Dem Leichtmatrosen gelang es, die Mastspitze zu fassen. Er ergriff die Leine, die ihm die Männer vom Achterdeck zuwarfen, an der er sich zu ihnen hangelte. Kapitän van Loo tauchte nicht mehr an der Oberfläche auf.

Steuermann Tebbo Harms erkannte die aussichtslose Situation. ›Rette sich wer kann!‹, brüllte er gegen das Tosen der Brandung. Er und der Leichtmatrose Busse, der Matrose Jahnke und der Koch Püttner sprangen über Bord und erreichten das rettende Ufer.

Den zweiten Steuermann Freese erfasste eine Sturzsee, die ihn von Bord riss.

Die dramatische Situation der stolzen ›Jade-Adler‹ war an Land nicht unbemerkt geblieben. Eine Seenotrettungstruppe kam der Mannschaft des gestrandeten Schiffes zu Hilfe. Ihr Rettungsboot schlug beim ersten Versuch, den Männern entgegenzurudern, um. Sie schossen Rettungsleinen auf die ›Jade-Adler‹. Den sich auf dem sinkenden Achterdeck befindlichen Seeleuten gelang es nicht, sie aufzufangen. Sie wurden von Bord gespült. Niemand von ihnen entkam dem Wassertod. Tebbo Harms vergaß seine Beobachtungen. Der Leichtmatrose Busse hatte, um sein Leben zu retten, den Kapitän kurz vor der rettenden Mastspitze in Panik unter Wasser gedrückt. Steuermann Tebbo Harms erhob keine Anklage. Das war kein Mord!

Gerettet wurden: Tebbo Harms, 41 Jahre alt, aus Großefehn, Matrose Claas Jahnke, 29 Jahre alt, aus Rüstersiel, Leichtmatrose Enno Busse, 18 Jahre alt, aus Varel, Koch Tomko Püttner, 35 Jahre alt, aus Oldenburg. Die übrigen Besatzungsmitglieder und der Kapitän fanden den Seemannstod.«

Jesko van Loo faltete den Zeitungsartikel zusammen und schob ihn samt den Dokumenten in die Ledertasche. Im Zimmer herrschte ein betretenes Schweigen.

»Heute schreiben wir den 14. Oktober 1992!«, sagte Frau Goselar ernst. »Finden Sie es nicht seltsam, dass genau vor neunzig Jahren Ihr Großvater mit seinem Schiff strandete und er nicht nur das Opfer der See, sondern zusätzlich dem jungen Besatzungsmitglied in die Quere kam und sein Opfer wurde?« Sie blickte sich fragend um.

»Es gibt zumindest zu denken«, antwortete Dr. Schöllhorn, noch ganz benommen von der dramatischen Schilderung.

»Ein denkwürdiges Datum für Hanna, Wilma und mich«, stellte Jesko van Loo fest.

»Erst recht für mich. Heute, am 14. Oktober 1992, haben Sie Edos Asche der Nordsee anvertraut«, stellte die Alte fest.

»Erfüllen Sie den Wunsch unseres Vaters! Schreiben Sie Ihren Beitrag für Ihre Zeitung«, warf Wilma Roggendorf ein. »Fügen Sie hinzu, dass er ermordet wurde.«

Die Alte nickte.

»Die Geschichte wird die vielen Leser aufrütteln und ihnen den Inhalt der Shantys näher bringen und beim Gang durch das Schifffahrtsmuseum nachdenklich stimmen«, trug Roggendorf vor.

»Nach solchen braven Männern werden keine Straßen benannt«, meinte Petra van Loo und rauchte nervös eine Zigarette.

»Opa hinterließ keinen Grabstein, vor dem wir heute an seinem neunzigsten Todestag mit einem Strauß Herbstastern seiner gedenken können«, sagte Nanna Schöllhorn.

»La Paloma, Seemann gib Acht, denn schnell geht ein Schiff zu Grunde – ein Ohrwurm«, warf Jesko van Loo ein. »Ich bin der dritte Kapitän in der Familientradition. Steuere meinen Polizeikreuzer mit Radar und Wetterfunk rund um die Uhr, krankenversichert mit Festgehalt.«

»Frau Goselar, uns liegt an der Dokumentation in Ihrer Beilage ›Wir erinnern uns …‹«, sagte Petra van Loo. »Wir haben Kinder. Mein Sohn arbeitet als Bootsbauer auf der Werft in Kiel und der Sohn meiner Schwägerin studiert Meereskunde an der Uni Hamburg.«

»Vielleicht ein Kapitän in der vierten Generation?«, sagte die Alte.

»Wer weiß«, meinte Wilma Roggendorf.

»Ich werde Ihnen die Unterlagen aushändigen, wenn ich meinen Bericht geschrieben habe«, fügte sie hinzu.

»All up Stee«, antwortete Jesko van Loo.

»Sie haben es eilig, nach Norddeich zu kommen?«, fragte Mimke Goselar spöttisch.

»Verzeihen Sie, es war ein anstrengender Tag«, sagte Wilma Roggendorf. »Die Seebestattung, die Aufgabe von Papas Apartment, und wie wir bei Ihnen in Erfahrung brachten, das alles am neunzigsten Todestag unseres Großvaters, da steht uns der Sinn nach einer Rückbesinnung im familiären Kreis im Hotel in Norddeich. Wir verdanken Ihnen nicht nur die Einsicht in die historischen Unterlagen, sondern auch deren Erhalt für unsere Kinder. Der dramatische Tod unseres Großvaters bewegt uns zutiefst.«

»Ich werde Edos Vermächtnis ernst nehmen«, antwortete Frau Goselar und erhob sich.

Wilma drückte sie liebevoll an sich.

Petra van Loo reichte der Alten die Hand.

»Haben Sie Dank für die freundliche Bewirtung«, sagte sie.

Auch Hanna Schöllhorn drückte die Alte an sich. »Ich wünsche Ihnen alles Gute. Verzeihen Sie unsere Störrigkeit«, sagte sie.

Auch Dr. Schöllhorn und Studiendirektor Roggendorf fanden beim Abschied lobende und liebevolle Worte.

Jesko van Loo folgte dem Beispiel seiner Schwestern, beugte sich hinab und drückte die kleine Alte an sich. »Ein Dankeschön, Frau Goselar, für alles. Sie haben sehr zu Papas Wohlergehen im Heim beigetragen«, sagte er gerührt. »Ich werde Sie anrufen und die Unterlagen bei Ihnen abholen.«

Die Alte blickte ihn traurig an. »Herr van Loo, ich habe noch eine Bitte«, trug sie vor.

»Und die wäre?«, fragte van Loo.

»Überlassen Sie mir den Sessel, in dem Ihr Vater eingeschlafen ist«, sagte sie mit Tränen in den Augen.

»Sehr gerne, ich werde der Heimleiterin die entsprechenden Anweisungen erteilen«, antwortete van Loo.

»Danke«, sagte sie.

»Ach, Frau Goselar, was ich noch sagen wollte, im kleinen Ledermäppchen befand sich ein größerer Schatz als die erwartete Karte einer Südsee-Insel mit einer vergrabenen Truhe, angefüllt mit Goldtalern«, scherzte Theodor Roggenkamp.

Die Alte lachte befreit auf. »Sie können es nicht lassen«, erwiderte sie und strich mit der knochigen Hand über ihr graues Haar. In ihrem Gesicht lag ein friedlicher Glanz, der ihre frühere Schönheit erahnen ließ.

»Lehrer sind so«, warf Dr. Schöllhorn ein.

Die Angehörigen ihres verstorbenen Freundes betraten den Korridor. Mimke Goselar winkte hinter ihnen her, als sie davongingen. Sie verließen das Heim und suchten den Parkplatz auf.

Über Wilhelmshaven lag die Dunkelheit. Am Himmel blinkten Sterne. Sie stiegen in ihre Autos und fuhren tief bewegt nach Norddeich.

Nachtrag:

Carsten van Loo, geboren am 29.01.1974, einziger Sohn von Petra und Jesko van Loo aus Kiel, bestand am 25.09.2002 an der Fachhochschule für Seefahrt in Leer das Examen mit guten Noten und erwarb das Kapitänspatent für »Große Fahrt« an dem Tag, an dem vor zehn Jahren sein Großvater Edo van Loo im Altenheim in Wilhelmshaven verstorben war.

Er bewarb sich erfolgreich bei der »South-African-Container-Line«, kurz »SACL« genannt, und setzte die Tradition seines Großvaters und Vaters fort.

Der Wildgansmord

Na los, junger Mann, worauf warten Sie noch?«, rief die Alte, als Fredo Wattnor mit dem Fahrradanhänger vor ihr hielt. In städtischer Eleganz stand sie hinter einem Berg aus Koffern. Sie hatte sich entschlossen, die kleine Pension, in die sie jeden Sommer einkehrte, vorzeitig zu verlassen, da der dritte Tiefausläufer exakt dem zweiten gefolgt war.

Fredo Wattnor stapelte die Koffer auf den Karren, und als er schließlich die Handtasche zum Abschluss auf die Pyramide setzte, griff die Alte energisch zu.

»Das lassen Sie mal, junger Mann, die Tasche ist bei mir sicherer«, sagte sie und schritt entschlossen drauflos.

Fredo Wattnor schob den Karren über den asphaltierten Fahrradweg dem Bahngleis entgegen. Vom Meer stieg der Wind über den verregneten Deich.

Fredo spürte die nasse Kälte im Gesicht. Langes blondes Haar hing ihm in Strähnen vom eckigen Schädel. Sein starres linkes Auge war geradeaus gerichtet, und sein breitlippiger Mund stand offen.

Die Alte bestimmte mit forschen Schritten das Tempo. Als sie die Mole, die wie ein riesiger Zeigefinger in das Meer hinausragte, erreichten, stand der D-Zug bereits auf den Schienen. Die Alte wurde unruhig. Doch schließlich hatte sie den Wagen mit dem vorbestellten Abteil im langen Zug entdeckt und hastete davon.

Fredo Wattnor gelang es nur mit Mühe, den Fahrradanhänger über die holprige Straße zu schieben, ohne die Stabilität des Koffergebildes zu gefährden.

»Wo bleiben Sie, junger Mann? Na, machen Sie schon!«, rief sie aus dem geöffneten Zugfenster.

Der Junge schleppte schwitzend die Gepäckstücke in das Abteil und verstaute sie in die Ablagenischen. Dann stand er wartend vor der Alten und stierte auf ihre gepflegten Hände. Ihre Finger waren beringt, und aus dem Mantelärmel quollen blinkende Schmuckreifen. Sie öffnete die Handtasche, und Fredo Wattnor streckte seine geöffnete breite Hand vor.

Angewidert schaute die Alte in das entstellte, stumpfe Gesicht des jungen Mannes, als sie ein besticktes Seidentüchlein herausnahm und sich unsichtbaren Schweiß vom gepflegten Teint abtupfte.

»Was wollen Sie noch, junger Mann? Verschwinden Sie!«, sagte sie mit befehlsgewohnter Stimme.

Fredo Wattnor senkte enttäuscht den Blick auf den Boden. Abneigung, Wut und Empörung hemmten seine Schritte. An der Abteiltür drehte er sich um, spuckte auf den Boden und formulierte leise mit seinen wulstigen Lippen: »Alte Kuh!« Er knallte die Tür hinter sich zu, verließ Zug und Bahnsteig und schob seinen leeren Fahrradanhänger in Richtung Pension. Neue Aufträge warteten auf ihn an diesem Tag, der für ihn so mies begonnen hatte.

Gegen Abend ordnete er die Getränkekisten im kleinen Anbau und rauchte mit dem Blick auf die Uhr eine Zigarette, als seine Chefin erschien. Sie baute sich mit finsterem Gesicht vor ihm auf.

Fredo Wattnor blickte die Chefin an. Seine normale Dienstzeit war bereits 45 Minuten überschritten. »Herr Wattnor, hier sind Ihre Papiere! Sie vertreiben mir mit

Ihren schlechten Manieren meine Stammgäste! Sie können sofort gehen!«

Kleinlaut, die breiten Schultern gebeugt, verließ er die Pension.

Fredo Wattnor lebte bei seiner Großmutter. Sie war äußerst aufgebracht über den Verlust seiner Arbeitsstelle und machte ihm ernsthafte Vorwürfe.

Ihr Weg führte sie direkt zum Arbeitsamt. Der 17-jährige Enkel, der gerne Autoschlosser geworden wäre, aber ein miserables Abschlusszeugnis der Hauptschule besaß, war nicht zu vermitteln. Die Berufsberatung schlug der Großmutter vor, den Jungen zum LFB (Lehrgang zur Förderung der Berufsreife) bei den Berufsbildenden Schulen anzumelden.

Fredo Wattnor war einverstanden und entschied sich für die Richtung »Technik«.

Zur freudigen Überraschung der Großmutter ging er gerne zur Schule. Er wollte das knappe Schuljahr hinter sich bringen. Ihn trieb die Gier nach einem Motorrad an, das Oma als Prämie für den erfolgreichen Abschluss aussetzte. Zum anderen fand er den Lehrertyp gut, der wie ein Freund zu ihm war, ohne sogleich loszubrüllen, wenn er nicht sofort begriff. Auch die Lehrwerkmeister in den Maschinenhallen zeigten Geduld. Sie legten Fredo die Werkstücke gelassen in die Hand, und dann ließen sie ihn an der Fräse arbeiten.

Mit Zufriedenheit setzte er nach nur wenigen Unterrichtswochen voller Stolz vor der staunenden Großmutter das erste selbst gefertigte Stück auf den Tisch. Der getriebene Stahl verlief in Windungen und stand auf breiten Füßen. Gebogene Arme boten Platz für drei Kerzen. Oma lief das Herz über. Sie stellte mit innerer Befriedigung den Kerzenleuchter auf das Fernsehgerät.

Lehrer Karski, der am Anfang einer großen Karriere stand, war mit seiner Arbeit und den Leistungen der modernen »Analphabeten« zufrieden, hatte er doch selbst der kleinen Kommission angehört, die sich im jahrelangen Ringen im Auftrage des Kultusministers auf ein Unterrichtsprogramm geeinigt hatte, das solchen Schülern wie Fredo Wattnor eine Chance im Kampf um eine Lehrstelle verschaffen sollte.

Die Zauberformel hieß »ZFB«, was »Lehrgang zur Berufsreife« bedeutete.

Hohes Lob fand der Lehrer auch bei der Großmutter, die ohne Mann lebte und tagsüber als Verkäuferin den Unterhalt verdiente. Sie hatte den Jungen zu sich genommen, da ihre Tochter in der entfernten Großstadt einen Lebenswandel führte, den sie als Christin nicht verantworten konnte.

»Fredo hat erfreuliche Fortschritte gemacht!« Das war ihr Fazit, und bei einer Tasse Tee mit Kluntje und Sahne erfuhr Martin Karski den vermuteten Rest über die katastrophalen Kinderjahre seines Schützlings.

Als Lehrer Karski die Bewerbungszeugnisse seiner LFB-Klasse schrieb, fielen die Noten in der Skala zwischen eins und sechs recht wohlwollend aus.

Die aus seiner pädagogischen Verantwortung auf das Zeugnis gesetzte Bemerkung – »Fredo Wattnor ist leicht zu führen und im Rahmen der Grundausbildung vielseitig einsetzbar.« – sollte dem Jungen eine Brücke bauen, um soziales Festland betreten zu können.

Lehrer Karski empfahl den Schüler Wattnor seinem Sportsfreund, der als Kfz-Meister in einer angemieteten Scheune mit angrenzendem Altbauernhaus seinen Start in das freie Unternehmertum wagte und mit dem Vertrieb der Produkte eines japanischen Konzerns auf Billigautos setzte. Er scheute Gesellenlohn, brauchte aber eine tatkräftige Hilfe.

Der Meister betrachtete den jungen Mann, der in Jeans und beklebter Lederjacke den Typen entsprach, die glücklich waren, wenn sie nur an Motoren herumbasteln konnten.

Das Wort Ausnutzung ersetzte er mit dem Begriff »soziale Tat«, denn er konnte ein gutes Werk an den Anfang seiner Selbstständigkeit setzen, wenn er den Bengel von der Straße holte, um ihm eine solide Ausbildung zu geben.

Fredo Wattnor bekam eine feste Zusage. Lehrer Karski war froh und nahm sich vor, Fredos Ausbildung im Auge zu behalten.

Die ersten Disko-Besuche im »Ahoi« bereiteten Fredo Wattnor jammervolle Stunden. Enttäuscht stierte er mit seinem starren, trüben Auge auf die Freunde, die sich ausgelassen mit jungen Mädchen auf der Tanzfläche austobten.

Vor einer Cola sitzend, den breitlippigen Mund zur »O-Haltung« geöffnet, fühlte er sich einsam und ausgestoßen. Doch als sich Fredo Wattnor bei den späteren Besuchen dazu entschloss, großzügig in sein Portmonee zu greifen und die Getränke für seine Kumpel und deren hübsche Begleiterinnen über seinen Deckel laufen zu lassen, fand er Anklang, und hin und wieder gestattete eines der schönen Mädchen es, dass er sie tapsig auf die Tanzfläche begleiten durfte.

Fredo schlich an solchen Abenden still an Omas Schlafzimmer vorbei und träumte anschließend glücklich von heißen Eroberungen. Allerdings beunruhigte ihn die finanzielle Seite seines neuen Hobbys. Oma gab Fredo Geld, wenn sie konnte. Aber da gab es Grenzen. In der Disko allerdings huschten die Blicke der Freunde und Freundinnen über sein stumpfes Gesicht, wenn der Ober wartend vor dem Tisch stand.

In Marienhafe begrenzte die alte Backsteinkirche mit ihrem eckigen Turm den Marktplatz. Das angrenzende Pastorenhaus lag im Dunkel der hoch geschossenen Ulmen. Von der gegenüberliegenden Geschäftszeile warfen Neonröhren grelles Reklamelicht auf das nasse Kopfsteinpflaster. Die Fenster der Wohnungen oberhalb der Läden hingen wie kleine Rähmchen im Grau des späten Abends. Fredo Wattnor stand an der Hinterfront des Kiosks und warf einen kontrollierenden Blick auf den verlassenen Marktplatz.

Ihn trieb die Eile. Im »Ahoi« warteten die Mädchen und Freunde bei heißer Musik auf seine Spendierfreudigkeit.

Fredo Wattnor zog das Stecheisen aus seinem Parka. Sein Atem strich hastig aus seinem offenen Mund. Mit seinen klobigen Händen bediente er geschickt den kalten Stahl. Die dünne Tür des zum Kiosk umfunktionierten Campingwagens ging er an, als müsse er einen Reifen von einer Eisenfelge lösen. Nach wenigen ruckartigen Querstößen riss er mit seiner urwüchsigen Kraft die Gummifüllung aus dem Türrahmen. Für Sekunden verharrte er. Ohne Bewegung hielt er das Stecheisen wie eine Waffe in der Faust und horchte in die Stille. Er vernahm keinen Laut. Nur das rasche Keuchen seines Atems dang an seine Ohren.

Entschlossen riss er an der Tür. Sie gab nach und verbog sich seitlich. Mit seinem Eisen half er nach.

Wattnor schlüpfte in den Wagen und horchte. Er wusste, wo die alte Frau die Zigarrenkiste verschloss, wenn sie abends nur die großen Geldscheine in ihre Handtasche steckte.

Im abgeschirmten Licht seiner Taschenlampe öffnete er das kleine Aluminiumfach wie eine Konservendose. Mit unbeweglichem Gesicht steckte er die Zigarrenkiste in die Seitentasche seines Parkas.

Fredo Wattnor blickte sich vorsichtig um, als er den Kioskwagen verließ. Er schritt ruhig und gelassen über das feuchte Kopfsteinpflaster. Im Schaufenster der Bäckerei irritierte ihn der rundlaufende Strahl des Werbeleuchtturms.

Hinter dem Kirchturm, im Dunkel der alten Friedhofsmauer, stand sein Motorrad, die Prämie für den erfolgreichen Abschluss des LFB-Lehrgangs.

Fredo Wattnor trat die Maschine an, fuhr am Friedhof vorbei und nahm eine Umgehung zur Disko »Ahoi«.

Der Parkplatz war prall gefüllt. Die sich außen im Anbau befindenden Toiletten, ein Relikt aus der Zeit, als sich Familien mit Kleinkindern im Sommer im früheren Café Vaterland unter mächtigen Buchen Obsttorte bestellten, wurden zurzeit nur selten benutzt.

Fredo Wattnor holte unter dem kargen Strahl der Glühbirne die Zigarrenkiste aus seinem Parka.

Hastig griff er in die ungeordneten Zehn- und Fünfmarkscheine und stopfte sie in seine Jeans. Die Hand voll Silbergeld steckte er in die Brusttasche des Parkas.

Hinter dem Sitzbecken der Toilette, zwischen Abflussrohr und abgeblätterter Kalkwand, saß die leere Zigarrenkiste, als er stolz und aufrecht wie einer, der eine Mutprobe bestanden hatte, dem Lärm der Diskohalle entgegenschritt.

Er empfand die irre Musik wie einen Tusch.

Der Tisch war unbesetzt. Die Handtaschen der Mädchen lagen auf den Sitzkissen. Die Cola- und Biergläser waren leer.

Fredo Wattnor zog seinen Parka aus und ließ sich schwer atmend nieder. Er winkte den Ober zu sich und bestellte eine Runde, während die Mädchen mit wippenden Busen um seine Freunde in Dreh-, Zuck- und Streckbewegungen dem Takt aus den vielen Lautsprechern folgten.

Mit »Hallo« strömten sie ihm entgegen und klopften ihm auf die Schulter. Fredo Wattnor fühlte sich gut, als eines der hübschen Mädchen ihm mit wehendem Haar einen flüchtigen Kuss unter das starre Auge setzte.

Die Stimmung war stark. Fredo war glücklich. Er sonnte sich in Bewunderung. Aber nicht lange, denn nach einer halben Stunde erschien die Polizei und versperrte die Tür.

Die Musik verebbte und brach ab. Der Polizeihauptmeister hauchte eine Entschuldigung in das Mikrofon und gab bekannt, dass der Einbruch in den Kiosk am Markt jetzt und hier aufgeklärt werden konnte.

Zwei Polizeibeamte, einen Schäferhund an der Leine, begleiteten einen alten Mann, dessen zuckende Gesichtszüge seine chronische Schlaflosigkeit verrieten.

Fredo Wattnor spürte eine Kälte, die irgendwie von draußen kam. Er griff zum Parka und zog ihn über.

Sein starrer Blick suchte den Tresen. Er hörte nicht die Witze seiner Freunde, die von Bullen sprachen.

Er sah, wie der alte Rentner ihren Tisch ansteuerte.

Fredo Wattnors Gesicht war starr, seine breiten Lippen formten ein »O«, von seiner Stirn floss kalter Schweiß. Er sah, wie der alte Mann mit tapsigen Schritten vor den Polizisten herging und nur seine Richtung kannte.

In das zuckende Gesicht des Rentners trat ein zufriedenes Lächeln

Fredo prang auf und rannte los. Dabei zog er das ihn belastende Stecheisen aus dem Parka und hielt es wie eine Waffe in der Faust. Aber ihm gelang nicht der befreiende Schlag. Der von der Leine gelassene Hund verbiss sich im Ärmel des Parkas. Das Eisen fiel klirrend auf den Boden in die Stille der Disko.

Handschellen klickten und lagen fest um seine Ledermanschetten.

Fredo Wattnor wurde abgeführt. Seine Freunde und die Mädchen stellten entrüstet fest: »Das hätten wir von Fredo nie gedacht!«

Als die Polizei abrückte und der Diskjockey wieder voll aufdrehte, die bunten Räderscheiben den Lichtzauber warfen, zog es sie auf die Tanzfläche, um mit ihren jungen Körpern zu geben, was heiße Musik ihnen abverlangte.

Fredo Wattnor saß bleich und kleinlaut im Polizeiwagen. Er dachte nur sorgenvoll an Oma und hoffte auf den Beistand seines Lehrers Karski.

Die Sonne suchte den frühen Untergang. Vom Atlantik her verdunkelten Wolkenbänke, die ein kalter Frühlingswind über die Inselkette trieb, das Licht.

Die Stadt Ålesund lag bereits im Schatten der massiven Bergkette.

Arbeiter und Angestellte, die auf der vorgelagerten Insel Vigra wohnten, strömten auf die Fähre, die voll beladen mit Menschen und Autos das dunkelgrün schimmernde Wasser mit hoher Bugwelle schnitt und nach 20 Minuten Fahrzeit ihre Klappe auf den Zementsockel des Anlegers ausfuhr.

Als sich der Schlagbaum hob, brauste Tore Ole Lemm mit seinem Porsche auf die holprige Asphaltpiste, die sich nach hundert Metern gabelte. Die breite Uferstraße war wenig befahren.

Iris Melchior schaute aus dem Fenster des Wagens und genoss den Blick über den glatten Sund, der die vorgelagerten Felsen umspülte.

Sie hatten einen ausgiebigen Ausflug in den Geiranger Fjord unternommen.

Tore Ole Lemm steuerte den Wagen am Flugplatz vorbei, ließ die hässlichen Öltanks hinter sich, fuhr an der kleinen Stabkirche vorbei, die wie ein Seezeichen auf einer steinigen Landzunge in den Atlantik hineinlugte.

In der Nähe befand sich das romantische Holzhaus. Es trug die typische kaminrote Schutzfarbe und stand einsam, wie eine Fischerhütte, auf einem vom Meer umspülten riesigen Felsbrocken.

Tore Ole parkte den Wagen vor dem kleinen Holzzaun. Er stieg aus.

»Endlich wieder daheim!«, rief er überschwänglich und drückte Iris Melchior an sich. »Ein Kuss, mein deutsches Fräuleinwunder!«, sagte er und schmatzte zum Spaß mit seinen schmalen Lippen.

Schön sieht er aus!, dachte Iris Melchior und wehrte ihren Freund mit einem Lächeln ab.

»Nicht so stürmisch, mein Wikinger!«, sagte sie und folgte ihm in die Hütte.

»Ich werde gleich den Kamin anwerfen«, sagte er im Korridor.

»Kann mir denn in deiner Nähe kalt werden?«, fragte die Studentin schelmisch. Sie bekam keine Antwort.

Ihr Freund stand wie versteinert in dem kleinen Wohnraum und starrte auf die Unordnung. Das Fenster, das den Blick auf den Atlantik frei ließ, stand offen. An der mit schweren Eichenbohlen getäfelten Wand saßen wie kleine Fliegen die Reißnägel im Holz, und die Fotos, die Tore Ole Lemm mit dem Talent eines Künstlers und in der tiefen Bewunderung ihrer Schönheit von Iris aufgenommen hatte, lagen zerrissen auf dem Boden.

Sein Gesicht wurde um eine Nuance weißer, als er bei genauerem Hinsehen feststellte, dass die Bilderschnipsel ein Kreuz bildeten.

Er faltete kurz die Hände und warf einen Blick an die Holzdecke. Dann vernahm er den Schrei, den seine Freundin ausstieß.

»Meine Sachen! Meine Koffer sind weg! Und mein Umhängebeutel! Meine Fahrkarte!«

Tore Ole Lemm rannte in das kleine Schlafzimmer. Die Schränke waren offen. Schubladen waren herausgerissen, der Inhalt lag wild zerwühlt herum.

Iris Melchior kniete auf dem Fußboden.

»Mein Schiffsticket von der ›Polar-Road Star‹«, stöhnte sie. Es lag seitlich vor den Betten, so als habe der Einbrecher es in seiner Eile verloren. »Gott sei Dank! Ich hatte Brieftasche und Geldbörse bei mir.« Langsam beruhigte sich die Studentin wieder.

Tore Ole Lemm ließ das Mädchen allein im Schlafzimmer und hastete in den Wohnraum. Entsetzt stand er vor dem Kreuz, das aus den bunten Bilderfetzen gebildet an ein Puzzle erinnerte. Er spürte eine Friedhofskälte

»Eine Morddrohung!«, durchfuhr es ihn, und er schob mit dem Fuß die Bilderschnipsel zu einem Haufen zusammen. »Iris«, rief er, »wir müssen hier weg!«

Die Studentin näherte sich ihm mit bleichem Gesicht. Er nahm sie an die Hand.

»Einbrecher!«, sagte Tore gehetzt.

Er verließ mit seiner Freundin das Holzhaus, das für ihn schlagartig jeden Reiz verloren hatte. Er zerrte das Mädchen in den Porsche und brauste los in Richtung Fähre, um in der Stadt Unterschlupf zu finden.

Als Tore Ole Lemm in Bergen auf den breiten Parkstreifen der Tankstelle fuhr, verließ Iris Melchior mit ernsten Gesichtszügen den schnellen Porsche.

Viele Fragen, die sich bei ihr seit dem Vorfall in der Hütte auf Vigra lawinenartig angesammelt hatten, waren von ihrem Geliebten unbeantwortet geblieben. Auch während der Autofahrt von Ålesund nach Bergen hatte ihr Freund Tore es verstanden, sich mit Ausreden herauszuwinden, und Iris hatte sich daraufhin in die wunderbare Landschaft vertieft, die an ihrem Fenster vorbeigeflogen war.

Tore Ole Lemm stand vor ihr. In seinem Gesicht lagen ernste Falten. Er überspielte seine Unruhe, die ihn innerlich fast zerriss. »Einbrecher«, sagte er und presste

Iris an sich. »Das war im vorigen Jahr auf dem Festland ebenso. Eine Bande, die sich auf Ferienhäuser spezialisiert hat.«

In das hübsche Gesicht der Studentin fielen Tränen. Die Abschiedsszene vor der viel besuchten Tankstelle, die nichts sagenden Bemerkungen ihres Freundes und die Angst, die sie beschlich, nagten an ihren Nerven. »Tore, wovon lebst du eigentlich? Hast du eventuell eine …« Sie schluchzte und wollte das Wort »Frau« nicht über ihre Lippen bringen.

»Du Dummerchen«, beruhigte Tore Ole Lemm seine Freundin und küsste ihr eine Träne aus dem schönen Gesicht. »Iris, du kannst sicher sein. Ich bin ein hoch bezahlter Fischereiingenieur und ein freier Mensch!«

Die Studentin blickte mit verweinten Augen in sein Gesicht. Ihr Mund war zum Kuss geöffnet. Ihre Hände verkrampften sich im weichen Leder seiner Jacke.

»Tore, ich brauche Klarheit! Ich und sonst niemand!«, schluchzte sie. »Ich komme nur wieder, wenn du mir bewiesen hast, dass deine Geschäfte sauber sind.«

Tore Ole Lemm presste seinen Mund auf ihre geöffneten Lippen.

Seine Gedanken kreisten um das rätselhafte Verschwinden ihrer Koffer. Seine Hände griffen in ihr langes Haar. Im beruhigenden Ton sprach er: »Iris, ab hier bist du sicher. Wenn etwas Ernsthaftes hinter all dem steckt, dann heften sie sich an meine Spuren.« Er drehte sich um. Sein Blick huschte über das betriebsame Tankstellengeschäft. »Ich kann dich nicht zum Schiff bringen! Bis Stavanger ist es nicht mehr weit«, sagte er und schritt an seinen Porsche, holte den schockfarbenen Wanderrucksack heraus und reichte ihn Iris Melchior.

Dann schwang er sich hinter das Steuer und suchte im Spurt die Fahrbahn.

Die Studentin schaute dem Porsche nach, der die hügelige Straße mit Höchstgeschwindigkeit nahm.

–

Der Fernfahrer Jörn Taden legte den unteren Gang ein. Der Motor brauste auf. Sie hatten die Kai-Anlagen in Stavanger erreicht. Er fuhr den Lastzug auf die ausgeschilderte Spur und ließ den Wagen bis auf Tuchfühlung an den vor ihm geparkten Scania rollen. Hinter ihm schob sich bereits der nächste Brummer auf die Abfertigungsspur.

Zwischen Scania und Volvo mussten sie auf das Bordpersonal warten.

Warfner, der neben der jungen Studentin saß, sagte: »Fräulein, damit endet der landsmännische Dienst. Mehr können wir für Sie nicht tun.« Er reichte ihr den schweren Rucksack.

Iris Melchior verließ mit einem dankbaren Lächeln die Fahrerkanzel. Ihre gut geformten Beine suchten den Abstieg. Sie trug Jeans und für die norwegischen Frühlingsverhältnisse die angepasste Lederjacke mit angewachsenem Fell.

»Danke«, sagte sie, gab Warfner die Hand und winkte Taden zu, der entspannt hinter dem Steuer hockte.

»Nichts für ungut, vielleicht sehen wir uns an Bord!«, rief Jörn Taden hinter ihr her.

Die Männer beobachteten, wie Iris Melchior quer über den Platz zu dem kleinen Holzhäuschen ging, über dem bereits angeleuchtet die Wildgans mit vorgestrecktem Hals kundtat, dass hier die Reederei ihr Abfertigungsbüro unterhielt.

Taden schaute Iris Melchior nach. Das lange schwarze Haar hing über ihre Lederjacke. Die Schultern des Mädchens wirkten breit und ihr Hintern, in straffen Jeans, nicht abstoßend dick. Ihr Gang war lässig.

Sie hatten Iris Melchior kurz hinter Bergen an der Tankstelle mitgenommen. Mit charmantem Lächeln und zwinkernden Blicken aus dunklen Kulleraugen hatte sie um eine Mitfahrt nach Stavanger gebettelt. Am orangeroten Tuchrucksack hatte ein kleiner Bundeswimpel gehangen.

»Ich bin Studentin und auf der Heimreise«, hatte sie zu Warfner gesagt, der sich selbst um eine Tochter in diesem Alter sorgte.

»Kommen Sie«, hatte er nur erwidert.

Iris Melchior ließ mit gemischten Gefühlen ihren Urlaub, der sonderbarerweise ein solch abenteuerliches Ende gefunden hatte, Revue passieren. Das Verhältnis zu ihrem verehrten Tore Ole Lemm lag unter belastenden Schatten, die das Gefühl ihrer ersten großen Liebe trübten.

Sie dachte an die verschwundenen Koffer und spürte, wie die Schulterbänder des orangefarbenen Rucksacks durch die Lederjacke drückten. Entschlossen schritt sie an der Rezeption vorbei, suchte das hoch liegende A-Deck auf und stellte sich an die Reling. An der Backbordseite sah sie kurz zu, wie sich die lange Autoschlange der geöffneten Bugklappe näherte.

Sie wechselte die Seite und schaute steuerbords auf den Atlantik, der weit draußen im Schwarz-Grau der dunklen Wolken zerfloss. Sie griff in die Brusttasche der Lederjacke und entnahm ihr ein Foto. Sie war den Tränen nahe, als ihr Blick auf den jungen, muskulösen Tore Ole fiel, der in Badehose fast die gesamte Bildfläche einnahm.

Jammerschade!, dachte sie und zerriss das Bild. Sie überließ die kleinen Bilderfetzen dem Wind und sah zu, wie sie schließlich auf einer kleinen Welle trieben.

»Aber hier bleibst du!«, sagte sie zu sich selbst und klopfte sich an die Brust. »Ich werde warten. Erst wenn Tore Ole klare Verhältnisse schafft, werde ich neue Bilder von ihm annehmen!«

Sie suchte den Weg zur Rezeption, um sich den Kabinenschlüssel zu besorgen. Geduldig stand sie in der Schlange und ließ hin und wieder Frauen mit Kleinkindern den Vortritt.

Als sie dann schließlich den Kabinenschlüssel mit der Nr. 382 E in den Händen hielt, ließ sie sich von einer Philippinin den Weg zeigen.

Sie hatte nicht sonderlich luxuriös gebucht, aber Iris Melchior war zufrieden. Sie hörte das Brummen der Generatoren und das gelegentliche Vibrieren der Wände.

Sie warf ihren prallen Rucksack an die Bettkante und erfrischte sich fürs Erste kurz mit dem von der Reederei zurechtgelegten Stück Seife, das den langhalsigen Vogel als Aufdruck trug.

Iris Melchior war neugierig auf ihre Kabinengenossin, denn der fensterlose Raum hatte ein Ober- und Unterbett.

Sie näherte ihr Gesicht für Sekunden dem Spiegel und war erfreut darüber, dass ihr die Frühjahrssonne ein zartes erstes Braun eingebrannt hatte. Munter summte sie eine Schlagermelodie und schnitt Grimassen, während sie sich einkremte.

Hoffentlich belegt keine alte Jungfer das leere Kabinenbett, die als Erstes das Rauchen verbietet, dachte sie.

Sie setzte sich auf die Bettkante und zündete sich eine Zigarette an.

Der Bootsmannsmaat stand an der geöffneten Bugklappe der »Polar-Road Star« und warf einen kontrollierenden Blick auf den leeren Kai von Stavanger

Ein Sturmtief war angesagt, und das Beladegeschäft musste für diese Überfahrt besonders sorgsam ausgeführt werden. Eine »Ente«, ein älteres Citroen-Modell, rollte als letztes Fahrzeug an Bord und fand noch gerade genügend Platz vor den vier voll bepackten Fahrspuren des Schiffes. Der Bootsmannsmaat sah zu, wie die Fahrerin nervös einen kleinen Lederkoffer aus dem Wagen zerrte und mit hochnäsigem Gesicht an ihm vorbeischritt.

Er gab dem Ladeoffizier das Zeichen zum Verschließen der Bugklappe.

Die junge Dame, gestresst von langer Autofahrt über steile Pässe und zurzeit unbefestigten Fjordstraßen, nahm sportlich die Treppen, die in steilen Knicken zum Informationsschalter führten.

Mit Missmut wich sie tobenden Kindern aus und behauptete schnippisch ihren Platz in der Schlange vor der Schlüsselausgabe an der Rezeption.

Als sie endlich ihren Kabinenschlüssel in den schlanken Händen hielt, hastete sie ihrem Ziel anhand der mitgelieferten Wegbeschreibung entgegen. Ihr starrer Blick durch die Hornbrille übersah die hilfreichen Philippinenmädchen und ließ die Nummern der Kabinen während des Marsches vorbeifliegen.

Vor der Tür der Kabine 382 E zupfte sie ihr teures Kostüm zurecht und bemühte sich um eine ruhige Haltung.

Die schlitzäugige Asiatin, die ihren Auskunftsdienst schüchtern versah, wunderte sich, denn solche vornehmen Damen buchten in der Regel Kabinen der oberen Decks.

Iris rauchte verträumt. Sie hörte überrascht, wie die Tür aufsprang. Hastig drückte sie ihre Zigarette nach einem kräftigen Zug im Aschenbecher aus, blickte auf und sah eine elegante Dame, die einen Koffer trug.

»Guten Tag!«, sagte die Frau und schaute sich irritiert um.

Die Studentin sprang auf.

»Iris Melchior!«, sagte sie und griff nach der knochigen Hand der Frau, die im ausgestellten Rock und mit Kostümjacke dastand und unangenehm überrascht wirkte.

Ihr Blick durch die Hornbrille tastete sie für Sekunden ab. Dabei bewegten sich ihre stechenden Augen hastig. Ihr Gesicht war spitz. Das dünne Haar lag im Pagenschnitt um den kleinen Kopf.

Eine Intellektuelle!, dachte Iris Melchior.

»Dr. Brittö!«, stellte sich die Dame wie zur Bestätigung vor.

»Sind Sie Ärztin?«, fragte die Studentin und half ihr, den Koffer in Spindnähe zu schieben.

»Nein, ich bin Wissenschaftlerin. Mein Ziel ist die Universität Hamburg«, antwortete die knochige Dame, und Iris Melchior hörte an der Aussprache, dass sie Norwegerin war.

»Ich bin Studentin der Pharmazie«, sagte Iris Melchior und griff nach ihrer Lederjacke, um die Kabine zu verlassen.

»Bleiben Sie nur!«, forderte Dr. Brittö sie auf.

»Ich will nur eben zur Schiffsapotheke. Das Wetter soll noch miserabler werden. Ich habe bereits Kopfschmerzen. Wenn das Schiff heute Nacht vom Teufel geritten wird, muss ich vorgesorgt haben. Ich kenne das, denn ich bin schon öfter in Norwegen gewesen«, sagte Iris Melchior.

»Wem sagen Sie das, Fräulein Melchior«, stöhnte Dr. Brittö, »aber da Sie studieren, sind Ihnen unser großer Dramatiker Ibsen und sein Per Gynt sicher keine Unbekannten. Und sehen Sie, sie führen mich quer durch Europa, da ich mich ganz der ›Per-Gynt-Forschung‹ verschrieben habe.«

»Sehen wir uns gleich in der Disko?«, fragte Iris Melchior in Türnähe. Sie sah, wie ein kleiner Schatten um die Augen des Fräulein Doktors fiel. War es Empörung?, fragte sich die Studentin.

Dr. Brittö stakste mit ihren dünnen Beinen an den Spiegel. »Ich muss mich nur etwas erfrischen und zurechtmachen«, sagte sie, nahm die Brille ab und lächelte steif.

»Bis dann!«, sagte Iris Melchior und verließ die Kabine.

Die Wettervorhersage der Zeitungen traf ein. Die Vorläufer des Islandtiefs griffen mit Sturmböen der Stärke 8 nach der »Polar-Road Star«, als sie die schützenden Kaimauern von Stavanger verließ. Regen- und Graupelschauer hämmerte der Orkan gegen den weißen

Schiffsrumpf. Für Kapitän Petersen und seine Mannschaft war das nicht besonders aufregend, wenn sich die »Polar-Road Star« aufbäumte, um danach mit mächtigem Aufklatschen die riesigen Wassermassen zu zerschneiden. Stabilisatoren mittschiffs verhinderten seitliche Kippbewegungen.

Die Fernfahrer Warfner und Taden hatten ihre Parkas zugeschnürt. Sie krampften sich an die Reling fest. Ihre Gesichter vibrierten leicht, als sie sich dem Sturm zuwandten.

Vom Radarmast dröhnte ein bedrohliches Rauschen zu ihnen, in das ein helles Klirren von Stahltrossen sang.

Dunkel lag das Meer vor ihnen. Durch die Fenster der unteren Decks fiel das Licht auf schaumig aufgewühltes Wasser. Die gestreckte Wildgans auf dem wuchtigen Schornstein lag im Schein der Strahler, und aus dem schweren Eisenkasten drang angeleuchtet der Name »Polar-Road Star« in die Dunkelheit der Nacht.

Die Schrauben der »Polar-Road Star«, die, von 18000 PS angetrieben, das Wasser mahlten, ließen ein autobahnbreites Band brodelndes, grünlich schimmerndes Wasser hinter sich.

Taden stieß Warfner an und zeigte auf die kleine überdachte Ecke des A-Decks, an dem seitlich die Suiten mit allem erdenklichen Luxus lagen.

»Da ist Iris!«, rief er. Die Studentin stand windgeschützt in Treppennähe unter dem Vorbau des Sonnendecks und schaute auf das Meer. Die kleine Bordlampe strahlte ihr schönes Gesicht an. Der Wind griff leicht in das lange Haar.

Als sie das Deck betraten, sah Iris Melchior die beiden Fernfahrer überrascht an.

»Ach, Sie sind es!«, sagte sie erstaunt.

»Kommen Sie mit auf einen Drink, Fräulein?« fragte Warfner. Ohne zu antworten hängte sie sich in die Arme der beiden Männer.

Im Schiff ließ sie Warfner den Vortritt. Taden schritt hinter Iris Melchior her. Er schaute auf das zerzauste Haar, und es gefiel ihm, wie sie ihren Körper in Jeans und Leder anmutig dem Schlingern der »Polar-Road Star« anpasste.

Sie drückten sich an die Wand des schmalen Ganges, als ihnen ein Besatzungsmitglied im T-Shirt mit dem Aufdruck der gestreckten Wildgans entgegenkam.

Taden sah den stumpfen Gesichtsausdruck des Mannes, der seinen Mund offen hielt und mit einem trüben Auge Iris Melchior anstarrte.

Sie stiegen die Treppe zum B-Deck abwärts. Ein weiteres Besatzungsmitglied kreuzte ihren Weg zur Disko. Ein junger Mann, er trug die schicke Uniform der Offiziere, neigte sich zu der Studentin.

»Ach, Fräulein Melchior, da sind Sie ja. Ich habe Sie gesucht. Ihre Kabine war verschlossen. Ich hoffe, Sie kommen ohne große Mengen aus.«

Der Offizier reichte Iris Melchior eine kleine Tüte, verneigte sich und verschwand.

»Mein Kopfweh«, sagte die Studentin und steckte die Medikamente in ihre Jacke. Sie folgte den Männern in die Diskothek. Dort nahm sie dem Fernfahrer die Führung ab. Sie ging seitlich zu einem Tisch, an dem eine junge Frau saß, die mit ernstem und schmalem Gesicht, in dem eine eckige Hornbrille auf spitzer Nase saß, vor einer Brause hockte.

»Darf ich vorstellen?«, sagte Iris Melchior lachend. »Das ist Fräulein Dr. Brittö aus Norwegen. Und die Herren sind meine Fernfahrer, die mich von Bergen mitnahmen.« Sie setzte sich an den Tisch und fügte hinzu: »Fräulein Dr. Brittö ist meine Kabinengefährtin. Ich lernte sie an Bord kennen.«

Das Fräulein Doktor fand nur wenig Freude an dem saloppen Gespräch. Als Taden durchblicken ließ, dass er gerne mit Iris Melchior tanzen möchte, verabschiedete sich Fräulein Dr. Brittö höflich in deutscher Sprache mit der Entschuldigung, dass sie noch an einem Vortrag arbeiten müsse.

Warfner sagte scherzhaft: »Mensch, ist die vertrocknet!«

Die Studentin stand auf. Sie nahm Taden an die Hand und sagte: »Sie ist eine Wissenschaftlerin. Sie spricht über ›Per Gynt‹ an der Uni in Hamburg.« Dann zog sie den Fernfahrer auf die Tanzfläche.

Warfner griff zum Bier, das der kleine philippinische Steward mit breitem Lächeln auf den Tisch gestellt hatte. »Prost, Per Gynt!«, sagte er, und ihm fiel ein, dass er im Gudbrandtal schon so oft seinen Lastzug über die »Per-Gynt-Straße« durch das enge Tal entlang der Rauma gesteuert hatte.

Iris Melchior sorgte an diesem Abend für Stimmung. Sie war fröhlich und verstand sich gut mit Taden. Als die Band die bunten Strahler ausschaltete und ihre Instrumente einpackte, nahm Taden, bereits angeheitert, Iris Melchior an die Hand und führte sie an die Bar.

»Tschüs«, sagte Warfner und verließ die Disko. Er dachte an seinen Lastzug, den er als Verantwortlicher morgen nach Hause steuern musste.

Immun gegen die Seekrankheit, suchte er vor dem Schlafengehen die Toiletten auf. Er sah einen jungen Mann, der mit stumpfem Blick wie ein Roboter ohne Gefühle die Kotztüten der Passagiere einsammelte. Der

Matrose schob einen Karren, der halb gefüllt war und bestialisch stank. Auf dem breiten Rücken erkannte Warfner die Wildgans, und freundlich lallte er: »Scheiß Arbeit.«

Als der junge Mann ihn mit offenem Mund und einem bewegungslosen Auge fragend ansah, lief ihm eine Gänsehaut über den Rücken.

Fräulein Dr. Brittö schaute auf das leere Bett ihrer Kabinengefährtin. Die Luft in dem kleinen Raum kam ihr stickig vor. Das Vibrieren der fensterlosen Kunststoffwände drang wie eine Bedrohung in ihre Ohren. Ihr Blick fiel auf den orangefarbenen Rucksack der Studentin. Sie sprang auf.

»Nein!«, schrie sie. Sie hielt die Enge der Kabine nicht mehr aus. Ein starkes Schlingern der »Polar-Road Star« riss sie fast von den dünnen Beinen. Sie schaute auf ihre Armbanduhr und wischte sich den Schweiß von der Stirn.

Es war längst nach Mitternacht. Bluse und Rock warf sie über den Hocker, streifte sich Jeans über und zog ihren Pullover über den platten Oberkörper. Dann fuhr sie mit dem Kamm durch das einfache Haar.

»Iris Melchior!«, schrie sie hysterisch und stürzte aus der Kabine.

Für Sekunden blickte sie in den leeren Gang. Sie war völlig außer sich. Endlos kam ihr der schmale lange Kabinenflur vor. Gelegentlich, wenn sich die »Polar-Road Star« aufbäumte, fiel sie gegen die Seitenwände.

Fräulein Dr. Brittö durchlief eine Hölle der Einsamkeit.

Vor der Disko hingen schwere rote Vorhänge. Sie

rannte weiter. Schweiß troff in ihr spitzes Gesicht. Im schwach beleuchteten Kabinengang des B-Decks sah sie einen Mann, der vor einem Karren stand, auf dem Kotztüten eine Pyramide bildeten. Der vorgestreckte Hals der Wildgans auf seinem breiten Männerrücken wies ihn als Mannschaftsmitglied aus.

Sie blieb mit rasch gehendem Atem stehen. Ihre Blicke pendelten zwischen Tüten und dem eckigen Gesicht des Mannes, der sich ihr schwerfällig zuwandte, hin und her. Der stumpfe Gesichtsausdruck, der breite offene Mund, das starre trübe Auge raubten ihr die Kräfte.

Fräulein Dr. Brittö stemmte sich an die Wand, und als sie sah, wie der Seemann mit einem Taschentuch Blut, das über seinen vorgestreckten Daumen floss, behutsam abtupfte, schrie sie wie irr. Hell schallte der Schrei in den Gang. Dann glitt sie in einer Ohnmacht auf den Boden.

Der im Halbdunkel liegende Kabinengang füllte sich mit Leben. Unausgeschlafene Passagiere rissen Türen auf. In der matten Nachtbeleuchtung lag das Fräulein Doktor auf dem Teppichboden und kullerte ein wenig seitlich, als die »Polar-Road Star« auf einen Wellenkamm stieg.

Männer in Nachtbekleidung trieb es mutig in die Szene, während die Frauen den Schrei von Fräulein Dr. Brittö vielseitig weitergaben.

Der junge Seemann stierte mit ratlosem Gesicht auf den Boden, wobei seine wulstigen Lippen ein »O« formten. Er versuchte, mit seinem Taschentuch den Blutfluss zu stoppen.

Ein Offizier der Nachtwache eilte zum Geschehen.

Fräulein Dr. Brittö, die aus der Ohnmacht auftauchte

und dösig in die Runde blickte, gab in gehackten Sätzen die Vermisstenanzeige durch. »Iris Melchior, langes Haar, gute Figur, schön!«, stotterte sie. Da gab es keinen Anlass zu debattieren. Der Schiffsoffizier kümmerte sich um die Suche nach dem vermissten Mädchen, von dem er annahm, begründet durch die Beschreibung des Fräuleins, dass es sich irgendwo in einem Bett eines Freiers befand und sich aktiver Gesundheit erfreute.

Die hilfreichen Passagiere brachten das Fräulein Doktor zur Sanitätsstation. Übernächtigt, mit käsigem Gesicht und nervösen Handbewegungen dirigierte Peter Malzer, der Sanitätsoffizier, das blasse Fräulein Doktor auf die Liege. Dr. Mann, der Schiffsarzt, zog eine Spritze auf und vertrieb die neugierigen Helfer.

Die aufgescheuchte Besatzung holte Kapitän Petersen aus dem Schlaf. Er ließ fürs Erste die Geschwindigkeit der »Polar-Road Star« um etliche Knoten drosseln, um ihre Position nicht zu weit zu verlassen, falls das Mädchen bei dem groben Seegang über Bord gefallen war.

Die Mannschaft startete die Suche nach der Vermissten. Systematisch liefen sie durch die Gänge, doch ihre Suche blieb auch auf den weiteren Decks ohne Erfolg.

Dann betraten die Seeleute das A-Deck und stemmten sich den harten Böen entgegen. Sie hasteten fröstelnd in nasser Kleidung an den Davits vorbei, an denen die Rettungsboote schaukelten. Spritzwasser schoss zu ihnen hoch, und Wasserpfützen folgten wie Ströme den Schiffsbewegungen.

Der III. Offizier eilte zum Heck. Als er sich an den Suiten vorbei der Veranda näherte, die das A-Deck mit dem

Überbau bildete, blieb er wie angewurzelt stehen. Unter dem matten Lichtstrahl der Bordlampe lag in gekrümmter Haltung eine junge Frau auf dem grünen Stahlboden. Ihr Körper war abgeknickt, und unter dem Innenfell einer Lederjacke hielt sie den Kopf auf die Brust gesenkt, wobei sie an der nassen Stahlwand eine Stütze fand.

Dem Offizier fuhr es blitzartig durch den Kopf.

»Nichts anfassen! Der Doktor muss her!«

Er schritt in den harten Wind und rief die Kollegen zu sich, die ihn nicht verstanden, aber aus seinen wilden Bewegungen schlossen, dass ihr Suchen zwecklos geworden war.

Betreten scharten sich die Männer um Iris Melchior, die keine Bewegung mehr machte, abgesehen von dem Schwanken, das die »Polar-Road Star« im Kampf mit Sturm und Wasserbergen hervorrief.

»Ist sie tot?«, fragte überflüssigerweise ein Seemann.

Die Männer spürten die Kälte nicht, zu tief saß der Schock über den Fund des unglücklichen Mädchens, das die Beine etwas angewinkelt an die Stahlplatte lehnte. Ihr Oberkörper war seitlich abgedreht, das lange schwarze Haar lag zottelig verteilt über der Schulterpartie und reichte bis zum Boden.

Kapitän Petersen erschien. Seine Besatzungsmitglieder machten ihm Platz. Er bückte sich und betrachtete das Mädchen.

»Da kommt jede Hilfe zu spät. Verdammt! Und das auf meinem Schiff!«, fluchte er, dabei wurde ihm bewusst, dass er jetzt für alle weiteren Schritte die Verantwortung trug, bis die Polizei in Aktion treten konnte.

Dr. Mann und sein Sanitätsoffizier Malzer brachten eine Trage. Malzer setzte die Medizintasche auf den Boden. Der Schiffsarzt streifte gelassen Gummihandschuhe über seine Hände.

Die schweren schwarzen Wolken des Islandtiefs, das jetzt über dem Skagerrak wütete, verdunkelten den frühen Morgen.

Sanitätsoffizier Malzer hielt den Taschenscheinwerfer. Die Szene war gespenstisch. Regen tropfte vom Sonnendeck, während Dr. Mann mit vorsichtigen Griffen den Mädchenkopf aus dem Futter der Jacke hob.

Das Gesicht war bleich. Die im Strahl der Taschenlampe reflektierenden Kulleraugen stierten geradeaus. Der Mund, nur die Lippen zeigten noch etwas Farbe, war geöffnet vom letzten Atemzug.

»Die ist umgebracht worden!«, brummte der Arzt. Er erhob sich und sagte zu Kapitän Petersen: »Hat jemand unserer Leute einen Fotoapparat mit Blitzlicht? Ich hätte gern, dass sie so fotografiert wird, wie wir sie hier fanden.«

Kapitän Petersen war dankbar, denn sein Arzt wies ihm die Richtung.

Der Funkoffizier, ein leidenschaftlicher Amateurfotograf, der schon Seemotive in einem Kalender veröffentlicht hatte, eilte davon.

Kapitän Petersen rief dem III. Offizier zu: »Holen Sie ein Stück Kreide aus dem Schulungsraum!«

Dann entließ er seine Suchmannschaft mit den Worten: »Meine Herren! Ich verlange absolutes Schweigen! Auch keine Tuscheleien mit den übrigen Besatzungsmitgliedern! Wir wissen nicht, wie unsere Filipinos reagieren, wenn sie mit einer ermordeten Frau reisen.«

Der Funker schoss die Bilder. Er umschlich die Leiche und ließ keine Ecke aus.

»Herr Kapitän, ich entwickle die Bilder selbst!«, sagte er stolz, als er sich auf den Weg zu seiner Funkkabine begab.

Kapitän Petersen umfuhr mit Kreide die Umrisse, die das Mädchen auf dem Boden bildete. Aber die nassen Stahlplatten nahmen die weiche Kreide nicht auf. Er drückte ein Punktraster ein und hoffte, damit der Polizei einen Dienst zu erweisen.

»Vorsichtig!«, rief Dr. Mann, als sie die Tote auf die Trage legten.

Der III. Offizier ging voraus und vertrieb einige Neugierige. Sie trugen Iris Melchior zur Sanitätsstation. Petersen suchte den Boden ab. Seine Bemühungen blieben nicht ohne Erfolg. Er hob mit einem Taschentuch eine leere Cola-Dose auf und sammelte einige Zigarettenkippen ein, die aufgeweicht in der Regenrinne lagen. Danach ließ er die Eingangstür zum A-Deck schließen und die windgeschützte Veranda unterhalb des Sonnendecks mit Seilen absperren. Es gelang ihnen, die tote Iris Melchior ohne nennenswerte Störungen durch Passagiere in die Krankenstation zu bringen.

Der weiß gekachelte Raum glich mit den medizinischen Geräten einer Großstadtpraxis.

»Ach, die habe ich ganz vergessen!«, stöhnte Dr. Mann und blickte auf die schlafende Frau Dr. Brittö, die den Kabinenschlüssel in ihren verkrampften Händen hielt. Auf rotem Plastik las er 382 E. Der Sanitätsoffizier, den der Tod des schönen Mädchens sehr mitnahm, sagte: »Doktor, bringen wir sie in ihre Kabine, dort kann sie sich ausschlafen.«

Der Arzt überlegte. »Die Dosis war zu schwach. Wenn sie aus ihren Träumen erwacht, macht sie bestimmt Theater. Wir müssen sie wecken. Jetzt, im beruhigten Zustand, wird sie besser damit fertig.«

Er schritt an die Liege, auf der Dr. Brittö lang ausgestreckt mit ruhigen Atemzügen schlief.

Dr. Mann setzte sich auf den Rand zu ihr und redete beruhigend auf sie ein. Dabei schüttelte er leicht ihr knochiges Handgelenk.

Das Fräulein Doktor kam langsam zu sich. Nach schreckhaften Blicken durch die Brille und hastigen Kopfbewegungen schnellte ihr Oberkörner hoch.

»Was ist mit mir?«, fragte sie überrascht.

Dr. Mann antwortete ganz ruhig: »Fräulein, wie war noch Ihr Name?«

»Dr. Brittö!«, sagte sie hastig.

»Ja, Fräulein Brittö, mit Ihnen ist alles in Ordnung, aber Ihre Vermisste ist nicht mehr in Ordnung.«

Dr. Brittö trieb die Nachricht Sorgenfalten in das spitze Gesicht.

»Ist sie …?« Sie kam nicht weiter, denn sie hatte Iris Melchior entdeckt, die regungslos auf der Trage lag.

»Ja«, sagte Dr. Mann, »das Mädchen ist tot.«

Dr. Brittö besaß zu wenig Widerstandkraft. Sie ließ ihren platten Oberkörper auf die Liege fallen und heulte drauflos.

Dr. Mann zog bereits eine Spritze auf. Er legte sie auf den Emailletisch und wartete.

Malzer, dem es fast selbst so zumute war wie der heulenden Frau, stierte immer wieder auf das hübsche Gesicht der Leiche. Der Arzt fand die Vene. Dr. Brittö war noch so geschockt, dass sie nicht einmal fühlte, wie er das Medikament in ihren Blutkreislauf drückte. Dabei fragte er: »Wer war sie?«

Dr. Brittö antwortete wie in Trance. »Iris Melchior! Ich habe sie heute kennen gelernt. Wir teilten die Kabine. Schade, eine so nette Person!«

Dr. Mann legte die Spritze weg. »Fräulein Dr. Brittö, Sie benötigen viel Schlaf. Wir bringen Sie jetzt in Ihre Kabine.« Die Spritze wirkte bereits, denn sie erhob sich matt und hängte sich müde in die Arme der Männer, die sie durch den Gang zur Kabine führten.

Als sie zurück waren, telefonierte Dr. Mann mit dem Kapitän. »Herr Petersen, zuerst genehmige ich mir einen Schluck, dann untersuche ich die Tote. Das Mädchen heißt Iris Melchior und wurde von ihrer Kabinengenossin sozusagen bereits identifiziert. Wir haben Dr. Brittö mit einer Spritze in den Schlaf geschickt. Das war notwendig. Die Damen bewohnten die Kabine 382 E. Es wäre gut, wenn sich ein weibliches Besatzungsmitglied gelegentlich um sie kümmern würde.«

Der Kapitän hatte geduldig zugehört. Er rührte mit einem kleinen Löffel durch die Kaffeetasse, die der Steward ihm gebracht hatte, und nickte dann.

»Ich folge Ihrem Rat. Ich warte Ihre Untersuchungsergebnisse ab, bevor ich in Emsham Direktor Meyerfels um weitere Hinweise bitte. Hoffentlich sickert die Scheiße nicht durch!«

Der Kapitän legte den Hörer auf die Gabel.

»Scheußlich!«, sagte er angewidert.

Die »Polar-Road Star« lief mit vollen Umdrehungszahlen der 18000 PS am Rande des Skagerraks, mit Kurs Süd-Süd-Ost. Der Orkan war über sie hinweggefegt, und die nachfolgenden Sturmausläufer mit Stärken zwischen 6 und 7 warfen gelegentlich Regen und Graupelböen auf das Deck.

Das nachlassende Schlingern werden die Passagiere angenehm empfinden und mit in den Morgen nehmen, dachte Petersen. In wenigen Stunden werden sie den Orkan als ein großes Erlebnis in ihre Alltagswelt einordnen und sich über Brötchen hermachen und das skandinavische Frühstück mit den sechs Wurstsorten und fünf Käsearten plündern. Dem toten Mädchen in der Lederjacke ist das nicht mehr vergönnt. Ein tragisches Schicksal auf meinem Schiff.

Um eventuelle Spuren nicht zu verwischen, hatte er Frau Seebeck, die Zahlmeisterin, in die Kabine 382 E geschickt, die jetzt mit einem Krimi am Bett der schlafenden Dr. Blittö Wache hielt.

Dr. Mann war nach der Pensionierung von der Marine auf die »Polar-Road Star« gekommen. Seine Kinder waren erwachsen und seine Frau lebte nicht mehr. Er liebte die Arbeit an Bord, und als erfahrener Seemann betrachtete er seine Tätigkeit als einen ständigen Urlaub.

An diesem frühen Morgen jedoch fühlte er sich herausgefordert, als er auf das schöne tote Mädchen blickte.

»Peter, packen wir das Mädchen auf den OP-Tisch«, sagte er.

Sie hoben Iris Melchior hoch und legten sie auf die Plastikabdeckung. Dr. Mann schaltete den Strahler an und begann mit der Untersuchung.

»Wir können ja nicht warten, bis ein Oberarzt in 18 Stunden mit der Arbeit beginnt«, murmelte er.

Der Sanitätsoffizier hatte Gummihandschuhe übergezogen. Der Geruch von Urin und Kot störte sie nicht, das kannten sie, und sie wussten, dass der Mensch mit Gestank kommt und mit Gestank geht.

»Hm, dachte ich es mir doch!«, sagte der Arzt. »Sie ist erwürgt worden! Das muss ein Kerl gewesen sein, der Kraft in den Händen hat. Ich glaube, mir wäre das nicht gelungen. Der hat ihr die Wirbel mit abgedreht. Die hat nicht viel gespürt, der Gehirnstrom war sofort unterbrochen.«

Malzer sah, wie der Arzt den Kopf der Iris Melchior, als hinge er nur noch an Sehnen, gruselig im hellen Licht des Strahlers hin und her bewegte, wobei sich das lange Haar über die weißen starren Brüste zu einem Schleier mit Tausenden von Fäden verteilte und kastanienfarbige Lichtreflexe warf.

Das Gesicht des Sanitätsoffiziers trug das Weiß der Kacheln. Er hatte seine Handschuhe abgestreift und hielt mit zittriger Hand einen Kuli über das Papier, um die Ergebnisse der Untersuchung festzuhalten.

Dr. Mann tastete den Bauch der Leiche ab und bemerkte: »Da läuft eine Kratzspur über den Unterbauch. Es sieht so aus, als habe der Mörder ihr unter die Wäsche gegriffen. Dafür spricht auch, dass sie ihr Hemd über dem Schlüpfer trug.«

Malzer schrieb mit. Der Arzt dozierte weiter: »Ob das Fräulein noch kurz vor ihrem Tode etwas mit einem Mann gehabt hat, das sollen die an Land untersuchen. Ich kann nur feststellen, dass der Mörder das Mädchen von hinten anfiel, ihr in die Hose griff und sie dann erwürgte. Der Tod trat gegen 24 Uhr ein. Dabei lassen wir eine Spanne von 30 Minuten offen.«

Der Sanitätsoffizier schrieb. Ihm war übel.

Der Arzt warf ein Leinentuch über die Tote, streifte seine Gummihandschuhe ab und warf sie in den Abfalleimer.

»Peter, gib mir eine Zigarette!«, sagte er. Malzer reichte ihm die Packung. Dr. Mann rauchte hastig, dabei stierte er auf das weiße Tuch, unter dem Iris Melchior lag.

Das Polizeirevier in der Hafenstadt befand sich in der Nähe des Bahnhofes. An diesem frühen Morgen saß Kriminalrat Kaldenkirchen an seinem Schreibtisch, während die Frühlingssonne durch das Fenster schien. Als das Telefon klingelte, nahm er den Hörer ab.

»Revier Emsham, Kripoleitung Kaldenkirchen«, meldete er sich.

»Vermittlung. Ein Direktor Meyerfels von der Polar-Road-Linie. Ich verbinde!«

Meyerfels kam direkt zur Sache. Er suchte nicht das Vorgespräch. Er berichtete von dem Mord an der Studentin Iris Melchior, nannte die Anzahl der sich an Bord befindlichen Passagiere und gab die Position des Schiffes durch. Er erwartete von ihm die Ratschläge des Sachverstandes.

»Es geht um einiges«, sagte der Direktor.

»Sie denken an eine Überprüfung der Passagiere?«, fragte Kaldenkirchen.

»Ja, bevor sie von Bord gehen«, antwortete Meyerfels.

»Ich muss mich mit meinen Kollegen beraten. Ich rufe zurück«, sagte Kaldenkirchen und legte auf. Er drückte die Sprechtaste.

Seine Sekretärin meldete sich.

»Bitten Sie Knutsen und Nordmann in mein Büro! Es ist äußerst wichtig«, forderte er mit befehlender Stimme.

Seine Sekretärin machte sich auf den Weg. Sie eilte über den langen Korridor zum Dienstzimmer 244 und klopfte an.

Die Tür flog auf. Kommissar Nordmann stand im Rahmen. Er trug die Prinz-Heinrich-Mütze, sein Parka hing offen um seine Schultern.

»Na, Pferdchen, da hätte ich dich fast erschlagen«, sagte der Beamte grinsend.

»Ich hatte angeklopft«, sagte Angela Wurps und lachte.

»Pferdchen hat angeklopft«, wiederholte Nordmann ironisch und wandte sich an seinen Kollegen Knutsen, der vor seinem Schreibtisch saß.

Angela Wurps machte schon lange keinen Versuch mehr, diesen lächerlichen Spitznamen loszuwerden. Für die gesamte Dienststelle war sie das Pferdchen, weil ihr Chef Kaldenkirchen es vermied, selbst auch nur einen unnötigen Schritt aus seinem Dienstzimmer zu setzen. Er schickte seine Sekretärin.

Knutsen blickte auf.

»Was liegt an?«, fragte er.

»Der Chef erwartet Sie«, antwortete sie in ihrer hektischen Art.

Angela Wurps war schlank und sah nett aus. Sie trug einen Pullover und eine Cordjeans.

Knutsen schob die Akten beiseite.

»Folgen wir Pferdchen«, sagte er belustigt.

Die Beamten betraten das Dienstzimmer. Kaldenkirchen grüßte und bat die Beamten, Platz zu nehmen. Er kam direkt zur Sache und berichtete von dem schrecklichen Vorfall an Bord der »Polar-Road Star«. Er schloss seinen Vortrag mit den Worten: »Da ist guter Rat teuer.«

»Wir benötigen von der Reederei die Passagierliste«, stellte Nordmann fest.

»Ich denke an die Mithilfe der Kollegen vom Zoll und vom Grenzschutz«, schlug Knutsen vor. »Oft buchen Reisende unter falschem Namen. Da kommt keiner unnotiert von Bord.«

»Großartig. Um die Unterstützung von Zoll und Grenzschutz kümmere ich mich«, sagte Kaldenkirchen. »Ihnen bleibt genügend Zeit, alles Weitere in die Wege zu leiten. Meine Herren, ich danke Ihnen. Übernehmen Sie den Fall.«

Die »Polar-Road Star« lief volle 23 Knoten. Der Sturm traf in Böen von Windstärke 6 bis 7 das Schiff aus nordwestlicher Richtung seitlich am Heck und glich mit seiner Schubkraft die Geschwindigkeitsverluste aus, die die welligen Wassermassen hervorriefen.

Kapitän Petersen hatte nach seinem Telefongespräch mit Direktor Meyerfels zu einer Besprechung geladen. In seiner Kabine saßen Dr. Mann, der I. und der II. Offizier und als Vertreter der übrigen Besatzung der Bootsmannsmaat.

Kapitän Petersen eröffnete die Sitzung. Er kam direkt zur Sache. »Um was es geht, ist klar! Meyerfels hat mir, und damit meine ich uns, die volle Handlungsfreiheit zugesprochen. Wir haben einen Mörder an Bord und wissen nicht, ob er sich ein weiteres Opfer sucht oder ob es ihm nur daran liegt, nach seiner schrecklichen Tat in Emsham unentdeckt unser Schiff zu verlassen. Wir sind keine Kriminalbeamten, aber die Erfahrungen aus vielen Dienstjahren werden uns helfen, sinnvolle Entscheidungen zu treffen. Führen Sie das Protokoll!«, wandte er sich an den II. Offizier. »Damit wir uns nicht unnütze Arbeit machen, checke ich den Rahmen unserer Möglichkeiten ab. Erstes Ziel ist es, Unruhen unter den Passagieren zu vermeiden. Dabei ist es gleichzeitig unsere Aufgabe, einen zweiten Mord zu verhindern, ohne mögliche Opfer warnen zu können. Das wäre es, meine Herren! Ich gebe die Diskussion frei.«

Kapitän Petersen besaß Autorität und konnte es sich leisten, Abstand zu halten und in Zusammenfassungen seine Gedanken und Vorstellungen einfließen zu lassen.

Nach einer Stunde las der II. Offizier die Ergebnisse der Sitzung in knappen Sätzen vor.

»1. Die Ruhepausen der Offiziere werden verkürzt.

2. Die Wachen, eingeteilt nach einem neuen Plan, gehen in Zivil ohne Uniformen.

3. Dr. Brittö zieht in eine Kabine des A-Decks um.

4. Die Kabine 382 E wird bewacht.

5. Der Nachmittagsfilm wird ausgetauscht. Es wird »Charlys Tante« aufgeführt.

6. Sauna- und Schwimmbadpreise werden auf Sonderangebotshöhe gesenkt.

7. Die Musikgruppe beginnt den Tanztee in der Disko eine Stunde früher als vorgesehen. Der Duty-Free-Shop öffnet ebenfalls um 14 Uhr.«

Mit diesen Maßnahmen hofften die Verantwortlichen, die »Polar-Road Star« ohne weitere Opfer in den Heimathafen zu steuern, denn sie erwarteten zusätzlich von den abflauenden Winden eine Belebung der Decks. Die Frischluftfanatiker halfen ihnen, die Sicherheit des Schiffes zu erhöhen.

»Junge, war das eine Nacht!«, stöhnte Warfner. »Ich hatte ›canal grande‹. Das hat tüchtig geblasen. Als ich zur Toilette war, bebte das Schiff. Da war so eine Type unterwegs und sammelte die Kotztüten auf. Mensch, hat das gestunken.« Er knickte die Schale des Frühstückseis an der Tischplatte auf und pulte es ab.

Jörn Taden nahm nur ein paar Schlucke Kaffee.

»Ich war mit Iris noch in der Bar!«, sagte er müde.

»Ach ja, Iris!«, lachte Warfner. »Habt ihr noch Brüderschaft getrunken?«

»Na, und ob«, antwortete Taden, »aber dann war sie plötzlich verschwunden.« Jörn blickte sich um. Seine Blicke fuhren suchend durch die voll besetzte Cafeteria. »Ich bin danach losgezogen und habe die Kabine aufgesucht. Es war gut, dass du die Tür nicht verschlossen hattest. Ich hätte den Schlüssel nicht mehr in das Schloss bekommen, so hat der Pott geschaukelt.«

Warfner lachte. »Nicht nur das Schiff hatte Seegang!«, sagte er.

Tadens Blicke liefen ständig quer. Aber sosehr er sich auch bemühte, nirgendwo machte er die Lederjacke und das aufgelöste dunkle Haar von Iris Melchior aus, und auch das blasse und eckige Fräulein Doktor befand sich nicht unter den anwesenden Passagieren.

Der Bootsmannsmaat, ein Ostfriese aus Torffehn, der gut zwei Meter maß und mehr als zwei Zentner Gewicht auf die Waage brachte, hatte seine Leute im Griff. Er war geduldig, freundlich, hart und gerecht. Nichts ließ er ungestraft, was gegen die Ordnung verstieß. Er hasste Drückebergerei. Was seine etwa 30 Leute in ihrer Freizeit trieben, interessierte ihn nicht. Sein

Dienstplan war routiniert, da gab es kein Oben und Unten.

Wenn die »Polar-Road Star« beladen wurde, standen die Mitarbeiter im Wechsel in leuchtenden Overalls mit dem Wildgans-Aufdruck auf dem Autodeck und wiesen mit einfachen Handbewegungen den Autofahrern die Plätze an, um sie fast auf Stoßstangenberührung Raum sparend zu dirigieren. Anderseits mussten auch alle, wenn das Wetter es zuließ, in bekleckerten Arbeitsmonturen mit Pinsel und Farbe, während die »Polar-Road Star« das Meer pflügte, die Eisenplatten mit Lack unter Schutz halten, denn Rost kann ein Schiff auffressen.

Diese Einstellung hatte er nie durchbrochen. Nur bei dem jungen Matrosen Fredo Wattnor schob er die Entscheidung vor sich her. Der stumpfe Gesichtsausdruck und der starre Blick aus dem trüben Auge hatten ihn davon abgehalten, den Jungen an Land oder auf dem Autodeck in die Rolle des Einweisers schlüpfen zu lassen oder ihn als Vorhut an die in vielen Reihen parallel geparkten Fahrzeuge zu schicken, um Tickets abzureißen und Ladepapiere zu überprüfen.

Fredo Wattnor hatte das mit Bitterkeit festgestellt. Er fühlte sich oft zurückgesetzt. Auch die Philippinenmädchen, die in großer Zahl die Kabinenreinigungen und das Küchengeschehen bestimmten, mieden ihn, wenn es gesellig zuging.

Gegen 10 Uhr klopfte der Bootsmannsmaat an die Tür der winzigen Kabine, die unterhalb des Autodecks im Heck innerhalb der Mannschaftsräume lag.

Fredo fuhr aus dem Schlaf. Ein säuerlicher Geruch umgab ihn, den er aber nicht sonderlich wahrnahm, denn er hatte bis in den Morgen Kotztüten eingesammelt und in die Müllcontainer verladen. Zum Duschen war er zu müde gewesen, und eine Zigarette vor dem Einschlafen hatte gereicht, die Luft zu aromatisieren.

Fredo sprang aus dem Bett. Da fehlte der Griff zum Bademantel. Kein Nachtzeug bedeckte den kräftigen Körper des athletischen jungen Mannes. In Unterwäsche, lange nicht gewechselt, nahm er die wenigen Schritte zur Kabinentür. Seine Hand, die eine Ledermanschette stützte, drehte den Knopf.

Der Bootsmannsmaat schaute von oben direkt auf den breitrandigen Mund, der offen ein O formte. Dann traf sein Blick das unbewegliche trübe Auge.

»Fredo, Frühstück! Es steht im Mannschaftsraum. Danach machst du weiter auf dem B-Deck. Du weißt Bescheid.«

Fredo nickte. Er zog sich an, um am großen Holztisch auf einem angeschraubten Stuhl des kargen Mannschaftsraumes mit Blick auf Poster, die eindeutig auf die schwachen Stellen männlicher Begierde zielten, sein Frühstück einzunehmen. Dort saß er stiernackig und dachte an das Mädchen, das so fröhlich mit wehenden Haaren und katzenhaften Bewegungen seine Wege in der Nacht mehrmals gekreuzt hatte, als er die Kotze der Passagiere eingesammelt hatte.

Fredo Wattnor verließ den Mannschaftsraum durch die Eisentür, die auf das unterste Deck am Heck der »Polar-Road Star« führte, das mit Tauen für die Fahrgäste abgetrennt war. Am rechten Arm hing der schwere Farbeimer, mit der linken hielt er die Leinen für die Absperrung seines Arbeitsplatzes.

Der Wind griff nach seinen strähnigen blonden Haaren, und mit offenem Mund suchte er stiernackig an den Ankerwinden und Stahlketten vorbei den Weg nach oben. Sein sportlicher Körper tauchte unter die Absperrung. Er nahm die Treppen, die abgeschrägt, im steilen Winkel der Decks, nach oben führten.

Auf dem Deck ging er wie ein gefühlloser Roboter an Passagieren vorbei, die sich munter dem Seewind, in Parkas und Trenchcoats verpackt, entgegenstemmten.

Fredo stierte geradeaus. Er spürte nicht die fragenden Blicke, die sein starres Auge trafen. Abgestumpft, seinem Auftrag nachgehend, schleppte er den Farbeimer. Sein muskulöser Oberkörper steckte in einem rötlichen Overall, auf dem die ihm nachblickenden Passagiere die Wildgans mit dem vorgestreckten Hals ausmachten.

Der aus Stahl gebildete kleine Vorbau brach den Wind, und Fredo knotete das Tau und ließ mit strammer Leine das entstehen, was seine junge Seele so sehr belastete, nämlich eine Isolation, zu der keiner einen Zutritt hatte.

Mit seiner starken rechten Hand, um deren Gelenk er eine Ledermanschette trug, griff er zum Pinsel. Er machte keine Pausen. Bahn für Bahn strich er die Farbe auf den Stahl. Seine Muskeln spannten sich im Takte der Arbeit.

Dr. Brittö hatte sich friedlich mit eingespritztem Sedativum in die Wetterbesserung hineingeträumt.

Frau Seebeck legte ihren Krimi beiseite, als sie bemerkte, dass Leben in das blasse Frauengesicht kam. Dr. Brittös Augenlider zuckten und der suchende und fragende Blick fuhr huschend durch die Kabine.

Frau Seebeck reichte dem Fräulein Doktor die Brille.

»Der Rucksack?«, fragte Dr. Brittö und suchte den Boden ab. Dann ordnete ihr geschulter Verstand die Fakten ein. »Sie ist tot!«, rief sie entsetzt.

Frau Seebeck sagte mit ruhiger Stimme: »Dr. Brittö, ich bin die Zahlmeisterin und zu Ihrem Schutze anwesend.«

Dr. Brittö durchlebte mit Tränenausbrüchen noch einmal kurz die Schrecken und Aufregungen der frühen Morgenstunden, dann fragte sie mit bebender Stimme: »Warum musste das so kommen?«

Frau Seebeck reichte der jungen Frau ein Handtuch und ließ sie still in sich hineinweinen.

Schließlich warf Dr. Brittö das Handtuch aufs Bett. Sie straffte sich und sagte: »Ich danke Ihnen, dass Sie so mitfühlend waren und mich hier nicht allein in der Kabine gelassen haben.« Dabei ruhte ihr Blick auf dem Rucksack, der mitten in der Unordnung lag, zu der Iris Melchior nicht zurückgefunden hatte.

Frau Seebeck stützte sie und war ihr behilflich, als sie nach dem Koffer griff und sich in Gedanken an ihren Vortrag über Per Gynt für das Kostüm entschied.

»Ich muss morgen einen Vortrag vor Spezialisten halten«, sagte Dr. Brittö. Das Selbstbewusstsein war zu ihr zurückgekehrt.

Frau Seebeck dachte über ihre weitere Betreuung nach, als das Klopfen an der Kabinentür nach innen drang. Sie vernahm die befehlsgewohnte Stimme des Kapitäns, drehte den Riegel und öffnete die Tür.

Dr. Mann und der Kapitän begehrten Einlass.

Dr. Brittö fühlte sich weder überrumpelt noch irgendwie in den Mittelpunkt gedrängt. Das Kostüm gab ihr Würde, und mit angewinkelten Armen hatte sie die Hände ineinander geschoben.

Der Kapitän legte Mitgefühl in seine Stimme. »Frau Dr. Brittö, es tut mir Leid, dass Sie in dieses tragische Geschehen hineingeraten sind. Sie haben sich tapfer gehalten. Ich möchte Sie aus Sicherheitsgründen jetzt umquartieren. Frau Seebeck bleibt bei Ihnen. Sie werden für die restlichen Stunden der Überfahrt eine Suite des A-Decks beziehen, während wir uns um die Habseligkeiten der Toten kümmern müssen.«

Dr. Brittö nickte Zustimmung und sagte: »Ich muss auch an meine Arbeit denken.«

Ein Steward erschien.

»Schaffen Sie das Gepäck der Dame in die Suite 9 A«, sagte Petersen. »Frau Seebeck, Sie sind von Ihrem üblichen Dienst befreit, um Dr. Brittö Gesellschaft zu leisten.«

»Kapitän, ich bedanke mich, aber ich heiße Dr. Britt Kirkenö«, sagte die junge Frau. »Und Frau Seebeck soll mich sicherlich beschützen? Stimmt es?«

»Wenn Sie es so sehen wollen«, sagte der Kapitän.

»Es tut mir Leid. Dann habe ich in der Aufregung der Ereignisse Ihren Vornamen aufgeschnappt, Dr. Kirkenö«, sagte Dr. Mann.

Dr. Britt Kirkenö nickte und verließ die Kabine wie einen gefüllten Hörsaal. Sie war froh darüber, die schicksalsträchtige Kabine 382 E hinter sich zu lassen, und genoss den Luxus der Suite, in der neben einer Frühstücksplatte mit dampfendem Kaffee zur Begrüßung Blumen auf dem Tisch standen.

Dr. Mann legte den Schreibblock auf den kleinen Tisch, der neben den Etagenbetten stand.

»Fangen wir planmäßig an«, sagte er mit seiner Bundeswehrerfahrung. »Wir nehmen jedes Stück unter die Lupe, und ich trage es in die Liste ein.«

Der Kapitän fühlte sich nicht wohl dabei, so einfach in die Sachen eines Mädchens zu langen. Scheu hielt ihn zurück, in die Intimsphäre der Iris Melchior mit Griffen in den Rucksack einzudringen. Er zog zu Hause zwei Söhne groß und war nicht vertraut mit Lippenstift, bunten Wattebällchen und Puderdose.

»Wo fangen wir an?«, fragte er unsicher.

»Bei dem, was hier herumliegt«, antwortet Dr. Mann.

Kapitän Petersen hob ein Handtuch hoch. »Das ist unser Eigentum«, sagte er, als sein Blick auf die eingewebte Wildgans fiel.

»Ja, weiter!«, brummte Dr. Mann.

Petersen langte zum orangefarbenen Rucksack.

»Ein Bundeswimpel. Und eine Unterhose – oder wie sagt man, ein Schlüpfer. Er ist feucht, vielleicht durchgewaschen«, sagte der Kapitän, während er mit gespreizten Fingern das Kleidungsstück weit von sich hielt.

»Sie können auch Slip sagen«, sagte Dr. Mann und grinste. »Ich habe notiert.«

Aus dem prall gefüllten Rucksack hob der Kapitän Berge von Wäsche und Kleidungsstücken. Auf dem Bett türmten sich die Sachen.

»Was alles in einen Rucksack geht!«, wunderte er sich und griff in die aufgesetzten Taschen. Er zog eine Brieftasche hervor. »Ich glaube, es ist besser, wenn wir ihren Inhalt hinterher untersuchen.« Er legte die Brieftasche auf das Bett. »Hier steckt eine Geldbörse!« Auch diese legte er ungeöffnet dazu. »Ein Nähetui, eine Packung – o Gott!«, stöhnte er.

»Das muss sein!«, sagte Dr. Mann, und Petersen fuhr

fort: »Präservative, Erfrischungstücher, Kugelschreiber und Medikamente.«

Dr. Mann hatte alles aufgelistet.

»Packen wir die Sachen wieder ein. Die Kripo kann sie von Bord holen«, sagte der Kapitän und lehnte den orangefarbenen Rucksack an die Wand der Kabine.

»Brieftasche und Portmonee nehmen wir mit nach oben«, sagte Dr. Mann.

Nordmann musste auf seine Mittagspause verzichten, denn Staatsanwalt van Felde, ein junger Jurist, der oft ungezwungen in Jeans hinter seinem Schreibtisch saß, hatte sich in den Mordfall Melchior eingeschaltet und zu einer Besprechung um 15 Uhr eingeladen. Das Arbeitsgespräch in dem kleinen Büro verlief locker. Die Sekretärin hatte den Tee vorbereitet und serviert. Ihnen blieben noch 6 Stunden, um den Einstieg in den rätselhaften Mord an Iris Melchior zu finden.

Van Felde hatte eine große Seekarte auf dem Schreibtisch ausgebreitet.

»Wissen Sie, meine Herren, ich bin Jurist. Meine Aufgabe besteht darin, das Strafmaß zu finden für einen Mörder, der mit dem Verbrechen an Bord unsere gesetzlichen Spielregeln verletzt hat. Dazu ist es zuerst einmal förderlich, dass wir den Mörder aufspüren und Beweise für seine Tat einbringen. Ihre Arbeit ist nicht einfach. Was schlagen Sie vor?«

Knutsen, der noch kein voll entwickeltes Konzept hatte, aber auch nicht ganz untätig in die Besprechung gekommen war, sagte: »Ich meine, bevor wir den Kreis der eventuell verdächtigen Personen zusammenstellen, müssen wir uns das Opfer vornehmen. Eltern, Freundschaften, Liebschaften, Beruf usw. gilt es zu erfahren. Dann scheint es mir wichtig, dass die Liste aller Passagiere, die an Bord waren, inklusive eines Verzeichnisses der Schiffsbesatzung, mit vollen Angaben hieb- und stichfest ist. Der Grenzschutz muss heute Abend eine strenge Kontrolle durchführen, damit wir Buchungen aufdecken, die unter falschem Namen vorgenommen wurden.«

Staatsanwalt van Felde schwieg. Er dachte nach. Dann sagte er: »Herr Nordmann, haben Sie noch Vorschläge?«

Nordmann, der schlaksig vor dem Schreibtisch saß, sagte: »Ich bin der Meinung, dass wir das richtige Konzept haben. Nur denke ich, dass wir direkt mit der Vorarbeit beginnen sollten. Wir können über Norddeich Radio Daten der Toten hereinholen. Die Kollegen ihres Heimatortes wären dann bereits in der Lage, die betroffenen Verwandten zu benachrichtigen.«

Van Felde sagte: »Fein, das ist ein Weg!«

Er griff zum Telefonhörer und verlangte eine Verbindung über Radio Norddeich mit der »Polar-Road Star«, auf See zwischen Stavanger und Emsham.

Der Funker steckte das von Radio Norddeich übermittelte Gespräch in das Kapitänsbüro durch.

Petersen, der mit Dr. Mann gerade seine Kajüte erreichte, öffnete die Tür.

»Telefon für mich!«, rief er und langte nach dem Hörer. »Herr Staatsanwalt, wir sind dabei. Wir haben das Reisegepäck der Toten aufgelistet. Das Mädchen reiste ohne Auto. Sie war mit einem Rucksack unterwegs!«

Der Staatsanwalt erkundigte sich nach Namen und Adresse.

»Einen Moment, Herr van Felde, wir müssen noch nachsehen«, sprach Petersen in das Telefon und sagte zu Dr. Mann: »Ihre Adresse!«

Der Arzt nahm die Brieftasche, die er noch ungeöffnet in den Händen hielt. Hastig durchwühlten seine Finger Belege und Papier, dann fand er den Reisepass. Er schlug ihn auf und legte ihn geöffnet vor Petersen auf den Tisch.

Der Kapitän sagte: »Hören Sie? Ich habe ihren Reisepass. Iris Melchior. Geboren am 23.1.59 in Wilhelmshaven. Wohnhaft in Leer, Molkereilohne 73. Passnummer CB 7639 246.«

Petersen legte auf. Dann blätterte er den Pass durch. Laut las er: »Augen schwarz-braun, Figur schlank, Größe 173 cm, Gesichtsform oval.« Sein Blick fiel auf das Farbfoto. »Da bleibt von der großzügigen Mitgift der Natur und hoffnungsvollem Start nur noch ein Aktenrückstand!«, sagte er bitter.

Dr. Mann sagte: »Kapitän, jetzt wollen wir ihre Papiere hübsch langsam durchforsten!«

Der Arzt legte den Inhalt der Brieftasche auf dem Schreibtisch aus.

»Eine Hotelrechnung. Panorama-Hotel Oslo«, sagte er. Dann nahm er eine Bankquittung für einen Umtausch von Mark in Kronen. »Und hier noch weitere Rechnungen: Hotel Norveg, Ålesund, Geiranger Roomen, Dombas Touristhotel!«

Er leerte die Brieftasche, die aus weichem Leder gefertigt war und ein Kleeblattmuster trug.

Kapitän Petersen bündelte die Belege.

Dr. Mann sagte: »Hier ist ein Foto! Toller Schlitten!«

Petersen erblickte Iris Melchior posierend vor einem Strandhintergrund. In Badekleidung saß sie auf dem Kotflügel eines Porsche.

Eine Amateuraufnahme. Aber die schlanken Beine, die jungen Brüste, die von einem Mini-Bikini bedeckt wurden, das kess seitlich gelegte lange schwarze Haar rundeten das Bild ab.

»Das Foto hat einer geschossen, der sich auskannte, wenn es galt, Weibliches zu servieren«, sagte er.

Aber noch war die Brieftasche nicht leer. Ein kleiner Papierzettel, nicht breiter als ein Zeitungsrand, lag verdeckt in einer Brieftaschenecke. Dr. Mann reichte ihn dem Kapitän.

Petersen zitierte nur Zahlen mit Querstrichen, dann las er: »Schweizer Kanton-Bank, Genf.«

»Seltsam«, sagte Dr. Mann. »Das Fräulein war doch wohl keine verkappte Kapitalistin?«

»Das muss die Kripo feststellen«, antwortete Petersen.

Dr. Mann nahm die Geldbörse und öffnete sie. Sein Kopf fuhr überrascht hoch, als er die braunen Tausend-Markscheine hervorholte, unter denen nur wenig Wechselgeld lag.

»Donnerwetter, diese Währungseinheit kenne ich ja kaum!«, entfuhr es ihm. Er zog sieben Tausend-Mark-Scheine aus dem gelben Lederportmonee.

Der Kapitän blickte irritiert auf den Reichtum. »Damit hätte sie sich eine bessere Kabine leisten können«, sagte er.

Dr. Mann hielt die geleerte Geldbörse über den Tisch und schlug mit der flachen Hand auf die Nähte, um zu verhindern, dass nicht noch irgendwo etwas zwischen den Lederwänden sitzen blieb. Zu seiner

Überraschung fiel ein mehrmals gefaltetes Stück Papier auf den Tisch.

»Nanu!«, sagte Petersen überrascht und sah zu, wie Dr. Mann das Papierblatt entfaltete. Die angefransten Seiten ließen darauf schließen, dass es in Eile aus einem Kalenderblock gerissen worden war. In sauberen Druckbuchstaben stand dort: »Treffen uns um 22 Uhr auf dem A-Deck. P!«

Vor dem großen Betonbau, der hinter seiner nüchternen Architektur im rechten Flügel die Büroetagen der Reederei beherbergte und die beleuchtete Wildgans mit bläulichem Neon in die feuchte Abendluft setzte, parkten die Pkws in Parallelen. Die schweren Lastzüge bildeten eine sich weit in das Vorfeld hineinziehende Warteschlange. Um die Platzleuchten trieb der Seewind Nieselregen.

Im Terminal führte der schmale Gang, vom Café und Wartesaal abgetrennt, beidseitig mit Glasfenstern, auf Betonpfeilern zum Kai. Über eine den Tiden angepasste verstellbare Gangway erreichten die Passagiere das Schiff, während unterhalb der Brückenkonstruktion die Autos abgefertigt werden konnten.

Im Terminal stauten sich die Reisenden vor der Absperrung. Überall lagen die Gepäckstücke herum. Der Lärm der vielen Menschen schallte in der Halle. Die große Wanduhr zeigte an, dass die »Polar-Road Star« bereits 30 Minuten Verspätung hatte, was die Reisenden ohne großes Murren hinnahmen, denn auch über das Festland jagten Ausläufer der Schlechtwetterfront.

Allerdings blickten die Fahrgäste überrascht auf die vielen Grenzschutzbeamten, die vor zwei provisorischen Zusatzkontrollstationen warteten. Auch der Zoll hatte seine Mannschaft mehr als verdoppelt.

Kurz vor 21 Uhr kündigte sich die »Polar-Road Star« mit hellen Lichtern an.

Aus dem Dunkel des Abends drang das Sirenenhupen zum Kai herüber. Langsam näherte sich das Schiff dem Hafen. Schließlich vertäuten im Scheinwerferlicht Reedereiarbeiter die große, weiße Fähre.

Der Bug öffnete sich einen Spalt, und die Fahrer der Autos warteten mit laufenden Motoren vergeblich auf die freie Ausfahrt.

Auf dem B-Deck, vor der Information, standen dicht gedrängt die Passagiere vor der Tür, die jetzt offen und an die überdachte Gangway angeschlossen war. Zwei Seeleute lehnten vor der Absperrung und verdeckten mit ihren kräftigen Körpern die Öffnung.

Gemurmel, leichte Empörung und witzige Bemerkungen wie »Ossi-Road Star« ließen die Mädchen hinter den Glasscheiben der Rezeption ungerührt. Sie hoben und senkten ihre Schultern zum Zeichen, dass auch sie keine Gründe für diese peinlichen Verzögerungen kannten.

Die Kommissare Nordmann und Knutsen kamen über die Gangway. Die Matrosen ließen sie an Bord und sperrten den Zugang sofort wieder ab.

Ein Steward führte die Beamten zum Kapitän.

Um Petersen saßen Dr. Mann, der I. und II. Offizier und der Bootsmannsmaat hinter gefüllten Kaffeetassen und berichteten vom Mordgeschehen. Auf dem Tisch lagen Brieftasche, Geldbörse und daneben gebündelt der Inhalt.

Der Kapitän reichte Knutsen die vom Funker scharf geschossenen Fotos der toten Iris Melchior.

»Wollen Sie die Ermordete sehen?«, fragte er.

Knutsen winkte ab. Er betrachtete die Bilder, die Iris Melchior, leblos abgeknickt, in Leder und Jeans auf kalten Stahlplatten zeigten. »Wenn das Schiff leer ist, wird sie abgeholt«, sagte er.

Nordmann griff nach Belegen, während ein Filipino ihnen Kaffee reichte.

Knutsen zählte die Geldscheine. »Donnerwetter! So ein Monatsgehalt und wir könnten öfter als Feriengast mit der ›Polar-Road Star‹ fahren«, sagte er.

Der Kapitän nickte. »Da sind noch weitere Überraschungen fällig«, sagte er.

Knutsen nahm den kleinen Papierstreifen hoch und las die Zahlen des Nummernkontos bei der Schweizer Kanton-Bank in Genf.

Nordmann sagte: »Ich nehme an, dass das tote Fräulein bei der Bank ein Geheimkonto oder einen Safe besitzt.«

Dr. Mann sagte: »Wissen Sie, meine Herren, ich habe mit dem Kapitän die Liste ihrer Habseligkeiten aufgestellt. Sie können sich nachher selbst davon überzeugen. Da ist kein Stück dabei, das in einer Edelboutique gekauft wurde.«

»Schon jetzt Widersprüche«, meinte Knutsen, als er die Hotelbelege überflog.

Petersen sagte: »Da ist noch ein Zettel, der für Sie hoch interessant sein dürfte.« Petersen wies auf das Kalenderblatt.

»Treffen uns um 22 Uhr auf dem A-Deck. P!«, las Knutsen.

Dr. Mann sagte: »Sie wurde auf dem A-Deck erwürgt, aber viel später.«

Nordmann, der das Foto fand, das Iris Melchior auf

dem Porsche vor dem Strandhintergrund zeigte, sagte: »Tolle Kühlerfigur! Sie hatte Rasse und Klasse, wie das Fahrzeug!«

Der III. Offizier betrat die Kabine. »Die Passagiere sind von Bord. Können wir das Zeichen zum Beladen geben, Kapitän?«, fragte er.

Petersen blickte auf die Uhr. »Sie müssen noch warten!«, ordnete er an. »Herr Knutsen, für uns drängt die Zeit. Unser Fahrplan ist bereits total durcheinander. Was machen wir mit der Leiche der Iris Melchior?«, fragte der Kapitän.

Die Beamten standen auf.

»Benachrichtigen Sie die Autoabfertigung«, sagte Nordmann. »Unser Wagen holt die Tote von Bord.« Er packte die Unterlagen in seine Diensttasche.

»Legen Sie meinen Bericht noch dazu«, sagte Dr. Mann.

Er führte die beiden Beamten zu seiner Krankenstation. Dr. Mann hob das weiße Leichentuch am Zipfel hoch. Die Kriminalbeamten warfen einen Blick auf das schöne Gesicht, das jetzt starr wie aus Plastik im Licht lag.

Der Arzt deutete auf den Wäschesack. »Ihre Kleidung«, sagte er. »Ihr Rucksack und die von uns aufgelisteten Sachen befinden sich in ihrer Kabine.«

Knutsen schritt an das Bullauge. Sein Blick erfasste nur das Dunkel der Nacht. Der Kai befand sich auf der anderen Seite.

Die Kollegen der Einsatzpolizei brachten den Sarg. Sie hatten Schwierigkeiten, ihn durch die Kabinentür zu bugsieren.

Nordmann rief den Beamten zu: »Lasst ihn im Gang stehen!«

Dr. Mann und der traurig ausschauende Sanitätsoffizier Malzer trugen die tote Iris Melchior, die unter der weißen Decke lag, zum Korridor und ließen sie in den Sarg gleiten. Für Sekunden hing das schwarze Haar wie ein Vorhang über den Rand der Zinkschale.

»Ihr kommt dann zurück und holt ihre Sachen ab!«, rief Knutsen den Polizisten zu, die schweigend ihren hässlichen Dienst versahen.

Nordmann blickte überrascht auf den sich ihnen zugesellenden Mann, der mit kurzen Haarstoppeln jung wirkte und ihn mit breitem Grinsen ansah. Er trug den Spurensicherungskoffer wie ein Passagier, der die erste Klasse gebucht hatte.

»Ich bin der Neue. Kaldenkirchen hat mir eine Freikarte geschenkt, weil ich seeerfahren bin. Ich werde heute an Bord bleiben.«

Knutsen hatte zugehört. »Moin!«, grüßte er und war überrascht, als der Neue ungeniert Kapitän Petersen, der zu ihnen gefunden hatte, fragte: »Herr Kapitän, haben Sie etwas dagegen, wenn ich die Kabine 382 E bewohne, die das tote Fräulein gebucht hatte? Das erleichtert mir die Arbeit.«

»Einverstanden«, sagte Petersen, der darauf wartete, das Zeichen zum »Roll On!« geben zu können.

Dr. Mann führte die Beamten zur Kabine 382 E im tief liegenden E-Deck.

»Da oben hat Frau Dr. Kirkenö geschlafen. Sie hat nach ihren Aussagen das Mädchen an Bord kennen gelernt und vor Angst beim Anblick des leeren Unterbettes, als uns das Islandtief in den Klauen hielt, ihren Geisterlauf gestartet und die Suchaktion ausgelöst«, sagte der Kapitän.

Dr. Mann warf ein: »Wir haben sie noch behandeln

müssen, da sie einen Nervenzusammenbruch erlitten hatte.«

»Ich habe sie am Morgen in eine Suite umquartiert. Die Zahlmeisterin ist ständig bei ihr geblieben. Die junge Frau hatte irgendwelche Vortragspflichten an der Uni Hamburg.«

Knutsens Blicke fanden den schockfarbenen Rucksack, der an dem Bett angelehnt stand.

»Ist das ihr Hab und Gut?«, fragte er.

»Nehmen Sie alles mit«, forderte Petersen die Beamten auf. »Die Adresse von Dr. Kirkenö finden Sie auf der Passagierliste.«

»Wenn es notwendig wird, werden wir uns an sie wenden«, sagte Knutsen.

Der Neue, klein von Wuchs, aber agil, schlich näher. »Die Melchior hat dieses Bett nicht benutzt. Ich möchte deshalb, dass die Kabine nicht gereinigt wird. Sie soll so bleiben, wie die Tote sie verlassen hat. Das regt meine Träume an!«

Spötter!, dachte Knutsen, und jetzt fiel ihm schlagartig ein, dass er diesen Neuen kannte. Es war Torfner. Er hatte ihn auf einer Versammlung der Polizeigewerkschaft erlebt, als er sie mit seinen Witzen zum Lachen gebracht hatte.

Sie verließen die Kabine 382 E. Kapitän Petersen schloss ab und legte Torfner den Schlüssel in die Hand.

»Sie können bleiben. Ich werde Sie irgendwann vor Mitternacht noch zu einem Bier einladen«, sagte Petersen.

Der Kapitän führte sie in sein Büro. »Haben Sie alle Unterlagen?« fragte er zur Sicherheit.

»All up Stee!«, antwortete Kommissar Nordmann.

Die Kriminalbeamten verließen das Schiff über das Autodeck, um dem Gedrängel vor den Kontrollständen der Grenzschutzbeamten zu entgehen.

Die »Polar-Road Star« stampfte den in Böen wechselnden Winden entgegen, die aus Nordwest mit Stärken zwischen 5 bis 6 bliesen. Kapitän Petersen ließ die Maschinen mit ihren 18000 PS auf Höchsttouren laufen, um das Schiff in Fahrplanzeiten zu bringen. Sie waren zu 90 Prozent belegt. Die Stimmung an Bord war großartig. Die Cafeteria machte Umsatz, im Salon »Holmenkollen« war das skandinavische Büfett fast ausgebucht. In der Disko gab es keinen unbesetzten Platz mehr. Die verspätete Abfahrt in Emsham hatte die Passagiere zu einer Ausgabefreudigkeit verleitet, und gerade die skandinavischen Reisenden langten tüchtig zu, zahlten sie doch für alkoholische Getränke zu Hause einen viel höheren Preis.

Kommissar Torfner begann die fensterlose Kabine 382 E in Augenschein zu nehmen.

Mit einem Handscheinwerfer leuchtete er den Boden der Kabine aus, schob mit einer kleinen Bürste Staub zu kleinen Häufchen zusammen und ließ sie hinter Plastik verschwinden. Selbst Wollfussel, die sein Atem hochtrieb, fing er ein, um sie jeweils separat einzutüten.

Danach stäubte er das Waschbecken und die Schranktüren ein. Auch auf die Lichtschalter blies er sein Puder. Dabei war ihm klar, dass er kaum unbekannte Abdrücke zutage bringen konnte, denn Dr. Kirkenö, die ermordete Iris Melchior, die Zahlmeisterin und die Schiffsleitung, sie alle hatten in dieser Kabine ihre Fingerabdrücke hinterlassen.

Dienst ist Dienst, und der wird gründlich absolviert!, dachte Torfner. Man kann nie wissen!

Er schritt an das ungemachte Bett von Dr. Kirkenö. Vorsichtig nahm er die zerknüllte Steppdecke hoch, die in einem weißen Laken eingeschlagen war. Ein Betttuch bedeckte die Matratze. Das Kopfkissen war ohne Spuren, nur ein langes schwarzes Haar lag seitlich, fast zu einem Fragezeichen gekrümmt.

Torfner nahm die Pinzette. Er hielt das Haar hoch und schätzte seine Länge ab. Seine Freundin trug das Haar ebenfalls lang. Der Kommissar stellte fest, dass seine Uschi etwa fünf Zentimeter mehr brachte. Er ließ das Haar in eine Plastiktüte gleiten. Als er den Spurensicherungskoffer abschloss, hatte er mit Sicherheit nichts übersehen.

Jetzt einen Kaffee!, dachte er, als seine Hand die Zigarettenpackung berührte.

In diesem Moment klopfte jemand an die Kabinentür. Er öffnete und blickte auf den philippinischen Steward, der höflich sagte: »Mein Herr, Sie möchten zum Kapitän kommen.«

»Danke«, sagte der Kommissar. Er verschloss die Kabinentür und folgte dem kleinen Mann.

Kapitän Petersen saß hinter seinem Schreibtisch. Die helle Tischlampe verlieh dem Raum Gemütlichkeit.

»Nehmen Sie Platz, Herr Torfner. Was darf ich Ihnen anbieten?«, fragte Petersen höflich.

Der Kommissar wünschte Kaffee. Der Steward verschwand.

»Haben Sie irgendwelche aufregenden Ergebnisse entdeckt?«, fragte der Kapitän.

Torfner lachte. »Wissen Sie, wenn wir an Bord überhaupt eine Spur ausmachen, dann halte ich das für ein

Wunder. Aber man muss in solchen Fällen auch die geringste Möglichkeit ausloten.«

»Ich bin kein Kriminalist, aber als meine Leute die Tote zur Station brachten, habe ich die Mordstelle abgesucht. Während der Aufregung in Emsham habe ich vergessen, die lächerlichen Dinge Kommissar Knutsen mitzugeben.«

Der Kapitän öffnete eine Schublade und legte feuchte Zigarettenkippen samt Plastikunterlage auf den Schreibtisch. Er bückte sich und setzte eine mit einem Taschentuch verhüllte leere Cola-Dose auf den Tisch.

Torfner nickte. »Sie haben großartig mitgedacht! Vielleicht zeigen Sie mir nachher die Stelle, an der Sie die Dose gefunden haben. Ich wollte mir sowieso den Tatort noch anschauen.«

Kommissar Knutsen fuhr seinen Wagen auf den Parkplatz. Der Regen hatte nachgelassen, aber noch immer trieb der Nordwest schwere Wolkenbänke über das Festland. Zu ihm drang die Schiffssirene eines Erzfrachters.

Knutsen schaute sich um. Das Auto von Kaldenkirchen stand bereits auf dem reservierten Parkplatz.

Als er den langen Flur hinter sich ließ, um sein Dienstzimmer aufzusuchen, vernahm er die klappernden Schritte von Pferdchen. Sie näherte sich mit wippendem Busen. »Herr Knutsen, der Chef wartet bereits. Ist Nordmann noch nicht da?«

»Pferdchen, nicht so hektisch. Wir waren bis nach Mitternacht dienstlich unterwegs, und wenn ich meiner Uhr vertrauen darf, dann bin ich genau eine Viertelstunde zu früh erschienen!«, sagte Knutsen böse.

»Ich auch!«, sagte sie patzig.

Nordmann schoss um die Ecke des Flurs.

»Hallo Pferdchen, so früh schon auf Trab? Wenn das kein Glück bringt!«, rief er.

Pferdchen warf den Kopf hoch und würdigte ihn keines Blickes.

»Noch so ein Frühaufsteher«, murrte Nordmann und eilte Knutsen entgegen, der die mit Protokollen und Listen prall gefüllte Ledertasche in der Hand hielt. Sie betraten das Dienstzimmer. Knutsen setzte die Tasche ab.

»Bevor wir überhaupt zu einem ersten Gedanken kommen, ist er schon hinter uns her«, knurrte Knutsen.

»Macht nichts, Gerrit«, sagte Nordmann. »Dein Horoskop steht günstig. Gehen wir.«

Kaldenkirchen saß hinter seinem Schreibtisch. Das »Moin« von Nordmann hallte durch den Raum.

Kaldenkirchen grüßte nicht zurück. »Nehmen Sie Platz«, sagte er nur.

Die beiden Männer, noch in Mantel und Parka, setzten sich in die Sessel. Kaldenkirchens Blick fiel auf die Prinz-Heinrich-Mütze, die steif auf Nordmanns Kopf saß.

»Meine Herren, ich warte auf Ihre Berichterstattung«, sagte er mit starrem Blick auf seinen Schreibtisch.

Knutsen antwortete: »Herr Kaldenkirchen, unsere Höflichkeit hielt uns davon ab, Sie um Mitternacht aus dem Schlaf zu holen, als wir mit den Kollegen des Grenzschutzes im Hafen die Passagierkontrolle beendet hatten.«

»Das saß!«, freute sich Nordmann.

Der Kriminalrat überging den Vorwurf.

»Was ist dabei herausgekommen?«, fragte er.

»Eine Menge Arbeit«, sagte Knutsen. »Wir haben etliche, die sich unkorrekt beim Buchen fremder Namen bedienten, erfasst. Einige reisten mit falschen Pässen. Den Mörder kennen wir selbstverständlich nicht. Außerdem kann er sich auch noch auf der ›Polar-Road Star‹ befinden, die bald wieder in Stavanger anlegt.«

Kaldenkirchen schaute erstaunt hoch: »Sind denn Passagiere an Bord geblieben?«

»Nein, aber es kann ja auch ein Besatzungsmitglied in Frage kommen«, erläuterte Knutsen.

»Ach, ja«, sagte Kaldenkirchen. »Wir haben von der Reederei die Liste der Besatzung bekommen. Eine bunte Mischung pendelt da zwischen Norwegen und Deutschland hin und her.«

Nordmann sagte: »Der Kapitän hat sich ausgezeichnet verhalten. Das Mädchen führte ein paar recht interessante Dinge mit sich. Eine Barschaft, abgesehen von ihrem Kleingeld, in Höhe von 7.000 Mark, einen Bankstreifen einer Schweizer Bank und eine Einladung zum Rendezvous auf dem A-Deck.«

»Und wie gedenken Sie jetzt, Ihre Arbeit fortzusetzen?«, fragte Kaldenkirchen.

»Wir setzen uns auf die Spur der Toten und schnüffeln ein wenig in den privaten Bereichen der Iris Melchior herum. Uns interessieren Eltern, Freunde, Beruf, Hobbys, kurz alles das, was menschliches Sein so mit sich bringt.«

Kaldenkirchen, der seine breiten Oberarme wie Säulen auf den Schreibtisch drückte, sagte: »Sie haben doch sicher Kollegen Torfner an Bord getroffen. Ich hielt es für notwendig, dass sich jemand auf der ›Polar-Road Star‹ noch einmal umsieht, denn die Spurensuche kann ich ja schlecht dem Kapitän überlassen. Außerdem muss er sich bei uns noch einarbeiten.«

»Das war richtig«, antwortete Knutsen, »denn wir haben hier an Land alle Hände voll zu tun. Wir werden die Namen und Daten der Passagiere an das LKA in Hannover weitergeben und sehen, wer von ihnen mit Vorstrafen im Sieb hängen bleibt. Zumindest ein Anfang. Auf den Erfolg können wir vorerst nur hoffen.«

Kaldenkirchen freute sich innerlich. Das ist doch ein Startkapital, dachte er und sagte zu den Beamten: »Dann wünsche ich viel Erfolg, meine Herren. Unterrichten Sie mich ständig über Ihre Ergebnisse.«

Er erhob sich und stand mit dickem Bauch wie ein Arbeitgeber hinter seinem Schreibtisch.

Kommissar Knutsen setzte den Wagen in das Parkverbot, wissend, dass kein Kollege eine Zahlkarte an die Windschutzscheibe des Polizeifahrzeugs heften würde.

»Dr. Melchior, Zahnarzt!«, las Nordmann, als er ausstieg.

Dem Mann, der ihnen die Tür öffnete, stand das Leiden im bleichen Gesicht. Wie bei einem Magenkranken bewegten sich die Augen in Schatten. Sein Mund zuckte leicht.

»Lassen Sie, meine Herren!«, sagte Dr. Melchior, als Knutsen zur Polizeimarke griff.

Dr. Melchior bat sie ins Wohnzimmer. Ohne Vorreden sagte er: »Swantje, die Herren kommen von der Polizei!«

Frau Melchior trug das schwarze Haar, in dem graue Fäden saßen, in einem strengen Knoten.

»Ist das Leiden Wille Gottes und der Tod eine Erlösung?«, fragte sie, während ihre Augen irgendwo an der Decke nach einer Antwort suchten.

Die Kommissare sahen sich verlegen an.

Frau Melchior schluchzte.

Kommissar Knutsen spürte, dass er das Gespräch finden musste.

»Herr Dr. Melchior, wir wissen so gut wie nichts über Ihre Tochter und ebenso wenig über den Mörder. Was geschehen ist, kann niemand zurückschrauben. Jetzt muss der Schuldige gefunden werden.«

Dr. Melchior setzte sich dicht an seine Frau. So, als wollte er ihr Halt geben. Nordmann ließ seine Prinz-Heinrich-Mütze durch seine Hände kreisen. Er fragte: »Hat Ihre Tochter die Reise nach Norwegen mit Ihrem Einverständnis unternommen?«

Dr. Melchior antwortete: »Iris war 23 Jahre alt, da benötigte sie unsere Erlaubnis nicht. Was uns aber wunderte, das war ihr starker Drang nach Norwegen. Sie war fasziniert von der Landschaft, den Bergen und Fjorden.«

Knutsen fragte: »Gab Ihre Tochter für diese Reise einen bestimmten Grund an?«

Dr. Melchior blickte auf seine Frau, die Tränen in das Taschentuch vergoss. »Das kann ich nicht beantworten. Sie spielte Grieg-Platten und las Kunstbände über Munch«, sagte er.

Nordmann fragte: »Wovon lebte Ihre Tochter?«

Während Frau Melchior in sich hineinweinte, sagte Dr. Melchior: »Sie studierte in Aachen Pharmazie.«

»Hatte sie dort eine Wohnung?«, fragte Kommissar Nordmann.

Dr. Melchior sagte unwillig: »Selbstverständlich, Sie wissen doch, wo Aachen liegt!«

»Können Sie uns die Adresse geben?«, fragte Knutsen und schob dem Zahnarzt einen Zettel zu.

Melchior schrieb: »Aachen, Berntorstraße 1a.«

»Ist Iris von Aachen abgereist oder von hier?«, fragte Kommissar Knutsen.

»Hier, von Leer. Ich fuhr sie selbst zum Bahnhof und habe ihr Gepäck aufgegeben. Sie nahm unseren grünen Lederkoffer und ihren kleineren Reisekoffer, dazu noch einen lächerlichen Umhängebeutel mit. Ich kaufte ihr eine Rückfahrkarte«, sagte der Arzt.

»Hatte Iris einen Freund oder Freunde?«

Dr. Melchior antwortete bitter: »Als Vater einer schönen Tochter war ich auf jeden eifersüchtig, der sich Iris näherte. Viele junge Männer umschwärmten sie. Ohne mein ständiges Genörgel wäre es vielleicht anders gekommen. Jetzt weiß ich, was Iris in Norwegen suchte. Es war die Freiheit, die ich ihr nicht zugestanden hatte!«

Knutsen kümmerten die Tränen der Frau Melchior nicht. »Herr Doktor, haben Sie Namen aus dem Umfeld Ihrer Tochter parat?«, fragte er.

Dr. Melchior winkte ab. »Da kann ich Ihnen nur einige nennen wie Uwe, Sohn des Feinkosthändlers Breiterscheidt. Hans Knoll, er ist bereits Volksschullehrer in Solingen. Auch Theo Klammem bemühte sich um sie, er hat das Textilhaus übernommen. Sie versuchten es mit Partys. Aber Iris ging nur gelegentlich hin.«

»Kann Ihre Tochter Zugang zur Rauschgiftszene gehabt haben?«, fragte Kommissar Knutsen.

Entsetzt sprang der Arzt hoch. »Das ist unmöglich!«, rief er.

Frau Melchior stierte mit verheulten Augen den Kommissar an. Knutsen, der keine Hinweise für seine

Frage hatte, dem aber das Elternhaus Parallelen zu ihnen bekannten Fällen lieferte, sagte einlenkend: »Ihre Tochter ist umgebracht worden. Das Motiv fehlt. Da liegt es nahe, an alles zu denken.«

Nordmann ließ den geschockten Eltern nur wenig Zeit.

»Herr Doktor, Sie sind ein reicher Mann. Das schließe ich aus Ihrem Beruf und dem, was uns hier umgibt. Es ist deshalb verständlich, dass Sie Ihre Tochter mit Geldzahlungen, na, sagen wir bescheiden, verwöhnten.«

Dr. Melchior setzte Falten in sein blasses Gesicht. »Mein Vermögen sollte für Iris eine Reserve sein. Ihren Erfolg wollte ich nicht kaufen und ihren Ehrgeiz nie drosseln. Ich hielt sie äußerst knapp. Viel zu knapp!«, sagte er.

Durch das vorgehaltene Taschentuch der Frau Melchior drang verschnäuzt die Bestätigung.

Knutsen setzte nach. »Wie hoch war die Reisekasse Ihrer Tochter?«

»Etwa 700 Mark«, sagte Dr. Melchior.

Knutsen konterte: »Wir fanden in ihrem Portmonee 7.000 Mark.«

Entsetzt starrte der Zahnarzt auf seine Frau. »Unmöglich, da liegt ein Irrtum vor!«, sagte er, als sie aus dem Zimmer stürzte.

Nordmann setzte nach.

»Herr Doktor, außerdem war Ihre Tochter im Besitz eines Bankbelegs eines schweizerischen Geldinstituts«, sagte er.

Dr. Melchior hastete aufgeregt hinter seiner Frau her.

Melchior hat alles erreicht. Jetzt hat das Schicksal voll zugeschlagen!, dachte Knutsen.

Während die »Polar-Road Star« bereits Fahrplanrückstände aufholte, lag Kommissar Torfner auf dem Bett und hatte Schlaf gefunden.

In Stavanger war der Roll-off- und Roll-on-Verkehr so zügig wir nur irgend möglich verlaufen, und auch die norwegischen Grenz- und Zollbeamten hatten entsprechend am später Abend bei der Abfertigung die Augen zugedrückt und es bei wenigen Stichproben belassen.

Als Torfner ausgeruht die Kabine verließ, befand sich die »Polar-Road Star« bereits auf der Rückfahrt. Lärmend zogen die Passagiere durch die Gänge und nahmen Besitz vom Schiff.

Während der Kommissar eine ruhige Ecke in der Disko aufsuchte, ging Fredo Wattnor seinem Dienst nach. Im orangeroten Overall mit Stampfer, Werkzeugtasche und vorgegebener Ortsbeschreibung suchte er die Toilettenanlage im B-Deck auf, um die Verstopfung zu beheben, die das gesamte sanitäre Abflusssystem störte.

Die Schüler und Schülerinnen eines Akkordeon-Orchesters aus Ostfriesland, die eine Reise nach Norwegen hinter sich hatten, versperrten Fredo Wattnor den Weg. Sie rempelten ihn an und deuteten den starren Blick aus dem trüben Auge falsch.

Fredo Wattnor setzte sich durch. Seinem Auftrag folgend heftete er das Schild »Nicht betreten! Reparaturarbeiten!« an die Tür der Damentoilette und setzte ohne Ekel Rohre unter Wasser und ließ Chemikalien ein.

»Haut ab!«, schrie er wütend, als die Mädchen – niedlich in dem blühenden Alter – dennoch die Türen aufrissen und so taten, als hätten sie es eilig.

Vor allem war es die kleine dunkelhaarige Ina, die

das Spiel übertrieb, da sie vorher, um den anderen zu imponieren, einen tüchtigen Schluck aus der Whiskyflasche genommen hatte, die die Jungen ihr hingehalten hatten. Sie wagte sich mit hoch gehaltenem Rock bis zu dem Seemann vor, um das Beifallsgelächter ihrer Freundinnen und Freunde zu genießen.

Fredo Wattnor bearbeitete die Becken. Sein Mund stand offen. Er kannte nur das eine Ziel, die Rohre von dem Pfropfen zu befreien, während ihn die Störungen der Mädchen kalt ließen. Als aber Ina dicht vor ihm den Rock hob und der verrutschte Slip krauses Schamhaar freisetzte, stieg aus seinem Inneren eine kribbelnde Erregung. Sie legte Verschüttetes frei, drang in ihm hoch, und Fredo Wattnor spürte eine hitzige Nervosität.

Als er das Schild abnahm, um auf der Backbordseite in das Rohrsystem einzugreifen, wichen die Mädchen aus und kicherten hinter ihm her.

Probespülungen bestätigten ihm die Korrektheit seiner Arbeit. Müde schlich er durch die Gänge. Mit Stampfer und schwerer Werkzeugtasche verließ er das Deck, um die unteren Toiletten zu bearbeiten. Bis zum G-Deck rannten die Gören hinter ihm her, machten Faxen und ließen mit tanzenden Sprüngen Luft unter ihre Röcke, ohne den starren Blick und den offenen Mund zu beachten.

Stiernackig, mit angespannten Muskeln, setzte Fredo die Schritte nach unten. Das Gekicher verebbte. Fredo Wattnor legte nach Vorschrift das Werkzeug ab. Sein Dienst war zu Ende. Das Sanitärsystem funktionierte wieder.

Er betrat seine Kabine. Säuerlicher Geruch, an der Grenze zum Fischgestank, drang ihm in die Nase. Er warf den Overall von sich, trennte sich vom T-Shirt und ließ seine Unterwäsche auf den Boden gleiten.

Fredo Wattnor stellte die Dusche an, und während die Wasserstrahlen ihn wohlig warm berieselten und Wasserdampf ihn wie Seenebel umgab, sah er Ina vor sich, wie sie ihren Rock von den schlanken Schenkeln abhielt und unter verrutschter Naht schwarzes krauses Haar gezeigt hatte. Sein Glied reagierte auf diese Herausforderung. Im dumpfen Kopf zog ein plötzliches Verlangen Kreise, dem er nichts entgegensetzen konnte. Der naive Versuch, kaltes Wasser über die angespannte Männlichkeit fließen zu lassen, reizte mehr, als er abschreckte.

Fredo Wattnor griff nach der Hose, zwängte unter, drückte an, vergeblich. Die engen Jeans nahmen unter dem Druck des Reißverschlusses die Kraft nicht weg.

Eilig verließ er seine Kabine.

Mehrere Stufen übersprangen seine Füße, wenn die in Ledermanschetten sitzenden kräftigen Handgelenke sein Gewicht am Geländer nach oben zogen. Unaufhaltsam war sein Drang, aus dem Bauch des Schiffes hoch zu gelangen, wo Leben war.

Während der Übergangszeit von der Nacht in den Morgen stampfte die »Polar-Road Star« mit dem Kurs Süd-Süd-Ost am Rande des Skagerraks ohne störende Sturmböen dem fernen Emsham entgegen. Auf den angestrahlten Decks fanden nur noch selten Fahrgäste den Blick in den allmählich klar werdenden Sternenhimmel.

In der Disko, ausgeruht vom vorgezogenen Schlaf, saß Kommissar Torfner und trank ein Bier. Er betrachtete die wenigen Tanzpaare, die dem Rhythmus der Band mit gesetzten Schritten folgten. In einer Ecke im trüben Licht lallten und lärmten Jugendliche der deutschen Musikgruppe. Der Kommissar sah angewidert, wie sich die jungen Leute knutschend vor der philippinischen Bedienung danebenbenahmen, und sein Blick folgte dem Mädchen, das mit zu früh gesprossenem Busen, schwankend und kichernd die Disko verließ.

»Da müsste doch jemand Einhalt gebieten!«, dachte er und sah sich um. Aber an den noch besetzten Tischen rührte sich niemand, und auch die Offiziere, die gelegentlich in schmucken Uniformen ihren Rundgang machten, schritten nicht ein.

Der Kommissar drückte die Zigarette aus und verließ die Disko. Der Kabinenschlüssel presste sich durch die Jackentasche, als seine Hand zur Kontrolle an den Stoff griff.

Torfner überlegte es sich anders. Der Wunsch nach frischer Luft verleitete ihn, die Stufen zu nehmen, die nach oben führten.

An Deck suchte sein Blick Himmel und Meer. Die »Polar-Road Star« schnitt das flachwellige Wasser und die Motoren dröhnten monoton.

Torfner hatte Zeit. Er konnte lange in den Morgen schlafen. Die Steuerbordseite des A-Decks lag verwaist vor ihm. In den Davits hingen angestrahlt die Rettungsboote ohne Bewegung. Bordscheinwerfer richteten ihr Licht auf den riesigen Schornstein, auf dem die Wildgans mit vorgestrecktem Hals in Blau und Gelb zu fliegen schien. Aus der Ferne drang das Positionslicht eines Frachters, der einsam durch die Nacht zog, zu ihm durch.

Der Kommissar ging zum Heck. Die Fahne hing lau im Wind, und das Meerwasser sprudelte, gequirlt von den Propellern, schaumig davon. Niemand war um ihn. Die Sterne standen, wo sie ewig gestanden hatten.

Der Kommissar dachte an Iris Melchior, die hier an Bord aus dem Diesseits gerissen worden war.

In die Stille drang ein schriller Schrei. Ihm kam es vor, als er sich lauschend vorbeugte, als wäre er abrupt abgerissen.

Torfner fühlte eine Gänsehaut, die ihm über die Arme kroch. Er schnellte zur Seite und lauschte. Er vernahm nur den Summton der Maschinen und das Brodeln des Wassers.

»Das war oben!«, durchfuhr es ihn.

Er hastete drauflos. Flink nahm er die Stufen, dann sah er eine Männergestalt im Schatten des Schornsteines davonhasten.

Backbord, in der Ecke des Windschutzes, unter angestrahlter Wildgans, lag etwas Dunkles auf dem kalten Stahlboden, auf das kein Licht fiel.

Torfner entschied sich blitzschnell für dieses Ziel und ließ den Mann entkommen. Unterhalb der auf der Deckkante schräg aufgesetzten Windschutzumrandung aus Plexiglas lag ein Mädchen. Er bückte sich und sah, dass ihr Unterleib entblößt war. Der dicke Wollrock bildete wellige Falten.

Der Atem des Mädchens drang ihm abgehackt und röchelnd entgegen. Die Augen waren glasig und stierten geradeaus. Er roch den Alkohol, den es ausatmete. Mit ein paar Schlägen auf die Wangen versuchte er, es wieder zu Verstand zu bringen. Doch der Blick blieb starr.

Der Kommissar überlegte in Sekundenschnelle. Falls

er die Mannschaft zuhilfe rief, lag sie alleine hier auf dem Deck.

Er hob das Mädchen hoch. Es stand schwankend, während der Schlüpfer ihr um die Knie hing.

»Verdammt!«, fluchte Torfner, als er das Mädchen an seine Brust lehnte und ihr den Slip hochzog. »Wenn jetzt jemand zusieht!«

Er schleppte das Mädchen, das wie leblos an ihm hing, über das Deck und jonglierte es wie ein Artist über die Treppen nach unten.

Schwitzend stand er schließlich vor dem Sanitätsraum. Er hämmerte mit den Fäusten gegen die Tür. Vergeblich. Ein Offizier, auf routinemäßigem Kontrollgang, lief auf ihn zu.

»Wir kommen!«, rief er, als er um die Ecke des Ganges davonschoss.

Torfner schob das lange dunkle Haar beiseite, das sein Kinn berührte. Das Mädchen lag mit ihren jungen Brüsten auf seinem Arm und lallte.

Den Kommissar durchfuhr ein Gefühl der Erleichterung, als Dr. Mann mit offener Uniformjacke durch den Gang eilte. Hastig öffnete er die Tür der Sanitätsstation. Sie legten das Mädchen auf den OP-Tisch. Dr. Mann schaltete die Strahler an. Er zog ihre Augenlider nach unten und horchte ihren Puls ab. Dann sagte er: »Zu viel Alkohol und Schock!«

Der Kapitän erschien. Er war mächtig aufgeregt. Seine Gedanken überschlugen sich in Hektik.

Dr. Mann sagte beruhigend: »Das Kind ist außer Lebensgefahr. Ich bekomme es wieder hin.«

Torfner berichtete, wie er das Mädchen gefunden hatte.

Kapitän Petersen wischte sich den Schweiß von der

Stirn. Er war immer noch nervös, als er zu Torfner sagte: »Ich danke Ihnen! Kommen Sie mit in mein Büro.«

Der Kommissar folgte Petersen. Der Kapitän rief seine dienstfreien Offiziere aus dem Schlaf und verstärkte die Wachen. Er forderte den Bootsmannsmaat auf, die Mannschaftsräume zu kontrollieren. Dann setzte sich Petersen in den Schreibtischsessel.

»Das ist doch zum Verrücktwerden!«, stöhnte er.

Torfner sagte: »Herr Kapitän, Ihre Wachen hätten vorher ein wenig auf die Gören achten müssen. Die haben ohne Beanstandungen tüchtig getankt, und ihr Benehmen gab öfter Anlass zum Einschreiten. Das junge Ding gehört zu dieser Akkordeon-Gruppe.«

Petersen antwortete: »Das ist in der Tat ein Problem für uns an Bord. Besonders in der Saison, wenn die jungen Menschen zu drei Vierteln unsere Billigbuchungen ausmachen. Wir sind da bewusst großzügig, fast skandinavisch, denn wenn meine Leute einschreiten würden, wie uns das vorschwebt, hieße es sofort: die Deutschen!«

Der I. Offizier erschien und erkundigte sich nach dem Vorfall.

»Die Parallelen zum Mord an der Studentin sind nicht von der Hand zu weisen«, sagte er.

Petersen drückte die Sprechtaste und rief Dr. Mann an.

»Sie schafft es«, sagte der Arzt. »Aber sie kann nicht auf ihre Kabine. Sie muss sich auskotzen. Ich warte auf Malzer. Allein will ich ihr nicht in den Bauch sehen.«

Petersen legte den Hörer auf die Gabel. Dann drückte er die Sprechtaste. »Sanitätsoffizier, sofort zur Station!«, rief er wütend.

»Der Mörder hat erneut zuschlagen wollen!«, sagte

der Kommissar, dem als Kripobeamter die große Ähnlichkeit des Mädchens mit Iris Melchior aufgefallen war. »Beide sind sie langhaarig und dunkel!«, sagte er.

Petersen fragte: »Was machen wir nun?«

»Warten! Irgendwann wird das Mädchen zu sich kommen. Obwohl sie ziemlich besoffen war, wird sie sich bestimmt an irgendetwas erinnern.«

Peter Malzer hastete zur Sanitätsstation. Erschrocken fuhr er zusammen, als er das Opfer mit dem langen schwarzen Haar sah, dessen Gesicht abgewandt und in eine Spuckschale geneigt war, die Dr. Mann geduldig hielt.

Im ersten flüchtigen Hinsehen glaubte er, Iris Melchior wieder zu erkennen. Er vernahm Dr. Manns Stimme.

»Ich muss sie untersuchen. Sie ist total dun«, sagte der Arzt und stülpte sich die Gummihandschuhe über.

Der Sanitätsoffizier schaute weg, als Dr. Mann den Rock hob, um sich als gestandener Bundeswehrarzt medizinisch zu vergewissern, was mit dem jungen Ding auf nächtlichem Deck geschehen war, während es sich vom Alkohol das Sagen über ihren eigenen Körper hatte nehmen lassen.

Als Dr. Mann die Handschuhe wegwarf, sagte er erleichtert: »Ich bin mir ganz sicher, dass unser Detektiv gerade rechtzeitig genug am Ort des Geschehens erschienen ist, um Schlimmeres zu verhindern, denn das Mädchen ist noch, wie sagt man so blumenhaft, ›unschuldig‹. Dabei ist der Bursche, der hier sein Unwesen treibt, umso schuldiger«, sagte er.

Der Sanitätsoffizier musste die Schale wechseln, als

das Mädchen erneut unter Stöhnen einen Schwall Flüssigkeit ausspuckte.

Der Arzt griff zur Zigarette. Er stand vor dem dunklen Bullauge und rauchte. Er war froh, dass dem Mädchen ein Schutzengel in der Gestalt von Torfner beigestanden hatte. »Peter, ich habe ihr eine Spritze verpasst. Die muss sich leer reihern. Wenn etwas Außergewöhnliches passiert, ruf mich. Ich bin für wenige Minuten beim Kapitän!« Er verließ die Station.

Der Kriminalrat saß bereits um 7.30 Uhr vor seinem Schreibtisch. Er hielt ein Fernschreiben in der Hand, das ihn aus Genf erreicht hatte. Mit Vorfreude auf die überraschten Gesichter der recherchierenden Beamten wartete er auf ihre Ankunft.

Es war Knutsen, der als Erster von Pferdchen direkt in sein Büro geführt wurde. Kaldenkirchen nickte ihm kurz zu und gab mit trommelnden Händen kund, dass er auf Nordmann wartete. Als dieser erschien, schlaksig wie immer, ohne großen Respekt den Chef fast übersah und Knutsen überschwänglich gegrüßte, hielt Kaldenkirchen den Augenblick für gekommen, seine Trumpfkarte zu ziehen.

»Meine Herren«, setzte er an, »während Sie sich mit mehr oder weniger Erfolg …«, dabei hatte er sich bei seinen Beamten noch nicht einmal über deren Ergebnisse erkundigt, »… die Angehörigen der Toten befragten, habe ich über Fernschreiber die Aussagen der Kanton Bank in Genf …«, dabei sprach er Genf aus, als sei er dort gewesen, »… vor mir liegen. Auf meine Anfrage teilt die Bank mir Folgendes mit. Ich lese: Sehr geehrter Herr Kaldenkirchen, die uns fernschriftlich übermittelten Daten des Auszugs deuten an, dass der Beleg gefälscht wurde. Die Ziffern der Nationalität des Inhabers weisen auf Norwegen hin. Die Personalzahl wurde versetzt, die Guthabenziffer ist entstellt, sodass weder Kontostand noch Kontoinhaber für uns leserlich sind. Mit freundlichen Grüßen. Na, meine Herren?«, sagte Kaldenkirchen stolz und schaute triumphierend hoch.

Nordmann lächelte. »Herr Kaldenkirchen, die Sache war für uns längst klar. Dass es sich um eine Fälschung handelt, hat der Vater der Toten uns bereits ohne Fernschreiberauskunft sagen können!«

Kaldenkirchen schaute ihn ungläubig an.

»Und was sagt die Kanton-Bank zu den 7.000 Mark Bargeld der Iris Melchior?«, fragte Knutsen.

Kaldenkirchen war die Tour vermasselt. Er rutschte unruhig aufdem Stuhl hin und her. Dann fragte er mit einlenkender Stimme, eine Oktave höher angesetzt: »War Ihr Besuch bei den Eltern aufschlussreich?«

»Das kann man wohl sagen, wenn die einzige Tochter eines bekannten Zahnarztes von einem Mörder dahingerafft wird«, antwortete Nordmann.

Die Geheimnistuerei seiner ihm unterstellten Beamten veranlasste Kaldenkirchen zu schweigen.

Knutsen und Nordmann erhoben sich.

Kaldenkirchen produzierte ein Lächeln. »Meine Herren, ich bin gespannt, wie Sie die weiteren Untersuchungen gestalten werden!«, sagte er nur.

Ina Schneefelder lag auf dem OP-Tisch. Züchtig bedeckte ihr Rock mit Schottenmuster die wohl geformten Beine. Weiße Söckchen schauten aus damenhaften Halbschuhen.

Das lange schwarze Haar umrahmte das verkaterte hübsche Jungmädchengesicht. Unsicher ging ihr Blick hoch und huschte über die fremden Männergesichter.

»Erzähl uns bitte, wie das war!«, forderte Dr. Mann sie auf.

»Wir hatten einen Mordsspaß«, murmelte das Mädchen. »Schon im Bus hatten die Jungen eine Flasche dabei gehabt. Es war ein vergessenes Werbegeschenk der Firma Dokata. Wir haben an Bord gefeiert.« Ina senkte den Blick.

»Und wie ging es weiter?«, fragte Dr. Mann.

»Wir waren lustig und sind durch die Kabinengänge gezogen. Ich war ziemlich dun. Wir haben an die Kabinentüren geklopft und uns versteckt, bis ...« Ina stutzte, dann schlug sie die Hände vor ihr Gesicht und schluchzte.

Dr. Mann ließ sie in Ruhe. Geduldig wie ein Therapeut wartete er auf die Explosion in Inas Gefühlsleben.

Ina Schneefelder war erregt. Sie durchlitt die bittere Vergangenheit. Ihr jugendlicher Busen wippte, als sie sich schüttelte. »Dann war der Mann da, der die Damentoilette reparierte. Wir haben ihn gehänselt. Er sah so doof aus.« Das Wort »doof« zog sie sehr in die Länge, dann schämte sie sich und heulte drauflos.

Der Arzt wartete noch. Er suchte die Gelegenheit, sich weiter vorzufragen. Dann fasste er nach. »Und was war mit dem Mann?«

Ina fasste sich. »Wir haben ihn geärgert und mächtig gefoppt. Danach sind wir in die Disko gezogen und haben einen draufgemacht.«

Torfner fing den Blick vom Kapitän auf und nickte.

Ina setzte die Worte stockend, aber mit klaren Aussagen. »Danach bin ich auf das Deck gegangen. Ich war so lustig und schlapp und musste immer lachen. Das war irre! Ich wollte das Meer sehen. Als ich oben war, da kam der Mann ...« Ihr Redefluss brach ab, und Tränen flossen erneut über ihre bleichen Wangen.

Im Raum lag ein Schweigen. Erwartungsvoll ruhten die Blicke der Männer auf Ina, die sich plötzlich für den Rest ihrer Darstellung aufrichtete und schrie: »Er stürzte sich auf mich und würgte mich, und ich sah sein starres Auge! Schrecklich!«

Ina hatte ihre Reserve aufgebraucht. Sie sackte in sich zusammen. Dr. Mann kümmerte sich um sie und redete beruhigend auf sie ein, während der Kommissar und der Kapitän die Sanitätsstation verließen.

»Dr. Mann ist ein Ass«, sagte Kapitän Petersen, betrat seine Kabine, ging an den Schreibtisch und drückte die Sprechfunktaste.

»Boomgarden. Sofort zum Kapitän!«

Während sie rauchten, erschien Bootsmannsmaat Boomgarden. Sein breitschultriger Körper füllte den Türrahmen aus.

Ein Mann, auf den Verlass ist, dachte Torfner.

Petersen fragte direkt: »Herr Boomgarden, haben Sie gestern Nacht einen Matrosen beauftragt, die Damentoiletten zu reparieren?«

Die Frage machte Boomgarden zu schaffen. Er teilte 30 Leute zum Dienst ein, die in Schichten während der Fahrzeiten pausenlos mit irgendwelchen Reparaturarbeiten beschäftigt waren. Doch dann fiel es ihm ein.

»Moment«, sagte er, »gestern Nacht, ja ...« Boomgarden stutzte.

»Wir suchen einen Mann, der kräftig ist und irgendwie schielt oder ein starres Auge hat«, sagte Torfner.

»Das ist richtig.« Boomgarden nickte. »Ich habe Fredo Wattnor damit beauftragt. Was ist mit ihm?«

Petersen gab keine Antwort. Er drückte die Knöpfe des Sprechfunks und rief hastig: »Zweiter Offizier zur Kapitänskajüte!«

Der Bootsmannsmaat stand unsicher in der Tür.

»Was ist das für ein Mann?«, fragte Petersen.

Boomgarden sagte: »Der Junge arbeitet wie ein Roboter. Er hat Kräfte wie ein Stier, aber hier oben ...« Er tippte sich an die Stirn und schwieg, als sich die Tür öffnete und der Offizier erschien. Akkurat saß die Uniform.

»Kapitän?«, meldete sich der II. Offizier.

»Sie begleiten Herrn Boomgarden und schaffen diesen Fredo Wattnor zur Sanitätsstation«, ordnete Petersen an. »Sie wissen, was an Bord passiert ist. Und dieser Parallelfall führt zu Fredo Wattnor! Stecken Sie sich eine Waffe ein und achten Sie darauf, dass der Junge keine weiteren Dummheiten macht!«

Dr. Mann sah überrascht hoch, als Peter Malzer die Tür öffnete und Petersen und der Kommissar die Sanitätsstation betraten.

Ina warf nervös den Kopf zur Seite, schüttelte ihr langes Haar in den Nacken und nahm eine Erwartungshaltung ein. Ein trotziger Blick traf die Herren, denn sie hatte schuldbewusst einige Dinge verschwiegen und beschlossen, den Rest nicht preiszugeben. Aber weder der Kapitän noch der Kriminalbeamte setzten zu einer Frage an. Sie hielten sich zurück.

Als es erneut an die Tür klopfte, erwartete Dr. Mann den Leiter des Akkordeonorchesters, der für Ina Schneefelder verantwortlich war und sie in Empfang nehmen sollte. Der Sanitätsoffizier fuhr erschrocken zurück, als er in das Gesicht des Matrosen blickte, der ihn mit vernebeltem Blick anstarrte und seinen breiten Mund zu einem »O« formte.

Bootsmannsmaat Boomgarden und der II. Offizier hielten die Handgelenke des stiernackigen blonden Mannes, um die Leder lag.

Durch die Sanitätsstation schallte schrill die Stimme Inas, die den Anwesenden durch Mark und Bein fuhr. Ina Schneefelder setzte den Schrei nicht ab, während sie in das bewegungslose Auge des Matrosen starrte. Ihre Hände zitterten.

Im Gesicht von Fredo Wattnor zeigte sich keine Regung. Sein Mund blieb in hängender Haltung. Er ließ sich willenlos abführen, ohne aussprechen zu können, wie solche Mädchen wie diese ihn immer an den Rand gedrückt hatten, wenn sie ihn gleichzeitig reizten. In seinem Kopf zogen die Gedanken träge. Da gab es kein blitzschnelles Finden. Da war dumpfe Leere, und nur mühsam produzierte er das Bild vom schwarzen lockigen Schamhaar, das ihn triebhaft gereizt hatte.

Als Knutsen den Passat auf den Parkplatz der Polizeistation abstellte, befand sich Kaldenkirchens Wagen nicht mehr auf dem reservierten Streifen.

Im Dienstzimmer lag bereits die Dämmerung. Knutsen schaltete das Licht ein. Im Aktenkorb befand sich die Spätpost.

Knutsen griff zum prallen Briefumschlag und riss ihn

auf. Zum Vorschein kam eine gefaltete Computerliste. Er fand das Begleitschreiben und las: »LKA Hannover. Sehr geehrte Herren Kollegen, wir gratulieren, denn uns sind einige lang gesuchte Personen in den Fahndungsbereich gekommen. Ihre Namen sind auf der Liste rot unterstrichen. Mit dem Mordfall an Bord des Fährschiffes werden sie kaum in Verbindung zu bringen sein. Mit kollegialen Grüßen!«

»Das ist schon einmal ein Lob. Da kann auch Kaldenkirchen nicht dran vorbei«, sagte Nordmann und schlürfte genüsslich den Kaffee.

Knutsen nahm die Liste. »O weia!«, stöhnte er, als sich das Faltblatt bis zum Boden hin abrollte. »Die werden doch wohl nicht alle in einen Verdacht geraten sein?«

Nordmann sagte: »An Bord befanden sich etwa 1100 Passagiere!«

»Hast du noch etwas Wichtiges vor heute Abend?«, fragte Knutsen.

Nordmann winkte ab.

»Gut, dann machen wir eine Vorsortierung.«

Die Arbeit entpuppte sich als eine unüberwindliche Hürde. Passagiere, die irgendwann einmal mit dem Gesetz kollidiert waren, fanden hier ihre Taten aufgelistet.

Knutsen sagte: »So kommen wir nicht durch. Wir haben eine Niete gezogen.«

Aber Nordmann wollte so schnell nicht aufgeben. »Suchen wir uns doch die Straftäter heraus, die in unseren Gefilden beheimatet sind.«

Knutsen fand den Gedanken gut. »Vielleicht hilft uns Kollege Zufall«, sagt er. Er ging die Liste durch. Sein Finger fuhr die Spalten entlang, dann sagte er: »Lars, notiere! Jörn Taden, Gründeichen. Vergewaltigungsversuch.«

»Ob das was bringt?«, fragte Nordmann.

Knutsen sagte: »Wir brauchen Zeugen! Es hilft uns nicht weiter, wenn wir mit einem Foto der Iris Melchior die Filipinos befragen, wer wohl mit ihr ein Bier getrunken hat.«

»Das stimmt«, sagte Nordmann, »das kann Torfner versuchen.«

»Lars, auf die Schnelle noch ein Bier?«, fragte Knutsen.

»Aber nur kurz!«, antwortete Nordmann.

Sie verschlossen die Akten, als der Dienst tuende Wachtmeister das Zimmer betrat.

»Da seid ihr ja noch! Ein Fernschreiben der ›Polar-Road Star‹«, sagte er und wartete.

Knutsen nahm das Blatt entgegen. Er überflog den Inhalt und setzte sich hin.

»Das ist eine Sensation!«, stöhnte er. »Mörder bei Vergewaltigungsversuch auf frischer Tat ertappt. Opfer ist wohlauf. Täter ist Besatzungsmitglied, leugnet, verstrickt sich in Widersprüche. Bitte Weitergabe an Staatsanwalt. Laufen gegen 21 Uhr ein. Kapitän Petersen, Kriminalkommissar Torfner.«

»Der Mann wird abgeholt. Ich habe die Aktion bereits eingeleitet«, sagte der Wachtmeister.

Am Kaigelände pulsierte das Leben. Licht fiel aus den Neonleuchten auf die Bahnen der parkenden Autoschlangen. Der Wind überfiel mit kalter Meeresluft die Menschen, die sich geschäftig mit Zolldeklarationen und Pässen an wartenden Autos vorbeischlängelten.

Vor dem Büro des Grenzschutzes standen Knutsen und Nordmann im Windschutz des Gebäudes, auf der die lang gestreckte Wildgans blaue Lichtschleier in den Abend warf. Der Himmel zeigte mit nur vereinzelten Wolken den Sichelmond. Die Männer hatten ihre Kragen hochgeschlagen.

»Mist!«, sagte Knutsen. »Heute wird es wieder spät.«

Nordmann sprach entschlossen vor sich hin: »Morgen früh penne ich mich aus, selbst wenn Kaldenkirchen ein ganzes Fass Tinte in meine Personalakte pisst!«

»Das wird er nicht tun, bei diesem riesigen Erfolg für den Leiter der Dienststelle«, sagte Knutsen.

Staatsanwalt van Felde kam auf sie zu.

»Das nenne ich eine Blitzaktion!«, sagte er und schüttelte sich fröstelnd. »Ich habe einen Haftbefehl in der Tasche und weiß noch nicht einmal, wie der Mann heißt!«

»Gehen wir!«, sagte Nordmann.

Sie nahmen die Rolltreppe zum Terminal. Die große Halle war gefüllt mit Reisenden, die sich in Gruppen und Grüppchen vor dem verschlossenen Kontrollhäuschen ballten. Der Dienst tuende Grenzschutzbeamte ließ sie ohne Fragen durch. Die Gangway war noch nicht angelegt, und durch die Scheiben sahen sie die »Polar-Road Star«, die mit angestrahlten weißen Stahlwänden den Blick in den Horizont versperrte. Die laufenden Motoren wühlten das Brackwasser auf, und das Schiff näherte sich Zentimeter für Zentimeter der Kaimauer.

Es dauerte nur wenige Minuten, bis lautes Getrampel die ankommenden Passagiere ankündigte. Der I. Offizier lehnte am Informationsschalter und erwartete sie bereits.

»Darf ich bekannt machen«, sagte Knutsen, »der Erste Offizier, Staatsanwalt van Felde.«

Im Kapitänsbüro saßen Dr. Mann, Kapitän Petersen, Torfner, der Bootsmannsmaat und der II. Offizier vor leeren Tassen.

Knutsen stellte van Felde vor, der auch sofort das Wort ergriff.

»Ich gratuliere zum Erfolg. Der mutmaßliche Mörder wird Gelegenheit finden, sich zu rechtfertigen. Aber bevor ich den Haftbefehl freigebe, bitte ich um einige Details«, sagte er.

Kapitän Petersen, auf See der Oberste, wusste, dass er jetzt im Hafenbereich nicht das Sagen hatte. »Herr Torfner, berichten Sie!«, sagte er deshalb kurz.

Kommissar Torfner ließ nichts aus. Er übertrieb nicht, beschönigte auch nichts. Da standen die Fakten im Raum.

Van Felde sagte entschlossen: »Für mich ist der Mann noch kein Mörder, aber sein Versuch, ein junges Mädchen zu vergewaltigen, ist Grund genug, ihn in Untersuchungshaft zu bringen.« Er öffnete die schwarze Ledertasche und setzte nach dem Diktat von Petersen die Personalien von Fredo Wattnor in das Formular. »Herr Knutsen, informieren Sie die Kollegen!«, sagte er.

Der Kommissar suchte die wartenden Beamten der Schutzpolizei auf. Sie holten Fredo Wattnor aus den Mannschaftsräumen, die unter dem Autodeck lagen.

Van Felde saß vor dem Schreibtisch. Neben ihm hatte Knutsen Platz genommen, während sich Nordmann und Torfner im Hintergrund hielten. »Herr Wattnor, wenn wir Sie jetzt befragen, können Sie die Aussagen verweigern und einen Anwalt verlangen. Möchten Sie antworten?«

Fredo Wattnor hob den Kopf. Stiernackig saß er im Stuhl. Seine breiten Schultern dehnten das Leder der Jacke, die mit Emblemen vom Totenkopf hin bis zum Markenzeichen von BMW beklebt war. Sein langes strohblondes Haar hing ihm strähnig im Nacken.

Van Felde überrieselte ein Kältegefühl, als er den starren Blick aus dem dumpfen Gesicht auffing.

»Ich möchte, dass Herr Karski kommt!«, sagte Fredo Wattnor mit fordernder Stimme.

Der Staatsanwalt fragte überrascht: »Wer ist Karski?«

Fredo Wattnor stierte irritiert um sich, so als suche er bereits Karski. »Karski ist mein Lehrer. Er kennt mich!«, sagte er und ließ den Mund erneut in die offene Haltung fallen.

»Herr Wattnor, Sie können die Aussage verweigern. Wir werden einen Anwalt für Sie einschalten, der sich mit Herrn Karski bespricht«, sagte van Felde und fuhr fort: »Wir haben einige Fragen. Sind Sie bereit, diese, soweit es Ihnen möglich ist, zu beantworten?«

Fredo Wattnor nickte mit offenem Mund. Unruhig blickte er sich um, denn Nordmann war aufgestanden und langte nach der Akte »Iris Melchior«. Er reichte van Felde die Unterlagen.

Der Staatsanwalt entnahm die Fotos, die der Funker in der Sturmnacht vom Opfer geschossen hatte.

Knutsen knipste den Tischleuchter an.

Van Felde neigte sich vor. »Schauen Sie sich diese Bilder an! Kennen Sie das abgebildete Mädchen?«

Fredo Wattnor stierte auf die Fotos. Er zuckte ein wenig mit den Schultern, denn zuerst nahm er an, dass es das Mädchen war, das ihm auf der Damentoilette so großzügig ihren Rock geliftet hatte, doch dann erkannte er die Lederjacke.

»Ja«, sagte Wattnor nur, wobei er sich aufrichtete.

Knutsen setzte nach. »Woher kennen Sie das Mädchen?« fragte er.

Fredo verlagerte den starren Blick. »Sie ist mehrmals mit Männern an mir vorbeigegangen. Die sah dufte aus, hat mich aber nicht beachtet.«

Torfner kam an den Schreibtisch. »Und Sie sind dem Mädchen später auf das Deck nachgegangen?«, fragte er.

Fredo schüttelte den Kopf. Sein strähniges Haar bewegte sich vom eckigen Schädel. Der Blick aus dem starren, trüben Auge suchte Torfner. »Um dieses Mädchen waren immer Männer. Ich habe sie nur in den Kabinengängen gesehen.«

Van Felde lenkte an dieser Stelle ab und griff den Fall Ina Schneefelder auf. »Aber dem anderen Mädchen sind Sie gefolgt.«

Fredo Wattnor wurde nervös. »Die habe ich gesucht. Sie war auf dem Deck«, sagte er, wobei eine wahrnehmbare Herausforderung seine Haltung bestimmte.

»So, die haben Sie gesucht und getroffen!«, sagte der Staatsanwalt nachdenklich. »Warum gesucht?«

Fredo rieb sich die Hände und so, als sei er erstaunt darüber, dass die, die ihn verhörten, es nicht wussten, sagte er: »Die hat vor mir den Rock gehoben und mir alles gezeigt.«

Die Beamten sahen sich betroffen an. Als sie wieder das Gespräch auf Iris Melchior brachten, verfiel Fredo Wattnor in tiefes Schweigen. Nach vielen weiteren Fragen sagte er schließlich: »Ja, ich war an Deck und habe die Kotztüten in den Container des A-Decks geworfen.« Fredo Wattnor saß in der Klemme.

Van Felde sagte: »Herr Wattnor, Sie waren entgegen den Anweisungen des Bootsmannsmaats auf dem Deck, Sie haben, wie Sie zugeben, den Müllcontainer benutzt, dabei haben Sie auch nach Iris Melchior Ausschau gehalten!«

Fredo Wattnor war am Ende seiner seelischen Kräfte. Während er seine Muskeln zum Zeichen des Aufbäumens in der Jacke anspannte und mit seinen Handgelenken an den Eisenschellen zerrte, formulierte er mit Zucken im eckigen Gesicht: »Ja, ich habe mich nach ihr umgeschaut, habe sie aber nicht gesehen.«

Van Felde winkte ab. Er sah ein, dass weiteres Fragen jetzt aussichtslos erschien. Wattnor würde seelisch zu sehr belastet.

Kaldenkirchen kam spät. Sie führten Fredo Wattnor ab, als er das Zimmer betrat. Staatsanwalt van Felde fasste die Ergebnisse zusammen. Der Kriminalrat stellte keine Fragen.

Kaffeeduft lag im Raum.

»Meine Herren, nehmen Sie Platz!«, sagte der Kriminalrat. Vor ihren Plätzen standen die gefüllten Tassen. Kaldenkirchen, im Blazer und mit Krawatte, fuhr fort: »Ich möchte mich bei Ihnen für den mustergültigen Einsatz bedanken. Schließlich ist es nur eine Frage der Zeit, bis dieser Wattnor seine schreckliche Tat gesteht.« Sein Gesicht war gezeichnet von einer inneren Zufriedenheit.

Die Beamten sahen sich unsicher an. Ihr Chef wühlte in Unterlagen, die auf seinem Schreibtisch lagen.

»Hier ist ein weiterer Hinweis vom LKA. Die Computeranalyse weist Wattnor als einzigen Deutschen Seemann der ›Polar-Road Star‹ aus, der vorbestraft ist.«

»Herr Kaldenkirchen, sind sonst keine weiteren Untersuchungsergebnisse eingetroffen?« fragte Kommissar Torfner.

»Nein«, sagte der Kriminalrat, »erwarten Sie denn noch etwas Sensationelles?«

»Nein, aber das eine oder andere könnte schon von Interesse für uns sein.«

»Herr Kaldenkirchen«, sagte Knutsen, »falls wir davon ausgehen, dass Fredo Wattnor der Mörder ist, muss ich noch ein paar Tatsachen hervorheben, die zu dem im krassen Widerspruch stehen. Das Fräulein Melchior wurde von ihrem Vater in Leer zum Bahnhof gefahren. Er kaufte ihr auch die Rückfahrkarte. Wo blieb die Fahrkarte? Die Tote besaß keine und trampte. Weiterhin reiste Iris Melchior mit einem großen Lederkoffer, einem kleineren Koffer und einem Umhängebeutel aus Stoff billiger Qualität, wie sie zurzeit in Mode sind. Wo sind die drei Gepäckstücke? Die Studentin besaß nur einen schockfarbenen Rucksack. Iris Melchior verließ mit einer Barschaft von 900 Mark Leer. Wie kommt sie an die 7.000 Mark Bargeld, abgesehen von dem gefälschten Bankbeleg? Wir fanden bei ihr einen Zettel, der sie auf das A-Deck des Schiffes bestellte. Die Unterschrift lautete ›P‹. Der mutmaßliche Mörder heißt Fredo Wattnor. Ein Schriftenvergleich erübrigt sich, denn es steht schon jetzt fest, dass der Seemann mit seinen Schraubstockhänden nicht in der Lage sein wird, die Buchstaben so fein zu setzen.«

Knutsen nippte am Kaffee und griff zur Zigarette.

Nordmann füllte die Pause. »Wir fanden bei Iris Melchior ein Foto. Es zeigt die hübsche Iris posierend im winzigen Bikini auf einem Porsche. Ein Ball verdeckt das Nummernschild. Wem gehört dieser Porsche? Die Eltern haben zu Protokoll gegeben, dass in ihrem Bekanntenkreis niemand einen Wagen dieses Typs fährt, und gestatten Sie eine weitere Frage? Ist der Ball zufällig gegen das Auto geflogen? Wer hat das Mädchen fotografiert? Die Tote besaß auch zu Hause viele Urlaubsfotos, aber sie war immer ohne Begleiter abgelichtet.«

Doch das Maß war noch nicht voll. Auch Torfner schloss seine Zweifel an.

»Ich bin ebenfalls der Meinung, dass wir nicht voreilig an der Wirklichkeit vorbeirennen sollten. Ich habe die Kabine untersucht. Es könnten, so unwahrscheinlich es klingen mag, noch Hinweise kommen.«

Der Kriminalrat sah seine Beamten traurig an. Er spürte, dass es keinen Grund gab, in Feierstimmung auszubrechen. Kaldenkirchen trank hastig einen Schluck aus seiner Tasse. Enttäuschung lag in seiner Stimme.

»Es tut mir Leid, meine Herren. Wenn Sie Recht behalten, dann liegt noch viel Arbeit vor uns. Wir sind demnach doch nicht weitergekommen.«

Knutsen war anderer Meinung. »Im Gegenteil, wir sind erstaunlich weit vorgestoßen. Wir haben dank der hervorragenden Wachsamkeit unseres Kollegen Torfner zumindest eine Vergewaltigung verhindern können. Unsere Kontrollaktion der ›Polar-Road Star‹ hat das LKA auf die Spuren einiger Straftäter geführt. Unsere Diskretion hat die Reederei vor Umsatzrückgängen bewahrt. Außerdem sind wir in der Lage, den Fall bereits in Einzelfragen zu analysieren. Ich glaube, das ist nicht wenig.«

Nordmann sagte: »Die Wohnung der Iris Melchior in Aachen wird von Kollegen durchsucht. Ob da eine Rauschgiftsache läuft, ist zumindest denkbar, da sowohl Aachen als auch Leer in holländischer Grenznähe liegen. Iris Melchior studierte Pharmazie, besaß damit genügend Fachkenntnisse. Das Verschwinden der Koffer, die übermäßig hohe Geldsumme und der Bankbeleg können in diese Richtung weisen.«

Kaldenkirchen schritt ans Fenster. Sein Blick fand den Bahnhof, während seine Leute unter sich die Diskussion suchten. Er stimmte schließlich ihren Vorschlägen zu.

Knutsen und Nordmann hielten ihren Polizeipassat vor der alten Kate an.

Die alte Frau, die ihnen entgegenschritt, hatte ein ernstes Gesicht, das durch ihre ländliche, altmodische Garderobe noch älter wirkte. Sie zeigte Furcht, denn das Polizeiauto signalisierte ihr, dass etwas nicht stimmte mit ihrem Frieden, den sie seit dem Tode ihres Mannes suchte.

»Frau Taden!«, rief Knutsen freundlich, um die alte Dame nicht zu erschrecken.

»Ist was mit Jörn?«, fragte sie ängstlich.

»Nein, nein!«, rief Nordmann. »Nur eine Routine, ein paar Fragen.«

»Kommen Sie!«, sagte sie und schritt den Beamten voraus.

Die Sommerveranda war verwaist. Wäschekörbe, Besen und Gerät lagen ungeordnet herum. Der lange Flur führte zum Stall.

Frau Taden öffnete seitlich eine Tür und ließ die

Beamten eintreten. Das Zimmer war fast quadratisch. In der Ecke stand der Ölofen, und alte Bauernmöbel ließen Raum für eine antike Standuhr. Sie nahmen Platz auf dem mit rotem Plüsch bezogenem Sofa.

»Darf ich den Herren eine Tasse Tee anbieten?«, fragte sie. Als sie bemerkte, wie Knutsen den Blick Nordmanns suchte, fügte sie hinzu: »Ich wollte mir gerade selbst eine bereiten.«

»Gerne«, sagte Knutsen.

Die Alte erschien mit drei Tassen auf dem Tablett.

»Frau Taden, wir müssen Ihrem Sohn ein paar Fragen stellen. Wann kommt er zurück?«

Draußen dämmerte es bereits. Durch die Häkelgardinen fiel nur wenig Licht. »Gegen 18 Uhr«, sagte sie. »Mein Sohn fährt für die Spedition Warnken. Sie kommen heute von Mannheim zurück. Er hat angerufen.«

»Na, dann wird es ja nicht lange dauern.«

»Nach der Sache hat sich Jörn …«, sie stockte kurz, bevor sie fortfuhr: »Aber Sie sind von der Polizei und wissen es.«

»Wir sind von der Kriminalpolizei und wissen Bescheid, kennen aber keine Einzelheiten«, sagte Nordmann. »Wir haben andere Fragen an ihn zu richten.«

»Hat er etwas angestellt?«, fragte sie aufgeregt.

»Nein«, antwortete Knutsen, »Ihr Sohn war auf Norwegentour mit seinem LKW. Während der Rückfahrt hat sich auf dem Schiff etwas ereignet. Wir suchen Zeugen. Das ist alles.«

In das Gesicht der alten Frau kehrte Ruhe ein. Dann hörten sie die Geräusche eines Autos. Wenig später drang das Hallen von Schritten vom langer Flur zu ihnen.

»Mein Sohn«, sagte Frau Taden und erhob sich.

»Bleiben Sie bitte sitzen«, sagte Knutsen, »wir möchten ohne Vorankündigung mit ihm sprechen. Unseren Wagen hat er ja bereits gesehen.«

Die Tür ging auf und Jörn Taden betrat das Zimmer.

»Besuch?«, fragte er und drückte den Lichtschalter. Knutsen machte auf Anhieb in dem jungen Gesicht die typischen Merkmale vieler Fernfahrer aus, die ihren Freiheitsdrang mit den Abenteuern der Landstraßen kompensierten.

»Herr Taden, setzen Sie sich bitte zu uns«, sagte Nordmann. »Uns führen nur ein paar Fragen zu Ihnen. Sie waren rein zufällig an Bord der ›Polar-Road Star‹, als das Unglück passierte. Wir suchen Zeugen.«

Jörn Taden, müde vom Dienst, sah sich ratlos um. »Davon weiß ich nichts«, sagte er.

»Wir sind von der Kripo«, sagte Knutsen und hielt seine Marke gegen das Licht der matten Deckenlampe.

»Was uns zu Ihnen führt, um es kurz zu machen, ist die Suche nach Leuten, die an Bord Kontakt mit einer jungen Dame hatten«, sagte Nordmann. Er entnahm seiner Tasche die Bilderserie, die Iris Melchior zusammengesunken auf kaltem Schiffsstahl zeigte, und reichte sie dem Fernfahrer. »Haben Sie während der Überfahrt dieses Mädchen gesehen?«

Jörn Taden starrte auf das erste Bild. Dann schoben seine zittrigen Hände die Fotos zur Seite. Sein Gesicht war farblos. Er rutschte unruhig hin und her.

»Is wat, min Jung?«, fragte die Alte irritiert.

Aber Jörn hörte nicht die Mutter. Zu sehr hasteten seine Gedanken in die Nacht, in der das Islandtief tobte und er mit Iris Melchior nach dem Takt der Band getanzt hatte.

»Wir haben mit ihr gefeiert!«, sagte Jörn Taden und blickte ungläubig auf Knutsen.

Die Nachricht vom Tode der jungen Frau schien ihn schwer getroffen zu haben.

»Wer ist wir?«, fragte Nordmann.

Jörn langte zittrig zur Zigarette.

»Mein Chef Warfner und ich. Ich bin der Beifahrer.«

»Wann haben Sie das Fräulein zuletzt gesehen?«

Taden überlegte. »Warfner hatte genug. Er hatte sich in die Kabine verzogen. Ich war mit Iris noch in der Bar. Wir haben Brüderschaft getrunken.«

»Das benötigen wir genauer«, sagte Nordmann. »Sie haben das Mädchen geküsst?«

»Nein!«, sagte Jörn ärgerlich. »Sie hat mich geküsst. Sagen wir du, mein kleiner Straßenkapitän, hat sie gesagt.« Jörn Taden blickte die Beamten mit traurigen Augen an und hoffte, dass sie ihm die Geschichte abkaufen würden.

»Und dann?«, fragte Knutsen.

In das Gesicht des Fernfahrers trat Röte. »Sie lief raus, und ich dachte, sie müsste mal. Wir hatten ja viel getrunken. Aber sie ist nicht wiedergekommen.«

»Wie spät war es, als Iris Melchior Sie verließ?«, fragte Nordmann.

Jörn Taden überlegte nicht lange. Zu oft hatte er auf einsamen Straßen die Bilder vor sich gesehen, wenn er seinen 18 Meter langen Zug steuerte. »Kurz vor oder nach Mitternacht«, sagte er.

»Haben Sie noch an Deck nach ihr gesucht?«, fragte Knutsen.

Der Fernfahrer winkte ab. »Ich war dun. Ich hätte mich bei dem Geschaukel nicht auf das Deck gewagt, und sie in der Kabine zu besuchen bei der Bewachung!«, sagte er und grinste, als hätte er alles vergessen.

»Wieso?«, fragte Nordmann. »Hatte Iris Melchior eine Bewachung?«

Taden antwortete: »Da war dieses Fräulein Doktor. Eine platte Gelehrte, vornehm in Bluse und Rock, die sah aus wie eine strenge Lehrerin. Sie musste einen Vortrag halten über einen, warten Sie, wie heißt die Straße in Norwegen, Peer Gynt oder so. Sie hatten zusammen eine Kabine.«

»Herr Taden, Sie haben also in der Bar gewartet und Iris Melchior nicht mehr gesehen?«

»So war es«, sagte Taden. »Da es sehr spät war, nahm ich an, dass sie sich zurückgezogen hatte. Am Morgen habe ich auf dem Schiff nach ihr gesucht.«

Die Mutter hatte die ganze Zeit mit zuckenden Augen zugehört. Ihr Gesicht zeigte das dunkle Rot des Bluthochdrucks, als sie fragte: »Wie kommen Sie auf meinen Sohn?«

Knutsen blickte Nordmann an, der die Schultern hob.

»Frau Taden, unsere Computeranalyse der Passagiere wies Ihren Sohn aus, weil er vor Jahren etwas mit einem Mädchen hatte.«

Jörn Taden fuhr hoch. »Sie wollen doch damit nicht sagen, dass Sie mich verdächtigen?«, schrie er entrüstet.

Nordmann antwortete völlig ruhig: »Herr Taden, Sie haben eben gehört, dass Sie für uns ein Zeuge sind. Sie müssen zu Protokoll geben, was Sie uns gesagt haben. Wir werden uns bei Ihnen wieder melden.«

Taden war verzweifelt. »Ich möchte nicht, dass mein Chef davon erfährt. Ich bin froh, dass ich diesen Job habe. Wir haben Iris Melchior von Bergen mit nach Stavanger genommen, das war uns verboten.«

Knutsen, für den jedermann so lange unschuldig war, bis man ihm das Gegenteil bewies, sagte beruhigend: »Junger Mann, davon können Sie ausgehen. Nur noch eine Frage: Hatte Iris Melchior einen Koffer bei sich, als Sie sie mitnahmen?«

Der Fernfahrer verneinte. »Nur einen Rucksack«, sagte er.

Sie verließen das Bauernhaus ohne Begleitung durch den langen Flur, während die Mutter ihren Sohn mit Vorwürfen bombardierte.

Knutsen steuerte den Passat über die verlassene Straße.

»Das Bild wird bunter«, sagte Nordmann. »Wenn dieser schwerfällige Seemann als Mörder ausscheidet, könnte theoretisch der Fernfahrer für die Tat infrage kommen.«

Knutsen, der den Wagen gedrosselt fuhr und tief in Gedanken versunken war, sagte: »Da ist noch jemand, der auf Iris Melchior gewartet hat. Er unterschrieb die Einladung mit ›P‹.«

»Ob die Melchior wirklich mit Rauschgift zu tun hatte?«, fragte Nordmann.

Knutsen bog an der Kreuzung nach Emsham ab.

»Und genau an diesem Punkt sitzt das große Fragezeichen«, sagte er. »Woher kommt das Geld? Wo blieben die Koffer? Der Besuch bei dem Fernfahrer hilft uns nicht weiter.«

»Mach Platz, Lars!«, rief Knutsen. Er packte alle vorhandenen Unterlagen, die den Mordfall Iris Melchior betrafen, auf den Tisch. »Ich verlasse das Zimmer nicht eher, bis wir dem Mörder ein Quäntchen näher gerückt sind!«

Nordmanns Blicke waren skeptisch.

»Du kannst es nicht mit Gewalt erzwingen«, sagte er. »Oder meinst du, wenn wir wie Irre in den Akten herumwühlen, käme ein Wink von oben?«

»Was hier liegt, das wissen wir, und nachher kommt die Post dazu«, sagte Knutsen bestimmt. Er langte zum Telefonhörer. »Verbinden Sie mich mit der Polar-Road-Linie. Ich möchte Meyerfels sprechen.«

Als die Verbindung hergestellt war, sagte er: »Herr Meyerfels, was heißt vorankommen. Solange wir den Täter nicht kennen, haben wir kein Ergebnis. Natürlich kann dieser Fredo Wattnor der Mörder sein, aber wir müssen ihm die Tat nachweisen können. Dazu folgende Frage: Befand sich in der besagten Sturmnacht ein Porsche mit Silbermetallic-Lackierung auf dem Autodeck? Wenn ja, wer buchte die Passage? Danke!«

Knutsen unterbrach die Verbindung und legte das Foto zu den Akten.

»Lars, pack alle Belege zusammen und schick sie mit einem Bericht nach Hannover, mit der Bitte, sie an die norwegische Polizei in Oslo weiterzureichen«, sagte er zu Nordmann. »Leg Foto und Personenbeschreibung der Melchior bei. Auch die Passagierliste der norwegischen Reisenden sollen die Kollegen in Oslo unter die Lupe nehmen.«

»Das geht in Ordnung«, sagte Nordmann.

Das Telefon klingelte. Es war die Reederei.

»Fehlanzeige«, sagte Meyerfels, »es war in der Mordnacht nur ein Porsche an Deck, aber den fuhr ein bekannter Journalist einer Boulevardzeitung, den wir sicherlich nicht auf den Plan rufen wollen.«

Knutsen sagte bissig: »Der würde Ihnen mehr schaden als uns. Aber noch eine Frage: An Bord war eine Frau Dr. Britt Kirkenö. Sie teilte die Kabine mit dem Opfer. Können Sie mir ihren Wagentyp durchgeben?«

Meyerfels versprach, zurückzurufen.

Pferdchen betrat das Zimmer, reichte ihm die geöffnete Post und lächelte gewinnend.

»Hat der Chef die Post geöffnet?«, fragte Knutsen.

»Nein, ich«, sagte sie. »Herr Kaldenkirchen ist außer Haus. Da gibt es Überraschungen.« Sie grinste und ging wieder.

Pferdchen hatte keinen Spaß gemacht. In der Tat enthielt die Post eine dicke Überraschung.

Knutsen griff zum Telefonhörer.

»Uni Hamburg«, sagte er.

Es dauerte eine Weile, bis er sich zum Lehrstuhl für Literaturwissenschaften durchgefragt hatte. Das Büro bestätigte den Vortrag von Frau Dr. Kirkenö, doch sie musste sich in der Eile im Datum geirrt haben, stellte Knutsen fest, als er aufgelegt hatte.

Als Nordmann das Zimmer betrat, sah er erstaunt auf seinen Freund und Kollegen, der tief in Gedanken vor dem gefüllten Postkorb saß.

Nordmann räusperte sich.

»Setz dich, Lars«, sagte Knutsen. »Hier, der Bericht des LKA.

»Interessant«, meinte Nordmann.

»Die Fingerabdrücke stammen von der Toten und weiteren Personen ...«, sagte Knutsen.

»Das werden Dr. Mann, Kapitän Petersen, die Zahlmeisterin, vielleicht auch wir und Torfner und die Kabinengefährtin der Melchior gewesen sein«, murmelte Nordmann.

»Hier geht es weiter. Das Haar stammt vom Opfer – Fundort das Bett der anderen Passagierin. Auch das ist verständlich bei der Enge der Kabine. Die Zigarettenkippen sind von verschiedenen Herstellern. Die Marken können nur annäherungsweise nach Konzentraten eingeordnet werden.« Knutsen las weiter: »Die Cola-Dose weist Fingerabdrücke des Opfers und auch anderer Personen auf. Staubproben enthalten Wollreste der Kleidung, die von der Toten stammen und von einer anderen Person. Medikamente der Herstellerfirma Sasanol tragen die Registrierung der Bordapotheke, Fingerabdrücke des Opfers und weiterer Personen.« Knutsen brach erstaunt ab. »Wieso hat die Tote Medikamente aus der Schiffsapotheke erhalten? Davon hat Dr. Mann nichts erwähnt.«

»Wir werden ihn fragen«, sagte Nordmann.

Das Telefon klingelte. Knutsen nahm den Hörer ab.

»Kripo Emsham«, meldete er sich und drückte die Lautsprechertaste.

»Reederei Polar-Road-Linie, Jansen«, sagte eine männliche Stimme. »Frau Dr. Kirkenö fuhr einen PKW der Marke Citroen, der im Volksmund ›Ente‹ genannt wird. Das Kennzeichen liegt uns vor.«

»Danke, Herr Jansen«, sagte Knutsen. »Wir kommen, falls nötig, darauf zurück.« Er legte auf. »Das Fräulein Dr. Kirkenö hat die Universität Hamburg mit einer Ente angesteuert.«

»Na und?«, fragte Nordmann. »Sollte sie etwa zu Fuß gehen, oder hätte sie das Fahrrad für die Fahrt nach Hamburg nehmen sollen?«

»Das nicht«, sagte Knutsen und griff in den Postkorb. »Hör zu! Das kommt aus Aachen!«

Er las laut: »Das Übliche! Wir fanden nichts Besonderes. Keine Spuren, die auf Rauschgift hindeuten. Einige Fotos, die auf Skandinavien schließen lassen, zeigen nur die Tote. Korrespondenz mit den Eltern, Belege normaler Einkäufe. Ein Brief aus Norwegen, ohne Datum und Umschlag, ist vielleicht für Sie von Interesse. Eine Ablichtung liegt bei. Mit kollegialen Grüßen!«

Knutsen griff zur Tasse und nahm einen tüchtigen Schluck.

»Das ist hochinteressant!«, sagte er.

Nordmann hüstelte. »Gerrit, sei nicht sauer, aber bei dir ist heute alles hochinteressant. Vielleicht klärst du mich auf.«

»Einen Moment, Lars, hör zu!«, antwortete Knutsen und las: »Liebe Iris, ich kann die Zeit kaum abwarten! Auf unsern Hängen schmilzt der Schnee. Auf Vigra war ich, aber dort ist alles tot. Ich habe die Bilder vor dem Schrumpfen gerettet und durchgeheizt. Bald ist dort ohne Heizung Wärme. Aus Ålesund viele Grüße, dein T.«

»Lies noch einmal!«, sagte Nordmann.

Knutsen wiederholte den Text.

»Kann das eine verschlüsselte Nachricht eines Rauschgifthändlers sein?«, fragte Nordmann.

»Zumindest führt der Brief dahin, wo Iris Melchior herkam, nach Norwegen. Aber Unterschrift ›T‹. Warum nicht ›P‹, dann bekäme der Brief einen Sinn!«, sagte Knutsen.

Er lehnte sich zurück, um nachzudenken.

Nordmann ließ nicht von seiner Vorstellung ab, die verschwundenen Koffer, das Bargeld und den Brief mit einem Rauschgifthandel zu verbinden.

»Das könnte vieles erklären. Aber verdammt noch

mal, wo liegt dieses Ålesund überhaupt?«, fragte Knutsen.

Nordmann holte die Karte. Er entfaltete sie. Sie suchten Stavanger und fuhren mit den Fingern die Fjorde ab. Dann entdeckten sie die kleine Hafenstadt. Über einer vorgelagerten Insel lasen sie den Namen Vigra. Ein Flugzeug wies als Symbol für Landebahnen mit normalen Linienflügen hin. »Ein Grund mehr, auf Rauschgift zu setzen«, sagte Nordmann.

Knutsen holte das Lexikon. Er las: »Ålesund liegt vor vier mit Fährschiffen erreichbaren Inseln. Die größte ist Vigra mit dem Flughafen Ålesund. Die Stadt ist Norwegens bedeutendste Fischereistadt. Sie hat 47500 Einwohner, von denen die meisten von der Fischindustrie leben. Ihr Naturhafen, der felsig weit in den Atlantik hinausgreift, ist Anfahrstation der Hurtig-Linie.« Er klappte das Lexikon zu.

»Eine Stadt wie Emsham«, sagte Nordmann.

»So ist es«, bestätigte Knutsen.

Das Klingeln des Telefons riss den Lehrer Martin Karski aus seiner Arbeit. Er nahm den Hörer ab und vernahm überrascht, dass am anderen Ende der Leitung ein Staatsanwalt von ihm Auskünfte wünschte.

»Fredo Wattnor ein Mörder? Das kann ich nicht glauben, Herr Staatsanwalt! Oder doch?«

Er hörte van Felde zu, der die der Kripo bekannten Fakten durchgab.

»Der Junge hatte eine miserable Kindheit, Herr Staatsanwalt. Das trübe, starre Auge verdankt er den Fäusten eines Freiers seiner Mutter. Ich habe mich um den Jungen sehr gekümmert. Er hatte eine Lehrstelle sicher, als es zu dem merkwürdigen Kioskeinbruch kam. Dank meiner Beziehungen gelang es mir, Fredo Wattnor bei der ›Polar-Road-Linie‹ unterzubringen.«

Der Lehrer hörte mit ernstem Gesicht zu. Alles sprach gegen seinen hilflosen Schützling. Er dachte auch an die vergrämte Großmutter. »Herr Staatsanwalt, der Termin passt mir«, sagte er und legte den Hörer auf. Für Sekunden sah er den Schüler im Geiste vor sich, wie er mit seiner grobschlächtigen Art nach Anerkennung und Bewunderung förmlich lechzte.

»Ich werde für Fredo kämpfen!«, sagte Karski entschlossen zu sich selbst.

Als Knutsen sein Dienstzimmer betrat, war Nordmann noch nicht zurück. Auf dem Schreibtisch lag ein Zettel.

»Wegen des Verhörs von Fredo Wattnor vorsprechen. Ka.«

Pferdchen empfing ihn.

»Der Chef wartet«, sagte sie.

»Nehmen Sie Platz, Herr Knutsen«, sagte der Kriminalrat. »Der Staatsanwalt und ich haben schwere Stunden hinter uns. Lehrer Karski war mit einem Anwalt anwesend. Sie hatten sich mit dem Seemann vorher beraten, was ihr gutes Recht war. Das anschließende Verhör war die reinste Katastrophe.«

Kaldenkirchen blickte wütend hoch, als Nordmann den Raumbetrat.

Der Kommissar tippte an seine Prinz-Heinrich-Mütze und übersah die feindlichen Blicke seines Chefs.

»Herr Nordmann, wenn Sie pünktlich gewesen wären, dann könnte ich mir die Wiederholung sparen!«, rügte der Kriminalrat den Beamten.

»Fahren Sie fort, ich komme da schon hinter!«, sagte Nordmann und setzte sich.

»Wo war ich stehen geblieben?«, fragte Kaldenkirchen ärgerlich.

»Beim Verhör«, sagte Knutsen.

Kaldenkirchen fuhr fort: »Karski und der Rechtsanwalt bauten sich stark auf. Ich mache es kurz. Wir haben einen Gutachter der Universität Bremen angefordert. Der Junge hat sich raus- und reingeredet. Im Fall Ina Schneefelder hat er die Tat zugegeben, nennt aber als Grund für seine Erregung ein verführerisches Verhalten des Mädchens, das, falls seine Aussagen stimmen, seine Straftat in eine mildernde Lage bringen wird. In der Mordsache Melchior sagt er aus, dass er das ›schöne Mädchen‹ an Deck gesucht hätte, und die Sensation dabei ist, dass er zugibt, dass er sie auch auf dem A-Deck gesehen hat. Aber mit einer Person eng umschlungen. Das Paar hätte in der äußersten Ecke unterhalb des Sonnendecks gestanden. Fredo behauptet, nur Iris Melchior erkannt zu haben, die ihm den Rücken zugewandt hätte, während er in der Dunkelheit ihren Partner nicht hätte erkennen können. Die örtlichen Angaben stimmen mit dem späteren Fundort der Leiche überein. Wattnor hat dann angeblich das Deck verlassen, um sich wieder seiner Arbeit zuzuwenden. Die zeitliche Zuordnung haben wir überprüft. Sie stimmt ebenfalls. Danach, so die Aussagen von Fredo Wattnor, wäre er mit Frau Dr. Kirkenö zusammengetroffen, die Iris Melchior gesucht und die Vermisstenanzeige aufgegeben hat. Nun, den Rest kennen Sie.« Kaldenkirchen wippte nervös mit den Protokollunterlagen.

Knutsen überlegte. Das war viel, was es da zu verarbeiten gab.

Dieser Fredo Wattnor konnte als Täter infrage kommen, aber auch noch andere, zum Beispiel der Fernfahrer Taden, vielleicht auch der Unterzeichner der Einladung, der Herr ›P‹, dachte er, und ihm kam wieder der Gedanke, den er für zu fantastisch hielt, und er schluckte ihn regelrecht hinunter.

»Wir werden den Fernfahrer Taden aufsuchen«, sagte er. Den Brief aus Aachen erwähnte er nicht.

Kriminalrat Kaldenkirchen nickte. »Für mich ist der Seemann die Nummer eins«, sagte er.

Petersen begrüßte die Kommissare und führte sie in sein Büro. Die Männer der Kripo trugen Akten in den schwarzen Taschen.

Knutsen wandte sich an den Kapitän.

»Wir kommen, um noch einige Unklarheiten auszuräumen«, sagte er und bat Petersen, Dr. Mann in das Büro zu bitten.

Dr. Mann empfing die Polizeibeamten wie alte Bekannte.

Knutsen fragte: »Herr Dr. Mann, da ist eine Kleinigkeit übersehen worden.« Dabei durchblätterte er die Unterlagen des LKA. Er schlug die entsprechende Stelle auf und las ›Medikamente der Herstellerfirma Sasanol tragen die Registriernummer der Bordapotheke‹.«

Dr. Mann sprang auf. »Was?«, fragte er. »Das Mädchen hatte …?« Entschlossen wandte er sich an den Kapitän. »Ich muss sofort Peter Malzer haben. Sofort!«, rief er wütend.

Die Kriminalbeamten horchten auf.

Peter Malzer! Das »P« auf der Einladung! Die Aktennotiz!

Sie schwiegen, während Dr. Mann nervös mit den Händen auf der Tischplatte trommelte.

Der Sanitätsoffizier erschien. Er rang nach Luft vom eiligen Lauf. Mit bleichem Gesicht blickte er sich um.

»Herr Malzer, haben Sie am Abend, als Iris Melchior ermordet wurde, ihr vorher Medikamente aus unserer Apotheke ausgehändigt?«, fragte Dr. Mann. Seine Stimme klang durchdringend.

Aus Malzers Gesicht wich Farbe. Unsicher blickte er seinen Vorgesetzten an.

»Ja«, sagte er und fast stotternd fügte er hinzu: »Sie war bei mir, als wir ablegten, und klagte über Kopfschmerzen. Sie sprach von Migräne und bat um Medikamente gegen die Seekrankheit. Ich habe mich mit ihr unterhalten. Sie war dankbar, als ich ihr die Medikamente versprach.«

Dr. Mann war wütend. »Wie konnten Sie, ich hatte doch den Schlüssel?«

Der Sanitätsoffizier schüttelte den Kopf. »Ich hatte den Schlüssel. Sie hatten ihn mir gegeben, da Sie befürchteten, dass wir wegen des Sturmtiefs viel Arbeit bekommen würden.«

Dr. Mann setzte sich.

Knutsen fragte den Sanitätsoffizier: »Herr Malzer, haben Sie versucht, mit dem Mädchen irgendwie weiter in ein Gespräch zu kommen?«

Malzer nickte verlegen. »Ich habe sie in Begleitung zweier Männer angetroffen und ihr das Medikament ausgehändigt.«

»Was waren das für Männer?«, fragte Nordmann.

»Ich glaube Fernfahrer.«

Knutsen fragte weiter: »Haben Sie Iris Melchior an dem Abend noch einmal getroffen?«

Peter Malzer stand bleich vor dem Schreibtisch. »Nein, ich hatte ihr einen Zettel in die Medikamententüte gesteckt. Sie ist aber nicht zum Treffen erschienen.«

»Und Sie haben mit ›P‹ unterschrieben?«

Malzer nickte.

»Herr Malzer, waren Sie am Abend oder in der Nacht noch einmal auf dem A-Deck?«

Malzer schaute verlegen auf Dr. Mann. »Ja, um die verabredete Zeit. Ich bin nur einmal kurz für einen Rundgang auf dem Deck gewesen, habe Iris Melchior aber nicht angetroffen.«

Nordmann erhob sich, öffnete die Tasche und sagte: »Herr Malzer, das Protokoll schreiben wir später, aber ich benötige Ihre Fingerabdrücke, zum eventuellen Beweis Ihrer Unschuld.«

Die Obduktion der Leiche hatte ergeben, dass Iris Melchior kurz vor ihrem Tode neben einer hohen Menge Alkohol auch Koffein und ein beruhigendes Medikament zu sich genommen hatte. Dabei bestätigte das medizinische Gutachten, dass sie frei von Rauschgifteinnahmen war. Zu einem Beischlaf mit einem Mann an Bord war es ebenfalls nicht gekommen.

Der Fernfahrer Taden war in der Dienststelle erschienen. Er hatte das Protokoll unterschrieben und hatte Torfner bereitwillig seine Fingerabdrücke hinterlassen.

Der Seemann Fredo Wattnor saß in Untersuchungshaft, er ließ seine Interessen von einem Rechtsanwalt vertreten und setzte seine Hoffnung auf den Lehrer Karski.

In den norwegischen Zeitungen erregte das Foto der

deutschen Studentin die Aufmerksamkeit der Leser. Ihren Blick aus dunklen Kulleraugen, die verträumte Mundpartie und die für die Skandinavier besonders faszinierende schwarze Haarpracht veranlassten sie, das Mädchen in Filmnähe zu rücken, um danach betreten den Text zu lesen. Die Suchmeldung nach Zeugen und Koffer hatte einen ernsten Hintergrund, denn diese Schönheit war in ihrem Lande zu Gast gewesen und auf dem Fährschiff brutal ermordet worden. Die norwegische Polizei in Oslo bat um Hinweise.

Am Nachmittag steuerte Kapitän Terborg Kroen seinen Trawler »Golfstrum«, von den Gewässern um Spitzbergen kommend, mit vollem Fang in den Heimathafen von Ålesund.

Die Besatzungsmitglieder, die nicht unabdingbar waren, standen an der Reling und schauten auf die noch mit Schnee bedeckten Felsen, die als Fortsetzung des Geiranger Fjords den Hintergrund ihrer Heimatstadt bildeten.

Terborg Kroen hielt die Maschinen im Leerlauf, um der kleinen Fähre, die auf offenem Deck Menschen und Autos zu der vorgelagerten Insel Vigra transportierte, die Vorfahrt einzuräumen.

Auch der Postdampfer der Hurtig-Linie musste gleich aus der Hafenbucht kommen.

Die Stimmung unter den Seeleuten war gut, denn ihr Fang lag über dem Durchschnitt. Sie standen im eisigen Wind und blickten auf das Café des Stadtberges, das auf einem Felsplateau in 300 Metern Höhe das Wahrzeichen von Ålesund war.

In die Stille rief ein Matrose: »Da treibt ein Paket!«

Er rannte los und kam mit einer Stake zurück. Mit Hilfe der Kameraden hievte er einen Lederkoffer an Bord. Am Griff hing ein Stück Kordel mit aufgeweichtem Papierfetzen.

Kapitän Terborg Kroen überließ seinem Offizier das Ruder und trat in den kalten Wind. Seine Seeleute umstanden den Koffer, von dem das Wasser troff.

»Ove hat das Ding entdeckt!«, rief ihm einer zu.

Kroen bückte sich und griff nach den Schnappschlössern. »Zu«, sagte er. »Uwe, bring ihn hoch. Wir informieren die Polizei.« Kroen stieg über die rostige Treppe in das geheizte Steuerhaus.

Er nahm Fahrt auf und steuerte das Schiff an den Kai der Ålesunder Fischerei A.B.

Knutsen erreichte den Parkplatz, schaltete den Motor ab und stieg aus.

Kollege Nordmann hatte nur wenige Minuten vor ihm den Parkplatz erreicht. Er kam ihm entgegen.

»Alle Vögel sind schon da«, lästerte er und zeigte auf die abgestellten Wagen.

»Wir sind noch in der Zeit«, sagte Knutsen.

Sie betraten das Revier.

»Nanu?«, sagte Nordmann, als Angela Wurps ihnen eilig entgegenstrebte. »Pferdchen, wo brennt's denn?«

»Der Staatsanwalt ist bereits da!«, sagte sie.

»Na und?«, fragte Knutsen, der über den Grund nachdachte, warum hier diese frühe Hektik herrschte.

Kaldenkirchen saß aufgeregt hinter seinem Schreibtisch. Staatsanwalt van Felde hockte seitlich vor dem Fenster auf einem Stuhl. Das Tageslicht war noch zu matt. Die Neonröhren brannten.

Torfner hatte bereits in der Nähe der Aktenschränke vor dem runden Tisch Platz genommen.

»Moin«, grüßten die Beamten.

»Meine Herren!«, sagte van Felde, ohne sich zu erheben. »Uns sind in den späten Nachtstunden von den Kollegen der Polizei aus Oslo wichtige Informationen übermittelt worden, die vielleicht nicht direkt den Mord an Iris Melchior betreffen, falls unser Seemann von der ›Polar-Road Star‹ der Mörder sein sollte, und dafür spricht einiges. Da wir klären müssen, woher das Geld stammt, das die Tote mit sich führte, und wo ihre Utensilien geblieben sind, ist es für uns äußerst wichtig, zu erfahren, was sie in Norwegen machte. In diesem Zusammenhang ist es bemerkenswert, dass uns die norwegischen Kollegen mitgeteilt haben, dass Iris Melchior in Oslo im Panorama-Hotel, weiterhin in Bergen im Sundsgatan-Hotel, in Geilo im Alpin-Hotel mit einem Mann übernachtet hat, der sich als Ole Lemm, wohnhaft in Geiranger, Surlagatan 18, ausgegeben hat. Ole Lemm spricht Deutsch und Norwegisch ohne Akzent. Die Fahndung nach ihm läuft bereits. Eine Überprüfung ergab, dass seine Anschrift erfunden war.«

Knutsen wurde neugierig. »Sind Sie sicher, dass eine direkte Verbindung zum Mord besteht?«, fragte er.

Van Felde winkte ab. »Nein«, sagte er, »aber hören Sie zu, es geht noch weiter. Die Besatzung des Trawlers ›Golfstrum‹ hat in den Gewässern vor Ålesund einen Koffer geborgen. Nach den Angaben aus Oslo beinhaltete er nur Kleidungsstücke, die zum Teil die eingenähten Buchstaben ›I.M.‹ tragen, und außerdem einen Pullover, dessen Etikett aussagt, dass er in der Boutique ›Elisa‹ in Aachen gekauft worden ist. Zweifel sind von daher ausgeschlossen.«

Van Felde schwieg. Er ließ den Beamten Zeit, diese Information in ihr Konzept zu bringen. Er stand auf, griff zur Zigarette und blickte durch die Scheiben auf den Wall.

Kaldenkirchen spielte als Nichtraucher nervös mit den Händen.

Am runden Tisch, vor dem zweiten Fenster, diskutierten die Beamten. Einige Brocken drangen bis zu van Felde vor. Er verließ das Fenster und ging langsam zu ihnen.

»Seltsam, da treiben Kleidungsstücke des toten Mädchens in einem fernen norwegischen Gewässer, während es mit einem Wanderrucksack und 7.000 Mark Bargeld eine Touristenkabine belegt hatte und ermordet wurde«, sagte Nordmann. »Was meinen Sie dazu, Herr Staatsanwalt?«

Aber van Felde ließ sich nicht auf ein Gespräch ein.

»Mysteriös«, antwortete er nur.

Pferdchen hatte Hilfe angefordert. Fräulein Anne aus der Schreibabteilung half ihr, den Kaffee für diese Runde zu bereiten, denn Kaldenkirchen hatte das angeordnet, da sich nach seinen Worten die Sitzung lange hinziehen würde.

»Pferdchen, du bist ein Lichtblick!«, rief Nordmann, der immer noch seine Prinz-Heinrich-Mütze trug, als er auf den wippenden Busen sah, mit dem die Sekretärin ihr Gleichgewicht ausbalancierte, während sie Geschirr in beiden Händen hielt.

Pferdchen sah nicht auf. Mit ernster Miene stellte sie Tassen hin, legte Löffel daneben, blickte rund, brachte Sahne und Zucker und ließ Fräulein Anne den heißen Kaffee eingießen.

Dann räusperte sich der Kriminalrat und deutete an, dass die Sitzung ihre Fortsetzung fand.

Van Felde saß vor dem Fenster und rührte wie geistesabwesend in der Tasse, die auf dem Fenstersims stand. Dann sagte er: »Das war es aus Norwegen. Aus Hannover liegt uns ein Fingerabdruckpuzzle vor, das wahrscheinlich nur Herr Torfner klären kann.« Er drehte sich um und sagte: »In Ihrer Sammlung, Herr Torfner, befinden sich alle Abdrücke, die in der ominösen Kabine 382 E gefunden wurden. Ich bitte Sie, die Zuordnungen vorzunehmen.«

Torfner stand auf. Er nahm die Unterlagen und verließ das Zimmer. Für seine Aufgaben benötigte er Zeit und Ruhe.

»Und damit ist fürs Erste der Informationsfluss zu Ende!«, sagte van Felde. »Jetzt müssen Sie an die Arbeit.«

Knutsen saß tief in Gedanken versunken vor seinem Kaffee. Die Informationen passten haargenau in seine fantasiereiche Theorie, die er allerdings selbst noch weit von sich wies.

Sie warteten auf Torfner, der sich im Dienstzimmer bemühte, die von wissenschaftlich ausgebildeten Kollegen angewandte Sprache umzusetzen. Er ließ sich Zeit, denn es kam nicht darauf an, einen Mörder schnell zu überführen, sondern die Indizien mussten für die schwer wiegende Anklage sicher sein.

Als er die Fingerabdrücke in eine Ordnung gebracht hatte, stand das Ergebnis fest. Die statistische Anhäufung sprach für sich. Verständlich und logisch.

Entschlossen schritt er an Pferdchen vorbei und betrat das Büro. Ihm schlug Zigarettenqualm und der Lärm der sich laut unterhaltenden Kollegen entgegen.

»Bitte Ruhe!«, rief van Felde.

Torfner trat an den runden Tisch.

»Die Auslegung der Fingerabdrücke läuft darauf hinaus, dass sich alle von den Kabinenbesuchern wiederfinden. Allerdings tauchen die vermutlichen Abdrücke von Frau Dr. Kirkenö häufiger auf. Sie hat ja schließlich die Kabine bewohnt. Wenn, und davon können wir ausgehen, diese uns unbekannten Abdrücke von der Frau Doktor stammen, dann hat sie auch die Cola-Dose angefasst.«

Van Felde blickte rund.

Nordmann meldete sich zu Wort. »Damit ist erwiesen, dass Iris Melchior und die Kirkenö irgendwann vom Betreten des Schiffes bis zum tragischen Tode der Melchior gemeinsam eine Cola getrunken haben müssen.«

»Das sehe ich ebenfalls so«, sagte van Felde. »Anders hätte es ausgesehen, wenn wir Fingerabdrücke von Fredo Wattnor, Peter Malzer oder Taden vorgefunden hätten. Damit landen wir nur eine Fehlanzeige. Dennoch gebührt dem Kapitän ein Lob für seine Umsicht.«

Torfner fuhr fort: »Das Haar, gefunden im Bett der Kirkenö, stammt von Iris Melchior. Verständlich bei der Enge der Kabine.« Er setzte sich und wartete.

Der Kriminalrat ergriff das Wort. »Eigentlich ist der Fall klar«, sagte er. »Wir können weiterhin abwarten, ob die norwegischen Kollegen diesen Ole Lemm finden. Denn ich möchte ausschließen, dass er an Bord der ›Polar-Road Star‹ war. Unsere Kontrolle hätte er nicht passieren können.«

Knutsen sah das anders. »Das Auftauchen des Koffers kann auch geplant gewesen sein, um uns eventuell von einem Rauschgifthandel abzulenken.«

Nordmann hieb in die gleiche Kerbe. »Unsere Kollegen in Norwegen geben mit Sicherheit ihr Bestes. Sie stehen aber nicht unter Druck und haben vielleicht ebenfalls Fragen, die sie uns nur nicht mitteilen. Ich meine, wir sollten die Möglichkeit des Rauschgifthandels im Auge behalten.«

Van Felde nickte nur und ließ Knutsen zu Worte kommen.

»Iris Melchior besaß zwei Koffer, sehen wir einmal von dem lächerlichen Umhängebeutel ab«, sagte der Kommissar. »Ein Koffer ist gefunden worden. Wo steckt der zweite Koffer? Und Lemm! Er war mit Sicherheit nicht an Bord. Aber hatte er vielleicht Gefolgsleute?«

Van Felde neigte sich zu Kaldenkirchen. Sie besprachen sich kurz, dann sagte der Staatsanwalt: »Herr Knutsen, Sie fahren heute Abend nach Norwegen. Herr Nordmann begleitet Sie. Wir informieren die Kollegen in Oslo. Sie können jetzt gehen und sich auf die Reise vorbereiten. Die nötigen Passage- und Hotelbuchungen übernimmt das Sekretariat.«

Die Kommissare betraten das Stadtcafé. Vom Rathausturm erklangen zwei Schläge in den Nachmittagshimmel.

»Zweimal Tee, ostfriesisch«, bestellte Knutsen. Er griff in die Aktentasche und legte die Dienstunterlagen auf den Tisch.

»Lars, dazwischen liegt die Karte von Norwegen. Ich komme gleich wieder«, sagte er.

Nordmann sah ihm fragend nach, als er zur Toilette ging. Was hat er denn jetzt schon wieder, dachte er und faltete die Karte auseinander. Sein Blick suchte Stavanger und Ålesund. Er zündete sich eine Zigarette an und schätzte die Entfernung.

Knutsen kam zurück. Er lächelte und setzte sich an den Tisch.

»Darf ich fragen, was das soll?«, fragte Nordmann, als Knutsen wie ein smarter Anwalt zur Zigarette griff.

»Sofort, Lars, aber gönn mir vorher einen Schluck Tee«, sagte er, warf die Kluntjes in die Tasse und goss den heißen Tee ein.

Nordmann vernahm das Klirren, als das Kandisstück zersprang. Erst als die Sahne Muster warf, sagte Knutsen: »Lars, hier liegt Stavanger.« Seine Fingerspitze berührte den roten Kartenpunkt. »Da müssen wir hin!«

»Ich bin ja nicht blöd. Da kommen wir an!«, konterte Nordmann ärgerlich.

»So ist es, mein Freund. Pferdchen wird uns einen Flug buchen bis Oslo, denn das ist in dem bergigen Norwegen die sinnvollste Verbindung«, sagte er.

»Und weiter?«, fragte Nordmann.

Knutsen schlug die Akten auf. »Von Ålesund kam der Brief!«

Er las laut vor.

»Liebe Iris, ich kann die Zeit kaum abwarten. Auf unseren Hängen schmilzt der Schnee. Auf Vigra war ich, aber dort ist alles tot. Ich habe die Bilder vor dem Schrumpfen gerettet und durchgeheizt. Bald ist dort ohne Heizung Wärme! Aus Ålesund viele Grüße. Dein T.«

Nordmann blickte seinen Kollegen überrascht an.

»Mensch, Gerrit, ich beginne zu begreifen. In Ålesund wurde ihr Koffer aus dem Meer gefischt. Von dort kommt auch der Brief«, sagte er.

»So ist es!«, erwiderte Knutsen und goss frischen Tee über eckige Kluntjes. »Wir sollten uns deshalb einige

Euroschecks zusätzlich einstecken, weil wir von Oslo aus nach Ålesund fliegen werden.«

»Hast du noch mehr auf Lager?«, fragte Nordmann.

»Das allerdings«, antwortete Knutsen und kramte in den Papieren. Er zog den Schnellhefter aus der Aktentasche, blätterte und las: »Dr. Britt Kirkenö, Magerholm, Griegkaia 2.«

In der Kabine auf der »Polar-Road Star« zog Knutsen den Parka gar nicht erst aus. Er verstaute seine Sachen, legte den Schlafanzug auf das untere Bett und sagte: »Lars, bevor Petersen uns zu sich bittet, möchte ich das Schiff kennen lernen. Gehst du mit?«

Nordmann winkte müde ab. »Wir haben noch so viel Zeit dazu. Ich möchte mich in Ruhe einleben.«

Knutsen verließ die Kabine. Er nahm den langen Korridor, durch den immer noch Passagiere mit Gepäck hasteten, und fand den Aufstieg zum B-Deck und von dort die Treppe, die ihn genau in die kleine Halle führte, von der alle Gänge abzweigten.

Er wartete, bis sich der Trubel gelegt hatte. Als nur noch einzelne Reisende den Schalter der Rezeption aufsuchten, ließ er sich einen Schiffsplan geben.

Der Kommissar suchte die Sitzgruppe an der gegenüberliegenden Wand auf und setzte sich dort in einen Sessel.

Die »Polar-Road Star« begann ihr Ablegemanöver. Die 18000 PS ließen das Schiff erzittern. Knutsen studierte die Wege auf dem Plan. Wo er jetzt saß, da war der Dreh- und Angelpunkt. Die Restaurationsräume, Cafeteria, Sauna, Shoppingcenter und Disko waren von hier direkt zu erreichen.

Er legte den Plan zusammen und steckte ihn ein. Dann ging er die Treppe nach unten zum E-Deck. Er durchlief den langen, mit Teppich belegten Flur und stand nun vor der Kabine 382 E.

Für Sekunden verharrte er, um dann den Weg in Richtung Heck zu suchen, der vor den Türen des großen Saales endete, der mit Schlafsesseln jungen Menschen Übernachtungsgelegenheiten bot, die ohne Luxus reisten, dafür aber wussten, dass sie sich unter Gleichgesinnten befanden.

Ohne die jungen Leute zu stören, die sich lärmend unterhielten, fand er die Tür zum Heck. Der kalte Wind langte zu. Vor ihm türmten sich die Treppen hoch zum A-Deck. Die Lichter vom Kai wurden winzig. Die lang gestreckte Wildgans auf dem Verwaltungsgebäude zerrann zu einem bläulichen Schimmer. Die Fahne Schwarz-Rot-Gold flatterte im Seewind vom Heck.

Die Disko war voll besetzt. Knutsen und Nordmann machten Dr. Mann aus, der an einem großen Tisch backbord in der Rundung vor dem Panorama-Fenster saß. Die Kapelle, junge Männer mit glitzernden Jacken, auf die sich abwechselnd Farben aus rotierenden Lichtscheiben legten, sorgte für Stimmung. Ausgelassene Menschen tanzten auf dem Parkettboden.

Knutsen setzte sich zu dem Arzt. Ein Filipino stand bereits mit asiatischem Lächeln parat, um die Bestellung entgegenzunehmen.

»Bier«, sagte Knutsen, und Nordmann nickte.

»Der Kapitän kommt gleich«, sagte der Arzt. »Ihre Buchung kam für uns überraschend. Wir hatten Schwierigkeiten, Sie noch einigermaßen unterzubringen.«

»Das tut uns Leid«, sagte Knutsen.

»Da kommt Petersen«, meinte Dr. Mann und winkte dem Kapitän zu.

Petersen, hoch gewachsen, mit den goldenen Streifen auf blauem Tuch, zog die Blicke der Besucher der Disko auf sich.

»Ich habe gedacht, dass wir den Abend hier unter jungen Leuten besser gestalten können als in meiner tristen Kabine«, sagte er zur Begrüßung.

Der Filipino servierte.

»Nur Bier?«, fragte Petersen. »Wie wäre es mit einem guten alten norwegischen Aquavit, der während seiner Reifezeit mehr Seemeilen zurückgelegt hat, als Sie in Ihrem ganzen Leben machen werden?«

Die Beamten sagten nicht nein. Der Filipino zog davon.

»Wie steht es um unseren Matrosen Fredo Wattnor?«, fragte Petersen.

»Er ist noch nicht überführt, aber zurzeit die Nummer eins auf unserer Liste«, antwortete Nordmann.

»Mit anderen Worten, Sie haben noch weitere Verdächtige?«, fragte Dr. Mann.

»So ist es«, sagte Knutsen und seine Augen suchten den Tisch, an dem Iris Melchior zum Tanz mit dem Fernfahrer gestartet war, und die Bar, in der er mit ihr Brüderschaft getrunken hatte.

»Steht Ihre Reise in unmittelbarem Zusammenhang mit dem Mord?«, fragte der Kapitän.

Knutsen nickte. »Wir möchten erfahren, wo Iris Melchior ihren Urlaub verbracht hat.« Nordmann fügte hinzu: »Unser Dienstherr ist so nett zu uns, dass er es uns gestattet, das Land zu besuchen, das die Träume der Toten erfüllt hat.«

»Herr Kapitän, wir haben Ihre Wachsamkeit in unseren Berichten lobend erwähnt«, sagte Knutsen. »Die Kippen und die Cola-Dose brachten zwar keine neuen Erkenntnisse, aber sie sprechen für Ihre Umsicht.«

Der Filipino stellte den Aquavit auf den Tisch.

»Prost!«, sagte Petersen, und sie schluckten den harten Schnaps.

Knutsen war froh, dass er den brennenden Weg des Getränks in den Magen mit einem Schluck Bier mildern konnte. Er setzte das Glas auf den Tisch.

»Herr Dr. Mann, Sie haben Dr. Kirkenö behandelt. Zeigte sie zu diesem Zeitpunkt Spuren vom Orkan? War ihr Haar zerzaust? Oder lagen Wasserspritzer auf ihrer Kleidung? Trug sie Kostüm oder Hosen?«

Dr. Mann blickte irritiert hoch. »Kapitän, ich benötige noch einen Drink. Die Geschichte kommt mir hoch«, sagte er böse.

Der Kapitän rief den Ober. Dann fragte er: »Wollen Sie Ihr Verhör hier fortsetzen?«

Nordmann nickte. »Herr Petersen, wir sind nicht zum Vergnügen an Bord.«

Dr. Mann überlegte. »Warten Sie, das sind eine Menge Fragen. Die kann ich so schnell nicht beantworten. In der Nacht war Holland in Not, da habe ich auf Äußerlichkeiten nicht geachtet.«

»Das ist verständlich«, sagte Knutsen ganz ruhig.

Petersen lenkte ein. »Sie wollen wissen, ob Dr. Kirkenö Iris Melchior auf dem Deck gesucht haben kann?«

Knutsen nickte.

»Das lässt sich feststellen«, sagte der Arzt. »Ich muss Malzer fragen.«

Dr. Mann ließ den Ober erneut kommen. »Sagen Sie

am Tresen, dass Sanitätsoffizier Malzer sofort zu uns kommen muss.«

Der Filipino eilte davon. Die Diskomusik war laut und modern.

Peter Malzer umschlich die Tanzpaare. Bleich, vom Typ her, mit dem Hang zur Nervosität, stand er verlegen vor den Männern. Er dachte nur ungern an die Sturmnacht zurück. Die tote Iris Melchior hatte ihm mehr zugesetzt als die vielen zum Skelett abgemagerten Halbtoten in der Bremer Klinik, in der er vorher beschäftigt gewesen war.

»Herr Malzer, als wir Dr. Kirkenö behandelten, sind Ihnen da irgendwelche Merkmale aufgefallen, die darauf hindeuten könnten, dass Dr. Kirkenö bei der Suche nach ihrer Kabinengenossin an Deck gewesen sein kann?«, fragte Dr. Mann.

Der Sanitätsoffizier stand eingeschüchtert vor dem Tisch. »Ja und nein«, sagte er zweifelnd, »das ist schwer zu sagen. Ihr Haar war zerzaust und feucht, und jetzt, wo Sie danach fragen, fällt mir ein, dass ihre Kleidung kaum durchnässt war.«

Knutsen half nach. »Sie meinen, dass es keine Flächennässung gab, so als hätte sie in einer Pfütze gesessen?«

Peter Malzer nickte. »So war es«, sagte er.

Nordmann fragte den jungen Mann: »Herr Malzer, es ist nicht sonderlich wichtig, aber wissen Sie, wir Beamte müssen pingelig sein. Wären Sie bereit, das, was Sie sagten, uns morgen während der Vormittagsstunden zu Protokoll zu geben?«

Malzer nickte.

Knutsen fragte dazwischen: »Ach, nur ganz kurz. Trug Dr. Kirkenö Rock und Bluse?«

»Nein, da bin ich mir ganz sicher. Sie trug Jeans und einen Pullover«, sagte Malzer.

Petersen fragte: »Herr Malzer, einen Aquavit?«

Malzer schüttelte den Kopf. »Danke, Kapitän! Ich bin im Dienst.« Er verließ die Disko.

»Aber wir trinken noch einen«, sagte Petersen. »Meine Herren von der Kripo, auf Ihr Wohl und Ihren Erfolg.«

Von Stavanger sahen sie die Lichter.

Knutsen und Nordmann verließen fröstelnd das Schiff. Ein kalter Wind trieb Regen- und Schneegemisch über Stavanger.

Am Taxistand warteten die Reisenden. Als sie eine der Taxen erwischten, die pausenlos an- und abfuhren, las Knutsen vom Blatt: »KNA-Hotel.«

Der Fahrer nickte.

Ein Stück Innenstadt flog an ihnen vorbei. Die alte Seefahrerkirche lag angestrahlt seitlich von der Umgehungsstraße. Das Hotel mit internationalem Standard hätte überall stehen können. Am Eingang klebte das gelbe Schild, das mit schwarzer Schrift die Abkürzungen eines Automobilclubs trug.

Pferdchen hatte vorgebucht. Der Hoteldiener begleitete sie. Das Bier, das Nordmann telefonisch auf das Zimmer bestellte, war Bergener Pils. Es war gut und teuer.

Der Hotelservice brachte sie am Morgen zum Flughafen.

Vom Flughafen Oslo gelangten sie mit dem Bus in das Zentrum der sich am Berghang bis zum Fjord ausdehnenden Großstadt. Aus der belebten City fuhr sie ein Taxi zum Polizeipräsidium. Freundliche uniformierte Kollegen führten sie durch Flure und Etagen des modernen Hochhauses. Dann empfing sie der gutmütig dreinschauende Leiter des Hauptkriminalamtes, Algard Lundevang. Er war auf ihren Besuch vorbereitet, und noch bevor ihnen in dem sachlichen Dienstraum mit Blick auf die berühmte Ski-Schanze Holmenkollen der Kaffee gereicht wurde, standen sie vor dem grünen Lederkoffer der Iris Melchior, aus dem Seewasser die Farbe gewaschen hatte.

Sie griffen in Nylonwäsche mit Spitzenbesatz. Begutachteten den Pullover mit eingenähtem Stoffschildchen: »Made for Boutique Elisa Aachen by Paul Scotchy in Scottland.«

Algard Lundevang reichte das Phantombild von Ole Lemm, das schließlich von vielen Hotelangestellten bestätigt worden war, rund.

Die Kommissare ließen ihre Kopien sprechen, legten Unterlagen aus und diskutierten über Fakten.

Von den norwegischen Gästen der »Polar-Road Star« konnte keine Verbindung zu Iris Melchior gefunden werden.

Der Flug von Oslo nach Ålesund verlief angenehm. Bei klarem, aber fast winterlichem Wetter, die Temperaturen lagen nur kurz über null, verließen sie auf der Insel Vigra die Maschine.

Ein bereitstehender Bus fuhr sie an dicken Felsbrocken und öden Graslandschaften vorbei. Nur wenige der farbigen nordischen Holzhäuser tauchten vor ihren Blicken auf. Erst vor der kleinen Hafenbucht reihten sich Familienhäuser im gelben Anstrich.

Die Fähre lag wartend am Ufer. Die Überfahrt in die Fischereistadt dauerte nur eine knappe halbe Stunde. Vom Fährschiff ergoss sich der Verkehr auf die Umgehungsstraße. Vor ihnen lag die Stadt, die auf felsigem Grund weit in den Sund hineinragte. Massive, grünliche Felsen bildeten den abrupten Hintergrund von Ålesund.

Die Kommissare nahmen den seitlich der Zementstraße bergauf führenden Fußgängerstreifen, der den Blick auf das Meer ließ. Die rote Lichtreklame des Hotel Noreg zog sie an. Das Haus blickte mit vielen Fenstern auf den Sund.

Der Portier führte sie freundlich auf eines der leeren Zimmer. Es war nicht billig, bot aber den anspruchslosen Beamten eine Menge Bequemlichkeiten.

Knutsen hockte vor dem kleinen Tisch und ordnete die Akten. Er überlegte, welche Unterlagen er mitnehmen musste, falls er Dr. Britt Kirkenö nicht abschreckend dienstlich kommen wollte.

Nordmann erfrischte sich im Duschbad.

Knutsen schaltete die Radioknöpfe ein und lauschte auf die fremden Sprachtöne.

Als Nordmann frisch und lustig in Handtüchern gehüllt die Dusche verließ, folgte Knutsen dem Beispiel seines Kollegen, um sich vor ihrem Besuch zu erfrischen.

Mit dem Taxi ließen sie sich nach Magerholm fahren.

Der Fahrer wies auf das Holzhaus. Sie bezahlten und stiegen aus. Sie schritten durch den Vorgarten. Dann standen sie vor einer geschnitzten klobigen Holztür und sammelten sich.

Knutsen drückte den Klingelknopf. Sie vernahmen Schritte. Ein Mädchen mit weißer Schürze, rötlichen Zöpfen und Sommersprossen sagte viel, aber die Besucher verstanden es nicht.

Knutsen wiederholte: »Frau Dr. Britt Kirkenö.«

Das Mädchen nickte.

Dann erschien ein eleganter und sportlicher Mann. Er schaute die Beamten fragend an. Knutsen wäre fast vor Überraschung einige Schritte rückwärts gegangen.

Er fing sich aber und sah, wie sich sein Kollege nervös die Augen rieb. Knutsen sagte entschlossen: »Entschuldigen Sie, wir kommen aus Deutschland und sind rein zufällig in Ålesund. Wir möchten Fräulein Dr. Britt Kirkenö sprechen.«

In das jugendliche Gesicht des Mannes, der sein blondes Haar gewellt trug, stieg ein Grinsen. »Ich bin Kirkenö und fühle mich noch zu jung, um eine erwachsene Tochter zu haben, aber meine Frau heißt Britt«, sagte er.

»Ist Ihre Gattin Wissenschaftlerin und hat an der Universität Hamburg einen Vortrag über Per Gynt gehalten?«, fragte Knutsen.

»Das ist korrekt! Kommen Sie herein, meine Herren«, forderte Kirkenö sie auf.

Sie folgten ihm. Das Wohnzimmer entpuppte sich als ein Museum. Schränke, wie mit der Axt gehauen, das Holz matt, in antikem Glanz. Im Kamin loderte ein Feuer. Historisches Küchengeschirr hing seitlich. Auf dem klobigen Holztisch lagen Aktenordner. Die Stühle mit Schnitzereien früherer Jahrhunderte umstanden den Tisch.

Nordmann hockte sich ehrwürdig, wie in einer Kapelle, auf das edle Gestühl. Er ließ seine Prinz-Heinrich-Mütze durch die Finger rollen.

»Altes Erbgut«, sagte Kirkenö. »Meine Frau ist eine geborene Sollgreu. Ihr gehört die Ålesunder Fischerei A. B.« Er lachte und fügte hinzu: »Ich bin ihr Prokurist.« Er wies mit seiner Hand auf die Unterlagen.

Das Mädchen servierte Kaffee. Ohne Aufforderung deckte sie den Tisch, brachte Zucker und Milch, legte Zigaretten und Zigarren aus. Erst als die Beamten zulangten und in den Tassen rührten, fragte Kirkenö völlig unbekümmert: »Und was hat Ihnen an dem Vortrag so gut gefallen? Ich bin es gewohnt, dass Literaturexperten meine Frau für die einzige kompetente Per-Gynt-Sachverständige halten. Heute liest sie übrigens an der Universität Bergen.«

Knutsen warf einen irritierten Blick auf Nordmann. Er gab sich einen Ruck und sagte: »Nein, Sie verstehen unseren Besuch falsch.«

Kirkenö beugte sich vor und lachte. »Nicht so bescheiden, meine Herren, ich habe in Deutschland studiert.«

»Herr Kirkenö, von Per Gynt haben wir keinen blassen Schimmer. Wir sind in Deutschland simple Kriminalbeamte.«

Die Überraschung war perfekt. Kirkenö zuckte zusammen. Seine Augen wurden ganz schmal. In das sportliche Gesicht trat Härte. »Und was hat Ihr Besuch mit meiner Frau zu tun?«

»Ihre Frau hat während der Überfahrt von Stavanger nach Emsham auf der ›Polar-Road Star‹ die Kabine mit einem Mädchen geteilt, das in der Nacht auf dem Schiffsdeck ermordet wurde«, sagte Knutsen. »Ihre Frau hat die Suchmeldung ausgelöst. Wir haben wegen der Aufklärungsarbeit noch einige offene Fragen.«

Kirkenö war aufgestanden. Er ging aufgeregt durch das Zimmer. Dann fragte er, wobei er nervös rauchte und den Qualm in Richtung Decke schickte: »Sagten Sie ›Polar-Road Star‹?«

Nordmann nickte.

»Seltsam«, sagte Kirkenö und überlegte. »In einer Kabine mit einem Mädchen?« Er stand vor dem Fenster und blickte in die Fjordlandschaft. »Sie reist sonst immer nur erster Klasse, Einzelkabine, da ihr Ehrgeiz sie dazu treibt, sich ständig mit ihren Unterlagen zu beschäftigen. Sie duldet keine Störungen. Die Wissenschaft bedeutet ihr alles«, sagte er, ohne den Blick von der Scheibe zu nehmen.

»Was ist schon dabei. Sie hat eine Ausnahme gemacht. Die ›Polar-Road Star‹ war an dem Abend voll ausgebucht«, antwortete Knutsen.

»Auch das ist seltsam«, sagte Kirkenö und verließ das Fenster. »Sie nimmt sonst die Fähre Bergen-Cuxhaven, wenn sie nach Hamburg will.«

Ihr Besuch kam Knutsen mittlerweile ebenfalls seltsam vor. »Wann kommt Ihre Gattin zurück?«, fragte er.

»Vielleicht morgen. Sie besitzt in Bergen eine Eigentumswohnung.«

Nordmann räusperte sich. »Herr Kirkenö, die ›Polar-Road Star‹ legt morgen um 21 Uhr ab. Wir müssen noch nach Stavanger fliegen und das Schiff erreichen. Liegt da für uns noch ein Termin drin?«

Kirkenö nickte tief in Gedanken. »Um 19 Uhr geht

noch eine Maschine. Kommen Sie zur Kaffeezeit, dann ist meine Frau vielleicht anwesend.«

»Verstehen Sie uns nicht falsch«, warf Knutsen ein. »Wir suchen das Gespräch rein privat, denn wir haben hier keine Arbeitserlaubnis.«

Kirkenö nötigte sich ein Lächeln ab.

»Nein, das ist mir schon verständlich. Ich selbst habe einige Fragen an meine Frau zu richten«, sagte er.

Knutsen erhob ich.

»Entschuldigen Sie die Störung. Sie haben den Tisch voller Akten. Haben Sie Dank für den Kaffee«, sagte er.

Der Mann, der wie ein Ei dem anderen der Phantomzeichnung glich, die Algard Lundevang ihnen gezeigt hatte, begleitete sie an die Tür.

Er blickte sich um.

»Haben Sie keinen Wagen?«, fragte er.

»Wir werden schon ein Taxi finden.«

Kirkenö folgte dem Gesetz der Gastfreundschaft. »Aber meine Herren, das ist doch überflüssig. Ich fahre Sie nach Ålesund.«

Sie standen schweigend unter der Pergola, um die sich abgestorbenes Grün rankte. Kirkenö trug eine saloppe Wildlederjacke, die weißes angewachsenes Fell vorlugen ließ.

»Kommen Sie!«, sagte er und schritt über einen schmalen Weg am nassen Rasen vorbei zur Garage.

Knutsen und Nordmann warteten auf der mit Platten belegten Einfahrt.

Kirkenö setzte einen metallic-silbernen Porsche rückwärts auf die Straße.

Sie stiegen ein. Sportlich bediente Kirkenö die Gangschaltung und jagte über die Fjordstraße in Höchstgeschwindigkeit Ålesund entgegen.

Knutsen stand vor dem Fenster des Hotelzimmers und betrachtete die Sonne, die hinter der Inselkette das Meer rötlich einfärbte.

»Das ist ein Hammer. Kirkenö sieht aus wie der gesuchte Lemm auf dem Phantombild und fährt einen silber-metallic gespritzten Porsche«, sagte er nachdenklich.

Nordmann saß auf dem Hotelbett. »Frau Dr. Kirkenö entpuppt sich als seine Ehefrau. Sie belegte zufällig dieselbe Kabine wie Iris Melchior und leitete die Suche nach ihr ein«, sagte er.

»Und vergessen wir nicht den Brief aus Ålesund«, hob Knutsen hervor.

»Außerdem zogen Fischer den Koffer aus dem Sund«, sagte Nordmann nachdenklich.

Knutsen nickte. »Die Sache wird heiß. Es ist möglich, dass Frau Dr. Kirkenö die Finger im lukrativen Rauschgiftgeschäft hat. Der Reichtum ist offensichtlich. Allerdings bringen auch die Fischerei und ihre Honorare an den Universitäten eine Menge ein.«

»Aber diese Zufälle geben zu denken Anlass«, sagte Nordmann. »Wir wollen Lundevang aus dem Spiel lassen. Morgen werden wir uns zuerst einmal mit Frau Dr. Kirkenö unterhalten.«

Der Wetterumschwung kam überraschend. Vom Atlantik blies der Wind in die Stadt. Schwarze Wolken zogen gegen die Spitzen der Felsen.

»Endlich!«, sagte Knutsen, als sie das Taxi bestiegen. Die Fahrt war mies, denn die Scheiben des Autos klebten voll Matsch, und ein Schneeregen legte die Landschaft in ein ödes Grau.

Kirkenö empfing sie mit Kaffee und einer Enttäuschung. Er legte ohne Vorreden ein Telegramm auf den Tisch, während er mit ernstem Gesicht rauchte. »Meine Frau hat das Telegramm geschickt. Ich hatte versucht, sie anzurufen. Das ist Norwegisch. Aber vielleicht können Sie es entziffern. Viele deutsche Wörter haben die gleichen Stämme.«

Das Dienstmädchen schenkte den Kaffee ein. Während sie rauchten, las Kirkenö vor: »Lieber Mann, habe den Termin in Heidelberg. Symposion, wie dir bekannt. Fahre heute. Assistentin Ingeborg Almankis begleitet mich.« Kirkenö legte das Telegramm beiseite. »Meine Herren, das ist das Schicksal eines Mannes, der sich um die Bilanzen eines Großbetriebes kümmern muss und mit einer berühmten Frau verheiratet ist«, sagte er sarkastisch.

»Kannten Sie denn den Termin?«, fragte Knutsen.

»Ja und nein. Wenn meine Frau hier ist, besprechen wir ihre vielen Verpflichtungen. Ich leite die Firma und vergesse die Daten meistens.«

Nordmann drückte die Zigarette aus. Ihm kam diese Kirkenö windig vor.

Sie lehnten ab, als er die Kanne hob.

»Wir wollen nicht weiter stören«, sagte Knutsen. »Für uns ist die Situation peinlich, Herr Kirkenö. Wir haben unseren Abstecher nach Ålesund aus reiner Eigeninitiative unternommen. Unsere Behörde ist äußerst pingelig. Könnten Sie uns vielleicht bestätigen, dass wir Ihre Frau aufsuchen wollten?«

Kirkenö lächelte. »Das kenne ich. Deutsche Gründlichkeit, das war in Mannheim und Heidelberg oft mein Kummer.« Er nahm ein Blatt vom Tisch. »Sie sind die Herren Knutsen und Nordmann?«, fragte er. Dann schrieb er: Die Herren Knutsen und Nordmann waren gestern und heute hier, um meine Frau aufzusuchen. Leider war sie verhindert. Datum und Unterschrift Tore Kirkenö. »Reicht Ihnen das?«, fragte er höflich.

»Schönen Dank!«, sagte Knutsen und steckte das Schreiben auf dem Weg zur Tür in die Tasche.

Einem plötzlichen Gedanken folgend zog er dabei die Fotos der Iris Melchior aus der Tasche.

»Das ist die Tote, mit der Ihre Frau die Kabine 382 E auf der ›Polar-Road Star‹ geteilt hat«, sagte er gelassen. Dabei betrachtete er die Sportdiplome, die die gesamte Wand des Korridors zierten.

Nordmann, der meinte, etwas Überbrückendes einfließen lassen zu müssen, sagte: »Eine Schande. Sie war jung und schön!«

Kirkenö blickte auf die Fotos, die der Funker in der Sturmnacht aufgenommen hatte. In Sekundenschnelle wich das Blut aus seinem Gesicht. Mit seiner Hand suchte er Halt am Holz der Täfelung.

Knutsen schaute Kirkenö überrascht an. »Ist etwas? Kannten Sie etwa das Mädchen?«, fragte er.

Kirkenö hatte sich gefangen. Er presste die Lippen zusammen. »Nein, nein«, sagte er. »Ich bin ein wenig überarbeitet. Ich hasse jede Art von Kriminalität und Gewalt.«

Knutsen steckte die Fotos wieder ein. »Herr Kirkenö, wir danken Ihnen. Grüßen Sie Ihre Gattin von uns. Unser Besuch war nicht sonderlich wichtig.«

Als sie auf den Steinplatten standen, flog die Tür zu. Die Frage nach dem Taxi blieb aus.

Um 9 Uhr stand Kaldenkirchen vor dem Fenster und blickte in den sich auflösenden Seenebel. Kein Telefonat, kein Fernschreiben, kein Telegramm hatte ihn von seinen Beamten erreicht.

»Gerade heute«, dachte er, »wo Staatsanwalt van Felde den Gutachter der Universität Bremen mitbringen will, um diesen idiotischen Mörder aufzusuchen! Das geht entschieden zu weit! Ich bin der Dienststellenleiter!«

Er ordnete den Schreibtisch. Er duldete kein Durcheinander. Seine dicken Finger sprangen über die Tischplatte.

»Feine Sippschaft!«, sagte er.

Ihm war der Tag verdorben. Die große Verantwortung reizte seinen Magen.

Doch es lief besser, als er erwartet hatte. Van Felde forderte nur Torfner an, der an dem Gespräch mit Fredo Wattnor teilnehmen sollte. Der Professor hatte sich vorher ausführlich mit dem Lehrer Martin Karski beraten und ihn ebenfalls dazugebeten. Ein Dienstwagen brachte sie nach Varel, wo das eckige Gefängnisgebäude, eine ehemalige Kaserne, vor weiten Wiesen in Deichnähe für Milde und Großzügigkeit im Umgang mit jungen Straftätern bekannt war.

Dennoch hatte der Aufenthalt Fredo Wattnor gewaltig verändert.

Es war nicht die Reue, auch nicht die Scham, die sein Gesicht geprägt hatten. Das lange blonde Haar lag um den eckigen Schädel, das trübe linke Auge war starr und zeigte kein Zucken.

Der breitlippige Mund hing offen. Ein nicht gekanntes Feuer prägte den stierenden Ausdruck. Fredo wirkte kämpferisch und aggressiv. Die Ledermanschetten spannten sich um seine kräftigen Handgelenke. Aufrecht, mit gedehnten Schultern, suchte er nicht ängstlich nach Hilfe. Er ließ die winselnde Hundehaltung vermissen.

Karski fiel die Veränderung auf. Er war überrascht. Das war nicht der Fredo, den er versucht hatte, mit pädagogischen Bemühungen in bürgerliche Bahnen zu steuern. Karski schüttelte sich, als er die Kälte wahrnahm.

Fredo Wattnor ließ sie kommen. Er ging keinen Schritt zurück.

Das war nicht der erwartete geknickte Sünder.

Fredo Wattnor schrie sie an: »Was wollen Sie von mir? Hauen Sie ab!«

Das mit den Erkenntnissen der modernen Psychologie ausgearbeitete Konzept zu Fredos Rettung, das der Professor überrascht in den Händen hielt, fiel unter den Tisch, als Fredo seine Beschimpfung fortsetzte.

»Ihr Arschlöcher, haut ab! Schreibt auf, dass ich es war! Ich werde mir noch mehr holen! Lasst mich raus, dann werde ich es den Weibern zeigen! Ich werde sie zwingen, mich zu mögen, sonst schlage ich sie in Stücke!«

Als Staatsanwalt van Felde beruhigend mit den Worten eingriff: »Junger Mann, Sie verkennen Ihre Situation!«, lag das starre Auge auf ihm. Fredo Wattnor begehrte auf.

Der Aufseher griff nach dem kräftigen Arm des Seemannes.

»Ich gehöre zum schäbigen Rest! Ich bin stolz darauf! Wenn Sie jetzt nicht verduften, dann schlage ich Sie zu Brei!«, rief Fredo außer sich. Wütend, wie ein Ringer in Duckhaltung, stand er vor seinem Stuhl.

Der Aufsichtsbeamte schob zur Vorsicht den Arm des unbeherrschten Angeklagten in die seitliche Rückenpartie.

Fredo brüllte: »Ja, ja, ich bin der Mörder!«

Der Beamte vom Strafvollzug führte Fredo ab. Willenlos, mit hoch gerichtetem Rückgrat, ließ er sich abführen. Mit erhobenem Kopf, sein linkes Auge starrte geradeaus, schritt er an den Türen der Gefängniszellen vorbei. Fredo Wattnor war hier wer. Vor ihm hatten selbst die hart gesottensten Knastbrüder Respekt!

Lehrer Karski verließ der Raum mit ernstem Gesicht. Er sagte laut zu seinen Begleitern: »Der Junge hat begriffen! Aber wir nicht!«

Der Professor blickte sich fragend um. »Wie meinen Sie das?«, fragte er.

»Fredo war immer nur eine Null«, sagte Karski. »Ein Nichts! Keiner kümmerte sich um seine Nöte. Jetzt ist er wer! Ein Mörder, dem man Beachtung schenkt. Den man fragt, wie es ist, wenn man sich einsam fühlt!«

»Der Junge bekommt einen zweiten Termin«, sagte der Staatsanwalt ernst.

Knutsen und Nordmann betraten in Stavanger über die zugige, halb fertige Terminalbrücke die »Polar-Road Star«.

Vor der Rezeption herrschte das übliche Gedrängel.

Knutsen stellte sich in die Warteschlange. Er hatte Zeit.

Nach der Abfertigung hielt er wie ein Tennisspieler nach einem siegreichen Match mit theatralischem Getue den Schlüssel in der Hand.

Nordmann las die Kabinennummer: »382 E.« Vor Überraschung ließ er seine Tasche fallen.

»Komm, Lars!«, forderte Knutsen ihn auf und eilte davon.

Knutsen kannte sich aus. Er hatte den Schiffsplan studiert. Er ließ Nordmann den Vortritt in die Kabine.

»Satan!«, stöhnte Nordmann.

Knutsen warf seine Tasche auf das obere Bett. »Lars, du nimmst das der Melchior«, sagte er.

»Ja«, sagte Nordmann. »Gestatte die Frage. Ist das ein Zufall?«

»Nein«, antwortete Knutsen, »ich habe es so gewollt.«

Er ordnete seine Sachen ein.

Nordmann war empört. »Aber, du hast doch behauptet, dass du in einer fensterlosen Kabine nicht reisen könntest!«, sagte er.

Knutsen drehte sich um. »Mein Freund, ich reise ja auch nicht. Ich tue Dienst auf einem deutschen Schiff. Ich habe einen Mord aufzuklären!«

»Tickst du nicht richtig?«, fragte Nordmann wütend, dem das Theater auf die Nerven ging. »Hast du etwa schon auf der Hinreise die Kabine bestellt?«

»Genauso ist es«, sagte Knutsen.

»Und warum?«, fragte Nordmann, der keinen Durchblick fand.

»Ich war davon ausgegangen, dass wir von Frau Dr. Kirkenö ein Interview bekommen würden. Da dachte ich mir, dass wir an Bord ihren verzweifelten Sturmlauf rekonstruieren könnten. Aber das Interview hat nicht stattgefunden.«

»Ach so«, sagte Nordmann, der jetzt nur noch den einen Gedanken kannte, die Reise halbwegs ohne

Stress behaglich hinter sich zu bringen. Er lehnte sich an die Kabinenwand und reckte sich. »Herrlich!«, sagte er.

Knutsen setzte sich an den kleinen Tisch vor der fensterlosen Wand. Er holte Schiffsprospekte hervor und vertiefte sich in Fahrpläne.

Nordmann döste vor sich hin. Die Kabine war beheizt und nicht ohne Romantik. Das Schummerlicht, das Vibrieren der Wände, als die18000 PS loslegten, und das Bewusstsein, jetzt vom Meer umgeben dem fernen deutschen Emsham entgegenzuschippern, wirkte auf Nordmann beruhigend. Er schaltete ab.

Als er sein Dösen unterbrach und einen Blick auf Knutsen warf, der mit glimmender Zigarette nervös seine Finger über Prospektseiten gleiten ließ, fragte er: »Gerrit, planst du deinen Urlaub?«, denn er las den Fettdruck »Oslo-Linie«.

»Keineswegs, ich interessiere mich für die Konkurrenz der ›Polar-Road Star‹«, antwortete Knutsen.

Der Kapitän saß an seinem Schreibtisch. Der Tischstrahler warf gelbes Licht auf Unterlagen. Die schwere Hand des Kapitäns glitt über die Tasten eines Rechners, denn die monatliche Statistik, Bestandteil seiner Leitungsfunktion auf der »Polar-Road Star«, musste in verständliche Prozentsätze umgerechnet werden.

Er schaute überrascht hoch, als Knutsen die Kabine betrat, und schob die Unterlagen zur Seite.

»Hallo!«, sagte er zur Begrüßung.

Knutsen reichte ihm die Hand und nahm Platz.

»Wie war die Reise?«, fragte der Kapitän.

»Wie das so üblich ist«, antwortete der Kommissar.

»Wo haben Sie Nordmann gelassen?«, fragte Petersen.

Knutsen lachte verschmitzt. »Er macht ein Nickerchen, denn wir haben etliche Kilometer zurückgelegt. Wir waren auch in Ålesund, um uns ein Aussageprotokoll von Frau Dr. Kirkenö zu verschaffen. Schließlich war sie mächtig verwickelt in die grässlichen Ereignisse hier an Bord, und sie für eine Unterschrift nach Deutschland einzuladen schien uns läppisch. Allein der Gedanke an die Kosten, bei unseren Staatsschulden, ließ das nicht zu. Leider trafen wir Frau Doktor nicht an, und nun haben Nordmann und ich für Ausgaben gesorgt, die uns vielleicht Vorwürfe einbringen werden. Bei ihr zu Hause erfuhren wir jedoch, dass diese wissenschaftlich hoch renommierte Dame mit ihrer Assistentin erneut zu einem Vortrag nach Heidelberg unterwegs ist. Ich habe mir die Fahrpläne Ihrer Konkurrenz besorgt und sie studiert. Wenn Frau Doktor so logisch handelt, wie ihr Ruf das verspricht, dann ist sie an Bord! Aber nicht in der Kabine 382 E, denn die belegen wir, wie Ihnen bekannt ist.«

Petersen hatte geduldig zugehört.

»Ein Bier oder einen Aquavit?«, fragte er.

Knutsen lehnte ab. »Sagen wir gegen 23 Uhr, falls Sie dann Zeit haben?«

»Melden Sie sich«, antwortete Petersen und fragte: »Was kann ich jetzt für Sie tun?«

Dabei hielt er dem Beamten seine Zigarettenschachtel entgegen.

Knutsen nahm eine Zigarette.

»Es würde unseren Recherchen entgegenkommen, wenn Sie feststellen könnten, ob Frau Dr. Kirkenö und ein Fräulein Ingeborg Almankis oder mit ähnlich klingendem Namen an Bord sind. Wenn ja, dann interessiere ich mich für ihre Kabinennummer.«

»Wenn es weiter nichts ist«, sagte der Kapitän und griff zum Telefonhörer.

Innerhalb einiger Minuten sagte er: »Suite 9 A! Die Damen wohnen zusammen.«

»Danke, Kapitän!« Knutsen drückte die Zigarette aus und ging zur Tür. »So gegen 23 Uhr«, sagte er.

Petersen nickte und zog seine Unterlagen in das Licht der Tischlampe.

Der Kommissar suchte den Umweg. Der Duty-Free-Shop hatte geöffnet. Kaufinteressenten bewegten sich mit Drahtkörbchen durch die schalen Gänge, in denen dicht gestapelt zollfreie und damit billige Waren zum Kauf reizten. Es waren Süßigkeiten, Kaffee und Tee, Tabakwaren und die Spirituosen der weltbekannten Hersteller.

Knutsen durchschnüffelte die Dosenware. Er fand nicht das, was er suchte. Vor der Kasse saß eine blonde Schönheit mit dem Wildgansemblem auf dem blauem Kittel.

»Haben Sie keine ›Kong-Harald-Cola‹?«, fragte er das hübsche Mädchen.

»Nein, wir führen an Bord nur die gängigen Marken, die dort ausliegen«, sagte sie mit einem Augenaufschlag, den ein Lächeln begleitete.

»Schade, ich habe mich in Norwegen an die Marke gewöhnt«, sagte Knutsen und fragte: »Bekomme ich denn ›Kong-Harald-Cola‹ an einem Automaten oder in der Bar?«

»Bei uns an Bord nicht«, sagte die Kassiererin freundlich. Sie drückte auf Zahlenknöpfe und entnahm Waren einem Drahtkorb, der vor ihrer Kasse stand.

Knutsen steuerte ohne Umwege direkt die Kabine 382 E an.

Nordmann schlief. Er lag auf dem Rücken, und seine Mütze hatte sich tief in sein Gesicht geschoben.

Knutsen grinste. Ein Bild für Kaldenkirchen, dachte er.

Er rüttelte den Freund wach.

»Junge, verlass die Träume. Ein Dienstauftrag wartet«, sagte er laut.

Nordmann kam langsam zu sich. Die Prinz-Heinrich-Mütze rollte auf das Bett. »Was ist los?«, fragte er.

»Lars, komm hoch. Wir müssen Frau Dr. Kirkenö befragen«, sagte Knutsen.

Nordmann erhob sich. Er wischte sich den Schlaf aus den Augen und fragte verwirrt: »Wen willst du befragen?«

Knutsen sprach gedehnt. »Frau Dr. Kirkenö!«

Nordmann zog die Jacke über, griff nach seiner Mütze und folgte Knutsen, der sich in dem Gewirr der Schiffsgänge gut auskannte.

Die Pendeltür trug in Großbuchstaben die Worte

»NUR FÜR PASSAGIERE DER SUITEN!«

Die Kriminalbeamten ließen die Tür hinter sich und suchten die Kabine mit der Nummer 9 A.

»Hier wohnt sie«, sagte Knutsen leise. Sie hörten Schritte.

Ein Filipino in weinroten Hosen und weißer Jacke mit asiatischem Lächeln trug ein Silbertablett. Bratengeruch umgab ihn.

Knutsen stellte sich ihm in den Weg.

»Wer hat das bestellt?«, fragte er.

Der Filipino schaute die Herren fragend an.

»Ich weiß nicht. Muss nach 9 A bringen«, sagte er scheu.

Nordmann ergriff das Tablett.

»Polizei«, sagte er, und Knutsen hielt ihm die Dienstmarke hin.

Der kleine Mann verbeugte sich kurz und eilte davon.

Knutsen konzentrierte sich, dann klopfte er.

Ihm drang von innen eine weibliche Stimme entgegen. Er stieß die Tür der Kabine auf. Während er einen Blick in die Suite warf, ließ er Nordmann den Vortritt.

Die Damen saßen an einem Tisch, der mitten im Raum stand. Sie blickten von Schreibmaschinenseiten und Unterlagen überrascht auf.

Nordmann setzte die Platte auf dem Tisch ab. Knutsen zog seine Dienstmarke.

»Kriminalpolizei!«, sagte er hart.

Von den Beschreibungen her erkannte er Frau Dr. Kirkenö, die plattbrüstig ihre eckigen Schultern in Lambswool drückte und mit dicker Hornbrille auf spitzer Nase den Durchblick suchte.

Die Assistentin war verwirrt. Sie war eine Schönheit mit idealen weiblichen Formen. Rötliches Haar fiel in ein breites Gesicht.

»Wieso bedienen Sie uns, wenn Sie von der Polizei sind?«, fragte die Professorin.

Der Kommissar gab keine Antwort und fragte höflich: »Sie sind Frau Dr. Kirkenö?«

Das spitze Gesicht wandte sich ihm zu. »Ist das ein

Verbrechen?«, fragte sie mit kaltem Blick durch die Hornbrille.

»Unsere Art, zu Ihnen vorzudringen, mag Sie überraschen. Sie war als Spaß gedacht«, sagte Knutsen. »Andererseits kommen wir von Ålesund und haben Ihren reizenden Herrn Gemahl kennen gelernt.«

Britt Kirkenö war irritiert. Sie benötigte Informationen für ihr schnell denkendes Hirn. »So, so, Sie haben meinen Mann besucht. Darf ich fragen, warum?«

»Wir suchten Sie«, sagte Knutsen.

»Na, dann sind Sie ja am Ende Ihrer Bemühungen«, warf sie herausfordernd ein.

»So ist es«, sagte Nordmann.

Knutsen sprach mit der Ruhe eine Pastors. »Wir benötigen von Ihnen nur einen kurzen protokollarischen Bericht über die Vorgänge hier an Bord, als Sie unglücklicherweise eine schlechtere Kabine – es war, so glaube ich, die Kabine 382 E – bewohnen mussten.«

»Sie sagen es«, stöhnte Britt Kirkenö. »Man ist viel zu mitfühlend. Mich ging das deutsche Mädchen eigentlich gar nichts an. Im Gegenteil, sie verhinderte es, dass ich mich mit der notwendigen Konzentration meiner Arbeit widmen konnte. Meine soziale Verantwortung hat mich nicht nur den Schlaf gekostet. Selbst Sie sind für mich ein Ärgernis, weil Sie ebenfalls meine Arbeit stören«, sagte sie, nahm die Brille ab und rieb sich die Augen, so als sei sie müde.

»Wir bewundern Ihre Aufopferung und sind sehr glücklich, dass es der Zufall will, dass Sie heute an Bord sind«, sagte Knutsen. »Aber Ihr Essen kühlt ab. Dürfen wir etwas später wiederkommen?«

»Braten schmeckt auch kalt«, sagte sie. »Legen Sie

jetzt los. Was wollen Sie von mir?«, fragte Dr. Kirkenö, setzte die Brille auf und sah schnippisch hoch.

»Ich möchte, dass Sie uns von der Kabine 382 E über die Wege führen, die Sie in der Nacht zurückgelegt haben, als Iris Melchior ermordet wurde«, antwortete Knutsen.

In das Gesicht der Frau Doktor stieg eine leichte Röte.

»Und wozu das alles?«, fragte sie.

»Der Mord an Iris Melchior steht kurz vor der Aufklärung. Wir haben einen Verdächtigen, dessen Aussagen einer Überprüfung zu unterziehen sind.«

»Und wenn ich mich weigere?«, fragte sie und blickte zur Entschuldigung auf die ausgebreiteten Schreibmaschinenseiten. »Ich nehme übermorgen in Heidelberg an einem wichtigen Professorentreffen teil und benötige meine volle Konzentration dazu.«

»Dann müssen wir Sie später während Ihrer Rückreise mit richterlichem Befehl dazu zwingen! Die Amtshilfe der norwegischen Polizei ist uns dabei bereits zugesagt«, antwortete Knutsen.

Frau Dr. Kirkenö erhob sich. »Ingeborg, iss!«, sagte sie zu ihrer Assistentin. »Mir ist der Appetit vergangen.«

»Sind Sie bereit?«, fragte Nordmann.

»Ja«, sagte Dr. Kirkenö entschlossen, »umso früher finde ich wieder die notwendige Ruhe für meine wissenschaftliche Arbeit.«

Sie legte sich eine Jacke über und verließ mit den Beamten die Suite.

Knutsen übernahm die Führung. Ihm folgte Frau Dr. Kirkenö. Nordmann schloss sich an.

Zwar waren die Schultern der Frau breit, aber ihr Rock bedeckte knochige Hüften.

Mit ihren dünnen Beinen schritt sie neben den Kommissaren her.

Nur gelegentlich sahen sie sich gezwungen, sich an die Wände zu pressen, wenn ihnen Passagiere entgegenkamen.

Knutsen führte sie durch die langen Gänge der Decks, die sich mit farblichen Anstrichen und Bodenmaterial voneinander absetzten. Dann standen sie vor der Kabine 382 E.

Knutsen drehte sich um und schaute in das hochnäsige, spitze Gesicht.

»Das war doch Ihre Kabine?«, fragte er zur Sicherheit.

»Ja«, antwortete Frau Dr. Kirkenö.

Knutsen nahm den Schlüssel und schloss die Kabine auf.

»Nein!«, rief sie.

Nordmann sah sie überrascht an. »Was ist denn?«, fragte er, während Knutsen die Tür aufstieß.

»Treten wir ein«, sagte Knutsen.

Frau Dr. Kirkenö zitterte leicht. »Nein!«, wiederholte sie. »Das war alles so schrecklich!«

Knutsen wies auf das obere Bett, das im matten Licht der Deckenleuchte lag.

»Da haben Sie geschlafen«, stellte er fest.

Dr. Kirkenö warf angeekelt einen Blick in die Kabine. »Ja«, erwiderte sie nur.

»Und die untere Schlafstelle war die von Iris Melchior?«, fragte Knutsen.

»Ja, nur sie hat sie nicht benutzt«, sagte die Frau Doktor und drehte sich abrupt um.

»In Ordnung«, sagte Knutsen. »Führen Sie uns jetzt!«

Frau Dr. Kirkenö nahm den Weg in Richtung Heck.

Sie schritt mit aufrechter Haltung voraus. Als der Kabinengang endete, blieb sie stehen.

»Ich weiß nicht. Warten Sie. Diese Tür?«

»Erinnern Sie sich! Sind Sie durch diese Tür gegangen?« Als Knutsen keine Antwort bekam, riss er sie auf und schritt in den nur schwach beleuchteten Raum, in dem junge Menschen in und vor den Schlafsesseln hockten und erstaunt die Besucher wahrnahmen, die nicht zu ihnen passten.

»Nein!«, sagte Frau Dr. Kirkenö.

Knutsen, der wusste, dass am Ende des Raumes eine weitere Tür auf das Deck führte, folgte der Drehung in Richtung Bug.

Sie standen wieder im Kabinenkorridor, den Frau Dr. Kirkenö jetzt verließ, um seitlich den Parallelgang zu betreten.

Die Kommissare folgten ihr. Immer häufiger blieb die Professorin stehen. Sie suchte neue Wege, erreichte die Cafeteria und den Duty-Free-Shop. Sie tat sich schwer, die Stelle zu finden, an der sie beim Anblick von Fredo Wattnor in die Knie gegangen war.

Knutsen schaute auf die Uhr.

»Frau Doktor, beenden wir diesen Irrgang«, sagte er hart.

Sie stand schweißgebadet im Licht des Kabinenganges. »In der Nacht, in meiner Aufregung, bin ich hier gelaufen! Aber jetzt? Alles ist anders!« Frau Dr. Kirkenö heulte. Unterhalb der Brille flossen Tränen.

Knutsen sah sie fragend an.

»Frau Doktor, darf ich Sie führen? Ich habe die Protokolle und die Aussagen der Schiffsbesatzung studiert. Folgen Sie mir!« Er schritt voraus.

Schnell fand er zur Kabine 382 E zurück. Von da führte er Frau Kirkenö direkt durch die schummrige Nachtsesselhalle, in der jetzt Gitarrenklänge international mitgesummt wurden, auf das Deck.

Der Wind trieb die Kälte in ihre Gesichter, und die Eisentür schlug mit hartem Klang und großer Wucht hinter ihnen zu.

Knutsen blieb stehen. Er zeigte auf das Gewirr der Eisentreppen. »Da müssen wir hoch!«, rief er. Die wühlenden Propeller des Schiffes und der einfallende Sog des aufgebristen Nordwest sorgten mit Nieselregen für eine gespenstische Geräuschkulisse.

Frau Dr. Kirkenö schüttelte sich. Ihr fragender Blick durch die Hornbrille trug keine Aussage, da lagen Hass und Wut in jeder Hinsicht offen, und mit gerümpfter Spitznase drückte sie ihren Unmut aus.

»Was wollen wir hier?«, zischte sie.

Knutsen ergriff wie ein Vorturner das kalte, nasse Eisengeländer und stieg die Treppe hoch.

»Na, machen Sie schon!«, befahl Nordmann in den Wind. Er trieb Frau Dr. Kirkenö auf Tuchfühlung vor sich her nach oben.

Auf dem kurzen Stück des Zwischendecks wollte Frau Dr. Kirkenö ausbrechen, aber Nordmann zwang sie weiter hoch. Auf Tuchfühlung trieb er sie über die grünen Stahlplatten des A-Decks bis zur Veranda.

Unsicher, beidhändig den Rock haltend, unter den der Seewind mit Kälte griff, suchte Frau Dr. Kirkenö den Windschutz.

Knutsen schritt auf die Lampe zu, die hinter schmalen Gitterstäben gelbes Licht warf. Frau Dr. Kirkenö zitterte am ganzen Körper.

Ist es die Nässe, die Kälte oder der Wind?, dachte Nordmann.

Knutsen, dessen Gesicht in die Strahlen des Lichts geriet, wirkte blass.

Er zeigte auf den kalten, nassen Stahlboden, als er brüllte: »Hier waren Sie, Frau Doktor! An dieser Stelle reichten Sie Iris Melchior, die ziemlich beschwippst war, die Cola-Dose! Sie riefen ihr zu, den präparierten Schluck zur Ausnüchterung zu trinken, und dann vollbrachten Sie Ihr Werk!«

Nordmann, der Wind und Wetter vergaß und blitzschnell reagierte, sprang vor und konnte gerade noch den knochigen, plattbrüstigen Oberkörper der gelehrten Frau Doktor auffangen und vor dem Sturz auf den Stahlboden bewahren.

Knutsen blieb eiskalt. Er stand unter der Lampe. »Bringen wir sie zur Sanitätsstation«, sagte er entschlossen.

Sie nahmen die Frau Doktor Kirkenö zwischen sich und schleiften sie auf direktem Wege vom A-Deck nach unten.

Im Schein der Kabinengänge fuhr Muskelzucken in die staksigen Beine. Dr. Kirkenös Füße fanden den Schrittrhythmus. Ihr Kopf hing vorgebeugt.

Knutsen steckte ihre Hornbrille in die aufgesetzte Tasche des teuren Rocks.

Ein Offizier kam zu ihnen. Er eilte davon, um Dr. Mann zu benachrichtigen.

Einige Passagiere schauten fragend auf die wie krank wirkende Frau. Die Tür zur Sanitätsstation war offen. Dr. Mann rief überrascht: »Spinne ich oder ist sie das wirklich?«

Er erwartete keine Antwort. Seine Hand suchte den Puls der Frau Doktor. Dann griff er zum Glasröhrchen, um eine Spritze aufzuziehen.

Frau Dr. Kirkenö lag mit fliegendem Atem auf dem OP-Tisch.

»Lars, bleib bei ihr. Ich muss zum Kapitän«, sagte Knutsen und rannte los.

Als Knutsen das Kapitänsbüro betrat, schaute Petersen auf die Uhr. Es war 22.30 Uhr. Er schob die Unterlagen zusammen.

»Dann wollen wir mal zum gemütlichen Teil übergehen«, sagte er und wunderte sich darüber, dass der Kommissar aufgeregt in der Tür stand.

Knutsen wusste, dass seine Entscheidung schwer wiegende Folgen nach sich ziehen konnten.

»Kapitän, ich komme mit einer Sensation«, sagte er mit ernstem Gesicht.

Petersen ließ die Geschäftsunterlagen überrascht auf den Schreibtisch gleiten. Er hatte allmählich die Schnauze voll von Sensationen auf dem Schiff. Neugierig blickte er auf den Kommissar.

Knutsen neigte sich vor. »Frau Dr. Kirkenö ist zusammengebrochen. Sie befindet sich in der Obhut von Dr. Mann und Nordmann.«

Petersen schoss das Blut ins Gesicht.

»Schon wieder ein Anschlag?«, fragte er entsetzt.

»Nein, Kapitän. Frau Dr. Kirkenö ist die mutmaßliche Mörderin der Iris Melchior. Ich muss Sie, die an Bord höchste Instanz, bitten, die Dame in Gewahrsam zu nehmen. Ich mache Sie darauf aufmerksam, dass Frau Dr. Kirkenö auf Selbstmordgedanken kommen kann. Das, was ich hier dienstlich vortrage, werde ich Ihnen später schriftlich geben.«

Petersen schaute den Kommissar an. Er bemerkte erst

jetzt das zerzauste Haar und die Wasserspuren auf Knutsens Parka.

»Das ist in der Tat eine Sensation!«, stöhnte er. Der Kapitän stand auf. »Herr Knutsen, was ich jetzt anordne, beruht auf der Glaubwürdigkeit Ihrer Anschuldigungen«, sagte er und drückte auf die Sprechfunktaste. »Zweiter Offizier zur Kapitänskajüte!«, sprach er in das Gerät.

Der II. Offizier erschien.

»Holen Sie die Zahlmeisterin und noch zwei kräftige Damen, denn wir müssen Frau Dr. Kirkenö isolieren. Sie ist die mutmaßliche Mörderin der Studentin!«

Der Offizier begriff. »Haben wir noch eine freie Kabine?«, fragte er.

Petersen überlegte kurz. »Quartieren Sie die Begleiterin der Kirkenö um, schlimmstenfalls in die Kabine der Zahlmeisterin, dann kann Dr. Kirkenö in der Suite 9A bleiben.«

Der II. Offizier verließ die Kapitänskajüte.

»Gehen wir zu ihr!«, sagte Petersen.

In der Krankenstation saß Frau Dr. Kirkenö auf dem OP-Tisch. Ihre dünnen Beine baumelten, wenn sie sich mit Tränengüssen vorbeugte. Gelegentlich öffnete sie die Augen und versprühte Hass, biss sich auf die Lippen und schwieg. Alle Versuche, auf sie einzureden, blieben erfolglos.

Als der II. Offizier mit der Zahlmeisterin und zwei weiteren kräftigen Damen erschien, ließ sich Frau Dr. Kirkenö widerstandslos wegführen. Kurz vor der Stationstür warf sie mit wutverzerrtem Gesicht den Kopf seitlich und rief schrill mit galligem Blick: »Das Weib verdiente es nicht anders! Es war eine Hure!«

Petersen setzte sich auf einen Stuhl. »Das klang nach einem Geständnis«, sagte er zu Knutsen, der sich müde an die Fliesenwand gelehnt hatte.

Im Revier am Bahnhofsplatz fielen Überstunden an. Pferdchen musste auf ihren Saunaabend verzichten. Sie war wie elektrisiert und fieberte den Ereignissen entgegen.

Frau Dr. Kirkenö wurde unter Bewachung in das Verhörzimmer gebracht, aus dem heraus bereits das Hämmern der Schreibmaschine drang.

Kriminalrat Kaldenkirchen war nur noch ein Nervenbündel. Er drängte auf den Beginn der Besprechung. Staatsanwalt van Felde übernahm die Leitung.

»Nun aber klar Schiff! Frau Dr. Kirkenö genießt in Fachkreisen ein hohes Ansehen. Wir müssen entsprechend äußerst sorgsam vorgehen. Kurz oder lang werden wir die Presse auf dem Hals haben«, sagte er.

Knutsen und Nordmann sah man die Strapazen der langen Reise an. Sie wirkten gestresst und gereizt. Kaldenkirchen atmete hastig, als er hart sagte: »Herr Knutsen, bevor Sie mit Ihren Ausführungen beginnen, möchte ich nur feststellen, dass wir ein Geständnis von Fredo Wattnor haben, das unterschrieben in den Akten liegt.«

Für die Beamten war diese Version neu. Nordmann sprang wütend auf. Zum Ärger des Kriminalrates schob er seine Mütze nur leicht hoch.

»Herr Kaldenkirchen, wenn unser Bericht Sie nicht überzeugen sollte, dann schlage ich vor, dass wir würfeln!«, rief er wütend.

Van Felde erhob sich. »Meine Herren, wenn sich hier einer rechtfertigen muss, dann ist es die mutmaßliche

Mörderin. Herr Knutsen, führen Sie das Verhör. Ich bin auf Ihre Beweisführung gespannt.« Er drückte die Zigarette aus. »Folgen Sie mir ins Verhörzimmer und bleiben Sie gelassen«, forderte er die Beamten auf.

Frau Dr. Kirkenö hatte ihre Selbstsicherheit wiedergefunden. Ihr blasses Gesicht wirkte noch spitzer, und es schien, als werfe die große Hornbrille Schatten um ihre Augenhöhlen. Sie blickte nur flüchtig auf und grüßte nicht.

Die Sitzordnung war schnell gefunden.

Der Staatsanwalt sprach langsam und deutlich die einführenden Worte, wobei er Rücksicht darauf nahm, dass die zu verhörende Dame Norwegerin war und sich in wissenschaftlichen Kreisen hohes Ansehen errungen hatte.

Frau Dr. Kirkenö schaute währenddessen nur stur auf einen Punkt des Schreibtisches. Sie ließ mit nickender Kopfhaltung und spielenden Fingern erkennen, dass sie bereit war, die Fragen der Kommission zu beantworten.

Kommissar Knutsen fiel die Aufgabe zu, die Professorin, wenn nicht geständig, dann allerdings gesprächig zu machen.

»Frau Dr. Kirkenö, ich gehe davon aus, dass Sie sich am Abend des Mordes nicht zufällig an Bord der ›Polar-Road Star‹ befanden?«

Die Wissenschaftlerin hob zum ersten Mal den Blick. Knutsen sah den aufflammenden Hass in ihren Augen.

»Nein, ich hatte Vorlesungsverpflichtungen an der Universität Hamburg«, sagte sie und blickte wieder auf den Schreibtisch.

»Das Sekretariat des Lehrstuhls für Literaturwissenschaften bestätigte uns Ihren Termin«, sagte Knutsen. »Sie sind genau einen Tag früher angereist, als es notwendig war. Hinzu kommt, dass Ihr Mann sehr überrascht davon war, dass Sie die ›Polar-Road Star‹ gebucht hatten, da Sie sonst die für Sie günstigere Fähre von Bergen nach Cuxhaven wählten. Nach seinen Angaben besitzen Sie in Bergen eine Eigentumswohnung. Außerdem war Ihr Herr Gemahl darüber erstaunt, dass Sie keine Einzelkabine der oberen Decks gewählt hatten.«

Trotz zog in das blase Gesicht der Kirkenö.

»Ich wollte eben einmal aus der üblichen Bahn ausbrechen! Mein Mann hat selbst so viele Termine und vergisst dabei ständig, was ich ihm berichte.«

»Frau Dr. Kirkenö, Sie fahren eine Ente, wie das kleine Modell von Citroen volkstümlich genannt wird. Für mich ist es recht sonderbar, dass Sie mit diesem nicht gerade bequemen Wagen von Bergen nach Stavanger gefahren sind, um sich dort an Bord gegen frühere Gewohnheiten für ein Billigangebot zu entscheiden, nur weil Sie einmal ausbrechen wollten! Geben Sie zu, dass Sie in der Kabine 382 E der ›Polar-Road Star‹ nur Iris Melchior kennen lernen wollten! Sie stellten sich als Dr. Brittö vor und warteten auf eine günstige Gelegenheit, die Studentin aus dem Wege zu räumen! Sie sind eine äußerst intelligente Frau. Es muss Sie maßlos enttäuscht haben, dass die hübsche deutsche Studentin direkt nach dem Betreten des Schiffes von gut aussehenden Männern umlagert wurde. Doch dann versuchten Sie, daraus Ihren Nutzen zu ziehen!«

Die Professorin behielt die Nerven. Ihr Gesicht war beherrscht vom eiskalten Intellekt. »Ich fahre gerne zur Entspannung Auto! Wann soll ich denn bei meinen vielen Vortragsverpflichtungen die Schönheit meiner Heimat kennen lernen, wenn ich nicht ab und an Abwechslung in mein Leben bringe? Das Fräulein aus Deutschland kannte ich nicht. Es war meine Erziehung, die mich als Wohlhabende dazu verleitet hatte, mich um das Mädchen zu kümmern!« Sie saß verkrampft auf ihrem Stuhl. Ihre Hände waren zu Fäusten geballt.

Der Kommissar fuhr fort: »Sicherlich klingen diese Ausreden plausibel. Werden Sie nicht böse, wenn ich jetzt bei meiner Schilderung auf Ihren Bordaufenthalt komme. Sie haben die Fernfahrer und Iris Melchior in der Disko verlassen, als es dort gesellig wurde. Zu diesem Zeitpunkt trugen Sie Rock und Bluse! Als Sie die Vermisstenanzeige nach ihrem Zusammentreffen mit dem Seemann auslösten und danach in der Sanitätsstation behandelt wurden, waren Sie mit Jeans und Pullover bekleidet! Ihre Sachen waren trocken, Ihre Haare dagegen durchnässt, Ihre Frisur vom Sturm zerwühlt! Frau Dr. Kirkenö, Sie waren vorher auf dem A-Deck! Sie hatten sich umgezogen und sind dann losgelaufen.«

Britt Kirkenö sprang auf. Ihr kleines Gesicht war von der Aufregung entstellt. »Nein!«, schrie sie und setzte sich, während sie sich von den Griffen der sie bewachenden Polizistin löste, wieder auf den Stuhl.

»Frau Dr. Kirkenö«, fuhr Knutsen ungerührt fort, »Sie haben der Zahlmeisterin am Morgen in der Kabine 382 E die durchnässten Kleidungsstücke, es waren Rock und Bluse, übergeben! Sie waren auf dem A-Deck! Sie lauerten Iris Melchior auf und reichten ihr eine präparierte Cola!«

Die Professorin schaute hasserfüllt durch ihre Hornbrille. Ihre Augen bildeten nur noch schmale Schlitze.

»Ihre Fantasie entspricht der eines Hinterhofschreiberlings!«, zischte sie.

»Frau Dr. Kirkenö, auf der leeren Cola-Dose fanden wir Ihre Fingerabdrücke und die des Mordopfers. Sie haben einen Fehler gemacht! In Bergen bereiteten Sie Ihre verwerfliche Tat vor! Dort kauften Sie eine Cola der Marke ›Kong-Harald‹, die es an Bord der ›Polar-Road Star‹ nicht gibt. Vom medizinischen Standpunkt aus gesehen, mussten wir davon ausgehen, dass nur ein Mann den Mord verübt haben konnte. Die brutale Kraft, die dazu nötig war, bringen Frauen nicht auf. Aber die Sportdiplome im Korridor Ihres Hauses weisen Sie, Frau Dr. Kirkenö, als eine exzellente Judokämpferin aus. Die norwegische Polizei bestätigte unseren Verdacht. Sie haben es zu hohen Gürtelgraden gebracht!«

Die Professorin blieb wider Erwarten standfest. Zum ersten Mal während des Verhörs glitt ihr Blick über die Gesichter der übrigen Anwesenden, so als müsse sie sich vergewissern, wie ihr Punktekonto stand. Als hätte sie Studenten vor sich, fragte sie mit erhobenem Blick: »Haben Sie noch Intelligenz genug, Ihr Märchen fortzuspinnen?«

Der Kommissar war verblüfft.

»Ja«, sagte er fest, »ein Haar, ein sehr langes Haar der Iris Melchior fanden wir in Ihrem Bett. Es ist ein Relikt des einseitigen Kampfes, als Sie dem besäuselten Mädchen den Lebensatem ausdrückten und ihr aus Rache eine Kratzspur über den Unterleib zogen! Ich betone, aus Rache, Frau Dr. Kirkenö!«

Die Professorin blickte den Kommissar kühl an.

»Sind Sie am Ende mit ihren märchenhaften Argumenten?«, fragte sie.

»Nein!«, fauchte Knutsen. »Sie sind nicht nur raffiniert, sondern auch wohlhabend! Sie schoben der Studentin einen gefälschten Bankbeleg in die Brieftasche, denn nicht Iris Melchior, sondern Sie haben in der Schweiz ein Konto! Sie steckten der Toten Bargeld in einer unglaublichen Höhe in das Portmonee, um uns auf einen möglichen Rauschgifthandel hinzulenken! Frau Dr. Kirkenö, Sie waren innerlich zerfressen vor Eifersucht, denn Tore Ole Lemm, mit dem das Opfer verkehrte und in Hotelbetten zusammen schlief, war Ihr Mann Tore!«

Kommissar Knutsen hatte eine Schwachstelle der Wissenschaftlerin getroffen. Ihr scharfer Intellekt verlor die Beherrschung über ihr Gefühlsleben. Unerwartet beugte sich die Professorin über die Schreibtischkante, schüttelte sich und weinte ungeniert drauflos, wobei ihr die Hornbrille vom spitzen Gesicht fiel.

Schweigen lag im Verhörzimmer.

Knutsen wischte sich den Schweiß von der Stirn.

In die Stille drang die vom Röcheln unterbrochene Stimme der Frau Dr. Kirkenö.

Das war norwegisch, dachte der Kommissar, als er ein paar Worte im Zusammenhang mit dem Namen Melchior vernahm.

»Reden Sie es sich von der Seele«, forderte er die Professorin auf.

Daraufhin sprach sie in Deutsch, als würde sie zu sich selbst reden.

»Die Fähre nach Vigra fuhr mir viel zu langsam. Ich trug eine Pistole bei mir. Ich hatte herausgefunden, dass mein Mann mit einem geilen, verführerischen Weib in seiner Hütte zusammenlebte, die er mit meinem Geld gekauft hatte. Ich wollte beide erschießen! Aber sie waren nicht anwesend. Die Koffer des Frauenzimmers mit ihrer Kleidung warf ich in den Sund. Dabei fand ich ihre Rückfahrkarte der ›Polar-Road Star‹ und buchte dieselbe Kabine. Ihre Fotos habe ich zerrissen und mit den Schnipseln das heilige Kreuz geformt, in unserer Landschaft das Symbol für gnadenlose Rache. Ich habe meinem Mann alles gegeben. Seine Stellung, seine Position, seinen Wohlstand, alles verdankt er mir. Ich habe den Bankbeleg gefälscht, ihn zusammen mit Bargeld in das Gepäck des Mädchens geschoben, um die Tat von meiner Person abzulenken. Ich hatte mir vorgenommen, den Mord perfekt auszuführen, denn ich liebe meinen Mann immer noch!«

Das Geklapper der Schreibmaschine setzte wieder ein.

Der Staatsanwalt erhob sich.

»Frau Dr. Kirkenö, Sie können Ihr Geständnis unterschreiben, sich aber auch vorher mit einem Anwalt beraten!«

Die Professorin gab keine Antwort. Sie heulte in sich hinein und lag mit ihrem platten Oberkörper über den Schreibtisch gebeugt. Die beiden Damen der Polizei zeigten viel Mitgefühl, als sie sich um sie bemühten.

Fredo Wattnor musste den Mord an Iris Melchior widerrufen.

Lehrer Karski, der sich unermüdlich für den Jungen eingesetzt hatte, erreichte, dass Fredo während seiner Haftzeit in pädagogische Heilbehandlung kam und innerhalb der Anstalten auch die Abschlussprüfung zum Kfz-Mechaniker vorbereitet wurde. Vielleicht konnte es Fredo gelingen, sich mit seinen Schwächen abzufinden. Karski hielt sich helfend im Hintergrund. Er hatte Fredo noch nicht aufgegeben.

Tödlicher Vatertag

Ade Sielhoff, 62, bewohnte mit seiner Frau Greta, 60, in Berumbur ein gepflegtes, rot geklinkertes Einfamilienhaus auf dem Rehweg, der von der Schulstraße abzweigte und eine Schneise bildete im grünen, ehemaligen Fehngebiet, von einem kleinen Mischwald umrandet, und auf einem festen Wanderweg auslief.

Ade Sielhoff, Rentner, ehemaliger Industriemeister bei VW in Emden, und seine Frau Greta liebten die Gartenarbeiten und betätigten sich sportlich. Erst im vergangenen Herbst konnten sie mit einem Diavortrag über eine Fahrradtour in das entfernte Oslo bei einer Geburtstagsfeier aufwarten und ernteten damit die Bewunderung ihrer Nachbarn. Mit ihnen am Rehweg wohnten fünf Familien. Sie alle verstanden sich hervorragend.

Ade und Greta hatten einen Sohn, der mit seiner Frau und zwei Kindern in geordneten Verhältnissen lebte und als Krankenpfleger in Oldenburg zufrieden seinem Dienst nachging.

Auch ihre Tochter Meta war verheiratet. Sie arbeitete als Bibliothekarin an der Bremer Universität. Der Schwiegersohn hatte Wirtschaft studiert und war als Abteilungsleiter beim Finanzamt beschäftigt. Ihre Ehe blieb bis dato ohne Kinder, aus welchen Gründen auch immer, doch das konnte sich ja noch ändern, so die Meinung der Großeltern.

Greta Sielhoff besaß bei weitem nicht mehr die

Schönheit ihrer jungen Jahre, doch angesichts ihres Geburtsjahrganges bildete sie eine Ausnahmeerscheinung in der Frauensauna, die sie regelmäßig aufsuchte. Greta war schlank und ihr Gesicht wirkte immer noch markant.

Auch Ade Sielhoff konnte seine Jahre nicht verhehlen, dennoch wirkte er jünger als die meisten Altersgenossen. Er trug sein graues Haar nach hinten gekämmt, sein spitzes Gesicht zierte ein Bart. Ade hatte eine schlanke Figur. Er gehörte zu den Joggern, die sich ihrer Gesundheit wegen abquälten. Er kraxelte zusätzlich im Spätsommer mit gleich gesinnten Freunden in den Ötztaler Alpen, war Saunafan und liebte es, spätabends mit einem Nachtglas im benachbarten Berumer, Lütetsburger und Nordwald Tiere zu beobachten. Seit seiner Kindheit hatte er sich für Biologie interessiert, viele Nachmittage in der Bibliothek der ehe- und kinderlosen Lehrerin verbracht, die zu dieser Zeit eine alte Frau gewesen war. Ade war 1940 geboren. Er besaß noch Erinnerungen an die Kriegszeit. Sein Vater zählte zu den Opfern. Er hatte im Kessel von Stalingrad gekämpft und war nicht mehr nach Hause zurückgekehrt.

Ade hatte sich zum Klempner und Installateur ausbilden lassen und es zum Werkmeister bei VW-Emden gebracht. Ehefrau Greta hatte in einem Textilhaus in Norden Verkäuferin gelernt.

Am Abend des 9. Mai vor Christi Himmelfahrt, einem willkommenen Feiertag in Österreich, der Schweiz und Deutschland, der, seinem Nimbus als religiöses Ereignis entleert, allgemein als Vatertag begangen wurde, entschieden sich die Sielhoffs gegen 19 Uhr bei angenehmen, frühsommerlichen Temperaturen nach einem bewölkten Tag zu einer Fahrradtour, die sie nach Großheide und Hage über Lütetsburg durch den Wald zum Tidofelder Holz führte.

Sie radelten mit dem Blick auf die maigrünen Äste der Bäume über den Weg. Den Waldboden bedeckten frühe Moosröschen, am Rand des Weges blühte der Löwenzahn, wuchsen Heckenrosen heran. Die Vögel zwitscherten. Nur einige Jogger begegneten ihnen. Sie radelten in Richtung Lukim-Brücke und erschraken, als eine Eule mit schweren, dumpfen Flügelschlägen über ihre Köpfe davonflog und im Dickicht des Waldes verschwand.

Sie blickten sich überrascht an. In die Stille des Waldes drang ein gedämpfter Schrei und das Wiehern eines Pferdes. Sie drosselten ihre Geschwindigkeit und hielten kurz an. Ade schaute sich um. Oft begegneten ihnen hier Reiter. In nächster Nähe lagen der Reiterhof und das Gestüt »Erlenhof«.

Ade zeigte nach vorne. Sie stiegen wieder auf die Räder, fuhren langsam und blickten suchend in den Wald.

Kurz vor dem Knick des Weges, der zur Lukim-Brücke führte, sahen sie ein Pferd. Es lag auf der Seite, die Beine von sich gestreckt, und scheuerte seinen Kopf unentwegt mit stierigen Augen über den mit Schutt befestigten Boden.

Greta schrie auf. Ade legte das Rad auf den Boden und näherte sich vorsichtig der Unglücksstelle. Ein Reiter lag mit dem Kopf nach unten auf dem festen Waldboden in einer Blutlache vor dem stark verwurzelten Stamm einer Buche. Die Reiterkappe lag blutgetränkt nur wenige Zentimeter vom Kopf entfernt.

Ade neigte sich über den Reiter. Er atmete nicht mehr.

»Er ist tot«, sagte er zu Greta und betrachtete das

offensichtlich gestürzte Pferd. Es zuckte mit dem Leib, den Nüstern entfuhr röchelnd der Atem.

Ade Sielhoff redete auf das Pferd ein, streichelte den zitternden Hals des Tieres. Das Pferd schüttelte sich und wieherte, als wolle es Ade berichten.

Greta kam näher. Auch sie sprach mit dem Pferd, während Ade seiner Wetterjacke das Handy entnahm, die Notrufnummer wählte und den Vorfall der Polizei meldete. Er bat um einen Kranken- und Notarztwagen und wegen des verletzten Pferdes einen Tierarzt zu benachrichtigen. Dann steckte er das Handy wieder ein, trat abermals an das Pferd heran und redete sanft auf das Tier ein.

Vor dem Sattel entdeckte er eine blutige Stelle.

»Ade, können wir dem Mann helfen?«, fragte Greta mit käsigem Gesicht.

»Er ist tot, unglücklich vom Pferd gefallen«, antwortete Sielhoff.

Am Himmel trieb leichter Nebel von der See über die Küste. Hin und wieder stach die Abendsonne für kurze Momente durch die Schleierfetzen des Nebels. Die Bäume trugen zartes Frühlingsgrün. Durch die Wipfel fuhr der Nordwestwind. Die Luft war würzig und klar.

Sie erschraken, als das Pferd die Hinterbeine scharrend anzog, sich auf den Rücken wälzte, sich zuerst wiehernd auf die Vorderbeine stellte und dann ganz erhob. Es zitterte am ganzen Körper. Schweiß bedeckte das Fell.

Ade Sielhoff griff nach den Zügeln und strich mit der Hand beruhigend über die Blesse. »Brav«, sagte er und kraulte die fast blonde Mähne des Tieres.

Der tote Reiter wirkte hoch gewachsen und schlank. Er trug Reitstiefel und einen gelben Anorak.

Über dem Wald zog die Dämmerung auf. In die Stille des Maiabends drang das Martinshorn.

Ade schaute auf seine Armbanduhr. Es war 10 Minuten vor 21 Uhr. Das Pferd atmete immer noch unruhig, verlagerte sein Gewicht abwechselnd auf die Hinter- und Vorderbeine.

Greta Sielhoff blickte erleichtert auf. Der Notarzt näherte sich mit zwei Sanitätern, die eine Trage trugen.

»Moin«, sagte der Arzt. Er war um die 40, schlank und trug weiße Jeans und ein Blouson. Er stellte die Arzttasche vor dem Opfer ab, öffnete sie, entnahm ihr Handschuhe und streifte sie über seine Hände. Behutsam wendete er das Opfer, öffnete seinen Anorak, schob Pullover samt Hemd und Wäsche hoch, griff zum Stethoskop, setzte es auf die behaarte Brust und horchte vergeblich auf einen Herzschlag des Reiters.

Er schüttelte nachdenklich den Kopf, legte das Stethoskop in die Tasche, säuberte mit Watte die klaffende Stirnwunde und das Gesicht des Unfallopfers, blickte im Strahl einer Stablampe in die Pupillen und zog gekonnt die Lider über die toten Augen des Reiters.

»Der Mann ist tot«, wandte er sich an die Sanitäter. Die Männer nahmen die Trage und gingen davon.

Zwei Polizeibeamte in Begleitung eines gesetzten Mannes näherten sich eilenden Schrittes von der Lukim-Brücke der Unfallstelle und blickten sich fragend um.

»Ein Reitunfall mit tödlichem Ausgang«, sagte der Notarzt und packte seine Tasche. »Mein Name ist Frank Rieker. Vom Norder Krankenhaus.«

»Kommissar Mannsen, mein Kollege Neemann und Dr. Pauls, Veterinär«, sagte der hoch gewachsene Beamte. Die Polizisten trugen Uniformen, der Tierarzt einen grauen, fleckigen Kittel und Gummistiefel. In der rechten Hand hielt er den Bereitschaftskoffer.

»Sie benötigen die Hilfe eines Bestatters«, sagte der Arzt. Er wies auf Ade und Greta Sielhoff und fügte hinzu: »Die geduldigen Zeugen.« Er blickte sie freundlich an und besprach sich mit den Polizeibeamten, während Dr. Pauls zu Ade Sielhoff ging.

»Gut gemacht«, sagte er, klopfte ihm jovial auf die Schulter und blickte dabei in die unruhigen, geweiteten Augen des Pferdes. »Mein Freund, wacker, das war nicht deine Schuld«, sprach er besänftigend auf das Pferd ein, öffnete seine Tasche, entnahm ihr grünliche, markstückgroße Dragees, hielt sie auf seiner geöffneten Hand und führte sie an das Maul des Pferdes. Das Tier schwabbte sie mit entblößten Zähnen von seiner Hand.

»Der brave Kerl hat einen Schock erlitten«, sagte der Tierarzt. »Und ob Sie mir das glauben oder nicht, er trauert um seinen Reiter. Er bangt um seine Zukunft und ist sich keiner Schuld bewusst. Ich habe ihn ruhig gestellt.« Er nahm die Zügel in die Hand.

»Tapfer, mein Freund! Da müssen wir durch«, sprach er mit beruhigender Stimme. Das Pferd folgte ihm. Es lahmte mit dem rechten Vorderhuf.

»Irgendetwas hat ihn erschreckt«, sagte Dr. Pauls, bückte sich, entnahm seiner Tasche eine Tube und bestrich das Hufgelenk mit einer Salbe. »Eine Verstauchung«, bemerkte er.

Um den verunglückten Reiter standen die Polizeibeamten, nahmen den Unfall auf und notierten die Ergebnisse der ärztlichen Untersuchung. Der tödliche Sturz aus dem Sattel auf die mit Schutt befestigte Walderde war unglücklich verlaufen. Das Pferd hatte möglicherweise, aus welchen Gründen auch immer, gescheut.

»Ich kenne das Opfer nicht und hielt es auch für nicht angebracht, seine Taschen zu durchwühlen«, sagte der Arzt und verließ die Unfallstelle, als sich der Bestatter mit einem Gehilfen näherte. Sie trugen einen Sarg.

Greta Sielhoff beobachtete aufgeregt die makabre Szene. Ihre Radtour an dem schönen Maiabend hatte sie zu einem tragischen Unfall geführt, der sicherlich für die Angehörigen des Opfers ernste Folgen nach sich ziehen würde. Sie sah, wie die Männer den Toten in den mit Plastik belegten Sarg hoben und vernahm die kalte Stimme des Bestatters: »Morgen ist Vatertag. Ihn werden wohl die Enkel beim Tee vermissen. Kennen Sie ihn?« Er wandte sich an die Beamten.

»Nein, keineswegs. Er konnte sich nicht mehr vorstellen«, sagte Mannsen ironisch.

Der Bestatter und sein Gehilfe trugen den Sarg davon.

Mannsen und sein Kollege kamen zu ihr. »Zuerst einmal bedanken wir uns für Ihre Mithilfe und Ausdauer. Für das Protokoll benötigen wir Ihre Anschrift«, sagte der Beamte.

»Und Dank für die Betreuung des Pferdes. Es stand unter Schock und hätte für weiteres Unheil sorgen können«, warf der Tierarzt ein. Er griff zur Tasche. »Ich bringe es auf die Weide von Albert Updiek«, sagte er. Das Pferd folgte ihm am Zügel.

»Ade Sielhoff, meine Frau Greta«, sagte der Rentner. »Wir befanden uns auf einer Radtour, und dann das. Wir wohnen in Berumbur, Am Rehweg 7. Wir konnten für den Reiter nichts mehr tun.«

»Danke«, sagte Kommissar Neemann und steckte den Notizblock in seine Uniformjacke.

»Auch Sie kennen den Reiter nicht?«, fragte Kommissar Mannsen.

»Nein, wir sind viel mit dem Rad unterwegs. Er ist uns nie begegnet«, antwortete Greta Sielhoff.

»Einen schönen Feiertag«, sagte Neemann.

»Ihnen auch«, sagte Ade Sielhoff.

Die Beamten gingen davon.

Ade und Greta Sielhoff radelten nach Hause. Es war bereits dunkel.

Mimke Cornelius, geborene Moorkamp, trug an diesem Abend ihren warmen Troyer, ihre abgetragenen Jeans und die leichten Tuchschuhe, die sie von Spanien mitgebracht hatte.

Sie war erst vor wenigen Tagen aus Nerja/Malaga zurückgekommen. Ihr Bruder Jens, Rechtsanwalt und Notar, unterhielt in Oldenburg eine gut gehende Praxis und hatte ihr seine Ferienwohnung in der Calle Frigiliana, dicht am Strand gelegen, mit Meerblick und Sonnenterrasse, überlassen. »Um dort zu vergessen, was nicht zu ändern war«, wie er sich ausgedrückt hatte. Doch Mimke Cornelius war es nicht gelungen, in der hübschen kleinen Küstenstadt an der Costa del Sol den notwendigen Abstand von ihren Problemen zu finden, und sie hatte lange mit sich gerungen, ganz nach Spanien zu ziehen. Vielleicht später, wenn – ja, wenn …

Sie legte einen Anthrazitwürfel unter das trockene Holz, entfachte das Feuer im Kamin und sorgte an diesem Mittwochabend vor Christi Himmelfahrt für eine angenehme Wärme.

Draußen zog die Dunkelheit auf. Sie hatte Fotoalben auf den Kamintisch gestapelt, eine Flasche »Urlayer

Brunnenknecht« entkorkt und den Römer bereitgestellt. Sie schätzte einen guten Tropfen, war aber beileibe keine Trinkerin. Heute, so fand sie, gab es allerdings einen Grund, den Römer zu füllen, denn sie hatte sich entschlossen, einen Schlussstrich unter dem zu ziehen, was sie an Enttäuschungen hatte verkraften müssen.

Mimke Cornelius war 55 Jahre alt, zu alt, wie sie oft verbittert nach dem Duschen mit dem Blick in den Spiegel feststellte. Sie trug ihr angegrautes Haar schulterlang, war weder pummelig noch schlank, eher kräftig und stabil, dennoch entsprachen ihre Maße nicht ihren Erwartungen, erst recht nicht denen ihres Mannes.

Sie hatte für Tamme oft gehungert, vergeblich, wie sich herausstellte. Sie und Tamme hatten eine Tochter von 20 und einen Sohn von 28. Alberta studierte in Hannover Tiermedizin. Sie war eine exzellente Reiterin. Sohn Eilbertus stand nach erfolgreichem Studium der Wirtschaftswissenschaften an der Universität in Köln vor dem Examen. Er war für Tamme der liebe, tüchtige Sohn, der ihr Lebenswerk nach einigen weiteren Lehrjahren mit Geschick weiterhin auf Erfolgskurs zu halten auserkoren war. Sie hatte es mit Tamme in den gemeinsamen, harmonisch verlaufenden Jahren zu einem ansehnlichen Vermögen gebracht. Sie besaßen auf Norderney im Haus »Kaiserhof« fünf lukrative Ferienwohnungen, auf der Insel Baltrum ein Apartmenthaus, die eine Maklerfirma betreute, und hatten auf Juist das Hotel »Wölkchen« mit dem dazugehörigen Café »Windeck« einem verlässlichen Pächter anvertraut. Hinzu kamen Mietwohnungen in Wilhelmshaven an der Gökerstraße.

Mimke Cornelius nahm ein Fotoalbum in die Hand, trank den Wein in kleinen Schlückchen, rauchte hin und wieder eine Zigarette und begab sich vor den tanzenden Flammen der lodernden Buchenscheite gedanklich auf eine Reise in ihre durch Fotos dokumentierte Erinnerung. Dabei huschte gelegentlich ein hämisches Lächeln über ihr immer noch attraktives Gesicht.

Tamme war der Sohn des Steuerberaters ihres Papas. Sie hatten sich kennen gelernt bei einer kleinen Feier im Piqueur-Hof in Aurich, nachdem der Papa mit hoher Rendite den Hof samt Äckern und Weiden an die NSG GmbH verkauft hatte, die auf dem Gelände eine vom Land Niedersachsen geförderte Wohnsiedlung errichtet hatte.

Mimke, zu der Zeit eine frisch ausgebildete Zahnarzthelferin, und Tamme, frisch examinierter Diplom-Kaufmann, hatten sich an diesem Abend nach dem Essen in den Schlossanlagen der Bezirksregierung, dem Sitz der Staatsanwaltschaft, zum ersten Male geküsst. Mimkes und auch Tammes Eltern waren verstorben und hatten ihnen ein ansehnliches Erbe hinterlassen. Es war der Grundstock ihrer erfolgreichen Maklerfirma. Sie hatten sich ewige Treue geschworen und bildeten mit ihren erfolgreichen Kindern eine glückliche Familie. Vor fünf Jahren hatten sie ihre Wohnung im Auricher Bürohaus aufgegeben, die für die expandierende »Steuerberatungs- und Vermögensanlagepraxis Tamme Cornelius und Co.« benötigt wurde. Ihrem überdurchschnittlichen Einkommen entsprechend und aus Repräsentationsgründen hatten sich Tamme und Mimke für die Errichtung eines reetgedeckten Bungalows im benachbarten Leezdorf entschieden und sich damit einen lang gehegten Traum erfüllt.

Doch nicht genug damit. Tamme liebte Pferde. Er war ein hervorragender Reiter. Diese Leidenschaft teilte er mit Tochter Alberta. Beide machten mit Erfolgen bei Springreiten in der Krummhörn und Arle auf sich aufmerksam, was dazu führte, dass Tamme in der Nähe des Lütetsburger Forstes einen alten Bauernhof mit großzügigem Weideland kaufte, streng und gewissenhaft, wie es seine Art war, in Verden an der Aller drei Reitpferde erwarb, die in ihren »Stammbäumen« auf berühmte Ahnen zurückblicken konnten. Er baute die Scheune und den Geräteschuppen zu einer Reithalle um, ließ zusätzlich Sand anfahren und errichtete auf einem Teil der Weide einen Reitplatz mit Parcours und Hindernissen und betätigte sich immer dann, wenn er Zeit hatte, als Reitlehrer, erfolgreich wie immer, das versteht sich.

Mimke Cornelius betrachtete Fotos ihres Mannes, die ihn stolz im Sattel zeigten. Tamme hatte es zu einigen Siegen im westfälischen Raum gebracht. Er gewann ein Senioren-Jagdspringen, eine Einlage während der Aachener Reiterwoche. In seinem Arbeitszimmer, das sich oben befand, legten Trophäen Zeugnis seiner Reiterlaufbahn ab.

Mimke hatte sich nie etwas aus Pferden gemacht. Dennoch war sie stolz auf Tamme gewesen, wenn mal wieder sein Name, oft mit einem Foto, in den Zeitungen erschienen war.

Umso entsetzter hatte sie reagiert, als Tamme, der sich wegen seiner vielen Aktivitäten oft nicht zu Hause befand, am späten Nachmittag des 25. Februar, während das Fernsehen die Rosenmontagszüge von Köln, Düsseldorf und Mainz übertrug, zu ihr gekommen war, mit ihr nervös und hastig rauchend den Tee eingenommen und ihr unverblümt mitgeteilt hatte, dass er sich von ihr zu trennen gedachte. Seine hastig vorgetragenen Argumente waren sehr fadenscheinig gewesen, hinterließen allerdings eine große Wirkung.

Mimke verstand die Welt nicht mehr. Sie weinte, hörte wie von ferne zu, als er vom fehlenden Verständnis für seine Reiterei sprach, ihr ständiges Geknatsche vorwarf, und, was noch entsetzlicher war, sich von ihren Wehwehchen und Cellulitisschenkeln angeekelt zeigte. An diesem Rosenmontagsnachmittag, als aus dem Fernsehen das fröhliche »Helau und Alaaf« in das gemütliche Zimmer drang, vernahm sie aus seinem Munde eine bittere Mitteilung, die sie fast zum Selbstmord getrieben hätte, wenn nicht Jens, ihr Bruder, sich sofort um sie gekümmert hätte.

»Ich habe Vanessa geschwängert. Eine hübsche junge Diplom-Kauffrau. Meine Mitarbeiterin. Dazu muss ich mich bekennen. Ich überlasse dir das Haus. Es tut mir Leid. Ich danke dir für die Jahre an deiner Seite. Ich werde den Kindern eine entsprechende Mitteilung machen. Es fehlt dir an nichts«, hatte er gesagt und war davongegangen und nicht zurückgekehrt. Er hatte seine Sachen in dem großen Haus zurückgelassen, sich weder um seine Reitertrophäen noch um seine Unterlagen im Arbeitszimmer gekümmert.

Mimke blätterte in den Seiten der Fotoalben. Sie fand zurück in die heile Welt, betrachtete die Kinderbilder, die sie aufrichteten. Sie nahm einen Schluck Wein zu sich und fühlte sich gestärkt bei dem Gedanken, als Mutter nicht versagt zu haben.

»Tamme, der Satan soll dich holen, und auch deiner Stute wünsche ich Hals- und Beinbruch!«, schimpfte sie mit dem Blick auf das lodernde Feuer. »Ewige Treue!«, lachte sie gehässig auf.

Sie fuhr erschrocken aus ihren bitteren Erinnerungen auf. Sie fühlte sich einsam in dem großen Haus mit den vielen Räumen, als die Haustürglocke ertönte.

Mimke verließ das mit edlen belgischen Eichenmöbeln eingerichtete Wohnzimmer. Es war bereits nach 22 Uhr. Sie hatte heute auf ihren Turnabend in der Halle der Schule verzichtet und dachte an Maren van der Felde, deren Mann sich auf Montage als Monteur der Windradfirma aus Aurich auf Usedom aufhielt, und die aus Langeweile beabsichtigte, sie aufzusuchen. Sie schloss die Haustür auf und blickte überrascht auf die Polizeibeamten, auf die das Licht der grellen Außenleuchte fiel.

»Frau Cornelius? Mein Name ist Mannsen, mein Kollege Neemann und mir fällt die unangenehme Aufgabe zu, Sie vom Ableben Ihres Herrn Gemahls zu unterrichten. Er verunglückte im Nordwald in der Nähe der Lukim-Brücke. Sein Pferd hatte aus uns unbekannten Gründen gescheut. Er stürzte aus dem Sattel und verstarb an der Unglücksstelle. Der Bestatter hat sich seines Leichnams angenommen. Dr. Frank Rieker vom Norder Krankenhaus hat die Todesursache bestätigt. Tierarzt Dr. Pauls brachte das Pferd auf eine benachbarte Weide.« Der Kommissar und sein Kollege trugen ihre Dienstmützen in den Händen. Ihre Blicke verrieten ihr Mitgefühl.

Mimke Cornelius schrie entsetzt auf. »Mein Gott!« Sie brach in Tränen aus.

»Es tut uns Leid. Damit müssen Sie zuerst einmal fertig werden«, sagte Kommissar Neemann.

»Was bleibt mir zu tun?«, fragte sie verheult und hilflos.

»Momentan so gut wie nichts. Suchen Sie morgen

den Bestatter auf, besprechen Sie sich mit ihm«, sagte Kommissar Mannsen.

»O mein Gott, ich muss meine Kinder anrufen«, sagte sie mit bleichem Gesicht.

»Tun Sie das«, sagte Neemann.

Er und sein Kollege gingen zum Wagen. Sie hörten, wie die Witwe die Tür verschloss.

»Scheiße, endlich Feierabend«, meinte Mannsen, öffnete die Tür und stieg hinter das Steuer.

Am Freitag, dem 10. Mai, erschütterte die Leser des »Norder Kuriers«, der »Ostfriesen-Post«, der »Emder Zeitung« und des »Auricher Anzeigers« die Nachricht vom Tode des angesehenen Steuerberaters Tamme Cornelius.

»Der 56-jährige Vorsitzende des ostfriesischen Reiterverbandes, ehemaliger erfolgreicher Springreiter, war am Vorabend des Christi Himmelfahrttages im Nordwald vom Pferd gestürzt und verstorben.

Sein Pferd Looga, eine Stute edler Herkunft aus Verden an der Aller, hatte in der aufkeimenden Dämmerung gescheut, als Rehe den Waldweg huschend überquerten.

Tamme Cornelius hat sich als Reitlehrer, als Gründer des Pferdesportvereins ›Brookmerland‹ und Förderer des Reitsports hohe Verdienste erworben. Er war über die Grenzen Ostfrieslands bekannt. Wir trauern mit seiner Familie, seinen Mitarbeitern, seinen Reiterkollegen und Geschäftsfreunden um einen Mitbürger, der sich hoher Beliebtheit erfreute!«

Im Anzeigenteil der Zeitungen reihten sich zwischen fett gedruckten schwarzen Balken die Nachrufe.

In der Familienanzeige baten Mimke Cornelius, geborene Moorkamp, Eilbertus Cornelius und Alberta Cornelius, von Trauerbesuchen Abstand zu nehmen, und gaben zur Kenntnis, dass die Beisetzung im engsten Kreise der Familie durchgeführt werde.

Anstelle von Kranz- und Blumenspenden begrüßten sie entsprechende Überweisungen auf ein Konto bei der Stadtsparkasse Norden zugunsten der »Ostfriesischen Beschützenden Werkstatt«.

Nach dem plötzlichen Ableben ihres Mannes weinte Mimke Cornelius viel. Die Probleme häuften sich. Tochter und Sohn standen ihr bei, nahmen ihr eine Menge notwendiger Telefonate, anfallenden Schriftverkehr und Behördengänge ab.

Sie besuchten das Friedhofsamt, organisierten die Beerdigung, während die Mama im Leid zu ersticken drohte und nicht fähig war, notwendige Entscheidungen zu treffen.

Seit Jahren hatte sie sich nicht mehr um die Geschäfte ihres Mannes gekümmert. Kein Wunder, denn sie hatte all die Jahre aus dem Vollen schöpfen können. Sie hatte Alberta und Eilbertus verschwiegen, dass ihr Papa eine junge Mitarbeiterin, die sie nicht kannte, von der sie nicht einmal den Namen erfahren hatte, geschwängert und sie verlassen hatte.

Erst am Sonntagnachmittag beim Tee gab sie traurig und leidend von sich, was sie Alberta und Eilbertus bis hierher verschwiegen hatte. Doch nun war der Papa tot. Es fehlte nicht an Entrüstungen, doch angesichts der bevorstehenden Beerdigung war das von nebensächlicher Bedeutung. Dieser Seitensprung, so waren sich die

Mama und die Kinder einig, durfte nicht an die Öffentlichkeit geraten.

In diesem Wirrwarr von Gefühlen erregte sie besonders die Tatsache, dass die Geliebte des hoch angesehenen Vaters und auch das Ungeborene Ansprüche auf das hinterlassene Erbe erheben konnten.

Da war guter Rat teuer, doch den erhielten sie von Onkel Jens, dem Bruder der Mama, den sie nicht nur um Rechtsbeistand baten, sondern ihn auch mit der Geschäftsführung der Steuerpraxis beauftragten, in die sich Eilbertus nach dem Examen einzuarbeiten gedachte.

Doch die vollzogene Trennung des ehrenwerten Reiters und Steuerberaters von seiner Frau Mimke, seine Liaison mit der schönen, gertenschlanken Katja Örding hatte in gewissen Kreisen schon lange für Gesprächsstoff gesorgt.

Auf Norderney turtelten Tamme und Katja hinter Mimkes Rücken im Apartment 113 des Hauses »Seeblick«. Sie waren Stammgäste des »Jever-Stübchens« und der gemischten Sauna. Selbst die Kellner und Serviererinnen der Frisia-Schiffe nahmen dem Pärchen nicht die vorgetäuschte Vater-Tochter-Beziehung ab.

Der Tod des hoch gewachsenen, schlanken, gut aussehenden, bekannten Steuerberaters und Maklers, der seine Maßanzüge in Oldenburg bei »Gino Zampolli« kaufte, bildete das Stadtgespräch.

Das hatte zur Folge, dass Ade Sielhoff, der am Freitagabend, wie gewohnt, und das seit vielen Jahren, die Sauna in Viktorbur gegen 19 Uhr aufsuchte, im Schwitzkasten zwischen ehemaligen Kollegen von VW den

Tratsch vernahm und so einiges über das ihm unbekannte Opfer in Erfahrung brachte.

Er hielt sich wohlweislich zurück, verschwieg den Saunafreunden, dass er das Pferd, das »Looga« hieß, aus einem Trauma zurückgeholt, aber dem Reiter nicht mehr hatte helfen können.

Der Name Tamme Cornelius geriet in die Nachbarschaft von Roberto Blanco und Franz Beckenbauer und wurde mit Spott und schadenfrohem Gelächter bedacht.

Im Ruheraum, nach vollzogenem kalten Duschbad und ein paar Schwimmzügen im überdachten Becken, ließ Ade Sielhoff das Geschehen an der Unfallstelle noch einmal vor seinem geistigen Auge Revue passieren.

Der Kopf des Reiters lag in einer Blutlache auf dem mit Schutt befestigten Waldboden. Der Arzt hatte die klaffende Stirnwunde mit Wattebäuschchen behandelt und mit Tupfern gereinigt.

Ade geriet in einen Halbschlaf, erhob sich danach, verließ den Ruheraum, suchte den Saunaraum auf und setzte seine Schwitzkur fort.

Doch an diesem Abend fuhr Ade Sielhoff ein wenig nachdenklich nach Hause.

Am Samstagmorgen, dem 11. Mai, verließen Greta und Ade Sielhoff nach dem Frühstück gegen 10 Uhr das Haus auf dem Rehweg in Berumbur. Der anfängliche Nieselregen ließ nach. Über der Küste lag eine feste Wolkendecke. Der Wind blies aus südwestlicher Richtung mit Stärke 4.

Ade und Greta stiegen auf ihre Räder, radelten über

die Halbemonder Straße nach Hage, am Lütetsburger Schloss entlang nach Norden, stellten ihre Räder vor der Musikschule in den Ständer, betraten den Markt und bummelten an den vielen Ständen entlang. Sie kauften frischen Nienburger Spargel und italienische Frühkartoffeln ein, luden die Taschen in den Fahrradkorb und nahmen die Räder aus dem Ständer.

Greta schaute Ade fragend an. »Einen Tee bei Ten Cate?«, fragte sie.

Ade fuhr mit der Hand durch sein graues Haar.

»Greta, lieber zu Hause, mir geht da einiges durch den Kopf«, antwortete er. »Wir fahren über den Neuen Weg zur Ölmühlenstraße«, fügte er hinzu.

»Machen wir dem Pferd einen Besuch«, sagte Greta.

»Von dem Verbleib des Pferdes stand nichts in der Zeitung«, sagte Ade.

Sie stiegen auf ihre Räder und fuhren los.

Als sie die Lukim-Brücke passiert hatten, stiegen sie von ihren Rädern, schoben sie und blickten sich nachdenklich um. Sie erreichten über den holprigen Waldweg die Unfallstelle.

»Unheimlich«, sagte Greta und erinnerte sich an den scheußlichen Abend.

Ade Sielhoff stellte sein Rad auf den Ständer. Seitlich neben der Buche befanden sich Brombeer- und Himbeersträucher, hellgrüner Farn und verfaultes Gras.

»Ade, musst du pinkeln? Oder suchst du hier etwas?«, fragte Greta ihren Mann ironisch.

»Der Boden war feucht. Ich suche nach den Rehspuren«, antwortete Ade.

Am Montag, dem 13. Mai, blies der Wind mit Stärke 6 recht frisch aus Südwest. Am Morgen war der Himmel bedeckt, lockerte sich dann jedoch allmählich auf. Es kam zu freundlichen, sonnigen Abschnitten.

An diesem Morgen fuhr Ade Sielhoff gegen 8 Uhr mit dem Rad zur Bäckerei Schiermann, holte gegen ihre Gewohnheiten frische Brötchen, denn die Alten standen auf gesunde Ernährung und bevorzugten in der Regel das körnige Schwarzbrot. Der Grund dafür waren die über Nacht aufgetretenen Zahnschmerzen, die Greta Sielhoff den Schlaf geraubt hatten.

Nach dem Frühstück griff Ade zum Telefon, meldete seine Frau in der Praxis des Zahnarztes Dr. Glender in Berumbur an, legte auf und wählte die Nummer des Tierarztes Dr. Ubo Pauls, Hage. Zufrieden mit den ihm genannten Terminen, verließen die Sielhoffs das Haus am Rehweg, ließen ihre Räder im Schuppen und entschlossen sich, in Anbetracht des schönen Wetters und der blühenden Azaleen, Rhododendron, der kleinen blauen Vergissmeinnicht, den prächtigen Fliederbäumen in den gepflegten Gärten, für den Fußweg.

Ade begleitete Greta zum Zahnarzt und erreichte von dort nach einer Viertelstunde die Tierarztpraxis von Dr. Ubo Pauls in Hage.

Die Helferin führte ihn am Wartezimmer vorbei, in dem Tierfreunde mit ihren Lieblingen warteten, in das großräumige Behandlungszimmer. Der Veterinär trug einen weißen Kittel. Er begrüßte den Besucher mit einem freundlichen »Moin« und reichte ihm die Hand.

»Zum Stand der Dinge, Herr Sielhoff. Ihr Interesse gilt der Stute ›Looga‹. Verständlicherweise«, sagte der Tierarzt freundlich und nahm vom Schreibtisch eine Behandlungskarte.

»Herr Doktor, keine Umstände. Ich liebe Tiere. Mich interessiert es, inwieweit ›Looga‹ den Schock überwunden hat und ob die Verletzung ausgeheilt ist«, sagte Ade Sielhoff und blickte den Veterinär mit seinen blassblauen Augen fragend an.

»Ich habe die Wunde behandelt. Das Pferd befindet sich bisweilen auf der Weide und fühlt sich wohl«, antwortete Dr. Pauls.

»Und die Ursache für die Verletzung?«, fragte Ade Sielhoff.

»Eine Prellung. ›Looga‹ stoppte im vollen Lauf. Sattel und Reiter übten nach vorne zur Kruppe hin einen verlagerten Druck aus. Möglicherweise trafen die verkrampften Fäuste des Reiters, der die Zügel hielt, zusätzlich auf die aufgescheuerte Stelle. Das führte zu einer kurzen Unterbrechung der sich dort befindlichen Nervenbahnen. Wie bei einem K.o. im Boxring«, trug Dr. Pauls vor.

»Danke«, antwortete Ade Sielhoff. »Wir Rentner haben Zeit und machen uns so unsere Gedanken.«

»Herr Sielhoff, nichts für ungut. Machen Sie ›Looga‹ einen Besuch. Sie ist bei Albert Updiek in guten Händen«, sagte Dr. Pauls und reichte dem Tierfreund die Hand.

Ade Sielhoff machte sich auf den Weg zur Zahnarztpraxis, fand dort Greta im Wartezimmer mit leidendem Gesicht und geschwollenen Lippen vor. Sie hielt ein Tempotuch in der Hand und tupfte es gegen ihren Mund.

»Er hat den Zahn gezogen«, lispelte sie.

Das Mittagessen fiel aus. Ade stärkte sich mit einem Buttermilchbrei, eingebröckeltem Zwieback und zugesetzten Apfelstücken. Anschließend mähte er den Rasen bei fast sommerlichen Temperaturen.

Gegen 15 Uhr stieg er auf sein Fahrrad. Greta suchte Abstand vom aufkeimenden Wundschmerz beim Bügeln der Wäsche bei geöffneter Balkontür.

Ade Sielhoff trieb es zum Nordwald, zum Tidofelder Holz, mit Lukim-Brücke, Verschönerungsweg und der Weide von Albert Updiek, während an diesem Nachmittag in Marienhafe in der historischen Backsteinkirche mit dem klotzigen Störtebeker-Turm, der im Dienst ergraute Pastor vor weniger als 20 Trauergästen, die hinter Mimke Cornelius, ihrer Tochter und dem Sohn in den alten Kirchenbänken Platz genommen hatten, an den unglücklichen Christen- und Glaubensbruder erinnerte, der viel zu früh aus seinem schaffensreichen Dasein von der Seite seiner Lieben bei der Ausübung seiner ihm Kraft spendenden Freizeitaktivität sein Leben ohne eigenes Verschulden hatte lassen müssen.

»Tod und Schicksal, Gunst und Gnade, Auferstehung im Angesichte des Herrn, Abschied von uns Trauernden, die Geheimnisse Gottes weiser Fügung, an die zu glauben uns auferlegt ist, dürfen wir nicht in Zweifel ziehen. Wir sind alle Kinder unseres einen Gottes, der uns auch nicht in der Finsternis verlassen wird«, predigte er.

Der Pastor fand würdigende Worte, die zu Herzen gingen und zu Tränen rührten.

Die Orgel bediente der Realschullehrer Höttehuis und entlockte ihr himmlische Klänge. Ihm war der Tote kein Unbekannter, seine Töchter hatten bei einem kaum ins Gewicht fallenden Vereinsbeitrag bei ihm das Reiten erlernt. Ihre Pferdeliebe, das Striegeln der Felle der Tiere, das Ausmisten der Ställe, erst recht die weiten Ausritte, hatten sie während ihrer Pubertät vor manchem überschwänglichen Firlefanz gefeit.

Nicht anwesend bei der Gedenk- und Gebetsstunde war die Akademikerin Katja Örding, in deren Mutterleib sich bereits das Kind des Toten bewegte. Sie war zu ihren Eltern gezogen, die sie im Bungalow in der Nähe des Uphuser Meeres umsorgten. Trotz aller Abneigung gegen ihre ehebrechende Hingabe an den älteren Mann und Chef, dessen Tod es zu betrauern galt, freuten sie sich auf die Gehurt eines Enkels, denn das hatte die Untersuchung des Gynäkologen bereits bestätigt.

Ade Sielhoff betrat die Weide. Er hielt Zuckerstücke in der Hand und rief nach »Looga«, die sich ihm langsam näherte, während die übrigen Pferde davongaloppierten und ihn aus der Ferne mit aufgestellten Ohren misstrauisch beäugten. »Looga« wieherte, senkte und hob den Kopf, während der Wind mit ihrer Mähne spielte.

»Komm!«, sagte Ade.

Das Pferd blieb kurz vor ihm stehen. Es nahm die Zuckerstücke von seiner Hand. Ade kraulte die Mähne, strich mit der Hand über die verkrustete Wunde. »Looga« hob den Kopf.

»Brav so«, sagte Ade. Er gab dem Pferd einen Klaps auf den Hintern und verließ die Weide. Danach begab er sich zur Unfallstelle und suchte im Umfeld nach Spuren. Er kam zu dem Schluss, dass Rehe diese windige Gegend, ohne tarnenden Tannenbestand im offenen Bogen vor der Lukim-Brücke, den dichtes Strauchwerk und belaubte Buchen zum Gelände der weiten blühenden Rapsfelder eingrenzten, meiden würden.

Er fragte sich, was »Looga« an diesem Abend vor Christi Himmelfahrt zum abrupten Stoppen mit unvorhersehbaren Folgen veranlasst haben mochte. Sein ihm angeborener Pfadfindergeist führte zu einer Spur, die ihm fast den Atem raubte.

Während der Nacht vom 16. auf den 17. Juni hatte ein Unwetter mit grellen Blitzen, mächtigen Donnerschlägen und Sturmböen die Küstenregion heimgesucht. Erst beim Einsetzten der Ebbe waren die dunklen Wolken seewärts davongezogen. Mimke Cornelius hatte sich sehr geängstigt, allein im großen Haus.

Sie atmete erleichtert auf, als die Zugehfrau gegen 8 Uhr das Haus betrat, die Küche aufsuchte und Mimke das Frühstück zubereitete.

Annchen Freese, 56, war Witwe. Sie war mit einem VW-Arbeiter verheiratet und zog zwei Mädchen groß. Ihr Sohn leitete in Wiesmoor eine Großgärtnerei. Er war verheiratet und hatte einen Sohn.

Annchen war zuverlässig und verschwiegen. Sie half Mimke bei der Hausarbeit, bei der Pflege der vielen Zimmer und versah zusätzlich die Arbeit im parkähnlichen Garten.

Annchen Freese, eine gesetzte, mittelgroße Ostfriesin mit leicht angegrautem fuchsigen Haar, blassem Sommersprossen-Teint, spitzer Nase, flachen Lippen und flinken graublauen Augen, trug an diesem Morgen einen leichten, beigen Leinenrock und eine bunte Bluse, die über ihre Taille fiel.

Sie hatte Brötchen mitgebracht, brühte in der großzügig eingerichteten Landhausküche den Tee auf, richtete eine Aufschnittplatte her und servierte der Chefin, das hatte Tradition, im Esszimmer das Frühstück.

Mimke Cornelius sah müde aus. Kein Wunder. Seit dem Tode ihres Mannes, der sie verlassen und schwer gekränkt hatte – doch das lag schon eine Weile zurück –, wirkte sie kränklich und reagierte oft gereizt. Der feine Herr hatte nicht nur hinter ihrem Rücken mit einer jungen Mitarbeiterin geturtelt, sondern die junge Frau, die seine Tochter hätte sein können, geschwängert.

Auch Annchen Freese hatte auf die Nachricht empört reagiert. »Wie in den Seifenopern der Fernsehsender«, hatte sie sich entrüstet. Doch nun war Tamme tot. Der Chefin fehlte es so gut wie an nichts, nur der Schmerz, den ihr Mann ihr bereitet hatte, verbitterte sie.

Ihr Sohn Eilbertus hatte Abstand genommen von seinem Vorhaben, die Steuerpraxis des Vaters weiterzuführen. Diese Meinung vertrat auch Onkel Jens. Dem Kandidaten der Wirtschaftswissenschaften fehlte es an Praxis. Eine Sozietät aus Oldenburg zeigte großes Interesse an der Übernahme, bot Eilbertus ein annehmbares Gehalt für seine Mitarbeit und die Verzinsung einer Beteiligung von 30 Prozent des Kapitals. Dem stimmten auch die Mama und die Schwester Alberta zu.

Die Sonne schien durch das Fenster in das antik eingerichtete Esszimmer mit den alten Bauernschränken, dem massiven Tisch und den hochlehnigen Stühlen. Die Luft hatte sich abgekühlt nach dem Gewitter. Der Hochdruckkeil erreichte das Küstenvorland und brachte erträgliche Sommertemperaturen. Der Wind blies mit Stärke 5 aus westlicher Richtung.

Annchen Freese und Mimke Cornelius sprachen über das Unwetter. Die Chefin bat ihre treue Gehilfin, am

Tisch Platz zu nehmen und mit ihr zu frühstücken. Annchen nahm dankend an. Sie holte aus der Küche eine Teetasse und bediente sich mit Kluntje und Sahne, goss sich Tee ein, während Mimke Cornelius, lustlos, wie es ihr schien, die Brötchenhälften mit Käse und Tomatenscheiben verzehrte. Sie duzte ihre langjährige Angestellte, die ihr auch bei der Erziehung der Kinder zur Seite gestanden hatte.

»Mir gehörte die Hälfte des Vermögens, und mein Mann und ich teilten uns auch unsere Herzen. Wir hatten uns ewige Liebe geschworen«, sagte Mimke und rümpfte die Nase. »Er hat mich betrogen. Jetzt besitze ich das gesamte Vermögen. Ich bin reich! Aber auch reich an Enttäuschungen!«

»Sie haben gesunde und tüchtige Kinder – und einen tüchtigen und hilfreichen Bruder, der Sie berät. Ihr Mann Tamme ist tot. Halten Sie in Erinnerung, was Sie Gutes an seiner Seite erfahren haben, und trennen Sie sich von dem Rest«, antwortete Annchen Freese mitfühlend.

»Ich folge deinem Rat«, sagte sie, trank Tee und schob das Gedeck von sich. »Im September wird Eilbertus zu mir zurückkommen und bei mir wohnen. Dann bin ich nicht mehr alleine in dem großen Haus. Ich habe Tammes Lieblingspferd ›Looga‹ an Albert Updiek verkauft und die übrigen Tiere dem Reiterverein geschenkt. Von Pferden will ich nichts mehr wissen.«

»Nur ein Brötchen«, sagte Annchen Freese besorgt und erhob sich.

»Ich habe mich entschlossen, Abstand zu suchen«, sagte sie mit einem leichten Lächeln. »Mein Bruder hat mir die Schlüssel seiner Wohnung in Nerja überlassen. Spanien, Palmen, weiße Strände! Die Cafés auf dem

›Balcon de Europa‹! Ich fahre gleich zum Reisebüro nach Norden.«

Annchen räumte den Frühstückstisch ab. Die Chefin rauchte eine Zigarette und nippte an dem Resttee der Tasse.

»Was soll ich heute zu Mittag kochen?«, fragte die Haushälterin. »Ich gehe nach dem Spülen zum Combi-Markt.«

»Neue Kartoffeln, wenn es noch Spargel gibt, dann mit gekochtem Schinken, oder Kohlrabi mit Bratwurst«, antwortete die Chefin und drückte die Kippe in den Ascher. »Ich gehe nach oben und ziehe mich um«, fügte sie hinzu. Sie trug ihren Trainingsanzug. Mimke Cornelius hielt viel vom Joggen und besuchte die Gymnastikabende vom Sportverein Tura Marienhafe auf.

Annchen Freese freute sich. Das klang echt hoffnungsvoll. Sie hat sich gefangen, dachte sie. Die Spanienreise wird ihr gut tun.

Annchen spülte das Geschirr. Mimke betrat die Küche. Sie trug ihre Jeans, eine weiße Bluse und den sie gut kleidenden dunkelblauen Blazer. Über ihre Schulter hing der Riemen ihrer eleganten Ledertasche aus Spanien.

»Ich bin zum Essen zurück, Annchen«, sagte sie, ging zum Korridor und fuhr erschrocken zusammen, als jemand an der Haustür klingelte.

»Besuch?«, fragte sie überrascht. Sie trat an die Tür und öffnete sie. Wie vom Blitz getroffen fuhr sie zusammen, rang um Haltung, blickte in die ernsten, fremden Gesichter der Besucher und fühlte den kalten Schweiß auf ihrer gepflegten Haut, als sie die Polizeibeamtin entdeckte, die ein junges frisches Gesicht hatte, Uniform trug und – ob Absicht oder nicht, ihre rechte Hand oberhalb einer Pistolentasche am Gürtel hielt. Mimke spürte den Drang ihrer Blase.

»Frau Cornelius?«, fragte einer der beiden Besucher, ein athletischer Mann um die 45, dessen Gesicht Mimke Cornelius nur verschwommen wahrnahm. Sie war verwirrt.

»Mein Name ist Eiben«, sagte der Mann und wies sich aus. »Das sind mein Kollege Eckinga und Wachtmeisterin Roffels, Kripo Norden. Wir haben an Sie einige Fragen zu richten, die den Tod Ihres Mannes betreffen.«

Mimke Cornelius fand zurück aus einer tiefen Verwirrung. Sie rang sich ein Lächeln ab.

»Um was geht es?«, fragte sie, während sie mit ihren Händen die Umhängetasche an den Körper drückte.

»Da gibt es einige Ungereimtheiten aufzuklären. Der Reitunfall Ihres Mannes wurde nicht von aufgescheuchten Rehen verursacht«, trug der Beamte vor, der Eckinga hieß.

»Bitte kommen Sie rein«, sagte Mimke.

Annchen Freese hatte den Korridor betreten und blickte ihre Chefin aufmunternd an. »Besuch?«, fragte sie beherzt.

Mimke nickte.

»Darf ich der Dame und den Herren einen Tee zubereiten?«, fragte Annchen Freese freundlich.

»Wenn es Ihnen keine Umstände bereitet«, antwortete der Kommissar.

Mimke Cornelius begleitete die Beamten in das Esszimmer und bat sie, Platz zu nehmen. »Sie entschuldigen mich«, sagte sie und hängte die Umhängetasche über einen Stuhl. »Ich bin gleich zurück.«

Polizeiwachtmeisterin Roffels trat an ihre Seite. »Ich

begleite Sie«, sagte sie. Sie hielt ihre Polizeimütze in der Hand.

»Was soll das?«, fragte Mimke Cornelius empört.

»Gnädige Frau, uns liegt daran, Sie vor weiteren Dummheiten zu bewahren«, sagte Kommissar Eiben, entnahm seiner mitgeführten Tasche, wie Mimke mit kurzem Blick merkte, Listen und legte sie auf den Tisch.

»Ich muss!«, antwortete die Witwe mit hochrotem Kopf.

»Bitte, erledigen Sie ihre Notdurft in Begleitung meiner Kollegin«, sagte Eckinga.

Annchen Freese trug das Geschirr mit dem Muster der ostfriesischen Rose auf. Irgendetwas stimmte nicht. Beim Anblick der Beamten lief es ihr kalt über den Rücken. Sie steckte die Teekerze des Stövchens an und verließ das Zimmer. Nach nur wenigen Minuten brachte sie die Teekanne, stellte sie auf das Stövchen und erschrak beim Anblick der Chefin, die neben der Polizistin Platz nahm. Annchen ging gedankenverloren davon. Die Besucher bedienten sich.

Auch Mimke trank Tee. Mimke steckte sich eine Zigarette an und hielt den Beamten die Packung entgegen. Die Beamten bedienten sich. Eckinga gab ihr Feuer.

Sie rauchten und griffen nach den Teetassen.

»Gnädige Frau, wir benötigen von Ihnen einen Speicheltest«, sagte der Kommissar Eiben.

»Ein recht sonderbares Ansinnen«, antwortete Mimke Cornelius, drückte die noch nicht zu Ende gerauchte Zigarette in den Aschenbecher und lachte gequält.

»Nehmen Sie die Kippe an sich, so weit bin ich belesen. Es geht um meinen genetischen Fingerabdruck«, fügte sie hinzu.

»Danke«, antwortete der Kommissar, entnahm seiner Tasche ein Tempotuch, hielt es über die Hand, fischte die Kippe aus dem Ascher und steckte sie samt Tuch in seine Diensttasche.

»Und was soll der Zirkus?«, fragte Mimke Cornelius belustigt.

»Vor mir liegt der vom Amtsrichter unterschriebene Durchsuchungsbefehl. Wir werden uns in Ihrer Wohnung umsehen. Um dabei Ihre Intimsphäre nicht zu verletzen, wird sich meine Kollegin Frau Roffels dem Bad und dem Schlafbereich widmen. Ihre Suche nach einem Haar von Ihnen im Bad würde sich erübrigen, wenn Sie uns dabei erneut hilfreich sind«, sagte Kommissar Eiben.

Die Witwe überspielte ihren tiefen Missmut. »Sie scherzen«, sagte sie »Ich nehme kein Rauschgift!« Sie griff zur Teekanne und schenkte Tee nach, spreizte danach Daumen und Zeigefinger, verzog angewidert ihr Gesicht, zupfte sich ein Haar aus und hielt es den Beamten entgegen.

Kommissar Eckinga steckte es in eine Plastikhülle und legte es in die Diensttasche.

»Und nun zum Röntgen«, warf Mimke Cornelius spöttisch ein.

»Weit gefehlt«, antwortete Kommissar Eckinga. Er war 35 Jahre alt, schlank. Er hatte blondes, kurz geschnittenes Haar und ein spitzes Gesicht, das ein Schnauzbart zierte. Er trug ein Jeanshemd, eine Nappalederweste und eine Feincordhose.

»Meine Kollegin Frau Roffels begleitet Sie in Ihre Gemächer. Wir suchen nach einer Pudelmütze, wahrscheinlich gereinigten Jeans und einem dunkelblauen Troyer.«

Mimke Cornelius blickte die Beamten überrascht an. »Ich weiß nicht, was Sie eigentlich von mir wollen!«, sagte sie mit bleichen Lippen.

»Bitte, gnädige Frau, begleiten Sie Frau Roffels zu Ihrem Kleiderschrank«, sagte Kommissar Eiben.

»Und wenn ich mich weigere?«, fragte sie.

»Dann werde ich mich ohne Sie in Ihren Räumen auf die Suche begeben«, antwortete Wachtmeisterin Roffels entschlossen und erhob sich.

»Was erlauben Sie sich eigentlich? Wie lange muss ich mir noch Ihre unverschämten Äußerungen anhören? Ich muss zum Reisebüro! Das ist Freiheitsberaubung!« Sie reagierte mit gespielter Empörung. Ihre Stimme bebte vor tiefer Wut.

»Gnädige Frau, das erübrigt sich, buchen Sie erst recht keine Reise!«, sagte Kommissar Eiben. »Händigen Sie den Troyer, die Jeans und Pudelmütze meiner Kollegin aus. Wir benötigen sie für unsere Spurensicherung.«

»Ach, ich weiß nicht, worüber Sie sprechen! Ich lebe nicht von der Sozialhilfe. Meine Schränke sind angefüllt mit Klamotten«, gab sie widerspenstig von sich und wirkte hilflos, als sie den strengen Blicken der Beamten begegnete.

Annchen Freese betrat das Esszimmer. Sie erschrak beim Anblick ihrer Chefin. »Tee?«, fragte sie, weil ihr nichts anderes einfiel.

Die Beamtin in Uniform winkte ab und deutete mit einer Geste an, dass ihre Anwesenheit unerwünscht war. Sie verließ aufgeregt das Zimmer, dabei fühlte sie instinktiv, dass ihre Chefin auch ihr einiges vorenthalten hatte.

»Gnädige Frau, Ihre Störrigkeit, uns bei der Aufklärung der Todesursache Ihres Mannes beizustehen, entspricht unseren Erwartungen«, sagte Kommissar Eckinga. »Da sind nicht nur die Kleidungsstücke, die Sie am Abend vor Christi Himmelfahrt getragen haben, die uns zu denken gaben, sondern weitere Indizien. Begleiten Sie uns in Ihren Garten.«

»Ihre Art, mich mit unbewiesenen Behauptungen zu quälen, nimmt überhand. Mein Bruder Jens ist Rechtsanwalt in Oldenburg. Er stand mir nach dem tödlichen Unfall meines Mannes bei«, sagte sie.

»Auch das haben wir in Erfahrung gebracht. Ihr Mann lebte von Ihnen getrennt. Rufen Sie Ihren Bruder an. Allerdings nach unserem Gartenbesuch!«

Mimke Cornelius grinste verächtlich. »Mein Mann bekam ein christliches Begräbnis. Ich habe ihn nicht im Garten vergraben«, antwortete sie, folgte der Aufforderung und ging voraus.

Sie verließen das Esszimmer, betraten das Wohnzimmer, das mit Kamin und flämischen Eichenmöbeln den Wohlstand der Cornelius unterstrich, und folgten der Witwe durch eine Terrassentür in den herrlichen, gepflegten Garten. Der Rasen war saftig grün, in Beeten blühten Sommerblumen. Dichte, hochgeschossene Tannen grenzten das Grundstück ein. Vor einer Birkengruppe befand sich ein Teich mit breitblättrigen, entfalteten Seerosen. Er war umrandet mit bemoosten Granitsteinen.

Wachtmeisterin Roffels wich nicht von der Seite der Witwe, die mit blassem Teint und huschenden Blicken ihre Unsicherheit verriet.

»Ein herrlicher Garten«, meinte Eckinga.

»Meine Zugehfrau hält ihn in Schuss«, sagte Mimke und atmete tief durch. »Ich weiß immer noch nicht, was

Sie hier suchen«, fügte sie hinzu und rang sich ein Lächeln ab. Sie wirkte fahrig und nervös.

Kommissar Eiben ging zum Teich und schaute sich dort nachdenklich um. Vögel zwitscherten in den Bäumen. Die Sonne schien vom blauen Himmel. Ihre Strahlen brachen sich auf dem Teich.

»Frau Cornelius, kommen Sie zu mir«, wandte er sich an die Witwe.

Mimke Cornelius schwitzte im eleganten Blazer. »Ich hole Annchen Freese!«, rief sie mit bebender Stimme und machte Anstalten, davonzulaufen.

Wachtmeisterin Roffels griff nach ihrem Arm. »Wollen Sie sich wie ein Kind im Schlafzimmerschrank verkriechen?«, sagte sie mit harter Stimme und führte die Witwe zum Teich.

»Wir fanden im Tidofelder Holz den Stein, der hier fehlt«, sagte Kommissar Eiben kalt. »Er war mit dem Blut Ihres Mannes befleckt. Ein Frauenhaar klebte am Stein, doch nicht genug, die Spezialisten im Labor entdeckten Schweißflecken. An dem Stamm und den Ästen der dicht belaubten Buche hinterließen Sie beim Klettern Fusseln Ihres Troyers und der Pudelmütze.«

Mimke Cornelius lachte wie irr auf. »Ich will meinen Bruder sprechen!«, sagte sie. »Sie wollen mir was anhängen!«

»Frau Cornelius, gestehen Sie! Sie kannten die Gewohnheiten Ihres Mannes. Er hatte Sie verlassen und ist zu seiner Geliebten gezogen, die von ihm ein Kind erwartet. Sie entnahmen voller Hass dem Teich einen Granitstein und begaben sich zum Tidofelder Holz. Der Abend vor dem Christi Himmelfahrtstag, der als Vatertag gefeiert wird, regte sie an, Ihren untreuen Mann zu töten. Sie vollzogen das, was ihm während einsamer

Nächte im großen Reethaus von Ihnen als Strafe zugedacht war, verbanden Himmelfahrt und Vatertag zum Zeitpunkt der Vollstreckung. Ihr Plan war nicht nur gut durchdacht und ausgeklügelt, sondern auch erfolgreich. Sie kletterten in die belaubte Buche, nutzten die aufkeimende Dämmerung und ließen den Stein gezielt in dem Augenblick fallen, als Ihr Mann den Weg mit seinem Pferd passierte«, trug Kommissar Eckinga vor. »Fast ein perfekter, ein glaubwürdiger Anschlag. Doch da gab es Zeugen, die sich um Pferd und Reiter sorgten. Ein Tierfreund und Kenner der Botanik verhalf uns auf die Spur. Wir werden den Staatsanwalt bitten, eine Exhumierung der Leiche Ihres Mannes anzuordnen, um letzte Beweise gegen Sie vorzubringen!«

Mimke Cornelius griff zum Arm der Wachtmeisterin, weinte und schüttelte sich.

»Er hatte mir ewige Treue geschworen«, hauchte sie.

Stationen eines Mörders

Die Hochhäuser in Hamburg-Kirchdorf sind grau und bieten ein Bild trister Architektur. Staatlich subventioniert erfüllten sie ihren Zweck zur Zeit der großen Wohnungsnot. Im Sommer ist der Rasen ungepflegt, die Spielplätze sind verwaist, Rutschen und Klettergeräte verrottet. In den Gräben zwischen den Häusern, von wild wachsenden Sträuchern und Schilf umwuchert, liegen im faulenden Wasser verrostete Fahrradrahmen.

Doch der Schein trügt. Die Wohnungen in den Blocks sind nicht nur schön, sondern auch geräumig und bieten mit modernen Sanitäreinrichtungen Familien mit vielen Kindern eine zeitgemäße Wohnqualität. Mehr noch fällt der günstige Mietpreis ins Gewicht. Hier zu wohnen gilt nicht als Schande. Im Gegenteil. Arbeiter und Angestellte der städtischen Betriebe fühlen sich in den Hochhäusern wohl. Sie schmücken ihre Balkone mit Blumen, finden für ihre oft teuren Autos genügend Parkraum, sparen dank der geringen Mietnebenkosten für ihren Urlaub an, gehören zu den Fans vom HSV. Sie empfinden das Leben in den Blocks weder trist noch langweilig.

Zugegebenermaßen hat sich in den späten neunziger Jahren ein Wandel vollzogen, wie eine von der Universität Hamburg durchgeführte Studie ergab. Demnach war die Anzahl der zerrütteten Familien stark angewachsen. Besserverdienende nutzten die staatlich geförderte Eigenheim-Finanzierung und zogen aus. Rücksiedler folgten ihnen. Doch auch dem Freizeitverhalten der Heranwachsenden entsprachen die Vorstellungen ehemaliger Stadtplaner nicht mehr. Vorbei sind die Zeiten, als die jungen Bewohner auf den Grünflächen Fußball spielten, Zelte aufbauten, sich auf Decken sonnten. Selbst die in Kellerräumen mit Tischfußball, Tischtennisplatten und Kegelbahnen ausgestatteten Jugendräume bleiben ungenutzt. Die von den Jugendlichen geforderte Skaterbahn lehnten die Verantwortlichen ab.

Zum Verdruss der älteren Bewohner knattern die Jugendlichen lärmend mit Mopeds und Rollern zu unpassenden Zeiten um die Blocks. Sie zeigen wenig Respekt, treffen sich oft zur Nachtzeit auf den verwaisten Bänken des Spielplatzes, um mit Bierdosen in den Händen zu grölen.

Zu ihnen gehörte der 16-jährige Andy Mulart. Seine Mama war vor mehr als zwei Jahren ausgezogen. Sie lebte mit ihrem neuen Mann, einem Chemiker, ehemaliger Mitarbeiter von Baiersdorf in Ingelheim. Sie kümmerte sich nicht um ihren in den Blocks zurückgelassenen Sohn.

Uwe Mulart, sein Papa, 48, Fernfahrer, lebte nach einem Unfall hinter dem Steuer von einer gut bemessenen Rente. Er galt als Schwerbeschädigter, ging an Krücken und tröstete sich öfter, als es ihm gut tat, mit Alkohol. Er litt unter geistigen »Aussetzern«, ließ Andy schalten und walten, ohne Überblick und Einflussnahme auf seine Erziehung zu nehmen. Er reagierte weder auf Anmahnungen der Schule noch auf Anfragen des Jugendamtes. Einem Mitarbeiter der Arbeiterwohlfahrt hatte er die Tür vor der Nase zugestoßen und ihn vorher mit seinen Krücken bedroht. Er versorgte sich selbst. Es störte ihn nicht, wenn Andy erst am frühen Morgen nach Hause fand, oft betrunken, und er griff auch nicht ein, wenn der Sohn tagelang sein Kinderzimmer nicht aufsuchte.

Uwe Mulart lebte bescheiden, bezahlte, wenn Andy ihm Rechnungen über Klamottenkäufe vorlegte, unterschrieb Entschuldigungen, ohne deren Texte zu lesen. Er vertraute dem Sohn, der ihm viele Wege abnahm, denn Uwe Mulart verbrachte die meiste Zeit des Tages vor dem Fernseher. Unten im Treppenhaus stand sein Rollstuhl, den er für seine Einkäufe und mehr noch zum Besuch der »Hanse-Kneipe« benutzte.

Am Morgen des 14. März 1999 saß er auf dem Balkon, genoss die Strahlen der Frühjahrssonne, blickte auf die ungepflegte Grünanlage, trank ein Bier und schimpfte mal wieder über das »Luder«, das ihn, den Krüppel, mit dem ehemaligen Nachbarn, dem potenten Chemie-Ingenieur, betrogen und verlassen hatte, sich weder um ihn noch um Andy kümmerte. Das Läuten der Wohnungstür riss ihn aus seinen Grübeleien. Er langte nach seinen Krücken, schleppte sich durch das aufgeräumte Wohnzimmer zum Korridor, öffnete die Tür und blickte überrascht auf die beiden jungen Männer, die Mitte dreißig und leger gekleidet waren, wie er feststellte.

»Krüppel Mulart kauft nichts. Er benötigt kein Abo, keine Versicherung! Auf Wiedersehen!«, schimpfte er unwirsch und bemühte sich, die Tür zu schließen.

»Mein Name ist Kallen, Kripo. Das ist mein Kollege Juppen. Herr Mulart, wir wünschen Ihren Sohn zu sprechen«, sagte der Besucher und wies sich aus.

»Wie Sie sehen, bin ich behindert. Verkehrsunfall. Mein Sohn ist nicht zu Hause. Er kommt und geht. Er besucht um diese Zeit die Schule«, antwortete der Krüppel.

»Es tut uns Leid, Herr Mulart, aber Ihr Sohn flog von der Schule«, antwortete der Beamte. »Das liegt schon eine Weile zurück. Er hat den Rektor der Nevermann-Realschule mit einem Messer bedroht. Die Lehrerkonferenz sah in ihm einen gewalttätigen Aufwiegler der Klasse.«

»Diese Mitteilung muss Ihnen zugegangen sein«, sagte Kommissar Juppen.

»Ich erinnere mich nicht daran. Kann sein. Ich bin oft abwesend«, sagte Mulart.

Seine Hände zitterten. Er trug einen Trainingsanzug. Er war schlank. Seine rechte Schulter war abgeneigt, seine Kopfhaltung steif. Er hatte welliges, angegrautes Haar. Über seine Stirn lief eine tiefe Narbe.

»Und was wollen Sie von Andy?«, fragte er verunsichert.

»Er und seine Komplizen überfielen am 14. Februar um 23.50 Uhr einen Linienbus an der Endstation Kirchdorf-Süd«, sagte Kommissar Kallen. »Sie hatten sich mit Schals und Kapuzen vermummt. Andy hielt der Busfahrerin ein Messer an die Kehle. ›Scheiße, eine Frau!‹, hat er gerufen, wie einer der Fahrgäste aussagte. Dabei hinterließ Ihr Sohn einen Fingerabdruck am Armaturenbrett. Der führte uns auf seine Spur. Da war im vorigen Jahr der Einbruch in den Edekamarkt auf der Karl-Marx-Straße. Der Amtsrichter hatte Gnade vor Recht ergehen lassen. Ihr Sohn und seine Komplizen hatten nur Bierdosen mitgehen lassen.«

»Meine Rente reicht für uns beide. Er bekommt von mir Geld genug. Meine Frau hat den Bengel versaut und kümmert sich keinen Deut um ihn. Überfall, sagten

Sie – wie hoch war die Beute?« Er verzog seinen Mund und verlagerte sein Gewicht auf den anderen Fuß, wobei er die Krücken mit eckigen Bewegungen bediente. Seinem Atem entströmte die Bierfahne.

»Es waren 95 Mark«, sagte Juppen.

»Die erstatte ich den Opfern. Noch zwei Jahre, dann ist Andy 18! Dann setze ich ihn an die Luft«, antwortete der Rentner.

»Wir werden Ihrem Sohn eine Vorladung schicken. Wenn er diese nicht befolgt, dann setzen wir ihn auf die Fahndungsliste«, sagte Kommissar Kallen.

»Irgendwann muss ihm der Wind mal von vorne kommen«, fügte Kommissar Juppen hinzu.

Der Alte nickte. »Ziehen Sie Andy zur Verantwortung! Ich sorge mich um seine Zukunft.«

»Mit Recht, wie uns scheint«, meinte Kallen.

Er und Juppen gingen zur Treppe und verließen das Haus.

Andy Mulart und seine gleichaltrigen Bandenmitglieder, die wie er so genannten »sozial schwachen« Familien angehörten, wurden gefasst. Sie alle wohnten in den Blocks. Sie trugen Klappmesser, Schlagringe und scharfe Pistolen bei sich. Bei den Wohnungsdurchsuchungen fahnden die Beamten Handgranaten, die sie für 50 Mark rund um St. Pauli verkauften. Bei dem Jüngsten der Bande hing eine Kalaschnikow mit vollem Magazin an der Wand seines Zimmers.

Erschreckend war dabei die Tatsache, dass sich die Eltern weder ihrer Mitverantwortung bewusst waren noch ihre Söhne zur Rechenschaft zu ziehen sich bereit erklärten, sondern mit Empörung auf die Aktivitäten der Polizeibeamten reagierten. Sie sahen sich ausgegrenzt von wohlhabenden Nachbarn, die in den Urlaub fuhren, deren Kinder die Gymnasien besuchten. Sie waren angereist mit hohen Erwartungen, die sich nicht erfüllt hatten.

Eine Handgranate ist mit Sicherheit kein Spielzeug, erst recht gehört eine abfeuerbereite Kalaschnikow nicht in das Jugendzimmer eines 16-jährigen Schülers, der die Schule geschmissen hatte, hin und wieder dealt und Heroin raucht.

In Anbetracht fehlender geschlossener Heime verfügte der Richter die Unterbringung von Andy Mulart und seinen Komplizen in dem mit staatlichen und städtischen Mitteln subventionierten Erziehungsheim »St. Gabriel« in Harburg. Um ihre Resozialisierung bemühten sich dort professionelle Betreuer, die in Übereinkunft mit der Industrie- und Handelskammer und der Handwerkskammer die jungen Straftäter auf Berufsabschlussprüfungen vorbereiteten.

Die Erfolgsquote fiel, gemessen an den Kosten, dürftig aus. Erst recht für Andy Mulart, der ausbrach, in Ingelheim abgebrannt in seinen Nöten die Hilfe seiner Mama erwartete. Andy rührte nicht das kalte Herz der Mama. Sie fand den Besuch ihres Sohnes mehr als nur störend. Erst recht betrachtete der Diplom-Chemiker Andy als einen unliebsamen Gast.

Ein Dienstmädchen bereitete für Andy das Gästezimmer im Bungalow mit Rheinblick vor.

Am Abend vor dem Kamin – Mama und ihr Mann tranken den heimischen Wein, während der 16-jährige Andy sich mit dem »Ingelheimer Pils« bediente und unentwegt rauchte – berichtete er von Hamburg.

»Stinklangweilig! Nichts los! Sogar der Jugendtreff

ist dicht, wenn man ihn braucht. Papa faselt nur wirres Zeug. Er schafft es mit dem Rollstuhl zum Supermarkt und zur Pinte«, gab er großkotzig von sich.

Er trug verblichene Jeans, einen navyblauen Pullover mit Achselstücken und Lederbesatz. Andy hatte ein strenges, schmales, gut geschnittenes Gesicht. Er ähnelte seinem Vater und war wie er hoch gewachsen und wirkte athletisch. Sein blondes Haar trug er im Stoppelschnitt.

»Und die Schule?«, fragte die Mama, während ihr Mann ungerührt auf die tanzenden Flammen des Kaminfeuers schaute.

Andy verzog angewidert sein Gesicht. »Scheiße im Quadrat!«, antwortete er, leerte sein Glas und holte aus der Küche bereits die dritte Flasche Bier.

»Machst du eine Ausbildung?«, fragte die Mama.

»Das habe ich bis gestern gemacht. Als Gärtner, Blumen umtopfen, Unkraut jäten! Irre! Ich bin abgehauen. Mir stank die pietätvolle Anstalt des Heiligen Gabriels«, antwortete er und lachte auf.

»Andy, du warst in der Erziehungsanstalt?«, entfuhr es Roswitha. Ihr Mann verzog geringschätzig das Gesicht und hob das Glas. Auch Roswitha nahm einen Schluck. Andy knabberte die ausgelegten Nüsse, hing leger im Sessel und trank Pils.

»Wir hatten ein Ding gedreht. Mir passiert nichts. Wenn sie mich erwischen, dann sitze ich zwei, drei Stunden in der Zelle. Dann kann ich wieder abhauen«, sagte er stolz. Er trank das Glas leer, verließ das Wohnzimmer und holte aus der Küche die vierte Flasche Bier.

»Sie werden nach dir suchen«, sagte die Mama besorgt.

»Na und«, antwortete Andy und nahm einen tüchtigen Schluck zu sich.

»Hier kannst du nicht bleiben«, warf Mamas Mann ein, erhob sich und legte frische Scheite auf die Glut.

Andy grinste verschmitzt. »Ingelheim ist groß. Ein Job in einem Supermarkt und eine Bude fürs Erste. Irgendwo muss ich hin. Nie und nimmer gehe ich zurück zu diesen Gesundbetern in Harburg«, sagte er und blickte seine Mama fragend an.

Roswitha Kaemper, geschiedene Mulart, geborene Poppinga, begriff, dass sich ihr Sohn zu einem Kriminellen entwickelt hatte. Da war so vieles in ihrem Leben schief gelaufen. Sie hatte ihn schon bei der Geburt abgelehnt. Ihr Mann, Uwe Mulart, der gut aussehende junge Fernfahrer, Sohn des Freundes ihres Papas, hatte sie nach einem feucht-fröhlichen Besuch des Norder Stadtfestes in Norddeich am Deich in der Nähe des »Roten Pfahls« geschwängert. Sie hatte den Studenten Hanno Henning geliebt, der sich zu dieser Zeit als Austauschstudent im kalifornischen Monterey aufhielt. Da half keine verspätete Reue. Bedrängt von Mama und Papa, der inzwischen verstorben war, heiratete sie Uwe Mulart und zog mit ihm nach Hamburg.

Sie hatte eine Lehre als Zahnarzthelferin absolviert. Uwe Mulart fuhr für die »Nord-Süd Logistik« einen Sattelschlepper und kam nur in unregelmäßigen Abständen nach Hause. Die Firma hatte ihnen eine Wohnung in den Kirchdorfer Hochhäusern besorgt. Sie hatte Uwe nie geliebt, kümmerte sich um ihren kleinen Sohn und kam sich oft sehr einsam vor.

Als Andy den Kindergarten besuchte, arbeitete sie halbtags bei einem Zahnarzt. Später, als Andy die Schule besuchte, machte sie ihn mit dem Umgang des

Schlüssels vertraut und erzog ihn zur Selbstständigkeit. Nach dem Unfall ihres Mannes brach für Roswitha eine Welt zusammen. Aus ihren damaligen Selbstmordgedanken befreite sie der Diplom-Chemiker Ulrich Kaemper, ein gebildeter und fast gleichaltriger Junggeselle, der ihr eine sorgenfreie und glückliche Zukunft an seiner Seite versprach. Sie ließ es zu, dass der Scheidungsrichter ihrem Mann das Erziehungsrecht für Andy einräumte. Ihre Mama wohnte in Großheide/Landkreis Aurich in dem kleinen Siedlungshaus im Papenweg, in dem sie aufgewachsen war.

Zu ihr unterhielt sie nur einen dürftigen Telefonkontakt. Ihre Mama hatte ihr die Scheidung von Uwe nicht verziehen, ihr Herzlosigkeit vorgeworfen und war mehr noch über ihre Zustimmung entsetzt gewesen, dass sie dem zum Krüppel gewordenen Schwiegersohn das Sorgerecht ihres Enkels Andy widerstandslos überlassen hatte.

Ulrich Kaemper wunderte sich über die Trinkfestigkeit des jungen Besuchers, der nett aussah und älter wirkte. Er entdeckte etwas Fremdes im Gesicht des Ausbrechers, der mit seinen breiten Schultern lax im Sessel saß. Ihm tat Roswitha Leid. Sie stierte nachdenklich auf das Feuer im Kamin.

»Ich sehe keine Möglichkeit, dich hier in Ingelheim unterzubringen«, sagte er in der Rolle des Stiefvaters mit sorgenvollem Gesicht. »Das Jugendamt Hamburg wird kurz oder lang hier aufkreuzen«, fügte er hinzu.

Seine Frau blickte ihren Sohn ernst an.

»Andy, da gibt es eine Chance für dich«, sagte sie. »Ich melde dich im Nachhinein in Harburg im Heim St. Gabriel ab. Ich spreche mit Oma. Du ziehst nach Großheide. Oma wird dir helfen, an den berufsbildenden Schulen in Norden einen Platz zu finden.« Sie griff zum Römer und nahm einen kräftigen Schluck Wein zu sich.

»Mama, ich hatte vergessen, dass ich eine Oma habe«, antwortete Andy belustigt.

»Die Schuld daran trägt dein Vater! Seine Eltern sind verstorben. Er verbat sich die Einmischungen von der Seite der Poppingas, zum Nachteil für dich, wie ich feststellen muss«, sagte sie gequält.

»Ich verspreche dir, dass ich ihr keine Probleme mache. Es ist gut für mich, wenn ich die Kumpels hinter mir lasse«, sagte Andy aufgeräumt, erhob sich und holte aus der Küche eine weitere Flasche Pils. Es war die Fünfte, wie Ulrich Kaemper mitzählte, finster in die abglimmende Glut blickte und aufatmete.

Andy füllte sein Glas, steckte sich eine Zigarette an, paffte und überließ es seiner Mama, ihm eine Zukunft im fernen Ostfriesland vorzugaukeln, an die er nicht zu glauben bereit war. Sein Bierkonsum zeigte keine Wirkung. Mit wachen Augen und klarem Verstand folgte er dem Gespräch, das sich um seine Zukunft drehte.

»Mama, der Hauptschulabschluss müsste drin sein. Vielleicht hinterher eine Lehre zum Kfz-Mechaniker«, sagte Andy.

»Wir werden der alten Dame mit einer Zuwendung von 500 Mark monatlich beistehen«, sagte Ulrich Kaemper.

»Andy, morgen begleite ich dich in die Stadt«, sagte Roswitha Kaemper. »Wir kaufen Wäsche für dich ein. Ich mache dich schick für den Besuch bei Oma.«

Andy Mulart verließ mit gepackter Reisetasche in Norden den Interregio. Er stieg in ein Taxi und ließ sich nach Großheide zum Papenweg fahren.

Gretje Poppinga hatte im Obergeschoss die Zimmer entrümpelt. Es handelte sich um eine Schlafkammer und ein Studierzimmer mit schrägen Wänden. Direkt nach dem Telefongespräch mit der Tochter war sie zum Möbelgeschäft »Wollers« gefahren, hatte dort ein Bett, einen Kleiderschrank, ein Regal, Schreibtisch und einen Sessel eingekauft.

Oma empfing Andy herzlich. Sie war stolz auf den gut aussehenden, athletischen Enkel. Sie nahm ihn an die Hand, führte ihn durch den gepflegten Garten, zeigte ihm ihre hübsche Wohnung und begleitete ihn nach oben.

Andy war angenehm überrascht. Er fühlte sich auf Anhieb wohl in dem kleinen Haus, in dem seine Mama aufgewachsen war.

Sie nahmen an diesem herrlichen, sonnigen Frühlingstag den Tee am Gartentisch mit dem Blick auf blühende Ginstersträucher ein und aßen dazu vom Butterkuchen.

Andy war nicht nur mit hohen Erwartungen angereist, sondern auch mit der festen Absicht, sein Leben zu ändern, sich um seine Zukunft zu kümmern, denn, das war ihm klar, das würde ihm in Hamburg nicht gelingen.

Gretje Poppinga floss über vor Großmutterliebe. Sie hatte sich fest entschlossen, ihren Andy vor einem weiteren Abgleiten in die Kriminalität zu bewahren.

Dazu bot die ländliche Großgemeinde mit den Orten Arle, Berumerfehn, Menstede-Coldinne, Weserende und Ostermoordorf die besten Voraussetzungen. Sie unternahm mit dem Enkel Spaziergänge zum Fehnkanal, zum Hochmoor, begleitete ihn zu den Märkten, stellte Andy dem Pastor vor, der ihn in das »Jugend-Center« einführte und Andy mit den gleichaltrigen Großheidern bekannt machte.

Bereits am Freitagmorgen fuhr Oma mit Andy nach Norden. Sie stellte ihren Golf auf dem Parkplatz der Berufsbildenden Schule ab, übersah beflissen die Abneigung ihres Enkels, die er zum Ausdruck brachte, erinnerte Andy an seine gefassten Vorsätze und suchte mit ihm das Sekretariat der Schule auf.

Stefan Rogersen, der Schulleiter, ein korrekter, erfahrener Pädagoge, hatte bereits im Vorfeld mit Gretje Poppinga ein Gespräch geführt. Die Akte des straffälligen Zöglings war unterwegs. Einer Einschulung Andys in eine Klasse des Berufsvorbereitungsjahrs stand nichts im Wege.

Mit einer Bücherliste, Schülerausweis und Stundenplan versehen, spendierte Oma anschließend im Café ten Cate Kaffee und Kuchen, wünschte dem Enkel einen guten Start.

»Junge, und keine Post nach Kirchdorf. Such dir hier neue Freunde«, sagte Oma, als sie bezahlte und sie das Café verließen.

Sie fuhr mit Andy, der sich, hilflos überwältigt von der resoluten Art seiner Oma, ohne Einwände seinem Schicksal ergab, nach Hage. Ohne jede Vorankündigung betrat sie mit ihm den »Zweirad-Markt«.

Der Geschäftsführer bediente sie. »Ein Fahrrad für den jungen Mann?«, fragte er und taxierte die Länge des Kunden. »Ich empfehle Ihnen ein Hollandrad«, sagte er höflich.

Gretje Poppinga winkte ab. »Mein Enkel. Er wird

morgen 17. Ich denke an einen Motorroller«, antwortete sie. Andy fiel aus allen Wolken. Er drückte die kleine Oma fest an sich und gab ihr einen Kuss.

»Andy besucht die Schule in Norden. Wir wohnen in Großheide. Der Bus ...«, fügte sie hinzu.

Die Lehrer, die vom Schulleiter über die Laufbahn und Herkunft des neuen Schülers Andy Mulart informiert worden waren, suchten tastend nach pädagogischen Wegen, den Großstadtschüler in die Klassengemeinschaft zu integrieren. Es handelte sich um leistungsschwache, in der Mehrzahl willige Schüler, die Defizite aufzuarbeiten hatten, um einen Ausbildungsplatz zum Handelsfachpacker, Tankwart oder Kellner zu bekommen. Unter ihnen befanden sich etliche Rücksiedler, deren Deutschkenntnisse viel zu wünschen übrig ließen.

Andy, mit allen Wassern gewaschen, von der Großmutter verwöhnt, die gutmachen wollte, was ihre Tochter in einer nicht zu übertreffenden Herzlosigkeit angerichtet hatte, fand schnell die Achtung vor allem der einheimischen Schüler. Er wurde zum Klassensprecher gewählt. Er nervte die Lehrer mit seinen verrückten Ideen und Wünschen nach Unterrichtsthemen, die nicht im Lehrplan standen. Doch mehr noch stresste er während der Pausen die Aufsicht führenden Lehrer, wenn er sich hinter den Fahrradständern im Bereich des Werkstatttraktes mit den Russlanddeutschen prügelte, umgeben von einer Schar ihn bewundernden Mitschüler, die begeistert in die Hände klatschten, wenn er sie der Reihe nach absolvierte.

Auch im Großheider Jugendzentrum verhielt es sich ähnlich. Andy Mulart gab den Ton an. Er verdrängte die weichen Typen, die mit gefärbten Haaren und Bierdosen in den Händen großkotzige Reden schwangen, ihren Frust mit dem Klauen von Mercedes-Sternen und dem Ausreißen von Blumen aus den Kübeln befriedigten.

Nicht genug. Neuerdings kam es häufig vor der Disko zu Rangeleien zwischen Russlanddeutschen, Asylanten und den Großheidern.

Schulleiter Stefan Rodgersen sah sich veranlasst, mit Andy Mulart ein ernstes Wort zu reden. Seine schulischen Leitungen boten keinen Anlass, einzuschreiten.

Er bat den Schüler zu sich in sein Direktorzimmer, ohne seine Oma davon in Kenntnis zu setzten, die bereits mit dem Inhaber der Tankstelle über einen Ausbildungsvertrag für Andy gesprochen hatte.

Andy betrat das Allerheiligste nicht kleinlaut, geduckt, sondern herausfordernd und abfällig grinsend. Er beteuerte seine Unschuld, machte die Rückwanderer für die Randalen verantwortlich, die seiner Meinung nach allzu schnell zur Sache kamen.

»Die hatten in Kirchdorf keine Chance«, verteidigte er sich gegen die Vorwürfe, dabei ballte er die Hände zu Fäusten. »Denen kann man nur so kommen«, fügte er hinzu.

Er hörte sich ungerührt die Predigt an, deren Inhalt ihm irgendwie bekannt vorkam.

Ende Oktober wurde der 18-jährige russische Asylbewerber Sascha Tobinsky nach einem Gerangel auf dem Diskogelände gegen 4 Uhr morgens von einem Unbekannten mit einem Messer verletzt. Der Stich traf das

Opfer in den Bauch. Er blieb jedoch ohne schwere gesundheitliche Folgen. Der Kripo gelang es nicht, den Täter zu ermitteln. Sie hatte den Eindruck, dass selbst das Opfer und erst recht die Zeugen ihn falsch beschrieben.

Die Polizei sah sich veranlasst, ihre Präsenz vor der Disko zu verstärken.

Auch der Schulleiter entschloss sich für entsprechende Maßnahmen. Abgesehen von einem Einbruch in einen Edeka-Markt in Moordorf – die Diebe waren durch eine Dachluke eingestiegen, hatten nur Alkohol mitgehen lassen –, blieb es eine Zeit ruhig.

Mitte November begleitete Gretje Poppinga Andy zur Tankstelle. Sie und er unterschrieben den Ausbildungsvertrag. Andy hatte es geschafft. Er besaß einen Ausbildungsplatz. Oma war glücklich. Es ging bergauf mit Andy.

Am frühen Morgen des 3.12. riss das Läuten des Telefons Kommissar Hanno Eckhoff aus dem Schlaf. Am Rande der Disko war vor knapp einer halben Stunde ein Besucher niedergestochen worden.

Der Kommissar benachrichtigte seine Frau und fuhr zum Tatort. Seine Kollegen vom Streifendienst hatten bereits erste Erkundigungen eingezogen. Der Reporter der Ostfriesen-Post fotografierte. Der Notarzt kümmerte sich um das Opfer. Der kühle Wind strich über die gespenstische Szene. Es war 5 Uhr.

Der Kommissar nahm die Spurensicherung auf. Ein weiterer Streifenwagen fand zur Disko. Nur wenige Disko-Gäste waren bereit, nähere Angaben zu machen. Es war von einem Streit die Rede gewesen. Wie so oft hatten sich Einheimische und Deutschrussen drohend gegenübergestanden.

Bei dem Opfer, das mit einem Messer niedergestreckt worden war, handelte es sich um Gregor Pawolitsch, 19 Jahre, einem Rücksiedler, wohnhaft in Lütetsburg. Er war Mitglied des Boxclubs Norden.

Die Auswertung der wenigen Zeugenaussagen lief darauf hinaus, dass der Streit zwischen den verfeindeten Jugendgruppen nach nur wenigen Handgreiflichkeiten von dem Opfer geschlichtet worden war.

Um diese Zeit verschwanden die aufgebrachten Jugendlichen, und die meisten Gäste der Disko suchten kurz danach die Bushaltestelle auf, um mit der »Nachteule« nach Hause zu fahren, oder sie gingen zu ihren Fahrzeugen, stiegen ein und fuhren davon.

Harro Steffens, der 19-jährige Maurergeselle, begleitete Monika und ihre Freundin zum Wagen, als der allgemeine Aufbruch einsetzte. Er winkte hinter den Mädchen her, stieg in seinen Kadett und wartete auf seinen Freund und Mitkämpfer des Boxclubs Gregor Pawolitsch, dem er versprochen hatte, ihn mit nach Lütetsburg zu nehmen.

Von den Streitereien vor der Disko hatte er nichts erfahren. Er wurde unruhig. Die Morgendämmerung zog bereits auf. Es war frisch. Er näherte sich einigen Jugendlichen und sprach sie an. Sie zuckten mit den Schultern und wiesen auf die Disko.

Er rief vergeblich nach Gregor, betrat die Disko und trug seine Bedenken vor. Der Wirt reagierte sofort. Er bangte um den Ruf seines Betriebes. In Begleitung eines Angestellten begab er sich mit Steffen auf die Suche. Sie fanden das Opfer am Rande des Gebäudes in der Nähe des angrenzenden Schlotes.

Die Zeitungen berichteten. Die Leser waren schockiert. Die Kripo unter Leitung des Kommissars Harro Eckhoff recherchierte in viele Richtungen.

Gregor Pawolitsch war beliebt. Er galt als ein fairer Sportsmann, dem Kenner des Boxsportes eine große Karriere voraussagten. In seiner einfachen Wohnung fand die Polizei keine verwertbaren Hinweise. Eine Durchleuchtung seines Umfeldes führte auf keine Spur.

Die angeforderte Hundestaffel aus Oldenburg reiste an. Die Spürhunde erschnüffelten die Mordwaffe. Es handelte sich um ein Sprungmesser, das der Täter an der Böschung des Schlotes mit den Händen vergraben hatte.

Das Messer enthielt keine Fingerabdrücke, doch die Klinge für weitere mikroskopische Untersuchungen genügend Blutreste, die für eine DNS-Analyse hilfreiche Hinweise lieferten.

Es gab viele Hinweise von den Diskobesuchern und von der Bevölkerung. Doch erst die Spur »87«, ein mit einer veralteten Schreibmaschine verfasster anonymer Hinweis, erregte die Aufmerksamkeit der Kripobeamten und überzeugte den Staatsanwalt.

Die Mitteilung umfasste nur wenige Zeilen. Der Text lautete: »Stationen eines mutmaßlichen Mörders! Busüberfall in Kirchdorf bei Hamburg! Flucht aus dem Erziehungsheim St. Gabriel Harburg! Einbruch in den Edeka-Markt! Messerstecherei vor der Disko! Opfer Sascha Tobinsky! Mord an dem Sportler Pawolitsch. Ein Name. Andy Mulart! Wohnhaft in Großheide, Papenweg!«

Gretje Poppinga heulte Rotz und Wasser, als die Beamten Andy in Handschellen abführten. Zu spät hatte sie sich um ihren Enkel bemüht. Sie litt unter Schuldgefühlen, während ihr Enkel bereits die Tat eingestanden hatte.

Da hatte alles gestimmt. Leugnen ergab keinen Sinn. Auf der Jacke des Opfers hatten sich Blutspuren befunden, die ihn nach der DNS-Analyse eindeutig als Täter überführten.

Ohne Zeugen hatte Gregor Pawolitsch ihm aufgelauert, als er zu seinem abgestellten Motorroller gegangen war. Der Deutschrusse hatte ihn aufgefordert, sich ihm zu stellen.

»Lass den Scheiß in Zukunft«, hatte er gesagt, war in Rechtsauslage gegangen und hatte den fairen Zweikampf mit leichten, nur angedeuteten Geraden gesucht.

Andy hatte sich zur Wehr gesetzt. Nach einer linken Geraden war ihm das Blut aus der Nase geschossen. Andy hatte rot gesehen, für Sekunden war er getaumelt, dann hatte er nach seinem Sprungmesser gegriffen und gezielt zugestochen.

Vor dem Amtsrichter, an der Seite seines Anwaltes, bekannte er sich schuldig. Er bat um mildernde Umstände.

»Meine Zukunft ist im Arsch! Heute bin ich der Ansicht, dass Ihre Kollegen es versäumt haben, mich ordentlich und härter zu bestrafen! Dann hätte ich wohl aufgehört, kriminell zu sein! Ich bereue nichts, nur dass ich Oma beklaut und enttäuscht habe«, sagte er.

»Und das Verhältnis zu Ihrer Mutter?«, fragte der Amtsrichter.

Andy lächelte geringschätzig. »Ich verdanke ihr meine Geburt und den ganzen Scheiß, der nun vor mir liegt«, antwortete Andy erregt.

Unter Berücksichtigung aller mildernden Umstände, die sein Verteidiger vortrug, fällte der Richter das Urteil. Er verhängte eine zehnjährige Freiheitsstrafe. Andy wurde der Vollzugsanstalt Lingen / Ems zugewiesen.

Rolling home, rolling home across the sea …

Dr. Harald Feeken, Zahnarzt, verheiratet mit Annchen, geborene Feldkamp, setzte sich 1990 zur Ruhe, verkaufte seine Praxis in Emden, Zwischen den Sielen, an einen jungen Nachfolger.

Die Kinder der Feekens hatten studiert, ihr Sohn Enno unterrichtete als Lateinlehrer am Lessing-Gymnasium in Wolfenbüttel, ihr Sohn Ulfert arbeitete als Gynäkologe in Freiburg im Kreiskrankenhaus. Tochter Gesine war mit einem Juristen verheiratet, der als Beamter ein Amt in der Düsseldorfer Landesregierung bekleidete. Sie betreute die Kinder und arbeitete nebenberuflich als Lektorin für einen Schulbuchverlag.

Harald und Annchen Feeken verließen Emden und bauten in Norddeich einen großzügigen Bungalow, dicht am Deich gelegen. Im selben Jahr kauften sie in Nerja / Malaga an der Costa del Sol ein hübsches Apartment.

Sie überführten ihr Segelboot nach Norddeich, unternahmen im Sommer Törns zu den ostfriesischen Inseln bis nach Helgoland und hielten sich während der tristen Herbst- und Wintermonate in Spanien auf. Sie schätzten diesen Klimawechsel, der ihrer Gesundheit gut bekam und für Abwechslung nach einem arbeitsamen Leben beitrug.

Die rüstigen Mittsechziger fielen keiner Krankenkasse zur Last. Sie hatten ein hervorragendes Verhältnis zu ihren Kindern und Enkelkindern. Mitte März 1992 verschlossen sie ihr Apartment in Nerja, überreichten – das entsprach den Abmachungen mit Señora Bernadette, der Inhaberin des Vermietungsbüros in der Calle Hermano de Carabeo, in der Nähe des Balcón de Europa gelegen – der resoluten Geschäftsfrau die Schlüssel ihres luxuriösen Apartments, das sich in der Calle Frigiliana in der Nähe des Strandes Chorillos befand.

Señora Bernadette besaß bereits Vorbuchungen bis Ende September für die Wohnung.

Die Feekens zog es zurück nach Norddeich, in die Nähe der Kinder und in das grüne Ostfriesland.

Am Donnerstag vor Ostern verließ Harald Feeken nach dem Frühstück den rot geklinkerten Bungalow mit dem gepflegten Vorgarten, in dem blühende Krokusse und knospende Tulpen die regenreichen Wintermonate in Vergessenheit geraten ließen. Seine Frau Annchen besorgte den Abwasch und bereitete das Mittagessen vor. Sie benötigte den Wagen zur Erledigung des Einkaufes und hatte anschließend einen Termin bei ihrer Friseurin.

Morgen war Karfreitag. Ihre Tochter Gesine mit den Kindern und dem Schwiegersohn hatten ihren Besuch in Norddeich angesagt. Das hatte Tradition. Harald und Annchen hatten ihren Bungalow auf der Kolkstraße für die Besuche ihrer Tochter und Söhne entsprechend großzügig errichtet und eingerichtet.

Harald Feeken stieg über die Treppe des Fährkellers auf die Hafenstraße und warf einen Blick auf die Mole. Die Wagen der frühen Urlauber reihten sich bereits auf dem Anleger der Reederei. Die »Frisia I« näherte sich der Fahrrinne mit Kurs auf den Hafen.

Der Ruheständler ging zielstrebig über den Kai an den Fischkuttern entlang zu den gelb gestrichenen Hallen, in denen die Schiffe der Clubmitglieder aufgebockt überwinterten.

An diesem Donnerstag lag über der ostfriesischen Küste ein stabiles Hoch. Der Wind blies aus Süd-West mit Stärke 3 bis 4. Die Luft war mild und würzig. Bereits am Morgen stieg das Thermometer auf stolze 10 Grad an.

Harald Feeken betrat die Halle. Der beißende Geruch nach frischer Farbe strömte ihm entgegen. Er vernahm das Hämmern und Dröhnen einer Schleifmaschine. Emsig waren seine Kollegen dabei, an ihren Schiffen Hand anzulegen, denn Mitte April begann die Segelsaison.

Seine Jacht befand sich im hinteren Teil der Halle. Er hatte das 12 Meter lange, 3,60 breite und 1,65 tiefe und mit einem Mast von 14,80 Metern Höhe über der Wasserlinie versehenen Schiff im Gedenken an seinen Großvater Berend Feeken, der als Kapitän eines Großseglers nicht nur mehrmals das berüchtigte Kap Hoorn umsegelt hatte, sondern auf seinen Reisen nach China, Süd- und Nordamerika den Gewalten der Meere bis ins gesetzte Alter getrotzt hatte, auf den Namen »Rysum« getauft.

Der geachtete Kapitän Berend Feeken hatte auf dem Friedhof des kleinen Dorfes Rysum in der Krummhörn seine letzte Ruhe gefunden.

Harald Feeken grüßte einige Kollegen, denen er begegnete, stieg über die angelehnte Leiter an Bord, zog unter Deck seinen Blaumann über, holte aus dem Abstellraum den Farbeimer, Pinsel, Stahlbürste und Schaber und begab sich an die Arbeit. Es war ihm zur

Gewohnheit geworden, den Transistor auf N3 einzustellen, um während seiner Tätigkeiten an Bord die hervorragend moderierten Sendungen aus dem Bereich der klassischen Musik zu empfangen, die ihn ablenkten von seinen körperlichen Belastungen, war er doch immerhin bereits über 65.

Auch seine Frau Annchen, auf deren Mitarbeit er heute verzichten musste, liebte diese ablenkende, musikalische Berieselung.

Um 13 Uhr verließ er die »Rysum«, danach die Halle, ging eilig an den spazierenden Urlaubern vorbei, nahm die Treppe neben dem Fährhaus, betrat die Molenstraße und näherte sich hungrig dem Bungalow an der Kolkstraße, wo seine Frau Annchen ihn bereits mit ondulierten, schick gelegten Locken und mit leicht geröteten Wangen erwartete, als er die Küche betrat. Der Tisch war gedeckt. Annchen trug ihre Jeans und den Troyer und blickte ihn geheimnisvoll an. Dabei hielt sie ihren rechten Arm hinter den Rücken.

»Was ist?«, fragte Harald Feeken verunsichert.

»Wie wäre es, wenn wir von unseren Mieteinnahmen und den Dividenden unseres Aktienpaketes einen Teil abzweigen würden?«, fragte sie und lächelte verschmitzt. »Den Kindern geht es gut! Sie haben eine Zukunft, wir nur noch eine Vergangenheit in Bescheidenheit mit dumpfen Erwartungen.«

»Mama ...«, er war es gewohnt, Annchen so zu titulieren, »... bitte genauer! Was hast du vor?«

»Eine Reise nach Kalifornien!«, antwortete sie.

»Nun mal sachte«, antwortete Harald Feeken, ging um den Tisch und ließ sich auf der Küchenbank nieder.

»Eine Überraschung! Hier, lies!«, forderte sie ihren

Mann auf und reichte ihm einen aus der Tageszeitung ausgeschnittenen Artikel.

»Ahnenforschung«, fügte sie grinsend hinzu.

Harald Feeken schüttelte verwirrt den Kopf und fuhr mit der Hand schaufelnd durch das volle graue Haar. Auch er trug Jeans und den Troyer.

Der Artikel enthielt ein Foto. Er betrachtete es nachdenklich. Es zeigte einen älteren Mann in schlottriger Hose. Er trug ein kragenloses Hemd, eine Weste und auf seinem Kopf einen breiten Hut. An seiner Seite befand sich ein jüngerer Mann, vermutlich der Sohn. Er war wie der Alte gekleidet. Auch er trug wie der Alte einen Schnauzbart.

Der Hintergrund zeigte einen leicht ansteigenden Hügel mit einem Farmhaus und Weiden, auf denen Kühe grasten.

Harald Feeken las die fett gedruckte Überschrift des Artikels. »Ich scheue keine Kosten. Mit Lufthansa nach San Francisco. Unterkunft für eine Woche im Hotel ›Amsterdam‹ am Nob-Hill.«

Ihm stockte der Atem. Er blickte seine Frau fragend an.

»Das hat mit deinen Vorfahren zu tun«, sagte sie und rührte mit dem Holzlöffel im Topf, dem der Duft von Erbsensuppe entstieg.

Harald Feeken las.

»Friesischer Kurier. 29.03.1992. Diese Auslosung verspricht der in den Staaten anerkannte Historiker der ›University of California‹, Professor Henry Feeken, demjenigen Leser unserer Zeitung, der, dabei handelt es sich nicht um einen Aprilscherz, wie eine Rückfrage ergab, ihm im Rahmen seiner Ahnenforschung Hinweise auf die örtliche Herkunft seines auf dem Foto abgebildeten Großvaters Ino Feeken geben kann. Die Auswertungen seiner hinterlassenen Dokumente lassen darauf schließen, dass er aus dem ostfriesischen Raum eingewandert ist. Dafür spricht auch sein Geburtsort Marienhafe. Das Foto entstand 1893. Es zeigt im Hintergrund das Farmgebäude, in dem Feeken neben der Landwirtschaft eine Molkerei betrieben hatte. Die Feekens ließen ihre Kühe an der ›Laguna Seca‹ tränken und auf den Hügeln bis 1898 weiden. Heute durchkreuzen die Cole, Stanyan, Carl und Grattan Street das ehemalige Farmgelände. Es gehört zum Stadtgebiet von San Francisco.

Die Leser mögen verzeihen, dass wir diese Ortsangaben einfügen, die möglicherweise dazu beitragen, auf eine verwertbare Spur zu stoßen.

Der 68-jährige Professor Henry Feeken teilte uns zusätzlich mit, dass er bereit ist, Ostfriesland aufzusuchen, falls er entsprechende Hinweise erhält. Professor Feeken erfüllt einen Forschungsauftrag zur Dokumentation des Beitrages deutscher Einwanderer an der Besiedlung Kaliforniens. Dabei stieß er auf die Wurzeln seiner Vorfahren.«

Harald blickte auf.

»Interessant. Opas Eltern betrieben Landwirtschaft im kleineren Stil und bewohnten eine Kate in Upgant-Schott«, sagte er nachdenklich.

Seine Frau Annchen füllte die Teller mit der dampfenden Erbsensuppe. Sie fügten Maggi hinzu, verzehrten den schmackhaften Eintopf und tauchten ein in die Zeiten ihrer Kindheit.

»Ino ist kein amerikanischer Name«, meinte Annchen. »Die Arbeit an unserem Schiff geht dem Ende entgegen. Ich denke, wir gehen der Sache nach.«

»Morgen Abend, wenn die Kinder im Bett sind, durchwühlen wir den alten Fotokarton«, meinte Harald Feeken.

Nachdem »Oma« die Kinder zu Bett gebracht hatte, zündete Harald Feeken die Anthrazitwürfel im Kamin an, schob das trockene Anmachholz zurecht, legte Birkenscheite auf die züngelnden Flammen und sorgte für eine wohlige Wärme. Gesine und ihr Mann nahmen am Esstisch mit dem Blick auf das offene Feuer Platz. Annchen trug Gläser an den Tisch, legte Knabbereien in Schüsselchen aus, während Harald eine Flasche »Ürziger Gottesacker« entkorkte, sie Gesine anreichte, die das Glas der Mama und ihr eigenes füllte. Harald und der Schwiegersohn entschieden sich für das würzige, herbe norddeutsche Pils.

Die tief hängende Deckenlampe und eine zurechtgerückte Stehleuchte sorgten für helles Licht. Auf dem Tisch hatte Harald den alten Pappkarton gestellt, in dem behaglichen Wohnzimmer machte sich eine knisternde Spannung breit. Neugierde zeichnete die Gesichter an diesem Karfreitagabend.

Sie hatten alle den Zeitungsartikel mehrmals gelesen. Sie vermuteten, dass der gesuchte Auswanderer, der ihren Familiennamen und zusätzlich den ostfriesischen Vornamen Ino trug, verwandtschaftliche Beziehung zu seinen Vorfahren gehabt haben musste.

Bis dato hatte kein Feeken ein Interesse an den Familienunterlagen gezeigt und sich bemüht, einen Stammbaum zu erstellen.

Harald Feeken besaß verschwommene Erinnerungen an seinen Großvater Berend Feeken, dazu zählte die

Beerdigung an einem sonnigen Tag auf dem Friedhof vor der Kirche von Rysum. Seine Mama und erst recht sein Papa, der als Rechtsanwalt in Emden ein hohes Ansehen genossen hatte, waren als Bürger der Zeit, die auf Erneuerung und Fortschritt setzten, bereit, sich auf dem Wege zu neuen Ufern anzuschließen. Ihr Blick war in die Zukunft gerichtet und weniger auf Vergangenheit und Herkunft.

Für dieses Desinteresse zeugten die Briefmarken der Kaiserzeit, die auf dem Deckel des Kartons unbeschadet klebten.

Mit ein paar in diese Richtung zielenden Bemerkungen über die Jahre seiner Kindheit, dem Einsatz als Flakhelfer auf dem Leichtkreuzer »A. L. Schlageter« in der Danziger Bucht kurz vor Kriegsende und seinen Erlebnissen als Kriegsgefangener der Engländer in Kopenhagen, unterstrich er seine Rolle als Zeitzeuge. Er hob das Glas. Nach einem »Prost« und einem Schluck aus den gefüllten Gläsern nahm er den Deckel vom Karton, den er, ohne den Inhalt genau zu kennen, seit zig Jahren als der ältere Sohn sorgsam aufbewahrt hatte.

Da riefen eine Menge Postkarten aus den Häfen rund um die Welt, die Großvater Berend Feeken mit sauberen Zeilen in der schwer zu lesenden Sütterlinschrift an seine Lieben in Rysum geschickt hatte, Erstaunen hervor.

Der Karton beinhaltete vergilbte Briefe, in denen er von überstandenen Stürmen berichtete, von einsamen Weihnachtsfeiern an Bord, fern der Heimat, die kundtaten, dass er sich in die Nähe seiner Lieben wünschte.

Während sich nach einem sonnigen Tag die Dunkelheit über Norddeich legte, folgten Annchen, Harald,

Gesine und der Schwiegersohn fasziniert den Stationen des Kapitäns, der mit seinem Großsegler »Hermann« Seegeschichte geschrieben hatte.

Alte Fotos kamen zutage. Sie zeigten Berend Feeken mit zerfurchtem, ernsten Gesicht in zweireihig geknöpfter Kapitänsjacke mit breitem Kragen und den vier Ringen am unteren Jackenärmel.

Auf dem Kopf die Schiffermütze mit dem eingestickten Zeichen der Reederei.

Bärtige Männer mit gezwirbelten Schnäuzern erinnerten an seine Besatzungsmitglieder.

Weitere Fotos machten die Runde. Sie trugen keine Namen und keine Daten. Unter ihnen befanden sich gestellte Fotos, die Berend Feeken in Pose vor der Cable-Car von San Francisco und vor dem »Raffles Hotel« in Singapur zeigten.

Erst recht rief eine Gruppenaufnahme ihre Verwunderung hervor. Auf einer Bank vor einer Klinkerwand mit einem kleinen, eisernen Bogenfenster saßen alt aussehende Eltern, seitlich legten Buben mit fast geschorenen Köpfen ihre Hände auf ihre Schultern. Zwischen ihnen saß ein kleiner Junge.

Die Frau trug eine eng anliegende Bluse mit ausgeworfenen Ärmeln und einen langen Rock. Ihr Mann im Gehrock mit Weste und einer Uhrenkette, im weißen Hemdkragen die schwarze Schleife. Die Kinder wirkten adrett in dunklen Stoffjacken, langen Hosen und weißem Stehbordkragen.

Es fehlte bei der Bilderschau nicht an witzigen Bemerkungen. Annchen schenkte Wein nach und Harald Feeken füllte für sich und seinen Schwiegersohn den Biervorrat auf. Dabei brachte er aus seinem Arbeitszimmer eine Lupe mit. Nach einem Prost und frisch aufgelegten Birkenscheiten hielt Harald Feeken die Lupe über das Foto der ihm unbekannten Gesichter, die sich weder verhärmt noch traurig der damaligen Prozedur des Fotografierens unterworfen hatten.

Er bewegte die Lupe suchend über den Rand des Fotos und entdeckte eine verblasste Schrift. Er war mächtig aufgeregt, legte die Lupe ab, griff zum Bierglas, nahm einen kräftigen Schluck zu sich und unterbrach mit den Worten: »Sensationell! Wir kommen der Sache näher!« die Unterhaltung. Er folgte mit den Augen den schwachen, weißen Linien und entzifferte die in Sütterlinschrift verfassten Hinweise.

»Berend Feeken, erster Sohn; Claas Feeken, Vater; Hinni Feeken, jüngster Sohn; Arnolde Feeken, Mutter; Ino Feeken, zweiter Sohn, vor ihrer Landstelle in Upgant-Schott.«

Harald Feeken reichte Annchen die Lupe und das Foto.

»Wer hätte das gedacht«, sagte sie und betrachtete durch die Lupe das zarte, freundliche Gesicht des cirka 6-jährigen Knaben Ino.

Sie nahm einen Schluck Wein zu sich und reichte Lupe und Foto zur weiteren Begutachtung an ihre Tochter.

Doch der Inhalt des Kartons, den einst die kaiserliche Post befördert hatte, sorgte für weitere Überraschungen in Form eines großen Briefumschlags aus festem Leinenpapier. Er enthielt einen Zeitungsartikel, der unbeschadet die lange Lagerung überstanden hatte.

»Aufregend«, sagte Tochter Gesine.

Harald Feeken widmete sich dem hinterlegten Bericht, erstaunt über die Tradition seiner Tageszeitung, die unter dem Datum des 8. Mai 1886 über den Untergang des Schoners »Euridike« berichtete. Ihm stockte der Atem, als er auf den Namen Ino Feeken aus Upgant-Schott stieß, der als Koch zur Besatzung des unglücklichen Schiffes gehört hatte.

Der Karton enthielt keine weiteren Hinweise, die darauf schließen ließen, dass der besagte Koch der Bruder seines Großvaters Berend Feeken, der Farmer und Molkereibesitzer, der sich in Kalifornien niedergelassen hatte, war, nach dem der Professor suchte. Hatte Ino Feeken den Untergang des Schiffes überlebt? Dafür sprachen die zeitlichen und namentlichen Übereinstimmungen.

Harald Feeken entschloss sich, der Sache nachzugehen. Tochter Gesine munterte ihn mit dem Glas in der Hand dazu auf.

»Papa, eine lohnende Aufgabe für dich. Es interessiert mich schon, mehr über diese Geschichte zu erfahren«, sagte sie.

»Als Landratte stimme ich Gesine zu«, warf der Schwiegersohn belustigt ein. »Ich glaube nicht an eine zufällige Namensgleichheit. Die Reise nach San Francisco sei euch vergönnt.«

Als sie sich zur Bettruhe begaben, war es spät geworden. Der Ausflug in ihre Ahnengeschichte hatte nicht nur zu einem gemütlichen Abend beigetragen, sondern auch ihre Neugierde geweckt, die sie beflügelte, weitere Nachforschungen in die Wege zu leiten.

Gesine, der Schwiegersohn, die Söhne, die Schwiegertöchter mit ihren Kindern waren heil nach ihren Osterausflügen zu Hause angekommen.

Zufrieden, weil alles im Lot war, begaben sich Annchen und Harald Feeken am Dienstagmorgen bereits früh zum Bootsschuppen, um die restlichen Renovierungs- und Vorbereitungsarbeiten an Bord der »Rysum« zu verrichten.

Sie gingen zielstrebig vor, verzichteten an diesem Morgen auf die sonst üblichen kleinen Pausen und vermieden die Besuche der aufgebockten Schiffe ihrer gleichaltrigen Segelfreunde, die zum Teil aus dem rheinischen Raum kamen und sich wie sie in Norddeich niedergelassen hatten.

Ihre plötzliche Eile entsprang ihrer Absicht, das Schiff bereits vor dem Beginn der Saison für die »Zu-Wasser-Lassung« startklar zu haben. Sie wünschten mehr über den Koch Ino Feeken zu erfahren, bei dem es sich um den jüngeren Bruder von Haralds Großvater handelte, der, dem historischen Zeitungsbericht im »Friesischen Kurier« zuwider, dem Seemannstod an Bord des Schoners »Euridike« in den Gewässern um Helgoland, in denen sie sich auskannten, entronnen sein musste. Dies zu klären erfüllte sie mit Ehrgeiz, fesselte ihre Gedanken.

Harald Feeken hatte die »Dokumente« in schonende Plastikhüllen gesteckt und sie in einem Ordner eingeheftet. Das Lesen der vergilbten Briefe, das Studium der Ansichtskarten des Großvaters mit aufgeschlagenem Atlas, das Betrachten der Fotografien, machte die Feekens vertraut mit einer Zeit, die um mehr als 100 Jahre zurücklag. Sie fanden sich wieder ein in die Sütterlinschrift, mit der auch sie als ABC-Schützen ihre Schreibkenntnisse begonnen hatten.

An einem schönen Frühlingstag, kurz vor dem Ansegeln, fuhren sie nach Rysum, fanden den verwitterten Grabstein auf dem alten Friedhof vor der Kirche im heranwachsenden Frühlingsgrün zwischen wenigen Relikten vergessener Seemannszeiten.

Im Kirchenregister der Gemeinde Upgant-Schott stießen sie unter der Mithilfe des Pastors Ade Frewert auf eine Eintragung, die den Bericht im »Friesischen Kurier« bestätigte.

Der Seemann Ino Feeken galt als auf See verschollen. Da war guter Rat teuer. Der Pastor verwies sie an das Staatsarchiv Oldenburg, damals zuständig für die Kaiserliche See- und Hafenstadt Wilhelmshaven und den preußischen Hafen Emden.

»Vage Vermutungen. Vielleicht finden Sie von dort zu weiteren Ämtern.« Das waren seine Worte gewesen.

Ende April fuhren Harald und Annchen nach Oldenburg. Eine Angestellte der Archivverwaltung machte Annchen und Harald Feeken bekannt mit einem Doktoranden der Universität Oldenburg. Er kannte sich aus, sein Promotionsthema lautete »Die Geschichte der Handelsmarine von 1864-1900 unter Einbeziehung der Häfen zwischen Emden und Wilhelmshaven«.

Ob reiner Zufall oder Gottes weise Fügung, das sei dahingestellt. Der junge Mann wusste weiter. Er erinnerte sich an den Namen Ino Feeken im Zusammenhang mit einem Polizeibericht.

»Mein Interesse gilt der Viermastbark ›Seven Seas‹ und deren Reisen. Dabei stieß ich auf den besagten protokollierten Bericht eines recherchierenden Kommissars mit Namen Alwin Koester aus Emden. Der wackere Beamte stellte Verstöße gegen die Heuerregeln fest. Mein Gott, das war im Juli 1886. Weder der Heuerbaas noch der Steuermann der ›Seven Seas‹ hatten die Eintragungen im Seebuch des Mannes geprüft, den Koester suchte und der den Namen Ino Feeken trug. Mehr sagt das historische Protokoll nicht aus. Die ›Seven Seas‹ lief nach Kalifornien aus, Zielhafen war San Francisco, das um diese Zeit einen wahren Boom erlebte. Die Ausbeutung der Gold- und Silberminen mit technischem Gerät war Sache des Großkapitals, nicht mehr der Abenteurer, die allerdings, gut bezahlt, das tief im Fels verborgene Edelmetall förderten. Die Silver und Bonanza Kings investierten ihre Gewinne. Es wurden Straßen, Wohnungen und Bürohäuser und Fabriken gebaut. Sollte, was ich Ihren Fragen entnehme, warum auch immer, dieser Ino Feeken seine Heimat verlassen haben, dort fand er mit Sicherheit genügend Chancen, ein neues Leben zu beginnen.« Der Doktorand nahm seine Brille ab und blickte die Besucher nicht ohne Stolz an.

Sie saßen im kargen Besuchszimmer. Annchen und Harald Feeken nickten verwirrt.

»Seltsam, ein spätes Lebenszeichen eines Verschollenen«, sagte Harald Feeken. Draußen schien die Sonne. Der Wind blies mit Stärke 5. Ideales Segelwetter an der Küste. Ihre »Rysum« lag vertäut am Steg in Norddeich.

»Steht in den Akten, warum sich dieser längst verstorbene Kommissar damals auf den Fersen des Seemannes befand?«, fragte der Zahnarzt.

»Herr Dr. Feeken, Sie überfordern den Zufall«, sagte der Doktorand. »Ihre Ahnenforschung endet zuerst einmal im historischen Hafen Emden. Weitere Fragen kann ich nicht beantworten. Sprechen Sie mit dem Leiter der Archivverwaltung. Er händigt Ihnen sicherlich gegen eine geringe Gebühr eine Kopie des Protokolls aus, auf das ich rein zufällig stieß. Ich gebe Ihnen einen Tipp. Für Sie näher liegend empfehle ich Ihnen einen Besuch im Staatsarchiv Aurich und des Rathausarchivs von Emden. Ich meinerseits verdanke dem ›Friesischen Kurier‹, der seit 1814 lückenlos über Schiffsbewegungen an der Küste berichtete, eine Menge wertvoller Informationen.«

Er reichte den Besuchern die Hand, die im Alter seiner Eltern waren, und wünschte ihnen viel Erfolg.

Es waren gute Tipps, wie sich im Nachhinein herausstellen sollte.

Annchen und Harald Feeken gingen akribisch zu Werke. Mit ihrem Elan, ihrer Ausdauer und netten Art überzeugten sie skeptische Verwaltungsbeamte und fanden schließlich ihre freundliche Mithilfe beim Durchsuchen verstaubter Akten in den Archiven und amtlichen Registern.

Sie korrespondierten mit Professor Dr. Henry Feeken, flogen im Spätherbst nach Beendung der Segelsaison, die angesichts ihrer Bemühungen nicht vollends ihre Erwartungen erfüllt hatte, nach San Francisco. Ihnen war es gelungen, was dem wackeren Kommissar aus Emden vor mehr als hundert Jahren vorenthalten geblieben war: Ino Feekens Schicksal zu folgen.

Dem Chronisten sei es gestattet, sich an dieser Stelle nach Durchsicht des gesicherten Materials einzuschalten, um in einer »Nacherzählung« unter dem Titel »Rolling home, Rolling home across the Sea ...« dem Koch Ino Feeken auf den Fersen zu bleiben und über sein Schicksal zu berichten.

Der 102 BRT große Schoner »Euridike« wurde 1883/84 in Emden auf der Cassenschen Werft erbaut. Er hatte eine Länge von 25,70 Metern, war 5,68 Meter breit und 2,77 Meter tief. Das Schiff wurde bereedert von den Gebrüdern Hugo und Jan Thomasens, Heimathafen der »Euridike« war Neuharlingersiel.

Ende Februar 1886 nahm der Schoner in Newcastle Fracht an Bord. Sie bestand aus Stahlträgern und weiteren Hüttenerzeugnissen aus Leeds. Bestimmungshafen war Bremen.

Kurz nach Übernahme der Ladung musterten zwei Matrosen ab. Es waren Tomko Fisser von Juist und Harm Oldtmann aus Greetsiel. Ergriffen von der Auswanderungswelle heuerten sie auf der Brigg »Fortuna« an, die mit Kurs auf Baltimore am selben Tag wie die »Euridike« den Hafen von Newcastle verließ.

Kapitän Reent Renken, 52, ein gestandener, erfahrener Seefahrer, der bereits mehrmals das berüchtigte Kap Hoorn umsegelt hatte und erst vor Monaten einen Anteil an der »Euridike« übernommen hatte, nahm den Vorwurf des Lotsen, das Schiff sei unterbesetzt, nicht sonderlich ernst. Seine ehemals fünfköpfige Besatzung bestand bis dato nur aus dem Steuermann Eilrich Benninga, 44, aus Großefehn, ein tüchtiger und zuverlässiger Mann, dem Matrosen Keno Warfmann, 28, aus Oldersum und dem Koch Ino Feeken, 28, aus Upgant-Schott.

Auf der Reise nach Bremen Anfang März steuerte die »Euridike« am Morgen um 6 Uhr in eine Schlechtwetterfront. Am Nachmittag kurz vor 15 Uhr bei Orkanböen mit Windstärken von 130 Kilometern die Stunde geriet der Schoner in schwere See und wurde zum Spielball der Gewalten. Bereits beim Raffen des Großsegels und Setzen der Sturmsegel fehlte es an zupackenden Händen. Koch Ino Feeken, ungeübt und unerfahren im Besteigen der Wanten und Streichen der Segel, war kein Ersatz der abgeheuerten Matrosen. Er war beleibt, ungelenk, uneingespielt, sah sich in jeder Weise überfordert und litt unter starkem Erbrechen. Kapitän Reent Renken bediente selbst das Ruder. Er hielt den Bug der

»Euridike« im scharfen Wind. Die Wassermassen, die sich dem Schoner entgegenwarfen, übertrafen bei weitem all das, was ihm im Kampf mit dem Meer je widerfahren war. Kurz vor 15 Uhr erwischte eine schwere Sturzsee das Schiff, beschädigte den Klüverbaum und riss den Bramstag von Bord.

Spritzwasser und Gischt schossen über die Brücke. Der Teufel ritt die See. Weit und breit war kein Schiff in Sicht. Wolkenfetzen trieben am Himmel. Am Horizont standen dunkle Wolkenmassen.

Verbissen steuerte Reent Renken die krängende »Euridike« den haushohen Wellen entgegen und bat Gott um seinen Beistand bei der Berg- und Talfahrt seines Schiffes, das noch seinem Ruder folgte.

Die tapferen Männer um den Kapitän schlossen Luken, kämpften bis zur Erschöpfung um den Erhalt des Schiffes, brassten die Rahen. Sie vernahmen das Ächzen der Masten und banden sich mit Tauen am Besanmast fest. Ihre Hände waren klamm. Über ihre Öljacken trieb die Gischt. Eine Sturzsee schoss über den Bug, der sich kurz danach wieder aufrichtete, und erwischte Keno Warfmann, dem es nicht gelang, mit seinen vereisten Fingern das Tau um seinen Körper zu schlingen. Die kochende See nahm ihn mit über Bord.

Auf der Brücke torkelte Kapitän Reent Renken. Der Sturm warf ihn zu Boden. Er klammerte sich um den Fuß des Kompasses, während sich das Steuerrad hinter ihm unkontrolliert drehte. Er war nicht unschuldig an dem Desaster. Seine Knickrigkeit hatte ihn abgehalten, in Newcastle für Ersatz der abgeheuerten Matrosen Sorge zu tragen.

Steuermann Eilrich Benninga und der Koch Ino Feeken bangten um ihr Leben. Die Gischt spritzte ihnen entgegen, Wellen umspülten sie, nahmen ihnen die Körperwärme, wenn sich der Bug der »Euridike« aufbäumte und danach krachend in ein Wellental eintauchte. Sie sahen, wie der tosende Sturm die Fockrah mit sich riss. Sie beteten mit geschlossenen Augen um ihre Rettung, fühlten die eisige Kälte, die sie zu lähmen begann. Das Unwetter schürte ihre Todesängste, als Blitze über den Himmel zuckten und schwere Donnerschläge ihren Tod anzukündigen schienen.

Hagelschauer entluden sich vom schwarzen Himmel auf das schaukelnde Deck.

Um 17 Uhr, nach einigen starken Böen, flaute der Sturm ab. Die »Euridike« hatte wie durch ein Wunder fürs Erste dem Unwetter getrotzt.

Total erschöpft lösten sich Benninga und Feeken von den Tauen, während ihr Schiff immer noch stark krängte.

Kapitän Reent Renken nahm seine klammen Hände vom Kompasssockel, erhob sich, trat an das Steuerrad, das sich, wie von Geisterhand bedient, bewegte. Er blickte in die sich nähernden dunklen Wolken. Die »Euridike« krängte und dümpelte auf den sich abflauenden Wellen. Seit mehr als elf Stunden hatte er auf der Brücke in Todesangst das Steuer bedient. Sein Blick huschte über die Masten. Das Sturmsegel war gerissen.

Ein Dankgebet floss über seine verkrusteten Lippen. Er fühlte nicht die Kälte, die durch seine durchnässte Wäsche stieg. Sie waren vorerst dem Untergang entronnen, und nun galt es, keine Zeit zu versäumen, denn das Barometer verhieß nichts Gutes, wie er beim Blick auf den Kompass feststellte. Er bediente das Steuerrad. Der

Schoner folgte dem Ruder. Der abgeflaute Sturm blies immer noch mit geschätzter Geschwindigkeit von 80 Kilometern in der Stunde aus Nordwest und trieb die »Euridike« vor sich her. Er rief nach seinem Steuermann. Einen zweiten Sturm würde sein Schiff nicht durchstehen. Sie mussten Segel setzen.

Reent Renken verließ die Brücke. Sein Steuermann Eilrich Benninga kam ihm mit bleichem Gesicht entgegen und stützte sich auf das Geländer der Brückentreppe. Er riss den Südwester von seinem Kopf und atmete schwer.

»Käptn, Keno Warfmann ging über Bord«, sagte er.

Reent Renken blickte den Steuermann mit leeren Augen an.

»Entsetzlich!«, erwiderte er, machte ein Kreuzzeichen und hob seine Kapitänsmütze, die wie sein Schiff die Attacken des Sturmes überstanden hatte, kurz vom grauen Haar.

»Es geht um unser Leben. Setzen Sie das Großsegel! Wir nehmen Kurs auf Helgoland!«

»Käptn, die Rote Fahne?«, fragte der Steuermann.

»Die bleibt ungesetzt. Weg damit! Wo befindet sich der Koch? Rauf über die Wanten zu den Rahen«, sagte Renken im befehlenden Ton.

»Feeken bereitet in der Kombüse einen Tee mit Rum vor«, sagte Benninga.

»Holen Sie ihn! Wir brauchen ihn, um das Segel zu setzen«, befahl er. »Wollen Sie versaufen kurz vor Helgoland? Keine Zeit für einen Schluck!«

Der Kapitän war aufgebracht, wandte sich ab und suchte die Brücke auf. Er trat an das Steuerrad, nahm das Fernglas in die Hand und suchte am Horizont nach den Konturen der Felseninsel.

Unter dem Datum des 8. März 1886 erschien im »Friesischen Kurier« folgender Bericht:

»Neuharlingersiel. Ostfriesland. Die vielen orkanartigen Stürme Anfang März haben an der norddeutschen Küste viele Opfer an Menschenleben und stolzen Schiffen gefordert. Brave Seeleute verloren ihr Leben im Kampf mit den unberechenbaren Naturgewalten, stabil erbaute Schiffe fanden nicht zurück in die Heimathäfen und haben infolge des Jahrhundertsturms leider einen schmerzlichen Verlust zu beklagen. Der hiesige Kapitän Reent Renken, welcher sich auf der Reise mit einer Ladung Hüttenerzeugnissen aus Leeds von Newcastle nach Bremen befand, hat wahrscheinlich mit seiner aus drei Mann bestehenden Besatzung in der Nähe der Insel Helgoland seinen Tod in den Wellen gefunden. Die ›Euridike‹ hat den rettenden Hafen von Helgoland nicht erreicht. Nach unseren Rückfragen bei der Reederei ›Gebrüder Hugo und Jan Thomasens‹ fanden außer Kapitän Reent Renken der Steuermann Eilrich Benninga aus Großefehn, der Matrose Keno Warfmann aus Oldersum und der Koch Ino Feeken aus Upgant-Schott den Tod in den Wellen. Sträflich ist anzumerken, dass der bis dato unbescholtene, mit der Seefahrt vertraute und ansonsten zuverlässige Kapitän, auch das sei hiermit kundgetan, für die ostfriesischen Matrosen Tomko Fisser von Juist und Harm Oldtmann aus Greetsiel, die mit anderen Auswanderungswilligen an Bord eines Schiffes mit dem Kurs nach New Orleans anheuerten, keine willigen Matrosen zum Ersatz an Bord genommen hat. Der ›Euridike‹ fehlte es an Männern. Es bleibt ungeklärt, ob sie den Untergang voll bemannt überstanden hätten.

Mit dem Untergang der ›Euridike‹, an der Kapitän

Reent Renken erst vor wenigen Monaten einen Part gezeichnet hatte, wird sich das Seeamt in Emden befassen.

Der Schoner war mit 12.000 Mark in Leer, mit weiteren 2.500 Mark in Hamburg und mit 1.500 Mark in Carolinensiel versichert.

Kapitän Reent Renken, 51, Neuharlingersiel, hinterlässt seine Frau, einen Sohn, 22, der sich zurzeit als Matrose an Bord der ›Andrea‹ auf Großer Fahrt von Liverpool nach Rio Grande del Sul befindet, eine Tochter, 20, die mit einem Kapitän verheiratet ist und in Danzig lebt.

Um den Steuermann Eilrich Benninga, 44, aus Großefehn trauert seine Frau, der Sohn, 18, Leichtmatrose auf der Bark ›Jantje‹ auf Fahrt nach Bordeaux, und zwei Töchter, 16 und 14 Jahre alt.

Keno Warfmann, 28, hatte vor Antritt der Reise geheiratet. Seine Frau ist schwanger.

Der Koch Ino Feeken, 28, aus Upgant-Schott war ledig. Er wohnte bei seinen Eltern. Zwei seiner Brüder fahren ebenfalls zur See.

Die Reederei ›Gebrüder Hugo und Jan Thomasens‹, Neuharlingersiel, bedauert das tragische Geschick zutiefst und vermeldete, ihre Kondolenz mit einer Zahlung in unbekannter Höhe für die Hinterbliebenen zu verbinden. Sie ordnete eine Trauerbeflaggung ihrer Schiffe an.«

Weder die Reeder Hugo und Jan Thomasens noch ihre fahrenden Seeleute und das Personal im Backsteinhaus mit Flaggenständer vor dem Sielhafen, auch nicht der Schreiber des Berichtes im Friesischen Kurier, erst recht nicht die richtenden Sachverständigen des Seeamts in Emden, besaßen Kenntnisse von dem, was sich an Bord der »Euridike« ereignet hatte, nachdem der Schoner fürs Erste dem drohenden Untergang in Sichtnähe der Insel Helgoland entronnen war.

Die Schäden, die der Orkan hinterlassen hatte, waren nicht so gravierend, um mit dem Hissen der »Roten Fahne« die See-Untüchtigkeit der »Euridike« den ihren Kurs kreuzenden Schiffen kundzutun.

Die Masten hatten dem Sturm getrotzt. Die Schäden am Klüverbaum und am Bramstag, abgerissene Rahen, zerrissene Sturmsegel, dazu gesellten sich einige weitere Bagatellschäden, bildeten kein Hindernis, vor dem Unwetter zu flüchten und den rettenden Hafen der Felseninsel anzusteuern, um sich dort auf Reede von den Strapazen zu erholen und notwendige Reparaturen durchzuführen. Die gut vertäute Ladung hatte keinen Schaden genommen.

Der abgeflaute Sturm aus Nordwest blies auf das Heck mit einer geschätzten Windgeschwindigkeit von 80 Kilometern die Stunde. Angesichts der Wetterlage war allerdings zu befürchten, wie Kapitän Renken sachkundig mit einem Blick in die bedrohlichen Wolkenberge feststellte, dass die »Euridike« bei einem Aufdrehen des Sturms von den sie schiebenden Wassermassen regelrecht mit dem Bug in die See gedrückt werden konnte.

Kapitän Renken, total erschöpft, schrie seine Befehle in den Wind. Er sah den Steuermann. Er stand vor dem Unterdecksteg und gestikulierte.

»Das Großsegel!«, brüllte Renken verzweifelt gegen den Wind, während der Schoner im Auf und Ab der Wellen Helgoland entgegendümpelte, noch seetüchtig mit um die Rahen fest verzurrten Segeln.

Kein Schiff befand sich in der Nähe. Auch die Männer der Seewarte Helgoland, die mit ihren Gläsern den sich eindunkelnden Horizont absuchten, erblickten die treibende »Euridike« nicht.

Am 12. März 1886 befand sich der Schoner »Anna-Johanna« auf Fahrt von London nach Cuxhaven. Der Segler war in Brake beheimatet.

Der Wind blies mit 70 km/h aus Nordwest in die voll gesetzten Segel.

Die mit 228 BRT vermessene »Anna-Johanna« war 32,50 m lang, 7,45 m breit und 3,80 m tief. Für den Einsatz in Übersee hatte der Rumpf des Schoners eine stabilisierende Metallhaut. Kapitän des Seglers war Elmrich Boomhoff aus Lütetsburg.

Der Schoner war am 12.01.1886 in Curaçao ausgelaufen und hatte am 8.03.1886 nach einer Reise von 55 Tagen ohne besondere Vorkommnisse den Zielhafen London erreicht, die Fracht gelöscht, Teekisten und seemännisch verpacktes englisches Porzellan an Bord genommen und den Proviant aufgefrischt.

Zur Besatzung der »Anna-Johanna« gehörten außer dem Kapitän und dem Steuermann vier Matrosen, zwei Leichtmatrosen, ein Schiffszimmermann und der Koch.

Die Stimmung an Bord nach der langen Reise angesichts der guten Wetterlage war ausgezeichnet und stieg mit jeder Seemeile, die das stolze Schiff in Richtung Heimathafen zurücklegte.

Am Nachmittag des 13. März passierte die »Anna-Johanna« Scharhörn. Kapitän Elmrich Boomhoff verließ seine Kajüte und begab sich auf einen kontrollierenden Rundgang. Er blickte in die frohen Gesichter der Seeleute, die sich bereits in der Nähe der Wanten aufhielten und sich auf das Einholen der Segel vorbereiteten. In einer knappen Stunde erwartete er den Lotsen an Bord.

Boomhoff begab sich zum Bug, nahm sein Fernrohr zur Hand, studierte die ihm vertrauten Seezeichen und suchte vor dem fernen Festland nach dem Lotsensegler.

In sein Blickfeld fiel ein treibendes Rettungsboot, das sich schaukelnd im Tidestrom der »Anna-Johanna« näherte. Er nahm das Glas von den Augen, rieb es mit einem Taschentuch blank und setzte es erneut vor seine Augen. Im vorbeitreibenden Boot befand sich kein ausgemergelter Schiffbrüchiger. Dennoch erweckte es seine Neugierde. Er hob die Hand, winkte dem Steuermann zu und machte ihn auf das Rettungsboot aufmerksam.

Jan Bruns änderte den Kurs. Nach zirka 20 Minuten sahen es alle, als das verlassene Rettungsboot steuerbords vorbeitrieb. Es war leer, wie sie sahen. Weder Ruder noch eine Korkweste ließen sich ausmachen. Der Anblick schockte die Männer und erinnerte sie an Gefahren, denen sie oft nur knapp entronnen waren.

Kapitän Elmrich Boomhoff sah sich nicht veranlasst, die Männer zu den Rahen zu schicken, dem Schiff die Fahrt zu nehmen, um das Rettungsboot zu bergen. Er studierte durch das Glas die schwarz aufgepinselten Großbuchstaben, suchte seine Kajüte auf, setzte sich an seinen Schreibtisch und machte eine Eintragung in das Logbuch mit entsprechenden Positionsangaben. Er war sich nicht ganz sicher bei der Abfassung des Namens des Schiffes, von dem das Boot ausgesetzt oder verloren gegangen war. »Erike? Eudike?«, fragte er sich und erinnerte sich an die Großbuchstaben: NHLG. »Neuharlingersiel«, schrieb er unter Heimathafen.

Am 2. April 1886 erinnerte eine Mitteilung des Herrn Elmrich Boomhoff, Kapitän des Schoners »Anna-Johanna«, Heimathafen Brake, der sich auf Fahrt nach Cuxhaven befand, an das schreckliche See-Unglück der »Euridike«. Nach seinen Angaben hatten er und seine Mannschaft das treibende Rettungsboot des Schoners in der Nähe von Scharhörn gesichtet. Das klang glaubhaft, entsprach allerdings nicht den Vorstellungen der Gebrüder Thomasens, die sich mit ihren erfahrenen Kapitänen berieten. Sie studierten die Seekarten, berechneten die Tideströme und Windstärken. Doch das alles ergab keinen Sinn. Weder der Kapitän Reent Renken, weder sein Steuermann Eilrich Benninga noch der Matrose Warfmann und auch der Koch Feeken hatten die Katastrophe überlebt. Die Annahme, sie hätten das Schiff verlassen, das Rettungsboot bestiegen, die Ruderpinne bedient und Helgoland angesteuert, änderte nichts an der Tatsache, dass sie ertrunken waren. Dabei stand nicht fest, ob das in der Nähe von Scharhörn gesichtete Rettungsboot in der Tat von der »Euridike« stammte.

Weder Hugo noch Jan Thomasens hielten es für nötig, abgesehen von einem Dankschreiben an den Kapitän, der Sache weiter auf den Grund zu gehen. Das Seeamt hatte sich des Unterganges ihres Schiffes angenommen und die Versicherungen ihre Zahlungsbereitschaft angekündigt. Die günstige Auftragslage nahmen sie zum Anlass, in Emden bei der »Cassenschen Werft« einen Neubau in Auftrag zu geben, der nicht nur die Länge, Tiefe und Breite, sondern auch das Fassungsvermögen der versunkenen »Euridike« bei weitem übertraf.

In Unkenntnis der rätselhaften Ereignisse an Bord des Schoners »Euridike«, der unter der Führung des Kapitäns Reent Renken auf der Reise von Newcastle nach Bremen während eines tobendenden Orkans in den Fluten der Nordsee versunken war, was den wirklichen Ereignissen entsprach, erhob das Seeamt in Emden am 5. Mai schwere Vorwürfe gegen den Kapitän, der sich bis dato nie etwas hatte zu Schulden kommen lassen. Dabei standen seine Fähigkeiten, mit den ihm anvertrauten Schiffen und Besatzungen pflichtgemäß zu verfahren, außer Zweifel. Er hatte mehrmals das befürchtete Cap Horn umrundet, Schiffe und Besatzungen sicher in die Häfen geführt. Ihm wurden als Anteilseigner am verlorenen Schiff fehlende Fürsorgepflichten gegenüber seinen Mannschaftsangehörigen zur Last gelegt. Aus Kostengründen hatte er es unterlassen, für seine beiden ostfriesischen Mannschaftsangehörigen, die abheuerten, in Newcastle nach Ersatz Ausschau zu halten. Das Schiff war mit nur drei Besatzungsmitgliedern, dem Matrosen, dem Steuermann und dem Koch, der nur Hilfsdienste zu leisten imstande gewesen sein mochte, sträflich unterbesetzt gewesen. Auf diese Tatsache hatte der Lotse, Mr. Tom Keensay, den Kapitän aufmerksam gemacht, wie die Recherchen erbrachten.

Der Schoner »Euridike« geriet unterbesetzt in den Sturm. Das Urteil der Sachverständigen lief darauf hinaus, wegen der Mitschuld am Untergang des Schiffes zulasten der Witwe und Ihren Kindern den gezeichneten Part der Reederei zuzusprechen. Das betraf den versicherungsrechtlichen Aspekt. Das war insoweit korrekt und nachvollziehbar, verfehlte allerdings den wirklichen Sachverhalt, weil Kapitän Reent Renken, was allen noch verborgen blieb, trotz des Seetodes des Matrosen Keno Warfmann, mit einem Steuermann und dem Koch die »Euridike« vor dem Untergang gerettet hatte, was erst später an das Licht des Tages kommen sollte. Viel später allerdings und das auch nur mehr rein zufällig, oder, wie die Witwe von Reent Renken, um Jahre gealtert, feststellte, »dank Gottes weiser Fügung«, was eine Rehabilitierung Ihres geliebten Mannes möglich machte.

Am Abend des 14. Mai 1886 trafen sich die Mitglieder des Männergesangvereins »Germania« um 20 Uhr im kleinen Saal des »Preußischen Adlers« von Keitum. Das hatte Tradition. Die wöchentlichen Singabende dienten den gestandenen Herren der oberen Bürgerschicht einerseits zum Ausgleich ihrer professionellen und familiären Belastungen, andererseits galten sie auch, wie es in den Gründungsstatuten festgeschrieben war, ihre patriotische Gesinnung mit der Pflege alten Liedgutes zum Ausdruck zu bringen, in einer Zeit, die von politischen Unruhen und technischen Neuerungen geprägt war.

Dem Liedervater, Apotheker Malte Jessen, und dem Chorleiter Eike Mauritz, Direktor des »Carolus Magnus-Gymnasiums«, verdankte der Verein sein hohes Ansehen in der Öffentlichkeit.

Auch am heutigen Abend verlangte Mauritz den Sängern alles ab, galt es doch, bei der Einweihung des neuen Postamtes auf Westerland in Anwesenheit hoher Regierungsbeamter und angesehener Ehrengäste am Pfingstfest mit drei Beiträgen zum Gelingen beizutragen.

Tradition hatte allerdings auch das nach den Chorproben gemütliche Beisammensein an den geschrubbten Tischen in der Schankstube, wenn die Herren das Bier aus den Krügen tranken, der Zigarrenrauch wie Herbstnebel durch das Lokal zu dem Luk zog, wenn hinter vorgehaltenen Händen getuschelt wurde und Witze die »Obrigkeit« schlecht aussehen ließen.

Knut Knutsen, der gesetzte 56-jährige Wirt, bediente hinter dem Tresen den Zapfhahn, achtete streng darauf, dass keiner der Herrschaften grabschend seine hübschen Bedienungsmädchen belästigte.

Er freute sich über den Umsatz, liebte es allerdings nicht, wenn die Herren gegen 23 Uhr noch auf ihren Stühlen klebten, während vor seinem angesehenen Logierhaus die Pferdedroschken und Kutschen auf die Trinker warteten.

Auch an diesem Abend besaßen die Honoratioren Sitzfleisch. Gegen 23.30 betätigte er die Thekenglocke und zapfte die letzte Runde.

Die Kellnerinnen machten die Rechnungen auf, kassierten lustig und beschwingt und steckten eine Menge Trinkgeld ein.

Es war bereits 24 Uhr, als Knut Knutsen die Türen verschloss und sich zur Nachtruhe begab. Seine Frau Veronika empfing ihn mit Schimpfen, weil er sich mal wieder nicht hatte durchsetzen können, während sein Hund Rollo ihm mit wedelnder Rute entgegenkam. Knut Knutsen tätschelte den Hund, begleitete Rollo zum kleinen, offenen Lagerraum, in dem sich zwischen Bierfässern und Handwagen Rollos Hütte befand. Danach begab er sich zum Schlafgemach. Seine Frau Veronika wollte um diese späte Zeit von ihm nichts mehr wissen. Sie litt mal wieder unter Migräne.

Knut Knutsen hatte, auch das hatte Tradition, ebenfalls dem süffigen Flensburger Lagerbier zugesprochen. Er zog sich aus, kroch in sein Bett, überhörte das Gekeife seiner Veronika und schlief sofort ein.

Am Morgen wachte er früh auf, als das Sonnenlicht durch das Fenster ins Schlafzimmer drang. Veronika befand sich noch im tiefen Schlaf. Er verließ das Bett, zog sich an, schlich zur Tür, öffnete sie, zog sie behutsam hinter sich in das Schloss und suchte den Lagerraum auf. Rollo sprang an ihm hoch und folgte ihm über den Hof, an den Ställen entlang. Knutsen nahm den Weg über den Pfad an dem kleinen mit Krüppelkiefern bewachsenen Dünengelände vorbei zur Straße.

Niemand begegnete ihnen an diesem frühen Morgen auf dem Weg zu den Steildünen. Die aufgehende Sonne warf ihr Licht auf die See. Die Luft war würzig und roch nach Meer. Rollo tollte herum. Sie folgten dem verschlungenen Sandweg zum Strand, auf den die Wellen mit weißen Kämmen aufliefen.

Rollo hetzte mit heraushängender Zunge hechelnd hinter den Möwen her, wie immer vergeblich. Noch nie war es ihm gelungen, eine zu erwischen.

Knut Knutsen genoss den wunderschönen Rundblick und lächelte verschmitzt, vergaß, wie immer, den Unmut seiner Frau. Er war rundum zufrieden. Er und seine zehn Jahre jüngere Veronika hatten es zu etwas gebracht. Hohe Regierungsbeamte, selbst Angehörige des Adels logierten in ihrem »Preußischen Adler«. Im Stall standen vier edle Rosse. Er und Veronika fuhren sonntags in einer eleganten Kutsche zur Messe. Sie beschäftigten einen Hausmeister, einen Gärtner, einen Stallknecht, eine Köchin, Mägde, Zimmermädchen und Bedienungsfräulein, die sich um ihre Gäste bemühten.

Ihr Sohn Lauritz, 18, fuhr als Matrose auf der Hamburger Viermastbark »Burchana« zur See, um nach der seemännischen Grundausbildung die Steuermanns-Schule zu besuchen. Das Schiff befand sich zurzeit auf einer Reise nach Buenos Aires.

Bei den vielen Risiken, die das Seemannsleben mit sich brachte, lebten er und seine Veronika in steten Sorgen um das Wohlergehen ihres einzigen Kindes.

Knut Knutsen trug unter dem bis zu den Knien reichenden Gehrock ein weißes Hemd mit gestärktem Kragen, die schwarze Samtschleife, eine Weste mit der eingenähten kleinen Tasche für die zum Stande gehörige goldene Taschenuhr, die an einer massive Goldkette seinen Wohlstand repräsentierte. Eine zeitgemäße Schiffermütze bedeckte sein angegrautes volles Haar. Sein rötliches Gesicht zierten ein buschiger Schnäuzer und ein angegrauter Bart.

Er war hoch gewachsen und hatte eine stämmige Figur. Als Besitzer und Eigentümer des »Preußischen Adlers« gehörten er und seine Frau zu den angesehensten Bürgern der Insel Sylt.

Knut Knutsen hatte nie das Verlangen in sich gespürt, die Insel zu verlassen, um Schiffsplanken zu betreten. Er hatte nach dem Tode seines Vaters die Galiote »Uta-Carolina«, ein stolzer Segler, an die Flensburger Reederei Ade Mensing verkauft und, wie sich herausstellte, goldrichtig gehandelt. Mit dem Verkaufserlös hatte er das Logierhaus erbauen lassen. Die Galiote »Uta-Carolina« kenterte fünf Jahre später auf einer Reise von Kragerög nach Emden auf der Nordsee. Sie hatte Holz geladen. Die vierköpfige Besatzung kam ums Leben.

Knut Knutsen schritt in Gedanken versunken über

den einsamen Strand, während Rollo seine Spielchen trieb. Nach vorausgegangenen stürmischen Tagen bedeckten Platschen mit Seegras und Tang den Strand. Der Wirt des »Preußischen Adler« blickte rein zufällig auf eine Flasche, die in den anrollenden Wellen im Licht der Sonne blinkte.

Knut Knutsen betrat den wässrigen Strandsaum, fischte die Flasche aus dem Rand der schäumend auslaufenden Wellen, hielt sie gegen das Licht und betrachtete sie nachdenklich.

»Jamaika« entzifferte er und fuhr mit den Fingern über die plastischen Buchstaben der etikettlosen Flasche, die aus grünem Glas hergestellt worden war und ihren Inhalt vor seinen Blicken verbarg. Der Hals war mit einem Korken verschlossen, der über den Rand hervorlugte.

Knut Knutsen entfernte den Korken und roch an der Flaschenöffnung. »Rum!«, entfuhr es ihm. Er hielt die Flasche nach unten, schlug mit der Hand auf den Boden. Vergebens. Er wendete die Flasche und lugte durch den Hals.

»Die Flasche enthält Papiere«, stellte er fest.

Er warf einen Blick auf Rollo, der eine tote Möwe beschnupperte.

»Rollo! Lass ab!«, rief er dem Hund zu, steckte den Zeigefinger in den Flaschenhals, bemüht, den Inhalt ans Licht des Tages zu bringen. Nach vielen Bemühungen, mit Windungen seines Zeigefingers, gelang es ihm, der Flasche den Inhalt zu entnehmen. Es waren beschriftete Seiten eines Logbuches, wie er überrascht feststellte. Er steckte die klebrige Flasche in die Tasche seines Gehrocks, vergaß dabei die ihm bevorstehende Schelte seiner Veronika und studierte die mit einem Bleistift beschriebenen Seiten, die mit Blutflecken besudelt waren, wie er fröstelnd feststellte.

Rollo näherte sich ihm mit weiten Sätzen, schoss hoch zur Flasche, bellte, als erwarte er, dass er die Flasche von sich warf, um mit dem Herrchen das eingeübte Spiel aufzunehmen.

»Lass! Rollo! Bei Fuß«, befahl Knut Knutsen. Ihm stockte der Atem, als er die hastig zu Papier gebrachten Zeilen las.

Am Montag, dem 24. Mai 1886, schien die Sonne. In der kleinen Küstenstadt Wittmund herrschte an diesem Morgen reges Treiben. Auf dem Platz vor Sankt Peter hatten die Bauern und Händler ihre Stände aufgebaut. Besucher und Besucherinnen füllten den Markt, begutachteten das breite Frühjahrsangebot und tätigten ihre Einkäufe. Über die Straßen zogen kräftige Oldenburger Pferde die schweren Fuhrwerke. Kutscher ließen ihre Peitschen knallen. Das Klirren der Hufe mischte sich in den Lärm, den die Wagen auf dem holprigen Kopfsteinpflaster hinterließen. Passanten suchten die Läden auf.

Vor dem Rathaus stieg der Postbote, er trug die schmucke Uniform mit den langschäftigen Stiefeln, auf den Bock der gelben Kutsche, liftete kurz seine Dienstmütze, ergriff die Zügel des Gespanns, betätigte den Schwengel der Handbremse, lenkte das Gefährt vom Vorplatz des Backsteingebäudes, bog in die Hauptstraße ein und überholte einen Leiterwagen, der sich mit mächtigen Baumstämmen beladen, von vier Pferden gezogen, von Neuharlingersiel auf dem Wege zur Holzhandlung Menno Janzen befand.

Der brave Postbote ahnte nichts von der Verwirrung, die das kleine Paket, das er dem muffeligen, stets unfreundlichen Portier, der sich für was Besseres hielt, im Amt angerichtet hatte. Der Portier Enno Sandner, 55, verärgert über die respektlose Haltung des flegelhaften Postmannes, betrachtete das Paket. Die Anschrift enthielt keinen Hinweis auf ein Ressort. Absender war ein Knut Knutsen, Logierhausbesitzer von Keitum auf Sylt.

Enno Sandner, im Dienst ergraut mit preußischen Beamtenqualitäten, griff zur Schere, rückte dem Paket zu Leibe und staunte nicht schlecht, als er die in Sägespäne gebettete Rumflasche, auf der »Jamaika« stand, in den Händen hielt. Er schüttelte nachdenklich den Kopf, stellte die Flasche auf die Schreibplatte seines Sekretärs, fand beim genauen Hinsehen einen Pappumschlag, öffnete ihn, blickte auf ein mit schwarzer Tinte säuberlich abgefasstes Schreiben und las:

Keitum, den 15. Mai 1886

Hiermit möchte ich zur Kenntnis bringen, dass ich, Knut Knutsen, Inhaber und Eigentümer des Logierhauses »Preußischer Adler« in Keitum, welches die Gunst vieler Honoratioren zu schätzen weiß, dato bei einem Spaziergang, wie so oftens mit meinem Hund Rollo, am Strand auf das beigefügte Objekt stieß. Es gibt meinerseits keine Beziehungen weder zu dem Schiff »Euridike« noch zu den betroffenen Personen. Den erschütternden, zu Herzen gehenden Verzweiflungseintragungen auf den Seiten des Logbuches des Unglücklichen entnehme ich den Hinweis, dass der Bestimmungshafen des Schiffes Neuharlingersiel war, der zu Ihrem Amtsbereich zählig ist.

Mit ergebener Hochachtung
Knut Knutsen

Der Staatsdiener Sandner erschrak beim Lesen der mit einem Bleistift gefüllten Zeilen. Tief ergriffen blickte er auf die Blutflecken, die der Kapitän auf der Logbuchseite beim Verfassen der Mitteilung hinterlassen haben musste.

Er erinnerte sich an die schweren Stürme Anfang März und brachte das Schiff »Euridike« damit in einen Zusammenhang. Er legte das Schreiben auf den Tisch und überlegte. Langsam dämmerte es ihm. Das Schiff war in den Gewässern um Helgoland gesunken. Das Seeamt in Emden hatte schwere Vorwürfe gegen Kapitän Reent Renken erhoben. Sandner atmete tief durch.

»Mein Gott! Das stellt alles auf den Kopf«, sprach er vor sich hin.

Er legte das Begleitschreiben und die Kapitänsniederschrift in den Pappbogen, ergriff die grüne Rumflasche, verließ sein Dienstzimmer, hastete zur Treppe und nahm mit einer ihm kaum zuzutrauenden Schnelligkeit die Treppenstufen. Er eilte durch den Flur, klopfte an die Tür des Dienstzimmers des hochgeehrten Amtsrates Georg Sassen, öffnete sie unaufgefordert, richtete sich auf, rang nach Luft, zog die Tür in das Schloss und blickte in das ernste Gesicht seines Vorgesetzten, der verwirrt seinem Blick begegnete.

Amtsdirektor Egon Sassen saß an seinem Schreibtisch. Er trug eine aus leichtem Stoff geschneiderte Jacke, ein weißes Hemd mit aufgesetztem gesteiften Kragen, eine schwarze Fliege und ein zugeknöpftes Gilet, an dessen drittem Knopf die massive Kette der Taschenuhr befestigt war.

Er hatte volles Haar. Sein vom Segeln gebräuntes Gesicht zierte ein Schnäuzer und ein gestutzter Bart.

Sassen näherte sich den fünfzig. Er blickte verwirrt auf die grüne Flasche.

»Sandner! Was soll das? Ungerufen kommen Sie hereingeschneit«, entfuhr es ihm empört. Die Falten um seine blassblauen Augen verrieten seinen Unmut. »Was bringen Sie mir da?«, fügte er streng hinzu.

In Sandners rosiges Gesicht stieg eine Blässe. »Ich bitte ergeben, mein Eindringen zu entschuldigen. Post aus Keitum. Entsprechend meiner dienstlichen Befugnisse öffnete ich das Paket. Es enthielt diese Flasche, ein Begleitschreiben und eine Mitteilung des Kapitäns der verschollenen ›Euridike‹.« Sandner näherte sich dem Schreibtisch, stellte die Flasche ab und reichte dem Amtsrat den Pappumschlag.

Sassen blickte überrascht auf.

»Setzen Sie sich!«, sagte er und wies auf den Besucherstuhl. Er entnahm dem Pappumschlag die Schreiben und las.

Der Portier sah nicht ohne stolz auf seine Mission zu, wie der Amtsrat erschrak, und schaute innerlich erregt auf die Lederrücken der dickleibigen Bücher, die das seitliche Regal enthielt. Licht fiel durch das Fenster auf einen kleinen Tisch mit einer modernen Druckmaschine.

Egon Sassen legte die Schriftstücke in einen hölzernen Aktenbehälter. Er schaute den Portier forsch an.

»Sie kennen den Inhalt der Schreibens?«, fragte er.

Sandner nickte. »Sie haben gut daran getan, den sonst üblichen Dienstweg nicht einzuhalten. Depeschieren Sie an den ›Friesischen Kurier‹. Bitten Sie einen der Herren Journalisten zu uns! Es gilt schnell zu handeln! Sandner, keine Silbe an die Gazette! Ich wende mich persönlich an den Herren Amtsrichter.«

Der Portier nickte und erhob sich.

»Sie sind verpflichtet zu schweigen. Ich danke Ihnen. Sie haben mitgedacht. Sie können gehen«, ordnete Sassen an.

Sandner verließ nicht ohne Stolz das Dienstzimmer.

Unter dem Datum des 25. Mai 1886 erschien im »Friesischen Kurier« unter der fetten Überschrift »Flaschenpost – Ein Kapitän klagt an« ein Bericht, der den Lesern nicht nur zu Herzen ging, sondern in der gesamten Küstenregion und darüber hinaus für Abscheu und Empörung sorgte. Kaum jemand zweifelte an der Glaubwürdigkeit des Beitrags.

Depeschen gingen über die Drähte von Danzig bis Kiel, von Emden bis Husum. Das hatte eine bis dato unvorstellbare Zusammenarbeit der Polizeibehörden zur Folge.

Im Seeamt Emden nahmen die Herren Sachverständigen den Bericht des »Friesischen Kuriers« bestürzt zur Kenntnis, mehr noch, das versteht sich, zeigten die Angehörigen der Opfer des Dramas an Bord der »Euridike« tiefste Betroffenheit.

Vor dem Reederei-Gebäude der Gebrüder Hugo und Jan Thomasens in Neuharlingersiel griff am Morgen des 27. Mai 1886 der Wind nach den Wimpeln der Fahnenstangen.

Im Direktionszimmer, mit zeitgemäßem Luxus ausgestattet, herrschte betretenes Schweigen. Jan Thomasens nahm von seinem ergrauten Prokuristen Folkmar Blumhoff, der sich mehr als fünfundzwanzig Jahre auf den Planken von Seglern aufgehalten hatte, schwer atmend die Zeitung entgegen. Sein Bruder Hugo befand sich in Emden auf der »Cassenschen Werft«, um den auf Kiel gelegten Neubau der »Euridike II« zu inspizieren.

Eine Angestellte betrat das Büro, machte einen Knicks, stellte das chinesische Teegeschirr auf dem breiten, aus Mahagoniholz gefertigten Schreibtisch ab, rückte es zurecht, stellte die Kanne auf das Porzellanstövchen, blickte in die ernsten Gesichter der hohen Herren und verließ wortlos das Zimmer.

Folkmar Blumhoff griff zur Zuckerdose. Er blickte Jan Thomasens fragend an, der die Zeitung angewidert zwischen seinen Fingern hielt und nickte. Der Prokurist gab braunen Rohrzucker in die Tassen, schenkte den Tee aus und gab Sahne dazu. Die Pfeifen in ihren Ledereetuis blieben unberührt.

Sie nippten an den Tassen.

Jan Thomasens schlug die Zeitung auf und fand zum besagten Artikel. Er las laut mit trockener Stimme:

»Flaschenpost – Ein Kapitän klagt an! Neuharlingersiel, 27. Mai 1886.

Knut Knutsen, ehrenwerter Logierhausbesitzer aus Keitum auf Sylt, fand am 15. Mai 1886 bei einem Spaziergang in der Frühe des mit gutem Wetter beginnenden Tages in Begleitung seines Hundes eine treibende Flasche, die seine Neugierde weckte. Er war im Begriff, sich ihrer wieder zu entledigen, weil sein Hund danach an ihm hochsprang und danach schnappte. Die Prägung der grünen Flasche trug den Namen ›Jamaika‹. Er zog den nicht tief aufgesetzten Korken heraus und stellte fest, dass die Flasche einen Inhalt barg. Es gelang ihm unter Mühen, ohne die Flasche zu zerstören, den besagten Inhalt ans Licht zu befördern. Es waren Mitteilungen eines in Seenot geratenen Kapitäns, die ihn erschütterten.

Knut Knutsen folgte seiner Bürgerpflicht und erfüllte den letzten Wunsch des wackeren Mannes, der verzweifelt vergeblich nach seiner Rettung und dem Erhalt seines ihm anvertrauten Schiffes Ausschau hielt.

Das durch Gottes Willen gelenkte oder zufällig aufgefundene Dokument suchte vergeblich ihresgleichen.

Auf einer Logbuchseite berichtet der Kapitän vom dramatischen Geschehen an Bord seines Schiffes ›Euridike‹, das, wie wir berichteten, Opfer des großen Frühjahrssturmes wurde und vor Helgoland in den Fluten versank.

Dem Leser sei es gestattet, selbst Kenntnis von seiner verzweifelten Nachricht zu nehmen:

»Ich, Kapitän Reemt Renken von Neuharlingersiel, mit einer Ladung von Hüttenerzeugnissen an Bord, muss meine Frau und die Kinder um Gottesschutz bitten, weil ich sie nie mehr wiedersehen werde.

Ich empfehle den Angehörigen meines braven Steuermannes Eilrich Benninga und des tapferen Matrosen Keno Warfmann den Beistand unseres Gottes.

Warfmann ging bei dem verheerenden Sturm über Bord. Nie musste ich mit solchen Gewalten kämpfen. Wir hatten dem Sturm getrotzt, waren dem Untergang entronnen, während sich ein weiteres Unwetter näherte.

Erschöpft nach einer schier nicht enden wollenden Bedrohung im harten, eisigen Wind, ohne Nahrung und Pausen, nach überstandenen Sturzseen mit Schäden am Bug und der Takelage, forderte ich Benninga und dem

Koch Feeken das Letzte ab. Sie waren geschwächt, taumelten und suchten nach Halt, doch nur das schnelle Setzen des Hauptsegels bot die Chance, davonzukommen.

Ino Feeken widersetzte sich meinen Befehlen, begab sich eigenwillig zur Kombüse. Meine Anordnungen gingen mit dem Wind. Benninga folgte ihm, um ihn zur Raison zu bringen. Das Unwetter näherte sich. Mit etwas Fortune konnten wir es noch schaffen. Ich war entsetzt, hastete zu meiner Kajüte, um das Logbuch zu führen, als ich Zeuge wurde, wie Feeken, eine Flasche Rum in der Hand haltend, meinen vor ihm flüchtenden Steuermann mit einem Messer niederstach. Ich erreichte meine Kajüte vor dem Amokläufer, konnte die Tür aber nicht mehr verschließen.

Feeken, vom Teufel besessen, mit irren Gesichtszügen, warf mir die Rumflasche an den Kopf, stach mit dem Messer in meine Brust, rannte davon und kappte die Taue des Rettungsbootes.

Ich verliere Blut, Nebel tanzen vor meinen Augen. Ich habe keine Hilfe und werde mit meinem Steuermann die ›Euridike‹ auf den Meeresgrund begleiten.

Mit Tränen und letzter Lebenskraft unterzeichne ich die Seiten des Logbuches, stecke sie in die Flasche, deren Inhalt Feeken zum Wahnsinn trieb. Dem Finder, wenn es denn einen geben sollte, gebührt Gottes Dank, wenn er kundtut, was geschehen.

Reent Renken, Kapitän der Euridike.«

Jan Thomasens legte die Zeitung auf den Tisch. Er trank Tee und blickte seinen Prokuristen mit leeren Augen an. »Ein schrecklicher Tod!«, stellte er fest.

»Schuldig, unschuldig! Da fehlte es an zupackenden Händen. Nach dem Tod des Matrosen war das Schicksal des Schoners besiegelt«, meinte Folkmar Blumhoff und nahm hin, was nicht mehr zu ändern war.

»Ich erinnere an die Mitteilung des Kapitäns des Schoners ›Anna-Johanna‹, der das Rettungsboot der ›Euridike‹ vor Scharhörn gesichtet hat«, warf Jan Thomasens nachdenklich ein.

»Nicht auszuschließen. Eine Flasche Rum nach den Strapazen! Gelang es dem Koch Ino Feeken vielleicht, die Küste zu erreichen?«, fragte der Prokurist nachdenklich.

»Dafür spricht einiges. Wenn, dann muss er zur Rechenschaft gezogen werden!«, sagte Jan Thomasens entschlossen. »Ich setze eine Prämie von 2.000 Mark aus für denjenigen, der uns verhilft, seiner habhaft zu werden. Geben Sie diese Entscheidung kund. Fragen Sie bei unseren Kollegen nach, ob Ino Feeken auf einem ihrer Schiffe angeheuert hat.«

Doch nicht nur die Reederei Gebrüder Thomasens suchte nach dem Verbleib des Seemannes, der nach fast unmenschlichen Strapazen, mit dem Blick auf die Wanten des schaukelnden Schiffes vor lauter Angst in der Kombüse nach der Rumflasche gegriffen hatte und, in Panik geraten, zum Mörder wurde, sondern auch die Polizei, die mit der Beschreibung des Täters auslaufende Schiffe an den Küstenhäfen befragten und von Amsterdam, London, selbst bis zu den lateinamerikanischen Häfen, ihre Suche erstreckten.

Dabei war nicht auszuschließen, dass auch Feeken das Opfer der See geworden war.

Der Kutscher hielt auf der holprigen Straße. Es war nur ein befahrbarer Feldweg. Alwin Koester, 47, vom Emdener Polizeirevier besuchte im Rahmen seiner Recherchen das kleine Bauernhaus der Eltern des Seemannes und Kochs Ino Feeken in Upgant-Schott.

Vor der Kate, in der Nähe der Mühle gelegen, durchwühlten Schweine den eingezäumten Rasen. Seitlich befanden sich der Hühnerhof und ein Entenpfuhl. In das Geschnatter bellte kurz ein herumstreunender Hund, der sich auf Zureden friedlich gab. Eine Alte mit einem schwarzen Kopftuch, langen Röcken, umgebundener Schürze und gekrümmtem Rücken näherte sich über einen festgestampften Lehmweg, der dem Mühlengelände gegenüberlag, der Hausfront.

Sie hielt einen Zinkeimer an der Hand und blickte dem fremden Besucher fragend entgegen, der sich über den Gehweg näherte.

An diesem späten Nachmittag des 2. Juni 1886 brachten ein aufgebrister Nordostwind nach einem sonnigen Tag vorüberziehende Wolken und ein wenig Kühlung. Fliegen umschwärmten die Alte.

»Wenn Sie eine Auskunft wünschen, bitte, der Bürgermeister wohnt hinter dem Thüner. In der Nähe befindet sich der Upgant-Schotter Krug. Die Hellenkamps haben freie Zimmer«, sagte sie und stellte den Eimer ab, in dem sich Milch befand. Sie schlug nach den Fliegen.

Sie hatte ein faltiges, vergrämtes Gesicht mit hellblauen Augen und einer scharfen Nase und blasse Lippen.

Alwin Koester hob seinen Zylinder vom Haupt.

»Danke, Madam«, sagte er freundlich.

»Lassen Sie die Schmeicheleien. Mein Mann befindet

sich bei den Pferden. Womit kann ich Ihnen zu Diensten sein?« Die Alte strich mit der Hand über ihre ausgestellten Röcke.

»Mein Name ist Koester. Wenn Sie Arnolde Feeken sind, dann befinde ich mich am Ende meiner Suche«, sagte er und lächelte ergeben.

Die Alte blickte ihn misstrauisch an. »Sie sehen nicht aus wie ein Viehhändler, der unsere Kälber kaufen will.« Sie setzte sich auf die lehnenlose Holzbank, die seitlich neben der Tür unter einem Bogenfenster stand.

»Nein, ich komme in einer ernsteren Mission zu Ihnen«, antwortete Koester, nahm die Beschnüfflung des Hundes gelassen entgegen und näherte sich der Alten.

»Der Milch bekommt die Sonne nicht«, sagte sie und schlug nach den Fliegen, die ihren Eimer umsummten. »Wenn Sie mit Claas, meinem Mann, sprechen wollen, geduldigen Sie sich bitte. Nehmen Sie auf der Bank Platz. Er kommt gleich.« Sie erhob sich und trug den Milcheimer in die Kate.

Claas Feeken trug über einem kragenlosen, gestreiften Hemd Hosenträger und eine dunkle, verbeulte Stoffhose. Sein Haar war ergraut und gestutzt. Sein grauer Schnauzbart mit hochgezwirbelten Enden zierte das ausgemergelte Altengesicht. Sein Körper war mager und knochig. Solche wie er verließen in Strömen Ostfriesland und füllten die Auswandererschiffe in Bremerhaven.

Er blickte überrascht auf, als er den Beamten sah.

»Besuch?«, fragte er misstrauisch.

»Koester aus Emden. Ich habe einige Fragen an Sie und Ihre Gattin zu richten. Sie kühlt die Milch und wird gleich zurück sein.«

Der Alte nickte und blickte den Besucher misstrauisch an.

»Sie kommen wegen der Straße, die hinter unserem Stall an den Weiden vorbeigehen soll?«, fragte er.

Alwin Koester winkte ab.

Arnolde Feeken trat zu ihnen.

»Setzen wir uns«, sagte sie.

Sie nahmen auf der Holzbank Platz.

»Und nun heraus mit der Sprache. Wir haben Sie nicht zu uns gebeten«, sagte die Alte mit forscher Stimme.

Sie saßen im Schatten einer hoch gewachsenen Ulme.

»Ich bin Polizeibeamter«, sagte der Kommissar und ließ seinen Zylinder in seiner Hand rollen. »Mein Besuch betrifft Ihren Sohn Ino, der den Untergang der ›Euridike‹ überlebte. Auf ihn fällt der schreckliche Verdacht, seinen Kapitän Reent Renken schwer verletzt und seinen Steuermann Eilrich Benninga erstochen zu haben.«

Die Alten erschraken, schwiegen für Sekunden.

»Wir wehren uns gegen die Vorwürfe«, sagte Arnolde Feeken mit fester Stimme. »Nie und nimmer hätte sich Ino zu solchen Taten hinreißen lassen. Wir haben ihn christlich erzogen. Was die Zeitung ihm zur Last legt, passt nicht zu dem, was wir von unserem Sohn gewohnt sind.«

»Wir erfuhren es von Nachbarn. Sie reden viel«, sagte der Alte mit müdem Gesicht.

»Es geht mir nicht um den Tratsch«, erwiderte Alwin Koester. »Als Vertreter der Obrigkeit obliegt mir die Aufgabe, Licht in das dunkle, mörderische Geschehen an Bord des Schiffes zu bringen. Die Leiche Ihres Sohnes wurde bis dato nicht angelandet. Das Rettungsboot der ›Euridike‹, in dem er nach dem Verbrechen an seinem Kapitän und dem Steuermann, zugegebenermaßen in Panik, geistig verwirrt und vom Rum benebelt, sein Heil suchte, trieb auf offener See und wurde vom Kapitän und der Mannschaft der ›Anna-Johanna‹ gesichtet. Irgendwo tauchte Ihr Sohn Ino unter und ließ sich reaktivieren. Mein Besuch gilt der Frage, hat der Seemann und Koch Ino Feeken hier bei Ihnen Unterschlupf gefunden? Ich mache Sie darauf aufmerksam, dass falsche Aussagen von den Justitiaren hart bestraft werden.«

Die Alte legte ihre faltigen Hände zusammen.

»Ino ertrank. Wir haben für ihn in der Kirche von Osteel gebetet«, antwortete sie leidend, nahm das Kopftuch vom grauen Haar, das sie zu einem Zopf geflochten trug.

»Ino hinterließ kein Grab«, warf der Alte verbittert ein, griff zum Schnauzbart und zwirbelte die Spitzen mit bitterer Mine.

»Sie haben noch zwei Söhne«, sagte der Kommissar misstrauisch.

Der Alte nickte, holte aus seiner abgetragenen Stoffhose ein breites rot kariertes Taschentuch hervor, tupfte sich den Schweiß von der Stirn und schnäuzte danach in das Tuch seine Nase frei.

»Sie fahren beide zur See. Da gab es keine heimlichen Besuche und Bruderliebe hier in Upgant-Schott. Berend fährt auf der Viermastbark ›Isolde‹, Heimathafen Emden. Er befindet sich auf der Reise nach Lagos, weiß der Teufel, wo das ist. Und Hinni, unser Jüngster, schrieb uns aus Antigua«, sagte der Alte stolz mit finsterem Blick.

»Und Freunde hier im Dorf?«, fragte der Kommissar.

Die Alte lachte auf. »Schauen Sie sich um. Keine Arbeit! Das Rackern auf den Äckern ernährt uns Alte. Weg sind sie, nach Hamburg, Bremen und Berlin zu den Fabriken. Ihnen steht der Kopf nach Musik, Amüsement und Tanzsälen. Gott verzeihe ihnen ihr lüsternes Treiben. Ino, Berend und Hinni folgten der Tradition meines Vaters, der mit zweiundsechzig Jahren in Rio Grande bei einem Sturm von der ›Freia‹ gefegt wurde.« Sie weinte. »Elektrisches Licht! Straßenlampen. In Upgant-Schott steht die Welt still. Seine Majestät hat uns vergessen.«

»Bitte, mäßigen Sie sich! Ich mache es Ihnen zur Pflicht, uns mitzuteilen, falls Sie ein Lebenszeichen Ihres Sohnes erreicht. Das Kutschengeld übernimmt das Amt«, sagte Alwin Koester, setzte seinen Zylinder auf das gescheitelte Haar, verbeugte sich kurz, verließ die eingeschüchterten Bauersleute und ging zur wartenden Kutsche.

Im zuständigen Amtsgericht vermerkte der Beamte, was häufig, zu häufig vorkam, hinter dem Namen Ino Feeken die Eintragung »auf See verschollen« unter dem Datum des Unterganges der »Euridike« in die Bürgerliste der Gemeinde Upgant-Schott.

Auch im Seeamt Emden erfolgte der sinngemäße Vermerk. Die Akte »Verlust der ›Euridike‹ unter der Leitung des Kapitäns Reent Renken, Reederei Gebrüder Hugo und Jan Thomasens, Neuharlingersiel«, wanderte ins Archiv. Die bis dato unbewiesene Bluttat des Seemanns und Kochs Ino Feeken, von dem jedes Lebenszeichen fehlte, boten den Sachverständigen keinen Anlass, ihr Urteil zu revidieren. Auch versicherungstechnisch galt der Vorgang als abgeschlossen.

Es war Aufgabe der Polizeibehörde, falls, was immer fraglicher wurde, der Seemann bei dem schlechten Wetter im Rettungsboot die Küste erreicht haben sollte.

Genau das war der »Kasus knacktus« für den ehrgeizigen und aufstrebenden Kommissar Alwin Koester. Er misstraute den Alten der Kate aus Upgant-Schott, die sich nie und nimmer, dafür sprach ihre Kritik an Seiner Majestät, dem sie die Verantwortung für ihre Armut zuschrieben, gegenüber der Obrigkeit verpflichtet sahen, mit der Wahrheit herauszurücken.

Das Rettungsboot, in dem sich Ino Feeken befunden haben musste, war den Strömungsverhältnissen gefolgt und über die Wogen geglitten, die auch die Flaschenpost des sterbenden Kapitäns an den Strand von Sylt getrieben hatte. Dennoch konnte Ino Feeken, das bestätigten ihm erfahrene Steuermänner, auf einer Nachbarinsel oder in der Nähe von Cuxhaven die Küste wohlbehalten erreicht haben.

Dabei lag es nahe, theoretisch gesehen, dass der Seemann neben einigen Reichsmark instinktiv, um seinem Tod zu entrinnen, seinen Seemannspass eingesteckt hatte, ohne den er keine Chance besaß, unterzutauchen.

In dieser Situation gelang es Ino Feeken, so rekonstruierte Alwin Koester, mit der Eisenbahn über Hamburg, Bremen nach Emden zu gelangen. Er nutzte mutmaßlich die Dunkelheit, erreichte ungesehen die elterliche Kate, erholte sich fürs Erste von seinen Strapazen, ließ sich aus Schuldgefühlen nicht von seinen Eltern überreden, mit einer Geschichte aufzuwarten, die seine wundersame Rettung glaubhaft erscheinen ließ. An Seesäcken haperte es im Hause Feeken nicht. Vermutlich heuerte er in Emden an, denn noch war der

Untergang der »Euridike« nicht zu den Schiffen vorgedrungen und noch galt er als unbescholtener Seemann.

Alwin Koester, beflügelt von seiner Version, studierte die »See- und Schiffsnachrichten«, die in der »Emder Zeitung«, der »Ostfriesen-Zeitung« und im »Friesischen Kurier« regelmäßig erschienen und über angekommene und abgefahrene Schiffe mit Daten und Zielhäfen berichteten. Zur besagten Zeit hatten einige Überseesegler den Emder Hafen verlassen. Er wandte sich an die Reedereien, doch ohne Erfolg.

Dabei litt Kommissar Alwin Koester nicht unter Arbeitsmangel. Emden gehörte zu dieser Zeit zu den führenden See- und Hafenstädten in Europa. Abgesehen von der kränkelnden Landwirtschaft im ländlichen Umland entstanden in der Stadt prächtige kaiserlich-preußische Verwaltungsgebäude, Kasernen für die Seestreitkräfte, denn das Kaiserreich expandierte in Richtung Übersee und rang nach Teilhabe an den Kolonien.

Schiffe aus aller Welt legten in Emden an und löschten ihre Fracht. Großsegler der in der Stadt beheimateten Reedereien exportierten Güter der aufsteigenden Industrienation in ferne, exotische Häfen.

In den Kneipen rund um den Hafen ging es oft zur Sache. Da kümmerten sich die Besucher im Rotlichtmilieu wenig um preußische Vorstellungen von Recht und Ordnung. Da war Großzügigkeit angesagt und Wegsehen gescheiter, als mit dem moralischen Zeigefinger auf Puffs und Vergnügungslokale hinzuweisen.

Am Nachmittag des 14. Juli 1886 verzog sich an der ostfriesischen Küste der Seenebel. Er trieb mit dem ablaufenden Wasser der Ebbe davon. Die Sonne warf ihr strahlendes Licht in das Dienstzimmer des Kommissars. Auf seinem Schreibtisch lag der Bericht eines Matrosen mit Namen Ole Oelnersle Oelner. Er gehörte zur Besatzung des Schoners »Harald Lemm«, der seine Fracht, es handelte sich um Bauholz, gelöscht und Stahlträger an Bord genommen hatte und ohne ihn mit dem Kurs nach Oslo ausgelaufen war.

Der Seemann aus Stavanger hatte sich mit englischen Matrosen am Tresen der Hafenkneipe »Kumm wedder« angelegt und bei der hitzigen Auseinandersetzung vor dem Lokal in der Dunkelheit nicht nur eine gehörige Portion Prügel eingesteckt, sondern auch seine goldene Taschenuhr samt Kette und das Portmonee mit seiner Barschaft vermisst, als er sich mit schweren Verletzungen alkoholisiert in die Obhut der Seemannsmission begeben hatte.

Die Suche nach den Rowdys glich der Suche nach der Nadel im Heuhaufen, mehr noch, da der Wirt und seine Mitarbeiter stets nur mit hochgezogenen Schultern die Fragen der Polizei beantworteten.

Das war kein Einzelfall. Alwin Koester, der immer noch zusammenzuckte, wenn der Morser tickte, doch keine Nachricht über den Verbleib des Kochs aus Upgant-Schott vermeldete, beriet mit seinen Kollegen, den Gendarmen, die uniformiert an späten Abendstunden ihre Präsenz im Hafengelände zeigten, wenn die Matrosen nach langen Törns die Kneipen belagerten und sich um die Nutten balgten. Es waren Männer der Großsegler, die monatelang unterwegs waren.

Da hatte sich oft einiges angestaut.

Auf den deutschen Schiffen galten dabei die »Moordorfer« Matrosen als besonders hitzig. Sie stammten aus der Auricher Gegend und waren bekannt dafür, schnell zum Messer zu greifen.

Kommissar Alwin Koester blickte überrascht auf, als jemand an die Tür des Dienstzimmers klopfte.

»Ja!«, rief er.

Sekretär van Oost betrat in Begleitung eines ihn um Kopfeslänge überragenden Mannes das Dienstzimmer. Der Besucher hatte eine kräftige Statur. Er trug trotz der sommerlichen Hitze eine dunkelblaue Tuchjacke über dem gestärkten Hemdkragen mit schwarzer Schleife. Sein kantiges Gesicht mit der breiten Stirn, den schmalen Lippen, gestutztem Schnurrbart und Backenbart und nach hinten gekämmtem Haar signalisierte dem Kommissar die Standhaftigkeit des Mannes, und er begegnete seinem offenen Blick.

»Herr Kommissar, ich habe die Ehre, Sie mit dem Steuermann Johnny Grooten bekannt zu machen«, sagte der Sekretär, nahm Haltung an und verließ das Dienstzimmer.

»Angenehm«, sagte der Kommissar, reichte dem hoch gewachsenen Seemann die Hand und erwiderte den kräftigen Händedruck.

»Nehmen Sie Platz, Herr Grooten«, sagte er und wies auf den Besucherstuhl.

Johnny Grooten nahm auf dem Stuhl Platz und blickte sich um.

Die Wand des Zimmers zierte zwischen Regalen mit Akten das Porträt des Kaisers. Der Kommissar trug über dem weißen Hemd mit der obligatorischen schwarzen Fliege eine graue Weste und einen schwarzen Gehrock.

Er wies auf die Unterlagen, die seinen Schreibtisch bedeckten.

»Sie gehören zu den mutigen Männern, die zu unserem Wohlstand beitragen und den Gefahren der See trotzen. Mein Salär rechtfertigen die kriminellen Nebenerscheinungen«, stellte Koester fest.

Der Seemann nickte. »Um 11 Uhr 48 war Hochwasser an der Schleuse. Wir legten um 13 Uhr an. Uns erreichte die Nachricht vom Untergang der ›Euridike‹. Mein Kapitän war befreundet mit dem unglücklichen Schiffer Reent Renken. In diesem Zusammenhang liegt es mir an einer Mitteilung.«

»Bitte«, antwortete der Kommissar, entnahm der Schreibtischschublade einen Schreibbogen, griff zum Federhalter und blickte den Steuermann fragend an.

»Am 8. März verließen wir den Hafen mit Kurs auf Buenos Aires und erreichten nach mehr als 140 Tagen auf See Emden. Sie suchen nach Ino Feeken? Ein ruppiger Bursche! Da war so eine Geschichte. Er saß in Liverpool in der Klemme. Als Landsmann habe ich die Zeche bezahlt. Doch das liegt lange zurück. Das gehört auch hier nicht her. Ich will nur vermelden, dass ich hier in Emden am Tage vor unserer Abreise Ino Feeken gesehen habe. Es war in der Nähe des Heuerbaas.«

»Hat er Sie bemerkt?«, fragte der Kommissar.

»Nein, ich legte keinerlei Wert auf ein Wiedersehen mit ihm«, antwortete er.

»Und Sie sind sich sicher?«, fragte der Kommissar.

»Da gibt es keine Zweifel. Fertigen Sie ein Protokoll an. Ich unterschreibe es als Zeuge«, sagte Johnny Grooten.

»Dann hat Ino Feeken angeheuert. Er besitzt einen gewaltigen Zeitvorsprung. Heute ist der 14. Juli«, sagte Koester.

Er entnahm seiner Schreibtischschublade einen Papierbogen und griff zum Federhalter. Er begann das

Protokoll mit Datum und notierte die Aussagen des Steuermannes.

»Baltimore, New York oder Philadelphia! Er ist auf und davon«, meinte Steuermann Grooten.

»Und Chancen, in der Neuen Welt dem Strick zu entgehen«, sagte der Kommissar nachdenklich. »Und dort unterzutauchen.«

»Unzählige!« Der Seemann nickte heftig. »In Chicago suchen sie Schlachter, harte Arbeit bei guter Heuer, wenn man ohne Anhang lebt. Immer noch ziehen Siedlertrecks gen Westen. Farmland ist preiswert, und helfende Hände sind willkommen. Selbst in San Francisco finden Willige Arbeit nach überstandenem Goldrausch. Die Stadt explodiert. Der Bauboom ist erst recht im Umland. In Sacramento, Stockton und Fort Sutter wird gerodet, immer noch wird dort nach Gold, doch mehr noch nach Silber gesucht. Die ›Empire Gold Mine‹ in Grass Valley zahlt für harte Knochenarbeit eine märchenhafte Heuer.«

»Verlockend, die Neue Welt, aber ich habe Frau und Kinder«, sagte Koester und hob bedauernd die Schultern.

»Drüben gibt es keine preußische Ordnung. Niemand fragt nach einer Geburtsurkunde. Wer da ist, ist da. Keine abgestempelten Zeugnisse mit kaiserlichem Siegel. Ino Feekens Seepass gilt als Eintrittskarte in eine unbürokratische Welt, die Ihre Fantasie in jeder Weise übersteigt. Selbst, wenn es Ihnen gelingen würde, ein Foto des mutmaßlichen Mörders Feeken aufzutreiben, um drüben nach ihm zu fahnden, würden Sie sich als preußischer Beamter der Lächerlichkeit preisgeben.«

»Und weitere Recherchen? Ein Besuch beim Heuerbaas?«, fragte Alwin Koester.

Der Steuermann lachte auf. »Angeheuert auf der ›Sekunda II‹ oder der Viermastbark ›Nike‹. Von Bord gegangen drüben oder während der Reise über Bord gegangen! Aktenrückstände in der Registratur Ihrer Behörde.«

»Ich verstehe«, antwortete der Kommissar und reichte dem gestandenen Seefahrer den Federhalter.

Johnny Grooten setzte seine Unterschrift unter das Dokument.

»Danke«, sagte Koester.

»Gern zu Ihren Diensten«, sagte der Steuermann. »Weder Sie noch ich werden Ino Feeken je in Zukunft während des Restes unserer Jahre zu Gesicht bekommen. Meinem Kapitän lag daran, zur Klarheit beizutragen.«

Er reichte dem Kommissar die Hand. »Vergeuden Sie nicht Ihre Zeit«, sagte er.

»Ich wünsche Ihnen stets die Handbreit Wasser unter dem Kiel«, antwortete der Kommissar.

Johnny Grooten verließ das Polizeigebäude. Ihm blieb nur eine knappe Woche, seine Familie aufzusuchen, die von seiner Heuer ohne finanzielle Sorgen in Horumersiel im eigenen Hause wohnte.

Die Aussagen des Steuermanns Johnny Grooten fanden ihre Bestätigung durch den Heuerbaas. Der ruppige, hart gesottene, schwergewichtige knapp 50-jährige Seemann zog das rechte Bein infolge eines Sturzes von einer Rah nach und hielt dabei seinen Oberkörper straff aufgerichtet. Er nahm sich Zeit für den Kommissar, während seine Angestellten emsig ihrer Agenten- und Maklertätigkeit nachgingen. Er lud Alwin Koester zu einem Tee in sein mit Tischfähnchen der Reedereien geschmücktes und mit Aktenregistern überladenes Büro ein. Sie tranken den Tee mit braunem Rohrzucker aus dem importierten Chinaporzellan und steckten sich eine Havanna an.

Der Heuerbaas bekam häufig Besuch von Beamten, und ein angestellter Morser empfing Suchnachrichten aus dem gesamten Kaiserreich. Heuerbaas Tomko Bruns nahm diese ernst, in einer Zeit, in der die Kriminalität wuchs und viele lichtscheuen Gestalten ihr Heil in der Neuen Welt suchten.

Wie sich beim Gespräch herausstellte, hatte der Heuerbaas vom Untergang der »Euridike« keine Kenntnis genommen, dessen sich besonders der »Friesische Kurier« angenommen hatte. Diese Zeitung hatte kaum Leser im Emder Bereich. Auf seinem Schreibtisch lagen die Dokumente, die er für das Treffen mit dem Kommissar den Akten entnommen hatte.

Die Recherchen des Kommissars galten Ino Feeken, der just zu der Stunde mit Heuerabsichten in seiner Agentur erschienen war, als der Steuermann von der Viermastbark »Seven Seas« dringend nach einem erfahrenen Koch für die Besatzung seines Schiffes suchte, die aus neun Matrosen, zwei Leichtmatrosen, dem zweiten Steuermann und einem Schiffszimmermann bestand.

Den Koch der »Seven Seas«, ein bewährter Mann, seit Jahren an Bord für die Verpflegung der Mannschaft und die Vorratshaltung verantwortlich, hatten sie am heutigen Morgen mit schweren Verbrühungen zum Kaiserlichen-Marine-Hospital in Emden gebracht.

Die Bark war zum Auslaufen gerüstet gewesen, wie Koester weiter aus dem Mund des schwergewichtigen Mannes erfuhr. Der im beiderseitigen Einverständnis abgeschlossene Kontrakt galt nur für die Reise zum Zielhafen San Francisco. Dort sorgte die Reederei, so hatte der legalisierte Steuermann der »Seven Seas« kundgetan, für eine weitere Lösung.

Kommissar Koester nickte. Im Office lag der süßliche Geruch ihrer Havannas. Die Rauchschwaden verflüchteten sich zum geöffneten Oberlicht. Fuhrwerke ratterten über den benachbarten Kai.

»Eile war geboten. Der Junge legte das Heuerbuch vor. Der Steuermann durchblätterte die Seiten. Ino Feeken, adrett gekleidet, das Haar gescheitelt, griff zum gepackten Seesack und begleitete den Steuermann zum Schiff. So geschehen unter Einhaltung aller Rechtsvorschriften«, trug Tomko Bruns, der Heuerbaas, vor, tippte mit dem Zeigefinger die weiße Asche von der Zigarre und nahm die Dokumente in die Hand.

Kommissar Koester nahm einen Schluck Tee zu sich und drückte den Zigarrenstummel in den Aschenbecher.

Im Mundwinkel des Heuerbaas saß der Stummel der Havanna.

»Weder Sie noch der Steuermann der Bark haben beim Studium des Heuerbuches des Seemannes festgestellt, dass die Unterschrift des Kapitäns der ›Euridike‹ zur Freigabe des Kochs in neue Dienstverhältnisse fehlte?«, fragte der Kommissar verärgert. »Ino Feeken galt bis dato als Besatzungsmitglied des versunkenen Schiffes.«

Der Heuerbaas schenkte Tee nach, hob seine breite Schultern und nickte betreten. Auch er trug, wie es im Kaiserreich zur Mode geworden war, einen gezwirbelten Schnauzbart.

»Der Junge machte einen guten Eindruck. Ich fand

seinen Namen nicht in den Suchlisten der Behörden«, antwortete er kleinlaut.

»So kann man sich täuschen«, meinte der Kommissar vorwurfsvoll.

»Woher hätten wir wissen sollen, dass diesem Unschuldslamm seine Rettung aus höchster Seenot zwei unschuldige wackere Männer das Leben kostete?«, fragte Bruns, nahm den Stumpen und legte ihn in den Aschenbecher.

»Ino Feeken gehört an den Galgen! Ich werde nicht rasten und ruhen, ihn zur Strecke zu bringen«, sagte Koester erregt und erhob sich.

»Solche Irrtümer gehören zur großen Ausnahme in unserer Agentur«, antwortete Tomko Bruns. Er reichte dem Kommissar die Hand. »Feeken hatte Glück. Irgendwann und irgendwo wird es ihn erwischen. Übrigens, die ›Seven Seas‹ erreichte wohlbehalten Anfang Juni San Francisco.«

Koester verließ die Agentur und stieg in die wartende Kutsche. Er war enttäuscht und verärgert und zusätzlich entschlossen, die alten Bauersleute unter Druck zu setzen. Der Heuerbaas hatte Recht, Ino Feeken hatte eine Menge Glück gehabt, doch ohne die Hilfe seiner Eltern, wie er annahm, hätte der Seemann nie die Viermastbark ›Seven Seas‹ betreten.

Doch in Upgant-Schott stieß er auf Granit. Eine Hausdurchsuchung förderte nichts ans Tageslicht, was auf einen Besuch des gesuchten Kriminellen schließen ließ. Es gelang Alwin Koester nicht, Arnolde und Claas Feeken nachzuweisen, dass sie zur gelungenen Flucht ihres Sohnes beigetragen hatte.

Es gab zwar weitere Zeugen, denen Ino Feeken bei seinem Versuch, alles hinter sich zu lassen, begegnet war, doch darunter befand sich niemand, der ihn in seinem Heimatdorf Upgant-Schott zu Gesicht bekommen hatte.

Die Korrespondenz der in die Staaten ausgewanderten Ostfriesen mit den Daheimgebliebenen unterlag zwar zeitlichen Schüben, fand dennoch regelmäßig zu den Adressaten. Kein Brief aus San Francisco, von Baltimore, New York oder sonst wo aus der Neuen Welt verfing sich in den von Kommissar Koester angeordneten Kontrollen. Kein Lebenszeichen von Ino Feeken gelangte über den Großen Teich. Selbst seine Brüder, die sich an Bord von Großseglern in den amerikanischen Häfen mit Fotos in ihren Händen um Auskünfte um den Verbleib ihres Bruders Ino Feeken vergeblich umsahen, gingen schließlich davon aus, dass sich Ino, dem die Polizei die unverzeihliche Bluttat anlastete, nicht mehr unter den Lebenden befand.

Dem schlossen sich auch Arnolde Feeken und ihr Mann Claas an, die ihren verschollenen Sohn in ihre Gebete einbezogen.

Alwin Koester, der es sich verbissen fast zur Lebensaufgabe gemacht hatte, den Doppelmörder zur Verantwortung zu ziehen, korrespondierte mit den amerikanischen Behörden, allerdings ohne Erfolg. Wenn er Antworten erhielt, was nur selten vorkam, dann waren sie lapidar abgefasst. Im Strudel der Einwanderungswellen war die Bürokratie mehr als überlastet.

1887 erreichte ihn eine Beförderung zum Preußischen Oberrat in der Hafenstadt Wilhelmshaven. Neue Aufgaben ließen ihn Ino Feeken vergessen.

Auch er ging davon aus, dass der Koch, woran auch immer, verstorben war.

Arnolde und Claas Feeken, die ergraut und betagt beileibe nicht hungern mussten, gottergeben in der Hofarbeit nicht nur ihre Erfüllung, sondern auch Abstand von den grüblerischen Gedanken um den Verbleib ihres Sohnes Ino suchten, traf erneut ein schwerer Schlag des Schicksals.

Auch ihr Sohn Hinni fand nicht zurück zur Kate in der Nachbarschaft der Mühle von Upgant-Schott. Sein Schiff, der Großsegler »Cita«, legte ohne ihn in Hamburg an.

Hinni Feeken, dato 24, verstarb im November 1889 auf der Reise von New York nach Rangoon in Burma an einer unbekannten Krankheit.

Der Kapitän und die Mannschaft hatten in einer Trauerandacht für sein Seelenheil gebetet, den Leichnam des verblichenen, wackeren, tüchtigen Matrosen unter Tränen des Mitgefühls mit christlicher Pietät dem Meer übergeben.

Den Kummer der Alten linderten auch nicht die Berufserfolge ihres ältesten Sohnes Berend, der ihnen verblieben war. Er stieg 1890 zum Kapitän der Viermastbark »Hermannus«, Heimathafen Hamburg, auf. Im selben Jahr ehelichte er Gesine Mammen, die hübsche, resolute, junge Tochter eines wohlhabenden Wirtes aus Greetsiel. Sie wurde den Alten zu einer lieb gewonnenen, hilfreichen und großherzigen Stütze.

Zwar bereitete auch die Schwiegertochter Gesine ihnen zusätzliche Sorgen, wenn sie ihren Berend auf weite Reisen, selbst bis nach Honolulu, wie geschehen im März 1891, an Bord begleitete.

Umso größer war die Freude der Alten, als Gesine ihnen 1892 ihren ersten Enkel gebar. Sie ließen den gesunden Knaben taufen und gaben ihm den Namen seines Großvaters »Claas«. Der Enkel gedieh prächtig, schenkte den Alten neue Lebensfreude, wenn er bei ihnen in Upgant-Schott, liebevoll umsorgt, was oft vorkam, verweilte. Dank der Fürsorge der Kinder nahmen Arnolde und Claas teil an den modernen Errungenschaften der Technik. Sie hatten elektrisches Licht und saßen abends vor dem Radio und suchten mit der »Nadel« nach den Sendern.

Arnolde und Claas Feeken verkauften das Vieh bis auf die Hühner. Den treuen Hund hatten sie bereits kurz nach der Geburt des kleinen Claas einem Schwager in Rechtsupweg anvertraut. Die Alten nahmen Teil am Glück ihres Sohnes, seiner Frau und dem Enkel und sahen gelassen und in Gottes Namen ihrem Alter entgegen.

1894 erblickte der Enkel Fritz die Welt. Auch ihn schlossen die Alten in ihre Herzen, nannten ihn »Sonnenschein« und entdeckten zu ihrer Überraschung seine Ähnlichkeit mit dem verstorbenen Matrosen Hinni.

1896 verstarb Arnolde Feeken, hochbetagt nach einer kurzen Krankheit, ohne zu leiden, in Anwesenheit ihres Mannes und der Schwiegertochter. Claas folgte ihr ein Jahr später nach einem arbeitsreichen, schicksalsvollen Leben.

Berend Feeken, Kapitän auf Großer Fahrt, bewohnte mit Gesine und den Kindern ein kleines Häuschen in Greetsiel am »Katrepel«, für deren Nutzung sie eine geringe Miete an den Schwiegervater zahlten. Berend Feeken erbte die Kate mit den ungenutzten Ställen und Weiden in Upgant-Schott. Nach erfolgreichen Törns mit der »Hermannus« zwischen Mexiko, Barbados, Rio und den Kleinen Antillen verkaufte er nach der Rückkehr aus Rosario, Argentinien, das Anwesen kurz vor der Jahrhundertwende an die Gemeinde Upgant-Schott, die dort ein Feuerwehrgebäude errichten ließ. Mit dem Erlös erwarben die Feekens in Rysum, einem Dorf in der Krummhörn, einen Gutshof, in den Gesine mit den Kindern einzog.

Ein Hofverwalter führte den landwirtschaftlichen Betrieb mit einer angemessenen Rendite. Nach dem Tode ihrer Eltern trennte sich Gesine vom Gasthof »Weißes Haus« in Greetsiel. Sie und Berend investierten das Geld in den Neubau der »Prinz Eugen«, einem Dampfschiff mit modernster Technik, das von seiner Reederei in Kiel bei der Hammerwerft in Auftrag gegeben wurde. Berend Feeken hatte klar erkannt, dass sich die Zeit der Groß- und Rahsegler dem Ende zu nähern begann.

Als Kapitän Berend Feeken 1928 als mehrfacher Kap-Horn-Umsegler, nach einem erfüllten Leben, hoch geschätzt, geehrt und mit dem »Kaiserlichen Verdienstorden« ausgezeichnet auf seinem Rysumer Gutshof wohlhabend verstarb, trennte sich die sieben Jahre jüngere Witwe von dem blühenden landwirtschaftlichen Betrieb samt Herrenhaus, den Äckern und Weiden und ließ in Emden am »Herrentorswall« zwei stolze Mietshäuser mit dem Komfort der damaligen Jahre errichten.

Gesine Feeken verstarb 1935. Auch sie genoss die Anerkennung der Emder Bürger, besonders wegen ihrer großzügigen Spenden, die dazu beigetragen hatten, das Seemannsheim für verarmte, alte Fahrensleute zu errichten, das 1938 die Seegenossenschaft übernahm.

Ihr Sohn Claas hatte Jura studiert und führte zu dieser Zeit eine Rechtsanwaltskanzlei in der Lilienthal-Straße, während Fritz Feeken als preußischer Studienrat am Althusius-Gymnasium Latein unterrichtete.

Zu den Trauergästen zählten die Enkel und Enkelinnen, die von der geliebten Oma am Grab auf dem Friedhof vor der Rysumer Kirche, in dem auch der Opa seit Jahren ruhte, an den der eingemeißelte Geburtstag und Sterbetag erinnerten, Abschied nahmen. Vergessen waren seine Brüder Ino und Hinni, die als Seeleute nicht in ihre ostfriesische Heimat zurückgefunden hatten.

Die auf ihre angesehenen Großeltern stolzen Enkelkinder überlebten die verheerenden Bombenangriffe auf die Stadt und den Krieg und entschieden sich für bürgerliche Berufe. Nur wenige von ihnen blieben in Emden. Sie zog es nach dem Studium in die Großstädte, wo sie erfolgreich Fuß fassten. Zu ihnen gehörte Harald Feeken. Er eröffnete nach der Lehre als Dentist und anschließendem Studium der Medizin in Göttingen in den sechziger Jahren eine Zahnarztpraxis.

An einem sonnigen Novembertag, kurz vor dem ersten Advent, erfuhren die Feekens den Rest der recht abenteuerlichen Geschichte ihres fernen Verwandten im großzügigen Apartment der Franklin Street im Stadtteil Pacific Heights, einem Nobelviertel von San Francisco mit Baumalleen und dem Blick aufs Meer.

Der sich in einem nur schwer zu entwirrenden Verwandtschaftsgrad befindende Partner, Professor Dr. Henry Feeken, und seine liebevolle Frau Mariett, holländischer Herkunft, empfingen die Gäste aus Deutschland herzlich. Doch bereits bei einem Tee zur Begrüßung, dem üblichen »Wie war die Reise?« kam der Enkel des Kochs und Seemannes Ino Feeken zur Sache.

Er holte aus der Schublade seines wuchtigen Schreibtisches den Seepass seines Großvaters Ino Feeken hervor, in dem das Testat des Kapitäns Reent Renken von der »Euridike« fehlte.

Die letzte Eintragung des Heuerbuches trug die Unterschrift des Kapitäns der »Seven Seas«.

Ob zufällig, was der grauhaarige Professor, dessen Äußeres Harald Feeken an den früheren deutschstämmigen Außenminister erinnerte, bestritt, oder beabsichtigt von Ino Feeken, das sei dahingestellt, bedeckte ein Tintenklecks die Heimatanschrift des Fahrensmannes.

Professor Dr. Henry Feeken gab den Gästen Kenntnis seiner durchgeführten Recherchen, während seine Frau Mariett sie mit Tee und »Cookies« bediente.

Die letzten Puzzlestückchen fügten sich nahtlos ein. Ino Feeken, das belegten die Nachforschungen lückenlos, hatte sich nach der Ankunft in San Francisco in der aufstrebenden Stadt als Koch im »Powells Pub« auf »Meiggs Wharf« – eine der quirligsten Gegenden von San Francisco zur damaligen Zeit, mit billigen Hotels, Bars und Spielhöllen – verdungen.

Drei Jahre später erwarb Ino Feeken den »Powells Pub« von dem alten, kinderlosen, englischen Witwer Frank Tattler. Erneut stand ihm das Glück zur Seite, wie sich nach zwei Jahren herausstellte.

Das gut gehende »Coffee and Meal House«, in dem Ino Feeken mit einer Hand voll Angestellten mehr als nur seinen Lebensunterhalt erwirtschaftete, lag mitten im Gelände der von der Stadtverwaltung geplanten Neuanlage des Fischereihafens am »North Beach«. Bauherr war die Stadt San Francisco. Sie erwarb von Ino Feeken, der mittlerweile eine Landsmännin, es handelte sich um Gretchen Dahmen, Tochter eines Bäckers aus Jülich, geheiratet hatte, den »Powells Pub«.

Die ausgehandelte Kaufsumme überstieg um das Vierfache den Betrag, den Ino Feeken an den 68-jährigen Frank Tattler gezahlt hatte.

Gretchen Dahmen, die nicht nur hübsche, sondern auch resolute Rheinländerin, pflegte den dahinsiechenden alten Tattler liebevoll und erbte nach seinem Tod zusätzlich sein Wohnhaus auf der Columbia Avenue.

Der unter Seeleuten geschätzte »Powells Pub« wurde abgerissen. Ino Feeken und Gretchen Feeken, geborene Dahmen, kauften daraufhin vier Hektar Land im heutigen Cole Valley und ließen an der Ecke Sutter/Devisadereo Street ein Farmhaus errichten, betrieben Milchwirtschaft und eine gut gehende Molkerei.

Sie besaßen ein hohes Ansehen, spendeten reichlich in die Kassen karitativer Einrichtungen. Nachvollziehbar, in Anbetracht der schweren Verfehlungen des ehemaligen Mannschaftsangehörigen der »Euridike«, die in den Gewässern um Helgoland Anfang März 1886 während eines Unwetters versank.

Dem Chronisten liegt es am Herzen, den vielen »braven« und »mutigen« Seeleuten zu gedenken, wann und wo auch immer der Leser sich an den mit Seeromantik verwobenen von »Shanty-Chören« vorgetragenen Liedern erfreuen mag.

Das verflixte siebente Jahr

Tomco Bolerius hatte sich nach dem Besuch der Realschule zum Bürokaufmann ausbilden lassen. Das Zeugnis seines Lehrbetriebes bescheinigte ihm all die Qualitäten, die für sein weiteres Fortkommen im Beruf erforderlich waren. Auch seine Lehrer an der BBS-Norden hatten auf seinem Zeugnis entsprechende Leistungen in den erteilten Fächern testiert.

Tomco Bolerius bewarb sich erfolgreich bei der Bauunternehmung »Eike Casparsen GmbH«, die sich mit Projekten auf den Inseln auf Erfolgskurs befand. Er besuchte lernbereit und bildungswillig an zwei Abenden in der Woche Kurse der VHS, um sich mit der Anwendung der modernen Rechner vertraut zu machen, die ungebremst in Büros und Verwaltungen ihren Siegeszug fortsetzten.

Tomco Bolerius liebte den Sport, joggte, trimmte sich im Norddeicher Meerwasser-Wellenbad beim Rücken-, Brust- und Butterfly-Schwimmen und suchte regelmäßig die Sauna auf.

Entsprechend seiner breit gefächerten sportlichen Betätigungen besaß er nicht nur eine hervorragende Kondition, sondern auch einen athletisch durchtrainierten Körper. Er sah gut aus, hatte ein männlich ausgeprägtes Gesicht mit steiler Nase, Grübchenkinn, dichten Augenbrauen und einen gestutzten Schnurrbart über den schmalen Lippen.

Tomco Bolerius erfüllte alle Voraussetzungen, die bei

der Bundeswehr geschätzt werden. Er beendete seinen Wehrdienst als Feldwebel der Reserve.

In der Baufirma Eike Casparsen GmbH avancierte er zum Abteilungsleiter im Bereich Einkauf.

Während seiner Jahre beim Bund war sein Vater verstorben. Der Papa hatte als Maat auf dem Fischkutter »Anse« gearbeitet. Er hatte Mama und ihm – Tomco hatte keine Geschwister – das rot geklinkerte Wohnhaus auf der Ostermarscher Straße, kurz vor dem abzweigenden Mandepolder Weg gelegen, der direkt zum grünen Deich führte, schuldenfrei hinterlassen.

Seine 57-jährige Mama beackerte den Garten mehr aus Gewohnheit, denn ihre Witwenrente reichte aus, ihre bescheidenen Ansprüche zu erfüllen.

Es war mehr ihr Drang nach Beschäftigung, der sie anregte, mit ihrem auf der hohen Kante angelegten Kapital an der von Touristen bevorzugten Straße, die parallel zum Deich verlief, ein Fischgeschäft mit kleiner Imbissecke zu eröffnen. Ihr Sohn Tomco stand ihr dabei erfahren zur Seite. Dank seiner Tätigkeit im Baugewerbe hielten sich die Umbaukosten im vorgezeichneten Kalkulationslimit.

Annchen Bolerius bezog Schollen, Seezungen und Krabben vom Kutter »Anse«. Der Eigner, Chef ihres verstorbenen Mannes, räucherte selbst und belieferte sie mit Makrelen, Knurrhahn und Räucherschollen.

Annchen Bolerius hatte Erfolg. Das Geschäft florierte. Ihr Sohn beriet sie in kaufmännischen und steuerrechtlichen Fragen. Sie kauften gemeinsam eine Kate auf dem Gelände des »Hufschlags« am Breiten Weg mit einem Hektar Weideland. Ein schicksalhafter Entschluss, wie sich später herausstellen sollte.

Tomco Bolerius, voller Tatendrang, nahm sich, unterstützt von Sport- und Saunafreunden, der Renovierung des verlotterten Hauses an. Unter ihnen befanden sich Maurer und Zimmerleute, die sich mit dem Stundenlohn von 10 Mark zufrieden gaben und ihr Handwerk verstanden. Ein Geschichtslehrer des Ulrichs-Gymnasiums beriet die Truppe und trug zur historischen Rekonstruktion bei.

Unter den helfenden Händen befand sich auch die 22-jährige Claudia Ottenga, Krankenschwester aus Hage, Mitglied der Laufgemeinschaft.

Claudia Ottenga, eine hübsche junge Frau, die im Norder Krankenhaus arbeitete, hatte eine auffallend sportliche Figur und ein offenes, freundliches Gesicht mit rehbraunen Augen. Sie trug ihr dunkelblondes Haar zu einem Zopf geflochten.

Sie fühlte sich wohl in der Nähe des tatkräftigen Sportfreundes Tomco Bolerius und suchte Abstand von den jungen Ärzten, die um sie buhlten.

Das Norder Krankenhaus zählte zu den Ausbildungsstätten für Jungmediziner der Technischen Hochschule Hannover. Den jungen Akademikern eilte der Ruf voraus, das schnelle Abenteuer zu lieben.

Und so ergab sich, was schicksalhafter Vorbestimmung anzulasten sein mag, dass Tomco Bolerius, der am Abend eines schönen Junisamstages alle Mithelfer auf der fertig gestellten Terrasse der Kate mit Bier vom Fass und einem Fischbüfett vom Feinsten bewirtete, Feuer fing.

In der aufkeimenden Dunkelheit prostete er Claudia Ottenga zu, blickte in ihr hübsches Gesicht und küsste sie. Sie erwiderte den heißen Kuss. Für sie ging ein lang gehegter Wunsch in Erfüllung. Sie war bereit, mehr zu geben. Unter der gebührenden Anteilnahme ihrer Sportlergemeinde heirateten sie am 21. März 1988.

Sie gestalteten die Kate zu einem gemütlichen Nest und genossen ihr Beisammensein unter dem Schwur der ewigen Treue.

Am Tag des Frühjahrsanfanges 1990 kam es im Wohnzimmer der Annchen Bolerius zu einer kleinen Familienfeier. Die Mama wurde 59 Jahre alt, und Claudia und Tomco begingen ihren zweiten Hochzeitstag. Die Nachbarn hatten sich eingefunden.

Tante Gretjen und Onkel Hugo waren aus Leybuchtpolder angereist. Sie führten erfolgreich ihren Gemüsehof. Dazu zählten weite Erdbeerfelder, die sie im Sommer für Selbstpflücker freigaben. Hinzu kam das Kartoffelgeschäft im Spätsommer.

Annchen Bolerius servierte gegen 19 Uhr, das hatte Tradition, den Tee, echt mit Kluntje und Sahne. Dazu reichte sie Butterkuchen.

Um 20 Uhr räumte Claudia das Geschirr ab. Tomco trug Getränke an die zusammengerückten Tische. Er kredenzte den Lieblingswein der Mama. Es handelte sich um den »Spät-Layer Ackertropfen«. Er schenkte das friesische Pils aus, bot O-Saft und Sprudel an. Auf den Tischen befanden sich Schälchen mit Knabbereien.

Sie prosteten sich zu. Tante Gretjen sprach von früher. Sie war drei Jahre jünger als Annchen Bolerius. Auch die Alten aus der Nachbarschaft erinnerten sich an die kargen Jahre ihrer Jugendzeit.

Tomco erzählte Döntjes, über die die Besucher herzhaft lachten.

Die Alten kamen in gehobener Stimmung auf ihre

»Weh-Wehchen« zu sprechen. Sie hatten es in den Schultern, redeten über neue Hüften.

Claudia füllte die Gläser nach und verschaffte sich Gehör. Sie sah niedlich aus im engen Rollkragenpullover und den eng sitzenden Cordjeans. Sie warf den Zopf über ihre Schulter.

»Meine Kollegin und ihr Mann schenkten ihren Eltern zu Weihnachten eine Busfahrt nach Hamburg. Eine Wochenendreise ab Norden mit dem Besuch einer Vorstellung in der Staatsoper und anschließender Übernachtung im Hotel Atlantik. Die Bauersleute traten die Reise an. In der Oper gab es den ›Freischütz‹ von Weber. Während der Gewitterszene, bei künstlichen Blitzen und mächtigem Donnergroll aus den Lautsprechern, neigte sich die Bäuerin ihrem Mann zu und flüsterte ihm ins Ohr: ›Das Unwetter hatte ich schon den ganzen Tag über in meinem Knie.‹ Dabei rieb sie mit der flachen Hand über ihre Beine.«

Claudia erntete Gelächter und Beifall.

Mamas Schulfreundin, Maike Kutz, wohlhabende Gattin des Eigentümers des »Reiterhofes«, erhob sich, holte aus dem Korridor das Akkordeon, griff in die Tasten und übertönte die Frage von Tante Gretjen, die von Claudia wissen wollte, wann denn das Baby zur Welt kommen würde.

Maike Kutz spielte gekonnt und sang laut vernehmlich auch den Text. »Heute Abend ist Laternenfest ...« Alle stimmten ein. Es folgte das Nordseelied.

Stimmung kam auf. Vergessen waren Krankheiten und Alterspessimismus. Sangeslustig verband alle eine tiefe Harmonie. Beim anschließenden kalten Büfett, das mit auserlesenen Leckereien nichts zu wünschen übrig ließ, bedankte sich Onkel Hugo im Namen der Besucher für den herrlichen Abend. Er fand die Zustimmung aller Gäste, und nur der Blick auf die Uhr hielt sie davon ab, die Feier fortzusetzen. Zu den Akkordeonklängen von Maike Kutz sangen sie »Auf Wiedersehen ...« und traten den Heimweg an.

Es war bereits nach 24 Uhr, als Claudia sich verliebt und glücklich im Ehebett der wohnlichen Kate an Tomcos Seite kuschelte, ihm mit heißen Küssen den Wunsch nach einem Baby unterbreitete und sich voll des süßen Weines ihren Träumen hingab.

Das Fischgeschäft erntete bereits nach kurzer Zeit einen guten Ruf. Die alte Dame hatte ein freundliches Wesen. Der Laden war pingelig sauber und die Ware absolut frisch. Auch Annchen Bolerius kam dabei nicht zu kurz. Der Umsatz war mehr als zufrieden stellend, und nach Abzug der Kosten blieb ein erklecklicher Gewinn. Doch das Stehen hinter dem Tresen, das Zubereiten der Fischhäppchen brachte sie an die Grenze ihrer Leistungsfähigkeit. Sie klagte über Rückenschmerzen und bat ihre Schwiegertochter, bei einer angemessenen Bezahlung und Verzinsung einer bereitgestellten Kommanditeinlage, in das Geschäft einzusteigen, um sie zu entlasten, während ihr Sohn Tomco dank seiner Tüchtigkeit in der »Eike Casparsen GmbH« zum Prokuristen aufstieg. Ihm oblagen die Betreuungen der Ferienhausprojekte auf Juist, Norderney und Baltrum.

Er war berufsbedingt viel unterwegs, während Claudia ihren Dienst im Krankenhaus im Schichtwechsel versah.

Die junge Frau mochte ihre Schwiegermutter. Annchen Bolerius half ihr und Tomco, Kredite zu tilgen.

Obwohl selbst mit Haushalt und Geschäft über Gebühr gefordert, fand sie Zeit, Claudia zu besuchen, sie aufzumuntern, wenn sie gestresst vom Dienst alleine in der Kate verweilte und Tomco sich auf den Inseln aufhielt.

Angesichts des herzlichen Verhältnisses und der ihr angebotenen Kommanditeinlage, eine steuerrechtliche Konstruktion, die sie nicht einzuzahlen hatte, ihr eine Mitsprache einräumte und ihr zusätzlich neben ihrem Gehalt einen Anteil am Jahresgewinn zusicherte, kündigte Claudia ihr Dienstverhältnis auf.

Ihre Ehe mit Tomco verlief harmonisch. Claudia und Tomco bildeten mit der Mama eine glückliche Familie, die ihren Wohlstand nicht nach draußen trug. Tomco fuhr einen Mercedes, der auf die Firma zugelassen war, während sich Claudia und die Mama für die Einkäufe und Stadtfahrten einen Golf-Kombi teilten.

Bei den Stadtfesten und Bürgerversammlungen, wenn es mal wieder im »Reichshof« um bauliche Umgestaltungen des Meerwasser-Wellenbades ging oder existenzielle Fragen des staatlich anerkannten »Nordseebades« und der Dauerstreit um die Kurtaxe die Gemüter erregten, sprachen sie mit einer Stimme. Der parteilose Tomco Bolerius fand Gehör. Er engagierte sich für die Interessen der »Ostermarscher«, so weit es seine Zeit erlaubte. Seine niedliche Frau Claudia unterstützte ihn dabei. Doch sie und die Mama reagierten skeptisch auf Tomcos Aufstieg zum Lokalpolitiker, der sich, völlig eingebunden in seiner Firma, zusätzlich mit Aufgaben zu belasten begann.

Claudia sehnte sich nach einem Kind, die Mama nach einem Enkel. Es lag nicht an ihr, das wusste Claudia. Ihr Mann war bei weitem kein Versager. Doch seine hektischen, beruflich bedingten Unruhen belasteten seine

Wochenendbesuche, ließen ihn nicht zur Ruhe kommen. Er war voller Pläne, wenn er mit ihr in der Kate vor dem offenen Feuer saß.

Daran änderte sich auch nichts, als Tomco im Sommer 1990 seinen vierwöchigen Urlaub zu Hause verbrachte.

Er half gelegentlich im Geschäft aus, kümmerte sich um die Buchführung und beriet sich mit dem Steuerberater. Angesichts der hervorragenden Finanzlage erfüllte er sich einen Jugendtraum, den in die Tat umzusetzen ihm die Frauen vergeblich auszureden versuchten. Er kaufte sich ein Motorrad der Marke BMW, mit dem er an vielen Nachmittagen Touren in die benachbarten Orte und Städte unternahm.

Claudia wurde nicht schwanger. Der von ihr befürchtete Motorradunfall ihres Mannes blieb aus. Dagegen bestätigte sich die alte Volksweisheit, dass das Glück an einem seidenen Faden hing.

Ende August erschütterte Tomco Bolerius die Nachricht vom Konkurs des Investors »Oderhoff und Offermatt AG«, Moers. Die Bauträgergesellschaft riss die »Eike Casparsen GmbH« mit in den Ruin. Die ausbleibenden Zahlungen für ausgeführte Aufträge wiesen Löcher auf, die weder kurz- noch langfristig zu stopfen waren. Subunternehmer, hellhörig geworden, drängten auf Ausgleich ihrer Forderungen.

Die Medien berichteten, sorgten mit Halbwahrheiten für weitern Wirbel. Der Firmeninhaber und seine Prokuristen suchten Rückhalt bei den Banken. Angesichts der schlechten Auftragslage blieben Übernahmeangebote aus. Da warteten potenzielle Konkurrenten auf das endgültige Aus, um erst danach ihre Fühler auszustrecken. Da starb ein gesundes Unternehmen an einer kleinen Erkältung, wie die Gesetze des Marktes es befahlen.

Anfang September trug der Insolvenzantrag an das Norder Amtsgericht auch die Unterschrift des Prokuristen Tomco Bolerius.

Wie immer begann die Suche nach Schuldigen, waren Besserwisser am Werke. Da war in den Medien die Rede von »Blauäugigkeit«. Zu den Geschmähten gehörte auch Tomco Bolerius. Das Konkursgericht bestellte Sachverständige, die sich um die geschädigten kleinen Handwerksbetriebe besonders bemühten.

Dank des Vermögens seiner Mama und der reichlich abgesicherten Finanzierung der Kate sah Tomco Bolerius den Prüfungsberichten der Experten gelassen entgegen. Sicherlich war da das eine oder andere noch bei der sich abzeichnenden Schwäche des mächtigen Partners unter der Hand geregelt worden. Dabei hatte Tomco mitgemischt, weil, wie es geheißen hatte, die Hausbank der »Oderhoff und Offermatt AG« die Liquiditätslücke geschlossen hätte.

Tomco Bolerius sah Regressansprüchen ängstlich entgegen, die er vor Claudia und der Mama verbarg.

Ende August, Anfang September flaute das Geschäft mit den Fischen ab. Claudia und die Mama reduzierten die Öffnungszeiten. Die Herbstferien vor allem von Nordrhein-Westfalen sorgten noch einmal für einen guten Umsatz.

Tomco war sehr niedergeschlagen. Er fühlte sich in jeder Weise unschuldig an dem Geschehen, das die

Presse beschäftigte. Sie zählte ihn zu den Verantwortlichen, die, hätten sie früher reagiert, vieles hätten retten können.

Mitte Oktober, an einem Freitagabend gegen 18 Uhr, suchte Claudia Abstand von ihrem nörgelnden Mann, der ihr zum x-ten Mal seine Unschuld an dem Desaster vortrug, ihr die Meinung ihrer Anwälte kundtat.

»Ich will davon nichts mehr wissen! Mama und ich haben uns abgeschuftet! Sieh zu, wie du da herauskommst, ohne uns um unseren Erfolg zu prellen«, schimpfte sie.

»Mach mal Sendepause! Immerhin bin ich der Erbe von Mamas Vermögen!«

»Deine großkotzige Art geht mir auf den Keks! Und was ist mit einem Kind?«, fragte sie ironisch, ging zum Korridor und zog den Anorak über.

»Und wohin führt die Reise?«, fragte er ironisch.

»Ute Sanders hat Geburtstag. Sie hat zwei niedliche Jungs. Ihr Mann arbeitet bei VW. Sie haben ihr Haus bezahlt!«, antwortete sie zynisch und verließ die Kate.

Sie stieg auf ihr Hollandrad und radelte über den Breiten Weg nach Hage.

Tomco Bolerius reagierte wütend. Er hatte ihren Beistand erwartet, gerade jetzt, wo es um einiges ging. Er betrat die Küche, öffnete den Kühlschrank, entnahm ihm die Corvitflasche, die er seit dem Besuch seiner Sportfreunde – das war im Mai anlässlich seines Geburtstages gewesen – nicht mehr berührt hatte, öffnete sie, führte sie an seine Lippen und nahm einen kräftigen Schluck zu sich.

Danach verließ er die Kate, stieg auf sein Rad und fuhr zum Haus der Mama.

Tomco Bolerius schob das Fahrrad in den Schuppen. Er stellte es zwischen Mülltonne und Schubkarre ab. Am Himmel trieb der aufgebriste Nordwest Wolkenfetzen über den zunehmenden Mond.

Tomco ging um das Haus, missmutig, den Kopf voller trüber Gedanken. Erst heute hatte der Ostfriesenkurier die Geschäftsleitung der »Eike Casparsen GmbH« mit neuen Vorwürfen belastet. Da war die Rede von einem Scheck in sechsstelliger Höhe der Bauträgergesellschaft, der mangels Deckung von der Kreissparkasse nicht eingelöst worden war. Juristisch betrachtet galt der Vorgang als Scheckbetrug. Die Firma »Oderhoff und Offermatt AG« reagierte postwendend. Sie sprach von einem bedauerlichen Versehen und fügte ihrer Entschuldigung hinzu, dass ein potenter Kunde die vereinbarte Zahlungsfrist nicht eingehalten hätte.

Spätestens zu diesem Zeitpunkt hätte seine Firma bereits Alarm schlagen müssen, so der Kommentar.

Dem war nicht so, wie sich Tomco erinnerte. Sie hatten den ihr eingeräumten Kredit bis dato nicht überzogen, ihren Subunternehmern Anteilzahlungen überwiesen und sich auf eine Wechselzahlung mit der Bauträgergesellschaft geeinigt. Die Kreissparkasse hatte ohne Einwände die Akzepte diskontiert. Damit geriet das jetzt auftrumpfende Kreditinstitut in eine Schieflage. Es hatte die Bonität der Wechsel geprüft und nicht beanstandet. Eike Casparsen, er und seine Kollegen als Mitglieder der Geschäftsleitung hatten sich daraufhin für die getroffenen Maßnahmen entschieden.

Tomco Bolerius öffnete die Haustür, betrat das Haus, machte Licht, suchte das Bad auf, ließ sein Wasser ab und wusch sich in Gedanken verloren über Gebühr mit Seife im Waschbecken die Hände.

Es war bereits 23 Uhr. Claudia hatte noch nicht nach Hause gefunden. Tomco ging in die Küche, entnahm dem Kühlschrank eine Flasche Pils, öffnete sie, trank das Bier am Küchentisch und rauchte eine Zigarette. »Geburtstag hin, Geburtstag her«, sprach er vor sich hin. Er war mächtig aufgedreht, verließ die Küche, betrat den Korridor, griff zum Telefonbuch, nahm das Handy und wählte die Nummer.

»Ute Sanders«, vernahm er.

»Hier Tomco Bolerius, Ute. Nimmt Claudia ein Taxi?«, fragte er und grinste.

»Ach, sie ist nicht mehr hier. Sie ist mit dem Rad um 9.30 Uhr hier losgeradelt. Ich habe ihr noch Kuchen für dich mitgegeben«, antwortete sie.

»Mein Gott!«, entfuhr es Bolerius.

»Vielleicht ist sie zu deiner Mutter gefahren«, antwortete Ute Sanders.

»Das mag sein«, antwortete er und beendete das Gespräch.

Tomco Bolerius zog seine Wetterjacke über, eilte zum Schuppen, holte das Fahrrad hervor, stieg auf und radelte zu seiner Mutter, die sich um diese Zeit noch nicht zur Nachtruhe begeben hatte und ihm die Tür öffnete. Sie erschrak zu Tode, als ihr Sohn sie mit seinen Sorgen vertraut machte.

Annchen Bolerius brühte einen Tee auf, während sich Tomco noch einmal mit dem Rad auf den Weg zur Kate machte. Vergeblich, Claudia tauchte nicht auf. Für Annchen Bolerius und ihren Sohn wurde die Nacht zu einem Martyrium. Sie hielten sich wach mit Tee und gaben am frühen Morgen eine telefonische Vermisstenanzeige auf. Sie baten die Polizei um Mithilfe. Sie befürchteten das Schlimmste.

Kommissar Gerrit Groener, 44, verheiratet, Vater zweier Töchter. Lena, 16, besuchte das Gymnasium und Lotte, 11, die Orientierungsstufe. Seine Frau Friedchen, 40, arbeitete auf Stundenbasis bei einem Steuerberater. Sie hatten am Judas-Schlot gebaut und lebten ohne finanzielle Sorgen. Ihre Töchter waren nicht nur gesund und niedlich, sondern folgten problemlos den Erziehungsvorstellungen der Eltern. Friedchen Groener passte ihre Arbeit in der Steuerpraxis an die Stundenpläne ihrer Töchter an. Lena und Lotte mussten so gut wie nie den Haustürschlüssel mit zur Schule nehmen. Sie erfuhren eine heute selten gewordene Betreuung durch ihr Elternhaus.

Doch an diesem Samstagmorgen im September geriet die Vorplanung total aus dem Lot. Die Räder blieben im Schuppen. Die Fahrradtour nach Norderney an diesem herrlichen, sonnigen Spätsommertag wurde auf das nächste Wochenende verschoben, weil der Papa bereits um sechs Uhr zum Revier fuhr. Dort lag eine Vermisstenanzeige vor, die keinen Aufschub duldete. Die Familie frühstückte, was selten vorkam, ohne Papa.

Kommissar Gerrit Groener und sein Kollege Menke Loose trafen sich zur frühen Stunde im Dienstzimmer des Reviers. Sie studierten kritisch die in der Suchmeldung aufgeführten Angaben über die vermisste Person und die örtlichen Gegebenheiten. Sie breiteten die Generalstabskarte des Landkreises Aurich aus.

Annchen und Tomco Bolerius hatten während der Nacht vergeblich auf die Rückkehr von Claudia, Schwiegertochter und Ehefrau, gewartet, die gegen 21.30 Uhr mit dem Fahrrad die Geburtstagsfeier ihrer Freundin Ute Sanders verlassen hatte.

Tomco Bolerius bewohnte mit der Vermissten eine umgebaute Kate auf dem Breiten Weg, während Annchen Bolerius, Inhaberin des Fischgeschäftes, auf der Ostermarscher Straße zu Hause war. Die Entfernung vom Domizil der Mama zur Kate betrug geschätzte 600 Meter. Den Notruf hatte Tomco Bolerius von der Wohnung seiner Mutter durchgegeben.

Ute Sanders wohnte in Hage auf der Eichenallee im Neubaugebiet zwischen der Hagermarscher Straße und Bahnhofstraße, dem ehemaligen Lazarett der Wehrmacht und späteren Bundeswehr-Sanitäts-Depot. Kommissar Groener und sein Kollege Loose markierten mit einem Bleistift den mutmaßlichen Heimweg der Vermissten.

Er führte an der Kläranlage entlang zum Gewerbegebiet »Negen Dimt« und von dort auf den Breiten Weg. Der fest ausgebaute, auch von Autos benutzte Versorgungs- und Verbindungsweg verlief am Schießstand vorbei, tangierte den Rand des Nordholzes, in den ein Fuß- und Wanderweg führte. Von dort verlief der Breite Weg kurvenreich durch das Weideland, zweier großer Höfe in Richtung Junkersrott, direkt an der Kate vorbei, in die Claudia Bolerius nicht zurückgefunden hatte.

Gerrit Groener bat seinen Kollegen Loose, den Kartenausschnitt mit der markierten Route und die Vermisstenanzeige zu fotokopieren. Anschließend faxten sie die Unterlagen an die Staatsanwaltschaft in Aurich.

Gerrit Groener war mittelgroß. Er trug sein dunkelblondes Haar mit Scheitel. Er liebte weite Fahrradtouren und suchte mit seiner Familie regelmäßig das Norddeicher Wellenbad auf. Er kannte sich aus im Waldgebiet rund um das Lütetsburger Schloss, zu dem auch das »Nordholz« und der »Wischer« mit dem Kaak- und Neuen Kaakweg gehörte.

Menke Loose, der 34-jährige Beamte, war in Jever geboren und hatte nach seiner Ausbildung über Oldenburg nach Norden gefunden. Seine fast gleichaltrige Freundin unterrichtete an der Lintelner Schule. Er hatte eine gesetzte Statur. Sein ins Rötlich gehendes festes Haar trug er im Fassonschnitt. Er spielte mit seiner Freundin Tennis im Club »Blau Gelb«.

Der Kommissar nahm den Hörer ab und wählte die Nummer. Feuerwehrchef Frerik Ewers meldete sich. Er war Konrektor der »Wildland-Schule« und befand sich um diese Zeit bereits in seinem Büro.

»Tag der offenen Tür. Unser Computerraum ist fertig gestellt. Großer Bahnhof. Die Bürgermeisterin mit Anhang, der Schulrat. Kannst gerne zu einem Schnack rüberkommen«, trug er belustigt vor.

»Frerik, Spaß beiseite«, sagte der Kommissar. »Die Frau des Prokuristen der ›Eike Caspersen GmbH‹, von dem in den Zeitungen zurzeit viel zu lesen ist, wird vermisst. Sie verließ mit ihrem Rad eine Geburtstagsfeier in Hage, das war gegen 21.30 Uhr. Sie fand nicht zurück zu ihrem Mann. Sie wohnen in der umgebauten Kate am Breiten Weg, kurz vor Junkersrott. Ich fahre gleich mit meinen Kollegen los. Wir schauen uns um. Gib mir deine Handy-Nummer.« Er notierte sie in seinem Tischkalender. »Organisiere eine Truppe, die sich am Nachmittag rund um den ›Wicher‹ umsieht. Ich melde mich noch«, sagte der Kommissar und legte auf.

»Loose, um ganz sicher zu gehen«, sagte er zu seinem Kollegen und wählte die Nummer des verzweifelten Ehemannes der Vermissten. Vergeblich. Er wählte die Nummer der Fischhändlerin.

»Annchen Bolerius«, vernahm er die weinerliche, stockende Stimme der besorgten Alten.

»Kripo Norden, Groener. Frau Bolerius, mein Kollege Loose und ich begeben uns auf die Suche nach Ihrer Schwiegertochter Claudia. Gibt es neue Erkenntnisse?«, fragte der Kommissar.

»Nein, wir befürchten Schlimmes. Mein Sohn hat bereits das Haus verlassen und sucht nach ihr. Es ist schrecklich. Wir sind verzweifelt«, sagte sie und begann zu weinen.

»Sie hören von uns. Am Nachmittag starten wir eine groß angelegte Suche«, sagte der Kommissar mit einfühlender Stimme.

Der Nordwestwind wehte mit Stärke 5 Seenebelschwaden über die Stadt. Es war frisch. Das Thermometer zeigte 10 Grad. Die Meteorologen hatten für die nächsten Tage sonniges Spätherbstwetter angesagt. Die Beamten stiegen in den Passat. Kommissar Groener lenkte den Wagen auf die Norddeicher Straße im aufkommenden Morgenverkehr. An der Ampel kurz vor Norddeich verließen sie die B 70 und bogen in die Ostermarscher Straße ein, die parallel am grünen Deich entlangführte. Auf den weiten Weiden graste das Buntvieh. Traktoren zogen Pflüge über die abgeernteten Stoppelfelder. Schwärme von Möwen folgten den Pflugscharen.

»Eine recht mysteriöse Geschichte«, meinte Menke Loose und blickte auf den Leuchtturm der Insel Norderney, der über den Deich lugte, während sich der Himmel aufzuklären begann.

»Ein Verbrechen? Dafür sprechen die sorgenvollen

Bemühungen ihres angesehenen Mannes und der respektablen Schwiegermutter der jungen Frau. Die ist nicht einfach abgehauen, um ›Bäumchen wechsle dich‹ zu spielen«, sagte der Kommissar.

Die Straße säumten nur wenige rot geklinkerte Landhäuser und einige Pensionen. Seitlich führten der Westerlooger Strohweg und kurz danach der Dieksweg zum vorgelagerten Deich des Wattenmeeres. Es folgte der Mandepolder Weg, in dessen Nachbarschaft die Witwe Bolerius ihr Fischgeschäft im erweiterten Wohnhaus führte.

»Ich sehe keinen Sinn darin, anzuhalten und die Alte mit Fragen zu belästigen«, sagte Groener.

»Ihr könnte unser Beistand auch nicht weiterhelfen«, meinte Loose. In Junkersrott verließen sie die Landstraße, passierten den Grafenplatz und warfen einen Blick auf die Kate, die an diesem Morgen – dabei konnte ihre Einbildung mit im Spiele gewesen sein – einen tristen und geisterhaften Eindruck hinterließ. Der Kommissar lenkte den Passat im Schritttempo über den Breiten Weg, dabei beobachteten sie aufmerksam die mit Schilf und Lampenputzern bewachsenen Böschungen der Gräben. An unübersichtlichen, verfilzten Stellen stieg Loose aus und schaute sich um. Das landwirtschaftliche Nutzland zwischen Wilmsfeld, dem Karlshof und dem Fahlhaus bot sich ihnen übersichtlich dar. Erst am Süderhaus hielten sie an, suchten die Büsche und den Garten des zum Urlauberdomizil umgebauten Traktes ab. Dieser Prozedur unterzogen sie auch das Gelände vor dem Anwesen »Ülkebült«. Ergebnislos! Sie fuhren zum Schießstand, parkten den Wagen vor dem eingezäunten Gelände und stiegen aus. Dort erwartete sie eine unvorhersehbare Überraschung. Sie näherten sich dem Vereinsheim, es ähnelte einer bayerischen Jagdhütte. An dem kleinen Toilettenhäuschen lehnte ein Damenrad. Es war nicht abgeschlossen. Es handelte sich um ein holländisches Produkt der Marke »Gazelle« mit dem typischen breiten Lenker und dem Kettenkasten.

»Eine erste Spur«, sagte Menke Loose erleichtert. Er ging zum Passat, öffnete die Heckklappe und entnahm dem Wagen die Spurensicherungstasche, stellte das Rad auf den Ständer und begann es nach Fingerabdrücken zu untersuchen, während Gerrit Groener die verschlossene Toilette und das Clubhaus in Augenschein nahm. Anschließend betrat er das große Schießgelände, das mit Bruchstücken der als Tauben bezeichneten Tonscheiben übersät war.

Sie blickten überrascht auf und unterbrachen ihre Suche, als sich ihnen über einen Trampelpfad, der an Tannen entlangführte, ein Mann näherte. Er schob ein Hollandrad. Er hatte eine kräftige, sportliche Figur und war hoch gewachsen. Er trug Jeans und einen Troyer. Er war mächtig aufgedreht.

»Jemand hat sie umgebracht! Sich an ihr vergangen!«, schrie er, warf das Rad beiseite und näherte sich den Beamten. Sein gut geschnittenes Gesicht zeigte Spuren einer langen, schlaflosen Nacht. Er legte die Hände vor sein Gesicht und schluchzte.

»Herr Bolerius, Kripo«, sagte der Kommissar. »Wenn Ihre Vermutungen Sie zu sehr belasten, fahre ich Sie fürs Erste zum Krankenhaus.« Er griff in seine Jackentasche und reichte Bolerius ein Tempotuch.

»Es ist unvorstellbar«, hauchte der Mann, nahm die Hände vom Gesicht, ergriff das Taschentuch und wischte sich den Schweiß aus dem Gesicht. Seine Hand zitterte.

»Claudia – ist tot!«, schrie er auf.

»Herr Bolerius, das ist anzunehmen. Kommen Sie bitte mit«, forderte Loose ihn auf. Er folgte dem Beamten und weinte vor sich hin.

»Wir fanden das Rad«, fügte der Kommissar hinzu. Bolerius nickte und nahm vom Kommissar ein weiteres Tempotuch entgegen.

»Claudias Rad. Hier hat der Mörder ihr aufgelauert«, gab er stockend von sich.

»Und was führt Sie zu der Annahme, dass sich jemand an Ihrer Frau vergangen hat?«, fragte der Kommissar ruhig.

Durch die Tannen fuhr der Wind. Die Luft roch nach Harz und erinnerte Loose an die Aufgüsse in der Sauna. Bolerius schnäuzte sich. Er bemühte sich um Fassung.

»Sie verließen recht früh die Wohnung, wie wir von Ihrer Mutter erfuhren«, sagte er.

Bolerius wies mit der Hand auf den Wald.

»Am Kaakweg, auf der Bank, fand ich – ihre Bluse – ihren Slip – ihre Jeans«, antwortete er unter Tränen.

»Sie haben die Textilien Ihrer Frau nicht berührt und durchsucht?«, fragte Loose.

Bolerius winkte ab.

Loose trug den Spurensicherungskoffer zum Auto, entnahm ihm eine Plastiktüte und zog die Heckklappe nach unten. Groener schloss die Autotüren.

»Wie weit ist das zu Fuß?«, fragte Loose.

»Eine knappe halbe Stunde«, antwortete der Kommissar.

»Herr Bolerius, bitte kommen Sie. Wir begeleiten Sie«, wandte sich der Kommissar an den Mann der Vermissten, der sich aufrappelte, seine Kraftreserven mobilisierte und ihnen schweigend vorausging.

Der Leiter der Norder Feuerwehr, Frerik Ewers, hatte bei der Auswahl seiner Leute auf deren familiäre, berufliche und private Verpflichtungen Rücksicht genommen. Es war weder ein Brand ausgebrochen noch gab es einen Notstand. Seinem Aufruf waren 10 junge Wehrleute gefolgt, die sich am Nachmittag auf dem Parkplatz vor dem Lütetsburger Schloss einfanden.

Nach einer kurzen Lagebesprechung suchten sie über den Kaakweg das Nordholz auf und begannen vom Schienenstrang der Küstenbahn ihre systematische Suche.

Sie blieben in Rufnähe und durchforsteten das Gelände. Ihre Suche im Gehölz blieb ergebnislos. Sie schauten sich im verfilzten Brachland um. Kurz vor der Holzbrücke, die über das Hager Tief führte und gerade Platz für zwei Fahrräder bot, fanden sie die Leiche der jungen Frau an der mit Schilf, vertrockneten Sträuchern und verwilderten Disteln bewachsenen Böschung.

Erschreckte Entenpärchen flatterten davon. Die Sonne schien. Der frische Wind kühlte die erhitzten Gesichter der Feuerwehrmänner. Ihnen bot sich ein gruseliger Anblick.

Der per Handy herbeigerufene Arzt bestätigte das, was für die Helfer kein Geheimnis mehr war. Claudia Bolerius war das Opfer eines Sexualverbrechers geworden. Bis auf ihre Schuhe mit flachen Absätzen und weißen Söckchen war sie nackt. Der Täter hatte sie erwürgt.

Platt gewalzte Gräser, zertretene Binsen, abgeknickte Schilfhalme ließen darauf schließen, dass der Mörder Claudia Bolerius am Böschungsrand des Hager Tiefs vergewaltigt hatte.

Dem entsprachen die Hautrötungen, hervorgerufen

durch stachelige Pflanzen, wie der Arzt bei der Obduktion der Leiche feststellte. Bemerkenswert fiel dabei ins Gewicht, dass das Opfer keine Spuren eines vorausgegangenen Abwehrkampfes davongetragen hatte. Der Mörder hatte Claudia Bolerius erwürgt. Die hinterlassenen Druckstellen am Hals und im Genickbereich hatten kräftige, behandschuhte Hände hinterlassen. Den recherchierenden Kriminalbeamten stellte sich die Frage, warum der Mörder die Kleidung des Opfers vom Tatort entfernt an der Bank im Wicher, dort wo sich der Neue und der Kaakweg kreuzten, abgelegt hatte, wobei der Anorak des Opfers fehlte, der auch späterhin nicht auftauchte.

Claudia Bolerius war vom Breiten Weg abgezweigt und hatte sich für den Heimweg über die Waldroute entschieden. Abgesehen von der Dunkelheit hatte sie dabei keine weiteren Nachteile in Kauf genommen. Entfernungsmäßig gab es da keine wesentlichen Unterschiede.

Die Beamten leiteten die Wäsche und Bekleidungsstücke der Toten an das kriminaltechnische Labor des LKA weiter. Die Untersuchungen brachten keine verwertbaren Ergebnisse. Der Slip, BH, Hemd, Bluse, Söckchen, Jeans und die Schuhe der Claudia Bolerius wanderten, vom Computer erfasst, fürs Erste in die Asservatenkammer des Amtsgerichtes in Aurich.

Die Aufklärungsarbeit gestaltete sich schwierig. Es gab keine Zeugen. Da lag der Verdacht nahe, dass Tomco Bolerius, der sich zur Tatzeit aus besagten Gründen in der Klemme befand, finanzielle Regressansprüche befürchtete, wegen des Konkurses seiner Firma nicht nur arbeitslos geworden war, sondern auch wegen der gegen ihn erhobenen Vorwürfe der Mitschuld psychisch litt. Hatten diese nicht wegzuleugnenden Tatsachen zu ehelichen Streitigkeiten geführt? War der tüchtige, hoch dotierte Angestellte beim Sturz vom hohen Ross ausgerastet?

Hatte er nicht verkraftet, dass seine Frau Claudia mittlerweile als Teilhaberin der alternden Mutter dabei war, ein Vermögen anzusammeln? Diese Argumente beschäftigten die Kripobeamten und den Staatsanwalt.

Recherchen auf den Inseln führten zu keinen weiteren Erkenntnissen. Da war nicht die Rede von einer jungen hübschen Sekretärin. Niemand traute Tomco Bolerius die Gewalttat zu.

Kommissar Groener nahm an der Beisetzung des Opfers auf dem Nordfriedhof teil. Die alte Frau Bolerius und ihr Sohn zerflossen im Leid vor dem Grab. Es war schrecklich anzusehen gewesen.

Und dennoch beschäftigte Groener die Frage, warum die junge Frau, deren Leichnam im teuren Sarg, den die schwarz gekleideten Männer mit den Prinz-Heinrich-Mützen unter der Anteilnahme einer großen Trauergemeinde in die Gruft an Leinenbändern senkten, ihrem Peiniger nicht einen Kampf auf Leben und Tod geliefert hatte? Hatte der Täter sie vom Fahrrad gerissen, gewürgt, sich an ihr vergangen, das Rad zum Schießstand gebracht, die Kleidungsstücke zur Bank getragen? Oder? Er, Kollege Loose und der Staatsanwalt waren hundertfach diesen Überlegungen gefolgt.

Sie hatten Tomco Bolerius verhört. Seine Aussagen stimmten mit denen seiner Mutter überein. Sie klangen glaubwürdig. Er und Annchen Bolerius hatten sich zur Tatzeit in ihrer Wohnung aufgehalten, gemeinsam die Umsatzsteuererklärung erstellt. Gegen 21 Uhr hatte

Tomco Bolerius den Steuerberater angerufen und um eine Auskunft gebeten.

Zum Alibi trug auch eine Nachbarin bei. Es handelte sich um Frau Caroline Tüttjers, 52, ihr Mann arbeitete als Fernfahrer bei der Spedition »Waring-Logistik« in Norden. Er war am frühen Abend von seiner Tour aus Mannheim zurückgekommen, hatte den MAN-Sattelschlepper auf dem Betriebsgelände abgestellt, war nach Hause gefahren und hatte sich mit einer Grippe ins Bett gelegt.

Caroline Tüttjers hatte sich das Fieberthermometer ausgeliehen.

Der Staatsanwalt schloss die Akte. Das bombensichere Alibi, bestätigt nicht nur von der Mama, sondern auch vom honorigen Steuerberater, der den Anruf zu Protokoll gab, und von der in jeder Weise unbescholtenen Caroline Tüttjers, sprachen Tomco Bolerius frei von dem Verdacht, seine Frau Claudia an der Böschung des Hager Tiefes erwürgt zu haben. Für die Statistik ein weiterer unaufgeklärter Fall eines begangenen Kapitalverbrechens.

Für Kommissar Groener und seinen Assistenten Loose hinterließ der Fall einen bitteren Nachgeschmack, während Tomco Bolerius auch vom Konkursgericht entlastet wurde. Ihm konnte keine Manipulation nachgewiesen werden. Das Ende der »Eike Caspersen GmbH« war die unvorhersehbare Folge der Insolvenz der Bauträgergesellschaft »Oderhoff und Offermatt AG«.

Annchen Bolerius hatte gesundheitlichen Schaden an den Ereignissen genommen. Sie verkaufte das Geschäft samt Wohnhaus an den Kapitän der »Anse«, den ehemaligen Arbeitgeber ihres Mannes, erwarb auf Juist auf der Wilhelmstraße im Haus »Hannover« eine Eigentumswohnung und verließ Norden, um auf der Insel Abstand zu gewinnen.

Ihr Sohn Tomco, erfahren im Verkauf von Ferienwohnungen, fand einen lukrativen Job bei der »Bremer Costa del Sol Apartment Vertriebsgesellschaft«, die im Raum rund um Malaga erfolgreich in Zusammenarbeit mit spanischen Bauunternehmungen operierte. Tomco Bolerius leitete mit respektablen Umsatzsteigerungen das Verkaufsbüro in Nerja auf der Calle Carretas. Ihm zur Seite standen vier Mitarbeiter und eine Sekretärin. Im Verhältnis zu seinem Einkommen – er hatte sich ein Apartment auf der Calle Hernando de Carabeo gekauft – wirkte die Summe der Lebensversicherung, die er für Claudia abgeschlossen hatte, recht mickrig. Er fuhr einen repräsentativen BMW. Seine Stärke im Umgang mit den Käufern beruhte auf seiner sympathischen Ausstrahlung, seinem guten, vertrauenswürdigen Aussehen, seiner athletischen Figur und den Sachkenntnissen in bautechnischen Fragen.

Sieben Jahre nach dem Mord an Claudia Bolerius, geborene Ottenga, besuchte Gerrit Groener, mittlerweile 51 Jahre alt, in der ersten Juniwoche 1997 in Hannover eine Fortbildungsveranstaltung in den Schulungsräumen des Landeskriminalamtes.

Die Zeit war nicht stehen geblieben. Tochter Lena hatte das Examen als Grundschullehrerin an der Uni in Göttingen bestanden. Sie hatte berechtigte Aussichten auf eine Anstellung an der Schule in Pewsum, in der Krummhörn gelegen. Tochter Lotte hatte das Abitur am Ulrichs-Gymnasium in Norden bestanden und beabsichtigte, Pharmazie zu studieren.

Frau Friedchen fand ihre berufliche Erfüllung in der Steuerpraxis und hatte es zur Stellvertreterin des Chefs gebracht. Er und Friedchen lebten in Harmonie. Sie waren, zu Recht, stolz auf ihre Töchter.

Am Montag, dem 3. Juni 1997, fuhr Frau Groener ihren Mann nach dem Frühstück zur Bahnstation Norddeich Mole. Es war ein sonniger Morgen. Vor der Kulisse mit der abfahrbereiten »Frisia II«, dem Blick auf den Jachthafen, küsste sie ihren Gerrit im aufgebristen Nordwestwind, wünschte ihm eine gute Reise und bat ihn fürsorglich, den Neuerungen gelassen entgegenzusehen. Ein Rat, den zu beherzigen er sich vornahm. Er stieg in den bereitgestellten Zug, legte seine Reisetasche ab, trat an das Fenster und winkte Friedchen zu, die den Bahnsteig verließ und zu ihrem Wagen ging.

Der Regional-Express verließ planmäßig um 9.27 Uhr die Station Norddeich Mole. Gerrit Groener vertiefte sich in die Tageszeitung, döste gelegentlich vor sich hin und blickte durch das Abteilfenster in die grüne, ebene Landschaft um Oldenburg. Pünktlich erreichte der Zug um 15.42 Uhr den Hauptbahnhof Hannover. Ohne Mühe erreichte Groener zeitig sein Ziel. Im Schulungsheim traf er seine Kollegen bereits beim Kaffee und Kuchen an. Die Dozenten im Range von Oberräten stellten sich vor, machten die Teilnehmer miteinander bekannt. Nach Erledigung der Reisekostenberechnungen besprachen sie das Organisatorische. Bereits um 16.30 Uhr begann das Programm im Hörsaal II mit einem einführenden Vortrag, dem der Kommissar, umgeben von 28 Kollegen aus ganz Niedersachsen, aufmerksam und nachdenklich lauschte.

In der anschließenden offenen Fragestunde vor dem Abendbrot fiel Gerrit Groener mit seinem großen Interesse aus dem Rahmen der übrigen Zuhörer. Da gab es sensationelle kriminaltechnische Errungenschaften aus den Staaten, die ab dato das Labor des LKA für die Nutzung der niedersächsischen Kriminalpolizei bereithielt.

Dieses hoch sensible Analysegerät reagierte auf mikroskopisch kleine Blutspuren, überführte einen Täter mit einer Treffsicherheit, die den Nachweis eines Fingerabdruckes und dessen Auswertung bei weitem übertraf.

Die biologischen, chemischen, physikalischen und genetischen Verfahrensprozesse bei der Anwendung konnten die Seminarteilnehmer nur schwer nachvollziehen. Tatsache war, dass selbst verkrustete Blutpartikel nach etlichen Jahren nachgewiesen und einer Analyse zugeführt werden konnten.

Der Lehrgang endete an Freitag, dem 7. Juni, nach einem gemeinsamen Mittagessen. Die Damen und Herren der Kripo begaben sich mehr als nur zufrieden auf ihre Heimreise. Die locker durchgeführte und informative Bildungswoche hatte ihnen zusätzlich Zeit für gesellige Abende und Stadtbesuche geboten.

Am Montag, dem 10. Juni 1997, fuhr Kommissar Groener nach dem Frühstück zum Revier. Der Himmel war bedeckt. Der Wind kam aus östlicher Richtung mit Stärke 6. Er war frisch. Die Temperaturen bewegten sich um die 16 Grad.

Kurz vor 8 Uhr stellte er der Wagen vor dem »Alten Weinhaus«, in dem die Kripo residierte, ab, warf einen Blick auf die blühenden Heckenrosen der Ludgeri-Kirche, betrat das Gebäude und ging zu seinem Dienstzimmer. Er öffnete das Fenster, ließ die stickige Luft abziehen, setzte sich an seinen Schreibtisch und studierte die Eingangspost. Da gab es nichts, was ihn nach seiner Abwesenheit in Verzug setzte. Er blickte auf, als sein Kollege Menke Loose das Dienstzimmer betrat.

»Hallo, gut erholt?«, fragte er spöttisch.

»Auch das! Unterbringung und Verpflegung bestens. Ich stecke voller Energie und Tatendrang! Hol bitte aus der Registratur die Akte Claudia Bolerius. Du erinnerst dich? Zu der Zeit sahst du noch ehrgeizig deiner Beförderung entgegen«, antwortete Gerrit Groener ironisch.

»Das ist doch nicht dein Ernst! Das ist eine Weile her«, antwortete Menke Loose überrascht.

»Genau sieben Jahre. Seitdem hat sich vieles verändert. Du bist verheiratet und Vater eines Sohnes, während die Computer ihren Siegeszug weiter fortgesetzt haben«, antwortete der Kommissar und lächelte verschmitzt.

»Der Kursus beim LKA zeigt erste Früchte«, meinte der jüngere Kollege.

Groener nickte, griff zum Telefon und wählte die Nummer des Staatsanwaltes.

Loose verließ das Dienstzimmer und suchte die Registratur auf. Er betätigte den Computer und fand zur fast verstaubten Akte.

Gegen 10 Uhr verließen sie das Revier, stiegen in den Dienstwagen und fuhren nach Aurich. Der Staatsanwalt hatte sie zu einem Gespräch eingeladen.

Diplom-Kaufmann Johannes Berkenkamp, 56, Leiter der florierenden »Bremer Costa del Sol Apartment Vertriebsgesellschaft« blickte überrascht auf, als seine Sekretärin nach Durchsicht der Eingangspost ein

Schreiben der Staatsanwaltschaft Aurich, das den Zusatz »Streng vertraulich« trug, verlegen auf seinen Schreibtisch legte. Es trug das Datum vom 27. Juni 1997.

Die Gesellschaft beschäftigte in Bremen auf der Bürgermeister-Schmidt-Straße im Weser-Haus auf der 4. Etage 14 Mitarbeiter. Johannes Berkenkamp nahm das Schreiben in die Hand, überflog das Aktenzeichen und las:

»Sehr geehrte Damen und Herren,

ich konnte in Erfahrung bringen, dass der kaufmännische Angestellte Tomco Bolerius seit etwa sieben Jahren für Sie im spanischen Nerja/Malaga als Verkaufsrepräsentant tätig ist.

Tomco Bolerius gilt als Zeuge in einem unaufschiebbaren Verfahren. Seine Aussagen sind für den weiteren Prozessverlauf von eminenter Wichtigkeit.

Im Rahmen der Bemühungen, Verwaltungskosten zu senken, liegt es in meiner Absicht, auf einen Besuch in Spanien zu verzichten. Da stellt sich die Frage, ob Ihr Angestellter für die nächste Zeit einen Heimaturlaub, sei es aus privaten oder geschäftlichen Gründen im Rahmen Ihrer betrieblichen Urlaubsplanung, antritt.

Ich bitte Sie um eine telefonische oder briefliche Mitteilung und mache Sie darauf aufmerksam, dass jede Kontaktaufnahme mit Ihrem Angestellten in dieser Sache als eine Behinderung meines amtlichen Auftrages anzusehen ist.

Mit freundlichen Grüßen
Dr. Alfred Akkermann
Staatsanwalt

Am Montag, dem 28. Juli, legte die »Frisia III« um 14.10 Uhr auf Juist an. An diesem herrlichen Sommertag, bei Temperaturen um die 26 Grad, kam der aufgefrischte

Wind mit Stärke 5 aus nordöstlicher Richtung und machte die Hitze erträglich. Juist zeigte sich von der Schokoladenseite. Die Urlauber bevölkerten die Strände, badeten in der Brandung, sonnten sich und dösten in den Strandkörben und Strandzelten. Möwen schossen auf der Suche nach Happen über die Strandburgen, in denen die Kleinen spielten. Ihre Piratenfähnchen flatterten im Wind.

Über die Straßen holperten die Pferdefuhrwerke. Die Hufe der Zugtiere und das Klirren der Gespannketten drangen in die Stille.

Auf der Terrasse des ehemaligen Inselbahnhofes speisten Gäste im Schatten der Werbeschirme der Brauerei. Staatsanwalt Akkermann und die Kommissare Groener und Loose trugen ihre Reisetaschen. Sie hatten in der Pension »Felicitas« bei der Witwe Bulker ein Apartment gebucht, das am Freitag drei Mitarbeiter des Amtes für Küstenschutz verlassen hatten. Die Bezirksregierung Weser-Ems zahlte für die Nutzung eine angemessene Jahresmiete. Die 68-jährige Elske Bulker trug ihr ergrautes Haar im Pagenschnitt. Sie hatte ein feines, sonnengebräuntes Gesicht mit spitzer Nase und schmalen Lippen. Sie war schlank und wirkte jugendlich in Jeans und einem saloppen pinkfarbenen Polohemd. Ihre knochigen Finger zierten Ringe. Sie blickte die Besucher freundlich an.

»Herzlich willkommen! Nach all den Jahren neue Gesichter. Ich habe Stammgäste vieler Behörden«, sagte sie und blinzelte mit ihren wachen Augen in die Sonne.

Dem Staatsanwalt war ihre Geschwätzigkeit zu Ohren gekommen. Er reagierte entsprechend.

»Akkermann, meine Begleiter Groener und Loose.

Unser Amt hat uns angesagt. Wir reisen morgen wieder ab«, sagte er.

»Dem ist so. Am Mittwoch kommen Finanzbeamte, Steuerprüfung. Sie bleiben länger«, antwortete sie und lächelte verschmitzt.

»Und? Hegen Sie Befürchtungen?«, fragte Loose locker.

»Mein Gott, was denken Sie! Für meine mageren Einkünfte interessieren die sich nicht«, antwortete sie. »Bitte, treten Sie ein«, fügte sie hinzu.

Die Beamten betraten den geräumigen Korridor. Der Boden war mit roten Steinplatten belegt. In einer getäfelten Nische befand sich die Garderobe. Seitlich stand ein Tisch mit vier Sesseln unter einer tief hängenden Lampe. Ein Aschenbecher und Lesemappen verrieten, dass die Alte die Raucher zu disziplinieren wünschte. Ein halb hohes Klinkermäucherchen, auf dem sich Spiele stapelten – obenauf lag »Mensch ärgere dich nicht« –, trennte die kleine urige Ecke vom Treppenaufgang. Ein breiter Flur führte zu den Pensionszimmern im Parterre. Blasse Aquarelle schmückten die weißen Wände.

»Folgen Sie mir nach oben«, sagte die Alte und betrat die Treppe.

Die Steinstufen waren mit Teppichware belegt. Das Apartment befand sich am Ende des Flurs. Es trug die Nummer 12. Elske Bulker öffnete die Tür und bat die Beamten einzutreten. Da gab es nichts, abgesehen von der Enge, was zu beanstanden galt. Im Vorraum befand sich ein Etagenbett. Die Toilette war gefliest, sauber und enthielt ein Duschbad. Es gab ein Schlafzimmer mit einem Ehebett, Konsole und Kleiderschrank. Das Wohnzimmer wirkte gemütlich mit Couch und einer Sesselgruppe. Auf einer Truhe stand der Fernseher. Eine

Küchenzeile mit Kühlschrank und einem Zwei-Platten-Herd, Wasserkocher und Kaffeemaschine.

»Das Frühstück serviere ich im Salon«, schnatterte die Alte drauflos. »Er befindet sich im Parterre am Ende des Korridors neben meinem Büro. Meine Zimmer sind belegt. Wenn Sie den Lärm von Kindern als störend empfinden, dann empfehle ich Ihnen, das Frühstück vor acht Uhr einzunehmen.« Sie wusste nicht so recht, ihre Besucher einzuordnen. Die Bezirksregierung hatte die Gäste nur namentlich durchgegeben. Sie händigte dem Staatsanwalt, der mit seinem ernsten Gesicht und angegrauten Haar wie der Vorgesetzte seiner Begleiter wirkte, den Schlüssel aus.

»Danke«, sagte Akkermann.

»Vom Salon führt eine Tür in einen Nebenraum«, sagte Elske Bulker. »In ihm stehen ein Kühlschrank und Getränkekisten. Er ist unverschlossen. Dort können Sie sich auch noch zur späten Stunde mit Getränken bedienen.« Sie verließ das Apartment.

Die Beamten richteten sich ein. Groener und Loose überließen dem Staatsanwalt das Schlafzimmer. Nach einer kurzen Lagebesprechung verließen sie die Pension »Felicitas«, ohne auf die neugierigen Blicke der Alten zu reagieren, die sich wie zufällig im Treppenhaus zu schaffen machte.

Staatsanwalt Akkermann trug seine Collegemappe unter den Arm geklemmt. Über Looses Schulter hing der Gurt seiner lässig wirkenden olivfarbenen Leinentasche, die mit großer Lasche einem Utensil der Angler und Vogelliebhaber glich.

Es war nicht weit zur Eigentumswohnung auf der Wilhelmstraße, in der Annchen Bolerius im Apartmenthaus »Hannover« ihren Altersfrieden genoss und sich an diesem schönen Sommertag voller Freude dem dreijährigen Enkel Menno hingab. Ihr Sohn Tomco und ihre Schwiegertochter Thekla befanden sich am Strand. Sie waren aus Spanien angereist und genossen ihren lang ersehnten Heimaturlaub.

Annchens Schwiegertochter Thekla war Juisterin. Ihr Vater Renke Dreesen besaß im Abschnitt »C« den Strandkorbverleih, ihre Mutter Magda, zu der sie ein gutes Verhältnis hatte, beabsichtigte, den süßen Enkel um 17 Uhr abzuholen, denn Menno und seine Mama schliefen bei den Dreesens, während Tomco bei ihr nächtigte.

Annchen Bolerius nahm den kleinen Menno auf den Arm, als die Haustürklingel ihr Spiel unterbrach und Besuch ankündigte. Sie betrat den Korridor und drückte die Taste des Türöffners. Sie verließ ihre Wohnung, blickte in das Treppenhaus.

»Papa?«, fragte der Enkel.

»Auf den müssen wir noch warten«, sagte sie und erschrak, als sie die ihr bekannten Kripobeamten aus Norden erkannte, die ein fremder, älterer, grauhaariger, gesetzter Mann begleitete.

»Frau Bolerius, verzeihen Sie, dass wir es versäumt haben, uns bei Ihnen anzumelden. Mein Name ist Akkermann, meine Begleiter sind Ihnen bekannt«, sagte der Besucher.

Menno begann zu quengeln.

»Ihr Sohn ist zu Besuch. Wir haben ein paar Fragen an ihn zu richten. Auch von Ihnen benötigen wir einige diesbezügliche Aussagen«, sagte der ihr bekannte Beamte.

Annchen Bolerius strich dem Enkel wie abwesend mit der Hand durch das blonde, gelockte Haar.

»Mein Sohn ist nicht zu Hause. Was wollen Sie von ihm?«, fragte sie erregt.

»Uns liegt an einem persönlichen Gespräch«, sagte Kommissar Loose.

»Er befindet sich mit seiner Frau am Strand«, antwortete sie.

Der kleine Menno weinte. Er wurde ungeduldig.

»Kommen Sie rein. Ich bereite einen Tee zu«, antwortete sie fahrig. Sie ließ Menno aus dem Arm, der die Oma an der Hand zerrte.

»Bitte keine Umstände. Wir warten draußen auf ihn. Kümmern Sie sich um Ihren Enkel«, antwortete Akkermann, der sich absichtlich nicht vorgestellt hatte. Die Beamten verließen das Haus.

Annchen Bolerius geriet in Panik. Sie eilte mit Menno in ihre Wohnung, schlug die Tür hinter sich in das Schloss. Sie setzte Menno in den Sessel vor den Fernseher, suchte hastig nach einem kindgerechten Programm und griff dann zum Handy. Sie wählte verzweifelt die Nummer ihres Sohnes. Vergeblich, er hatte es abgestellt.

Gegenüber, auf dem gepflegten Rasen der Kirche, befand sich eine Bank. Die Beamten nahmen auf ihr Platz. Sie saßen im Schein der sich senkenden Sonne im kühlen Wind. In der Nachbarschaft mähte jemand den Rasen. Die Eingangstür des Hauses »Hannover« lag voll in ihrem Blick.

Es war kurz vor 17 Uhr, als sie eine alte Frau bemerkten, die einen Sportwagen vor sich herschob, im Haus verschwand und kurz danach mit dem kleinen Menno, auf den sie liebevoll einredete und der sichtlich vergnügt im Sportwagen saß, davonfuhr.

»Die Schwiegermutter«, meinte Groener.

Sie mussten nicht lange warten. Tomco Bolerius, der

ehemalige Sportler, hatte zugesetzt. Er wirkte affig in den bunten Shorts.

Er trug lässig eine Strandtasche.

»Gehen wir«, sagte der Staatsanwalt. Sie folgten dem Urlauber im Abstand. Sie warteten für wenige Minuten vor der Eingangstür des Apartmenthauses.

Kommissar Groener drückte die Taste der Haustürglocke. Sekunden später vernahmen sie den Summton, öffneten die Tür, stiegen über die Treppe nach oben und näherten sich dem Apartment. Die Tür öffnete sich. Frau Annchen Bolerius wirkte müde und abgespannt. In ihrem Gesicht lagen Spuren von vergossenen Tränen.

»Bitte, kommen Sie herein, mein Sohn ist eben vom Strand zurückgekommen. Er duscht«, sagte sie nervös.

Die Beamten folgten ihr durch den Korridor in das Wohnzimmer. Es war wohnlich und bürgerlich eingerichtet. Frau Bolerius wies auf eine Sitzecke mit bequemen Ledersesseln und einem Glastisch, auf dem Zeitungen und Illustrierte lagen. An der gegenüberliegenden Wand stand der Fernseher auf einem Schränkchen mit Schubladen. Vor der Wand neben der Haustür befand sich eine Anrichte. Die Wand zierte ein Gemälde des Norder Malers Jensser. Es zeigte einen Krabbenkutter auf bewegter See mit ausgefahrenen Fangbäumen. Vor einem Vitrinenschrank stand ein Esstisch mit vier Stühlen. Durch das große Fensterelement mit Balkontür reichte der Blick über die Deichwiesen bis zum Wattenmeer.

»Nehmen Sie bitte Platz«, sagte sie.

Die Beamten setzten sich in die Sessel.

»Darf ich Ihnen einen Tee anbieten?«, fragte Annchen Bolerius, ein wenig hilflos mit verlegenem Blick. Sie trug einen beigen Rock, eine tintenblaue Bluse mit langem Arm und eine cremefarbene Leinenweste. Ihr fast schlohweißes Haar hatte sie mit einem Samtband zu einem Pferdeschwanz gebunden.

»Wenn es Ihnen keine Umstände macht«, antwortete der Staatsanwalt.

»Ich habe aufgeräumt. Der Besuch des Enkels«, sagte sie und wies auf den Esstisch, auf dem sich Bilderbücher stapelten.

»Mein Sohn wünscht ebenfalls Tee«, fügte sie hinzu und verließ das Wohnzimmer.

Die Beamten schwiegen.

Annchen Bolerius trug das Teegeschirr an den Esstisch und deckte den Tisch mit sorgenvollem Gesicht.

Tomco Bolerius betrat das Zimmer. Er trug einen Küchenstuhl und stellte ihn an den Tisch.

»Besuch«, sagte er. »Mama serviert gleich den Tee. Bitte, nehmen Sie hier am Tisch Platz. Drüben ist es zu eng.«

Er trug navyblaue Cordjeans und einen Troyer. Sein Gesicht bedeckte eine tiefe, fast südländische Sonnenbräune. Sein kurz geschnittenes Haar hatte die Sonne gebleicht. Er lächelte.

Ein Siegertyp, fuhr es Menke Loose durch den Kopf.

Die Beamten erhoben sich.

»Darf ich vorstellen? Herr Bolerius, Herr Akkermann, Staatsanwalt aus Aurich«, sagte Kommissar Groener.

»Ich gehörte vor sieben Jahren nicht zum Team«, antwortete Akkermann und reichte Bolerius die Hand zum Gruß. Dabei drückte er mit der Linken die Collegemappe gegen seinen Körper.

Die Beamten nahmen Platz.

Tomco Bolerius grinste geringschätzig. »An diese

Zeit erinnere ich mich nur ungern. Ich war Lügen und Diffamierungen ausgesetzt. Meine Frau wurde das Opfer eines Sexualmörders. Meine Mutter war überfordert in ihrem Geschäft. Doch danach ging es bergauf«, antwortete Tomco Bolerius in lockerem Tonfall, als hätte er alte Bekannte zu sich eingeladen.

Annchen Bolerius trug das Stövchen an den Tisch und stellte die Teekanne ab. Sie nahm am Tisch Platz.

»Bitte!«, sagte sie, lächelte gequält und wies auf den Kluntjebecher.

Die Beamten und ihr Sohn bedienten sich. Die Alte nahm die Kanne vom Stövchen und schenkte den Tee aus.

»Wie wir in Erfahrung brachten, gingen Sie nach Spanien«, meinte Loose.

»Nehmen Sie auch von der Sahne«, warf Annchen Bolerius ein.

Sie bedienten sich und nahmen Schlucke vom Tee zu sich.

»Auf Ihre Frage. In Nerja an der Costa del Sol lief und läuft das Geschäft mit Ferienwohnungen hervorragend. Thekla, meine Frau, und ich sind bereits aus dem Schneider. Für die Zukunft unseres Sohnes Menno ist gesorgt. Wir hoffen, dass Mama uns noch lange erhalten bleibt«, sagte er und gab sich protzig.

»Sie starteten Ihre Erfolgslaufbahn in Spanien mit vier Lebensversicherungen Ihrer verstorbenen Frau Claudia«, warf Groener ein.

Tomco Bolerius zog sein Gesicht kraus.

»Das war nicht an dem. Die avisierten Regressansprüche der Bank entpuppten sich als Luftblasen. Ich habe Kredite getilgt und die Kate verkauft«, antwortete er hochnäsig.

»Mein Sohn konnte auf mein Vermögen zurückgreifen, doch dazu kam es Gott sei Dank nicht«, warf die Alte erregt ein.

»Und Sie heirateten Frau Thekla Dreesen, eine Juisterin?«, fragte Kommissar Loose und nahm einen Schluck Tee zu sich.

»Was soll die Frage?«, antwortete Bolerius und hob die Schultern.

»Sie arbeiteten bis kurz vor dem Ableben Ihrer ersten Frau auf den Inseln, unter anderem auch auf Juist. War eine erneute Eheschließung bereits sechs Monate nach dem Tod Ihrer Frau nicht etwas früh?«, fragte Kommissar Groener.

»Sie nehmen den Mund ziemlich voll. Ich fühlte mich zu jung für die Rolle eines trauernden Witwers und beabsichtigte nicht, dem Alkohol zu verfallen«, antwortete er erbost.

»Die Argumente reichen nicht aus, unsere Verdächtigungen aus dem Wege zu räumen. Wir gehen davon aus, dass Sie hinter dem Rücken Ihrer Frau Claudia ein Verhältnis mit Ihrer späteren zweiten Frau Thekla unterhielten«, stellte Loose fest.

»Das sind glatte Unterstellungen«, empörte sich Bolerius.

Die Alte schreckte auf. Sie griff zur Teekanne und schenkte Tee nach.

»Herr Bolerius, wir befinden uns nicht auf einem Badeurlaub. Wir registrieren zu unserer Erleichterung, dass weder Ihre Frau Thekla noch Ihr kleiner Sohn anwesend sind. Wir legen Ihnen zur Last, Ihre Frau Claudia an der Böschung des Hager Tiefs im Lütetsburger Holz nach oder während eines Liebesaktes erwürgt zu haben. Ihre Täuschungsmanöver waren perfekt. Den gegen Sie gehegten Verdacht vereitelte Ihre Mutter!« Der Staatsanwalt schaute die Alte scharf an. »Frau Bolerius, gestehen Sie, dass Sie mit einem falschen Alibi Ihren Sohn vor einer Überführung gedeckt haben!«

Annchen Bolerius erschrak. Sie brach in Tränen aus.

Ihr Sohn grinste die Beamten abfällig an. Er reckte sich. Seine kräftigen Schultern spannten seinen Troyer.

»Den Tee in Ehren! Ziehen Sie von dannen! Ihre Vorwürfe gegen mich und meine Mutter sind unverschämt und unbewiesen!«, sagte er empört. »Ich habe Claudia geliebt! Scheren Sie sich zum Teufel!«

»Mäßigen Sie sich! Dem war so. Sie haben ihre Frau Claudia körperlich am Grabenrand geliebt und ihr dabei die Kehle zugedrückt!«, warf Kommissar Groener ein.

Die Alte schrie auf, legte den Kopf auf den Tisch und heulte Rotz und Wasser.

»Frau Bolerius, wie war das mit dem Alibi?«, fragte Loose.

Er bekam keine Antwort.

»Raus!«, schrie Tomco Bolerius wie von Sinnen.

»Bitte, einen Moment, bevor Sie handgreiflich werden!«, sagte Kommissar Groener aufgeregt.

Er öffnete seine leichte Sommerjacke und legte die Hand auf seine Dienstwaffe.

»Hören Sie sich gefälligst an, was der Staatsanwalt gegen Sie vorzubringen hat!«, schimpfte er und erhob sich.

»Sie haben keine Beweise für Ihre verrückten Verdächtigungen!«, antwortete Tomco wütend. Sein Atem ging schwer. Auch er hatte sich erhoben und stand herausfordernd vor dem Tisch.

Staatsanwalt Akkermann öffnete gelassen seine Collegemappe und entnahm ihr eine Kopie des Untersuchungsberichtes des Labors des LKA.

»Herr Bolerius, in der Bluse und im Unterhemd Ihrer Frau Claudia befanden sich Blutspuren, die von Ihnen stammen«, sagte er im festen Ton.

»Schwachsinn! Nein, ich war es nicht«, antwortete Tomco Bolerius, ging zur Mutter und strich ihr mit der Hand über das weiße Haar.

Groener bemerkte, wie die alte Dame zusammenzuckte und nur ein wenig den Kopf hob.

»Um letzte Zweifel zu beseitigen, benötigen wir von Ihnen einen Speicheltest«, sagte Kommissar Loose, entnahm seiner Tasche eine Plastikschachtel und öffnete sie. Er hielt das Stäbchen, das einem Ohrenreiniger ähnlich sah, Tomco Bolerius entgegen.

»Führen Sie es in Ihren Mund und nässen Sie es mit Spucke« fordert er.

Tomco Bolerius lachte auf. »Was soll der Scheiß?«, sagte er, tat wie ihm befohlen und reichte dem Kommissar das Stäbchen mit ironischen Bemerkungen, unwissend um die Folgen.

Die Mama hob den Kopf vom Tisch. »Sie können nicht beweisen, dass mein Sohn es war«, sagte sie müde und geschafft.

»Frau Bolerius, Sie machen sich strafbar, wenn Sie uns mit Ihren Falschaussagen an der Aufklärung des Verbrechens hindern«, sagte Kommissar Loose.

»Lassen Sie Mutter in Ruhe! Es hat keinen Sinn, sie einzuschüchtern!«, sagte er herausfordernd.

»Herr Bolerius, wir werden Ihre Speichelprobe zur Durchführung des genetischen Testes an das Labor des LKA in Hannover weiterleiten. Ich bitte Sie, bis dahin die Insel nicht zuverlassen. Ich werde mich mit dem

Amtsrichter in Aurich beraten. Ihrer Mutter wäre zu raten, die Wahrheit zu sagen«, antwortete Akkermann.

Annchen Bolerius schluchzte und verließ das Zimmer.

»Warum quälen Sie sie? Sie sagte die Wahrheit«, antwortete Tomco Bolerius, entnahm seiner Hosentasche ein Tempotuch und wischte sich den Schweiß von der Stirn.

»Wir werden Ihnen das Gegenteil beweisen«, bemerkte Kommissar Loose.

»Sie machen mich neugierig. Suchen Sie am Graben des Hager Tiefs nach meiner Spucke? Sieben Jahre nach dem Verbrechen eines Sittenstrolches, der meine geliebte Claudia ermordet hat?«, fragte er ironisch und grinste abfällig.

»Herr Bolerius, der Sittenstrolch waren Sie. Die Zeit ist nicht stehen geblieben. Da gibt es Neuerungen, die Sie nicht in Ihrem veralteten Brockhaus finden«, sagte Kommissar Groener und blickte Bolerius verächtlich an.

»Ihre Spucke und die von Ihren vor sieben Jahren in der Wäsche und Bluse Ihrer Frau Claudia hinterlassenen Blutspuren enthalten Ihren genetischen Fingerabdruck. Das zur Information«, trug der Staatsanwalt vor.

Tomco Bolerius schaute nicht durch. Schließlich gehörte er zu der Hand voll Verbrecher, bei denen im Jahre 1997 das neue Laborverfahren in Niedersachsen Anwendung fand und, wie sich später herausstellte, mit Erfolg. Tomco Bolerius nickte gelassen, gab sich weiterhin selbstsicher und wies den Beamten die Tür.

»Danke, wir fertigen über unser Gespräch ein Protokoll an. Ich erteile Ihnen den gut gemeinten Rat, Ihre Familie auf eine lange Abwesenheit vorzubereiten. Und bitte, keine Dummheiten! Für weitere telefonische Auskünfte halten wir uns bereit«, sagte der Staatsanwalt und griff zur Collegemappe.

»Danke für die Märchenstunde. Ihre Rechnung geht nicht auf«, antwortete Bolerius unbeeindruckt. Er hielt es nicht für angebracht, die aufdringlichen Beamten zum Hausflur zu begleiten.

Über das neue, sensationelle Verfahren der DNS-Analyse berichteten im August die in Ostfriesland erscheinenden Tageszeitungen, doch zu dieser Zeit befand sich Tomco Bolerius bereits im Auricher Untersuchungsgefängnis.

Seine Mama sagte im Verhör endlich die Wahrheit. Ihre Aussage endete in Anwesenheit ihres Anwaltes mit der Bemerkung: »Ich weiß bis heute nicht, wo sich mein Sohn zur Tatzeit aufgehalten hat.«

Zweimal lebenslänglich

An einem tristen Novembernachmittag 1998 hielt die 56-jährige Hannelore Nasshofen im Einbettzimmer der Städtischen Krankenanstalten in Neuss mit Tränen in den Augen die Brechschale an den Mund ihres an Lungenkrebs schwer erkrankten Ehemannes Gerd.

Blutiger Schleim entströmte unter einem starken Hustenanfall seinen blassen, vertrockneten Lippen. Sie betete laut und drückte mit der freien Hand die Nottaste. Schweiß bedeckte das abgemagerte Gesicht ihres Mannes. Seine Augen wirkten starr und waren zur Zimmerdecke gerichtet. Hannelore nahm Gaze von der Glasscheibe der Konsole, säuberte ohne Ekel Gerds Mund und bat die »Mutter Maria«, ihm beizustehen. Es stand schlecht um ihn.

Sie hatte Gerd, der fünf Jahre älter war als sie, 1960 während einer Klassenfahrt in der Jugendherberge Düsseldorf-Oberkassel bei seiner morgendlichen frühen Anlieferung der frischen Frühstücksbrötchen kennen gelernt.

Eine schicksalhafte Begegnung an einem frühsommerlichen, wolkenlosen Himmel Mitte Mai.

Hannelore Klische aus Jever hatte seine Briefe beantwortet, das Foto des forschen, jungen Mannes wie ein Heiligtum gehütet. Gerd Nasshofen gehörte zur Stammmannschaft der Fortuna Düsseldorf, galt als erfolgreicher Torjäger in der damaligen Oberliga West.

Er spielte an der Seite bekannter Nationalfußballer wie Juskowiak und Mauritz. Die Sportzeitungen erwähnten seinen Namen, brachten Fotos von ihm, wenn er im 16-Meter-Raum auf das Tor schoss.

Hannelore Klische, ihr Vater war Hausmeister am Karl-Jaspers-Gymnasium in Jever gewesen, hatte keine Geschwister. Sie hatte sich nach dem Erreichen der Mittleren Reife in Düsseldorf am Rodbertus-Krankenhaus als Krankenschwester ausbilden lassen und seitdem den Platz an Gerds Seite eingenommen.

Die Fortuna hatte Gerd nicht nur die Lehrgänge an der Meisterschule in Olpe finanziert, sondern ihm auch nach bestandenen Meisterprüfungen im Bäcker- und Konditorhandwerk beim Kauf der Bäckerei und Konditorei in Neuss auf der Kapittelstraße finanziell unter die Arme gegriffen. Gerd gehörte zu den Ehrenmitgliedern der Fortuna. Sie hatten geheiratet. Ihr sehnlicher Wunsch nach Kindern wurde nicht erfüllt.

Auch Gerd war ein Einzelkind gewesen. Er kam aus Düsseldorf Himmelgeist.

Seine und auch ihre Eltern waren verstorben.

Hannelore Nasshofen fuhr aus ihren Gedanken. Durch den Körper ihres todkranken Mannes fuhr ein Zucken. Er hob den Kopf und blickte sie mit verklärten Augen an. »Mutter – sie …«, röchelte er. Sein Atem flachte ab. Er sackte in sich zusammen.

Hannelore griff nach seiner fleischlosen Hand.

»Gerd!«, schrie sie auf und begann zu weinen. Sie vernahm die entfernte Stimme des Arztes, der sich um ihren Mann kümmerte.

»Frau Nasshofen, ertragen Sie es mit Fassung, Ihr Mann ist eingeschlafen. Die Quälerei hat ein Ende«, sagte er. »Mein Beileid, Ihr Gerd geht den Weg, den auch wir irgendwann betreten müssen«, fügte er hinzu und verließ das Krankenzimmer.

Hannelore Nasshofen verkaufte die angesehene Bäckerei und Konditorei, die trotz anwachsender Konkurrenz durch die Märkte florierte, an den Meister, der bereits seit der Erkrankung ihres Mannes den Betrieb führte.

Sie trennte sich auch von ihrem gemeinsamen Wohnhaus in Weißenberg, kaufte vom Erlös in Neuss-Uedesheim in der ehemaligen »Rheinterrasse« eine kleine Eigentumswohnung mit Rheinblick, dem Düsseldorfer Vorort Himmelgeist gegenüber gelegen, in dem ihr Gerd seine Kindheit verlebt hatte.

Entsprechend ihrer Herkunft zweigte sie eine erkleckliche Summe für den Erwerb eines 6-Familienhauses in Jever an der Theodor-Storm-Straße ab und entschied sich für den Erwerb einer Eigentumswohnung auf der Insel Norderney, die sie zu ihrem ständigen Wohnsitz auserkor. Sie fuhr in regelmäßigen Abständen nach Neuss, das ihr zur Heimat geworden war, um Gerds Grab zu pflegen und den Kontakt mit ihren Bekannten aufrecht zu erhalten.

Zu ihnen zählte auch der gleichaltrige Freund und Fußballkollege ihres Mannes, Dr. Franz Krüger, der in Düsseldorf auf der Berliner Allee als Senior seiner Rechtsanwaltskanzlei vorstand.

Die Witwe Nasshofen annoncierte im »Jeverschen Wochenblatt«. Die Vierzimmerwohnung im Parterre ihres Hauses hatte eine Lehrerfamilie verlassen, die wegen einer Versetzung nach Oldenburg ausgezogen war.

Hannelore Nasshofen bot die Wohnung preisgünstig

an. Dabei suchte sie nach einem Hausverwalter, der den Rasen in Ordnung hielt und sich außer der handwerklichen Betreuung des Objektes auch um die Abrechnung mit den Mietern – dazu zählten die Kontrolle der monatlichen Mieteingänge, die Abrechnungen der Strom- und Heizungskosten, des Wasserverbrauchs und einiges mehr – kümmern sollte.

Die Witwe entschied sich nach Durchsicht und Prüfung der Bewerber für den 36-jährigen, arbeitslosen Versicherungskaufmann Jan Kloster, der verheiratet war, zwei Kinder im Alter von drei und fünf Jahren hatte, gute Zeugnisse vorweisen konnte und zusätzlich beim Vorstellungsgespräch mit gepflegtem Äußeren und guten Manieren das Rennen für sich entschied.

Jan Kloster war hoch gewachsen, trieb Sport, hatte ein vertrauensvolles, offenes Gesicht und wirkte in jeder Weise zuverlässig. Auch terminlich gab es keine Probleme.

Hannelore Nasshofen ließ auf ihre Kosten die Wohnung herrichten. Sie fand als kinderlose Witwe, erst recht als enkellose alternde Frau, Gefallen an der jungen Familie und erst recht an den niedlichen Kindern.

Jan Kloster und auch seine Frau Eva stammten aus Wilhelmshaven. Ein Glücksfall für beide Vertragsparteien.

Hannelore Nasshofen lebte sich auf Norderney schnell ein. Sie fand Gefallen an den weiten Spaziergängen in die Dünen und zum Leuchtturm, liebte es, an den Stränden mit dem Blick auf das Meer zu bummeln, fand Kurzweil bei den Besuchen der Kurkonzerte, kaufte gerne in den vielen Läden und Lädchen Modisches ein. Sie kleidete sich elegant, nicht übertrieben, suchte das Wellenbad und die Sauna auf, ließ sich hin und wieder an den Tischen der renommierten Restaurants auserlesene Speisen servieren, suchte, wie in längst vergessenen Jahren, das Inseltheater auf, um sich die neuesten angepriesenen Filme anzuschauen, während sich Jan Kloster, korrekt, wie sie feststellte, um das 6-Familienhaus in Jever zu ihrer Zufriedenheit kümmerte.

Hannelore Nasshofen hatte mit der Pflege des Grabes ihrer Eltern die Friedhofsgärtnerei Johann Harms beauftragt. An ihren Geburtstagen, die Mama hatte am 28.10.1907 und der Papa am 14.03.1903 das Licht der Welt erblickt, fuhr sie nach Jever zum Friedhof, legte vor dem Grabstein ein Blumengebinde ab, betete und gedachte ihrer, denn sie glaubte an ein Leben nach dem Tode.

An diesen Gedenktagen pflegte sie im historischen »Haus der Getreuen« zu speisen und traf nach einem Spaziergang durch die Altstadt im »Schlosscafé« ihren Verwalter Jan Kloster, um dort ungestört bei einem Kännchen Tee und Butterkuchen das Geschäftliche zu besprechen.

Die Mieter wohnten bereits seit Jahren vor dem Eigentumswechsel im 6-Familienhaus am Rande der Stadt mit weiten Weiden und dem Blick auf den alten Bauernhof.

Hannelore Nasshofen hatte von einer Mieterhöhung Abstand genommen. Sie kannte ihre Mieter nur dem Namen nach. Es waren Familien, die in geordneten Verhältnissen lebten. Es gab keine Beanstandungen.

Hannelore Nasshofen saß am Schreibtisch in ihrem kleinen Arbeitszimmer im Apartment 24 des Hauses »Dünenblick«. An diesem sonnigen, kalten Novembertag – der Wind kam aus Nordosten mit Stärke 6 bis 7 und wehte über die Dünenkämme, Möwen hingen im Wind – studierte die Witwe die Seiten ihres Tischkalenders.

Am 11. November vor zwei Jahren war ihr Mann verstorben. Heute war der 6.11.2000. Ihr BMW stand in Norddeich in der Frisia-Garage. Hannelore Nasshofen traute dem Wetter nicht. Eine Änderung lag in der Luft. Sie entschied sich, mit der Bahn nach Neuss zu fahren, das Grab ihres Gerd aufzusuchen und in der Großstadt nach Abwechslung zu suchen. Mal wieder in die Oper oder ins Theater. Sie nahm das Telefon in die Hand, wählte die ihr vertraute Nummer und bat Dr. Krüger, den alten Freund ihres Mannes, sie mit seiner Frau am Abend des Todestages von Gerd in Uedesheim zu besuchen.

Sie packte die Saunatasche, zog ihren wetterfesten Anorak über, verließ die Wohnung und machte sich auf den Weg zum Wellenbad, denn heute war Damensauna.

Zu dieser Zeit parkte vor ihrem Miethaus in Jever ein Kleinlaster. Die Auseinandersetzungen streitender Männer erschreckten auf dem vorgelagerten Parkplatz nicht nur die Kinder, sondern auch friedliche Mieter. Fenster wurden aufgerissen. Es kam zu Rangeleien, zu heftigen Schimpftiraden vor der Eingangstür des Mietshauses. Ein Streifenwagen der Polizei fuhr vor. Die von den Mietern herbeigerufenen Beamten schlichteten den Streit. Ein alter, ergrauter Mann und ein jüngerer Begleiter luden Umzugsgut auf den LKW.

Eva Klosters krakeelender Ehemann und Vater ihrer

beiden Kinder hatte sich schmollend entfernt. Eva Kloster zog zu ihrem Vater zurück nach Varel. In der letzten Zeit war es zwischen ihr und Jan immer häufiger zu Streitigkeiten gekommen. Zu Hause konnte sie sich im Taxi-Unternehmen ihres Vaters nützlich machen.

»Kein Leben an seiner Seite!«, sagte die junge Frau, als sie mit den Kindern in das Führerhaus des Wagens stieg, zu den Beamten, die ungerührt hinter dem LKW herblickten. Der Vorfall füllte nur wenige Zeilen in ihrem Tagesbericht.

Niemand der Mieter und auch Jan Kloster nicht, sah sich veranlasst, der Eigentümerin eine entsprechende Mitteilung zu machen.

Die Mieter schwiegen auch, als bereits wenige Wochen nach dem Vorfall der Verwalter mit einem Saufkumpan, einem schwergewichtigen etwa 30-jährigen, von der Bundeswehr entlassenen Bootsmaat aus Wilhelmshaven die Wohnung teilte. Nach dem Motto »Das ist nicht unser Bier. Wir zahlen unsere Miete!«, und da weder Jan Kloster noch sein Mitbewohner Ulf Picking sie in keiner Weise beeinträchtigten, lief alles wie bisher.

Am Mittwoch, dem 14. März 2001, war es regnerisch und kalt. Über Norderney trieb ein aufgebrister Nordwestwind dunkle Schauerwolken. Hannelore Nasshofen verließ nach dem Frühstück ihr Apartment im Haus Dünenblick, stieg in das bestellte Taxi und ließ sich zum Schiffsanleger fahren.

Heute vor 94 Jahren war der Papa als Sohn des Fuhrmannes Hajo Klische in Heidmühle geboren. Vor ihr lag der traditionelle Friedhofsbesuch, das Essen im »Haus der Getreuen«, der Altstadtbummel mit Kirchenbesuch und anschließender Teestunde im Schlosscafé.

Ihr Verwalter Jan Kloster hatte seinen Cafébesuch absagen müssen, weil die Heizungsanlage ausgefallen war und die Reparaturarbeiten noch andauerten. Er hatte Hannelore Nasshofen gebeten, ihn ausnahmsweise in seiner Wohnung gegen 18 Uhr aufzusuchen. Bei dieser Gelegenheit könnten sie an Ort und Stelle über eine Ersatzinvestition bzw. den Kauf einer neuen Anlage sprechen, weil nach 12-jähriger Nutzungszeit mit weiteren Kosten zu rechnen war.

Hannelore Nasshofen fuhr aus den Gedanken, als das Taxi vor dem Reedereigebäude hielt. Sie zahlte, löste eine Fahrkarte und betrat die überdachte Passagierbrücke und suchte das Deck der »Frisia V« auf.

Dr. Ludwig Berkenkamp, ordentlicher Professor an der Universität Münster, hatte den ehemaligen Schilfhof, an dem sich ein Abwässerungskanal vorbeischlängelte, gekauft. Ein fester Versorgungsweg führte durch die Weiden zur Theodor-Storm-Straße.

Der Professor und seine Gattin hatten unter hohen Kosten das alte Bauernhaus zu einem großzügigen, winterfesten Feriendomizil herrichten lassen. Die Stallungen waren einer weiten, zum Teil überdachten Veranda gewichen.

Am Donnerstag, dem 12. April 2001, reiste der 57-jährige Hochschullehrer mit seiner Frau Bettina an.

Die Berkenkamps freuten sich auf die gesunde, frische Luft, den Blick in das weite Land. Dank der Osterferien blieb ihnen Zeit genug, einmal richtig abzuschalten. Am Abend saßen sie vor dem Kamin, genossen den edlen Wein in kleinen Schlucken und lasen die Lektüre, für die sie zu Hause in Münster keine Zeit gefunden hatten.

Zur vorgerückten Stunde, als Bettina Berkenkamp in der Küche ein Schinkenbrot zubereitete, Tomaten in Scheiben schnitt und pfefferte, sah sie überrascht auf die feurige Rauchsäule, die dem Dach des Wohnhauses auf der Theodor-Storm-Straße entstieg.

Sie rief entsetzt ihren Mann. Ludwig Berkenkamp griff zum Handy und wählte die Notrufnummer.

Während sie die Brote vor dem offenen Kaminfeuer zu sich nahmen, hatte die Feuerwehr bereits den Brand im Griff.

Wie das »Jeversche Wochenblatt« nach Ostern berichtete, waren dank des schnellen Eingreifens der Feuerwehr keine Menschen zu Schaden gekommen.

Die ersten Nachrichten über den Brand auf der Theodor-Storm-Straße erwiesen sich als unrichtig. Der Schaden war größer, als bisher angenommen.

Das Feuer war im Treppenhaus ausgebrochen, hatte schnell um sich gegriffen, die Haustür in Flammen gesetzt. Im entstandenen Sog hatte das Feuer auf die Wohnung des Verwalters übergegriffen, wobei die Möbel und erst recht die Wandpaneele den Flammen Nahrung geboten hatten.

Es war fast als ein Wunder zu betrachten, dass sich die Bewohner bei der Rauchentwicklung ins Freie hatten retten können.

Jan Kloster, der Hausverwalter, und sein zurzeit arbeitsloser Mitbewohner, Ex-Bootmannsmaat Ulf Picking, befanden sich am besagten Abend als Mitglieder des Shanty-Chors auf einer Geburtstagsfeier des Gründungsmitglieds Senator Heiko Kessner, 85, im Clubhaus des Segelvereins in Wilhelmshaven, der an diesem Tag großzügig und spendabel auf stolze 50 Jahre Vereinsgeschichte zurückblicken konnte.

Es ging hoch her. Erst nach 23 Uhr gelang es der Besatzung eines Streifenwagens nach langem Suchen, den Ansprechpartner ausfindig zu machen. Jan Kloster erlitt einen Schock beim Anblick der Brandruine. Er dankte der Mutter Gottes und allen Heiligen für die Rettung der Mieter. Sie waren am späten Abend nach der Zerstörung ihrer Wohnungen und hohen, noch nicht festzustellenden Vermögensschäden in Pensionen rund um Jever fürs Erste untergebracht worden.

Besonders schwer fiel dabei auch ins Gewicht, dass sämtliche Akten den Flammen zum Opfer gefallen waren.

Jan Kloster vertrat die geschädigte Witwe und Eigentümerin des Hauses und galt als Gesprächs- und Verhandlungspartner der Feuerwehr und Kriminalbeamten, die sich auf die Suche nach der Brandursache machten.

Brandstiftung war nicht auszuschließen. Dagegen sprach allerdings die ausgebrannte Kellertür und die stark in Mitleidenschaft gezogene Heizungsanlage, deren Sicherungssystem hervorragend funktioniert hatte.

Kloster ging von einem technischen Defekt der Stromversorgung aus, der auf eine unerklärliche Weise das Inferno ausgelöst haben musste. Er meldete den Brandschaden bei der Feuerversicherung an.

Sachverständige reisten an, besprachen sich mit den Experten der Feuerwehr und Kriminalpolizei.

Die Ermittlungen gestalteten sich schwierig, und die Ergebnisse sprachen mehr für eine Brandstiftung, da die Überprüfung der Stromversorgung und der angeschlossenen Geräte samt Heizungsbrennanlage eindeutig zu dieser Lesart neigte.

Die Polizeibeamten forderten den Polizeihund namens Florian mit seinem Führer in Hannover beim Landeskriminalamt an. Der Schäferhund hatte eine Spezialausbildung. Er war abgerichtet und erschnüffelte den Geruch von so genannten Brandbeschleunigern.

Am 2.05.2001 bei klarem Wetter führte Oberwachtmeister Rolf Kames Florian in das unbewohnte, beschädigte Haus. Bereits im Korridor schlug der Hund an. Er zerrte an der Leine, erschnüffelte die Spur im Treppenhaus und erst recht im Keller.

Da gab es keine Zweifel. Der Verwalter und sein Mitbewohner hatten das Feuer gelegt, in der Absicht, sich zu bereichern und die Versicherungsprämie zu kassieren. Die Unterlagen des Hausverwalters hatte das Feuer ebenfalls vernichtet. Das Amtsgericht Aurich suchte ohne Erfolg nach der Eigentümerin Frau Hannelore Nasshofen. Unter ihrer Anschrift auf Norderney war sie weder telefonisch zu erreichen noch beantwortete sie die ihr zugestellte behördliche Post.

Anfang September begann Elisabeth Krüger, 61, mit den Vorbereitungen der Feier zum 65. Geburtstag ihres Mannes. Es sollte ein großes Fest werden mit viel Prominenz und den noch lebenden Alt-Fußballern der traditionsreichen Fortuna, der es zurzeit nicht gelang, an glorreiche Zeiten anzuknüpfen.

Bei der Durchsicht der Antwortkarten vermisste sie die Zusage ihrer Freundin Hannelore Nasshofen. Sie hatten sich zuletzt am Sterbetag ihres Mannes im Apartment in Uedesheim gesehen.

Auch an diesem Morgen bekam sie keinen Anschluss. Sie wählte die Auskunft, ließ sich die Teilnehmernummer der Kurverwaltung der Nordsee-Insel ansagen und erhielt die erhoffte Auskunft.

»Zuständig für das ›Haus Dünenblick‹ ist der fest angestellte Hausmeister Edo Betke«, sagte die Angestellte und diktierte Frau Krüger die Telefonnummer.

»Betke, Haus Dünenblick«, meldete sich der Hausmeister.

»Krüger, Düsseldorf. Herr Betke, meine Freundin Hannelore Nasshofen, Apartment 24, hat in Besorgnis erregender Weise seit Monaten kein Lebenszeichen von sich gegeben. Meine Post bleibt unbeantwortet«, trug Frau Krüger vor.

»Wo Sie das sagen. Auch mir ist sie seit langem nicht zu Gesicht gekommen. Doch so viel ich weiß, wohnt sie gelegentlich in Neuss«, antwortete der Hausmeister.

»Fehlanzeige, dort hält sie sich auch nicht auf«, sagte Frau Krüger.

»Rufen Sie mich in einer Viertelstunde wieder an. Ich schaue nach«, sagte Betke. Er schaltete das Handy ab und begab sich zur Wohnung, klingelte, horchte, öffnete die Tür und betrat das Apartment.

Die Luft war stickig. Die Blume auf dem Couchtisch war vertrocknet. Die Wohnung war aufgeräumt, das Bett im Schlafzimmer gemacht. Im Kühlschrank befanden sich zum Teil vergammelte Lebensmittel. Die

Eigentümerin hatte das Apartment vor langer Zeit verlassen und war nicht zurückgekommen.

Edo Betke hielt Distanz. Ihm war klar, dass der freundlichen alten Dame etwas zugestoßen sein musste. Sein Handy läutete. Er nahm es aus dem Gürtel und blickte durch das vom Seewind beschlagene Fenster auf die Dünen.

»Krüger«, vernahm er die aufgeregte Stimme der Anruferin.

»Ich befinde mich in der Wohnung«, sagte er. »Alles spricht dafür, dass Frau Nasshofen das Apartment vor etlicher Zeit verlassen und nicht zurückgefunden hat.«

»Mein Gott!«, stöhnte die Anruferin auf. »Was schlagen Sie vor?«

»Ich habe nicht das Recht, mich hier nach Erklärungen umzusehen. Schalten Sie die Polizei ein. Machen Sie eine Vermisstenanzeige. Wenden Sie sich an Kommissar Meyers, Fredo Meyers. Sagen Sie ihm, dass ich in der Wohnung war. Sie erreichen ihn …«, Edo Betke blickte auf sein Handy, er hatte die Nummer gespeichert, »unter 04932/92980.«

»Danke«, vernahm er.

Der Hausmeister steckte das Handy in seinen Gürtel, studierte noch einmal zur Sicherheit die Türschlösser und verließ nachdenklich das Apartment.

Am Dienstag, dem 4. September 2001, trieb der Nordwestwind mit Stärke 4 bis 5 tief hängende Seenebelschwaden über die Insel. Es war frisch an diesem Morgen. Im Revier auf der Knyphauser Straße griff Meyers zum Telefon und wählte die Nummer der Staatsanwaltschaft in Aurich. Eine Angestellte verband ihn mit dem Staatsanwalt.

»Rehfeld«, vernahm er die Stimme des ihm unbekannten Juristen.

»Meyers, Revier Norderney. Auf meinem Schreibtisch liegt die telefonisch durchgegebene Vermisstenanzeige einer Frau Elisabeth Krüger, Gattin eines Anwalts aus Düsseldorf. Sie sucht voller Sorgen nach dem Verbleib ihrer Freundin Hannelore Nasshofen, wohnhaft auf der Emsstraße, Eigentümerin des Apartments 24 im Haus Dünenblick.«

»Herr Meyers, einen Moment bitte!«, antwortete der Staatsanwalt. Aus dem Hörer drang ein Rascheln und eine ferne Stimme.

Sekunden später meldete sich der Staatsanwalt zurück. »Herr Meyers, gut, dass Sie anrufen. Frau Hannelore Nasshofen ist die Eigentümerin eines Mietshauses in Jever, das von zwei üblen Gesellen abgefackelt wurde. Bei einem der beiden soll es sich um ihren Hausverwalter gehandelt haben. Mein Kollege in Wilhelmshaven machte uns eine entsprechende Mitteilung. Er geht davon aus, dass sich die besagte Dame irgendwo im Süden Europas aufhält.«

»Teilen Sie ihm mit, dass Frau Nasshofen ab heute als vermisst, vielleicht sogar als verschollen gilt. Ich werde mich in Begleitung des Hausmeisters in der Wohnung umsehen und anschließend zurückrufen«, sagte Fredo Meyers.

»All up Stee«, antwortete der Staatsanwalt und legte auf.

Der Kommissar trat an die Garderobe, zog die Wetterjacke über, stieg über die Treppe nach unten, meldete sich bei seinem Kollegen am Tresen ab, verließ das

Gebäude, holte aus dem Ständer sein Hollandrad und radelte über die Tannenstraße zur Weserstraße. Fredo Meyers war schlank und hoch gewachsen. Er war Norderneyer, wie auch der Hausmeister.

Edo Betke war von kleinem Wuchs. Er galt als ausgezeichneter Segler und Bootskenner und war ihr Berater, wenn es um Schiffe ging.

Edo Betke trug den Blaumann. Auf seinem Kopf saß die Elbseglermütze. Er kniete auf der Auffahrt und verlegte herausgenommene Betonsteine. In einem Sandhaufen steckte ein Spaten. Von den Dünen drang das Rauschen der sich nähernden Flut.

Fredo Meyers stieg vom Fahrrad. »He«, grüßte er und stellte das Rad ab.

Betke erwiderte den unter Insulanern üblichen Gruß, erhob sich und strich mit den Händen den Sand von seiner Montur.

»Gehen wir gleich los«, sagte er und begleitete den Kommissar zum Aufzug. Sie stiegen ein. »Vierte Etage«, sagte er und drückte den Knopf.

»Wann hast du die Lady zuletzt gesehen?«, fragte Meyers.

»Schwer zu sagen. Anfang März habe ich ihr Bügeleisen repariert«, antwortete er.

Sie verließen den Aufzug. Betke entnahm der Tasche des Arbeitsanzuges das Schlüsselbund und öffnete die Tür.

»Ich habe mich hier kurz umgesehen, als die Dame aus Düsseldorf anrief«, sagte er.

Sie betraten den fensterlosen Korridor. Betke drückte den Lichtschalter. Meyers schaute sich um.

»Vom Feinsten«, sagte er und schob die Wohnungstür auf.

»Im Kühlschrank liegt vergammelter Proviant«, warf Betke ein und blieb im Türrahmen stehen.

Da gab es nichts zu deuteln. Die alte Dame war weder in den Süden gereist, wie der gefüllte Kleiderschrank und die abgestellten Koffer und die Reisetasche vermuten ließen, noch hatte sie in ihre Wohnung zurückgefunden.

Meyers trat an den Schreibtisch und blickte auf den Tischkalender. Er stutzte. In fein säuberlicher Handschrift hatte die Vermisste unter dem aufgeschlagenen Datum des 14. März eine Eintragung gemacht, die Meyers zu denken gab und ihn an das Gespräch mit Staatsanwalt Rehfeld erinnerte.

»Papas Geburtstag! Wegen Grabpflege Johann Harms aufsuchen. Treffen mit K. nicht im Schlosscafé, geänderter Termin«, las er.

»Edo, du bist mein Zeuge. Es erübrigt sich, die Schreibtischschubladen zu durchsuchen. Ich nehme den Kalender an mich. Er hütet wohl das Geheimnis ihres Todes«, sagte der Kommissar und steckte den Kalender in die Tasche seiner Jacke.

»Die lebt mit Sicherheit nicht mehr«, meinte der Hausmeister.

»Dem ist so«, antwortete Meyers.

Sie verließen die Wohnung. Meyers radelte zum Revier. Die Sonne stach wärmend durch die Nebelschleier. Die Baumaschinen auf dem Erweiterungsgelände des Sanatoriums der Landesversicherungsanstalt von Nordrhein-Westfalen machten einen ohrenbetäubenden Lärm.

Meyers brühte sich im Personalraum einen Tee auf, nahm ihn an seinem Schreibtisch mit Sahne und Kluntje ein, rauchte eine Zigarette, blätterte in den Seiten des Tischkalenders und stieß, wie zur Bestätigung seiner Gedanken, unter dem 9.09.2001 auf eine Eintragung. »Franz Krüger Geburtstag, 65.«

Meyers griff zum Telefonhörer, rief Staatsanwalt Rehfeld an und berichtete.

»Mein lieber Herr Meyers, in Anbetracht Ihrer Bedenken sehe ich einmal ab von behördlichen Zuständigkeiten«, sagte Rehfeld im ironischen Ton. »Wir sind mehr oder weniger alle überlastet. Die vermisste Witwe ist Einwohnerin des Landkreises Aurich. Ich denke, wir folgen ihren Spuren nach Jever. Können Sie mich morgen in die Bierstadt begleiten?«

»Dem steht nichts im Wege«, antwortete der Kommissar und entnahm der Schublade den Fahrplan. »Wenn wir uns früh auf die Reise begeben. Das letzte Schiff legt um 18 Uhr in Norddeich ab.«

»Wann kann ich Sie auf der Mole erwarten?«, fragte der Staatsanwalt.

»Um 7.30 Uhr«, antwortete der Kommissar.

»All up Stee! Es wäre unseren Recherchen dienlich, wenn Sie sich in der Wohnung dieser Hannelore Nasshofen nach einem Foto umsehen würden. Bis dann«, sagte der Staatsanwalt und legte auf.

Auch am Mittwoch, dem 5. September, hielt das schöne Frühherbstwetter an.

Staatsanwalt Rehfeld war sehr aufgeräumt während der Fahrt von Norddeich nach Jever. Er sprach von seiner Frau, von seinem Sohn, widerlegte spöttisch den alten Beamtenspruch aus preußischen Tagen, der da lautete: »In Aurich ist es schaurig, in Leer noch mehr, und in Norden ist noch niemand was geworden.«

Rehfeld wohnte mit seiner Familie in Tannenhausen, fühlte sich als Schleswig-Holsteiner pudelwohl in Ostfriesland.

Rehfeld war 42 Jahre alt, mittelgroß und hatte eine gesetzte Statur. Er trug sein dunkelblondes Haar im Fassonschnitt und hatte ein volles Gesicht mit einem Schnäuzer über seinen vollen Lippen. Er machte was her in seinem grauen Sakko mit dunkelblauer Tuchhose.

Fredo Meyers berichtete von seinen bisherigen beruflichen Erfolgen während der Fahrt im bequemen BMW. Er fand den redegewandten Vorgesetzten auf Anhieb sympathisch. Rehfeld gehörte nicht zu den pedantischen Juristen. Er war witzig und in jeder Weise kollegial.

Auch Fredo Meyers löste sich von der Voreingenommenheit, mit der sich die Insulaner jedem Fremden näherten.

Um 9 Uhr fuhr Jürgen Rehfeld den BMW auf den Parkstreifen der Friedhofsgärtnerei Johann Harms auf der Bachstraße. Vor dem roten Backsteinhaus mit dem Ladengeschäft standen bereits in den Regalen der fahrbaren Verkaufsgestelle Topfblumen in einer riesigen Auswahl.

Der Staatsanwalt und der Kommissar stiegen aus. Seitlich befanden sich Treibhäuser. Sie betraten den Laden. Die Luft roch nach Torf, Sumpf und Blütenduft. Palmen, Zimmerlinden, Kakteen und Schachtelhalme wirkten in ihrem Wuchs exotisch. In bunten Plastikeimern standen Schnittblumen. An einem geräumigen Arbeitstisch flocht eine junge Frau geschickt aus Tannengrün einen Kranz. Sie blickte auf. Sie hatte ein ungeschminktes, kerniges, attraktives Landgesicht. Über einem grünen T-Shirt trug sie eine Gärtnerschürze und Jeans.

»Moin«, sagte sie, lächelte gewinnend und fragte kess: »Taufe, Geburtstag, Hochzeit oder Beerdigung?«

»Das Letztere. Wir suchen nach einem Grab. In diesem Zusammenhang möchten wir Herrn Johann Harms sprechen«, antwortete der Staatsanwalt.

»Er befindet sich im Büro. Wen darf ich melden?« Sie legte Drahtschlingen und eine Kneifzange auf den Arbeitstisch.

»Kommissar Meyers von Norderney und Staatsanwalt Rehfeld, Aurich«, antwortete der Staatsanwalt.

Die junge Floristin blickte die Besucher überrascht an. »Mein Gott, wie im Fernsehen«, entfuhr es ihr. Sie schob die Hände über ihre Schürze. »Einen Moment, wir haben gerade erst geöffnet und zwei Beerdigungen heute«, sagte sie und verließ den Laden durch eine hintere Tür.

Johann Harms begleitete die Floristin an den Tresen. Er war knapp sechzig. Sein Haar war grau und gelichtet, sein Rücken leicht gebeugt. Sein knochiges Gesicht legte die Vermutung nahe, dass die Floristin seine Tochter war. Er trug eine Drillichhose und einen olivfarbenen Pullover mit Lederbesatz.

»Sie kommen von der Polizei?«, fragte er gelassen. Über seinen Augen wuchsen dichte Brauen.

»Rehfeld, Staatsanwalt. Herr Meyers, Kommissar. Wir müssen Sie im Zusammenhang einer Vermisstenanzeige um eine Auskunft bitten«, sagte der Staatsanwalt.

»Es handelt sich um Frau Hannelore Nasshofen«, trug der Kommissar vor und entnahm seiner Jackentasche das Foto der Witwe.

Johann Harms rümpfte die Nase, nahm das Foto in die Hand und reichte es der Floristin. »Meine Tochter hat mit ihr die Kosten der Grabpflege abgerechnet«, sagte er.

»Wann war das?«, fragte der Staatsanwalt.

»Im März, Papa. Du findest den Beleg in der gelben Mappe«, wandte sie sich an den Alten.

Der Alte ging davon. Sekunden später kam er zurück. »Am 14. März«, sagte er.

»Danke«, antwortete der Kommissar. »Kam Ihnen die Kundin irgendwie nervös oder besorgt vor?«, fragte er.

»Nein, keineswegs. Wir gingen vertraut miteinander um«, antwortete die Tochter.

Der Staatsanwalt schaute sich um. »Meine Frau mag die Herbstastern. Ich nehme sieben von den Langstieligen. Ein Mitbringsel«, sagte er.

Sie entnahm dem Eimer die Astern, fügte Spargelgrün hinzu und versah den Strauß mit einer Plastikfolie.

»Bitte, mit herzlichen Grüßen an Ihre Gattin«, sagte sie mit ihrem natürlichen Charme.

Der Staatsanwalt griff zur Geldbörse.

Der Alte winkte ab. »Viel Erfolg«, sagte er.

Rehfeld bestand auf Bezahlung.

Sie verließen die Gärtnerei, fuhren in die Innenstadt und fanden vor dem Schlosscafé einen Parkplatz. Seitlich befand sich der Schlosspark, in dem das Laub der Bäume erste Anzeichen des sich nähernden Herbstes trugen.

Sie betraten das Café, entschieden sich am Kuchentresen für die Friesentorte und setzten sich an den Tisch mit dem Blick auf den alten Marktplatz. Sie bestellten bei der Bedienung Ostfriesentee. Die Räume strömten eine angenehme Atmosphäre aus, die Besucher wirkten elegant. Es waren meist ältere Herrschaften.

Die Serviererin brachte den Tee.

»Gleich zahlen«, sagte der Staatsanwalt.

Rehfeld gab reichlich Trinkgeld.

Die junge Frau bedankte sich. Sie trug einen langen Rock mit dem friesischen Webmuster, eine weiße Bluse und ein Trachtenjäckchen.

»Eine Frage«, sagte Meyers. »Kennen Sie diese Dame?«, fragte er und reichte ihr das Foto der vermissten Witwe.

Die junge Frau nickte. »Ich habe die Dame des Öfteren bedient. Sie kam gelegentlich in Begleitung eines jungen Mannes, der Unterlagen mitbrachte und sich drüben in der ruhigen Ecke mit ihr unterhielt, während sie Tee zu sich nahmen und Kuchen aßen.«

»Sahen Sie die Dame während der Sommermonate hier oder sonst wo in der Stadt?«, fragte der Staatsanwalt.

Die Serviererin winkte ab. »Ich bin voll angestellte Kraft, habe nie gefehlt. Zuletzt sah ich sie bei uns im Frühjahr, allerdings ohne ihren sonstigen Begleiter«, antwortete sie.

»Können Sie uns vielleicht das Datum sagen?«, fragte Meyers.

»Vielleicht erinnern Sie sich an einen Vorfall«, half Rehfeld nach.

»Mitte März?«, fragte der Kommissar.

»Ja, jetzt fällt es mir ein. Es war am 14. März. Meine Tochter hatte Geburtstag. Die Dame trug eine elegante Uhr. Als ich sie bediente, nahm ich mir vor, meiner Tochter Maike eine Uhr zum Geburtstag zu schenken«, antwortete sie.

»Schreiben Sie uns doch bitte Ihre Adresse auf einen Zettel«, bat der Staatsanwalt.

»Gern, doch um was geht es?«, fragte sie.

»Die Dame wird vermisst, wir recherchieren in diesem Fall«, sagte der Kommissar.

»Ich bringe den Zettel gleich an ihren Tisch«, sagte sie und eilte zu den Gästen, die das Café betraten.

Meyers und Rehfeld aßen den Kuchen und unterhielten sich über das weitere Vorgehen, während sie den Tee genossen und rauchten.

Die Bedienung überreichte ihnen den Zettel.

»Dörthe Schlachter, Harlinger Weg 34, Jever.«

»Danke«, sagte der Staatsanwalt.

Staatsanwalt Rehfeld und Kommissar Meyers verließen das Schlosscafé, stiegen in ihren Wagen und fuhren zur Theodor-Storm-Straße. Sie betraten kurz die Brandruine, betrachteten das Umfeld mit den weiten Weiden, dem umgebauten Bauernhof und das »Tief«, das sich durch das Grünland schlängelte.

»Platz genug, um eine Leiche zu vergraben«, sagte der Staatsanwalt nachdenklich.

Sie stiegen in den BMW, fuhren zur Ziegelhofstraße, parkten vor der Polizeistation, betraten das rot geklinkerte Gebäude und suchten die Wachstube auf. Ein junger Beamter verließ den Schreibtisch und trat an den Tresen.

»Moin, mein Name ist Petersen, was kann ich für Sie tun?«, fragte er freundlich.

Staatsanwalt Rehfeld wies sich aus. »Wir recherchieren im Fall Hannelore Nasshofen. Uns liegt eine Vermisstenanzeige vor«, sagte er.

»Einiges spricht dafür, dass sie nicht mehr lebt«, fügte Meyers hinzu.

Petersen nickte. »Die Eigentümerin des Hauses. Sie hat den Bock zum Gärtner gemacht. Brandstiftung Theodor-Storm-Straße. Zimmer 16 im ersten Stock links«, sagte er. »Kommissar Rosenboom.«

Rehfeld und Meyers stiegen über die Treppe nach oben, fanden zum Dienstzimmer, klopften an und traten ein. Durch ein Fenster strömte das Licht der frühen Nachmittagssonne. Der Raum wirkte freundlich. Der Kommissar saß hinter einem Schreibtisch. Die weiße Wand bedeckten hinter Glas sitzende, groß aufgezogene Fotos des Schlosses und ein Kalender der Brauerei. Seitlich stand ein Schrank.

Der Kommissar erhob sich. »Moin. Rosenboom«, grüßte er misstrauisch. Er war Mitte 40, hatte schütteres blondes Haar und ein rosiges Gesicht. Er war vollschlank, trug beige Cordjeans und einen grünen Strickpullover mit Zopfmuster. Aus dem Halsbördchen lugte der Kragen eines Oberhemdes hervor.

»Staatsanwalt Rehfeld, Aurich. Das ist Kommissar Meyers, Norderney. Wir befinden uns auf der Spur der vermisst gemeldeten Hannelore Nasshofen«, sagte der Staatsanwalt.

Rosenboom blickte die Besucher überrascht an. »Machte sie Urlaub?«, fragte er und rückte die Besucherstühle zurecht. »Bitte, nehmen Sie Platz.«

»Sie sparen mir einige Wiederholungen, wenn Sie

eine Verbindung mit meinem Wilhelmshavener Kollegen van Hasselt herstellen«, sagte Rehfeld und wies auf das Telefon.

Rosenboom nickte, nahm den Hörer ab, kam der Aufforderung nach und stellte die Verbindung her. Dabei grinste er geringschätzig, fühlte sich zu Recht, wie es schien, überrumpelt und reichte Rehfeld den Hörer.

»Herr van Hasselt, uns bleibt nicht genügend Zeit, Sie in Wilhelmshaven aufzusuchen. Kommissar Meyers aus Norderney ist es nicht zuzumuten, unvorhergeplant eine Nacht auf dem Festland zu verbringen. Sein Schiff legt um 18 Uhr in Norddeich ab. Wir haben recherchiert. Die Witwe Hannelore Nasshofen verließ am 14. März 2001 die Insel Norderney. Sie suchte die Friedhofsgärtnerei Johann Harms, Bachstraße, auf, bezahlte dort die Kosten der Grabpflege. Ihre Eltern ruhen auf dem Friedhof. Sie pausierte im Schlosscafé. Wie uns die Serviererin, Frau Schlachter, mitteilte, nahm sie am Nachmittag nicht, wie bei ihren sonstigen Besuchen, in Begleitung eines jüngeren Mannes den Tee ein. Während der übrigen Besuche besprach sie mit dem jüngeren Mann geschäftliche Dinge.«

»Das war mutmaßlich ihr Hausverwalter Jan Kloster. Er sitzt im Untersuchungsgefängnis«, antwortete van Hasselt.

»Meyers und ich, wir gehen davon aus, dass die Witwe und Eigentümerin des Hauses auf der Theodor-Storm-Straße in eine Falle geriet und am besagten 14. März umgebracht wurde«, sagte Rehfeld.

»Dafür spricht auch das Datum«, antwortete van Hasselt. »Das Haus brannte am 12. April ab, Kloster und sein Helfer teilten sich die Mieteingänge. Der Verwalter beabsichtigte, die Versicherungssumme zu kassieren und sie sich mit seinem Kumpel Picking zu teilen.«

»Wir vermuten, dass die Verbrecher die Leiche im Umfeld irgendwo vergraben oder sich sonst wie von ihr getrennt haben«, sagte Rehfeld.

»Die ehrenwerten Herren Kloster und Picking bestreiten diesbezügliche Vorwürfe vehement«, sagte van Hasselt. »Wir werden der Sache auf den Grund gehen und alles daransetzen, die sterblichen Überreste der ermordeten Witwe zu bergen. Herr Kollege, danke für Ihre Hinweise, geben Sie mir noch einmal Kommissar Rosenboom.«

»Tschüs«, sagte Rehfeld und reichte dem Kommissar den Hörer.

Der Staatsanwalt meldete dem Kommissar seinen Besuch an und bat ihn, die Leichenhundestaffel aus Oldenburg für eine groß angelegte Suchaktion anzufordern.

Am Freitag, dem 9.09.2001, war der Himmel leicht bewölkt. Es war frisch bei Temperaturen um 8 Grad. Der Wind wehte mit Stärke 6 aus nordwestlicher Richtung.

Gegen 10 Uhr fuhr ein VW-Bus auf den kleinen Platz vor dem abgebrannten Haus auf der Theodor-Storm-Straße. Er hatte eine dunkelgrüne Lackierung. Nur das Nummernschild wies auf seine Oldenburger Herkunft hin. Ihm entstiegen vier kräftige Männer, sie waren um die dreißig. Sie trugen grüne Blousons und olivfarbene Hosen, deren Enden in den Schäften fester Stiefel saßen.

Sie entnahmen dem Fahrzeug Spitzhacken, Schippen und Spaten und blickten sich fragend um. Sie wirkten wie Landschaftsschützer.

Kommissar Rosenboom näherte sich ihnen, begrüßte sie und besprach sich mit ihnen.

Kurz danach bog ein Passat-Kombi – auch er mit dunkelgrünem Lack – von der Theodor-Storm-Straße ab, fuhr auf das Grundstück und parkte hinter dem Mannschaftswagen.

»Die Hundestaffel«, sagte der Kommissar. Er sah, wie zwei Beamte den Wagen verließen, die Heckklappe öffneten und auf zwei prächtige Schäferhunde einredeten.

Rosenboom trat zu ihnen und reichte den Beamten die Hand. »Moin«, sagte er und tätschelte die Tiere.

»Hänsler, mein Kollege Habben«, sagte der Beamte und winkte den Männern zu, die vor dem VW-Bus standen.

Die Beamten nahmen die Hunde an die Leinen.

»Wir haben Hasso und Jesko gestern auf den Geruch getrimmt«, sagte Habben.

Auch er und Hänsler hatten sportliche Figuren und trugen wie ihre Kollegen die »Ranger-Uniformen«.

»Im Haus gibt es nichts zu erschnüffeln«, sagte Rosenboom.

Die Hundeführer schauten sich um. »Hasso und Jesko reagieren auf Leichengeruch«, sagte Habben.

»Ich habe mich gestern mit dem Staatsanwalt hier umgesehen«, sagte der Kommissar. Er wies auf den alten, umgebauten ehemaligen Schilfhof.

»Eine viel versprechende Örtlichkeit, wie geschaffen für den Übermut der Tiere«, meinte Habben.

»Der Wind bläst uns entgegen, kein Regen, ideale Bedingungen«, meinte Hänsler.

»Gehen wir«, sagte der Kommissar.

Habben wandte sich an die Männer. »Macht eure Frühstückspause. Wir melden uns.«

Kommissar Rosenboom folgte den Hundeführern. Die Tiere trabten mit heraushängender Zunge an den langen Leinen dem Bauernhof entgegen, den Professor Ludwig Berkenkamp zu einer Oase im grünen, friedlichen Friesland mit hohen Kosten hatte herrichten lassen. Er befand sich zurzeit auf einer Fachtagung in San Francisco und war telefonisch nicht zu erreichen gewesen. Er hätte vermutlich mit Entsetzen reagiert, wenn ihm zu Ohren gekommen wäre, dass Hasso und Jesko mit Bellen und wildem Scharren durch die Ritzen der verlegten, imprägnierten, teuren Steinplatten der Marke »Arkona« – Quadratmeter-Preis 98 Mark – seiner Terrasse Leichengeruch erschnüffelt hatten.

Nach Abdeckung der Platten im vorderen Bereich bot sich den Beamten ein grausiges Bild. Sie stießen im freigelegten Sandkoffer auf eine verweste Frauenleiche mit abgesägten Gliedmaßen.

Die Namen der Täter gaben Kommissar Rosenboom keine Rätsel auf. Doch die Brutalität, mit der sie aus Habgier ihr Opfer ermordet hatten, schockte nicht nur ihn und die Männer aus Oldenburg.

Im Gutachten des Gerichtsmediziners stand zu lesen, dass die Täter, es handelte sich um Jan Kloster und Ulf Picking, sechsmal mit einem Beil auf den Kopf der Witwe eingeschlagen hatten, deren Identität erst anhand zahnärztlicher Unterlagen bestätigt werden konnte.

Das Schwurgericht verhängte zweimal lebenslänglich gegen die brutalen Mörder.

Den BMW des Opfers beschlagnahmte die polnische Grenzpolizei. Die Insassen hatten den Wagen ordnungsgemäß und gutgläubig erworben.

Ein fesselnder Roman vom Meister des Friesenkrimis

Theodor J. Reisdorf
FRIESISCHE TODESSINFONIE
Kriminalroman
384 Seiten
ISBN 978-3-404-15492-0

Garrelt von Fichtkamp stammt aus einer angesehenen Norderneyer Familie. Doch schon früh wird er mit dem Tod eines Menschen in Zusammenhang gebracht. Er ist erst zwei Jahre alt, als er seinen Großvater erschrecken will, nach dessen Fuß greift und dieser infolge des Sturzes stirbt. Während seines Studiums in Hamburg verschwindet die Kommilitonin seiner Freundin, und die Polizei vermutet auch hier sofort ein Verbrechen. Schließlich hat Garrelt in Norddeich einen Streit mit einem Chinesen, der am nächsten Morgen erstochen aufgefunden wird. Ist Garrelt nur ein Pechvogel, der immer zur falschen Zeit am falschen Ort ist? Oder steckt etwa mehr dahinter …

Bastei Lübbe Taschenbuch

Ein Mord aus Fremdenhass und ein verdächtiger Kollege.

Henrike Heiland
ZUM TÖTEN NAH
Verdeckte Ermittlungen
Krimi
368 Seiten
ISBN 978-3-404-15629-0

Als die verbrannte Leiche eines Nachwuchsspielers von Hansa Rostock im Seehafen gefunden wird, beginnt für Kommissar Erik Kemper und Kriminalpsychologin Dr. Anne Wahlberg ein Albtraum. Denn nicht nur, dass ausgerechnet in Rostock ausgerechnet ein Schwarzer auf diese Weise ermordet wurde – Eriks Kollege Kai Hauser scheint in den Fall verstrickt. Die Situation eskaliert, als ein weiterer junger Mann tot aufgefunden wird. Zu viel deutet mittlerweile auf eine Spur, die Erik entschieden zu heiß ist.
Der zweite Fall für den eigensinnigen Kommissar und die medial begabte Psychologin.

Bastei Lübbe Taschenbuch

Ein Giftmord führt auf die Spur eines lange zurückliegenden Verbrechens

Eva Almstädt
FEUERMAL
Ein Pia-Korittki-Fall
Krimi
ca. 280 Seiten
ISBN 978-3-404-15642-9

Eine Leiche am Ostseestrand gibt der Lübecker Polizei Rätsel auf, denn die Todesursache ist Aconitin, ein seltenes Gift. Zur gleichen Zeit wirbelt das Verschwinden ihrer Schwägerin Kommissarin Pia Korittkis Privatleben durcheinander. Als ein weiterer Mordanschlag mit Aconitin verübt wird, führt die Spur zu einem lange verdrängten Familiengeheimnis – und zu einem alten, ungesühnten Verbrechen ...